南开大学中外文明交叉科学中心研究项目

宁稼雨　著

中国叙事文化学探微

说部新说

1994—2023

天津出版传媒集团

天津人民出版社

图书在版编目(CIP)数据

中国叙事文化学探微 / 宁稼雨著. -- 天津 : 天津
人民出版社, 2024.6
　ISBN 978-7-201-20324-9

　Ⅰ.①中… Ⅱ.①宁… Ⅲ.①中国文学—叙事文学—
古典文学研究—文集 Ⅳ.①I206.2-53

　中国国家版本馆CIP数据核字(2024)第063751号

中国叙事文化学探微
ZHONGGUO XUSHI WENHUA XUE TANWEI

出　　版	天津人民出版社
出 版 人	刘锦泉
地　　址	天津市和平区西康路35号康岳大厦
邮政编码	300051
邮购电话	(022)23332469
电子信箱	reader@tjrmcbs.com

策　　划	沈海涛　金晓芸
责任编辑	金晓芸
特约编辑	郭聪颖
装帧设计	明轩文化·王　烨

印　　刷	天津海顺印业包装有限公司
经　　销	新华书店
开　　本	710毫米×1000毫米　1/16
印　　张	28.25
字　　数	420千字
版次印次	2024年6月第1版　2024年6月第1次印刷
定　　价	98.00元

序
在守正中创新

学贵创新，但如何去做到创新，可能有多种答案。三十年前，鉴于百年以来中国古代叙事文学研究沿用来自西方以文体史和作家作品研究为主要范式的研究方法与中国叙事文学故事类型的实际情况产生龃龉，笔者提出了以故事类型研究解决这一瓶颈的中国叙事文化学研究方法。在探索伊始，笔者更多考虑的是具体操作层面的问题，像如何选题，如何搜集文献，如何对故事类型做文化分析，等等。随着叙事文化学方法体系的不断完善和在实践中体会的不断深入，笔者逐渐开始从内部和深层来认识和理解叙事文化学的学理所在，尤其是所谓叙事文化学学术创新的内涵和实质究竟何在。

初次接触中国叙事文化学的人，比较容易产生一些误解，其共同点，就是从完全"西化"的角度来理解和认知叙事文化学。比如，有些人凭主观臆测，把叙事文化学想象为20世纪80年代那种生硬照搬西方研究理念和方法的"野狐禅"；也有人从"中国叙事文化学"这个名字上望文生义，将"叙事"二字想当然认为是从西方叙事学的角度理解中国文学自身的内涵和学科隶属，换言之，就是把中国叙事文化学理解为采用西方叙事学的基本理论框架来进行中国叙事文学研究的一种"西体中用"的方法。这些误解促使笔者对中国叙事文化学的反思和学理分析逐渐深入。思考的重心就是：中国叙事文化学到底是姓"中"还是姓"西"，如果是姓"中"的话，其研究该如何开展或者怎样才能证明？思考的结果大致如下：

提出中国叙事文化学的初衷，不是为了用一种西方学术理念范式在中国的文献材料中检索遴选符合的材料，从而证明其理论体系的科学和普世。恰恰相反，提出并实践中国叙事文化学的第一需求，是要解决中国古代叙事文学领域所面临的西方研究方法与故事类型研究相龃龉的问题。作为由多种文体和诸多作家作品构成的叙事文学故事类型，用传统的文体史和作家作品研究方法来操刀剖析，只能将其按文体和作家作品割裂。故事类型需要根据自身的形态特征来寻找相应合适的研究方法，如同通过立项招标来物色施工队伍。在这里，被服务的主体是作为中国叙事文学主体形态的故事类型，而所采用的方法显然是处于备选的客体位置。所以，无论是叙事文化学参考借鉴的来自西方的主题学，还是被某些学者误认为与叙事文化学关系密切的叙事学，都是作为（或是可能作为）参与招标的中选方而已。它们与故事类型的关系，是服务与被服务的关系，即主体与客体的关系。因此，看起来外国学术色彩很浓、创新意识很强的中国叙事文化学，其本质还是中国叙事文学故事类型这个充分体现中国文学本色本质的"根"。吸收借鉴来自西方的各种方法理念，其目的是为中国叙事文学故事类型这个"根"来服务的，所以它是为了守住"中"而创"新"的。

从步骤程序上看，由于叙事文化学是为叙事文学故事主题类型量身设计，所以其具体步骤程序均服务于故事主题类型研究的需求，这主要表现在两个方面：

其一，从范式渊源关系看，中国叙事文化学的范式体系大致来自西方主题学。这似乎容易给人以套上西方马甲的印象，但比对分析之后就可以看出它的体用归属。除了中国叙事文化学之外，主题学研究在中国文学研究中的运用还有两种方式。一是民间故事研究领域，用"AT分类法"对中国民间故事进行故事分类和类型研究，如丁乃通《中国民间故事类型索引》，以及相关具体主题类型研究等。需要明确的是，主题学研究民间故事的主题单位不是最具体的个案故事，而是由若干具体个案集合而成的二级单位。如丁乃通《中国民间故事类型索引》中提及的第二类"一般的民间故事"第301F【寻宝】，该类的描述是："英雄下到洞里或下山崖去取贵重物品，但是宝物被吊上来之后，英雄反被留在那里。"在这个类型下，作者列举了从16种文献材料中搜集到的同类个案故事。这16种个案故事是第一层级，而"寻宝"则是第二层级。主题学关注的重心在第二层级。二是借鉴吸收学的研究精神，从比较文学角度对中国抒情文学进行意象研究，如陈鹏翔主编《主题学研究论文集》等。相形之下，民间故事研究算是纯正的主题学研究，是完全的"西体中用"。而抒情文学的意象研究对文学研究的本体有所动摇。把用于民间故事研究的主题学方法，移用于中国古代抒情文学研究，这应该是一个很大的突破。但在主题的规模层级方面，它依然与原始的主题学基本保持同步，即采用第二层级意象主题的摄取视角。与上述两种情况不同的是，中国叙事文化学所采用的主题分析是从中国叙事文学的基本底层组成单位——个案故事类型来进行。之所以如此，就是考虑到作为中国叙事文学基本构成单位的故事类型，本身包含若干文体和各种主题演变轨迹。只有把主题焦距锁定在个案故事，才能揭示出故事类型在形态变化中的文化主题变异情况。因此，中国叙事文化学虽然借鉴了主题学的范式，但它在主题单位方面的调整，体现了其"以中为体，以西为用"的守中原则。

其二，从学术渊源来看，中国叙事文化学从故事类型研究的需要出发，在文献材料搜集工作中，努力奉行"竭泽而渔""一网打尽"的原则。这个原则的基本内涵是：对于故事类型相关的文献材料不设任何门槛，凡是该故事类型所涉及的材料，均在搜集挖掘之列。这个原则与主题学的不同是，主题学设定的摄取层级是第二层级，而第二层级下的第一层级故事总数是一个有待发现补充的未知数，所以"寻宝"这个类型下到底有多少第一层级故事，还不能最后确定。这样也就决定了主题学的文献搜集不能以穷尽为目标。而抒情文学的主题学研究所关注的也是由若干第一层级作品组成的第二层级的意象主题，如"黄昏主题""复仇主题""负心主题"均由若干第一层级作品构成。但每个主题下面到底有多少第一层级作品，仍然与民间故事的主题学研究一样，无法穷尽。中国叙事文化学与它们的不同之处就在于其以第一层级的具体个案故事为焦点锁定目标，如"孟姜女故事""王昭君故事""西厢记故事"等。因为第一层级的具体个案故事目标范围明确，要想对其作出深刻的文化意蕴总结，就必须地毯式地穷尽其文献材料。这种方法的学术渊源，正是从汉代古文经学到清代乾嘉学派一脉相承的考据学。梁启超将这个传统总结为"集千万本",而中国叙事文化学提出的个案故事类型文献搜集"竭泽而渔""一网打尽"理念,也正是这个传统的具体落实。同时,在中国古代叙事文学研究内部,叙事文化学也是一个突破和发展。关于古代叙事文学的个案故事,赵景深、胡士莹等老一辈学者就有过戏曲小说同源关系研究等诸多成绩,从文献搜集的角度看,这个研究方法与叙事文化学以个案故事为单位的文献搜集有某些相似之处,但也有明显不同。相似之处在于,二者都关注中国古代叙事文学中同一故事主题类型的不同文本演变情况;不同之处在于,前辈学者的戏曲小说同源关系研究,其文献材料搜集主要限于小说戏曲和相关史传笔记等,对其他渠道文献涉及较少。中国叙事文化学个案故事文献搜集的覆盖范围则更加广泛和深入。从这个意义上看,叙事文化学研究相较传统戏曲小说同源关系研究,的确又是一个突破和创新。

从学术史作用来看,叙事文化学是倡导"中体西用"学术传统复归的认真实践。20世纪以来,随着西方文化和学术迅速进入中国学术各个领域并成为主导范式,在整个中国学术界形成了以西方学术范式为主流的学术氛围。这个过程一方面把西方学术文化的精髓传入中国,很大程度上弥补了中国传统学术的短板和不足,逐渐成为百年以来中国学术的主流;另一方面,来自西方的学术范式中的某些与中国本土研究对象不合榫之处则被忽略了。百年以来,西方主流学术范式在中国的正面效应已经基本实现,其与中国本土研究对象不合榫之处应该受到关注重视,并寻找解决的方案。中国叙事文化学也正是希望能从这个意义上来担负起应有的学术历史使命。

从中国古代叙事文学研究的学术历程看,在明清之前,基本只是零散研究,缺乏成规模和有体系的研究。明清时期小说戏曲的盛行繁荣,孳生和推动了小说戏曲研究的规模扩大和体系完备,但其主要研究范式是评点研究。受取材和方法局限,所涉研究领域相当有限。20世纪起,来自西方的文体史和作家作品研究逐渐取代以往的叙事文学评点研究,成为中国古代叙事文学研究的主流。从积极的方面看,文体史和作家作品研究的确有评点研究所不具备的,对于中国古代叙事文学体制和内涵挖掘方面的广泛覆盖和深入探索,也极大地推动了中国古代叙事文学研究与国际接轨。

但是，随着百年学术运行，文体史和作家作品研究与中国古代叙事文学研究对象之间的某些不合榫之处也逐渐开始浮出水面。其中最突出的就是它与中国古代叙事文学的重要形态样式——故事类型的龃龉。因为故事类型由若干种文体和作家作品组成，而文体史和作家作品研究只能研究故事类型中与自己对应的文体和作家作品，而忽略了其他文体和作家作品，这样也就无形中在把故事类型的整体割裂了。而叙事文化学对故事类型研究进行的全方位研究，弥补和解决了文体史和作家作品研究的短板和缺失。从更大的视野来看，这个做法不仅解决了中国叙事文学研究面临的实际问题，也是在研究范式方面由"西体中用"到"中体西用"的回归。它启发人们，20世纪以来被西方范式统治的中国学术，到了找回自己的行走方式的时候了。

本书所收文章，为三十年来我本人关于中国叙事文化学研究的全部精华文章的汇集，内容涉及叙事文化学的学理思考、方法介绍、个案解析和总结回顾等。这些文章应该是以上三点思考的具体演示和表述，同时也应该算是我本人关于中国叙事文化学研究的全面总结。

筚路蓝缕、惨淡经营三十年之后，我终于有勇气把全部精华文章结集出版，这勇气自然来自三十年不懈努力并小有收获的一点底气，不敢妄自菲薄，但同时也抱有一份忐忑和一份期待。忐忑的是，尽管我本人已经为之摸索实践了三十年，但其能否成为一种科学的研究范式为后人所沿用，我也还是不敢笃信无疑。倘若学界同行和专家学者能够不吝赐教，惠我真知灼见，则为自己三十年的努力感到幸运和感恩。

宁稼雨

2023 年 1 月 15 日

目　录

个案研究 / 195

方法解析 / 307

3

总
结
回
顾

筚路蓝缕，开荒探路

——中国叙事文化学第一时段（1994—2004）

"中国叙事文化学"是笔者就中国古代叙事文学研究提出的一种新方法。这种方法针对中国古代叙事文学自身存在诸多故事类型的现实情况，参考吸收西方主题学研究方法，以故事类型研究为中心，集合诸多相关文献材料，经过梳理后，对其不同时间和空间传播范围中产生的形态异同情况进行文化学和文学分析，进而从中寻找故事类型演变的内在社会历史文化动因。

经过近三十年的思考与实践，中国叙事文化学研究的研究方法、模式和相应的理论体系已经初步形成，也积累了一定规模的研究成果，并在国内外学界产生一定影响。为科学总结这一新方法，使之产生更大的学术影响和实践效应，在南开大学有关部门的关心支持下，兹拟以系列学术报告方式，将该方法从萌生、形成到逐渐发展壮大的历史过程进行梳理总结，以飨学界同人和各界读者。

本册为本系列学术报告第一册，时间节点为1994—2004年。这是中国叙事文化学研究起步和雏形时期。

一、萌生与缘起

中国叙事文化学研究方法的创立来自几个方面的机缘巧合。

首先是改革开放以来古代文学研究所面临的困境和变革需求。

由于历史的原因，从1949年以后，文学研究学界基本的理论框架是辩证唯物主义和历史唯物主义及其派生的阶级斗争和人民性坐标。于是，阶级性、人民性、政治性成为衡量文学作品价值的绝对标准。这个标准对于解读把握部分作品和文学现象的社会属性是有一定价值和作用的。但它一且被推向唯一化、绝对化的境地，不仅本身已经违背了辩证唯物主义的本质精神，陷入形而上学和机械论的泥坑，而且同时也掩盖了许多文学作品和文学现象自身的规律和特征问题，妨碍了文学研究的深入发展。鉴于此，从20世纪80年代关于真理标准讨论开始，人们逐步从僵化和机械的思想束缚中解放出来，重新开始寻找符合文学自身规律特征的研究路径和方法。

其次是20世纪80年代引进西方各种文学艺术研究方法之后开展的文学研究方法论研讨热潮的影响。

80年代，思想解放和学术研究变革促生了大量海外学术研究新方法的引进和研讨，一时间，"开口不谈方法论，遍读诗书也枉然"。这场学术潮流的重要标志之一就是将20世纪40年代以来发源于自然科学的"三段论"（系统论、控制论、信息论）移用于社会科学研究领域，成为影响社会科学研究方法的"显学"。与此同时，介绍和总结海外各种学术研究方法的论著也如雨后春笋般迅速增长。受此风气影响，包括文学研究在内的社会科学学术研究纷纷探索其所在领域的新方法和突破口。

再次是进入20世纪90年代之后学界对于80年代方法论热潮的反思。

进入90年代之后，学界关于方法论的讨论骤然冷却。但这个冷却不是消亡，而是于冬眠中等候复苏。在这冬眠期中，学者们没有完全沉睡，而是冷静反思分析80年代方法论热潮的得失利弊，寻找符合学理和中国国情的研究方法。

作为那个时代的过来人，笔者对80年代方法论浪潮所存在弊端的总体印象是生搬硬套，生吞活剥。其中既有各种新方法"走马灯"式的登场，也有各种新名词的狂轰滥炸。这些现象所折射的深层实质还是中西体用关系定位问题，也就是说，仍然没有跳出鸦片战争以来"全盘西化""西体中用"文化价值取向的窠臼。所不同的是，国人在饱受国门封闭之苦后，一旦大门打开，大有饥不择食，以致消化不良之弊。

笔者的反思结果是，笼统地说钥匙不好或者锁不好都失之偏离，一把钥匙只是对它能打开的那把锁来说才是好钥匙。对于外来研究方法，笔者以为应该用三个尺度来衡量是否可用：其一，是否弄清其原理和适用对象；其二，是否适用中国本土的研究对象；其三，在用于中国本土研究对象时是否具有调整可塑性。如果具备以上三个条件，外来方法在中国的使用应该是没有问题的。

复次是在反思中发现来自西方主题学研究对中国古代叙事文学研究的启示作用。

在以上反思的基础上，笔者开始注意到西方主题学研究对于中国古代叙事文学研究的作用。两者之间能够产生契合点的主要原因在于各自研究对象形态流变的多样性高度吻合。中国古代叙事文学中的同一故事主题类型在不同时间空间，乃至各种不同文体形式中存在多种不同演绎形态，这一情况与主题学研究的民间故事完全相似。发源于19世纪欧洲的主题学研究正是注意到口头传承的传播途径因时空变化给民间故事带来的多种形态，所以把研究重心放在多样的故事形态及其背后的文化制约动因。这一视角恰恰是以往中国古代叙事文学故事主题类型研究所缺少的。

最后是基于古代文学硕士研究生文学研究方法论课程建设和其他教学需要。

80年代以来的文学研究方法论讨论对高等学校研究生课程建设产生了巨大推动力。笔者从1993年开始指导硕士研究生，在为研究生设定课程时，首先考虑的就是如何通过课程建设加强方法论意识的引导和研究能力的培养。于是，以上四个方面问题便水到渠成地汇聚在一起，形成一个合理借鉴吸收西方主题学方法，用于中国古代叙事文学故事主题类型研究的方法论系统课程内容。同时将此课程作为研究生学位论文写作的主要理论指导，在实践中逐渐摸索出一种适合中国叙事文学故事主题类型研究方法的理论体系和实践程序。

在以上各种机缘汇拢的基础上，笔者产生了寻找一种针对中国古代叙事文学故事主题类型研究新方法的念头。但因为此事关系到一个学科方向的研究方法更新，需要严密的思考设计和一定时段的实践演练。为此，笔者从1993年开始，计划通过研究生课堂教学和本硕学位论文指导，摸索构建中国叙事文化学研究的体系框架和操作程序。

二、通过教学渠道摸索勾画中国叙事文化学研究体系框架

1994—2004年这十一年间，通过教学渠道摸索勾画中国叙事文化学研究的主体工作是硕士研究生课程，旁及硕士和本科生毕业论文指导。实践结果证明，这个构想基本取得了成功。

硕士研究生课程从1994年开始设立，考虑到此时中国叙事文化学研究并不成熟，其基本框架模式从借用西方主题学研究开始，因此课程名称暂时使用"中国文学主题学"，至2004年共开设十轮。听课学生既有笔者本人指导的硕士研究生，又有本专业其他导师的硕士研究生。对于笔者所指导的研究生而言，该课程是进行学位论文写作的详细指南；对于其他研究生来说，该课程是扩大知识视野，为专业学习研究提供参考的渠道。

该课程第一版教案最初设计分为三编：

第一编：叙事文化学的范畴、对象和方法。下分三章：

第一章：什么是叙事文化？下分三节，分别介绍什么是"叙事""叙事文学""叙事文化"；

第二章：叙事文化学的对象。下分三节，分别介绍中国叙事文学文献、中国文化要义、叙事文化学在比较文学中的地位；

第三章：叙事文化学的方法。下分三节，分别介绍主题学、原型批评、文化批评；

第二编：主题示例。下面每个故事例示为一章，共八章：孟姜女、王昭君、杨贵妃、牛郎织女、白蛇传、观世音、孙悟空、西厢记。

第三编：体裁示例。下分四章：

第一章：章回体及其文化蕴含；

第二章：话本体及其文化蕴含；

第三章：世说体及其文化蕴含；

第四章：传奇体及其文化蕴含。

这个设计大致体现了最初设想的中国叙事文化学的基本内核，其中包括：1.以故事类型为基本研究单位；2.借鉴西方主题学方法作为基本研究手段；3.用传统文献考据方法作为基本文献搜集手段；4.用文化批评作为

基本研究视角。

由于是首版设计，也有些考虑不周和欠妥之处。比如第一编缺少一个绪论或引言，陈述叙事文化学研究提出的背景和意义等；又如第二编的设想是展现按照这种方法研究的成品形态，有一定前瞻性，但在发轫时期还只是规划；再如第三编考虑到了叙事文化学研究中的文学角度观照，但文学观照除了体裁，还应该包括其他方面，所以还有完善补充的必要。

经过两年教学实践和学位论文指导后，笔者从1998年开始使用第二版教案。与第一版相比，第二版做了如下调整：

第一，把第二编、第三编置于附录，作为叙事文化学研究的备选及可探讨、可发展空间。

第二，增加了引言。引言中提出三个问题：一是从强调方法论问题重要性入手，引出建立中国叙事文化学研究的必要性；二是分析描述文学文本的三种形态，为中国叙事文化学研究提供学理支持；三是提出西方主题学研究对于叙事文化学研究的参考价值。

第三，把原第一编的三章内容作为课程内容主体，分别加以细化。其中比较重要的是在第二章第一节下面，增添了一个小节"关于主题类型的确定"，该节在对比主题学"AT分类法"①分类模式的基础上，提出叙事文化学研究的分类原则，即把中国古代叙事文学故事类型分为四类：人物类、题材类、事件类、器物类。这个分类还不尽全面，但它的意义在于为叙事文化学研究的主题类型类别大致划清了范围界限，对于叙事文化学研究的整体规划有重要价值。此外，第二章为关于叙事文献的搜集方法、叙事文化学与比较文学的关系，第三章为关于主题学对叙事文化学研究的参照作用、关于故事类型文化批评的几个视角分析等，均在较大程度上细化了叙事文化学研究的理论厚度。

通过对第二版教案的整理及其教学使用，叙事文化学的体系框架有了进一步的完善和提升，尤其是几个关键性部分得到了补充和细化。

---

① "AT分类法"是阿尔奈与汤普森根据主题学的基本原理设计建构的、关于世界民间故事的类型编制方法，其标志成果是《世界民间故事分类索引》。

在此基础上，经过几年教学实践和思考调整，叙事文化学研究在整体构想方面又有了较大提升。从2004年开始使用第三版教案，该版教案在体系框架上与第二版基本相同，但在一些细节上更加深化细化。其中比较重要的是第二版第一编第二章第一节下增添的"关于主题类型的确定"小节，其中将中国古代叙事文学故事类型分为"人物""题材""事件""器物"四个类别，在第三版教案中更新为"自然""怪异""人物""器物""动物""综合"六类。这个改动使得叙事文化学关于故事类型的分类趋于合理和定型，是叙事文化学研究体系框架走向系统化的关键一步。这项工作得到推进的原因在于，从1999年开始，叙事文化学研究从课堂教学和学生论文指导走向学术研究，标志是"六朝叙事文学的主题类型研究"于1999年成功立项国家社科基金一般项目。

通过十一年的课堂教学和学生学位论文指导，中国叙事文化学研究基本形成较为完整的体系和相应的操作方法，同时开始向学术研究方面发展，使课堂教学与学术研究形成相互促进的良性状态，为中国叙事文化学向纵深发展奠定了坚实基础。

三、通过学位论文实践探索叙事文化学研究方法

从1994年到2004年，笔者本人指导的硕士研究生学位论文中有7篇采用了叙事文化学研究方法，指导的本科生学位论文中有6篇采用了叙事文化学研究方法。这些学位论文一方面将叙事文化学研究从课堂教学变为学术研究实践，在实践中验证叙事文化学研究的科学性和可行性；另一方面也在实践中为叙事文化学研究摸索出一些课堂教学尚未顾及或细化的地方，为叙事文化学研究的全面探索探路。

通过梳理这一时段完成的学位论文，笔者摸索出以下经验和规律：

1.明确故事类型选题范围对象

2004年第三版教案使用之前，笔者用叙事文化学研究方法指导学位论文时在选题方面没有宏观的统一规划和分类体系，基本上是围绕个案故事主题类型做自由筛选。在这个自由筛选过程中，逐渐把个案故事类型作为该方法研究的主体对象。

此前的课堂教学已经大致勾画和交代出叙事文化学研究的对象为叙事文学主题类型，但应该掌握到什么分寸，笔者心里并无绝对把握，加上听课学生对此理解各有不同，所以在理解和操作上对于研究对象分寸的把握出现过一些分歧。如，故事主题类型是掌握到某一故事的具体个案故事类型，还是包含若干个案故事在内的意象故事类型。这个分歧导致这个时段学位论文选题出现两种情况：一种是按照意象故事类型层面操作，如《中国古代时差故事源流考析》《妒妇故事的演变及其文化意蕴》，其研究对象范围大于个案故事类型，并能够在对比中衬托出个案故事类型的分寸范围；另一种就是严格按照叙事文化学研究个案故事类型来掌握，采用这种方法写作的硕士和本科学士学位论文共有15篇，选题范围大致涉及三个方面：神话传说故事（《精卫填海故事的演变》《西王母故事的演变》《西施故事流变及其文化探源》《韩湘子故事的演变及其文化内涵》《月老红线故事演变及其文化蕴含》《刘晨、阮肇遇仙故事的演变及其文化意蕴》《九天玄女形象演变及其文化意蕴》《湘妃故事嬗变研究》）、历史人物故事（《卓文君私奔相如故事流变》《木兰故事演变及其文化观照》《绿珠故事的演变及其文化意蕴》《杨妃故事嬗变研究》《钗头凤故事的演变》）、文学人物故事（《聂隐娘形象嬗变及其文化心理透视》《李慧娘的主题原型及发展探究》）。

从以上两类选题可以看出，尽管没有统一的分类体系规划，但从选题类型分布情况看，按照意象故事类型掌握的选题数量不多，能够对比出两者之间的区别和界限，对于把个案故事主题类型确定为叙事文化学研究选题对象具有衬托作用。通过采用个案故事主题类型的论文可以看到：三个方面选题不仅基本涵盖了后来叙事文化学研究个案故事研究选题范围的几个基本类型，也为后来叙事文化学研究的故事类型系统研究做了必要铺垫。中国叙事文化学研究的选题对象范围问题，在这个时段基本开始定型。

2.关于学位论文文献搜集工作的一贯坚持

文献工作是中国叙事文化学研究的一大特色。叙事文化学研究区别于意象主题研究和以往戏曲小说同源关系研究的一个关键点就在于文献材料掌握方面的无限充分。这一点在最初的叙事文化学研究构想中就非常明确和坚定并被坚持下来。

在叙事文化学课堂教学和论文指导中，文献搜集工作始终占有重要比重。课堂教学的40课时中，大约三分之一的时间用于围绕故事类型文献搜集相关知识传授，并且通过布置大量课外练习与作业进行文献考据能力训练。对于文献搜集能力的培养和训练，既是高水平大学中国古代文学学科人才培养的重中之重，也是叙事文化学研究方法能够成立的根基所在。

需要特别强调的是，这个时段中国古籍数字化工作尚未得到广泛开展。能够使用的网络资源基本只是知网所收1978年以后的研究论文。大量与个案故事类型相关的原始古籍文献文本基本只能通过人工翻阅。这样的工作量巨大，难度很高，其中不但有大量的铅排本工具书，而且有很多未曾排印的线装古籍。即便如此，能够找到这些古籍，学生们都会获得满满的成就感，而最令学生们痛苦的是有时一连翻阅几天都一无所获。这种挫败感对于20世纪末21世纪初的硕士研究生和本科生来说，无疑具有极大的挑战性，有些学生甚至因为查找文献材料的艰难相拥而泣。但他们还是坚持了下来，不但基本完成了既定目标，为自己的学位论文奠定了扎实的材料基础，同时也证明了叙事文化学研究方法中关于文献工作设想的科学性和可行性。

1994年至2004年这十一年间，采用叙事文化学研究方法写作的学位论文有15篇，其共同特点或长处，就是文献材料工作的扎实和充分。这是中国叙事文化学研究能够坚持并取得发展进步的重要原因。

3.关于论文写作框架和结构设计

这个时段的三版教案中，均无具体论文框架设计样例，所以这个时段的学位论文需要在教师指导下自行设计。经过这15篇学位论文的实践摸索，叙事文化学个案故事类型研究学位论文大致形成以下基本框架模式：

首先是绪论（引言）部分。作为学位论文的必要组成部分，这部分一般包括选题价值、研究现状分析、研究思路等几个主要部分。但叙事文化学研究自身尚处于起步时期，把学位论文的一般格式规则贯彻落实到具体的叙事文化学个案故事类型研究论文上来，在实践中还有一个摸索的过程。本科学年和毕业论文受篇幅限制，绪论（引言）展开空间有限，情有可原，但早期部分硕士学位论文在这方面也有可完善和提升的空间。随着时间推移，大家在这个问题上的认识逐渐深入，距离规范的学位论文格式要求也越来越近。《西施故事流变及其文化探源》《木兰故事演变及其文化观照》《绿珠故事的演变及其文化意蕴》在绪论格式规范与叙事文化学方法融合上掌握得较为圆满，为后来的学位论文起到一定示范作用。

其次是文献综述部分的方法掌握。这部分是叙事文化学个案故事类型研究学位论文的重头戏，需要将此前费尽千辛万苦搜集掌握的全部文献材料在阅读梳理的基础上进行归纳表述，成为清晰描述该故事类型形态演变发展的线索图，为后面的文化分析做好准备。这部分在处理过程中也存在学位论文一般格式规则与叙事文化学个案故事类型研究相接榫的问题。对于叙事文化学个案故事类型研究来说，这部分的文献学意义在于，既需要把全部相关文献材料交代清楚，又需要把该故事类型演变发展中的异同和变化描述清楚，为后面的文化分析提供素材。这对论文作者的宏观驾驭能力和逻辑思维能力提出了比较高的要求。最初部分作者在处理文献综述时采用类似资料汇编的方法，笔者就将之作为文献综述写作的反例，请大家警惕。从7篇硕士学位论文看，文献综述的处理方法逐渐明确清晰，为叙事文化学学位论文写作与指导积累了有益经验。

最后是文化分析部分的结构处理。这部分是叙事文化学个案故事类型学位论文写作的主体，其主要任务是把该故事类型在不同时间和文体中所发生的形态变异情况梳理清楚，并分析论述各种形态变异情况的文化动因。为实现这个目标，叙事文化学研究学位论文在结构处理上逐渐形成两种模式：一是先纵后横，二是先横后纵。先纵后横是指文献综述后的主体文化分析部分先按时代先后顺序以章排列，每章下分析该故事在相应时代的文本形态变异中所呈现的几个不同的文化侧面（如宗教、政治、地域、婚恋）；先横后纵则是指文献综述后各章为横向的文化侧面（如宗教、政治、地域、婚恋），每章下分析相应文化侧面在不同时代的演变轨迹及其原因。从这个时段硕士和本科学位论文情况看，较早的学位论文对此问题的认识尚属模糊，后来采用先纵后横者占少数，多数采用先横后纵模式，并成为后来学位论文结构的主流。

4.关于文化分析

在叙事文化学个案故事类型研究中，文献挖掘和梳理好比是有待烹调的食材，是基础材料而非制作主体。文化分析才是叙事文化学故事类型研究的重心。

之所以如此，是基于这样的学理认知：一个时代的文学外在表现，受到所在时代社会文化背景的制约和影响，因此，挖掘文学现象背后的深层文化背景既是一般文学研究的重要工作，也是叙事文化学个案故事类型研究的重中之重。但相比之下，对故事文本进行文化分析，其难度要远远超过文献挖掘和梳理。文献挖掘梳理主要需要坐"冷板凳"的功夫和毅力，而文化分析则更需要学识学养和思辨悟性。考虑到这个问题的重要性，在几个版本的教案中，文化分析都是其中重要的组成部分。但文化问题本身涉及的知识背景广阔，情况复杂，文本形态又千差万别，在有限课堂教学中很难做到"一把钥匙开一把锁"地针对性解决。只能大致梳理出文化分析的几个主要方面作为可能的切入角度，给论文写作者提供思路参考。写作者根据课堂教学提示，结合故事类型文本实际情况，对该故事的形态演变做不同角度的文化分析。

本时段硕士和学士学位论文在文化分析方面明显有从模糊到清晰演进的过程。第一篇硕士学位论文《杨妃故事嬗变研究》（2000年）在文献综述之后，只列出"杨妃故事的主题思想演变"和"杨妃故事的情节演进"两章。而紧接其后的《西施故事流变及其文化探源》（2001年）则把西施故事的文化分析分为"西施故事与吴越文化""西施故事与历史意识""西施故事与美女祸水""西施故事与生命情绪"四个部分，文化分析模式明显确立。后来的几篇学位论文大致按此模式运行，形成相对稳定的文化分析方式。

四、从教学和科研实践中摸索中国叙事文化学理论体系

创立一门前所未有的新的学科研究方向，不仅需要扎实有效的实践探索，更需要科学的体系构想和学理建构。中国叙事文化学研究要实现既定目标，成为中国古代叙事文学研究的创新性学科，更大的难点在于理论体系的构建和设置。其难点主要在于，它的理论内核来自西方主题学研究，

但如何根据中国古代叙事文学的实际情况，将主题学研究的合理内核化用其中，是叙事文化学研究必须面对和解决的重大核心问题。

为达此目的，从20世纪90年代初开始思考规划的中国叙事文化学，从1994年开始正式进入本硕课堂教学和论文指导。但在2007年之前，没有任何关于中国叙事文化学研究理论建设的文章发表，目的就是能够用较长一段时间在实践中进行摸索探讨，寻找主题学方法与中国叙事文学故事主题类型研究的融汇点，在此基础上再上升到理论升华的层面上。

尽管这个时段没有正式的关于叙事文化学理论研究的文章发表，但项目组已经开始通过研究工作的两个具体渠道去摸索和规划叙事文化学研究的理论体系内涵：

第一个渠道是通过课堂教学摸索叙事文化学研究的体系框架和个案研究程序。在第一版教案以及相应的教学内容中，笔者大体构想和规划了叙事文化学研究的基本格局。其中也大致包含了叙事文化学的基本框架和理论要素：

1.从中国叙事文学研究方法的老化和文学研究方法论的重要性，引发出对中国叙事文化学研究方法进行探索的必要性探讨；

2.借鉴西方主题学研究方法，提出叙事文化学的学理依据；

3.通过分析文本在研究中的不同位置，为叙事文化学研究寻找理论支撑；

4.提出全方位掌握故事主题类型文献资源对于叙事文化学研究理念范式的核心基础价值；

5.提出文化批评在叙事文化学研究中的方法论作用；

6.通过与比较文学的对比，认清叙事文化学研究的学术性质归属。

第二个渠道是开发叙事文化学的宏观体系建构，开始系统的叙事文学故事主题类型研究工作。

中国叙事文化学研究从1994年课堂教学起步，逐渐应用于本硕学位论文写作。这些工作内容都是围绕叙事文化学个案故事主题类型研究展开。经过几年的教学和学位论文写作实践，项目组逐渐认识到，个案故事主题类型不是孤立的文学现象，它们应该从属于其背后由诸多个案故事类型组成的中国叙事文学类型体系。为了把叙事文化学研究推向深入，使之形成科学体系，还需要参考借鉴西方主题学"AT分类法"的方法体系，编制中国叙事文学故事主题类型索引。

1999年，笔者申报的国家社科基金一般项目"六朝叙事文学的主题类型研究"获得立项批准[①]，该项目以中国叙事文学故事主题类型为研究对象，是叙事文化学研究的重要组成部分。

对于叙事文化学研究来说，这个项目的开展意味着叙事文化学研究在个案故事类型研究的基础上，增加了对于全部个案故事类型进行分类的索引编制工作。索引编制工作与个案故事类型研究并行，形成叙事文化学研究相互联系和支撑的两大组成部分，为叙事文化学研究体系走向系统和科学化，提供了助力，并且也为叙事文化学的理论探索提供了充分的实践例证。

编制中国叙事文学故事主题类型索引，不仅是一项技术工作，也面临相关深层理论问题。没有对这些深层理论问题的思考和决断，索引的编制就必定陷入盲目当中。这些理论问题主要包括：

1.叙事文学故事主题类型索引编制中萌发的体用关系认识

叙事文学故事主题索引编制工作的方法来源于对西方主题学研究"AT分类法"的借鉴。但在借鉴使用过程中却面临一个怎样借鉴的问题：是全盘照搬，还是根据中国叙事文学实际情况加以改造？由于"AT分类法"的研究对象是口头传承的民间故事，而且参考使用的文献资源以西方民间文学文献材料为主，而中国叙事文化学的研究对象是以书面文学为主的叙事文学作品，这就意味着，如果完全照搬"AT分类法"，难免削足适履。这就需要根据中国叙事文学故事文献实际情况来另起炉灶，重新设计。当时采用的这种操作思路和方法虽然还比较朦胧，没有明确上升到体用关系层面上来认识，但其工作内容已经涵盖并实践了这样的认知。

2.索引编制分类设置中分类体系的逻辑关系认识

在索引编制过程中自发萌生的"中体西用"认识，主要来自索引编制

---

① 项目名称：六朝叙事文学的主题类型研究，项目编号：99BZW014，结项于2015年，以《先唐叙事文学故事主题类型索引》为名，出版于2012年。

中分类体系设置的比较和思考。"AT分类法"根据西方背景下的民间故事主题学研究需要,将浩如烟海的世界民间故事主题类型分为五个,即动物故事、普通民间故事、笑话故事、程式故事、未分类的(难以分类的)故事。除了上文提到的,中国叙事文学故事主题类型在书面文学和中国本体两个基本特征上不同于主题学以关注西方为中心的口头传承民间文学这一对象选择外,笔者对"AT分类法"所采用的分类逻辑也有保留看法,在笔者看来,在"AT分类法"的分类中,各个类别之间不是同类可比的平行并列关系,比如"动物故事"具有物种属性,与之同类有"人物故事"或"器物故事",而"笑话故事""程式故事"的类别属性则与之风马牛不相及了。为了解决这些问题,笔者根据中国叙事文学生存形态的实际情况,按照同类可比的原则,将中国叙事文学故事主题类型索引分为"天地""神怪""人物""器物""动物""事件"六类。这个分类一方面表现出对于西方主题学故事分类体系的合理吸收,又表现出根据中国叙事文学实际情况对其做出的改造,无形中体现出"中体西用"的基本原则。

3.索引编制的阶段性系统安排

考虑到中国叙事文学历史悠久、作品数量众多的实际情况,为使索引编制稳妥进行,项目组采用分段编制、最后合成的方式,将"中国叙事文学故事主题类型索引"按照朝代顺序分为先唐、隋唐五代、宋元、明、清五编,待五编分别完成后合为一体。1999年得到国家社科基金立项的"六朝叙事文学的主题类型研究",实际上就是这个整体规划的第一编。该编基本上实践了中国叙事文化学研究的基本原则和基础理念,为后面几编的索引编制奠定了基础。

这个情况标志着,中国叙事文化学研究从此前实验性的课堂教学和学生培养,开始进入教学和科研并举,二者相互促进并推动叙事文化学研究向深入发展的成型阶段。

结语:成绩和待提升空间

中国叙事文化学研究从20世纪90年代初开始筹划,从1994年正式进入课堂教学实践,经过本硕学位论文写作实践和先唐叙事文学故事主题类型索引编制，到2004年已走过十一年历程。此间中国叙事文化学初步形成研究模式和规模，也为进一步深入发展奠定了坚实基础。但一种新的研究范式方法刚刚起步，筚路蓝缕，有成绩，也有提升空间。

从成绩方面看，这十一年间，中国叙事文化学从无到有，初步完成了对中国古代叙事文学故事主题类型进行系统研究的基本框架。尤其是经过十一年间不断的课堂教学和学位论文写作实践，经过不断地打磨更新，叙事文化学个案故事类型研究方法渐趋成熟并趋于稳定，叙事文化学故事主题类型索引编制奠定了坚实的基础，叙事文化学研究的理论体系也完成了基本框架的搭建，使中国叙事文化学研究成为一种有学理依据、有完整框架体系和知识结构、有具体操作程序、经过数年教学和学位论文实践、并得到国家社科基金项目支持、比较成形和完整的古代叙事文学研究新方法。从发展前景看，这种方法会在很大程度上推动中国古代叙事文学研究方法更新，并为之提供一种操作性很强的新的研究范式。

从有待提升的空间来看。万事开头难，尽管已经付出了很大努力，也取得可观成绩，但从创立一种成熟和科学的学术研究方法的角度来看，还是有许多地方需要进一步完善和深化：

1.提出对叙事文化学研究学理依据、创新价值和学术意义的认识，还有待深化；

2.叙事文化学体系框架和知识结构还有待充实完善；

3.叙事文化学故事主题类型索引只完成到先唐部分，唐代以后还有待补充衔接；

4.叙事文化学研究尚无学术研究论文问世，还有很大的提升发展空间。

以上所有这些说明，叙事文化学取得的成绩证明其跻身学界的合理性，而它存在的问题和有待提升的空间则为其走向深入发展指明了前进方向。朝这个方向继续深入挖掘下去，中国叙事文化学研究必将会再上新台阶，取得更大的成绩和进步。

巩固成绩，继续探索

——中国叙事文化学第二时段（2005—2011）

经过第一时段十一年的摸索和实践，中国叙事文化学已经初步形成比较成型的理论体系和实践方法。在此基础上进入第二发展时段的中国叙事文化学，无论是理论建设还是方法实践，较之第一时段都有了更进一步的提升和完善。这些成绩和进步为中国叙事文化学进一步发展奠定了更加稳固的基础，在扩大影响的同时，也进一步增强了挖掘探索的信心和动力。

一、影响和左右第二时段发展提升的有利客观条件

在继续保持此前各种教学条件、教学实践和科研团队实践机会的基础上，又增加了一些新的有利条件。

从教学条件和实践的角度看，这一时段的提升主要表现在博士生的课堂教学和学位论文指导训练上。中国叙事文化学研究第一时段理论探索和方法实践的重要试验田就是以硕士培养的课堂教学和学位论文指导为主体，从教材建设、课堂教学、论文指导到成果发表的"一条龙"教学模式和科学研究方法探索机制，而这个机制在博士培养的过程中显然对其深度和广度都提出了更高的要求。因而在客观上为中国叙事文化学的理论探索和方法实践提出了强化、深化的必然要求。

从团队培养和人员建设的角度看，由于中国叙事文化学研究是一种全新的叙事文学研究理念和方法，已经被既有研究方法和理念模式形成窠臼和路径依赖的人很难很快接受和适应。所以我们的教学实践过程和学位论文指导过程，实际上是以中国叙事文化学研究为主体研究方法的研究团队的培养过程。在第一时段的教学实践中已经培养了以硕士为主体，基本掌握中国叙事文化学研究方法的研究团队。而培养博士生的机遇，实际上为

这种专业团队培养增加了新鲜活力，提高了研究水平。

从学界影响的角度看，第一时段的中国叙事文化学主要把自身的理论体系建设和方法摸索作为核心工作和任务来完成，没有急于发表和宣传成果。经过十一年摸索实践之后，中国叙事文化学有了基本的理论框架和方法体系，并陆续出现一些以学位论文为基础的学术论文。尽管这些学位论文在答辩过程中已经得到同行专家和答辩委员会的肯定性评价，但这个评价范围仍然比较有限。为进一步扩大影响，并能得到更多学界同行批评和指正，第二时段的一个重要新举措就是向学界推广宣传中国叙事文化学研究的各类成果。这一举措也得到学界的大力支持和推动，先后有《中州学刊》《九江学院学报》《厦门教育学院学报》刊发中国叙事文化学研究专题文章，其中既有单篇文章，也有以"叙事文化学研究"为主题的专门栏目和数篇文章。这些文章第一次向学界展示了中国叙事文化学研究的最新成果。

从科研立项的角度看，在第一时段完成国家社科基金项目并出版《先唐叙事文学故事主题类型索引》的基础上，第二时段又再次申请以中国叙事文化学研究方法为特色的国家社科基金项目"中国神话的文学移位研究"。这个项目的重要意义是为中国叙事文化学个案故事类型研究提供具体的理念模式和操作范本，同时也是中国学界将叙事文化学研究方法与西方以原型批评为方法的神话学研究相结合的首次尝试。

二、课程建设的提升

对于中国叙事文化学来说，课程建设具有不可替代的重要作用，它是叙事文化学研究的探路先锋和试验田。从中国叙事文化学的历史来看，其草创和起步，都离不开研究生课堂教学，即从讲稿编写到课堂讲授，再到学生使用、实践的过程。因此，叙事文化学的提升，主要战场仍然还是课堂教学。

第一时段的草创工作已经为中国叙事文化学打下坚实基础，其中课堂教学又是主体部分。但因为筚路蓝缕，包括课堂教学在内的叙事文化学研究尽管取得初步成功，所以也还存在不少有待提升拓展的空间。第二时段叙事文化学研究工作的进展，率先在课程建设方面获得充实和提高。

授课对象的变化不仅是第一时段与第二时段时间划分的重要客观依据，同时也是第二时段课程建设提升的重要动力。在第一时段摸索和实践的十一年间，叙事文化学的授课对象主要以硕士研究生为主，而从2004年开始，又增加了博士研究生。由硕士课程升格为博士课程，对课程本身提出了更高、更多的要求。这样，课程性质要求与叙事文化学本身的提升需求一致，使得叙事文化学的进步和提升有了更为直接的动力和客观基础，从而有力推动了课程建设的提升，具体体现在以下方面。

（一）因材施教，有的放矢

作为叙事文学的一种研究方法创新，尽管不同于普通基础知识的研究生课程，但既然将研究生课程作为传授这种方法的重要途径，那么也就不得不充分考虑研究生课程的相关条件和施教可能性。从生源来看，第二时段有两个重要变化，一是笔者被增列博导后增加了博士研究生课程任务，二是笔者所在学校一度将硕士研究生的学制由三年改为两年。这两方面的变化给中国叙事文化学这门课程提出了新的要求，需要其能够适应这些变化。

在第一时段没有明确强调励志教育问题，与教学对象的就业方向有关。第一时段教学对象主要是硕士研究生，其就业去向不够明确，加之该学说还在草创起步中，所以第一时段尚未将励志教育问题提到议程上来。进入第二时段后，博士研究生成为该课程授课主体。相比之下，博士研究生就业去向比较稳定，基本在高校从教或在科研单位从事研究工作。而叙事文化学研究作为一种力图综合传统文献考据和理论思辨两种研究方法的创新研究方法，对于操习者的知识视野与意志品格都有比较高的要求和期待。因此，通过叙事文化学课程教学，强化培育学生对学术的敬畏暨献身精神，是本课程乃至整个硕博研究生课堂教学的重要职责之一。同时，随着硕士研究生改为两年制，课程需要更加紧凑和凝练，以便在相对有限的课时中充分展示该课程的精华内容。这也对学生的读书效率和志向提出了更高的要求。励志教育的核心内容是对学术的敬畏精神和献身精神，笔者在实际教学过程中又逐渐认识到，敬畏精神和献身精神不但适用于学术，也同样适用于其他工作领域。因此，培养这种励志精神的同时，也在为未来无论从事何种职业的学生培养人格素质奠定基础。

（二）增补内容，完善结构

为适应教学对象，深化课程建设，大致采取以下措施：

遴选确定课程名称。第一时段的课程名称为"中国文学主题学"，表现出叙事文化学早期借鉴西方主题学研究方法的痕迹。第二时段开始时仍然沿用这个名称，后来使用"中国叙事文化学即主题学"的过渡性名称，最后确定以"中国叙事文化学"来命名。这个名称的最后确定，表现出中国叙事文化学的理论和初步完善。

增补调整原有内容。随着对叙事文化学研究的认识逐步深入，第二时段的课堂教学中增补了原有框架中的部分内容。其中主要体现在第一章"叙事文学"中。该章的三节内容，分别为"叙事""叙事文学"和"叙事文化"，最初设立该章的主旨是通过这三个层级的概念辨析，强调文学性文本的重要，并与非文学文本划清界限。但后来笔者在叙事文化学研究实践工作中发现，如果刻意强调文本材料的纯文学性，就意味着要放弃一些虽然并非纯文学性文本，但本身对叙事文化学个案故事演变轨迹发展有链条作用的某些材料。这与叙事文化学研究在文献材料搜集方面"一网打尽""竭泽而渔"的目标要求难免抵触。于是笔者在第二时段课堂教学中，对此做了一些纠偏工作。具体内容即在充分肯定纯文学性文本在故事类型材料中主流地位的同时，充分肯定和关注非文学性文本在故事类型材料整体链条中的对比衬托作用。这一点，在第二时段的课堂教学中有逐渐强化、深化的迹象。与此相类的是第二章第二节"文本的应用"，该节的基本内容是介绍叙事文化学个案故事类型文献搜集的各种渠道和方法。虽然其中几个渠道方面没有变化，但为了强化学生查阅检索古籍文献的能力，在具体内容和细节上有了许多补充和加强。原版第二章第三节"历史文化分析"，所涉面较大，且"历史"二字有局限性。新版将其改为"分化分析"，内容上也做了一些压缩和提炼。

增加新的内容。随着叙事文化学研究和实践的逐步深入，我们注意随时将最新研究成果引入课堂教学，保持课堂教学内容的新鲜活力。这突出表现在第二章"叙事文化学对象"中，该章在第一时段共分三节，分别为"文本的应用""历史文化分析""叙事文化学与比较文学"，这三节内容基本为叙事文化学个案故事类型的文献材料挖掘搜集和故事分析角度路径推介。相比之下，缺少一个对于叙事文化学的对象从故事类型到个案故事的内涵外延界定。为此，第二时段课程第二章增加了第一节"主题类型的确定"，集中探讨关于叙事文化学的故事主题类型确定问题。其时笔者承担了国家社科基金一般项目"六朝小说的故事主题类型研究"，这个工作的基础就是确定故事类型的划分体系。因为叙事文化学方法乃脱胎于西方主题学研究方法，在主题类型确定方面也参照了西方主题学的故事主题类型分类方法，即"AT分类法"。但因主题学的研究对象为民间故事，且以西方为主，东方材料相对缺少，因此不能照搬。我们参照吸收了"AT分类法"的体制和方法，但在具体类目设定上充分考虑了中国书面叙事文学的实际情况并进行划分。把这一科研成果引入研究生课堂教学，是本课程基本宗旨的落实。

（三）从长计议，不断更新

因为叙事文化学一直处于不断发展的状态，为保证课程内容跟上科研步伐，本课程采用多种途径，力图不断更新，保证常绿常新。

保持课件更新。根据科研成果和新发现问题，在每一轮课程开始前，都要将已经发现的新信息更新至授课课件中，确保把科研新成果和相关信息及时采集进入课堂教学内容中。

授课现场临场发挥。每一轮课程讲授过程中，都有临场发挥的内容，这部分内容也是课程内容更新的重要组成部分。而且因每次临场发挥的内容往往因话题角度不同而有所变化，往往产生与同一节点其他讲稿不尽相同的内容。所以这部分内容也十分重要。

鉴于以上情况，从第二时段开始，我们把该课程课堂笔记作为学生的期末作业之一上交，供每年新一轮上课前更新教案和将来撰写正式专著使用。

三、学位论文与课程论文的实践与科学总结

如果说课程是叙事文化学产品制作的工作原理和工序培训的话，那么学位和课程论文便是按照这样的培训实践制作出来的产品。所以，根据这门课程提供的理论和方法所作学位论文和课程论文是验收课程效果，同时也是检测叙事文化学研究方法的重要途径。尤其重要的是，把课堂教学的知识传授变为论文写作的实际成果，并且把论文成果的个体写作经验和整体面貌梳理做出相应总结，都需要论文写作的实践。叙事文化学的很多写作方法要领和规律总结，都是在学位论文和课程论文的实践中摸索、提炼出来的。这些方面在第二时段表现尤为突出，主要收获有以下几个方面。

参与论文写作的人员队伍扩大，层次逐渐提高。第一时段听课并使用叙事文化学方法写作学位论文和课程论文的人员基本仅限于笔者所带的硕士研究生，以及少数本系其他专业方向的硕士研究生，还有个别中外进修生等。进入第二时段后，参与学位论文和课程论文写作的人数构成有了很大增加。除在原有基础上又增加了博士研究生外，比较可喜的是，有部分外校没有直接听过叙事文化学相关课程的学生开始采用这种方法来撰写学位论文。这说明叙事文化学的研究方法在学界已经逐渐被认可，产生了辐射效应，成为部分学者采用实践的叙事文学研究方法。论文作者队伍的扩大，不但增加了相关学位论文和课程论文的数量和体量，而且在学术质量上也有很大提升。一篇硕士学位论文通常少则两三万字、多则五六万字，而一篇博士学位论文通常少则十几万字、多则四五十万字。字数增加幅度之大，势必在文章内容覆盖面和思考深度方面更为强化和深入，因而使学术质量和学术价值得到提升。

选题类型渐成体系。第一时段的学位论文和课程论文选题，基本是没有体系类型的自由选题，在不断摸索中逐渐形成了几个基本的选题类型体系。中间经历了以下几个层面的摸索过程。

首先是关于故事类型在论文选题中的规模量定。叙事文化学研究的最初设想，个案故事类型的选题应该以个案故事为基本研究单位，如王昭君故事、《西厢记》故事等。在实际工作过程中，有些学生在选题中愿意做一

点偏离尝试，即选择比个案故事大一些的故事群。这样的尝试不仅在第一时段就有过，如《古代妒妇故事研究》等，而且在第二时段仍在继续，在博士论文和硕士论文中均有表现。经过各个层次几年实践和对比，最终得出基本结论：就研究题目本身来说，这种大于个案故事类型的集合性故事群研究自有其意义和价值，但就叙事文化学研究的整体格局来看，它与叙事文化学研究力图从故事类型的基本单元——个案故事做起这个整体构想不尽吻合。鉴于此，在第二时段后期，大约从2009年以后，集合性故事群的选题方式基本退出学位论文和课程论文等主流教学渠道。从此之后，学位论文和课程论文选题基本集中在个案故事类型中。

其次是学位论文与课程论文的选题方向类型。与此相关的是中国叙事文化学对全部中国古代叙事文学故事类型的划分。这项工作自1998年笔者承担国家社科基金一般项目"六朝小说故事主题类型研究"就已经在进行。这项工作涉及面广，很难轻易敲定，需要反复推敲。但这个探索推敲的过程对于学位论文和课程论文选题方向的类型选择，具有重要的引导和参考作用。而学位论文和课程论文的选题方向类型摸索过程，也为叙事文化学的系统故事类型定制提供了实践参考依据。

从实践角度看，第一时段的选题方向还不太集中，除了有集合性故事群与个案故事在选题方向上的龃龉外，个案故事类型本身在选题方向上也尚无统筹规划。其中原因有二：一是叙事文化学还在起步摸索过程中，来不及把所有程序都规划落定；二是第一时段仅有硕士研究生，人数有限，也来不及做更广泛的推广尝试。进入第二时段后，听课并参与撰写学位论文和课程论文的学生增加为笔者所带博士、硕士（学位论文）和门外旁听课程的博士硕士（课程论文）。听课人员的增加为学位论文和课程论文的选题方向系统化、规则化提供了动力和保证。在此期间，笔者承担了一项国家社科基金项目"中国神话的文学移位研究"。这个项目的研究方法实际上就是借鉴西方神话研究领域原型批评理论，用叙事文化学研究方法对中国古代神话的个案类型做文学移位研究。这样，叙事文化学研究也就第一次有了一组明确而集中的选题方向。有部分同学参加了这个项目的工作，他们的学位论文和笔者的研究合在一起，便构成了神话方向的选题系列。在神话这个选题系列的基础上，笔者开始注意考虑将性质相似的类型组合在一起，形成新的选题方向系列，如"帝王系列""历史名人系列"等。尽管这个时段关于选题方向尚未形成明确的类型系列，但已经逐渐形成大致轮廓和雏形。

2011年，"六朝小说故事主题类型研究"的结项成果《先唐叙事文学故事主题类型索引》正式出版。其中关于叙事文学故事主题类型的划定原则，参考了此前历年博士硕士的学位论文和课程论文。因为时间节点已经在第二时段末尾，所以它的分类原则对本时段学位论文和课程论文的影响未能发挥出来，有待下一时段的操作实践。

最后是关于学位论文与课程论文的基本结构框架。因为课程论文的体量规模基本与普通刊物文章相当，其结构框架也与之相仿，无须另出机杼。这里主要就博士硕士学位论文的结构框架问题做些梳理总结。

叙事文化学个案故事类型研究的核心要件包括文献挖掘和文化分析两个方面，所以学位论文的结构框架要从这两个部分各自的内容如何展示，以及二者相互关系的安排考量上来寻找起点和路径。

第一时段的学位论文基本是硕士学位论文。叙事文化学个案故事硕士学位论文的体量大约在三五万字，其中文献挖掘综述部分约占三分之一，一般用一章篇幅。这就基本奠定了叙事文化学学位论文结构框架的基础。进入第二时段后，硕士学位论文继续沿用此结构框架，而博士学位论文则需要有较大的变动和调整，其间也经历过一个摸索实践的过程。该时段最初几年，博士学位论文的结构框架基本还是参照之前的硕士论文，将第一章作为文献综述，其中包括原始文献叙录和文献信息梳理归纳总结两部分。与硕士学位论文相比，博士学位论文体量较大，少则十多万字、多则四五十万字。如果按硕士学位论文等比放大的话，文献综述部分的原始文献叙录内容相对比较枯燥，但在论文中所占比重较大。经过一段时间的学位论文答辩实践，有些论文评审专家和答辩委员在审读论文过程中，提出了这个问题，同时提出了修改方案。经过综合各位专家提出的参考意见，在第二时段后期，我们提出了学位论文文献综述部分结构框架的另一种形式：将原文献综述部分的文献叙录和文献信息梳理、归纳、总结分开，其文献叙录部分以附录形式放在整个论文后，其文献信息梳理、归纳、总结部分保留在第一章。这样既减轻了第一章字数的压力，同时也能使这一部分的内容主题更加明确突出。因为这种方式还有待实践检验，所以没有将其作为唯一选项，而是与原方式并列为可选项。两种方案并行为文献综述的结构框架处理提供了充分的实践经验，也为后来的学位论文做了非常有益的尝试和摸索。

在学位论文的文化分析方面，第二时段也在第一时段的基础上，逐渐摸索和梳理出一条清晰而有效的结构框架。叙事文化学个案故事文化分析涉及研究对象历时时间脉络与同一故事中并存的几种历史文化侧面，在结构框架安排上可以有两种方式：一种为纵向法，是以历时时间为纵向经线，以各个文化侧面为横向纬线，每个划定的朝代范围为一章，每章下以文化侧面按节排列；另一种为横向法，即将各个文化侧面按章排列，每章下按时间顺序排节。从外观上看，这两种不同的结构框架模式可以将同一内容按两种不同结构方式进行不同组合。但两种结构框架模式各有侧重，纵向法的历时线索比较清晰突出，横向法则重在突出文化侧面主题，二者在实践中均有成功表现。另外，这两种结构框架模式也与研究对象故事主题类型的时间跨度和文化涵盖面有关。从已经完成的学位论文情况看，一般时间跨度比较长，或文化涵盖面不很丰富的选题比较适合采用纵向法；反之，时间跨度不是很长，或文化涵盖面比较丰富的故事选题比较适合采用横向法。

学位论文撰写中篇幅最长、难度最大，同时也是标志论文学术水平高低的重要成分是文化分析的深度与广度。同时，这也是叙事文化学研究的价值和生命的重要体现。与此前普通的戏曲小说故事同源关系研究相比，叙事文化学个案故事类型研究的根本变化和突出价值就在于，它跳出以往戏曲小说故事同源研究在内容方面主要集中在社会历史角度评价分析的局限，将研究视野扩大到历史文化学的各个领域，包括各种文献材料中包含的哲学思想、宗教思想、政治思想、历史事件、士人心态、伦理观念、民俗风情等各个方面，从而全面体现叙事文学故事类型文献材料中所蕴含和体现的文化内涵。

如此庞大而繁复的研究工作对于博士和硕士来说的确有相当的难度，但对于叙事文化学研究这种新方法来说，它又是必需的。因为叙事文化学的研究方法不是根据研究生的能力和实力量身定做的研究方法，而是在追求和探索一种叙事文学研究更新换代的前沿方法。所以不能让这种方法去迁就研究生的能力，而应该提高研究生的研究能力门槛，让研究生的学位论文成为叙事文化学研究的试验田和参考范本。这同时也提高了研究生学术研究的起点，直接让研究生进入科研实践状态，所以这也是研究生培养模式的一种新探索。

故事类型的文化分析有两个难点：一是对相关历史文化侧面的知识掌握；二是如何把故事类型相关材料中所涉及的各种文化侧面要素辨认、挖掘出来，并进行梳理和归纳分析。尽管难度很大，但目标方向明确，在实践中笔者摸索出一些行之有效的方法，尽可能兼顾学生的能力和一定的学术水平。所谓的方法即指内外结合：外，就是指加强对于各个文化侧面专门史基础知识的学习了解，增强对于各个文化侧面的辨识能力；内，就是认真仔细阅读故事类型原始文献文本，努力辨识和遴选故事文本中含有的各种文化侧面材料，将其汇总后形成对于各个文化侧面的系统梳理和分析评论。多年来的实践证明，尽管从总体上看，研究生的学术基础有限，在文化分析方面还难以达到很高水准和精彩程度。但作为对一种新的研究方法的试验方向和探索方向，无论是其对研究方法本身的探索，还是为其以后的学术发展，这些实践都具有不可代替的意义和作用。

四、成果发表与理论建设

除了招收博士研究生为提升课程质量乃至整个叙事文化学研究格局框架的深化带来机会外，与第一时段相比，第二时段最大的进步和亮点是以叙事文化学方法为主题的个案故事研究和理论研究文章开始陆续发表。这些成果开始陆续彰显叙事文化学研究方法的实践效果和理论内涵，首次向学界展示叙事文化学研究方法的存在和样貌。

在第一时段摸索和实践的十一年中，叙事文化学从酝酿到通过研究生培养的课程传授和学位论文实践，逐渐摸索总结出叙事文化学的基本学理内涵和实践操作方法，并产生了十多篇硕士学位论文。尽管这些学位论文还不能说尽善尽美，但如果把叙事文化学的构想比作一张设计蓝图的话，那么这些学位论文可以说已经成功完善了内部的生产程序，制造出成型的产品。而这些学位论文的精华部分在第二时段的整理发表，则又相当于将原本生产的产品出厂上市，并为社会（学界）所认可。

该时段所发表的成果基本分为两个部分，即个案故事类型研究和理论探索文章。个案故事类型研究成果论文发表的重要意义是，它把叙事文化学研究从最初的理念设计框架经过学位论文的生产实践之后，又成批成功推向学界，证明叙事文化学研究理念方法的科学性和可行性。其中个案故事类型研究主要来自两个方面，一是笔者带领团队承担国家社科基金一般项目"中国神话的文学移位研究"所做出的个案故事类型系列研究成果，二是笔者所带研究生在所做学位论文基础上生成的部分个案故事研究论文。此外，还有部分学界发表论文，其性质方法与叙事文化学比较接近。从时间上看，尽管这些论文未必受到叙事文化学研究方法影响，却能说明二者学理相通。

"中国神话的文学移位研究"系借鉴西方原型批评方法，对中国神话的代表性故事类型进行文学移位的源流演变研究。这是中国神话研究的一次全新探索，实际上是中国叙事文化学研究方法在神话故事类型研究领域的实践。从2006年起，叙事文化学个案故事类型研究成果论文分为三个阶段陆续被发表，显示出从无到有并逐渐发展壮大的蓬勃生机。

第一阶段为2006—2008年，该阶段发表大约十篇论文主要是"中国神话的文学移位研究"的个案神话研究成果。第二阶段为2008—2011年，这一阶段的一个突破进展就是当时的《厦门教育学院学报》第一次为叙事文化学开辟了主题专栏，先后分两期刊出四篇个案故事类型研究和理论文章。第三阶段为2012—2017年，其中2012年是叙事文化学研究的丰收年，先后有《九江学报》和《天中学刊》为叙事文化学研究开设专栏，尤其是《天中学刊》更是将"中国叙事文化学研究"定为固定栏目，每年四期，每期二至三篇文章。从此，叙事文化学有了稳定的论文成果展示阵地。

任何一种学说体系，都离不开理论框架的支撑。没有理论建设，一种学说和方法也就失去了存在的灵魂和章法。但理论与实践是相辅相成、相互促进的关系。中国叙事文化学是一种崭新的学说和实践方法，它需要在初步理念构想的基础上，在不断实践的过程中，逐渐丰富和完善其理论学说体系，同时也不断为实践提供新的科学指导，从而推进其发展和进步。

叙事文化学的理论主要通过三个渠道来展示和积累。其一是讲稿教案中所含纳的叙事文化学基本理念与方法，其二是学位论文与单篇个案故事类型研究论文中所体现的理论要素与方法要素，其三是纯粹的叙事文化学理论文章和著作。三者相互咬合促进，形成叙事文化学的理论体系构架。

教案讲稿是叙事文化学最初的理论雏形，也是将叙事文化学的研究方法进行培训扩散的教案蓝本。为了保持叙事文化学理论内涵的活力，给叙事文化学的理论要素和方法路径提供更多更大的调整、更新空间，该课程教案在不断更新中已经运用近三十年，为了使其理论内涵更加圆融丰富，至今仍然没有整理出版。所以，教案讲稿中理论要素的重要特点就是基本格局稳定的前提下的更新变异性，主要表现在理论要素的不断增补和已有内容的细化（其基本内容已在课堂教学部分展示，此姑从略）。

学位论文与个案故事类型研究论文虽然本身不是专门系统的研究文章，但其与叙事文化学研究理论的重要关联在于，叙事文化学理论和方法中的很多具体原理和操作程序，需要在这些论文的具体实践中得到验证。并且在研究实践中，也会发现一些叙事文化学理论体系中尚未关注或总结到的问题，为叙事文化学提供补充、更新理论概念的原始材料。

叙事文化学理论探索文章始自2007年，当年第1期《中州学刊》组发"中国古典文学资源的当代益用"笔谈（四篇），笔者应邀提交一篇文章，题目为《主题学与中国叙事文化学的构建》，该文全面介绍中国叙事文学个案故事类型研究借鉴西方主题学研究方法，形成一套新的研究理路范式的必要性和可行性，为学界第一篇披露介绍叙事文化学方法的理论文章。嗣后，在《厦门教育学院学报》2009年第1期开设"中国叙事文化学研究"专栏中，笔者发表了《关于构建中国叙事文化学的设想》一文，进一步阐述中国叙事文化学研究的学理根据和基本内涵，为叙事文化学理论建设添砖加瓦。到2012年，叙事文化学理论建设又有了很大突破。《天中学刊》

从该年开始开设"中国叙事文化学研究"固定栏目，其中包括个案故事类型研究和理论研究两类文章。2012年四期栏目中，总共有六篇关于叙事文化学理论建设方面的文章，其中既有笔者对于该理论学说的阐释，也有学界同行对于叙事文化学研究方法的学术评价和理论分析。至此可以说，中国叙事文化学从个案故事类型研究到理论建设都全面走向学界，为学人所知。这是叙事文化学一个时段的结束和另一个新时段的开始。

深耕细作，全面推进

——中国叙事文化学第三时段（2012—2017）

从1994年到2012年，中国叙事文化学已经走过两个时段，经过十八年的运行和实践。在此期间，中国叙事文化学从教学实践到学位论文，再到成果发表和学界的推荐评价，都全面得到进一步深化。十八年前还在构想中的大厦蓝图，已经建造成为有相当规模的大楼。

一、走向成熟深化的生态环境和条件分析

一个新生事物的成长，必须依靠对其有利的必要的生态环境。经过近二十年的经营打造，中国叙事文化学已经逐渐找到并适应有利于自身健康发展的生态环境，进入正常的"批量生产"和良性循环状态中。

（一）人才培养教学环境在波动中进一步稳固和融洽

中国叙事文化学从草创肇始，就把以课堂教学为中心的人才培养作为基础。所以，课堂教学是中国叙事文化学产生和培育的基地和试验场，在进入第三时段后，中国叙事文化学的教学环境和条件虽然小有波动，但还是有了进一步的提升和改善。

所谓波动是指因为作为人才培养重要内容的研究生招生工作在此期间略有变化。按南开大学人事制度关于招生导师年龄规定，笔者从2017年开始停止招收研究生。第三时段最后两年的研究生招生出现空档，因为招生人数减少导致人才培养及教学数量有所减少，但这并没有影响这个时段人才培养的大局。人才培养及教学工作依然在有序进行，并取得可观成绩。

首先是教学对象范围的进一步扩大和相对稳定。中国叙事文化学最初的教学对象是硕士研究生，后来也用这种方法为本科生布置过毕业论文和学年论文。从第二时段的2004年起增加了博士课程，从而使教学对象的层

次得到提升，同时也推动了教学内容的进一步深化，这使得第二时段的教学质量得以优化。乘此东风，第三时段的教学对象得到进一步扩大发展，主要表现在两个方面，一是进修生和访问学者，二是走出去到校外讲授叙事文化学课程相关内容。这样，从本科生到硕士研究生、博士研究生，再到访问学者，已经构成层次完备的教学对象体系，再加上校外讲授，使教学对象的范围更加扩大和完善。从第三时段的2012年起，这个教学对象体系逐渐形成并稳固持续下来。

其次是教学内容进一步更新充实。从中国叙事文化学研究学说的生成路径来看，在其理论框架初步形成之后，最先以课堂教学内容的形式向学生传授，以此为导火索，从两个方面发动科研引擎。一是笔者围绕中国叙事文化学学理和实践所开展的多方面科学研究；二是学过中国叙事文化学课程、接受过中国叙事文化学研究方法训练的学生按照这种方法写作出来的学位论文和学术论文。而这两个方面成果在学界公开发表之后，又将中国叙事文化学研究推向了学界。而后，学界也参与到对中国叙事文化学的探讨和交流当中，从而进一步深化对中国叙事文化学研究的耕作。但这个流程并没有结束。以上三个方面的研究成果又被笔者同步吸收，转化为讲授"中国叙事文化学"课程的更新内容。由于第三时段相关成果比较多，这个更新过程表现得更为明显和剧烈。因此，笔者对2016年版教学课件也做了相当大的补充调整。

再次是进一步扩大课堂教学范围。此前的课堂教学范围基本只限于博士和硕士研究生课程，本科生中也曾有过指导毕业论文和学年论文的工作，但范围有限。在第三时段，南开大学文学院向本科生开设了一门创新课程导论，由数位教师分别介绍某个学科领域的最新前沿成果。尽管每位教师只有一次两个课时的课程，但意在鼓励教师把学术前沿引进课堂。受此政策鼓励，笔者向学院进行了申报，并从2013年起在学院向本科生开设了这门课程。虽然课程体量不大，只能把中国叙事文化学的生成原理、基本框架和方法做一番概述，但对学生还是起到了很大的宣传影响作用。在这门课开设的六年间（2013—2018），先后有两名听过该课的同学考取了笔者的硕士研究生并进行专门的中国叙事文化学研究，也有更多学生了解了中国叙事文化学的基本内容，从长远角度看还是扩大了中国叙事文化学的影响范围。

这样，从针对本科生、硕士研究生、博士研究生、进修生、访问学者的教学，到校外宣讲，构成了中国叙事文化学完整系统的教学范围，为其后续的教学乃至后备研究人才培养奠定了重要基础。

（二）成果固定园地出色发挥助推助燃作用

中国叙事文化学起步于研究生课堂教学与学业培养，它要走向社会并得到学界认可，有两个必要条件：一是学术成果能够经过社会学界检验得到公开认可，二是要得到学界专业人士的专业评价。在第二时段之前，有部分中国叙事文化学研究的成果以独立一期或零散的方式在学界发表，使中国叙事文化学研究取得了一定传播效应。但学界专业人士对此尚未发出评价声音。因此，在中国叙事文化学已经取得初步成效，而且前景较好的情况下，构建能够展示中国叙事文化学个案研究成果、展示学界对于中国叙事文化学研究的评价与讨论交流的专门性平台，已经迫在眉睫。

对于中国叙事文化学来说，第三时段的一个重要事件是与黄淮学院《天中学刊》建立合作关系，开设"中国叙事文化学研究"专栏。该刊为双月刊，从2012年起分四期给"中国叙事文化学研究"开设专栏。其收录的文章分为两种，一为个案故事类型研究，一为关于中国叙事文化学研究的理论探讨和评价文章。在第二时段，曾经有两个刊物一次性开设"中国叙事文化学研究"专栏，发表使用中国叙事文化学研究方法写出的十几篇个案故事类型研究论文。《天中学刊》将专栏扩大为每年四期，每期二至三篇文章，不仅为中国叙事文化学研究成果走向社会和学界，展示研究生教学培养工作成果提供了稳定平台，同时也向社会和学界打开了参与介入中国叙事文化学研究的大门，意义非同小可。至于其所发表的理论和评价文章，更是意义非凡。在此之前，关于中国叙事文化学理论建设方面的几篇文章都出自笔者，从这个角度看，没有学界同行参与评价和讨论的中国叙事文化学，显然还缺少学界认可的权威性和科学性。从《天中学刊》开设"中国叙事文化学研究"专栏以来，每期的二至三篇稿件中，基本能保证有一篇是关于叙事文化学研究的理论探讨和评价文章。很多研究中国古代叙事文学领域重要的专家学者在该专栏发表文章，参与对中国叙事文化学的理论探讨和学术批评，其中包括齐裕焜、郭英德、陈文新、张国风、董国炎、杜贵晨、伊永文、张培锋、程国赋、苗怀明、胡胜等诸多专家学者，极大地扩大了中国叙事文化学的影响，同时也把中国叙事文化学研究的理论认知推向深入。

（三）扩大加强与学界的交流

在第一、第二时段中，中国叙事文化学的工作主要侧重于自身体系框架的构想、方法程序的落实，以及将这些内容付诸教学和学位论文写作实践。大约从2007年开始，通过各种渠道初步开展对外宣传中国叙事文化学。从第三时段开始，我们有意加强了就中国叙事文化学相关问题与学界的沟通和交流，全面扩大中国叙事文化学的影响。

首先是继续通过学术会议增加与学界交流。学术会议是学界进行学术交流的重要平台和机会。利用这个有利条件，笔者在此期间参加学术会议提交的论文，尽量突出中国叙事文化学的主题和内容，尽管每次会议的主题不尽相同。从2012年起至2018年终，笔者在大约每年一到两次的学术会议中，与中国叙事文化学主题相关的发言论文大约占一半以上。这些发言论文在很大程度和范围上扩大了中国叙事文化学的影响力和覆盖面，为其研究方法的更新提供了新的信息和角度，引起了广泛的学界关注。

其次是利用外出讲学机会宣讲中国叙事文化学。随着中国叙事文化学和笔者学术影响力的增强，从2012年起笔者外出讲学的机会逐渐增多，笔者把这些讲学机会视为又一个宣传推广中国叙事文化学的好机会。除主办邀请方有指定题目外，在拥有讲学题目决定权的前提下，特别是听众对象是研究生或以上层次时，笔者基本选用中国叙事文化学研究的题目。讲学为现场讲座方式，对象少则十几人、多则上百人。这种现场讲座方式能够和听众面对面直接交流，不但便于听众接受，还能方便与听众互动。在互动的过程中，不仅能及时澄清听众的一些疑惑，而且能互相补充一些新的知识。在笔者招收的硕士和博士研究生中，不乏曾经现场听过讲座，然后有目的地报考过来的学生。

最后是申请和认真完成相关项目，把中国叙事文化学研究落到实处。

在第三时段，笔者先后有两个国家社科基金项目。一个是于2007年立项的国家社科基金项目"中国神话的文学移位研究"，这个项目主要是使用中国叙事文化学研究方法，对中国古代神话进行个案故事类型解剖研究。这个项目不仅采用了中国叙事文化学的研究方法，同时也为中国古代神话的传统研究探索了新路。它把中国古代神话从传统的历史学研究、宗教学研究、文化人类学研究的神话溯源研究转入神话母题在后代文学花园绽放情况的探流研究，是中国叙事文化学在叙事文学故事类型个案研究中的一大突破和创举。另一个是于2017年立项的国家社科基金重大项目"全汉魏晋南北朝小说辑校笺证"。这个项目本身属于古籍文献整理的范畴，但却能够为中国叙事文化学的个案故事类型研究积累大量文献资源和参考材料。这两个项目的先后衔接，也为中国叙事文化学研究各个层面的工作摸索了一些重要经验，总结出一些规律。

二、课堂教学进一步精益求精

从1994年到2011年，以博士、硕士研究生为主要教学对象的中国叙事文化学已过了十八个年头。从课堂教学内容，到教学手段和方法，乃至教学考核等整个教学系统过程，不但已经形成完整的链条，而且一直处于不断动态更新过程中。到了第三时段，各方面条件更加成熟和丰富，从而为中国叙事文化学课堂教学的进一步更新提供了坚实基础。

（一）教学内容的不断更新完善

经过长期摸索实践，我们对课堂教学内容在中国叙事文化学研究方法体系中的地位有了全面而清晰的认识。因为中国叙事文化学研究的理念框架起步于研究生课堂教学，所以我们一直将其视为中国叙事文化学研究理念和方法的枢纽，以随时吸纳更新来保证中国叙事文化学课堂教学内容的常教常新。到2012年，中国叙事文化学课堂教学的内容已经逐渐趋于系统和完整，但因第三时段相关科研成果比较多，也为课堂教学内容提供了更新的资源和参考信息。

这一时段的课堂教学内容更新变化最大的是在原第二章"叙事文化学研究的对象"中。该章原分为四节，分别为"主题类型的确定""文本的应用""文化分析""叙事文化学与比较文学分析"。这四节内容基本涵盖了叙事文化学个案故事类型研究从研究对象确定到文献搜集整理，再到故事形态异同的文化分析的全过程，是个案故事类型研究的核心部分。但因一章中包含内容太多，以致有些重要内容无法充分展开。到第三时段有了大幅度的调整改变，具体包括两个方面：

　　一方面对整个教案结构做大幅度调整，即将原第二章"叙事文化学研究的对象"拆分为四章，分别为第二章"叙事文化学研究的对象"、第三章"个案故事的文献搜集"、第四章"故事类型的文化批评"、第五章"叙事文化学与比较文学"。调整扩充之后，加上原第一章"叙事文化"，叙事文化学整体结构更加完整充实，也基本上实现了各章内容的均衡。尤其是原第二章因为章节限制，难以充分展开的问题得到完全解决。更新后的四章，特别是第二章、第三章的内容有了相当大的扩充空间。

　　另一方面则是对更新后的各章进行大幅度扩充。如更新后的第二章"叙事文化学研究的对象"，原为旧版中该章的第一节，题为"主题类型的确定"。至第三时段，该节扩充为一章。扩充后该章分两节，第一节为"关于故事主题类型的确定"，节下增补三个三级标题，分别为"主题学的类型方案""前人关于中国文学主题的处理""叙事文化学的处理方案"。该节调整之后的内容，比之前更加具体、充实、明确，也反映出在关于叙事文化学研究对象——主题类型的认知和判断方面的进步和强化。第二节"个案主题类型的确定和整理"，旧版名为"文本的应用"，节下未列三级标题。在第三时段的教学内容中，该节改为此名，并下设两个三级标题："个案故事类型的基本条件""关于个案故事类型的选择和梳理"。很显然，之前"文本的应用"这个标题显得笼统和模糊，而"个案主题类型的确定和整理"则把"文本的应用"明确指向个案故事类型的确定和整理。下面两个三级标题又分别从"确定"和"整理"两个方面夯实了本节标题的内涵和主旨，表现出对第二节内容不断进行深入思考和明确表述的过程。

　　再如更新后的第三章"个案故事的文献搜集"为原版第二章中第二节"文本的应用"，四节内容，第一节"目录学与故事类型文献"、第二节"索引与故事类型文献"、第三节"总集与故事类型材料"、第四节"丛书类书与故事类型材料"。更新后不但章节扩大，而且每节下都有数条三级标题，内容更加丰富。这些更新和增补极大充实了叙事文化学个案故事类型研究的文献搜集路径，为叙事文化学研究在文献搜集方面"竭泽而渔""一网打尽"的目标理念夯实了基础。

此外，原第二章中第三节"文化分析"，第四节"叙事文化学与比较文学分析"两节也分别升格为章，章下各分数节，节下设三级标题。与原版相比，都有程度不同的提升和扩充。

（二）从纸质黑板教学到PPT教学

在第一、第二两个时段，中国叙事文化学课堂教学一直采用纸质教案加黑板这一传统教学方式。从第三时段开始，为配合教学内容的更新增补，叙事文化学课堂教学引入PPT模式。

第三时段的PPT课件先后有过两个版本，2013年版和2016年版。上文所述这个时段叙事文化学教学内容的更新情况，在这两个PPT课件版本中都有充分体现。PPT教学课件的使用，不仅能使教学内容，尤其能使大量生僻字直观展示，节省了板书时间，而且能使学生随时全面了解掌握教学计划和进度，便于学生消化理解教学内容，提升了课堂教学效果。

（三）利用网络园地进行教学内容交流互动

从第二时段末期开始，笔者创建了个人网站"雅雨书屋"，该网站配有论坛（BBS）"传统文化与文学"。其中包括与笔者教学情况有关的两个栏目——"教学园地"和"研究生园地"。经过第二时段末期的初步尝试，从第三时段起，这两个栏目全面承担了叙事文化学研究课程的大量辅助工作。其中包括，在"教学园地"栏目中，经常发布有关叙事文化学教学内容更新变化的信息，方便学生和学界随时了解掌握叙事文化学学术前沿及其在教学内容中反映的各种情况；另外将"研究生园地"作为博士和硕士研究生提交课程作业和交流互动的窗口。叙事文化学的课程作业，也基本通过这个平台来展示和保存。通过该平台还能进行授课人、学生、学界等各方面的交流互动，为叙事文化学课程的顺利进行起到了重要的推动作用。

三、学位论文学术质量品位全面提升

经过之前两个时段，十八年的积累实践，以叙事文化学理论为研究方法的博士、硕士学位论文写作已经有了比较深厚的积累和很多成熟的经验。在此基础上，第三时段的学位论文写作水平有了更明显的进步。

（一）选题作者队伍结构发生重大变化

第三时段学位论文写作的一个重大变化，是参与学位论文写作的队伍出现明显扩大和强化的趋势。具体表现在，刚起步的第一时段，参与学位论文写作的作者基本为硕士研究生。从第二时段起，增加了博士研究生。而从第三时段开始，新生力量开始加盟叙事文化学学位论文写作，那就是其他高校的博士、硕士研究生。经过近二十年的宣传和传播，中国叙事文化学研究逐渐为学界所了解，很多高校研究生开始尝试采用叙事文化学研究方法，以故事类型为选题对象来写作学位论文。经初步统计，第三时段有十一篇外校硕士学位论文为故事类型研究。这一情况表明叙事文化学研究方法的扩散效应已经开启，期待有更大更多的发展空间。

（二）个案故事类型层级意识更加明确

所谓个案故事类型层级意识，无论是指个案故事类型选题对象是定位在具体的个案故事，如王昭君故事、西厢记故事，还是由若干个案故事类型组合而成的某个主题意象，如复仇主题、离魂主题、负心主题等。这个问题我们在此前两个时段有过摸索和尝试，中间也有过部分非纯粹个案故事主题类型，而有些意象主题的痕迹。如非现实婚恋故事研究、墓树故事研究、妒妇故事研究等。第三时段共有博士学位论文十一篇、硕士学位论文八篇，全部采用非意象主题的个案故事类型层级进行写作。这表明，叙事文化学个案故事类型研究的对象目标范围已经明确，同时也为叙事文化学个案研究提供了比较成型和成功的参考案例。

（三）论文选题类型趋向规范集中

从选题类型角度看，第一时段基本是漫无边际的自由选题状态。到第二时段，已经开始注意选题类型的属性，并逐渐形成几个比较集中的选题类型群。而从第三时段开始，学位论文选题就更加明确集中了。

笔者在《先唐叙事文学故事主题类型索引》中，将中国叙事文学故事主题类型分为"天地""神怪""人物""动物""器物""事件"六大类。以此六个大类为基础，在此前两个时段的论文选题实践中，逐渐形成神话传说、帝王、历史人物、文学形象四大主题类型。在第三时段的学位论文中，这四种类型的选题均有覆盖。其中博士学位论文选题集中在神话传说、帝王和历史人物，本校硕士学位论文则主要集中在历史人物和文学形象这两类中，校外硕士学位论文也基本在这个范围覆盖当中。

（四）论文写作模式不断趋于科学和合理

叙事文化学研究方法的学位论文在写作模式上不断探索、不断进步，逐渐趋于科学和合理的态势。

按照笔者最初对于叙事文化学研究方法学位论文写作的框架结构设计，大致有纵向式和横向式两种基本模式。所谓纵向式结构是指论文第一章为故事类型的文献综述，从第二章开始按时间发生顺序进行章节排列，即章的名称为朝代名称，章下节的名称即为该朝代内该故事类型相关几个文化侧面的演变轨迹。所谓横向式结构的第一章与纵向式相同，但从第二章开始，章的名称改为该故事类型的相关文化侧面，而章下节的名称则是该文化侧面按时间发生顺序的排列。这两种模式在前两个时段中都有过实践和尝试，并取得一定经验和成果。

第一时段的学位论文均为硕士学位论文。因为硕士学位论文的体量中等，一般在三五万字左右，所以两种框架模式均可采用。到第二时段，增加博士学位论文之后，这一情况开始有些改观。因为古代文学博士学位论文体量比较大，一般不会少于二十万字。所以从第二时段起，博士学位论文在结构体例上开始有了一些思考和变化。但这也只是个别情况，没有从整体大面铺开。从第三时段开始，这些思考和变化在学位论文写作中得到全面实践。

首先，"横向+纵向"的方式逐渐成为主流模式。经过多年摸索实践和各种层次作者的参与，学位论文写作模式渐趋成熟，并且逐渐形成"横向+纵向"的写作结构模式。即第一层级章为横向（文献综述+各文化侧面分析），第二层级节为纵向（各文化侧面下的历代演变过程）。第三时段大部分学位论文采用了这种模式。从此，这种模式成为叙事文化学学位论文写作的最基本模式。

其次，关于第一章文献综述部分的改造和变化。第一章文献综述是叙事文化学研究方法学位论文写作的固定部分，也是故事类型文化分析的坚实基础。因为第一时段起步时只有体量规模有限的硕士学位论文，所以采用"横向+纵向"的基本模式是合理和必要的选择。但是，从第二时段起增加了博士学位论文，情况就有了一定变化。博士学位论文的体量规模远远大于硕士论文，博士学位论文第一章的文献综述部分一般会在五万至十万字，有的甚至会更多。这个体量放在论文开端，加上文献综述的内容基本为故事类型文献的总结梳理，也会含有相当数量的古籍引文，在阅读顺畅程度上会造成一定障碍，会对第二章之后的文化分析内容产生一定程度的偏离作用。对此，从第二时段起，部分博士学位论文评审专家和答辩委员提出建议，将博士学位论文第一章的文献综述分为两部分，一部分为对故事类型全部文献进行梳理归纳总结的综述内容，另一部分则为对故事类型全部文献本身的存在状态进行描述介绍的文献叙录内容。前一部分作为第一章的内容，后一部分则作为附录放在正文之后。这样的安排不但解决了此前第一章体量偏重的问题，而且也使文献综述的两个部分各自独立、各司其职，更加合理。这一模式在第三时段得到全面推广，不仅博士学位论文基本采用了这种模式，部分硕士学位论文也参照了这种模式。

再次，关于故事类型文学分析内容的增补。叙事文化学故事类型研究的框架结构从起步时形成的基本模式是"文献综述+文化分析"，对故事类型的文学分析有所忽略。从第二时段开始，在部分博士学位论文评审和答辩中，有人提出故事类型作为文学研究的性质，不应该忽略乃至放弃对故事类型本身文学要素的关注与研究。这个意见受到我们的重视。经过认真思考和研究后，笔者在教学内容中增加了关于故事类型文学分析的内容，使其成为故事类型学位论文框架结构模式中的一个重要组成部分。其具体操作模式有两种，一种是在传统结构模式"文献综述+文化分析"之后再加一章"××故事类型的文学分析"；另一种是把该故事类型文学分析的内容分解到各章中，即在第二章之后文化分析的各章中，加一节"该文化分析方面的文学书写"，描述分析该文化侧面的文学书写状况和特色。这个模式从第三时段开始尝试使用，没有做统一要求，部分作者开始采用并实践，达到了比较好的效果。

四、进入水到渠成的收获季节

经过两个时段十八年的积累和实践，叙事文化学在各个方面都有了相当收获，水到渠成地进入收获季节。从成果形式和产生源头来看，已经覆盖到理论发源地、教学培养渠道，以及学界社会面；从成果的性质来看，则有个案故事类型研究论著和立项成果，叙事文化学的理论探索，以及学界对叙事文化学的评价讨论等。

（一）个案故事类型研究的成果与立项

与前两个时段相比，进入第三时段后，叙事文化学个案故事类型研究成果大幅度增长。从研究主体来看，经过两个时段的培养和宣传，一方面南开大学培养的相关博士和硕士已经逐步掌握个案故事类型研究方法，成为该领域研究的主力军；另一方面，在叙事文化学研究影响下，学界了解并在一定程度上掌握叙事文化学个案故事类型研究方法的人也逐渐增多。此外，随着叙事文化学研究影响的扩大，学界对其认可程度也逐渐提升，刊物、科研立项、论著出版等几个方面都得到全面收获。继第二时段《厦门教育学院学报》接连两期为叙事文化学设立专栏后，第三时段又有《天中学刊》和《九江学院学报》为叙事文化学研究开设专栏。同时，其他刊物中也陆续出现模仿近似叙事文化学个案故事类型研究的文章。同时，第三时段以叙事文化学研究方法为依据的科研立项也逐渐增多。据初步统计，第三时段来自各个渠道的叙事文化学个案故事类型研究论文约二百篇、学术著作六部、省部级科研立项五项。

（二）叙事文化学理论本体建设逐渐加强

随着叙事文化学各方面工作不断深入，其本身的理论建设也得到不断发展和加强。从第一时段起，叙事文化学的基本理论最初只是通过教案讲义进行初步构想和设计，并通过课堂教学形式向学生传授和展示，这些理论要素在教学和相关研究实践中不断补充加强。到第二时段，基本形成了比较完整的理论体系和实际操作方法。作为这些成形理论的总结表述，该时段笔者发表过几篇论文，基本是从整体上论述中国叙事文化学得以成立的学理依据和大致操作轮廓，如《主题学与中国叙事文化学的构建》《关于构建中国叙事文化学的设想》等。通过这些论文，学界对叙事文化学的学理和方法开始有了初步了解，但还有待将此笼统的轮廓加以细化，才能进一步夯实和强化叙事文化学理论体系的深刻内涵。为此，从第三时段开始，叙事文化学理论开始向纵深发展，从之前笼统概况的综论转入对其各个层面的理论展开细致分析。如《中国叙事文化学研究为什么要"以中为体，以西为用"——中国叙事文化学研究丛谈之一》《中国叙事文化学与西方主题学异同关系何在？——中国叙事文化学研究丛谈之二》《文本研究类型与中国叙事文化学的关联作用》《叙事·叙事文学·叙事文化——中国叙事文化学与叙事学的关联与特质》《从"AT分类法"到中国叙事文化学的故事类型分类——中国叙事文化学研究丛谈之五》《关于个案故事类型研究的入选标准与把握原则——中国叙事文化学研究丛谈之六》等。通过这些工作，叙事文化学的理论本体体系更趋完备系统。

（三）受到学界关注，不断获得热议与好评

随着叙事文化学自身建设不断完善，在学界和社会影响也日益扩大，学界对其关注程度与热议好评程度也不断增强，从而进一步增强和扩大了它的学术影响力。

首先是国家及各层面新闻媒体的关注。在第三时段，《中国社会科学报》曾两次刊发文章，向学界推荐和评议中国叙事文化学。第一次是2013年3月22日，中国社会科学网《中国社会科学报》刊发刘杰《解读中国叙事文学的故事主题》一文。这篇文章的内容是大致介绍和推荐中国叙事文化学研究的学术价值和研究方法，使学界能够初步了解中国叙事文化学研究的基本情况。第二次是2018年2月28日，中国社会科学网《中国社会科学报》刊发李永杰《学者倡议构建中国叙事文化学》一文。该文梳理、总结学界若干学者对于中国叙事文化学研究的评议，向学界提供关于中国叙事文化学研究更加全面深入的信息和知识。

其次是学界对叙事文化学的广泛评议。从第三时段起，《天中学刊》设立"中国叙事文化学研究"栏目，该栏目不仅刊发大量个案故事类型研究文章，也刊发很多学界对叙事文化学研究的评价和讨论。该时段《天中学刊》刊发的学者专家对于叙事文化学的热议和评价共二十多篇。很多专家从不同角度探讨和评议中国叙事文化学的学术价值与实践意义，有的从科学性的角度解读分析叙事文化学研究的学理依据（郭英德：《构建中国叙事文化学的学理依据》，《天中学刊》2012年第3期），有的把中国叙事文化学放置于中西学术文化交流的角度来审视（陈文新：《叙事文化学有助于拓展中西会通之路》，《天中学刊》2012年第3期），有的从传统小说戏曲研究路径创新角度理解叙事文化学研究的价值意义（张国风：《中国小说、戏曲研究新视角——简评宁稼雨中国叙事文化学理论》，《天中学刊》2012年第4期），有的从叙事学在中国传播演变的角度理解和评价中国叙事文化学（董国炎：《谈叙事文化学研究的推进》，《天中学刊》2012年第6期），还有的则对叙事文化学提出商榷意见（张培锋：《关于叙事文化学研究的若干思考——以"高祖还乡"叙事演化为例》，《天中学刊》2016年第6期），等等。通过这些热议和评价，中国叙事文化学的理论体系、外延内涵，以及一些具体操作的方式都更加明确。从学术史的角度看，既有利于中国叙事文化学自身的进步和深化，也在很大程度上扩大了叙事文化学的社会和学术影响。

（四）其他非正式渠道的信息反馈

除以上正式媒介外，还有许多学界同人通过各种非正式渠道对中国叙事文化学进行评议和评价。从反馈的渠道来看，有微博留言、微信公众号留言、微信朋友圈、微信群，以及私人交流等；从反馈的对象看，有熟悉的师友同行，也有素不相识的陌生人；从反馈的内容看，多数为正面肯定性评价，也有少数因对叙事文化学某些理念和方法产生疑惑而提出的咨询和疑问。通过这些信息反馈和交流，反映出中国叙事文化学已经产生比较广泛的社会和学术影响，同时也使中国叙事文化学的首创者能够比较及时地了解社会及学界的反馈，从其中的肯定中看到成绩和正面效果，同时也能够随时掌握问题和不足，并及时进行调整和改进，从而使叙事文化学能够继续沿着健康的道路在不断调整更新中发展和进步。

尽管在第三时段中国叙事文化学已经取得更大的突破和进展，但仍然还有不少团队能够意识到的和学界提出的一些问题未能得到彻底解决。比如，在叙事文化学理论建设方面还缺少研究力度和学术突破。《天中学刊》中国叙事文化学栏目的文章作者队伍主要限于笔者授课培养的学生，其他投稿的入选量比较有限；个案故事类型学位论文中文学研究成分还有待加强等。这些问题一方面既反映出叙事文化学尚存的不足，同时也指明了继续向纵深发展的方向。

欲穷千里目，更上一层楼

——中国叙事文化学第四时段（2018—2023）

到2017年，经历近二十五年打磨历练的中国叙事文化学已经形成了比较完整的理论体系和操作程序，并且已经取得令人瞩目的成绩，在学界产生了比较广泛的影响。从表面上看，似乎已经到了比较圆满的程度。但从前三个时段遗留的问题和多年来对实践的掌控与把握中，我们还是能够意识到仍有继续提升的空间。于是，从2018年至2023年，中国叙事文化学又开启了新的征程。

一、人才培养与科学研究生态环境分析

生态环境是开展人才培养和科学研究的基础条件。在多年的教学和科研实践中，我们对中国叙事文化学研究人才培养与科研生态环境有了进一步的认识：生态环境分为主观与客观两个部分，虽然客观条件无法改变，但如何充分利用使其尽可能达到最佳状态，却是主观努力的作用所在。为此，我们在多年积累的基础上，根据中国叙事文化学发展进程中的具体情况，通过能动地调整和补充相关策略步骤，尽量优化中国叙事文化学的生态环境，为中国叙事文化学走向更高水平做出了积极准备。

（一）人才培养教学环境的可喜变化

第四时段在人才培养与教学环境方面有两个重要变化。其一是，我从2019年开始恢复研究生招生。2017年底我申报的国家社科基金重大项目获得批准立项，按南开大学的人事制度，因年龄原因停止招生的国家重大项目首席专家可以恢复招生。这样，我中断两年的研究生招生得以恢复，使中国叙事文化学研究的人才培养工作能够继续开展。其二是，从2020年开始，南开大学博士研究生的学制从三年改为四年。这为中国叙事文化学的

44

人才培养和教学工作赢得了更多的时间。与此同时，我本人的研究生招生也产生了连锁效应。因为南开大学文学院的研究生课程有"导师教学组统筹合作制"（即同一导师教学组学生共享选课），所以与我指导的研究生一同听课的，还有同一导师教学组内其他导师的学生。因此人才培养的辐射效应也同时得以恢复。

这些可喜变化与以往其他业已形成的各种有利因素（教学对象、教学内容等）相结合，使中国叙事文化学人才培养及教学工作能够在原有基础上继续进行，同时为人才培养和教学环境的提升提供了客观条件。

（二）成果展示园地的进一步开发和强化

以《天中学刊》"中国叙事文化学研究"栏目为主体和代表的成果展示园地，是多年来中国叙事文化学稳步前进的重要推手。为进一步深入推动中国叙事文化学研究的发展，提高中国叙事文化学研究的学术质量，从第四时段起，我们又继续开辟了新的成果展示园地。其中有两项力度很大的举措：一是在核心期刊开办新的中国叙事文化学栏目，二是编纂出版中国叙事文化学研究论文集。

新开办的栏目均为一次性栏目，分布在两家刊物，稿件内容各有侧重。一家是《南开学报》，共收录三篇文章，基本是从宏观层面，从整体上总结、分析和评价中国叙事文化学研究的价值、特色和局限；另一家是《文学与文化》，也收录三篇文章，主要从理论和个案研究两个方面，围绕中国叙事文化学研究的文献覆盖范围和采用策略进行分析和论述。这两组文章，从更高层面推动了中国叙事文化学研究的深入开展，并将之引向了更加精深的层次。

为纪念开设"中国叙事文化学研究"栏目六周年，《天中学刊》原主编朱占青和副主编刘小兵经过不懈努力，筹措经费，编纂了《中国叙事文化学研究文丛》。该文丛于2021年由河南人民出版社出版，共收"中国叙事文化学研究"栏目前五年刊载的全部文章，共百余篇。该文丛是中国叙事文化学研究成果的一次重要的集中展示，也是西方主题学研究中国化的一次成功的成果展示。

二、继续拓展课堂教学的深度和广度

2019年，我恢复了研究生招生；次年起，南开大学博士研究生的学制由三年改为四年。这两个变化不仅为中国叙事文化学的人才培养工作继续提供了培养对象，而且为中国叙事文化学的课堂教学和相关研究实践提供了更加充裕的时间，为进一步提高课堂教学和课外实践质量提供了保证。

（一）继续更新课堂教学内容

继第二、第三时段先后对课堂教学内容进行更新之后，第四时段也做出较大规模的调整。具体做法是在2016年版教案的第二章"叙事文化学的对象"和第三章"个案故事类型的文献搜集方法"之间，增加一章"叙事文化学文献搜集的覆盖范围及其文化属性"。增加这一章的主要意图是强化对中国叙事文化学研究的重要基础——文献搜集的重视，并对其属性进行深入挖掘，从固化的文献材料本身去挖掘其文化属性，为中国叙事文化学的文化学研究奠定基础。其主要亮点之一是对于中国叙事文化学研究文献材料类别的梳理划分。此前的教案和文章对于中国叙事文化学研究的文献搜集提出了"不设门槛"的宏观目标，其目的是突破前贤在研究戏曲小说同源关系时对文献材料的关注基本仅限于戏曲小说文献这一局限，将研究对象的文献范围从戏曲小说扩大到无限广泛。但尚未对这无限广泛的文献做出明确清晰的分类和文化属性定位。这次增加的一章则集中解决了这个问题。首次将中国叙事文化学研究的主要文献分为"经史子部文献""集部文献""通俗文学文献"三个部分，从而对浩如烟海的中国叙事文化学对象文献材料做出了清晰明确的类别划分。亮点之二是依据我本人提出的中国文化"三段说"，将"经史子部文献""集部文献""通俗文学文献"的文化属性分别定位为"帝王文化""士人文化""市民文化"，从而为后续叙事文化学个案故事类型的文化分析做出初步的文化属性评价提供参照。这是中国叙事文化学研究文献搜集工作的一大进步。

在教学课件方面，在2016年教学课件的基础上，2020年教学课件新增补了一章内容，并对课件重新做了修订和排版，包括：更换课件模板，调整课件的字号、行距、版式，调整修订全部文字内容等。更新后的课件不但更加醒目，而且内容也更加完备。

（二）继续加强网络等渠道的教学互动交流

利用网络等渠道进行教学互动交流是中国叙事文化学教学的传统。到第四时段，这一传统方式又进一步得到强化。具体举措主要包括：把通过网络园地进行作业提交和课程互动作为制度加以固定，所有相关作业均在网站论坛进行提交、共享和评阅；又建立了课程学员微信群，用以进行日常教学和相关信息的沟通交流。通过这些形式，师生之间、同学之间能够进行顺畅交流，保证了教学任务的正常完成，并在很大程度上提高了教学效率。

三、学位论文写作更臻完备充赡

第三时段后期我的研究生招生工作停止了两年，使得该时段南开大学校内的学位论文数量减少，但校外学位论文数量的增加在很大程度上抵消了这方面的不利影响。该时段学位论文大致表现出如下特点：

（一）作者队伍更加壮大

尽管南开大学本校的学位论文写作队伍有所缩小，但在校外采用中国叙事文化学方法进行论文写作者却有增无减。据不完全统计，在2018—2023年，相关的南开大学博士学位论文有三篇、硕士学位论文有七篇，而校外硕士学位论文竟然有来自七所学校的九篇。这充分说明中国叙事文化学研究方法的影响力和辐射作用正在逐年提升，我们所希望的中国叙事文化学研究方法能够被广泛应用的局面，正在逐渐变为现实。

（二）选题状况呈现优劣互见、两极分化

随着校外作者队伍的扩大和学位论文的增多，论文选题形成规模，校内外选题的比较就具有了操作空间。

南开大学本校研究生与校外作者在基本理论和操作程序方面所受训练不同，因而二者在选题方面存在明显差异。这给中国叙事文化学进一步发展提出了一些警示。

从选题层级看，这一时段南开大学的学位论文全部为个案故事类型研究，体现了对中国叙事文化学基本研究模式的恪守。按照中国叙事文化学对个案故事类型研究的定义，个案故事类型研究应该涵盖该故事自始至终的全部文献材料和文化属性指向。但校外作者由于没有受过这方面的系统训练，对该宗旨不甚清楚，于是在选题层级的把握上出现了某些模糊指向。如《中国人鱼故事中女性角色的历史变迁与文化意蕴》（广西师范大学2020年硕士论文）一文，有两处与中国叙事文化学主张的个案故事研究规则不相吻合。其一，"中国人鱼故事"这个题目并非具体的个案故事类型（因为"中国人鱼故事"系由若干具体的个案人鱼故事组成的二级题目）；其二，"女性角色"只是人鱼故事中的一种角色，而不是全部角色。如果跳出中国叙事文化学研究的范围，这样的研究并非没有意义，但从中国叙事文化学个案故事类型研究的本色看，该选题则显得不够纯正。

从选题的规模看，即使同样都是个案故事，也有规模大小和学位论文实际体量的差异。一般来说，博士学位论文比较适宜规模较大的个案选题，如刘邦故事、伍子胥故事（南开大学2018—2021年博士论文）。如果用这两个选题写硕士学位论文，就会难以充分完成。如《王昭君故事的传承与流变》（渤海大学2019年硕士论文），该故事虽然属于个案故事，但其涉及的文献材料极其丰厚，主题演变十分复杂，硕士学位论文显然难以穷尽和驾驭。所以按照硕士论文的一般体量规模，比较适合像孙膑故事、豫让故事、韩愈故事、韩信故事、郭子仪故事（南开大学2018—2021年硕士论文）这样的选题规模。

（三）论文写作模式的两种状况

从论文框架来看，中国叙事文化学个案故事类型一般包括文献综述和文化分析两个部分。经过此前三个时段的摸索实践，到本时段，南开大学校内的博士学位论文一般采用"文献综述+横向文化分析+文献附录"的形式，硕士学位论文也基本相同，只是"文献附录"一项或有或无。相比之下，校外学位论文则一般缺少对于该故事类型文献方面的专门的挖掘、梳理和描述。这反映出校外同类学位论文对中国叙事文化学个案故事文献搜集"竭泽而渔""集千万本"的理念原则尚不够明确。

从论文文化分析来看，经过近三十年的积累，南开大学本校的学位论文基本形成比较固定的文化分析模式，即将全文分为几个文化分析侧面，每个文化分析侧面中按时间顺序纵向进行陈述分析。但校外同类学位论文则相对比较随意，一般采用按时代顺序进行综合分析的方式，很少对一个个案故事类型进行多方位的文化内涵分析。

从以上情况可以看出，是否受过专门的中国叙事文化学研究方法训练和实践指导，与学位论文写作质量的高低有比较明显的关联。这说明中国叙事文化学研究质量要取得更大、更普遍的提升，对写作者进行相关知识和能力培训已经是当务之急。

四、提高认识，总结成绩，扩大影响

第四时段尽管不长，但好似瓜熟蒂落，此前近三十年的积累和孕育到了收获季节，一派丰收景象。其中一个重要理念因素就是我们把总结成绩、汇总成果、扩大影响作为一项重要工作来做，并在这方面取得了令人瞩目的成绩。

（一）调整增补专栏文章类型

《天中学刊》所设"中国叙事文化学研究"栏目一直主要由两类文章组成，一是中国叙事文化学理论，二是中国叙事文化学个案故事类型研究。这两部分是中国叙事文化学研究的主体内容，对于构建和夯实中国叙事文化学研究成果的实体大厦至关重要。为进一步加强理论与个案故事类型研究的内在关联，把中国叙事文化学理论研究落到实处，总结个案故事类型研究的学术成就，预示个案故事类型研究的发展方向，从2018年起，《天中学刊》"中国叙事文化学研究"栏目增补了一种文章类型，即从理论分析角度就某个个案故事类型研究做总结和展望。这类文章的作者基本为我本人指导的博士研究生，文章内容大致为其所作博士学位论文绪论的学术前沿动态综述部分。博士学位论文有较高的原创性要求，而保证原创性的基础就是对既往研究进行全面的信息把握和高屋建瓴的分析判断，在此基础上才有可能对研究对象做鞭辟入里的深刻分析。因此这类文章不仅对所属个案故事类型的研究具有深刻全面的指导意义，而且也为中国叙事文化学整体的研究思想和理论构建提供了有益的借鉴和参照。

（二）汇编专栏论文集

《天中学刊》所设"中国叙事文化学研究"栏目起步于第三时段，从蹒跚起步到稳步成长，为中国叙事文化学积累了重要的系列学术成果。为总结经验，《天中学刊》决定以编纂论文集的形式集中展示这些成果。第一辑共三册，名为《中国叙事文化学研究文丛》（河南人民出版社，2021年版）。书中收录了专栏前五年所刊发的全部文章，共一百余篇。这套文丛的出版，不但展示了中国叙事文化学研究的众多成果，扩大了其影响，而且也为学界采用中国叙事文化学研究方法进行实践提供了众多具体的参照样本。

（三）深入进行中国叙事文化学理论专题探讨

任何一种学术研究方法都离不开理论层面的支撑，唯其如此，才有可能持续发展、走向深入。从学理角度不断思考、深入探索，一直是中国叙事文化学研究不曾放弃的追求。为进一步践行这一初衷，使中国叙事文化学研究的理论体系更加完善和合理，我们在第四时段更加注意探索中国叙事文化学的学术价值和理论体系。

一方面是从学术史的角度回顾中国叙事文化学研究方法的发展脉络，评估其学术价值与发展潜力。本时段这方面研究成果的主要特点是，在以往研究的基础上，从更深的层次和更广的角度探索中国叙事文化学的体系逻辑和得失。洪树华《中国叙事文化学研究回顾与展望》（《天中学刊》2019年第4期）全面总结梳理了中国叙事文化学在各个方面的进展和成绩；王齐洲《"中国叙事文化学"的破土与苗长》（《南开学报》2020年第3期）一文在充分肯定中国叙事文化学在辨析20世纪以来中国古代叙事文学研究领域"西体中用"格局造成某些与中国本土叙事文学现状不甚吻合这一事实的基础上，提出用故事类型研究补充或取代来自西方的文体史和作家作品研究的合理性。同时也指出，中国叙事文化学研究仍存在某些瑕疵，其实根源在于其体系框架的圆融性还不够，其理论建设还有可以完善的余地；连心达《叙事文化学研究中的中国学术精神》（《南开学报》2020年第3期）则从中西方学术精神对比的角度，分析并肯定了中国叙事文化学勇于走出西方学术体系的堡垒，探索中国学术精神的可贵；宁稼雨《学术史视域下中国叙事文化学研究的得与失》（《南开学报》2020年第3期）则走进中国叙事文化学内部，以学术史的眼光，总结梳理中国叙事文化学研究从理论框架到各个操作程序的条理，如个案故事类型的入门条件、题材分类和类型比重问题、个案故事类型学位论文的结构框架，等等，既总结其成绩优势，又提出可能的发展目标；宁稼雨《中国叙事文化学研究最初十年回顾与总结》（《天中学刊》2020年第5期）则从历史角度，总结回顾中国叙事文化学从起步到发展的历程。

另一方面是就中国叙事文化学的理论、概念、内涵中的某些具体问题进行更加深入的探索。宁稼雨《叙事文化学文献搜集的覆盖范围与文化属性》（《文学与文化》2021年第2期）集中探讨了中国叙事文化学个案故事类型研究的文献搜集问题。文献基础全面扎实、在文献材料方面不设门槛、以"竭泽而渔"的理念穷尽文献材料这三点，是中国叙事文化学区别于以往古代小说戏曲故事同源关系研究的关键。但这只是一个宏观目标，怎样把"竭泽而渔"落到实处，仍然有待明确和具体化。在近三十年摸索实践的基础上，这篇文章将中国叙事文化学研究的文献覆盖范围总结为"经史子部文献""集部文献""通俗文学文献""金石文献"四个类别，并以其所提出的中国文化"三段说"为理论依据，将其中三种纸本文献的文化属性分别依次对应为"帝王文化属性""士人文化属性""市民文化属性"。这样，既为中国叙事文化学个案故事类型研究的文献搜集范围在理论上做出明确界定和阐述，又为个案故事类型研究的具体操作指明了具体方向，有助于研究者在文献搜集方面明确指向，有的放矢。陈维昭《三大文化生态与中国叙事文化学》（《文学与文化》2021年第2期）一文，则从经史古文生态、书场文化生态和科举文化生态三个角度来解读中国叙事文化学的文献生成土壤，与上述宁稼雨文有某些共性。李春燕《〈磨尘鉴〉传奇对于唐明皇故事研究的新价值——兼谈中国叙事文化学文献搜集方法的实践意义》（《文学与文化》2021年第2期）一文，从一个具体个案故事研究操作实践的角度，阐述了中国叙事文化学研究文献搜集方法的实践意义。经过这样的深入探讨，中国叙事文化学个案故事类型研究文献搜集工作无论是在学理体系方面，还是在具体操作实践方面，都更加明确清晰了。

（四）全面总结中国叙事文化学取得成功的经验模式

从白手起家到逐渐成为一种成功的古代叙事文学研究方法，其间不乏坎坷坦途。科学总结这一研究范式的经验和教训，不仅有利于中国叙事文化学研究本身的持续稳定发展，而且也会为学界其他领域的研究提供一定的借鉴和启示。为此，我们在第四时段突出了对中国叙事文化学成长过程中成功经验的总结。从中国叙事文化学走过的道路来看，我们认为最重要的一条经验就是：始终以中国叙事文化学研究的学术研究作为龙头，带动其他所有环节，探索出一个集科研、教学、学位论文、成果推宣为一体的科研与教学相结合的新型模式。2021年，我们在南开大学申报了一个从研究生教学角度切入的科研立项，项目名称是"探索科研、教学、论文、成果推宣四位一体研究生培养模式"，获得批准。该项目梳理和总结了以中国叙事文化学为中心的学术研究理念，在进行课堂教学、学位论文写作指导和学术成果推广宣传时逐渐形成的四位一体的研究生培养模式。该项目成果报告《探索科研教学论文推宣四位一体研究生培养模式》发表于《中国大学教学》2021年第5期，为中国叙事文化学研究人才培养工作总结提炼出一条清晰的路径，同时也从新的角度丰富了中国叙事文化学研究的理论体系。

（五）举办专题学术会议，进一步扩大影响

中国叙事文化学起步于1994年，到2023年已经走过近三十个年头。在此期间中国叙事文化学研究已经逐步完善了自身的理论体系和操作程序，培养了一大批专业研究人员，推出了一大批研究成果，在学界产生了较大的积极影响。为进一步推动中国叙事文化学的发展，扩大其影响力，南开大学文学院与黄淮学院《天中学刊》编辑部于2019年8月在黄淮学院举办了"中国古代叙事文献与文化高层论坛"。该论坛汇集了国内知名专家和专业学者，就中国叙事文化学研究的理论和方法问题展开多方面的研讨。会后《中国社会科学报》等多家新闻媒体都报道了会议情况，从而进一步扩大了中国叙事文化学的社会影响。中国叙事文化学由此振奋精神，从新的起点出发，进入更高的平台和学术视域。

总结成绩，展望未来

——《中国叙事文化学研究文丛》（第一辑）序

人类社会发展到今天的一个重要原因就是在走路过程中不断回顾自己的行走路线，调整行进策略，择优汰劣，不断提升。这也是中国叙事文化学研究在走过三十年历程之后，需要回顾自身形成演变历史，总结经验教训的重要理由。

这本论文集选取了《天中学刊》"中国叙事文化学研究"专栏前五年的刊出文章，目的在于从《天中学刊》"中国叙事文化学研究"专栏的角度总结成绩经验。这是力争把专栏建设工作引向深入的重要举措，也是中国叙事文化学回顾总结成绩，反省不足和问题，继续向纵深发展的一个重要举措。

一、栏目建设的基本情况回顾

经中国叙事文化学研究倡导者，南开大学教授宁稼雨与《天中学刊》协商，《天中学刊》自2012年开办"中国叙事文化学研究"专栏。

专栏最初的设想初衷是，利用学报平台，为在学界初出茅庐，已经有比较成型的理论框架和实践方法成果的中国叙事文化学研究提供更大的成果展示平台，同时也为《天中学刊》创造更好的业界影响和声誉。

专栏的基本规模体量是，从2012年第6期起，每年四期，每期三篇文章左右。文章主题包括三个方面：中国叙事文化学研究的理论探索、个案分析和研究综述展望。文章作者包括中国古代叙事文学研究领域著名专家学者，高校教师和在读博士、硕士研究生，可谓老中青三代学人汇聚一堂。

经过八年打造培育，《天中学刊》"中国叙事文化学研究"专栏共出过五十期，一百余篇文章，先后有两篇文章被《中国人民大学复印报刊资料·中国古代、近代文学研究》全文转载。该专栏已经在国内高校学报界产生较大影响，也成为中国叙事文化学研究、成果发表和进行学术交流的重要园地。

2019年8月，由南开大学文学院与黄淮学院《天中学刊》编辑部联合举办了"中国古代叙事文献与文化高层论坛"。论坛核心主题之一就是研讨中国叙事文化学研究的学术理念和专栏建设。论坛收到论文六十余篇，其中三十余篇论文主题为中国叙事文化学研究。论坛除了进行论文学术交流之外，还专门安排时间，由我做了"中国叙事文化学研究的原理与实践"专场学术报告。论坛结束后，《中国社会科学报》、中国社会科学网以及国内诸多家新闻媒体报道了论坛信息和主题内容。

二、关于栏目建设创意的思考

《天中学刊》"中国叙事文化学研究"栏目取得成功的关键，在于创意的构想和落实。这次栏目建设的创意也不是开始就十分清楚，而是在栏目建设过程中经过双方不断交流、合作、磨合才慢慢明确清晰起来。

"中国叙事文化学研究"专栏在栏目性质和经营理念上有其自身的内涵特质，这个内涵特质应该是这个栏目得以存在的理由，也是它得以持久运作的动力所在。这个内涵特质的核心要义就是合作双方在需求方面的最大实现，而这个实现的基础条件就是双方的相互依赖关系。

从研究主体方面来看，投入资本是中国叙事文化学研究的理念和方法。虽然这个理念和方法已经有了成形的套路和实践效果，但如果这个方法体系要想扩大影响，继续把研究成果不断推向学界，就必须突破成果规模推出和稳定园地需求的瓶颈。这个瓶颈之所以存在并且难以克服，关键的症结就在于成果作者与一般刊物对作者身份往往苛求。长期以来，由于某些制度性原因掣肘，很多刊物对作者队伍做出明确限定，有的刊物甚至明确规定：非"985""211"院校作者不取，或非高级职称不取，等等。而中国叙事文化学研究是学界新生事物，从对它的接触了解和实践热情的实际情况看，年轻学子和教师对该方法真谛内核的了解程度往往高于高级职称作者。因为一般高级职称作者往往有自己既定的研究领域、研究基础、研究偏好，中国叙事文化学研究对他们来说，是原有知识体系基础上的叠加。从人的一般惰性习惯上来理解，大量高级职称作者抛开自己既定研究基础和偏好，从头开始学习掌握一种新的研究方法并非现实。与之相反，年轻学生和青年教师没有太多的学术研究框架包袱，犹如一张白纸，完全可以把中国叙事文化学研究作为自己进入学术殿堂的钥匙，从而在掌握中国叙事文化学研究理念方法方面表现出充沛的活力和热情。于是，以年轻学子为主体的研究队伍与该主体发表文章困难之间的矛盾便成为研究主体对刊物的需求所在。

从刊物方面来看，由于核心期刊评价制度和"985""211""双一流"等高校学报等级划分的现实情况，重点高校学报之外的普通院校学报在生存方面面临巨大的压力。他们亟须寻找和创建自己的品牌特色，从而在困难境遇下仍然泰然自若，拥有立于不败之地的作者队伍、稿源和发稿渠道。此前，《天中学刊》已经开办过几个特色栏目，在学界产生了良好反响。

所以，当《天中学刊》与我联系征稿时，我谈了关于创建这个栏目的想法，双方很快一拍即合。而且栏目一直坚持了八年。我想能够顺利合作八年的根本原因就在于双方的相互信任和依赖。

三、栏目建设的几点体会

1.磨合与沟通

一个人做好一件事情不容易，不同的人、不同的单位合作做好一件事情更是不容易。"中国叙事文化学研究"栏目走过八年历程，之所以能够坚持不懈，除了共同的愿望需求外，最重要的一点就是在相互信任基础上的磨合和沟通。尽管合作双方具有共同的合作意愿和动力，但因为各自需求和利益诉求的核心点并不完全叠合，所以在合作过程中难免会产生意见分歧，其中最主要的就是关于作者身份的问题。

从刊物的角度看，考虑到刊物与同行的竞争，未来影响因子的实现，文章作者的影响力度等各方面因素，编辑部更希望尽量多发高级职称作者的稿子。而从研究团队的角度看，能够参与中国叙事文化学研究工作的高级职称作者资源比较有限。在目前叙事文化学尚未成为学界普遍采用的研究方法的背景下，高级职称作者对于中国叙事文化学研究的关注，基本是以旁观者的视角在见证一种新方法的问世，或是在相对有限的时间范围中对叙事文化学做出的有限了解，对叙事文化学做出印象式评论。真正深入到叙事文化学研究理论体系和个案研究深层，将其作为一种未来全力投入的研究领域来面对和操作的高级职称作者，还是凤毛麟角。而作为中国叙事文化学研究团队主力军的青年学子，他们大多为硕博研究生，在受过中国叙事文化学研究从理论体系到具体个案研究的严格训练的基础上所完成的硕士或博士论文，受到过学界同行专家的肯定，也经过答辩委员会的审定评价，他们是一批批按照叙事文化学研究范式培养造就的专门生力军。就学力基础和研究能力而言，他们还存在很多提升的空间，但就对叙事文化学研究理论内涵和个案研究操作程序的掌握和实践能力来说，他们应该比大部分高级职称作者有更大的优势。但其中部分硕士作者，由于个人原因，尽管已经基本系统掌握了这种方法，但或因基础薄弱，或因未来志不在此，也的确存在文章质量达不到刊物发表标准的情况。

经过沟通协商之后，双方的愿望诉求都在一定程度上得到实现和满足，我们达成的共识是尽量开发高级职称作者队伍，严格把关硕士作者的论文质量，并适当压缩硕士作者的规模比例。从实践情况看，这样的共识能够得到贯彻落实，既会提升叙事文化学研究本身的研究质量，也会提升刊物和专栏的质量和影响力。这就是磨合和沟通所产生的积极效应。

2.动态调整把握栏目设定

一个栏目要想办好，不能一成不变，需要根据学界和社会变化情况，及时调整栏目的走向和呈现效果。这也是我们合作办此刊物的一个重要心得。

比如，最初设计的稿件栏目类型有两种，分别为理论探索和个案研究。经过几年实践探索后，我们发现，经过数年努力耕耘，中国叙事文化学研究不但理论方法初具规模，而且研究成果也形成一定规模。而且，由于中国叙事文化学研究是中国古代叙事文学研究的一种新方法探索，它与传统的叙事文学研究也具有多方面的关联。所以，从学术史的角度，对包括传统叙事文学研究成果在内的叙事文化学个案故事研究的研究综述和前景展望，成为叙事文化学研究的一个必要项目和热点问题。为此，我们从2016年开始，新增添了个案故事类型研究回顾展望的稿件类型，并一直坚持下来，不仅为中国叙事文化学研究打开了一条较为新颖的通道，也为栏目建设增添了新的活力。

又比如，栏目最初设定的批次规模是每年出四期，每期约三篇文章。从2020年开始改为每年三期，每期约三篇文章。这个调整一方面减轻了稿源压力，保证了稿件质量，同时，也是因为从2020年开始，我在《天中学刊》又新增了一个主持栏目"汉魏六朝小说研究"。二者取得平衡和协调，才能同时兼顾，均衡发展。

3.重视专栏经验总结工作

善于总结经验，积累已有成果，这是做好任何工作的重要秘诀之一。《天中学刊》的领导非常重视专栏经验总结工作，除平日经常进行栏目建设工作交流之外，还特别重视进行大规模的总结经验、汇总成果工作。

2019年8月，《天中学刊》主动发起倡议，与南开大学文学院联合举办"中国古代叙事文献与文化高层论坛"。其核心主题就是总结回顾"中国叙事文化学研究"栏目建设的成就，交流栏目建设与中国叙事文化学研究的学术信息。论坛期间，与会代表和嘉宾高度评价中国叙事文化学研究方法在中国古代叙事文学研究方法探索方面所取得的成就，高度评价《天中学刊》开设"中国叙事文化学研究"栏目对于学术事业发展的重要贡献。中国社会科学院文学研究所张国星研究员强调，各国各地地方特色所形成的文学形态差异既是客观事实，也是文学研究实现创新的重要突破关口，同时也是中国叙事文化学研究剥离西方学术范式樊笼，回归"中体西用"主体格局的学理所在。华中师范大学王齐洲教授则从以往小说概念理解的纠缠困扰现象出发，指出中国叙事文化学研究和叙事文献研究回避这些纠缠困扰的积极作用，同时也对中国叙事文化学研究的理论建设提出了提升和加强的建议。河北师范大学前副校长王长华教授则特别强调，以南开大学为代表的学术研究团队与《天中学刊》合作进行的栏目建设工作，实际上为国内高水平大学的学术实力与地方普通院校学报之间紧密合作，共同打造高水平、有特色的学术成果展示平台探索了一条新路。

嗣后，在2020年，《天中学刊》又积极策划，准备把自栏目开设以来的学术论文结集出版，从而把本栏目建设中经验总结和成果积累工作提升到更高的层次。

四、本册文丛出版的设想方案和基本情况

考虑到《天中学刊》"中国叙事文化学研究"栏目已有成果规模和未来发展可能规模，计划从今年开始陆续把栏目刊载文章陆续结集出版。初步计划每五年结集出版一次，书名为《中国叙事文化学研究文丛》。本册为该文丛第一辑，共收2012年起至2016年期间栏目刊载的论文六十一篇，共分"理论视野"和"个案研究"两个部分（因2016年"研究综述展望"主题刚刚开始，尚未形成规模，所以这个主题从第二辑文丛开始设立）。

本册所收论文是该栏目前五年的论文，除了我本人的八篇论文之外，国内高校一些著名专家学者如郭英德、陈文新、张国风、齐裕焜等参加了撰稿工作。个案研究部分作者基本是年轻学子，稿件选题和内容基本是他们学习"中国叙事文化学"课程的专题作业，或是以中国叙事文化学研究方法进行博士或硕士学位论文的节选或改写。这些论文的主题涉及神话题材、帝王题材、历史名人题材和文学形象题材等，基本上反映了叙事文化学研究题材所涉题材领域。他们的研究展现了中国叙事文化学研究基本实力的一个缩影。

总体来说，"文丛"第一辑既全面反映了2012—2016五年期间栏目建设发展的全面情况，又为"文丛"的未来发展预留了一定空间。

五、本册文丛的价值和展望

如果说 "中国叙事文化学研究"专栏有什么成功秘诀的话，那么我想可以用最简单的一句话来概括："目标加实干。"

"目标"是指做事业的宏远志向目标。对于我们栏目来说，就是充分认清栏目建设的社会意义和学术价值，把栏目建设视为整个学术和文化发展事业的组成部分。"实干"就是把宏远目标落到实处，一步一个脚印地夯实栏目建设的一砖一瓦。"中国叙事文化学研究"专栏能够坚持十余年，而且

还要继续坚持下去，底气和动力就是"目标加实干"这句大实话。

如果"目标加实干"这句话真的能够被十余年的栏目历史所印证，那么就有足够的理由给予这本汇集其中五年内容的文丛充分的价值认定和更大的目标展望。

首先，这本文丛是迄今为止第一部中国叙事文化学研究主题论文集。它是中国学者借鉴西方主题学研究方法，将其移植应用于中国古代叙事文学研究的成功尝试成果，标志着中国叙事文化学研究已经由朦胧零散发展到自觉和拥有完整体系的阶段；

其次，本册文丛的出版，将会为广大中国叙事文化学研究者和爱好者提供比较系统和规模化的研究参考范例，将会极大推动中国叙事文化学研究向纵深发展；

第三，本文丛的出版，也将证明《天中学刊》的特色栏目建设取得了可喜进步和重大成就，将为《天中学刊》本身和高校学报特色栏目建设提供积极的参照。

我们的栏目已经取得了如此可喜的成绩，所以，我们也有足够的理由相信，栏目的未来将有更加广阔的发展提升空间，将会为中国叙事文化学研究，为高校学报特色栏目建设提供更好更多的积极能量，为中国学术文化事业发展做出更加有效和实绩性的贡献。

选自朱占青、刘小兵主编《中国叙事文化学研究文丛》
河南人民出版社2021年版

理论探索

故事主题类型研究与学术视角换代

——关于构建中国叙事文化学的学术设想

从20世纪初王国维完成《红楼梦评论》和《宋元戏曲考》到今天已有百年。如果认同这两部论著是中国古代小说和戏曲从评点式研究走向现代学术范式的转折点的话①，那么现在是否有理由提出这样的问题：《红楼梦评论》和《宋元戏曲考》所开创的所谓现代学术范式的基本内涵和主要特征是什么？百年之后，这种范式是否已经凸现出某些不足或局限？如有，这些不足和局限是否应该由新的学术视角来取代或补充？再进一步，什么是扮演这种取代或补充那些传统范式的有效视角？

与此相关的是，中国古代小说与戏曲同源共存的情况人所共知，但在研究的程序上，人们却仍然习惯于将其作为两种不同的文体分别研究。尽管有人从题材源流和艺术对比分析的角度进行交叉研究，但也仅限于二者之间的文学观照而已。如果要把某种文学题材的源流摸清说透，眼光只落在小说戏曲两者上面显然是不够的。

另外，作为一种文化现象，小说和戏曲在共同演进的过程中，包含了怎样的文化意蕴？这种文化意蕴是通过怎样一种文学的要素关联起来，形成一个完整链条的？

一、20世纪学术视角特色与强势所在

20世纪中国古代小说戏曲研究现代学术视角形成的标志是王国维、鲁

---

① 参见刘方、孙逊：《中国古代小说研究现代学术范式的历史生成》，载《文艺研究》2007年第12期。

迅、胡适三位大师相关研究成果的问世。王国维的《红楼梦评论》《宋元戏曲考》，鲁迅的《中国小说史略》，以及胡适有关几部经典小说的考证评论文章等作品结束了中国古代小说戏曲研究以非系统的散点关注为特征的早期研究，进入到以系统和逻辑为主要特征的现代研究视角阶段。

20世纪小说戏曲研究现代视角的学术方法贡献主要表现在两个方面：从宏观上看，他们从材料入手，不仅系统钩稽了中国小说史和戏曲史的主体史料、勾勒了其基本轮廓，还构建了中国小说史和戏曲史的基本体制框架。《中国小说史略》《宋元戏曲考》都是其中的奠基之作。从微观上看，他们把对于小说史和戏曲史的研究，建立在对相关作品（尤其是经典作品）的社会历史内涵和艺术技法成就的深入分析的基础之上。从王国维的《红楼梦评论》到胡适的几大考证论著，为后来的古代小说戏曲的作品研究提供了精彩的典范。

纵观20世纪中国古代小说戏曲研究，尽管在意识形态和分析评价的社会尺度上有过很大的改变和起伏，但从整体上看，研究的目标和范围主要还是集中在历时性研究和作家作品的专题研究上。这个格局的形成，完全要归功于20世纪初三位大师筚路蓝缕、惨淡经营。

在20世纪之前，小说戏曲个案的作家作品研究和整体的小说史、戏曲史研究，基本上处于各自为战，以零散的方式量化积累的阶段。如果以盖房子为例，他们的工作好比找好了地点、尝试挖了几处土方、采集了一些石块瓦块、砍伐了一些木料，等等。但是，从单个房屋的构造蓝图到整个园区的规划，他们都还没有染指。中国古代小说戏曲研究的单个房屋构造蓝图和整个园区的规划图，都是由王国维、鲁迅、胡适等大师共同完成的。

由此可见，20世纪现代视角的小说戏曲研究结束了此前相关研究的零散状态，使其进入到系统和科学的新天地。其成就和贡献主要在于，不仅为其规划了系统蓝图，而且还提供了具体的操作范式。如同一个知名品牌有了品牌的设计理念和产品规格后，可以进入批量生产的阶段了。

在此范式的引导示范之下，20世纪的小说戏曲研究在作家作品和小说史、戏曲史的研究方面取得了突飞猛进的发展。以作家作品研究为基础的小说史、戏曲史的文体和文体史研究日趋成熟，相关研究无论是数量还是在质量上都达到了前人难以估计的程度。但与此同时，古代小说和戏曲的作家作品研究和史论研究在深度广度上已经趋于饱和，如同百米赛跑进入十秒大关——水平和质量很高，但难以有很大的提升空间了。

二、20世纪学术视角掩盖或忽略了什么问题？

20世纪小说戏曲研究视角在作家作品和文体史的研究方面开创了崭新局面，但同时也掩盖和忽略了一些重要的研究视角和方法。这一点，今天应该引起我们的重视，并寻求一些改进和补救措施了。

作家作品研究一方面把研究者引向对作家生平履历、思想及其与作品内容关系的关注，另一方面又要把主要精力投入对作品内容相关的思想和社会意义，以及艺术技法等诸多作品本体的研究上。在关注作品内容（尤其是题材）的时候，学者有时会对该题材的源流作出适当的勾连，但这种勾连只是了解作品题材内容的一种辅助手段，而不应为以该题材源流演变作为主体研究的主导方面。这样，以某一主题为中心的故事系列，就容易受到单个作品的樊笼局限，得不到应有的关注和系统地研究。

小说史、戏曲史研究是一种文体史研究。20世纪初大师们提供的研究视角主要是以作家作品为基础的贯通研究。它所关注的重心是同一文体的作家作品在内容和形式方面的历时性演变和走向趋势，总结出生发和推动该文体破土成长的各种成因要素。从文体史的角度看，某种题材类型可能是组成某种文体类型的依据，如"三国戏""水浒戏"等等。但这种文体类型的研究，一般也很少超出其自身范围，与其他所有相关材料组合起来关注把握其相关全部材料。所以，文体的视角同样也是对故事主题类型进行系统观照的障碍之一。

不难看出，作家作品和文体史的研究，其重心主体分别是作家生平思想和作品思想内容，以及作为文体历程的小说、戏曲的体裁历时发生过程。尽管这两个重心主体的构想和操作范式对于20世纪学术局面的形成功莫大焉，但如果从故事主题类型学的角度看，无论是作家作品研究，还是文体史的研究，都无法完成对单一文体的个案故事主题类型的发生过程及其动因的全面阐释。

三、故事主题类型的属性和特点

故事主题类型作为叙事文学作品的一种集结方式，具有单篇作品研究和文体研究所无法涵盖的属性和特点。

故事主题类型的核心构成要素是情节和人物及其相关意象，但与传统研究方法不同的是它更需要注意同一要素不同阶段形态变异的动态走势。因为只有清晰地厘定不同文本故事情节的形态差异，才能为故事主题类型的文化分析提供可能。与之相类，故事主题类型既要关注同一人物在该类型故事演变过程中的流变轨迹，也要注意该故事流变过程中各个人物形象的出没消长线索，从而为文化分析寻找契机。显而易见，它与单篇作品和文体研究所关注的情节人物最大区别就是离开了单一情节和人物，去关注多个作品中同一情节和人物的异同轨迹。正是这些情节和人物在不同作品中的变异轨迹，才能为整个该故事主题类型的动态文化分析提供依据和素材。

在故事主题类型中与情节人物同步相连的还有以该故事主题类型内容为意象，出现在诗文等非叙事文体中的典故等材料。以王昭君故事为例，《明妃曲》等大量吟咏王昭君的诗文作品，与《汉宫秋》等叙事文学作品在题材上本属同一类型，但在以往的研究中它们被分割在戏曲研究和诗歌研究两个不同的领域。戏曲和诗文研究者一般不会去关注对方的文本与自己的研究对象在题材和文化内涵上会有什么关联。然而，如果我们打破文体和单篇作品的壁垒，从故事主题类型的角度来观照与昭君故事相关的文献材料，就会理所当然地把《明妃曲》和《汉宫秋》等文体不同，各自独立的文本视为一个系列整体，进而把诗文材料中的相关内容意象与叙事文本的相关内容对照比勘，从中挖掘两者之间的异同和关联，为该故事主题类型的整体把握提供有效素材。

故事主题类型属性的最大特点就是对于文体和单篇作品范围界限的突破和超越。它的视野不再仅仅局限于小说、戏曲、诗歌、散文这些文体樊篱和单个作品的单元壁垒，而是把故事主题相关的各种文体、各样作品中的相关要素重新整合成为一个新的研究个案。这样，也就为小说戏曲等叙事文体文学的研究打开了一扇新窗户，提供了一个新领域。

四、主题学对于中国叙事文化学的借鉴意义

故事主题类型研究并非空穴来风，而是在借鉴西方主题学研究方法、结合中国叙事文学文本现状和文化传统的基础上综合形成的。以故事主题类型作为叙事文学作品的研究对象，其意义不仅仅在于研究范围的扩大，更在于其在转换研究方法基础之上创建了中国叙事文化学这一新的学术增长点。

作为比较文学的方法之一，主题学在世界民间文学研究方面取得了世所瞩目的成就。它在传入中国之后，也引起了学者们相当的关注，并取得了诸多成果。但随着研究的深入，这种外来的学术研究方法如何激发中国化的主题学研究，或者说主题学研究在中国如何从西体中用，转而为中体西用，也就理应成为中国学者当下关注的问题。

主题学比较关注的是俗文学故事中的题材类型和情节模式。最初主题学的研究比较侧重民间传说和神话故事的演变。后来则逐渐扩大到友谊、时间、离别、自然、世外桃源和宿命观念等神话题材以外的内容。①这种方法被海内外中国学者接受后，逐渐被理解为这样一种定义："主题学研究是比较文学的一个部门，它集中在对个别主题、母题，尤其是神话（广义）人物主题做追溯探源的工作，并对不同时代作家（包括无名氏作者）如何利用同一个主题或母题来抒发积愫以及反映时代，做深入的探讨。"②按照这种方法来研究中国文学的论著虽然尚在起步阶段，但已取得一定成果。③但平心而论，这些研究从总体上看，仍然还是处在以中国文学的素材迎合西方主题学的框架体系的西体中用的阶段。有必要在借鉴西方主题学研究框架体系的基础上，从中国文学的实际出发，建构中国化的主题学研究，

---

① 参见陈鹏翔：《主题学研究与中国文学》，《主题学研究论文集》，东大图书有限公司1983年版。

② 陈鹏翔：《主题学研究与中国文学》，《主题学研究论文集》，东大图书有限公司1983年版，第5页。

③ 诸如王立《中国文学主题学》、吴光正《中国古代小说的原型与母题》以及数量可观的论文等。

这就是笔者数年来思考并努力为之经营的中国叙事文化学。

按照笔者的理解，主题学研究应该分为两个方面：一是对所研究对象的范围进行调查摸底和合理分类，二是对各种类型的故事进行特定方法和角度的分析。这两个方面西方主题学都为我们提供了坚实良好的基础和实践经验，但也都有从西体过渡到中体的必要。

研究对象的范围方面，作为西方主题学研究的奠基之作，汤普森和阿尔奈的"AT分类法"不仅为世界民间故事的类型做了全面系统的总结归纳，而且还由此引导出大量的世界民间故事主题学个案研究成果。但对于中国文学的类似研究来说，无论是主题学方法本身，还是"AT分类法"，其局限和潜能都是显而易见的。

"AT分类法"的适用范围虽然是世界民间故事，但在实际操作上还是以欧洲和印度为主，作为东方文明重镇的中国民间故事的内容在"AT分类法"中的反映非常有限。这一缺陷尽管在丁乃通的《中国民间故事类型索引》和艾伯华的《中国民间故事类型》二书中得到很大程度的弥补①，但仍然还有很大的范围空间有待开发。尤其重要的是，他们的索引所用的分类体系还是"AT分类法"。这个体系作为西方民间故事全面类型的反映也许适宜，但很难说它能全面概括中国的民间故事乃至叙事文学作品。而且，作为美籍华人和德国人，他们所掌握的有关中国民间故事方面的材料是有限的。无论是书面材料，还是口头流传的民间故事，很多没有在他们的类型索引中得到反映，此其一。其二，作为叙事文学作品，本来就有口头和书面之分，有时二者的界限很难划清，这一点在古代的民间故事中表现得尤为明显。时过境迁，我们今天所能见到的古代民间故事主要还是以书面的方式存留，像《搜神记》《夷坚志》中就保留大量的民间传说故事。很多中国古代叙事文学作品中的民间故事没有引起西方学者在主题学意义上的充分关注，这些文献中的非民间文学作品得到的关注就更少了。这就给人们提出了两个尖锐的学术课题：一是作为民间故事重要材料来源的书面文

---

① 丁乃通的《中国民间故事类型索引》中译本1986年由中国民间文艺出版社出版，2008年由华中师范大学出版社再版。艾伯华的《中国民间故事类型》中译本1999年由商务印书馆出版。

献，是否需要尽量使其全备，以至达到"竭泽而渔"的程度？二是对于中国传统的浩如烟海的叙事文学作品，是否应该给予主题学的关注？

这两方面的问题促使我们把目光投向中国叙事文学的文本文献。中国叙事文学主要包括古代小说、戏曲以及相关的史传文学和叙事诗文作品。尽管从横向的角度看，它们各自作为一种文体或单元作品的研究不乏深入，但从纵向的角度看，同一主题单元的故事，其在各种文体形态中的流传演变情况的总体整合研究，似乎尚未形成规模。尤其重要的是，以文本文献为主的中国叙事文学，在整体上还缺少从故事主题类型，亦即从主题学意义上进行的反映其主题学全貌的大型基础工程。这就应该借助汤普森的"AT分类法"，整理编撰出"中国叙事文学故事主题类型索引"。也就是说，应该在体系上另起炉灶，变西学为体为中学为体。另外，中国古代小说和戏曲的基础工程建设近年来已经取得了巨大成就，尤其是在目录学建设方面，出现了《中国通俗小说总目提要》《中国文言小说总目提要》《中国古代小说百科全书》《中国古代小说总目》《中国古代小说总目提要》《古典戏曲存目汇考》《中国剧目辞典》《古本戏曲剧目提要》等重要成果。但是，这些传统意义上的目录学著作的一个共同特点，就是它们的目录词单元都是一部具体作品。以具体作品为单位与以主题类型为单元的根本区别，就在于前者关注的焦点是单个文本自身，而后者关注的焦点则是不同文本中同一主题现象的分布流变状况。很显然，后者的研究目前在国内学术界基本上还是一个空白。

二十多年前，以主题情节为单元的中国叙事文学主题类型索引编制就有人做过尝试，这就是台湾中国文化大学金荣华先生于1984年完成的《六朝志怪小说情节单元分类索引》。这部索引第一次以中国叙事文学的文本文献（而不是民间俗文学）为情节主题类型编制的主要范围对象，从而成为以中学为体的中国古代叙事文学故事主题类型索引的开山之作。但作为筚路蓝缕的草创工作，金氏的索引在范围上仅限于六朝志怪小说，在分类上沿用中国传统类书中以名词为单元的角度，而不是"AT分类法"中以动作状态为单元的角度。这些都在一定程度上影响了它的作用和价值。鉴于此，全面反映中国古代叙事文学基本状况，以中学为体，西学为用的"中国叙事文学故事主题类型索引”的编制工作也就势在必行了。

研究主题类型的方法和角度方面，既然在对象上以中为体的中国叙事文化学的目标既不是母题情节类型，也不是完整的一部作品，而是具体的单元故事，那么随之而来的就是方法和角度上的变化。按照西学为体的主题学研究方法，母题、主题这些情节事件的模式是研究的重点。这种方法和角度对于民间故事和叙事文学故事的一般性和共性研究是有效的。它可以集中关注同一类型故事的演变差异及作者们在抒发情愫和反映时代方面的共同特征。但如果用这种方法来处理单元故事，就会有一定局限。作为以中为体的中国叙事文化学所关注的单元故事，在处理文本的时候会涉及很多具体情节发生变化的文化意蕴挖掘。这显然不是能用一种较为笼统和一般性、模式性的分析所能奏效的。

其实，中国式的主题学研究在此前已有范例。1924年顾颉刚先生发表《孟姜女故事的转变》一文，在时间上和德国人提出这一主题学方法的时间大致相同，但表现出明显的中国特色。其中最为精彩之处就是他几乎能把孟姜女故事每一次变化都在所在时代的历史文化土壤中找到令人信服的答案。①这种以传统的历史考据学方法结合西方实证主义的方法来作为主要途径解读切入中国叙事文学故事主题，显得十分清晰和明快，应当成为我们以中为体的中国叙事文化学研究的范本和楷模。

五、中国叙事文化学的基本构想

根据以上思路和设想，我们把以中为体的中国叙事文化学分为两个互有关联的组成部分：第一，编制“中国叙事文学故事主题类型索引”，第二，对各个故事主题类型进行个案梳理和研究。其具体设想和进展情况如下：

作为“中国叙事文学故事主题类型索引”的先期工作，我们首先编制了《六朝叙事文学故事主题类型索引》。为了体现中国叙事文化学以中为体

---

① 比如对于《左传·襄公二十三年》所记载的杞梁妻拒绝齐侯郊外向其吊唁的故事，顾氏的解释是周文化影响的礼法观念使然。而对于《小戴礼记·檀弓》中新出现的杞梁妻迎柩路哭的情节，顾氏则从《淮南子》《列子》诸书中找到战国时期“齐人善唱哭调”的根据。

的特色，该索引在以下几个方面表现出与"AT分类法"及以此为蓝本所编制的丁乃通和艾伯华索引的不同。

首先是分类。按照"AT分类法"编制的丁乃通和艾伯华的索引共分"动物故事""一般的民间故事""笑话""程式故事""难以分类的故事"五类，总共2499个故事类型。这个分类法有两个突出特点，一是民俗性，二是西方性。民俗性是指作为民间故事索引，其中包括的内容自然是以民间文学为主，这自然无可厚非，但口头传承的民间文学之"履"未必适合书面叙事文学之"足"。西方性是指把中国的民间故事套进西方人所设定的框架中，这也就未免有削足适履之嫌。而且，就这两个索引所使用的文献材料来看，有许多精彩的、收录中国民间传说故事的文献他们并没有使用，如《坚瓠集》《遣愁集》《尧山堂外纪》等。正因为如此，也就自然会有许多精彩的中国叙事文学故事主题情节模式无法被套进"AT分类法"中。至于中国民间文学之外的叙事文学作品，这两个索引更是无法囊括殆尽。因此，要编制以中国叙事文学为主的中国叙事文学故事主题类型索引，在体系框架上不能照搬"AT分类法"，而是需要另起炉灶。

金荣华的《六朝志怪小说情节单元分类索引》在分类上也是另起炉灶，并确实以中为体，但由于该索引采用的是中国类书传统以名词为单元的类目名称，其在反映作为叙事文学的故事属性方面受到一定局限。因而我们在此基础上又做了新的探索和尝试。《六朝叙事文学故事主题类型索引》共将故事主题类型分为六类：天地类、怪异类、人物类、器物类、动物类、事件类。下面笔者将一边和"AT分类法"做对比，一边逐一介绍各类的设类理由和子目安排的设想。

天地类。"AT分类法"中没有天地自然一类。但从神话开始，与天地自然相关的叙事故事就一直伴随其间。像"夸父逐日""女娲补天""精卫填海"等著名神话故事，不仅是神话传说的精品，也是中国叙事文学的源头。中国文化根深蒂固的"天人合一"观念，使得中国叙事文学中产生大量的与天地自然相关的故事作品。丢掉这些故事，无论是对于通俗文学，还是整个叙事文学来说，都是不完整的。故而单独设立"天地"一类。其中包括"起源""变异""灵异""纠纷""灾害""征兆""时令"7个小类，

34个故事。

怪异类。此类大致相当于"AT分类法"中的"一般的民间故事"。之所以这样改动是基于两种考虑。一是"一般的民间故事"这个概念比较模糊和笼统，而其中实际包含的内容是"神奇故事""宗教故事""传奇故事（爱情故事）""愚蠢妖魔的故事"4种。这些内容实际上也就大致相当于中国叙事文学中的"志怪小说"和"传奇小说"的题材。用"怪异"来概括它们既符合实际情况，也会使熟悉中国叙事文学故事的人一看便明。二是"AT分类法"中没有单独设立人物故事的类目，而人物故事又是中国叙事文学故事中的重头戏，其数量远在怪异故事之上。设立"怪异类"，也是为了和下面的"人物类"形成对照和呼应。此类包括"起源""矛盾""统治""生活""异国""神异"等22个小类，597个故事。

人物类。"AT分类法"中没有专门的人物类，有关人物的故事分散在"一般的民间故事"中的"传奇故事""笑话""程式故事"以及"难以分类的故事"中。然而在中国古代叙事文学中，人物故事数量极多。除了民间故事中包括的这些内容外，大量由作家记录和创作的文言小说、白话小说、戏曲作品，以及史传故事，成为中国古代叙事文学作品的主体。这一情况如果在以中为体的故事主题类型索引中得不到全面而集中地反映，那么索引的价值则将会大打折扣。此类故事包括"源起""矛盾""农耕""家庭""君臣""政务"等41个小类，1278个故事。

器物类。"AT分类法"中没有专门的器物类，只是在"一般的民间故事"的"神奇故事"下设"神奇的宝物"一类，算是器物之属。但从中国叙事文学故事来看，与器物相关的故事固然不乏"神奇"之类，但也有不少非神奇器物故事。况且书面文学的器物故事虽然有和民间文学器物故事的交叉之处，但也有许多不同。如"玉镜台""麈尾"等。而且从全局来看，器物故事应当和"天地""人物""动物"成为可以类比的并列类目。此类包括"天物""造物""食物""异物""怪物"等21个小类，169个故事。

动物类。动物是民间文学的主角，所以"AT分类法"将"动物故事"列为首位。但与器物故事相似，书面文学中的动物故事与民间文学同异兼有。所以本索引在设类上与"AT分类法"互有出入。此类包括"生变""帮助""奇异""征兆""矛盾"等13个小类，共118个故事。

事件类。"AT分类法"中设有"程式故事"和"难以分类的故事"，这在内容上为本索引提供了一定基础。但本索引设定"事件类"主要还是出于全局的考虑。首先，前五类都属于围绕名词性词语展开的单元故事，没有以动作和事件为中心的单元故事。其次，前五类各自独立，那些兼具不同类目特征的故事放在哪一类都显得欠妥。设定"事件类"则同时解决了这两个方面的问题。此类包括"人神关系""天人关系""人鬼关系""战争""习俗"等12个小类，719个故事。

本索引尚在摸索当中，其分类是否合理，入类是否恰当，均有探讨斟酌的余地。因而，本索引没有像"AT分类法"那样为所有故事编上总的顺序号，以便以后可以随意增删调整。①

编入索引的主题类型规模大小、材料分布很不均匀。有的主题类型只有一两条故事材料，难以构成一个故事主题演变的系列，也难以对其进行主题演变的对比和分析。因此我们认为不是所有的主题类型都具有个案研究价值。我把具有研究价值的个案故事类型大致限定了三个方面的条件：其一，在文本的分布上应该有一定的数量规模，一般来说应该不少于3—5个带有故事性的文本；其二，在文体的分布上应该不少于3种，其中至少有2种以上的叙事性故事文本；其三，在时间的跨度上应该不少于3个朝代。如果能同时具备以上三个条件，那么该个案故事主题类型系列便足以构成一个值得关注研究的个案对象。

对于具备上述条件的故事主题类型，其个案研究操作程序大致有以下几个步骤：

首先，调动一切文献考据手段，对该故事主题类型进行地毯式的材料搜索。就其文体分布状况来说，应该以小说戏曲为主，同时兼顾史传、诗文、方志、通俗讲唱文学等一切与该故事主题类型相关的材料。在这个方

---

① 关于中国叙事文化学的初步构想，笔者已经发表两篇文章，分别是：《主题学与中国叙事文化学的构建》，载《中州学刊》2007年第1期；《关于构建中国叙事文化学的设想》，载《厦门教育学院学报》2009年第1期。

面，"竭泽而渔"也许只是理论上的奢望，却应该是此项工作的坚定目标。因为这是个案的故事主题类型研究的全部基础，好比是厨师把需要烹饪的原材料采购到家。

其次，在对已经掌握的所有材料进行充分阅读的基础上，对该个案故事主题类型进行要素解析。其中分为外显的结构层面和内在的意蕴层面。

结构层面是指那些通过文字阅读可以直接认知的外部可见的结构要素，包括情节、人物、背景与环境等等。所谓要素解析工作主要是就某一要素（如情节或人物等）在该主题类型不同文本中的形态流变进行细致比勘。具体梳理出在同一要素线索中相同者有哪些，相异者有哪些。比如在情节和人物的演变中，哪些成分为一成不变，哪些为前后相异等等。这一步骤是对材料挖掘工作的清理，也是为内隐层面的清理铺路奠基。

意蕴层面是指在对结构层面诸要素的观照把握和细致分析的基础上，对该个案故事主题类型中所蕴含的文化意义进行耙梳厘定。一般来说，一个故事主题类型在其演变过程中，往往也涉及几个方面的文化要素。这些文化要素往往要随着文本形态在不同时代和作家手中的变化而呈现出动态的演进。研究者一方面要对该文化背景的全貌有基本的了解，更需要对这一文化背景在该故事主题发展中的呈现有清晰地辨认。到了这一步骤，个案故事主题类型研究基本上已经呈水到渠成之势了。

最后，对该故事主题类型的特色和价值做全局的归纳和提炼，并进入到具体成文的收尾阶段。其中最重要的就是在此前工作的基础上，归纳概括该故事主题类型进行故事演进过程所蕴含的核心意蕴，提炼出能够贯通该故事全部材料和要素的核心灵魂，用以统摄全部研究过程，把握全部材料。

当然，从编制中国特色的故事类型主题索引，到各个故事主题类型的个案研究，这只是中国叙事文化学的一项基础性工作。其后续工作仍然十分庞大和艰巨。其中亟需的是运用这一方法的实践操作。这一工作实际上多年以来很多学者已经做出很多成绩，十多年来我所指导的博士生、硕士生的论文选题也大致在这个范围之内。如果能将其总结、集中并纳入中国叙事文学故事类型研究的整体当中，其学术价值应该更加突出；二是在类型索引和个案分析实践摸索和经验总结的基础上，撰写《中国叙事文化学》一书，从理论上总结中国叙事文化学的概念定义，方法使用、对象范围，以及对于中国叙事文学故事发生发展变化规律的整体关照。这一工作目前尚在准备阶段，但中国叙事文化学能否建设成功并且成熟定型，最终却要取决于它。

原载《山西大学学报》 2012年第3期

"中体西用"

——关于中国神话文学移位研究的思考

神话是文学的母亲，这本来是基本的常识。但以往神话研究的角度多半集中在历史学研究、宗教学研究，以及文化人类学研究方面。在这些研究中，神话材料起到的是由于史前文字材料匮乏而起到的史料替代作用，神话的文学价值，尤其是它对后代文学所产生的滋养作用没有得到足够的关注和研究。鉴于此，本文通过对中国神话研究历史的回顾反省，意在借鉴西方"原型批评"关于神话文学移位学说的理论，在西方民间文学研究领域主题学的研究方法的基础上，从构建中国式神话研究体系的角度出发，提出在神话研究领域以"中体西用"取代"西体中用"的理论设想和具体操作程序，试图扭转中国古代神话研究的角度和视野，把中国神话的历史学、宗教学和文化人类学研究拉回到文学研究的本体中来。

一、中国古代神话研究的扫描回顾

神话研究在中国起步较晚。虽然秦汉以来的各种典籍中不乏与神话相关的材料，但其中多为对各种神话题材的文学演绎，涉及神话研究的部分零散而不系统。现代意义上的中国神话研究是受20世纪以来包括学术研究范式在内的西方文化渗透影响的结果。

此期间的神话研究有过三种有代表性的神话研究热潮。

一是20世纪20年代以顾颉刚为代表的"古史辨"派的疑古思潮。"古史辨"派疑古工作的重头戏就是推翻主要由神话传说构成的中国上古历史。在他们看来，"盘古开天地""女娲造人""三皇五帝"等所谓中国上古历史记载都是虚诞的神话传说，并非信史，应该将其剔除中国历史之外。①这种研究学术背景是胡适以"大胆假设，小心求证"为手段的"整理国故"思潮。而胡适的思潮又是来自19世纪以来盛行西方学界的实证主义思潮。因此从根子上说，"古史辨"派的学术根基在西方，是通过对中国古史的考证来体现实践实证主义学术思想。它解决的核心问题是中国古代神话能否当作信史的问题，至于神话作为中国文学、历史产生的母体这一身份并未得到关注。

二是20世纪以来，尤其是1949年以来受马克思主义影响的历史唯物主义神话研究。20世纪50年代以后与神话有关的多数文学史、小说史均属这个潮流。虽然历史唯物主义神话研究在古代神话的系统整理和材料发掘方面是这个时期神话研究的重要收获（如袁珂先生的系统神话研究工作），但总体上看，此说把中国古代神话材料作为历史唯物主义对于人类文明和历史起源产生规律解释的一个侧面。其核心理念就是马克思在《〈政治经济学批判〉导言》中关于神话"是已经通过人民的幻想用一种不自觉的艺术方式加工过的自然和社会形式本身"的说法。也就是将神话视为解释远古时期人类创造世界和历史的途径之一，并且用其来阐明阶级斗争推动人类社会历史发展的意识形态理念。这种研究有其两面性，一方面，作为文学史和小说史，他们的确发现了神话与后代文学之间的关联。如游国恩本《中国文学史》历数了古代神话对于诗赋散文和小说戏曲在文学题材和形象方面的影响轮廓，但这一影响的线索在后面对历代文学进行描述时没有能够得到系统的勾连和贯通，无法形成一个对早期神话各种题材在后代展衍的系统印象。但另一方面，该书有关神话内容的核心主线服务于历史唯物主义的基本观点和当时主流社会意识形态，基本上是对马克思那段神话定义的诠释。如编者认为《女娲补天》神话在后代"俗说中的解释部分渗入了阶级社会的意识，它把被剥削阶级的'贫贱凡庸'说成是先天注定的，同时为剥削阶级的特殊地位找到了理由"。类似的阶级斗争口吻在书中每每可见，这种以意识形态理念统摄古代文学研究的方式显然偏离了学术自身

---

① 参见田旭东：《二十世纪中国古史研究主要思潮概论》，中华书局2003年版。

的科学客观精神，不利于神话所反映的历史文化真实面貌的准确解读。

三是20世纪80年代改革开放以来，在西方学术文化思潮再次强烈冲击中国的背景下，神话学研究再次呈现热潮。自80年代以来，何新、萧兵等人在继承传统神话学研究的基础上又吸收借鉴了西方人类学的研究方法，在很大程度上开拓了神话学研究的视野，使中国神话学研究呈现出一个崭新的面貌。近年来，叶舒宪的一系列神话学研究著作又在前者的基础上有较大突破，被称为中国文学人类学的重大创新与突破。

在这个学术背景下起步形成的中国神话研究有两个突出特点，一是其研究范式的体系是"西学为体，中学为用"，即以西方的学术范式为体系框架，以中国神话的内容为材料加以论证分析；二是其研究领域主要集中在历史学、考古学、文化人类学方面，即把神话材料作为没有文字记载的远古时代的珍贵史料，来复原勾勒那个遥远的时代。尽管他们的切入角度和各自结论有所差异，但这两个特点基本上是共同具备的。

尽管三个阶段的中国神话研究各自取得不菲的成就，但总体上可谓殊途同归，都是20世纪以来西方文化和学术范式铸造的产物，而这个结果和过程在很大程度上带有被迫性和盲目性。因为一个半殖民地半封建的国家不仅在国家主权方面受到外力干涉，而且文化学术诸多方面也必然受到波及。然而遗憾的是，文化和学术的话语权与研究范式没有随政治主权的恢复得以复归，而是延续着被外来文化和学术范式左右的惯性定势（马克思主义抑或资本主义，均为舶来品）。

二、如何寻找构建中国神话研究的体系

1949年以来，人们在欢呼政治主权的恢复的同时似乎没有深入反省文化主权和学术主权的恢复与建立问题。如果上述关于20世纪以来中国神话研究的回顾对此命题已经足以管中窥豹，那么进入21世纪后，中国神话研究的本位复归就是十分必要而且迫切的任务了。

因此，在政治主权当家作主已经半个多世纪之后，反思文化价值和学术话语权的民族主体权力已经是刻不容缓的重要问题了。在此背景下，关于中国神话研究的深化我以为应该将两个问题作为突破口。一是要不要变

"西学为体，中学为用"为"中学为体，西学为用"，寻找和建立中国自己的学术研究体系；二是要不要跳出以历史学、考古学、文化人类学为研究归宿的神话学研究，回归神话的文学研究本体上来。

平心而论，尽管以往神话研究在诸位先贤的努力下已经成果斐然，但还有巨大的潜力空间需要挖掘。而中西体用关系的置放顺序和神话的文学本体回归则是其中的肯綮所在。这两个问题的解决不但关系到中国神话研究本身的创新出路，更关系到整个中国学术研究范式的母体血液是姓"西"还是姓"中"的问题。

首先，用西方的学术研究范式来研究包括神话在内的中国叙事文学作品存在一些削足适履的困境，需要重新考虑体用关系。

现代意义上的以小说戏曲为主的中国古代叙事文学研究始自20世纪初，以王国维《宋元戏曲考》和鲁迅《中国小说史略》为两面旗帜，拉开了现代史上中国叙事文学研究的大幕，同时也奠定了中国古代叙事文学研究的现代框架格局。20世纪中国叙事文学研究的学术范式主要集中在文体史研究和作家作品研究两个方面，这两个方面的确取得了无与伦比的成就，但同时也掩盖了其难以克服的矛盾问题。作家作品和文体史的研究，其重心主体分别是作家生平思想和作品思想内容，以及作为文体历程的小说、戏曲的体裁历时发生过程。尽管这两个重心主体的构想和操作范式对于20世纪学术局面的形成功莫大焉，但如果换一个角度，从故事主题类型学的角度看，无论是作家作品研究还是文体史的研究，都无法对那种既超越单一作品、又跨越单一文体的个案故事主题类型的发生过程及其动因进行全面阐释。以著名的《西厢记》故事类型为例，除了大量与西厢故事有关的诗词散文和通俗讲唱文学之外，最能代表西厢故事类型发展演变阶段特征的作品至少有三种：文言传奇小说《莺莺传》、诸宫调《西厢记》、元杂剧《西厢记》。按照20世纪以来的文体史和作家作品的研究模式，这三部作品分别属于不同的文体阵营，对它们的研究也就自然形成三个不同的营垒。然而它们相互之间所构成的"西厢"故事类型系统却没有成为研究的中心和主角。这种情况在神话母题研究中表现得更为鲜明。比如女娲、精卫神话均为中国神话的重头戏，但在以往的神话研究中，后代女娲、精卫神话在各类文学作品中的演绎再生情况却鲜有涉及。事实上女娲、精卫神话是中国文学中女娲、精卫两类题材的渊薮，后代相关题材的诗词散文作品数以百计，把女娲、精卫神话故事题材作为故事蓝本搬演的叙事文学作品也数量可观。然而由于文体研究和作家作品研究的樊笼所限，很少有人能从故事类型的角度系统关注二者各自的故事流变过程、形态和内在原因。这就有必要从中国叙事文学作品的实际出发，考虑以故事类型作为叙事文学研究的切入视角，并以之作为中国叙事文学研究的体制范式。①

　　其次，包括神话在内，人类早期的文字记载具有多方面的功能价值，应该得到全面地开发。迄今为止，人们对于中国神话的研究范围，主要集中在历史学、考古学、人类文化学，以及民间信仰等方面。比较突出的是"古史辨派"的神话研究。该派参与学者多，且均为学术名家，且成果也皇皇可观。但该派关注问题的重心是历史学，所谓"古史辨"的核心目的就是从历史学本位出发，经过充足的考证，证明与上古历史内容相关的神话内容多为虚妄，故应将神话剔除在信史之外。在考古学方面，学者们希望把考古成果作为神话研究的重要源泉："神话研究离不开考古学，考古学家为了解释自己的发掘品，再现历史的本来面貌，也要熟悉神话学，只有把神话研究同历史学、考古学、民族学、宗教学等结合起来，才能达到上述目的。"毋庸置疑，从这些角度进行神话研究的确非常必要，不能丢弃。但是相比之下，神话的文学属性及其相应研究却没有引起足够关注和研究，这是非常遗憾并迫切需要得到弥补的。事实上神话与包括诗词歌赋、小说戏曲在内浩如烟海的中国古代文学作品之间存在千丝万缕联系，尤其是作为个案的神话原型在后代文学宝库中的不断演绎再生，至今尚未得到足够的关注和深入研究。不仅如此，除了神话题材在后代的不断演绎外，随着中国文学各种文体的不断成熟和日渐繁荣，不同文体对于同一神话母题的不同阐释和演绎也呈现五彩缤纷的繁荣景象，既具有阅读价值，也具有学术研究价值。从这个意义上来说，从文学角度对于中国神话的关注与研究，

---

① 参见宁稼雨：《故事主题类型研究与学术视角换代——关于构建中国叙事文化学的学术设想》，《山西大学学报》2012年第3期。

是一项意义重大而又十分有趣的研究课题。

如果回归"中学为体"以故事类型研究为范式的研究角度和打通神话与中国文学宝库的关联，回归神话的文学本体研究都是有意义的工作，那么，它的体系建构和操作程序就成了亟待解决的重要问题。

应该澄清的一个问题是，"中体西用"指的是在中国体制格局的前提下适当摄取西方学术营养，并不意味着对西方学术要素的彻底剥离。好比使用那么几块来自西方的装饰琉璃，并不影响和改变一栋四合院建筑的中国风韵。相反会起到相得益彰的作用。

三、"他山之石，可以攻玉"

构建中国体系的文学神话研究来自两块"他山之石"的启发。其一是神话原型批判理论的神话"移位"说，二是民间文学领域的主题学研究理论。这两者的结合，就是本文对中国神话的文学移位研究的理论杠杆。

在神话研究的领域，一个重要的问题似乎被人们忽略：当神话结束它的历史使命，转而成为一种历史的积淀和文学的素材时，神话原型的内蕴怎样在新的历史环境和变异载体中绽放出新的生命活力？按照弗莱的观点，在古代作为宗教信仰的神话，随着其信仰的过时，在近代已经"移位"即变化成文学，并且是各种文学类型的原型模式。[1]对此，张隆溪先生有过这样的描述：

> 弗莱吸收了人类学和心理学的成果，认为神话是"文学的结构因素"，因为文学总的说来是"移位的"神话。换言之，在古代作为宗教信仰的神话，随着这种信仰的过时，在近代已经"移位"即变化成文学，并且是各种文学类型的原型模式。从神的诞生、历险、胜利、受难、死亡直到神的复活，这是一个完整的循环故事，象征着昼夜更替和四季循环的自然节律。弗莱认为，关于神由生而死而复活的神话，已包含了文学的一切故事，……之所以只有一个故事，是因为各类文

---

[1] 参见[加]诺斯罗普·弗莱：《批评的剖析》，陈慧等译，百花文艺出版社1998年版。

学作品不过以不同方式、不同细节讲述这同一个故事，或者讲述这个故事的某一部分、某一阶段：喜剧讲的是神的诞生和恋爱的部分，传奇讲的是神的历险和胜利，悲剧讲的是神的受难和死亡，讽刺文学则表现神死而尚未再生那个混乱的阶段。文学不过是神话的赓续，只是神话"移位"为文学，神也相应变成文学中的各类人物。①

在西方，《圣经》成为后代文学的母体和渊薮，《圣经》与后代文学的关联也引起历代学者的足够关注。然而在中国文学的研究领域，神话题材怎样在后代各类文学体裁中绽放出新的花蕾，神话如何向文学的"移位"？这些涉及中国文学重大发展过程的问题显然没有得到人们足够的关注，所以它理应成为神话的文学研究（而不仅仅是宗教学、民俗学和人类学）的重要课题。尽管神话已经消失，但神话的母题在繁花似锦的文学百花园和各种文化遗产中却获得了无限生机。当然，神话文学移位的走向也要受到各种社会条件的制约。神话题材和意象在文学移位过程中的盛衰消长正是后代社会各种价值观念的投影。搜索神话在后代文学作品中的身影，咀嚼其主题变异中的文化变迁意蕴，对于把握人类文化主题的走向，寻找中国文学深层的血脉根源，都具有十分重要的意义。本文的意义也就在于尽力突破过往神话研究的窠臼，将其还原为以神话为起始，以文学为主体的文学研究。因而它的价值也就在于通过神话的文学"移位"描述为神话的文学研究与宗教学、民俗学、人类学的研究打通一座连接的桥梁，进而把握和认识中国民族文化的共同底蕴。

如果说原型批评的"移位"说为我们提供了一个宏观把握中国神话研究的路径视野的话，那么西方的主题学研究则为我们的文学意义上的神话研究提供了具体的操作程序借鉴。主题学研究是近年来比较文学研究的一个分支。它强调从某一主题入手，打破时空界限，探索同一主题、题材、情节、人物典型等叙事文学单元在不同历史时期、不同民族作家笔下的不

---

① 张隆溪：《诸神的复活——神话与原型批评》，《外国现代文艺批评方法论》，江西人民出版社1985年版，第146—147页。

同处理。这个术语的提出虽然是由19世纪德国学者F.史雷格尔和格林兄弟对民俗学的研究而肇始，20世纪70年代末才传入中国港台地区，80年代初才传入中国大陆，但实际上21世纪20年代顾颉刚、钟敬文等人所发表的部分民俗学研究论文，如钟敬文《中国与欧洲民间故事之相似》（1916），顾颉刚《孟姜女故事的转变》（1924）等已经与主题学研究不谋而合。自顾颉刚先生之后，我国的主题学研究基本上处于中断状态。自20世纪80年代以来，大陆学者在顾颉刚等人开创的研究基础上，又吸收西方学者对于主题学研究的方法思路，对中国文学进行主题学研究，出现了许多可喜成果。尤其是王立的主题学系列研究在中国文学主题学的系统性方面取得了卓有成效的突破和进展。

不过，主题学研究尽管对中国神话的文学移位研究很有参考借鉴价值，但不能完全照搬。其主要理由是，主题学的理论主要是依据和针对西方民间故事，对神话部分和东方故事涉及较少，难以涵盖和揭示中国民间故事和神话。同时，国内的主题学研究也在一定程度上表现出对西学体系的依赖性。目前国内和西方关于中国民间故事主题学的研究基本上还是在西方主题学体系的樊笼之内来运行操作。主要表现为在民间故事类型索引的编制上完全照搬西方的"AT分类法"（如丁乃通的《中国民间故事类型索引》），在民间故事个案的研究上也主要集中在民间口头文学领域。鉴于此，主题学在中国叙事文学领域的应用需要另起炉灶，从头做起。

另外，目前国内文学领域的神话研究主要偏重于民俗学和民间文学的角度。多数这方面的神话研究著作往往和民间文学传说风俗相贯通，而缺少与规模浩大的中国古代书面文学的联系。这正是我们中国神话文学移位研究需要解决的重心问题。

四、故事类型研究的属性意义

我们的中国神话文学移位研究正是基于以上各种问题的解决和调整，希望从中国学术体系重建的高度来审视把握这种研究角度和方法。具体设想如下。

如前所述，以"西体"为主导的20世纪中国叙事文学研究的重心是以小说戏曲为中心的文体史研究和大量的作家作品研究。它所忽略和难以解决的中国叙事文学中跨越各种文体和跨越若干作家作品的故事类型研究。因此，"中体"的核心构建就应该是对以故事类型为中心的中国叙事文学研究予以全面关注和解决。为此，我们计划对包括神话研究在内的中国叙事文学研究做一次较为彻底的改革。其核心主线是围绕故事类型来构想中国叙事文化学的研究体系和范式。

故事主题类型作为叙事文学作品的一种集结方式，具有单篇作品研究和文体研究所无法涵盖和包容的属性和特点。

故事主题类型的核心构成要素是情节、人物及其相关意象。但并非各项要素研究的单纯相加，它更需要注意的是同一要素不同阶段形态变异的动态走势。故事主题类型中的情节更多关注的是在同一主题类型中不同文本在情节形态方面的异同对比。因为只有厘定不同文本故事情节的形态差异，才能为故事主题类型的文化分析提供可能。与之相类，故事主题类型中的人物既要关注同一人物在该类型故事演变过程中的流变轨迹，也要注意该故事流变过程中各个人物形象的出没消长线索，从而为文化分析寻找契机。显而易见，它与单篇作品和文体研究所关注的情节人物最大区别就是离开了单一情节和人物，去关注多个作品中同一情节和人物的异同轨迹。正是这些情节和人物在不同作品中的变异轨迹，才能为整个该故事主题类型的动态文化分析提供依据和素材。

在故事主题类型中与情节人物同步相连的还有以该故事主题类型内容为意象，出现在诗文等非叙事文体中的典故等材料。以王昭君故事为例，像《明妃曲》等大量吟咏王昭君的诗文作品，与《汉宫秋》等叙事文学作品的昭君故事在题材上本属同一类型，但在以往的研究中它们被分割在戏曲研究和诗歌研究两个不同的领域。戏曲和诗文研究者一般不会去关注对方的文本中与自己的研究对象在题材和文化内涵上会有什么关联。然而，如果我们打破文体和单篇作品的壁垒，从故事主题类型的角度来观照与昭君故事相关的文献材料，就会理所当然地把《明妃曲》和《汉宫秋》视为一个系列整体，梳理和把握其中的连接点，尤其是把《明妃曲》等诗文材料中的相关内容意象与《汉宫秋》等叙事文本的相关内容对照比勘，从中发现和挖掘诗文方面的相关意象与叙事故事文本之间的异同和关联，为该故事主题类型的整体把握提供有效素材。

故事主题类型属性的最大特点就是对于文体和单篇作品范围界限的突破和超越。它的视野不再仅仅局限于小说、戏曲、诗歌、散文这些文体樊笼和单个作品的单元壁垒，而是把故事主题相关的各种文体、各样作品中的相关要素重新整合成为一个新的研究个案。同时，以故事类型为核心，牵连各种相关文学材料的集结方式具有明显的中国叙事文学呈现特征。所以以故事类型为研究视角本身就是"以中为体"学术理念的明确体现。这样，也就为小说戏曲等叙事文体文学的研究打开了一扇新窗户，提供了一个新领域。

五、中国神话文学移位研究的具体构想

根据以上思路和设想，我们把以中为体的中国叙事文化学分为两个互有关联的组成部分：第一，编制"中国叙事文学故事主题类型索引"，第二，对各个故事主题类型进行个案梳理和研究。

对于具备条件的故事主题类型，其个案研究操作程序大致有以下几个步骤：

第一，调动一切文献考据手段，对该故事主题类型进行地毯式的材料搜索。就其文体分布状况来说，应该以小说戏曲为主，同时兼顾史传、诗文、方志、通俗讲唱文学等一切与该故事主题类型相关的材料。在这个方面，"竭泽而渔"也许只是理论上的奢望，但也应该是此项工作不懈的坚定目标。因为这是个案的故事主题类型研究的全部基础，好比是厨师把需要烹饪的原材料采购进货到家。

第二，在对已经掌握的所有材料进行充分阅读的基础上，对该个案故事主题类型进行要素解析。其中分为外显的结构层面和内在的意蕴层面。

结构层面是指那些通过文字阅读可以直接了解认知的外部可见的结构要素，包括情节、人物、背景与环境等等。所谓要素解析工作主要是就某一要素（如情节或人物等）在该主题类型不同文本中的形态流变进行细致比勘。具体梳理出在同一要素线索中，相同者有哪些，相异者有哪些？比

如在情节和人物的演变中，哪些成分为一成不变，哪些为前后相异等等。这一步骤是对材料挖掘搜集工作的清理，也是为内隐层面的清理铺路奠基。

意蕴层面是指在对结构层面诸要素的观照把握和细致分析的基础上，对该个案故事主题类型中所蕴含的文化意义进行爬梳厘定。一般来说，一个故事主题类型在其演变过程中，往往也涉及几个方面的文化要素。这些文化要素往往要随着文本形态在不同时代和作家手中的变化而呈现出动态的演进。研究者一方面要对该文化侧面的全貌有基本的了解，更需要对这一文化侧面在该故事主题发展中的呈现有清晰的辨认。到了这一步骤，个案故事主题类型研究基本上呈水到渠成之势了。

第三，对该故事主题类型的特色和价值做全局的归纳和提炼，并进入到具体成文的收尾阶段。其中最重要的就是在此前工作的基础上，对该故事主题类型进行故事演进过程所蕴含的核心意蕴进行归纳概括，提炼出能够贯通该故事全部材料和要素的核心灵魂，用以统摄全部研究过程，把握全部材料。

以上构想已经分别得到程度不同的落实和实践。其中作为"中国叙事文学故事主题类型索引"第一部分的《先唐叙事文学故事主题类型索引》已经编制出版①，大量个案故事主题类型研究也已经完成或正在进行当中。

作为这个整体构想的组成部分，中国神话的文学移位研究是中国叙事文化学的系列个案研究群组中的一个。它以重建中国叙事文学研究体系为使命，以中国叙事文化学研究为方法依托，旨在对中国神话各主要原型与中国古代文学的密切关联进行全面彻底梳理和研究，为中国神话乃至整个中国叙事文学研究摸索一点创新做法。

依据西方原型批评的代表人物弗莱有关神话"移位"为文学题材的观点和主题学研究关注同一故事主题在不同时期和地域流传变异的方法，本文以个案故事类型为单位，拟对中国古代神话中的若干经典原型由神话传说逐渐转变为文学作品题材的过程进行挖掘梳理和分析研究。其中包括材料挖掘和文化分析两个部分。材料挖掘部分包括：各神话故事在后代小说

---

① 宁稼雨：《先唐叙事文学故事主题类型索引》，南开大学出版社2011年版。

戏曲等叙事文学中的题材表现和形态变异，该神话故事在后代诗文作品中作为典故的出现情况，以及该神话故事在后代的风物遗址及其相关传说等。文化分析部分包括对该神话故事在后代叙事文学作品中的形态变异状况，诗文典故使用的意向所指和风物遗址中的具体时代的文化蕴涵进行深入研究和分析，尤其是挖掘分析神话移位为文学的过程中民族文化精神形成的内在轨迹。比如《女娲神话的文学移位》一章在充分掌握有关材料的基础上，详细深入分析论述女娲神话中三个基本要素，即造人（含造物）、补天以及女皇之治等如何成为后代文学家展现天赋才华的用武之地，同时如何折射出封建父权社会对女权排异的痕迹。

在具体操作的程序上，首先要坚持运用传统的文献考据学方法，将散见的该神话原型和主题故事材料以"竭泽而渔"的方式网罗殆尽；其次则是对该个案故事的相关材料进行缕析梳理，寻找出其中各种故事要素的异同点，并从历史文化和文学嬗变的角度进行深入分析，为该个案故事流传过程中的变异现象寻找出合理的历史文化和文学解释。我们认为，以往的中国神话研究和主题学研究尽管成果可喜，但因为研究视角的不同，从文学和文化角度来研究神话有两个遗憾是需要解决和弥补的。一是材料的匮乏和缺失。无论是从广度上，还是从深度上，中国神话研究乃至中国文学主题学研究在材料发现和使用上都存在很多疏漏甚至硬伤。其中最为突出的问题就是某一神话原型在后代的文学"移位"过程中，各种体裁再现这一原型的准确数量没有人做过精确或接近精确的统计，因而有必要下硬功夫、苦功夫对此予以最大可能的解决。二是有的放矢的思想文化意蕴和文学嬗变分析的薄弱。人类学的神话研究注重的是神话原型中的原始文化因子，有些包括神话研究在内的中国文学主题学研究则比较关注某种文学意象自身的文学特性。相比之下，神话原型在后代逐渐走入文学殿堂之后的轨迹描述，以及造成这种轨迹横向的社会文化和文学氛围成因则没有得到应有的关注。以女娲为例，本课题与以往的人类学和主题学神话研究的根本区别就在于，不是立足于神话原型的"溯源"工作，而是把重心放在"探流"上。也就是主要探索女娲神话在后来不同时代的文学发展过程中，有哪些作家使用哪些文体再次搬演了这个题材？这种搬演受到了哪些社会文化和时代文学氛围的制约？它对于文学的进步发展起到了怎样的作用？等等。这些问题也正是本课题希望予以解决和突破的难点，并以此作为为之努力的创新之处。

神话移位为神话带来了无限生机，希望我们的中国神话文学移位研究也能为中国神话乃至整个叙事文学研究也能带来新的生机。

原载《学术研究》2014 年第 9 期

诸神的复活

——中国神话的文学移位

一、中国神话的文献分类

中国神话的文献分类这个说法，好像之前很少有人这么提出过。为什么要提出这么一个概念？就笔者的摸索情况来看，中国神话的文献存在着不同性质的区分和变化，可以分成两大类神话文献。

第一大类我称之为原生性文献。神话从本质上来看，本来就不是用语言文字记载的，而是由历代古人口耳相传。这里我所说的原生性文献，指的是在中国古代文献当中最早的那一批，它们在以往口耳相传的基础上，被最早用文字记录下来。这些文献距离神话本体产生的时间相对要近一些。这些文献中，《山海经》记载的神话较多，其他还包括《诗经》《楚辞》等文学作品，《穆天子传》《尚书》《左传》《国语》等历史文献。另外像《归藏》《古文琐语》《庄子》《韩非子》《吕氏春秋》《淮南子》等诸子文献里也保存了一部分神话材料。这些原生性文献属于比较早的记录神话原貌的资料，所记录的神话内容比较零散，如果我们单独阅读这些文献，是很难形成一个完整的神话故事体系的。所以我们看袁珂先生在《中国古代神话》一书中所依据主要也是这些原生性文献，尽管这些材料比较零散，但是通过它们也能够大致构建出中国神话的基本框架和原始规模。原生性文献是我们以往研究古代神话关注、使用比较多的原始资料。

第二大类是再生性文献。再生性文献发端于秦汉，一直延续到明清。根据时间和属性不同，可以分成两类。第一类是秦汉时期的文献，这一时期的文献距离原始神话传说产生的时代已经比较远了，但是它距离先秦那些首批记录神话的原生性文献还是近一些的，因此通过这些秦汉时期再生性文献，我们还是能够大略窥见一些神话的原貌的，这一类文献包括《吴越春秋》《越绝书》《蜀王本纪》等杂史，《论衡》《风俗通义》等子部文献，此外还有大量汉代兴起的谶纬之书，这些谶纬之书里边也有一些神话材料。以上这些文献，性质不一样，所摘引的神话也是各取所需，所以它们所记录的内容，有些能和原生性文献吻合，也有一些是原生性文献没有记载的。因此，这些文献对神话原貌研究仍然具备很重要的补充价值。第二类是魏晋南北朝至明清时期的文献。这类文献时间上距离神话出现的远古时期更加遥远，其所记录神话的原始属性更加淡化。从内容上说，这一时期的文献大致可以分成两种，一种是作为文献保存，或多或少摘录了前代的原生性文献或者是秦汉时期的早期再生性文献，例如唐宋时期以及后来出现的大量类书，包括《初学记》《北堂书钞》《艺文类聚》等。第二种是在魏晋南北朝之后出现的以神话为题材创作的各类文学作品。这些文学创作有赖于文学大花园中诗歌、散文、词曲、小说等各种文体的竞相繁荣，为古代神话的文学移位搭建了一个全新的舞台。

二、神话研究的角度

此前中国神话研究有几个基本的角度和范式，我这里简单列举一下：

从历史学角度研究神话。这方面比较突出的是以顾颉刚先生为代表的古史辨派的神话学研究。古史辨派作为一种历史学流派，它的基本观点是认为中国古代历史记录中的远古传说时代历史（比如《史记》记录的三皇五帝时期历史）并不是信史，理由是这些历史所依据的材料都来自神话或传说。

从宗教学角度研究神话。丁山先生就是通过对古代神话原始材料特别是原生性文献进行梳理，考察我国原始宗教的起源，完成了《中国古代宗教与神话考》。

从民俗学角度研究神话。袁珂先生等神话学研究学者，主要是从民俗学、民间文学角度对神话进行研究，通过神话来了解原始时期民俗情况。

从文化人类学角度研究神话。叶舒宪教授就是通过对神话原始材料的分析，来考察我国古代文化诞生以及形成发展的过程。

以上这几个研究角度，我只是简单概括，并不完全，而且每个角度我所列举的对象也不够充分。但是这几个角度有一个共同点，那就是其目光不是往后看而是往前看的，它们主要是运用原生性文献，通过分析论证，从某一个特定的角度来复原中华民族没有文字记载的时代的历史文化情况，具体包括民俗是什么样的、宗教是什么样的、历史是什么样的等等。前贤的这些研究取得了很大的成绩，这是毋庸置疑的。

也正是在对前贤的研究成果认真学习的过程中，我们能够发现，他们研究所运用的材料，多集中于原生性材料，而在再生性文献尤其是纯文学形态的神话文献材料方面关注相对较少的。我以为，从文学移位的角度关注中国古代神话，可以成为神话历史学研究以及文化人类学研究的一个新视角、新视野。

为什么以往研究更多关注原生性文献？对于再生性文献特别是纯文学形态文献材料，我们应该采取怎样的措施？通过研究和分析，笔者以为文学研究中有两种方法可能会对我们的研究有所启示，一是原型批评，二是主题学研究。

关于原型批评，其倡导者弗莱在《批评的剖析》一书中提出了一个观点：古代神话产生的土壤，对于各个民族来说是一样的，这就是在没有文字的时代，古代先民通过口耳相传的方式，把远古时代的历史记录下来。但是一旦产生神话的这个时代土壤随着时间流逝消失了，那么神话原型本身是不会重新被生产出来的。同时弗莱认为，原始时期的神话，就好比是一粒种子，它产生于原始时期，在后续没有神话土壤的时代不能发芽，但仍旧可以在文学的土壤中继续再生。在弗莱相关学说的影响下，西方研究者更关注远古神话时代的神话原型是如何被后世一代又一代的文学重新演绎的。

关于主题学，这是西方学者研究民间文学的一种范式。主题学认为，民间文学由于是口耳相传的，所以它的形态必然是多样化的。这也正是研究主题学的学者们关注民间故事的要点。基于这个观点，主题学提出一个理念，认为民间故事在流传过程当中之所以会出现各种复杂的情况，就是因为其背后存在着制约乃至决定它的历史及文化要素。因此，主题学要做的工作就包括以下内容：先把世界范围内的民间故事做一个全面的索引分类，这里经常使用的方法就是"AT分类法"，A是阿尔奈，T是汤普森，这两人所创立的AT分类法是迄今为止民间文学研究领域内大家共同使用的基本方法。在做索引的基础上，他们还做了一些民间文学的个案研究。通过个案研究，把故事创作的时间范围和空间范围内的相关材料尽可能收集齐全，然后再去分析探求民间故事发生时间和空间变化背后的成因。

而通过原型批评和主题学研究两者结合的思考，我对我国古代神话进行新研究的必要性有了进一步认识。我以为，对原型批评的借鉴，能够帮我们把对古代神话的关注目光，从过去的往前溯源，转为往后探流。我们可以借鉴主题学的研究方法，把一个又一个古代神话原型，当作一个又一个民间故事，尽力搜集齐全其相关的所有时间和空间材料，然后在此基础上进行细致的文化分析。

三、对女娲补天神话文学移位的考察

接下来我以对女娲补天神话文学移位情况的考察为例，来介绍一下目前对我国的纯文学神话文献研究的基本情况。这里还需要补充说明一点：我们搜集挖掘的文献是以书面材料为主的。

存世的女娲神话原生性文献数量其实比较有限，它所涉及的主题对大家来说是比较熟悉的，一个是女娲造人，另一个是女娲补天。此外还有一个值得注意的点，那就是在一些原生性文献中也提到的，神话中的女娲似乎还充任过女皇一类的角色。以此为基础，我就把女娲的神话原型按照以上三点进行系统地梳理研究，最终将古代的女娲神话确定为造人、补天，以及女皇三个主题。确定这三个主题之后，我再去查阅后世特别是纯文学文本出现后的相关文献，经过梳理，除了一些特例情况外，大部分女娲神话相关的文学文献都可以被归拢到这三个主题中。在这个梳理的基础上，我们再对女娲神话故事的文学移位进行阐释分析，从文献的角度出发，通过查阅每一种主题之下的历代再生性文献以及纯文学形态材料，来分析其

演绎中都使用了什么样的文学语言和表现方式。在这个阐释当中，第一步是要发现形态的异同，第二步就是探求分析，历代文学作品围绕这三种主题展开的文学书写出现各种差异，其背后原因是什么。例如女皇主题，这一主题在原生性文献中表现得最热闹，而在秦汉之后，这个主题就越来越淡漠。这个现象是符合封建时代历史情况的——在秦汉之后的古代社会中，女性社会地位走向大致来说是逐渐降低的。在这样的历史背景之下诞生的历代文学作品，是不太可能大量出现歌颂女娲女皇这一主题的。

关于研究的基本范式，值得注意的有两个要点。第一是上文提及的时代文化特征对神话文学移位的影响和约束。第二是各种文学体裁在历史上的变化。先秦时期主要是抒情性文学更为繁荣中国的叙事性文学的繁荣兴盛是在唐代以后。文学的演进变化，必然会影响到神话文学移位的表现能力。所以在六朝之前，我们在文献中几乎看不到叙事文学对神话故事的展演和再生。而叙事文学文体出现之后，特别是自唐宋开始，小说戏曲逐渐繁荣，再到明清时期章回小说、戏曲的大量出现，这些新的文学体裁形式，给神话的文学移位提供了巨大的生命力。这里我们继续以女娲补天神话的文学移位为例，简单介绍其发展的历史过程。

目前来看，女娲补天神话的原始出处是《淮南子·览冥训》，但是通过考察《淮南子》中的相关记录，我们判断这并不是女娲神话的原生性文献，它应该属于秦汉时期再生性文献。尽管这个记载从时间上来说距离"往古之时"较远，但是《淮南子》关于女娲补天神话的相关记录，已经大致勾勒出女娲补天神话的主体部分，具体包括女娲补天的起因、补天的方法以及过程，还有补天之后的效果、功绩等。后世对女娲补天神话进行文学演绎时所依据的，主要就是《淮南子》中的相关内容。

从历史上看，女娲补天神话的文学化大致开始于魏晋南北朝，张华的《博物志》中就有相关内容。从纯文学的形式来看，江淹的《遂古篇》属于比较早的用赋体描述女娲补天故事的文学作品。与《博物志》相比，《遂古篇》文学化的力度更大一些，可视为六朝时期女娲补天神话题材开始进入文学的一个代表。

到唐代，女娲补天神话的文学化趋势更加明显了。比如张九龄的《九度仙楼》、卢仝的《与马异结交诗》等，这些作品从不同角度、根据不同的立意，提到了女娲补天神话。梁启超就认为，在中国诗歌浪漫化的演进过程中，神话题材的介入起到了很好的助力作用。人们借助神话中人物形象以及故事题材，得以展开想象的翅膀，最终成功把诗歌的浪漫化发展推向了新的高潮。

在此之后，女娲补天神话的叙事文学的描写就更多了。特别是到了元明清时期，在当时繁盛的章回小说、杂剧、传奇等叙事文学主要形式中，女娲补天神话题材被使用的频率非常之高。有的就把女娲补天作为超人力量的象征，这种意象在诸如《玉梨魂》《湘烟小录》等作品中得到了运用；有的把女娲补天作为时代的一个丰功伟绩，在《英雄成败》《平山冷燕》等小说中使用；还有的用女娲补天来诠释小说故事中的某些器物道具，以增强故事的说服力和神秘感，诸如《西游记》《后西游记》《豆棚闲话》等。另外还有作者在对与女娲补天神话相关的器物道具进行描绘时，把这种器物描绘和故事情节的演绎推进融合在一起。例如，《薛刚反唐》第一回写到徐美祖在寺庙神像前，于朦胧中被一青衣童子引到神秘宫殿，被上座娘娘授以天书，令其与薛刚一同辅佐庐陵王中兴天下。徐拜辞出来见殿前匾额上题"补天宫"三字，旋即被童子推入人间，见庙中神像即授书娘娘，上面匾额则是"女娲祠"三字，原来他是被女娲神在补天宫授以天书。这个情节为小说后续情节中徐美祖与薛刚的合作提供了铺垫。同书同回又记载，唐王接到专能破火轮如意牌的女娲镜。据陶仁介绍，"此镜乃上古女娲氏炼五色石以补天，炉中结成此镜，故名女娲镜"，从而为小说后续故事中破火轮如意牌的情节埋下了伏笔。

女娲补天神话在小说戏曲中文学移位的一种极致表现，体现在叙事文学作品的题材选择、整体构思和结构线索上。下面几例可以说整个作品都是以女娲补天神话原型作为母题的。比如明代的《补天记》传奇，清代范希哲的《补天记》传奇，还有一部汪楫的《补天石》传奇，故事题材原型都是女娲补天神话。而在小说中用女娲补天故事作为构思框架的作品，包括《红楼梦》《女娲石》以及《镜花缘》等。这些作品把女娲补天神话故事作为结构庞大作品的构思框架之依据，这是后世的神话文学移位过程中最明确、最核心、文学化程度最高的表现。

四、中国神话文学移位的文化价值

中国历史上的神话文学移位是一个漫长的过程，它跨越了汉代，经过魏晋南北朝，至唐宋并延绵到晚清，前后长达2000多年。在这个漫长的过程中，中国文化也发生了众多变化，而这些变化又从不同的角度、以不同的程度和方式影响并制约着文学移位的过程。这也就让这个过程中不同时期的神话文学移位成果，成为展示古代中国各个时期历史文化价值及取向的重要窗口之一。

关于历史上的神话文学移位价值，我总结出以下几个方面的内容。首先，神话文学移位的文化价值体现在了承续民族精神方面。比如说女娲补天、精卫填海、后羿射日、大禹治水等，这些神话充满中国先民战天斗地的雄心壮志与豪迈之气，其经典内容通过后代不断地文学再创造，在漫长的岁月中深入人心，成为弘扬中华优秀传统文化的重要故事载体。

其次，神话的文学移位也曾被历史上的各种文化母体作为展示宣扬其自身内容的途径。比如说汉代的谶纬之书中有不少是依靠神话材料来宣扬其思想的，历史上的佛教道教等宗教在传播其思想的时候，也往往借用这些神话材料，以诗歌小说等形式去传播以影响大众。例如汉代学者编造了大量有关"圣王大禹"的神异故事，目的是从谶纬学说角度出发，通过烘托"圣王大禹"的形象，最终实现为当时的皇权统治张目之目的。而至魏晋南北朝以后，大禹在文学作品中又逐渐被道教尊为"紫庭真人"，其目的则是借用大禹传说为道教的传播提供助力。

再次，神话的文学移位把神话原型中我国先民所寄予的理想，以文学的手法加以放大和升华，使其成为后世历代各种价值追求的一种表现。例如嫦娥神话被后世文学家逐渐演绎成人类向往和追求美好生活的形象符号，而精卫神话的文学故事版本则成为不畏艰险、勇于拼搏的形象代表等。历史上很多神话故事都是在经过后世历代文学创作的不断渲染后，成为一种意象乃至一种符号，后世的我们只要提到这些意象符号，立即就能够想到它们的所指，这也可以视为历史上神话文学移位之后带来的功绩之一。

以上列举的是神话文学移位的积极价值。在漫长的岁月里，神话在文学移位过程中也曾经出现过一些特殊情况，需要后世的我们注意和明辨。比如我们非常熟悉的精卫填海、愚公移山等神话故事，这些故事承载的内容本来是很正面很有价值的，但是在后代的文学演绎当中，这些神话故事也曾经出现两种截然不同的判断取向互相对峙的情况，即在面对同一个神话原型的后世文学演绎中，有的人去赞美这些神话，而有的人则出于某些历史或者社会的具体原因去批评这些神话。从唐代开始，就出现过一些诗人和文学家，他们把精卫填海和愚公移山的神话作为自不量力的典型故事引入自己的作品中。而在宋代以来的儿童启蒙教材中，对精卫填海和愚公移山的态度也是有差别的，比如著名的《三字经》就是肯定精卫填海和愚公移山的："愚公志，精卫情。锲不舍，持以恒。"而另外一种影响很大的儿童启蒙教材《幼学琼林》则对精卫填海等故事持批评态度："以蠡测海，喻人之见小；精卫衔石，比人之徒劳。"这种情况，也反映出神话文学移位在历史发展过程中，不可避免地会受到不同时期社会制度以及文化氛围的影响和限制，最终导致古人面对同一神话故事原型可能出现不同的价值判断。这些情况需要我们在研究过程中结合其时代的各种限制因素，予以清晰辨识。

原载 2023 年 4 月 22 日《光明日报》第 10 版《光明讲坛》

中国叙事文化学与"中体西用"范式重建

近些年来，笔者就中国叙事文化学研究范式提出了一些另辟蹊径的想法，取得了一点初步成效。随着认识的不断深化，笔者对中国叙事文化学的学术史意义有了新的思考。这就是，因20世纪以来"全盘西化"影响下的中国学术体系经过百年实践，已经不断暴露出各种问题和局限，需要用中学体系对其加以调整和改造。中国叙事文化学就是这种调整改造的尝试之一。

一

我在《木斋〈古诗十九首〉研究与古代叙事文学研究的更新思考》一文中曾说过：

> 从1904年王国维发表《红楼梦评论》一文和1913年他完成《宋元戏曲考》到今天，已经是百年历程了。如果说这两部论著是中国古代小说和戏曲从以往的评点式研究走向现代学术范式的转折点的话，那么现在是否有理由提出这样的问题：《红楼梦评论》和《宋元戏曲考》所开创的所谓现代学术范式的基本内涵和主要特征是什么？百年之后，这种范式是否已经凸现出某些不足或局限？这些不足和局限是否应该由新的学术视角来取代或补充？什么是扮演这种取代或补充那些传统范式的有效视角？①

---

① 宁稼雨：《木斋〈古诗十九首〉研究与现代叙事文学研究的更新思考》，《社会科学研究》2010年2期。

从这个思路出发，笔者认为需将叙事文化学（此概念由笔者提出）置于补充20世纪以来以王国维、鲁迅为代表的叙事文学研究范式的高度来认识。并从这个角度来理解木斋先生关于《古诗十九首》研究的学术更新意义。

现在笔者对此问题的认识又有所深入，认为一百年前王国维、鲁迅为代表的叙事文学研究范式的形成不是一个孤立的现象，而是近代以来西方文化影响整个中国学术界的一个缩影和局部结果，是历史的必然归宿。事实上，20世纪以来中国学术的转型起步都是在这个大幕下开始演出的。这个演出的核心特质就是把西方文化背景下学术的体系全面移入中国，像遍布全国的快餐店那样全面推行西方学术的体系格局。这就是西方文化盛行潮流在学术领域的应用。

鸦片战争以来，随着外国物质与精神文化的传入，中国在走向未来的过程中，对中国本土文化与西方外来文化的价值厘定和取用态度成为人们相当关注的话题。以辜鸿铭、梁漱溟为代表的全面复古思潮，以陈序经、张东荪为代表的全盘西化思潮，以张之洞、战国策派为代表的中西合璧思潮是当时文化价值论战的主要派别。就三派观点的科学性和真理性而言，我以为难分伯仲。但现实的结果无疑是全盘西化派占了上风。这个结果与其说是中国人自觉理智的选择，不如说是强大外力之下的畏惧反应。除了坚船利炮之外，西方物质文化的很多方面都对当时国人产生了强烈的冲击和震撼。[①]不管是否愿意，包括学术在内的西方文化各个方面很快风靡席卷中华大地。20世纪以来中国文化律动的基本走向就是西方化——学术也位列其中。

以哲学为例，哲学（philosophy）本是西方的名词，在中国古代汉语词汇中，找不出与其对应的词。但近代以来人们却一直使用这个词来指代古代的哲人典籍。这是西学东渐以后受西方学术影响的结果。在大量西方哲学论著传入中国之后，国人开始套用西方哲学史的体系框架来构建中国哲

---

① 据说湘军名将胡林翼的死因就是在长江见到两艘洋船能够逆流而上，迅如奔马，于是变色呕血，几乎堕马，不久身亡。

学史。冯友兰在其《中国哲学史》序言中说："哲学本一西洋名词，今欲讲中国哲学史，其主要工作之一，即就中国历史上各种学问中，将其可以西洋所谓哲学名之者，选出而叙述之。"①于是他按照西方的哲学概念，指出现代意义上的哲学史包括宇宙论、人生论、知识论的发展历史，并且按照这个体系框架设计了他的《中国哲学史》。可见西方文化潮流下的中国学术演变之一隅。

文学史的情况也是如此。在中国人自己写文学史之前，现存最早的几部中国文学史都是外国人写的。它们分别是：日本学者古城贞吉出版于1897年的《支那文学史》②，日本学者笹川种郎出版于1898年的《支那历朝文学史》③，英国翟里斯1901年出版于伦敦的《中国文学史》和德国顾路柏1902年出版于莱比锡的《中国文学史》。中国人自己写的中国文学史最早出版于1904年和1907年，分别是窦警凡的《历朝文学史》和林传甲的《中国文学史》。这就是说，是外国人先为中国人设计好文学史这一学科领域的框架模式，然后中国人才照猫画虎地进入生产程序。王国维和鲁迅所开启的以小说戏曲为主体的中国叙事文学研究范式，也是在此大背景下生成的。

我在《故事主题类型研究与学术视角换代——关于构建中国叙事文化学的学术设想》④一文中，曾将王国维和鲁迅开创的20世纪叙事文学研究范式要点总结为两个方面：一是文学体裁研究，二是作家作品研究。其主要依据就是他们的经典研究论著本身所产生的示范效应。王国维发表于1904年的《红楼梦评论》号称是中国第一篇用西方学术理念和方法写成的现代意义上的学术论文。该文篇幅不长（总共不到15000字），但却采用西方科学著作的结构方式，分为五章。在尼采、叔本华悲剧哲学的理论背景下，从人生悲剧问题转入《红楼梦》所体现的悲剧精神，环环相扣，鞭辟入里。该文一出，立成标杆，引领20世纪以来的学术论文写作潮流。与此

①冯友兰：《中国哲学史》，中华书局1992年据商务印书馆旧型重印本，第1页。
②该书中译本1913年由开智公司印行，名为《中国五千年文学史》。
③该书中译本1903年由上海中西书局印行，名为《历朝文学史》。
④同题文章见《山西大学学报》2012年第3期。

相类，王国维的《宋元戏曲史》和鲁迅的《中国小说史略》也完全采用西方学术著作的结构布局，以年代先后为顺序，以文体产生演变发展为主线，第一次系统勾勒出中国古代戏曲小说的整体框架，并且规定了20世纪以来戏曲小说文体研究的格局范式。

从这个范式的形成过程和内涵性质来看，毫无疑问，它是"全盘西化"文化背景对古代叙事文学研究领域制约掣肘的结果。那么在经历一个世纪之后，这种西方文化背景规定下的学术范式是不是永恒的定律，有没有重新审视乃至更新换代的理由和必要，这些显然应该是21世纪国际国内各方面形势发生重大转折变化后摆在中国学人面前的重要课题。

二

20世纪上半叶中西文化价值论战的结果，大体上以文化和学术的全面西方化为终曲定格，并延续至今。回顾鸦片战争以来的文化论战，复古思潮、全盘西化思潮、中西合璧思潮虽然各有道理，但无论是出于民族情感、还是学理逻辑，以"中体西用"为核心取向的中西合璧思潮最有理由胜出。但事与愿违，与几千年传统大相径庭的"全盘西化"思潮大胜，这个胜利与其说是思潮学理的胜利，不如说是炮舰和政局变化的作用。两次中西合璧文化思潮不但思想合理，而且与中国社会利益需求密切相关。第一次是洋务运动。以张之洞为代表的洋务派提出的"师夷之长技以自强"理念，是典型的"中体西用"思想。但是甲午战争北洋舰队的惨败同时宣告了"洋务运动"的失败，也就意味着张之洞"中体西用"思想的寿终正寝。第二次是战国策派。40年代是中国人民抗日战争艰苦卓绝的时刻。战国策派出于重建民族自信心的初衷，希望从中西文化的交汇上寻找振兴中国文化的途径。战国策派不但力主"恢复战国以上文武并重的文化"[①]，而且还主张用尼采意志哲学中的权力意志和英雄崇拜来淘汰中国传统文化中的消极懦弱精神。这些观点即便在今天看来仍然有令人振聋发聩的作用。1949年后国内再次陷入否定传统的文化价值取向，战国策派的中体西用主张也未

---

① 雷海宗：《中国的文化与中国的兵》，岳麓书社1989年版。

脱夭折的命运。中体西用与中西合璧文化价值取向的失利必然导致学术领域向西方学术理念的靠拢和换血，无论是中国哲学史、中国文学史的开局，还是以王国维、鲁迅为代表的中国叙事文学研究范式，都是当时中国这个大背景下的必然选择和必然归宿。

不难看出，这两次中西合璧文化思潮本身没有过错，造成它们夭折的原因来自两个方面，一是近代以来国势屡弱，饱受外侮的半殖民地惨状，二是自"五四运动"以来全盘西化文化思潮作用下对传统文化的否定和抛弃。

如果以上分析能够成立，那么就有充足理由进行这样的反思：当下中国国势已经发生翻天覆地的变化，西方列强强权干预中国内政文化的时代已经不复存在中国传统文化和国学热东山再起。处在这个环境背景之下，学术界已经没有理由抱持全盘西化背景下定制出来的学术范式永不思变了。

1949年以来，从官方到民间使用频率很高的一个声音就是中国人民站起来了，重新当家作主了。这当然是好事，但人们在欢呼政治主权的恢复的同时似乎没有深入反省文化主权和学术主权的恢复与建立问题。如果上述关于20世纪以来中国叙事文学研究的回顾中对此命题已经足以管中窥豹，那么进入21世纪后，中国叙事文学研究的本位复归就是十分必要而且迫切的任务了。

三

关于重新审视并从更新换代的意义上对20世纪以来学术范式进行翻新再造的问题，我以为目前学界存在三种情况。一是没有意识，也没有实践；二是有实践，没有意识，或者意识不够；三是有实践，有意识。以我粗略估计，前两者约有十之八九，后者不过十之一二。

前不久读到理查德·罗蒂的《偶然、反讽与团结》，对于其中"真理是被语言制造出来的，而非被发现的"的观点，我不能完全赞同。但我认为他所提出的语言对于制造真理所具有的巨大潜能这一认识确实有利于学术视野的扩大和深化。如果说学术的根本使命在于追求真理、证明真理，那么无论真理是被制造的，还是被发现的，学术对于真理的阐释和证明的功能都是无可替代的。

就古代文学研究领域而言，近代以来的西方文化的影响主要来自三个方面，一是鸦片战争以来西方古典近代文化背景下的学术理念范式，二是受马克思列宁主义影响的红色意识形态学术范式，三是20世纪80年代后当代西方哲学思潮背景下的学术方法。平心而论，这三个方面对中国大陆古代文学研究界的确起到很大的推动更新作用，甚至可以说，如果没有这三个方面的营养输入，中国古代文学研究的现状难以成为现今的样貌。

然而经过百年的摸索尝试，我们不得不承认，长期靠外来输血，是难以造就健康的人体机能的。没有自我造血机能，就无法成为健康的独立人。如同大块牛排奶油面包固然可以一时填饱中国人的胃口，但用不了多久就要消化不良，还是要用稀粥面汤蔬菜之类才能调理过来，脾胃舒健。无论是西方古典近代学术范式、马克思主义红色意识形态学术模式、还是当代西方哲学思潮派生的学术范式，都已经在百年实践中一边影响中国学术，一边显露出自身与中国本土学术的龃龉之处。中国学术已经严重消化不良，亟待重新定位，找回本体，再度重生。

反拨20世纪以来受三段西方学术文化思潮影响规定的学术范式理念，找回"中体西用"学术道路，是21世纪中国学人责无旁贷的使命。我以为，从这个角度和高度来重新认识近些年来很多学术创新的历史价值，不仅能够正确认识到这些研究本身的创新价值，而且可以更加明确地提示学界反思20世纪西方各种文化思潮作用下的西体中用学术范式局限，寻求新世纪中国体系的学术范式。

中国叙事文化学的提出也是基于这种思考。以西方学术思潮为主体框架构建起来的以王国维、鲁迅为代表的20世纪中国叙事文学研究范式，基本上是对小说、戏曲的文体史及作家作品研究。这个研究取代了以往小说戏曲领域零散批评和评点式研究，把中国叙事文学研究融入世界叙事文学研究的轨道，可谓功莫大焉。但随着叙事文学研究的深入，文体史和作家作品研究就逐渐暴露出它于中国叙事文学本身的固有本质产生隔阂，因而有削足适履和隔靴搔痒的不足。

如前所述，以"西体"为主导的20世纪中国叙事文学研究的重心是以小说戏曲为中心的文体史研究和大量的作家作品研究。它所忽略和难以解决的中国叙事文学中跨越各种文体和跨越若干作家作品的故事类型研究。因此，作为"中体"的核心构建就应该是对以故事类型为中心的中国叙事文学主流现象予以全面关注和认识解决。为此，我们计划对中国叙事文学研究做一次较为彻底的改革。其核心是围绕故事类型来构想中国叙事文化学的研究体系和范式。

故事主题类型作为叙事文学作品的一种集结方式，具有单篇作品研究和文体研究所无法涵盖的属性和特点。

故事主题类型的核心构成要素是情节、人物及其相关意象。但并非各项要素研究的单纯相加，它更需要注意的是同一要素不同阶段形态变异的动态走势。故事主题类型中的情节更多关注的是在同一主题类型中不同文本在情节形态方面的异同对比。因为只有厘定不同文本故事情节的形态差异，才能为故事主题类型的文化分析提供可能。与之相类，故事主题类型中的人物既要关注同一人物在该类型故事演变过程中的流变轨迹，也要注意该故事流变过程中各个人物形象的出没消长线索，从而为文化分析寻找契机。显而易见，它与单篇作品和文体研究所关注的情节人物最大区别就是离开了单一情节和人物，去关注多个作品中同一情节和人物的异同轨迹。正是这些情节和人物在不同作品中的变异轨迹，才能为整个该故事主题类型的动态文化分析提供依据和素材。以著名的《西厢记》故事类型为例，除了大量与西厢故事有关的诗词散文和通俗讲唱文学之外，最能代表西厢故事类型发展演变阶段特征的作品至少有三种：文言传奇小说《莺莺传》、诸宫调《西厢记》、元杂剧《西厢记》。按照20世纪以来的文体史和作家作品的研究模式，这三部作品分别属于不同的文体体裁阵营，对它们的研究也就自然形成三个不同的营垒。然而它们相互之间所构成的"西厢"故事类型系统却没有成为研究的重心和主角。

在故事主题类型中与情节人物同步相连的还有以该故事主题类型内容为意象，出现在诗文等非叙事文体中的典故等材料。以王昭君故事为例，像《明妃曲》等大量吟咏王昭君的诗文作品，与《汉宫秋》等叙事文学作品的昭君故事在题材上本属同一类型，但在以往的研究中它们被分割在戏曲研究和诗歌研究两个不同的领域。戏曲和诗文研究者一般不会去关注对方的文本中与自己的研究对象在题材和文化内涵上会有什么关联。然而，如果我们打破文体和单篇作品的壁垒，从故事主题类型的角度来观照与昭君故事相关的文献材料，就会理所当然地把《明妃曲》和《汉宫秋》视为一个系列整体，梳理和把握其中的相关连接点，尤其是把《明妃曲》等诗文材料中的相关内容意象与《汉宫秋》等叙事文本的相关内容对照比勘，从中发现和挖掘诗文方面的相关意象与叙事故事文本之间的异同和关联，为该故事主题类型的整体把握提供有效素材。

故事主题类型属性的最大特点就是对于文体和单篇作品范围界限的突破和超越。它的视野不再仅仅局限于小说、戏曲、诗歌、散文这些文体樊笼和单个作品的单元壁垒，而是把故事主题相关的各种文体、各样作品中的相关要素重新整合成为一个新的研究个案。这样，也就为小说戏曲等叙事文体文学的研究打开了一扇新窗户，提供了一个新领域。

小说和戏曲固然是中国古代叙事文学的主要文体构成要素。但文体要素只是叙事文学的外显形态，其内在实体是"故事"。"故事"这一本质属性的集中体现就是以故事类型为核心，以各种文体文本为载体的叙事文学发展形态。"王昭君故事""西厢故事""杨贵妃故事"等大批由各种文体文本组成的故事才是中国叙事文学的内在实体。

如果以上描述能够成立，那么文体史和作家作品的研究就会暴露出它们对于故事类型这一中国叙事文学内在实体的忽略和疏离。显而易见，一个故事类型通常是跨越若干朝代、若干文体、若干作品的集体整合现象。如果只是把研究目光盯在一种文体或一部作品上，那么对于一个完整的故事类型来说，无疑就会产生忽略甚至割裂的效果，离开故事类型这一最能体现中国叙事文学内在实体价值的研究局面。而造成这一结果的根本原因就是以西方文学研究体系中文体和作家作品为核心取向的范式。所以，从文体史和作家作品研究回到故事类型研究既是对传统的文体史和作家作品研究的补充和更新，更是对于20世纪以来"西体中用"学术格局的颠覆和对于21世纪"中体西用"学术格局的追求和探索。

四

根据以上思路和设想，我们把以中为体的中国叙事文化学分为两个互有关联的组成部分：第一，编制"中国叙事文学故事主题类型索引"，第二，对各个故事主题类型进行个案梳理和研究。

对于具备条件的故事主题类型，其个案研究操作程序大致有以下几个步骤：

首先，调动一切文献考据手段，对该故事主题类型进行地毯式的材料搜索。就其文体分布状况来说，应该以小说戏曲为主，同时兼顾史传、诗文、方志、通俗讲唱文学等一切与该故事主题类型相关的材料。在这个方面，"竭泽而渔"也许只是理论上的奢望，但却应该是此项工作不懈的坚定目标。因为这是个案的故事主题类型研究的全部基础，好比是厨师把需要烹饪的原材料采购进货到家。

其次，在对已经掌握的所有材料进行充分阅读的基础上，对该个案故事主题类型进行要素解析。其中分为外显的结构层面和内在的意蕴层面。

结构层面是指那些通过文字阅读可以直接了解认知的外部可见的结构要素，包括情节、人物、背景与环境等等。所谓要素解析工作主要是就某一要素（如情节或人物等）在该主题类型不同文本中的形态流变进行细致比勘。具体梳理出在同一要素线索中，相同者有哪些，相异者有哪些。比如在情节和人物的演变中，哪些成分为一成不变，哪些为前后相异等等。这一步骤是对材料搜集工作的清理，也是为内隐层面的清理铺路奠基。

意蕴层面是指在对结构层面诸要素的观照把握和细致分析的基础上，对该个案故事主题类型中所蕴含的文化意义进行爬梳厘定。一般来说，一个故事主题类型在其演变过程中，往往也涉及几个方面的文化要素。这些文化要素往往要随着文本形态在不同时代和作家手中的变化而呈现出动态的演进。研究者一方面要对该文化侧面的全貌有基本的了解，更需要对这一文化侧面在该故事主题发展中的呈现有清晰的辨认。到了这一步骤，个案故事主题类型研究基本上呈水到渠成之势了。

最后，对该故事主题类型的特色和价值做全局的归纳和提炼，并进入到具体成文的收尾阶段。其中最重要的就是在此前工作的基础上，对该故事主题类型演进过程所蕴含的核心意蕴进行归纳概括，提炼出能够贯通该故事全部材料和要素的核心灵魂，用以统摄全部研究过程，把握全部材料。

以上构想已经分别得到程度不同的落实和实践。其中作为"中国叙事文学故事主题类型索引"第一部分的《先唐叙事文学故事主题类型索引》已经编制出版，大量个案故事主题类型研究也已经完成或正在进行当中。

20世纪以来在西方文化思潮影响下形成的中国现代学术体系已经伴随我们走过了一个世纪的历程。由于它在中国学术的现代化转型中产生过至关重要的作用，无论是从感情的角度，还是惯性的作用，人们对它一时难以割舍是情理之中的。但是，如今我们跨入21世纪已经十多年了，已经没有理由继续恪守西方模式的学术范型。

当然，沿用一个世纪的学术范式要想改弦易辙绝非易事。除了在观念上难以一夕之间更新换代外，一整套的学术范式更新不仅需要理论层面的逐步深入探讨，还需要很多技术层面的具体构想。不能奢望一篇文章解决所有的问题。笔者给自己规定的任务是把一条凝固的冰河凿开一道裂缝，呼唤大型破冰船的到来和引渡。我把自己对中国叙事文化学的构想和研究视为跨越这条冰河的先期尝试。我们希望能激发更多的人产生这种"冰河意识"，共同打造新世纪中国体系的学术范式。

原载《南开学报》 2016年第4期

学术史视域下中国叙事文化学研究的得与失

中国叙事文化学研究是针对中国古代以小说戏曲为主的叙事文学研究提出并实践的新方法。其核心要点是：20世纪以来受西方学术范式影响形成的古代小说戏曲研究方法以文体史和作家作品研究为主，它在很大程度上推动了20世纪以来的中国叙事文学研究。但它暴露出的问题是，由若干种文体和作家作品构成的中国叙事文学故事类型单元（如《西厢记》、王昭君故事）因此被割裂。笔者参考借鉴西方民间文学主题学研究方法，以故事类型为研究中国叙事文学的出发点，在梳理中国叙事文学故事类型的基础上，对其中重要个案类型做系统深入研究。并把这种探索作为反思20世纪中国学术全面西方化的问题弊端，寻找中国叙事文学研究新领域的开始。

一、中国叙事文化学研究的酝酿

中国叙事文化学研究方法的萌生，始于20世纪80年代的方法论讨论热潮。当时作为青年学生和教师的我，知识学养还远远达不到提出一套自成体系的学术研究方法的程度。但求学的热情却促使我对当时的方法论讨论热给予极大关注，并投入很多精力来学习消化。这些无论是对方法论方面的知识储备，还是学术思考，都有重要的推进作用。

进入90年代，方法论热潮几乎是瞬间冷却。但这个冷却不是消亡，而是冬眠之中等候再生。在这冬眠期当中，学者们开始冷静反思分析80年代方法论热潮的得失利弊，寻找符合中国国情和学理的研究方法。

作为那个时代的过来人，我对80年代方法论浪潮所存在弊端的总体印象是生搬硬套、生吞活剥。其中既有各种新方法的"走马灯"式的登场，也有各种新名词的狂轰滥炸。那时的学术论文和研究著作，如果少了舶来的新名词术语，少了相关新方法的背景陈述，不仅难以发表出版，即便出版也必受冷落。这些表面现象所折射的深层实质还是中西体用关系定位问题，也就是说，仍然没有跳出鸦片战争以来"全盘西化""西体中用"文化价值取向的窠臼。所不同的是，国人在饱受国门封闭之苦后，一旦大门打开，大有饥不择食，消化不良之弊。

经过那段热浪之后，我本人和学界一起，开始走向新的反思和探索。在我看来，笼统地说钥匙不好或者锁不好都失之偏离。一把钥匙只是对它能打开的那把锁来说才是好钥匙。对于外来研究方法而言，我以为应该用三个尺度来衡量是否可用：其一，是否弄清其原理和适用对象；其二，是否适用中国本土的研究对象；其三，在用于中国本土研究对象时是否具有调整可塑性。如果具备以上三个条件，我想使用外来方法应该是没有问题的。

大约在1990年前后，我在南开大学中文系资料室找到一本台湾学者陈鹏翔先生主编的《主题学研究论文集》（东大图书有限公司1983年版）。这本论文集收录了包括陈鹏翔先生本人和其他学者（包括已故学者顾颉刚）关于主题学研究的理论阐述和个案研究文章，应该是大陆学者较早了解主题学研究的重要文献。通过该书，我进一步了解了西方主题学研究的基本内涵和发展过程，并且受到启发，萌生了中国叙事文化学研究最初的概念。

以同样的标准对主题学方法进行审核，我发现主题学研究对于中国古代叙事文学研究既有积极启示作用，也有不合榫之处。其积极启示在于，主题学的研究对象民间故事与中国古代叙事文学在个体单元故事形态上具有很大相似性，即同一故事具有多种不同演绎形态。主题学研究以此作为方法成立的基本根据，这个根本点的相似为中国叙事文化学借用主题学研究提供了基础和可能。其不合榫之处有两点：一是在故事传播形态上，主题学研究对象民间故事为口头传承，以小说戏曲为主体的中国叙事文学主要为书面文学；二是主题学研究的视域主要为西方，作为其工作基础的"AT分类法"以西方民间故事为研究范本，中国古代叙事文学既不同于书面形态的西方小说戏剧，更不同于西方口头形态的西方民间故事。①以上两个方面因素导致一方面，主题学研究对于以小说戏曲为主体的中国古代叙事文学，具有重要启示和借鉴作用；另一方面，中国古代叙事文学研究不能完全照搬主题学研究的理念和方法，需要根据中国本体需要加以调整改造。质言之，借用主题学方法研究中国古代叙事文学需要更换20世纪以来"以西为体，以中为用"的传统定势，代之以"以中为体，以西为用"的规则。这也正是笔者和其他学者在借鉴使用西方主题学方法研究中国文学的根本不同。②

在对主题学研究基本原理和相关文献进行研读琢磨，自认为基本掌握其原理大要和具体方法基础上，笔者又着重就该方法对于研究中国古代叙事文学的可行性进行反复思考，并找到用主题学方法研究中国古代叙事文学的具体突破口和落脚点——个案故事主题类型研究。采用主题学研究方法对中国古代叙事文学个案故事类型进行文献挖掘梳理和文化文学意蕴分析，不但为主题学研究的中国化找到切实可行的操作路径，同时也是对20世纪以来中国古代小说戏曲研究主要范式的反思，进而成为在中国叙事文学领域探索"中体西用"新范式的一次重要尝试。③

二、中国叙事文化学研究的起步实践和基本内涵

在此基础上，就中国叙事文化学研究的理论基础与操作实践，笔者开始了漫长的摸索和实践过程。其基本思路是潜心思考摸索，不急于出成果。按照这个思路，我把这一学术目标分为两步走。

第一步是通过研究生培养和教学，逐步搭建中国叙事文化学研究的理论框架并操作实践。笔者从20世纪90年代初开始指导硕士研究生，21世纪

---

① 参见宁稼雨：《中国叙事文化学与西方主题学异同关系何在？——中国叙事文化学研究丛谈之二》，《天中学刊》2012年第6期。

② 参见宁稼雨：《中国叙事文化学研究为什么要"以中为体，以西为用"？——中国叙事文化学研究丛谈之一》，《天中学刊》2012年第4期。

③ 参见宁稼雨：《中国叙事文化学与"中体西用"范式重建》，《南开学报（哲学社会科学版）》2016年第4期。

初招收博士生，主要通过研究生教学和培养实践，摸索中国叙事文化学研究的整体框架和具体环节。其中一方面是我为本专业方向所有选课博士研究生开设了"中国文学主题学研究（中国叙事文化学研究）"，系统讲授中国叙事文化学研究方法思路；另一方面则是迄今为止，我本人门下学生的学位论文选题，均围绕中国叙事文化学研究的个案研究进行。

第二步是在第一步摸索实践的基础上开始系统研究，并组织推出关于中国叙事文化学研究的相关成果。经过大约十年左右的思考和摸索实践，从21世纪初开始，中国叙事文化学研究开始陆续向学界推出系列成果，同时也陆续受到学界同行的评价交流。除了一些文章零散发表在各类刊物之外，《厦门教育学院学报》和《九江学院学报》分别于2009年和2012年为中国叙事文化学研究提供三期共9篇文章的版面支持。文章以个案故事类型研究为主，有少量叙事文化学研究理论方面文章。从2012年开始，承蒙《天中学刊》大力支持，定期设立"中国叙事文化学研究"专栏，每年四期，每期大致刊发3篇文章。截至2018年年底，已经刊发文章近80篇。除了以上渠道外，其他刊物还有一些零散论文，与叙事文化学研究方法基本一致，姑且划入其中。这些文章分为三类，一是基础类的故事类型个案研究，二是部分重要个案故事类型的研究综述和展望，三是关于叙事文化学研究总体理论性文章。除此之外，作为叙事文化学研究整体工作基础工作的索引编制也有了阶段性重要成果。其中包括三个方面：

第一是我本人关于中国叙事文化学研究的系统思考与理论搭建。在参考借鉴西方主题学研究，并充分考虑中国叙事文学形态和研究需要的基础上，我把中国叙事文化学的整体构架分为索引编制、个案研究和理论探讨三个层面。

"索引编制"是要解决中国古代叙事文学故事类型的全部家底问题，即按照中国叙事文化学研究对于个案故事类型的基本定义，摸清从先秦至明清中国古代叙事文学故事类型的全部数量，并按照中国叙事文化学研究的体系需要，将其分类编号，便于中国叙事文化学研究长久研究的检索和参考。这项工作已经取得重要的阶段性成果，《先唐叙事文学故事主题类型索引》已经出版①，唐代以后的故事主题类型索引也在计划筹备中。

个案故事类型研究是在索引编制的基础上，从索引所列诸多故事类型中选取构成个案研究条件者进行深入研究。其中包括对该故事类型"竭泽而渔"式的文献挖掘和梳理之后对其进行历史文化和文学动因的解读。

作为个案研究工作的摸索尝试，我首先在中国古代神话研究领域采用这种方法进行研究。神话领域的个案叙事文化学研究，除了参照主题学方法进行文献挖掘和文化分析外，还借鉴吸收了弗莱以神话的文学移位为核心的原型批评方法。其基本思路就是把以往中国神话研究从考古学、历史学、文化人类学研究拉回到文学研究的轨道，即把神话研究的重心从将神话作为证明人类远古时期历史生存样貌的史料变而为视其为一颗颗可以孳生文学果实的种子，研究者不仅关心种子的样貌，更去关注种子所结出各种丰硕果实的情况——这就是把神话研究延伸到神话在后代各种文学体裁丰富多彩的演绎之中。②而这个研究方法与中国叙事文化学研究的全部程序完全一致，所以堪称中国叙事文化学研究的试验田。作为这块试验田的耕耘实践，我于2007年承担了国家社科基金一般项目"中国神话的文学移位研究"。该项目采用与中国叙事文化学研究完全一致的神话文学移位研究方法，在对中国古代主要神话故事在历代文学园地中的演变文献材料进行全方位搜集梳理的基础上，着重分析了神话故事在历代文学中的演变形态和文化动因。这既是将"神话移位"研究方法用于中国神话研究的一次全面尝试，也是中国叙事文化学研究本身的一次重要演练。

个案故事类型研究的大面积耕种是在我本人指导的博士、硕士和部分本科生学位和课程论文。经过几年的摸索实践，我指导的学位论文大体上形成了一个中国叙事文化学个案故事研究系列。经过这些论文的实践操作，中国叙事文化学研究积累了比较丰富的经验，也为中国叙事文化学研究的理论探索摸索和提炼出很多有价值的内容。

理论探讨虽然从起步时期就开始了，但为了验证其本身的科学性和实

① 本书为国家社科基金一般项目结项成果，由南开大学出版社于2011年出版。

② 参见宁稼雨：《"中体西用"：关于中国神话文学移位研究的思考》，《学术研究》2014年第9期。

际操作的可行性，中国叙事文化学研究的理论体系内容在十年左右的时间内一直处于边搭建、边实践、边调整，边完善的过程中。

经过十多年的理论探索和操作实践，从21世纪初开始，我们开始组织推出包括中国叙事文化学研究理论探索和操作指南性质的系列文章。

我本人对中国叙事文化学研究理论层面的学术价值认识大体上分为两个阶段，第一阶段我主要把中国叙事文化学的学术价值定位为从方法论更新的角度，探索从故事类型研究的视角，跳出传统小说戏曲研究偏重于文体史和作家作品这一研究窠臼的新方法。因为从故事类型研究角度看，由诸多文体和作家作品所构成的某个案故事类型，往往容易被文体史和作家作品研究的视角所忽略，造成个案故事类型完整体系的割裂。而叙事文化学视角的故事类型研究需要把个案故事类型本身视为一个跨越诸多文体和诸多作家作品的文学整体链条，其中既包括"竭泽而渔"式的全面文献挖掘，也包括对个案故事演变发展中所有情节人物异同变化作出文化和文学的系统阐释。希望这样的研究能对前述割裂情况产生挽回补救作用。①

在第一阶段认识在实践中得到成功验证的基础上，我又水到渠成地把中国叙事文化学研究方法的作用提升到为整个中国的民族学术范式主体回归充当铺路石。在我看来，20世纪以来以文体史和作家作品研究为主体范式的研究方法之所以出现与故事类型系统形态之间的龃龉，最根本的原因还是在于这种来自西方的研究范式与中国本土叙事文学形态之间有不尽合榫之处。这样也就自然需要引出西方学术研究范式与中国本土研究方法的对比，以及研究方法与研究对象之间的适用度问题思考。

原因在于，20世纪以来以西方学术研究范式为主流研究范式的领域，不仅限于以小说戏曲为主的中国古代叙事文学，而是包括社会科学的各个领域。但随着学科体系日益深化严密和深化，很多学科和领域也都陆续开始暴露出采用西方学术范式与中国本土研究对象之间的龃龉问题。对此，我比较赞同葛兆光先生在其《中国思想史》第一卷引言中的观点。他以冯友兰先生《中国哲学史》为例，说明"哲学史"这一西方学科体系和研究

---

① 参见宁稼雨：《主题学与中国叙事文化学的构建》，《中州学刊》2007年第1期。

范式在研究中国相应研究对象时所面临的尴尬，因而放弃使用"哲学史"的名称和范式，代之以"思想史"。①类似情况在社会科学其他领域也逐渐开始受到关注和议论。其普遍性足以提醒我们：20世纪以来在"西体中用"背景下形成的中国社会科学学术研究范式，已经到了需要从整体格局上反思其功过，调整乃至更新替换的时候了。②

三、对中国叙事文化学研究学术价值的总体梳理综述

经过近三十年的思考和实践，中国叙事文化学已经基本上形成了比较完整的研究体系，产生了一批研究成果。下面分三个方面对这些成果进行梳理评估和反思。

第一是索引编制方面。

在西方主题学研究范式中，索引编制是整个主题学研究的基础工程。如同"AT分类法"对于主题学研究的奠基作用一样，叙事文化学研究把囊括整个中国古代叙事文学故事类型的索引编制作为重要的基础工作。经过几年的思考，我本人于1999年申报承担国家社科基金一般项目"六朝叙事文学的主题类型研究"，其结项成果《先唐叙事文学故事主题类型索引》获得优秀项目鉴定等级，于2011年由南开大学出版社出版。该索引的主要特色和贡献在于：

采用"中体西用"的理念原则。为系统研究个案故事类型需要，把研究对象从整体上进行分类编号，这种方法始自西方主题学研究的"AT分类法"。但在参考借鉴这一方法时是将其全盘照搬，还是根据中国叙事文学实际情况改造加工，这个问题涉及从理论到实践各个层面的导向原则，必须得到明确界定。从理论层面看，它既是一种学术范式的基因基础，也是衡量其创新与否的尺度和界石；从实践层面看，作为叙事文化学研究的基础工程，它需要与诸多个案故事类型之间取得对应和沟通，方能具备使用价值。因此，编制中国叙事文学故事主题类型索引，必须面对中国叙事文学

---

① 参见葛兆光：《思想史的写法》，《中国思想史》，复旦大学出版社1998年版，第3—8页。

② 参见宁稼雨：《中国叙事文化学与"中体西用"范式重建》，《南开学报（哲学社会科学版）》2016年第4期。

故事类型研究的实际需要，回到"中体西用"的本位上来。①

索引编制的分类原则和方法结合中国叙事文学实际情况。"AT分类法"根据西方背景下的民间故事主题学研究需要，将浩如烟海的世界民间故事主题类型分为五个，即动物故事、普通民间故事、笑话故事、程式故事、未分类的（难以分类的）故事。这种分类方法被西方民间故事研究界奉为圭臬。它之所以不能完全照搬到中国叙事文化学研究体系当中，主要有三方面的原因。第一个原因是研究对象的差异。主题学的研究对象是口头传承为主的民间故事，而中国叙事文化学研究对象则是以小说和戏曲为主的书面文学。第二个原因是东西方何者为重心的差别。"AT分类法"分类依据的材料来源开始只是芬兰，后来逐渐扩大到欧洲和亚洲非洲，但重心还是在欧洲，亚洲（尤其是东方中国）使用材料有限。这个缺陷后来在艾伯华《中国民间故事类型》和丁乃通《中国民间故事类型索引》等以中国民间故事为背景的索引编制中有了很大提升和改善，但还不够全面到位。第三个原因是我个人对"AT分类法"所采用的分类逻辑有保留看法，在我看来，在"AT分类法"中，各个类别之间不是同类可比的平行并列关系，比如"动物故事"属于物种属性，与之同类应该是"人物故事"或"器物故事"，但"笑话故事""程式故事"的类别属性则与之风马牛不相及了。为了解决以上三点问题，我根据中国叙事文学生存形态的实际情况，按照同类可比的原则，将中国叙事文学故事主题类型索引分为"天地""神异""人物""器物""动物""事件"六类。这个分类一方面表现出对于西方主题学故事分类体系的合理吸收，又表现出根据中国叙事文学实际情况对其作出的改造，体现出"中体西用"的基本原则。②

系统安排索引编制。考虑到中国叙事文学历史悠久、数量众多的实际情况，为使索引编制摸索经验，稳妥进行，我们采用分段编制，最后合成的方式。计划将"中国叙事文学故事主题类型索引"按照朝代顺序分为先

---

① 参见宁稼雨：《中国叙事文化学研究为什么要"以中为体，以西为用"？——中国叙事文化学研究丛谈之一》，《天中学刊》2012年第4期。

② 参见宁稼雨：《从"AT分类法"到中国叙事文化学的故事类型分类》，《天中学刊》2015年第1期。

唐、隋唐五代、宋元、明代、清代五编，待五编分别完成后合为一体。其中第一编《先唐叙事文学故事主题类型索引》已经完成并出版。该编基本上实践了中国叙事文化学研究的基本原则和基础理念，为后面几编的索引编制奠定了基础。

经过几年的摸索实践，《先唐叙事文学故事主题类型索引》也暴露出一些不足和局限。目前发现和想到的问题主要有：

在全局设置方面，因为考虑到全部叙事文学故事类型规模浩大而采用了断代编制的方式。这一方式的长处是以断代为试点，全面尝试和探索叙事文化学研究索引编制的分类原则和编制方法，可以尽快将其投入研究使用。但其短处则是因为断代编制而造成很多个案故事类型文献材料无法形成完整链条，因而影响索引整体的使用效率。具体来说，先唐时期是中国叙事文学的起步时代，产生过数量众多的个案故事类型。这些故事类型流传演变的下限，往往远远超过先唐时段，一直延伸到明清近代，甚至现当代。但由于唐代以后相关文献信息断档，造成这些故事类型文献通览的困难。

在入选故事类型方面，还有斟酌乃至补充的空间。先唐卷索引在文献使用方面考虑了文献资源的广泛性，采用以叙事文学文献为主，其他文史文献资源为辅的基本原则。先唐卷叙事文学文献的基本来源是袁珂先生梳理的神话方面文献资源①，还有当代学者程毅中、袁行霈、侯忠义、李剑国，以及我本人在历代相关资源基础上所做关于先唐小说文献总结梳理工作。②这些成果比较系统清晰，为唐前卷叙事文学故事类型遴选确定奠定了坚实基础，所以先唐卷在叙事文学文献采撷方面相对比较全面稳定。相比之下，其他文史文献资源因界限判定等诸多方面原因，操作上有一定难度。具体来说，像诸子文献中某些寓言性质故事，或者史书中某些历史事件记录，哪些可以入选，哪些不能入选，虽然费过很多斟酌，但仍然感觉还有

① 参见袁珂：《中国古代神话》，中华书局1960年版。

② 参见程毅中：《古小说简目》，中华书局1981年版；袁行霈、侯忠义：《中国文言小说总目》北京大学出版社1981年版；李剑国：《唐前志怪小说史》，南开大学出版社1984年版；宁稼雨：《中国文言小说总目提要》，齐鲁书社1996年版。

补充调整的空间。

在具体个案故事类型的入类安放方面，先唐卷基本比较稳妥允当，但也有部分故事类型的入类还可以斟酌考虑。其中比较集中的问题在"事件"类与其他门类之间的关系处理。设立"事件"类的一个重要理由是解决其他五类（"天地""神异""人物""器物""动物"）之间出现交叉关系的情况（如"人物"与"神异"，"人物"与"天地"等）。但在实际操作中，一些作品是否属于二者交叉的边界还是有些难以拿捏。所以难免在实际操作中出现部分个案故事入类尚可商榷，或者模棱两可的情况。

第二是个案故事类型研究方面。

个案故事类型研究是叙事文化学研究的主体和实绩性工作。由于坚持把这一方法贯彻到研究生课程讲授和学位论文撰写过程当中，以南开大学为主体的研究团队近三十年来在个案故事类型研究方面取得较为可观的成果。至2018年止，共完成硕士学位论文32篇，博士论文22篇。此外，学界也有一定数量的研究成果，其个案故事类型研究方法与中国叙事文化学研究贴近。总的来说，这些个案故事类型研究大致有以下特色与成就：

个案故事类型研究的覆盖范围比较全面，形成了几个比较集中，有一定规模的题材类型系列群。目前主要的题材类型系列群有：神话题材系列、历代帝王题材系列、历史人物题材系列、文学人物形象题材系列。根据题材系列角度不同，也逐渐形成不同题材系列的不同研究路径特色。

神话题材系列在坚持中国叙事文化学研究基本方法的基础上，又吸收引入西方文学批评中原型批评方法，把西方神话研究中"文学移位"方法移用于中国神话研究，开创中国古代神话研究的新路径。所谓坚持中国叙事文化学研究的基本方法是指中国叙事文化学研究强调的"竭泽而渔"的文献搜集方式，对故事类型演变形态异同变化进行梳理，并对这些异同变化现象进行文化学和文学分析。通过此举把以往中国古代神话研究的历史学、文化人类学、民俗学研究，回归到神话文学研究的主路上来，不仅丰富充实了中国叙事文化学研究本身的研究品类和方法，同时也是对回归

"以中为体，以西为用"学术范式的积极摸索与尝试。①目前神话题材系列已经有了较大收获，除了完成以女娲、精卫、嫦娥、大禹、西王母、鲧、蚩尤等主要神话形象故事类型为核心的国家社科基金项目②之外，还有相当数量的其他神话题材故事类型研究。

　　与神话题材系列不同，历代帝王和历史人物题材系列基本采用文史互证方法，这种方法在中国学界有相当雄厚基础。从陈寅恪先生的《柳如是别传》到卞孝萱先生的唐代小说研究，都为这种研究提供了很坚实的基础。但是，中国叙事文化学研究与传统文史互证方法的不同之处在于，前贤的文史互证研究基本是就某一特定历史人物或某一篇具体作品做与之相关的文史互证研究，而叙事文化学研究则更为关注作为一个个案故事类型完整的文献材料和文化文学解读。具体来说，《柳如是别传》在文献材料宏富方面对中国叙事文化学研究具有启示作用，但其文体毕竟还是史传，与现代意义上学术研究不尽相同。卞孝萱先生《唐代小说与政治》中研究路径基本是就具体单篇唐代传奇与当时社会政治背景关系进行梳理分析，不涉及故事源流演变。关于这方面的方法，我曾有过这样的表述：

　　　　叙事文化学对于"高祖还乡"一类真实历史人物故事类型的研究在方法上是有专门的策略，以及相应的对于该故事在整体上"叙事作为一种文化现象自身的内涵"挖掘总结的操作方案。具体方法是，以该故事的原始史书记载为基本坐标和基本参照，用来衡量和比对后来各种文本演变与故事起始点所发生的差异及其程度，用来总结其从历史原点走向文学化的历程。③

---

① 参见宁稼雨：《"中体西用"：关于中国神话文学移位研究的思考》，《学术研究》2014年第9期。

② 由宁稼雨主持的国家社科基金项目成果《诸神的复活——中国神话的文学移位研究》已于2020年由中华书局出版。

③ 宁稼雨：《对〈关于叙事文化学研究的若干思考〉的回应意见》，《天中学刊》2017年第1期。

在这个思路指导下，我们分别从帝王和文化名人两个方面构建历史人物故事类型的题材系列。两个方面所取人物故事类型均为历史上影响重大，而且故事流传较广，文学演绎程度比较高者。前者如汉武帝、隋炀帝、武则天、唐明皇，后者如伍子胥、司马相如、花木兰、苏轼、岳飞等等。历史人物题材系列需要把握好的突出要点是历史真实与文学手法之间关系的移动轨道。在历代历史文化内涵变异和文学手法发展中去把握该故事类型的主题演变线索。

文学人物形象故事主题类型系列的发生时间晚于以上三个系列。与神话题材、历史人物题材系列相比，它有几个特点：一是时间顺序。与神话和历史人物题材源头甚早不同，它大体上形成于中国叙事文学进入基本雏形规模之后。文学人物形象主题系列早一点的源头在六朝小说，其后大量的唐传奇被演绎成为含有小说、戏曲，以及各种讲唱文学和诗文典故在内的故事类型系列。唐传奇—宋元杂剧、传奇—明清白话小说—各种诗文典故，这个流传演绎流程成为很多故事类型的题材文本演变程式。二是渊源背景不同。文学人物形象故事主题类型没有神话研究的历史学、文化人类学视角羁绊，也没有历史帝王和人物题材与历史事实之间的纠葛，它完全在文学自家园地中生长漫衍，以文学自身演变来诠释和注入各种故事类型演变的文化和文学蕴含。三是研究线路不同。神话题材系列的研究路线是从神话到文学，重心在于文学对于神话的超越和再生，在神话和文学的比对中生发研究价值。历史帝王和人物题材系列的研究路线则侧重史实与文学关系比对，在二者比对梳理和阐释中去激发研究火花。按照这个研究线路，文学人物形象故事主题类型系列现有成果涉及文献已经大致涵盖了从汉魏六朝小说，到唐宋传奇、再到元明清戏曲和白话章回小说、话本小说，以及大量讲唱文学和诗词作品，完成数十个个案故事类型研究，积累了相当丰富的研究经验。

第三是叙事文化学理论研讨方面。

从横向来看，叙事文化学研究的理论探索大致分为我本人和学界同仁两个方面。两方面既有交叉兼容的部分，也有各自独特的部分。我本人关于中国叙事文化学研究的理论探研主要集中在对于中国叙事文化学研究的整体规划和构架，具体表现在作为研究基础工作的"中国叙事文学故事主题类型索引"编制，作为研究主体的个案故事类型研究系列，作为理论建设部分的叙事文化学研究理论探研。学界同仁的相关理论探讨基本上围绕这三个方面来展开，或有吻合交叉，或另有补充建树。

首先是关于索引编制。如同主题学中"AT分类法"对于个案民间故事类型研究的奠基作用一样，索引编制是中国叙事文化学研究的基础。学界同仁对于作为中国叙事文化学研究的基础工程的索引编制从科学性和价值等方面给予了关注和评价。齐裕焜先生认为《先唐叙事文学故事主题类型索引》的编制"为研究工作打下坚实的基础，提供了极大的方便"[1]。伊永文先生说：

> 为了给"叙事类型"提供一个可靠的基础，宁稼雨用《先唐叙事文学故事主题类型索引》作出回答。他从先秦始，将具有故事性质的基本素材揽入怀中，截断众流，眼光平等，从纷纭繁杂中分为天地、神怪、人物、器物、动物、事件等六大类基本涵盖了"叙事类型"的内容，这看去颇有"主题学"的余韵，实则他用中国考据功夫充填。追本溯源，条分缕析，使《先唐叙事文学故事主题类型索引》扎扎实实地，成了"叙事类型"的铺路石。[2]

而王平[3]先生则对《先唐叙事文学故事主题类型索引》的分类提出建议和商榷。这些评论使得中国叙事文化学研究的索引编制工作在得到肯定的同时，也发现某些调整提升空间，为这项工作的继续深入打下基础。

其次是关于中国叙事文化学研究"中体西用"原则。倡导中国叙事文化学研究的初衷，就是因为发现20世纪以来"西体中用"的研究方法存在不适合中国叙事文学研究之处，需要回到"中体西用"的原则上来将其作为起点和基础来审视操作。这一观点得到学界同仁的认同和呼应。郭英德

---

[1] 齐裕焜：《开辟叙事文学研究的新领域》，《天中学刊》2013年第3期。

[2] 伊永文：《新知归学转深沉》，《天中学刊》2014年第4期。

[3] 参见王平：《中国叙事文化学的研究对象、方法与意义》，《天中学刊》2017年第3期。

先生认为：

> 如果说主题学是以"世界"为本位，尤其是以文化意义上的"西方"为本位的，那么，中国叙事文化学则是明确地以"中国"为本位的。……而中国叙事文化学的构建，更进而在与西方主题学进行对话的基础上，倡导以中国本土的叙事文学故事作为坚实的学术基础和丰富的研究对象。这不仅仅是理论体系立足点的简单位移，而是鲜明地体现出学术研究者的一种文化使命感，即在世界文化"众声喧哗"之中，努力唱响中华民族独具风貌的乐曲。正是这种"中国化"的特色，赋予中国叙事文化学的建构以独特的学术意义与文化意义。[①]

苗怀明先生则说：

> 随着中国古代文学研究的逐渐深入，研究者对中国文学本土特性与民族风格有着更多的认同，以学术史的研究为开端，从学科角度进行全面、深入的总结和反思，大家逐渐认识到，中西文学固然存在不少共性，但其彼此之间的差异更值得关注，两种文学有着各自产生和发展的社会文化语境，用西方文学的作品作为标尺来要求中国文学，用西方的文学理论硬套中国文学，必然会出现很多弊端。而令人尴尬的事实是，中国小说戏曲乃至中国文学的研究恰恰是在西方文学理论传入的背景下按照西方的学术话语体系建立起来的，可以说是存在着先天不足。这样在一个多世纪的坎坷经历之后，如何尊重中国文学自身的发展实际，建立民族本位的中国文学研究就成为新世纪学科发展的内在需求，中国小说戏曲的叙事研究同样存在这一问题。面对这一重要的学术转型，许多学人积极寻求突破之道，宁稼雨先生近年来大力提倡中国叙事文化学，在此方面进行了可贵的探索，为中国小说戏曲的研究提供了重要的参考和借鉴。[②]

---

① 郭英德：《构建中国叙事文化学的学理依据》，《天中学刊》2012年第3期。
② 苗怀明：《建立民族本位的中国叙事文化学》，《天中学刊》2015年第6期。

120

通过学界同仁的呼应和论证，中国叙事文化学"中体西用"的学理基础更加巩固和坚实。

最后是关于中国叙事文化学核心研究程序学理性和有效性的学术评估。如果把中国叙事文化学研究比作一副药方，那么它所要治疗的疾病就是由于文体史研究和作家作品研究的限制，造成某些由若干文体和作家作品组合而成的个案故事类型研究被割裂的问题。它的程序就是回到个案故事类型主体位置上来，在对个案故事类型所含各种文体和作家作品文献进行"竭泽而渔"式文献挖掘和系统梳理基础上，对其演变形态过程中的各种异同现象进行文化学和文学的解读阐释。这个程序是否合乎中国叙事文学研究的实际情况，是否具有科学性，学界同仁给予了很多肯定性评价。齐裕焜先生说：

> 这样叙事文化学就为我们叙事文学的研究开辟了一个新的领域。以故事类型为中心，进行跨文体跨时代的研究。从故事的源头起，力求"竭泽而渔"，把相关资料"一网打尽"；然后研究在演变的过程中，其故事情节、人物形象、社会背景的不同，探讨这些演变的深刻内涵，体现的思想情感、审美情趣的变化，以及这些变化与社会政治、经济、文化的关系。在中国古代跨文体的故事类型非常多，从大禹治水、牛郎织女这样的神话到杨贵妃、济公和尚这样的历史故事，可以说随手拈来，俯拾即是。这些课题不但有意义，而且有丰富的资料，有拓展的空间。①

王平先生则认为：

> 依笔者浅见，中国叙事文化学通过分析故事主题类型各要素在不同体裁、不同文本中的形态流变，以及在不同历史环境下的不同表现，

---

① 齐裕焜：《开辟叙事文学研究的新领域》，《天中学刊》2013年第3期。

可以窥见该故事受到时代因素的影响而发生的变异；最终提炼出贯通该故事全部材料和要素的核心灵魂，则体现出了文化对文学价值和审美价值的某种规定性。这样一来，叙事文学作品的时代价值与文化价值就得到了充分的彰显，这也正是中国叙事文化学的意义所在。①

纪德君教授提出："总之，建构中国叙事文化学，不仅是必要的，也是可行的，它为当下的中国叙事文学研究培植了新的学术生长点，预示了一种意义深远的学术转型。因此，我们为这一门有本土特色的中国叙事文化学的建立感到由衷的欢欣，并期待有更多的学者关注它的成长，使它早日走向成熟。"②通过学界同仁的积极肯定，中国叙事文化学研究的基本程序不但在学理上得到肯定，而且也对学界叙事文学研究和学位论文撰写，产生一定的积极影响。

第四是关于中国叙事文化学与中国学术传统和西方学术方法的关联。

由于中国叙事文化学研究涉及中西方文化和学术传统之间的密切关联，所以，中国叙事文化学研究方法对于中国传统学术和来自西方学术扬弃情况，也成为学界同仁评价中国叙事文化学研究的一个重要方面。董国炎教授从叙事学、主题学、叙事文化学三个阶段的演进过程来认识中国叙事文化学研究的学术史作用，认为这是叙事学研究在中国大陆学界深入发展的一个新收获。③陈文新教授则从中西文化学术交流会通的角度肯定中国叙事文化学研究的积极作用。④伊永文先生和杜贵晨先生则不约而同地认为：中国叙事文化学研究虽然吸收了西方主题学研究方法的核心方法元素，但其"竭泽而渔"的文献处理原则却彰显了雄厚和扎实的中国传统学术根基和实质。⑤万晴川教授则从对大陆学界对西方叙事学理论"削足适履"的反思对

---

① 王平：《中国叙事文化学的研究对象、方法与意义》，《天中学刊》2017年第3期。
② 纪德君：《建构中国叙事文化学，培植新的学术生长点》，《天中学刊》2016年第1期。
③ 董国炎：《叙事学、主题学、叙事文化学——谈叙事文化学研究的推进》，《天中学刊》2012年第6期。
④ 陈文新：《叙事文化学有助于拓展中西会通之路》，《天中学刊》2012年第3期。
⑤ 杜贵晨：《植根传统，锐意创新——"中国叙事文化学"评介》，《天中学刊》2013年第1期；伊永文：《新知归学转深沉》，《天中学刊》2014年第4期。

比中来肯定强调中国叙事文化学研究的合理性。①

第五，关于中国叙事文化学研究的理论体系建设。中国叙事文化学研究已经初步形成了自己的研究体系，但在自身理论体系的建设上还有进一步加强和提升的必要。冯仲平教授认为："中国古代文学研究，很重要的一点就是要全面理解学科内涵，中国文学史、作家与作品之外，还有一个重要的组成部分，那就是理论与批评。如果忽视了理论与批评，中国古代文学的学科内涵就缺失了一大块；尤其是可以称之为古代文学研究'自带程序'的文学理论与批评——其中当然包括叙事文化学的内容，可以与一般文学基本理论、西方文学理论等共同构成阐释中国古代文学的理论武器和技术手段。另外，对于西方叙事文化学理论的介绍、借鉴和应用，当然也必须有一个取舍、改造、阐释的工作，这样才能形成中国话语体系的理论范式，从而更加有效地推进中国古代文学研究的健康发展。"②

四、关于中国叙事文化学研究的问题反思和解决方案

中国叙事文化学已经取得可观和可喜的成绩，这是无可否认的。但是，它距离成为一种具有典范和长久意义的研究范式，还有很大的提升和改进空间。目前我能意识到的主要问题和解决方案主要有：

目前最大的问题是中国叙事文化学研究作为中国叙事文学研究具有潜在补充乃至更新换代价值的新的研究范式，尚未引起学界足够的关注和投入。尽管相关研究者已经完成或发表的学术论文和学位论文已经近300篇，《天中学刊》已经连续七年开设"中国叙事文化学研究"专栏，《九江学院学报》《厦门教育学院学报》等也分别开设过专栏，《南开学报》《社会科学研究》等刊物也陆续发表过单篇论文。《中国社会科学报》还做过专题采访报道。作为一种新的研究方法，中国叙事文化学已经在学界产生一定影响。但这个影响的力度和广度还比较有限，有很大的提升空间。主要表现在三

---

① 万晴川：《努力建构具有中国特色的叙事学理论——宁稼雨教授的叙事文化学研究述评》，《天中学刊》2017年第6期。

② 冯仲平：《宁稼雨教授的学术追求——叙事文化学研究的理论与实践》，《天中学刊》2017年第4期。

个方面：其一，多数学人还只是停留在观望状态，踊跃参与实践者还是相对较少；其二，近年来《天中学刊》中国叙事文化学研究专栏也收到一些各地学者来稿，这固然说明中国叙事文化学研究的影响所在，说明有学者也试图参与中国叙事文化学研究的实践，但通过审读这些稿件发现，由于对中国叙事文化学研究的核心要素和方法步骤缺乏足够的了解，所以与中国叙事文化学研究的要求存在一定距离。有的稿件没有分清传统叙事学与中国叙事文化学的区别，沿用传统叙事学的理论和方法，有的则没有区分传统小说戏曲研究与中国叙事文化学研究的异同所在，仍然沿用传统小说戏曲的文体史和作家作品研究范式。其三，由于对中国叙事文化学的全面情况缺少足够了解，对于该方法研究的相关成果部分存在误读和曲解的情况。

针对这种情况，建议从三个方面加以弥补和加强：

一是加强中国叙事文化学示范性出版物建设。创造条件编撰出版"中国叙事文化学"和"中国叙事文化学研究论文集"；二是加强以中国叙事文化学研究为主题的学术交流，包括举办学术会议、讲学访学，以及继续办好相关学术刊物专栏等；三是加强中国叙事文化学研究的网络园地建设。在以往网站、博客、论坛的基础上，争取开办以中国叙事文化学研究为主题的微信公众号。

二是关于索引编制。《先唐叙事文学故事主题类型索引》在摸索中国叙事文化学索引编制方面已经取得成功，也得到学界同仁的首肯。但从作为一种科学的研究方法角度看，还有相当的完善空间。最突出的一点是，因为考虑到中国叙事文学故事主题类型历史悠久，数量众多，战线漫长，如果全部同时进行，难免出现各种难以预料情况。所以采用分时段进行的方式。这种方式的好处是便于操作，同时为后面工作摸索经验。但同时也存在重要弊端。中国叙事文学很多个案故事时间跨度很大，往往从先秦延续到明清近代，而《先唐叙事文学故事主题类型索引》到南北朝就截止了，因而造成那些跨度大的故事类型文献材料的断线。这会给相关研究工作带来很大不便，也在一定程度上影响了该索引的使用效率。因此，亟需尽快启动其他朝代段落的索引编制工作。这一点，有些学界同仁的评论文章中已经提及，需要引起相关研究工作者重视。

三是关于个案故事类型系列研究。作为中国叙事文化学研究工作的主体，个案故事主题系列研究已经取得丰硕成果。但从更高的标准来衡量要求，还存在一些问题。主要包括：其一，个案故事题材类型系列的完善和加强。目前已经在神话题材、历史帝王、名人、文学人物形象四个方面取得可观成绩。但用中国叙事文化学的故事类型分类方案来比对，这四种题材基本集中在"天地自然""神异""人物""其他"四个类别中，其他两个剩余类别为"动物"和"器物"，目前只有少量文章，距离形成有规模的题材类型群还有一定空间。其二，具体的研究方法程序还有进一步打磨深化的余地。从文献搜集方面看，大量电子古籍文献的使用为个案故事类型文献搜集提供了很大方便，但相比之下，大量尚未被电子数据化处理的古籍文献（如大量明清别集等）则成为达成"竭泽而渔"目标的严重阻碍。从文化分析方面看，无论是个案故事类型演变阶段的段落划分，还是各种针对故事形态演变的文化分析角度，尽管有了方法本身内在大的框架结构，但这个框架结构如果掌握不好，很容易简单化、概念化，失去个案故事类型本身在解读分析方面的生动性和独特性。这两方面可能出现的问题，给操作者提出了较高的标准和要求，在难有明确的定量标准检测情况下，需要以良知和耐心去把工作做到最好。

第四是关于中国叙事文化学研究的理论体系建构和学术评价。经过近三十年的摸索，中国叙事文化学的理论体系大体完成基本框架构建，一些重要的理论命题和相关内涵阐述也基本完成。但如同冯仲平教授所说，理论体系作为古代文学研究的"自带程序"，中国叙事文化学研究还有相当的潜力和加强空间。具体表现在两个方面：一方面，我本人提出的中国叙事文化学体系框架还有很多需要进一步细化和完善之处。比如，叙事文学故事主题类型索引所收所有故事类型与可进行具体个案研究操作层面的故事类型之间的关系，目前已经有了初步的门槛条件设置。这个条件和标准虽然有一定的可操作性，但其深层学理何在，其余未能进入个案研究程序的其他故事类型应该如何处理，都还有待提出更符合逻辑性和科学性的解决方案。另一方面，从学界同仁的理论批评文章来看，总体上比较偏重对中国叙事文化学研究总体上进行宏观式评价和建议，但比较缺少像张培锋教授那种直接就中国叙事文化学研究某些具体操作方法和步骤进行理论探讨的文章。就相关理论文章来看，对叙事文化学研究本身进行评价和建议的比较多，但对于更宏观的高度，对于中国叙事文化学方法的提出对于解决20世纪以来中国学界整体上"西学中用"范式所遇到的障碍问题所具有的价值意义则关注不够。解决这些问题的途径只能是我本人和学界同仁进一步加强合作和切磋，把中国叙事文化学研究的理论体系建设推向成熟和深入。

中国叙事文化学从构想到初步形成较为完整系统的研究范式和操作实践，已经接近三十年。尽管它经过不同渠道和角度的操作实践已经具有一定的学理性和可行性，但从全面调整和更新20世纪以来中国叙事文学研究领域"西学中用"背景下的文体史和作家作品研究范式的更高格局上看，显然还有漫长的路要走，还有许多问题需要面对和解决。本文希望能在对三十年来中国叙事文化学进行全面回顾总结和反思的基础上，吸引学界更多同仁关注中国叙事文化学，推动其走向更加深广的局面。

原载《南开学报》2020年第3期

探索科研教学论文推宣四位一体研究生培养模式

　　研究生教学与本科生教学最大不同，就是前者可以在更大程度和更高层次上培养学生的创新意识和研究能力。因此，把科研创新精神和能力培养贯穿于研究生教学和学业中，是研究生教学与学业培养的重要任务。

　　然而，20世纪以来中国古代叙事文学研究基本采用以鲁迅、王国维、胡适为代表的学者借鉴吸收西方学术研究方法，其研究范式就是文体史研究和作家作品研究。这种研究范式对于结束了20世纪前中国古代叙事文学的零散研究局面，把古代叙事文学研究带入现代化进程，功莫大焉。但经过百余年的实践，这种来自西方的研究范式也开始暴露出一些和中国叙事文学实际情况的相龃龉的现象。其突出表现就是中国古代叙事文学中诸多由多种文体和多种作家作品汇集而成的故事类型（如王昭君故事、西厢记故事）研究被独立的文体史和作家作品研究割裂了。

　　为了解决这一问题对研究生研究方法教学造成的影响，从1993年开始，笔者一直致力于中国古代叙事文学研究方法的更新探索，并始终把这种探索与研究生课程教学、学业指导、学位论文指导，以及教学成果推宣密切捆绑、同步进行，建立了以中国叙事文化学研究为核心的"传统文化与文学"硕士学位专业方向和"中国叙事文化学研究"博士招生方向。二十七年来围绕中国叙事文化学研究这一中心，我们努力从科研、课程、学业和学位论文指导、教学培养成果推宣四个方面探索一体化研究生培养模式。主要做过的工作有以下五个方面。

一、以中国叙事文化学理论研究作为研究生课程和学业指导创新的学术基础

针对中国古代叙事文学以多种文体和多种作家作品汇集而成的形态特征与传统文体史研究和作家作品研究之间的龃龉，笔者经过几年的研究思考，决定借鉴并改造西方民间故事研究领域的主题学研究方法，创立中国叙事文化学研究。其主要内容是：在对中国古代叙事文学故事类型进行系统梳理和索引编制的基础上，对其中有一定时间长度和文献厚度的故事类型进行个案研究。个案故事类型研究包括：用"竭泽而渔"的方式深入挖掘搜集该故事类型全部文献材料；对全部文献材料进行阅读考证后进行时间顺序排列和故事主题倾向辨析梳理，找出该故事在历代各种文献材料演变过程中的形态异同变化；并对这些异同变化进行深入的历史文化学和文学的解读分析。

由于一个个案故事类型中包含诸多文体和诸多作品，因此从个案故事类型角度切入进行中国古代叙事文学研究，就解决了传统文体史和作家作品研究对那些将诸多文体和作品汇集一体的作品研究割裂的弊端，成为弥补和替代传统文体史和作家作品研究方法的有效范式。

围绕这种研究方法的学理依据和具体操作方法的探索是重要学术研究工作。二十多年来以中国叙事文化学研究为目标，笔者共承担完成了两项国家社科基金项目（"六朝叙事文学的主题类型研究""中国神话的文学移位研究"），出版学术专著两部，发表学术论文二十余篇。这样的学术研究为以此为中心的研究生课程和学业论文指导奠定了坚实学术基础。

二、以"中国叙事文化学研究"课程作为培养训练学生叙事文学研究创新意识和能力的手段

笔者从 1993 年开始指导中国小说史和明清文学方向硕士研究生，这个角色首先就要面临以什么样的理念和方法培养学生的问题。根据惯例，应该按照传统路径，从文体史和作家作品两个方面进行课程设置。笔者当时受到西方民间文学领域主题学研究的启发，认为民间故事类型与中国古代

叙事文学故事类型形态相似，所以可以借鉴吸收主题学研究方法。这种探索创新不仅应该是一种科研目标，同时也完全可以成为培养研究生创新意识，使其掌握叙事文学研究新方法的教学实践平台。经过慎重思考后，我决定用正在思考建构中的"中国叙事文化学"作为研究生学业课程。具体操作过程如下。

- **课程名称**

中国叙事文化学（曾用名：中国文学主题学）

- **开课时间**

硕士生课程：从1994年开始，至2020年，连续开设26次；除我本人门下学生外，本系同专业方向其他同学也有若干选课者，累计听课人数约80人。

博士生课程：从2005年开始，至2020年，连续开始15次；除我本人门下学生外，本系同专业方向其他同学也有若干选课者，累计听课人数约50人。

此外，从1996年开始，我在南开大学中文系指导若干本科生毕业论文和学年论文，其中部分选题也使用了中国叙事文化学研究方法。

- **讲义教案概况**

讲义教案名称：中国叙事文化学

讲义版本变更：从1994年开始使用第一版本，后经数次变更，至2016年六度易稿。变更主要围绕叙事文化学的体系设计、学理依据和具体操作方法进行。经数次调整修改，逐渐趋向稳定合理。

定本教案基本内容：1.绪论：从主题学到中国叙事文化学，2.第一章：叙事文化，3.第二章：叙事文化学的对象，4.第三章：个案故事类型文献搜集，5.第四章：故事类型的文化批评，6.第五章：叙事文化学与比较文学，7.附录：中国叙事文化学论文写作范式。

- **课时与授课方法**

2学分，40课时；以课堂讲授为主，附之以课程作业和阅读书目检查。

• 课程效果

第一，学生通过课程学习，受到学术思想创新意识，尤其是学术研究方法创新的熏陶影响；第二，得到系统扎实的文史研究文献使用基本功训练；第三，基本掌握了相关学位论文的选题与写作方法。

三、以中国叙事文化学研究方法指导学位论文写作

与中国叙事文化学课程形成衔接的是研究生的学位论文写作。中国叙事文化学课程的学习目标是认知该研究方法的学理知识和掌握具体研究程序方法；而学位论文写作既是课程所学知识和方法的检验，也是所学知识方法的研究实践。这方面本成果的主要做法如下。

（一）学位论文选题方向确定

经过中国叙事文化学研究课程培养训练，学生基本掌握了中国叙事文化学研究的基本原理和相关研究方法。但课程学习本身不是课程教学和学位培养的最终目的，最终目的是用课程学到的研究方法进行古代叙事文学故事类型的学术研究——研究生学位论文写作。

笔者自 1993 年开始招收硕士研究生，2004 年开始招收博士研究生以来，共指导硕士学位论文 35 篇，其中 32 篇采用中国叙事文化学研究方法做故事主题类型研究；博士论文 22 篇，全部采用叙事文化学研究方法做故事主题类型研究。

（二）学位论文选题类型

根据中国叙事文化学理论研究的成果设计，学位论文关于中国古代叙事文学故事主题类型研究大致分为四种。

神话传说故事主题类型，如嫦娥故事主题研究、西王母故事主题研究、大禹故事主题研究、蚩尤等恶神故事主题研究等；

帝王主题类型，如汉武帝故事主题研究、曹操故事主题研究、武则天故事主题研究、唐明皇故事主题研究、刘邦故事主题研究等；

历史名人主题类型，如伍子胥故事主题研究、项羽故事主题研究、张良故事主题研究、司马相如故事主题研究、花木兰故事主题研究、包公故

事主题研究、苏轼故事主题研究、岳飞故事主题研究、济公故事主题研究、李师师故事主题研究等；

文学形象主题类型，如绿珠故事主题研究、柳毅传书故事主题研究、谢小娥故事主题研究、红线女故事主题研究、红叶题诗故事主题研究、李慧娘故事主题研究等。

（三）学位论文写作基本规范程序

按照中国叙事文化学的理论设定并经相关课程教学传授，故事主题类型学位论文在选题确定的基础上，大致包括以下程序：一是对该故事类型做"竭泽而渔"式文献材料挖掘搜集；二是在全面掌握材料基础上进行阅读，按时间顺序和情节内涵属性对相关材料进行归纳梳理；三是在文献梳理的基础上找出所有文献材料在情节形态流变过程中的异同变化；四是对所有情节异同变化现象做出历史文化和文学的根源挖掘和原因解析。

四、以中国叙事文化学课程教学和学位论文为中心的学业指导

鉴于"中国叙事文化学"相关学科方向从课堂教学到学位论文均与中国叙事文化学这一学科主题相关，为配合课堂教学和学位论文指导工作顺利进行，笔者对研究生的学业指导也围绕这一主题进行。这方面所开展工作主要如下。

（一）定期或不定期举办读书会

为解决中国叙事文化学课程学习和学位论文写作中遇到的各种问题，我们定期或不定期举办全体在读和部分毕业学生参加的读书会。读书会除部分读书信息交流外，主要内容集中在关于中国叙事文化学课程和学位论文写作的情况交流分享。其中最重要的是每届撰写学位论文的学生，在其从选题到论文写作进展过程中，大约会参与3—5次读书会。这类读书会一般由学位论文撰写者报告论文选题或写作进展情况，所有与会人员进行交流讨论，最后由指导教师进行总结指导。这样，论文撰写者能够及时得到同学和老师的帮助，及时进行论文调整修改；旁听同学在多次参加这类读书会过程中，也能够逐渐了解使用中国叙事文化学研究方法进行学位论文写作的路径和规律性基本套路，有助于进入学位论文写作状态。

（二）按学院部署举办叙事文化学主题学术沙龙

南开文学院每年举办多次"博士论坛"主题沙龙，基本形式是每届毕业博士生以学术沙龙形式报告自己的论文研究方法和论文创新要点，展示其学位论文写作成绩。按学院部署，我们每届毕业博士生参与主讲的题目，均为采用叙事文化学方法研究个案故事主题类型的内容。通过学术沙龙活动，既宣传了叙事文化学研究方法，又能够与与会者进行学术交流，听取吸收关于中国叙事文化学和该研究题目本身的意见。

（三）个别学业辅导中的叙事文化学知识巩固

因为每位同学的知识结构、学术能力各有不同，除了读书会和学术沙龙，还需要大量因人而异的个别学业辅导。这些辅导中占主要部分的是关于用叙事文化学研究方法进行课程作业写作和学位论文写作的内容。从选题到文献检索挖掘，到故事类型文化和文学分析的角度方法等等，帮助学生为叙事文化学课程和学位论文写作扫清障碍。

五、以多种方式进行成果推介宣传

为推广宣传本成果的价值和影响，我们采用多种方式进行成果推介宣传。主要包括以下内容：

（一）与多家学报合作，设立"中国叙事文化学研究"栏目

从2007年开始，我们陆续与《天中学刊》《九江学院学报》《厦门教育学院学报》等刊物合作，设立"中国叙事文化学研究"专栏。其中《天中学刊》自2012年起至今，连续八年每年出版四期"中国叙事文化学研究"栏目，共发表论文八十余篇，加上其他刊物以"中国叙事文化学研究"为主题的栏目发表论文，总数已经超过100篇。栏目文章来源主要为"中国叙事文化学"课程学习作业和学位论文中的部分章节改写文章，也有部分其他学者关于中国古代叙事文学故事类型研究论文，此外还包括学界学者关于中国叙事文化学研究的理论批评文章等。这些栏目文章逐渐受到学界肯定和重视，有些被人大复印资料全文转载。这些栏目和文章既是对中国叙事文化学作为一种学术研究方法的深入探讨，也是对于我们采用中国叙事文化学研究理念进行科研、课程、学位论文、成果推宣四位一体研究生

培养模式的检验和肯定。

（二）应邀宣讲推广以中国叙事文化学研究为中心的四位一体培养模式

从 2008 年开始，先后应邀到武汉大学、兰州大学、暨南大学、华南师范大学、西北大学、陕西师范大学、西南大学、辽宁大学、辽宁师范大学、上海财经大学、湖北师范大学、闽南师范大学、黄淮学院等二十多所高校做专场学术报告，介绍中国叙事文化学研究的基本内容和研究生教学实践经验。对于扩大以中国叙事文化学为中心的四位一体研究生培养模式影响，产生较大作用。

（三）举办以中国叙事文化学带动四位一体培养模式为主题的学术会议

2019 年 8 月，与《天中学刊》合办"中国叙事文献与文化高层论坛"，就本成果中中国叙事文化学研究的理论问题、相关课程建设和学位论文写作问题等相关内容进行专题研讨，进一步扩大了以中国叙事文化学研究带动四位一体研究生培养模式的影响。

（四）完成体现以中国叙事文化学带动四位一体培养模式的年度跟踪报告

2019 年，完成"南开人文社科系列年度报告"之《中国叙事文化学研究年度报告》（第一册）。报告分四个部分：提出中国叙事文化学研究的背景和缘起，从课程建设入手创建中国叙事文化学，在学位论文实践中摸索叙事文化学研究方法、中国叙事文化学的早期理论探索。反映了四位一体培养模式第一时段（1994—2004）的基本情况。

（五）搭建"互联网+"平台，及时进行教学与学业指导互动

因中国叙事文化学为学界最新前沿，可资参考借鉴资源有限。为强化学生学习效果，随时进行课堂教学与论文学业指导，我们一直充分利用互联网资源，将其作为课外辅助教学和学业交流的重要阵地。从 2000 年开始，先后摸索利用各种网络平台进行课外教学互动，最终确定使用正式学术网站、学术论坛和 QQ 群、微信群作为课外教学互动园地在其中上传中国叙事文化学研究最新研究成果、课程讲义、课程作业、课程与学业答疑讨论等。

以中国叙事文化学为中心的四位一体研究生培养模式已经走过二十六

个年头，基本形成了稳定而有效的课程建设、学位论文写作和学业指导模式。希望能够得到高校和学界同行的批评，完善和扩大推广这种培养模式。

原载《中国大学教学》2021年第5期

叙事文化学文献搜集的覆盖范围与文化属性

　　一种新的学术研究方法从草创到成熟，需要经过漫长的实践摸索和理论总结。中国叙事文化学（以下简称"叙事文化学"）作为中国古代叙事文学研究的一种新方法，从20世纪90年代开始思考摸索，经过三十年的研究实践和理论摸索，已经基本形成一套完整的理论体系和具体操作程序，并且在学界产生了一定积极影响。即便如此，操作实践和理论探索都还有进一步挖掘深化的空间和必要。这里主要就叙事文化学研究文献搜集工作的覆盖范围和文化属性做些思考探研，期待学界进一步的关注和批评指正。

一、文献搜集在叙事文化学研究工作中的地位作用

　　提出采用叙事文化学方法研究中国古代叙事文学是基于这样的事实：20世纪以来受西方学术范式影响而成为中国叙事文学研究主流方法的文体史和作家作品研究经过百余年的实践，在取得重大成就的同时也暴露出与研究对象不合榫的问题。作为中国古代叙事文学主要形态的故事类型，本身包括跨越诸多文体和作家作品的个案故事，但因文体史和作家作品研究的方法限制其研究往往遭到割裂。叙事文化学研究的主要初衷就是从文体史和作家作品研究画地为牢式的研究中解放出来，回到包括诸多文体和作家作品的故事类型研究中来。从而为中国古代叙事文学研究的困境寻找新路。①

　　叙事文化学研究包括综合研究和个案研究两个部分，综合研究包括故事类型索引编制和基础理论建设两个部分，而个案研究的任务则是对个案故事进行全方位的系统研究。其中主要环节包括：确定个案故事类型，对

---

　　① 参见宁稼雨：《主题学与中国叙事文化学的构建》，《中州学刊》2007年第1期。

该类型进行系统文献挖掘，在梳理相关文献材料的基础上对其发展演变状况进行文化意蕴分析。其中对个案故事类型进行系统文献挖掘是该方法整个研究工作中的关键环节和基础工作。

从科学研究探索事物规律，发现真理的路径程序看，无论是自然科学，还是社会科学，都需要对研究对象进行大量的调查研究，掌握充分材料数据，这是科学研究工作的认识论基础。但各个学科领域，乃至学科领域内不同的研究方向视角，在材料搜集掌握的角度和程度约定上仍然具有差异。区别辨析这些差异，既有助于研究工作的自身定位，同时也对学科领域同类工作的整体认知关照具有宏观意义。

叙事文化学研究方法是将西方主题学研究方法移用于中国文学研究的尝试之一。目前中国学术界采用西方主题学方法进行的中国文学研究主要表现为三个方向：一是民间文学研究领域采用主题学研究方法进行的民间故事研究，二是把主题学方法应用于包括诗文和叙事文学作品在内的意象主题研究，三是在中国叙事文学领域中用主题学方法进行故事类型主题研究。

以上三个方向研究视角不同，对研究对象原始文献资源的获取方式和程度要求也有明显区别。

采用主题学方法进行个案民间故事研究的文献材料搜集主要有两个渠道，一是文字记录的民间故事材料，二是正在民间流传的口头传说故事。日本民俗学者柳田国男认为：

> 文字的记录，是当时情况真实的写照，一经成书，便既不能添，也不能减，但口头传诵则永远地不管什么时候都表现出成长变化的状态。文册，虽有被撕扯、虫蛀、日益难以辨认等不可抗御的缺点，但除了这个却很少受到后来的影响。传说则不然，它象草木一样，根子在古代，却繁茂滋长，有时枝丫枯竭，或又扭偏了。又象海滩渚水，既有沉沙，又有潮涨潮落。仔细地观察时，从这当中可以窥见时间的进展给予人类社会巨大变革的某些痕迹。（《传说论·传说的特点》）①

---

① ［日］柳田国男：《传说论》，中国民间文艺出版社1985年版，第9页。

柳田说的两个方面，正是民间故事的书面记载和口头流传。从他的介绍和其他关于民间故事文献搜集的论著中，均未发现对民间故事文献搜集掌握程度有量化要求的相关内容。不过有一点作者没有谈到，从中国古代民间故事的存在状态来看，所谓书面记载和口头流传也有一个动态转化可能性。很多古代民间故事的文字记录，正是来源于记录者当时的口头传承。干宝《搜神记》、洪迈《夷坚志》、蒲松龄《聊斋志异》，其中都有根据口述者陈述进行文字记录的内容，这有可能是民间故事的材料搜集难以完全贯彻量化标准的原因之一。①

可能因为这个缘故，刘魁立先生提出：

> 一篇作品的每一种异文都会给我们提供许多可贵的材料。我们记录的异文越多，我们就越容易抓住作品的真精神。②

刘魁立先生提出的主张，正是民间文学从口头形态转入书面形态的操作要求。这个要求应该是民间文学工作中需要奉为圭臬的原则，但也正是因为此造成了民间文学动态与静态的不确定性，进而造成民间文学整体材料搜集难以确定量化指标。从"AT分类法"到依据其编撰的《中国民间故事类型索引》，所谓"故事类型"的最小单元实际上是"上天入地""生死之交""旅客变驴"这种故事类型群。③这些群的下面具体含有多少个具体个案故事，还是未知数，所以也就无法预测和操作材料搜集的量化指标。

---

① 参见［晋］干宝：《进搜神记表》："臣前聊欲撰记古今怪异非常之事，会聚散逸，使同一贯，博访知之者，片纸残行，事事各异。"中华书局1979年，第3页。洪迈《夷坚志·夷坚支乙》卷第一末作者注："此卷朱从龙说"，中华书局1981年版，第803页。蒲松龄《聊斋自志》："才非干宝，雅爱搜神，情类黄州，喜人谈鬼。闻则命笔，遂以成编。久之，四方同人，又以邮筒相寄。因而物以好聚，所积甚伙。"（张友鹤：《聊斋志异会校会注会评》，上海古籍出版社1962年版，第1页。）

② 刘魁立：《谈民间文学搜集工作》，《刘魁立民俗学论集》，上海文艺出版社1998年版，第160页。

③ 参见［美］丁乃通：《中国民间故事类型索引》，中国民间文艺出版社1986年版，第8页。

采用主题学方法进行中国书面文学研究的重要方面是中国文学的意象主题研究。

从柳田国男到刘魁立，尽管难以实现材料搜集的标准量化，但他们对于民间故事背景下主题学研究还是力求材料丰厚。20世纪70年代开始，主题学研究在中国产生较大影响，并发生研究方向和方法的重要转折。在研究对象上，由以往的纯民间文学研究，扩展到书面形态诗文和叙事文学的意象主题研究。随着这个转变，在文献搜集工作上也出现难以操作的情况。这个转变的重要标志为台湾学者陈鹏翔主编的《主题学研究论文集》。从该论文集所收文章篇目和主编的编纂主旨来看，主题学研究发生的明显变化有：其一，传统主题学的民间故事研究之外，又增加了用主题学方法研究古代诗歌作品的案例；其二，从论文集主编的宗旨陈述中明显看出，新派主题学研究在以往神话传说材料基础上增补抒情诗的材料，并将其融入比较文学的研究范畴中[1]；其三，论文集主编还认为，主题学研究不是一个封闭的研究模式，而应该是一个具有开放性和延展性，有待发展完善的动态系统。[2]随着这些研究视角的转移，主题学研究在文献搜集方面的力度和操控范围也受到一些影响。因为，对于某个意象的抒情诗来说，要把同一意象中所有作品材料完全搜集穷尽，不但难以实现，也并非必要。

叙事文化学的问世应该是陈鹏翔先生对主题学研究潜在延展空间的一次尝试实践。它与前面两种主题学研究在研究对象上的最大不同是研究层级的变化，它主要把主题学研究用于中国古代叙事文学个案故事类型研究。民间故事类型中的"生死之交""上天入地"，意象主题研究中"复仇主题""黄昏主题"都不是以一个具体个案故事为研究单位，而是一个具体个案故事上一层级的主题群和意象群。而叙事文化学则把研究对象的层级延伸至下一个层级的具体个案故事，如"孟姜女故事""王昭君故事"等等。如果说"吴保安弃家赎友"故事是一个具体个案故事类型的话，那么民间故

---

① 参见陈鹏翔：《主题学研究与中国文学》，见《主题学研究论文集》，东大图书有限公司1983年版，第5页。

② 参见陈鹏翔：《主题学研究论文集前言》，见《主题学研究论文集》，东大图书有限公司1983年版，第2页。

事类型中的"生死之交"则是若干同类个案故事类型的集合；同样，如果"眉间尺"故事是一个具体个案故事类型的话，那么意象研究主题中的"复仇主题"则是若干不同复仇故事的集合。

既然故事类型研究与民间故事及意象在研究体量上存在差别，那么根据这种差别在文献搜集方面也应采取不同策略。根据这个原则，叙事文化学在文献材料搜集方面提出的目标和理念是"竭泽而渔"和"一网打尽"。

提出"竭泽而渔"和"一网打尽"的理念是基于以下几方面学理因素：

第一，与民间故事主题和抒情诗意象主题研究对象文献材料的量化标准模糊性相比，叙事文化学的研究对象故事类型文献具有相对明确的量化范围，即某个故事类型本身。构成故事类型相对明确的标志为明确的故事主人公姓名和故事情节结构。这两点为故事类型研究文献搜集工作的"竭泽而渔"和"一网打尽"目标奠定了客观的逻辑基础。

第二，"竭泽而渔"和"一网打尽"理念是乾嘉考据学派和西方实证主义研究方法的刚性条件。在详尽占有充足史料的基础上进行研究是乾嘉考据学派和西方实证主义研究的共同圭臬。梁启超在总结乾嘉考据学派对于史料的重视程度时说：

> 史学所以至今未能完成一科学者，盖其得资料之道视他学为独难。史料为史之组织细胞，史料不具或不确，则无复史之可言。①

在特别强调史料重要性之后，梁氏又特别强调全面充分掌握史料的重要性：

> 然此种史料散在各处，非用精密明敏的方法以搜集之，则不能得。……大抵史料之为物，往往有单举一事，觉其无足重轻，及汇集同类之若干事比而观之，则一时代之状况可以跳活表现。此如治庭园者孤

---

① 梁启超：《中国历史研究法》第四章"说史料"，上海古籍出版社1987年版，第40页。

植草花一本，无足观也。若集千万本，莳以成畦，则绚烂炫目矣。①

而"竭泽而渔"与"一网打尽"则正是"集千万本，莳以成畦"的文献材料汇集工作。

第三，"竭泽而渔"与"一网打尽"是故事类型文化分析的必要前提。主题学研究的核心灵魂就是对研究对象不同时间和空间范围中诸多形态变化做出历史文化动因解读分析。这一主旨工作在民间故事研究和抒情诗意象主题研究中因各自属性决定，不克从根本上落实。但故事类型研究则具备了这个条件，所以它的文化分析工作的基础就要求先期的文献搜集尽可能做到锱铢无遗，从而为文化分析奠定坚实充分的文献材料基础。

二、故事类型研究文献"集千万本"的覆盖范围与价值分析

叙事文学同题材故事的跨体裁研究，并非始于叙事文化学的故事类型研究。基于中国古代以小说戏曲为主体的叙事文学自身基本同步发展的事实，20世纪以来取得迅猛发展的通俗小说戏曲研究，其重要实绩就是小说与戏曲同源关系研究。其中既包括大量个案戏曲小说故事同源关系研究，也包括很多这类同源关系研究的汇集成果，如钱静方《小说丛考》、孔另境《中国小说史料》、蒋瑞藻《小说考证》、谭正璧《三言二拍资料》，以及朱一玄关于中国古代小说的系列资料汇编等。这些成果为叙事文化学的故事类型研究，尤其是文献搜集工作积累了丰富经验，奠定了重要基础，但距离梁启超提出的"集千万本"完美程度，还有相当距离。正是这些距离给叙事文化学故事类型研究的文献搜集工作留下广阔的空间范围。从以下故事类型文献搜集"集千万本"的覆盖范围与以往戏曲小说同源关系文献搜集工作的对比中，可以看到二者差别和前者价值所在。

（一）总体故事类型数量摸底统计

这里说的数量摸底统计就是明确研究对象文献搜集工作的总体目标范

---

① 梁启超：《中国历史研究法》第五章"史料之搜集与鉴别"，上海古籍出版社 1987 年版，第 69 页。

围。这里的"研究对象"是指上文所述具备独有明确主人公和故事情节的个案故事单元，如"西厢记故事""王昭君故事""柳毅传书故事"等。从这个层级定位来看，以往的相关研究有一定基础，但相对比较零散，不够完整和系统。像钱静方《小说丛考》和孔另境《中国小说史料》所涉作品和故事各约六十多篇，《三言二拍资料》只涉及近200篇故事作品，涉及故事作品稍多者为蒋瑞藻《小说考证》，共约470种作品故事作品。以上诸书所收或有交叉，但去其重复，总体相加也不会超过1000种。这些研究成果的共同局限就是所收故事类型文献材料缺乏统一的入选标准和通盘策划，而只是根据研究者的喜好，带有较大的随意性，因而这个数字无法反映出中国古代故事类型的总数量。

目前中国古代叙事文学故事类型的总数尚未有具体统计数量，但可以推测出大体数字。朱一玄、宁稼雨、陈桂声编撰《中国古代小说总目提要》收文言小说2192种，白话小说1389种，共计3581种。但这个数字单位是书名，每部书下面还有相当数量的个案故事类型。像《三言二拍》共5种书，每部书下含约40篇个案故事。一些长篇章回小说中含有的个案故事类型也数量可观。如《三国演义》中含有"曹操故事""关羽故事""张飞故事"等诸多个案故事，《水浒传》中含有"武松故事""林冲故事""鲁智深故事"等诸多个案故事。而文言小说一部书中所含有的个案故事目前也难以尽数。根据这个情况，按保守推测，如果一部书中含有10个个案故事类型的话，那么与小说有关的个案故事类型至少存在30000种以上。加上戏曲、史传、民间故事等其他方面文献与小说文献相加，去其重复，保守数字也应该不少于50000种。

根据这个情况，中国叙事文化学的故事类型研究在文献搜集方面与前人的不同，首先就在于从全局着眼，搜集统计出中国古代叙事文学作品中个案故事类型的总数，做到对于研究对象的全局全貌胸中有数。

这一工作的实践操作程序就是编制"中国叙事文学故事主题类型索

引"①。该索引计划分六编（唐前、隋唐五代、宋代、金元、明代、清代）。其中第一编《先唐叙事文学故事主题类型索引》已经完成出版，该编共收唐前叙事文学个案故事类型2499个。②从中国叙事文学产生发展历程看，唐前还只是处于起步和萌芽时期。唐代以后才逐渐进入繁荣和高潮时段。按照这样的认知，该索引唐代以后各编的总数，应该远远在唐前编之上。如果按平均每编5000个故事类型计算，那么从唐前到清代的故事类型总数大约在30000个左右。这些故事类型应该是我们叙事文化学研究对象的全部家底，梁启超所谓"集千万本"的总数所在。这个数字尽管已经非常保守，但与前贤所统计出来的大约1000种相比，已经有了巨大飞跃。

前贤在个案故事戏曲小说同源关系研究中所使用的文献材料主要是以戏曲小说为主的叙事文学故事文本，而中国叙事文化学个案故事类型研究地毯式文献搜集将其扩大为四个部分：经、史、子部文献，集部文献，通俗文学文献，文物材料。力求达到"集千万本"的目标。这大致是四种文献时间产生发展顺序，但从构成叙事文学故事类型的条件看，通俗文学文献又是其主体部分。

（二）通俗文学文献

通俗文学文献包括以叙述故事为主的戏曲、小说和各种讲唱文学形式。

中国叙事文学形式成熟和繁荣大大晚于西方，大约从魏晋南北朝时才开始萌发，唐宋才进入成熟和繁荣时段。而且其中各种体裁样式不断变更和繁衍，使文献搜集工作需要充分掌握具备充足的体裁发展演变知识。通俗文学文献中戏曲文献文本包括南戏、诸宫调、杂剧、传奇，以及各种地方戏等；小说包括文言小说和白话小说两部分。文言小说题材上大致包括志怪、传奇、志人三种，体裁上大致包括"世说体"和杂记体小说③；白话

---

① 这一工作参照借鉴了主题学关于民间故事研究中世界通用的"AT分类法"，即阿尔奈和汤普森编制《世界民间故事类型索引》，以及美籍华人学者丁乃通教授依据"AT分类法"体例编制的《中国民间故事类型索引》（参见［美］丁乃通：《中国民间故事类型索引》，中国民间文艺出版社1986年版）。

② 参见宁稼雨：《先唐叙事文学故事主题类型索引》，南开大学出版社2011年版。

③ 文言杂记体小说与子部和史部中部分笔记体作品形态相似，有些甚至难以入类。其掌握标准参见拙著《中国文言小说总目提要》前言，齐鲁书社1996年版。

小说大致包括长篇章回体小说和短篇话本体小说。讲唱文学形式主要包括弹词、宝卷、鼓词、影词、子弟书等。

因为叙事文学类型本身的缘故，以上提到的叙事文学各种文献文本形式中，通俗文学文献最为重要。一个故事类型何以能够确定成为个案研究对象，其关键要素在于其中叙事故事文本数量的多少。①然而在以往的研究中，很多故事类型研究（尤其是源头较早的故事，如神话故事）往往忽略了后代新生的戏曲小说等故事文本，仅就唐前史传和神话故事文献来进行研究，从而使很多神话故事类型的文献搜集出现断裂而难以窥其全貌。如关于大禹神话故事研究，前人所用文献材料，基本为唐代之前神话材料和史传相关文献，唐代以后戏曲小说中衍生的大禹故事基本没有涉及使用。②通俗叙事故事文本的缺失，必然导致对所在故事类型的整体认知和整体评估的空缺。如先贤关于女娲补天神话的研究，主要征引秦汉时期典籍文献以及对唐代之前散见的女娲神话进行历史学、宗教学、文化人类学的考察分析，几乎完全忽略元明清时期戏曲小说文献的价值和作用。③而我们通过耙梳搜索发现，明清时期戏曲小说作品中把女娲补天神话作为叙述典故使用者近20处，而把女娲补天神话作为叙事故事文本的原型，或者直接作为整个作品的结构框架者竟然有5部小说，其中《女娲石》和《红楼梦》更是直接把女娲补天神话作为结构全书的构思依据。④这些叙事故事文本的缺失与否，很显然会直接影响到对整个女娲神话故事体系进行全方位的文献挖掘和意蕴分析。

（三）经、史、子部文献

经、史、子部文献貌似距离叙事文学故事较远，但因为它是中国古代

---

① 参见宁稼雨：《关于个案故事类型研究的入选标准与把握原则》，《天中学刊》2015年第4期。

② 参见杨栋：《神话与历史：大禹传说研究》，东北师范大学博士学位论文，2010年；孙国江：《大禹神话传说的文学移位》，《诸神的复活——中国神话的文学移位》，中华书局2020年版。

③ 参见丁山：《中国古代宗教与神话考·尧与舜·启母女娲与娥英》，上海书店出版社2011年版，第219页。

④ 参见宁稼雨：《女娲神话的文学移位》，《诸神的复活——中国神话的文学移位》，中华书局2020年版，第16—52页。

主流文化的中坚载体，所以实际上是制约和影响包括集部文献和叙事文学故事文本在内的整个中国历史文化典籍产生和发展的重要杠杆。它作为文本文献在叙事文学故事文本中通常是以故事渊源典故的形式出现。因为这个缘故，前贤相关研究对这方面文献也能给予足够的关注，但角度和力度与叙事文化学则不尽相同。

经部文献在中国古代典籍中具有特殊地位。从其内容本身看，如果说史部、子部、集部代表了文史哲三类基本文献的话，那么经部则属于从文史哲典籍中优选出来的经典和精粹。[①]这种经典性使它在叙事文学文本中的地位属于终极的标准诠释和价值准绳。虽然它在叙事文学文本中出现机会不多，但却具有举足轻重的作用。

史部文献与叙事文学关联甚为密切。其史传文学部分本身就是叙事文学的组成部分，与其他叙事故事文本共同构成叙事文学文献的主体部分[②]；其正史部分往往与后代叙事文学故事文本互为表里，或者成为后代叙事文学的故事题材渊薮，或者与很多以真实历史人物为题材的叙事故事文本成为互文参照。成为后代叙事文学蓬勃发展的强大推手；其野史杂史部分有很多生动形象的故事，往往与部分文言笔记小说相互杂糅，难分彼此。其陈述的委婉详尽和所具有的某些虚构因素成为很多正统史学家从史学角度诟病的对象，但却为历史文献向叙事文学的转变提供了巨大的动力和潜力。[③]以上史部三个部分中，前贤比较关注的是前两部分中的人物传记部分。对第三部分（野史和杂史）关注不够。

子部文献与叙事文学的关联也是错综复杂，千丝万缕。前贤或有关注不够处。第一，文言小说中有相当一部分作品被历代公私书目中子部小说家类著录，本身就属于子部文献；第二，先秦两汉子部文献中大量寓言故事不仅本身就是重要的叙事文学故事资源，而且也是催生中国小说生成的

---

① 如《诗经》属于文学，《左传》属于历史，《易经》《论语》属于哲学。

② 如《左传》《史记》中大量内容本身具有叙事文学属性和价值（如《将相和》《鸿门宴》《垓下之围》）。还有很多历史叙述成为后代故事类型文献系统中的源头或重要文献要素。

③ 参见宁稼雨：《论史书的"凭虚"流向对六朝小说生成的刺激作用》，《天津师范大学学报》1999年第3期。

重要推动力①；第三，除了小说家之外，子部杂家、杂学、杂考等门类文献中也或有与叙事文学故事文本相关者；第四，子部类书文献也是包括叙事文学故事文献在内历代很多典籍重要的辑佚和校勘资源②。

以上四个部分子部文献前贤虽不无关注采用，但往往是从不同角度切断分别使用，叙事文化学故事类型研究则将其汇总，综合搜集，贯通使用。③

（四）集部文献

集部文献主要是指与叙事文学故事类型相关的以诗歌、散文、词曲等抒情性文学作品为主的文献。这类文献产生有两个动因和形式，一是对神话故事或历史人物和事件，以及叙事文学故事直接进行吟咏评价；二是以典故等形式对叙事文学故事进行共鸣和回应。这两种形式除了自身的文学价值之外，它们也与以上所有与叙事文学故事类型相关文献构成一个文献体系，成为叙事文学故事类型文献的重要组成部分。这部分文献与叙事文学故事文本情况相似，也是前贤对于叙事文学故事进行源流研究时文献搜集相当忽略的一个体现。如关于女娲、精卫、嫦娥、大禹、西王母等神话故事的集部诗文作品，每个神话故事类型中的诗文文献材料都至少在100条以上。但所有这些材料前贤研究中几乎均未采集使用。④

以上三种纸质文献主要就现存版本文献而言，除此之外，还有一个共同问题，就是辑佚补缺。所有的纸本文献都存在亡佚的可能，而亡佚的文献一般又不可能完全消亡殆尽。那么把这些残存文献钩沉辑佚，是保证叙事文学故事文本做到最大程度完整，实现"集千万本"目标的重要措施。

（五）文物材料

文物材料与以上三种文献有所不同，又有所关联。实物文献大约分两部分，一为纸质文献，二为真实实物。纸质文献记载的实物中，史部（含

---

① 参见宁稼雨：《诸子文章流变与六朝小说的生成》，《南开学报》1998年第4期。

② 历代类书中摘录保存大量古代文献材料，对于已经亡佚的文献来说，这些文献具有辑佚作用；对于有现存版本的文献来说，又具有重要校勘价值。

③ 参见宁稼雨等：《诸神的复活——中国神话的文学移位》，中华书局2020年版。

④ 参见宁稼雨等著：《诸神的复活——中国神话的文学移位》，中华书局2020年版。

方志）所记实物多为各地文物遗址，而子部史部各类笔记中所记实物则包罗万象，堪称取之不尽的文献渊薮。真实实物为现存历史文物，既包括建筑遗址，也包括各类器物。这些实物文物与叙事文学故事的关联主要在于，它们是很多叙事文学故事文本的重要参考材料。如很多真实历史人物的庙宇、塔寺，居住或使用过的建筑器物等等。这些实物文物本来是所在故事类型完整材料体系中的重要组成部分，但前贤将之作为故事类型研究材料者却较少见到。

三、叙事文学故事文献的社会文化属性

就叙事文化学研究程序目标而言，文献搜集本身不是研究的最终目的。它的最终目的是对采集文献进行考证梳理后，对其文献形态异同变化进行文化动因的解读分析。那么，在进行这项终极工作之前，对各类文献本身的文化价值属性进行探索评估，也是应有之义。

叙事文学故事文本分为"经、史、子部文献""集部文献""叙事故事文献""文物材料"四个部分具有内在社会历史文化动因，因而不同方面对其认知判断会产生某些共性。①除了文物作为实物与其他三种纸本文献各有关联外，其他三种纸本文献代表了中国历史上三种不同的社会文化阶层属性，这一点，与笔者提出的中国古代文化"三段说"恰好完全吻合。②用此"三段说"解读叙事文学故事文献，堪称合榫。

从中国叙事文化学角度来看，其故事类型纸本文献的三种类型（经、史、子部、集部、叙事故事）的形成和分布，并非偶然形成，其内在制约决定动力恰恰就是笔者提出的中国传统文化"三段说"。

---

① 参见陈维昭教授《三大文化生态与中国叙事文化学》一文中，提出用"经史古文生态"的"书场文化生态"和"科举文化生态"来形容指代中国叙事文化学的文本形态和文化背景，与我们提出的四种文献资源形式尽管表述不尽相同，内涵也略有歧异，但就总体内涵而言，可谓异曲同工。（《文学与文化》2021年第2期。）

② 笔者认为，中国文化按时间顺序和内涵不同，可以分为三个类型时段：先秦两汉时期的帝王文化、魏晋南北朝至唐宋时期的士人文化、元明清时期的市民文化。参见宁稼雨：《中国传统文化"三段说"刍论》，《求索》2017年第3期。

（一）"经、史、子部文献"与帝王文化精神

"经、史、子部文献"对应的是先秦两汉时期的中国帝王文化。这个时期中国文化的主旋律就是帝王文化精神，帝王文化的基本内涵，基本规则，基本概念和范畴，在经、史、子部文献中得到全面地反映和陈述。就其与叙事文学故事关联的文化属性而言，几种类型文献分别从几个不同方面彰显出帝王文化精神对叙事文学故事类型的制约。

经部文献是帝王文化精神的核心。从文体特征上看，经部文献似乎与叙事文学故事形式距离遥远。但在精神内涵上却是从整体上制约包括叙事文学故事在内几乎所有文学形态的力量。帝王文化的系统构建应该得力于西周时期从社会制度到文化思想全面形成的以等级制度为基础，以宗法观念为理念，以天子为社会至尊的系统封建社会形态。在这个社会背景下，首先确立了"普天之下，莫非王土；率土之滨，莫非王臣"这样帝王至尊观念。为了维护这种观念的长久，又从文化建设的高度，强调社会教化的重要意义：

> 刚柔交错，天文也；文明以止，人文也。观乎天文，以察时变，观乎人文，以化成天下。（《周易·贲卦·彖传》）①

从西周时期开始人们就已经清楚认识到，掌握了解社会规律的目的就是为了教化天下民众。这一理念到了汉代就更加明确和具体了。《诗经》中原本通过采风达到"讽谏""刺上"的目的到了汉代被补充修正为更加偏重教化：

> 风，风也，教也；风以动之，教以化之。……先王以是经夫妇，成孝敬，厚人伦，美教化，移风俗。（《诗大序》）②

---

① 《周易正义》卷三，《十三经注疏》，中华书局1980年版，第37页。
② 《毛诗正义》卷一，《十三经注疏》，中华书局1980年版，第1—2页。

因为这个观念的强大影响力，包括叙事文学故事类型在内，整个中国古代叙事文学都深深烙上"教化"的烙印。这是经部帝王文化精神对叙事文学故事制约影响的最强力度所在。

除此之外，经部文献还作为儒家经典的权威解读，成为包括叙事文学故事类型在内大部分古代文化典籍涉及先秦时段各种知识词汇的权威标准。

史部文献作为经部文献的附庸，是按帝王文化的价值标准描述帝王文化背景下社会历史发展过程的叙述典范。早在经部文献中，《左传》《公羊》《谷梁》对于《春秋》从不同角度的解读和翻写，已经为史部典籍的泛帝王观念范例。到了汉代，纪传体史书的确立更是从制度上为帝王树碑立传铺平了道路。以帝王为中心的纪传体书写叙述模式不但成为史书的正宗，而且也直接规定和影响了叙事文学故事的题材选择和叙事偏好。以帝王为主人公的历史题材在古代戏曲小说中占有很大比重，以此为基础，叙事文化学故事类型中形成一个帝王主题系列。在帝王系列故事类型中，史部文献起到了所有文献材料中的原典和坐标作用。即史部文献中的帝王记载是各帝王故事类型中的原始记录，其他文献材料需要以它为坐标进行梳理比较，分析帝王故事所发生的演变线索轨迹。因而其也就成为帝王题材故事类型的聚焦核心。

子部文献起于春秋战国时期诸子各陈其说，而百家争鸣的初衷均在为帝王建言献策，贡献自己认为最佳"君人南面之术"。与之密切相关，为达此目的而附带的大量寓言故事也往往与帝王大业关联。因此，就子部文献对于叙事文学故事类型的影响来说，这种帝王文化中心观念作用下对于国家政治问题的关注意识成为历代叙事文学故事类型传承过程中的重要制约力量。

因此，经部、史部、子部三种文献从不同角度向全社会灌输了非常强烈的帝王文化精神，这一精神在叙事文学故事文本中产生了极为深远的影响。

（二）"集部文献"与士人文化精神

中国士人文化起自魏晋，经隋唐而至宋代。无独有偶，这个时段也正是中国集部文献从无到有，蔚为大观的过程。集部文献产生发展的过程，也是士人文化精神孕育产生成熟，并且也成为叙事文学故事类型传承文献的重要组成部分。

六朝之前，中国尚未形成"文学自觉"和"文学独立"的局面，反映在目录学著作中，《汉书·艺文志》中列有"诗赋略"①，尚未出现"集部"名称和类目。汉魏以降，随着门阀士族崛起，士族文人群体人格独立，文学从各种实用性文体中解放出来，出现更大数量纯文学性质的诗赋作品。为了全面反映这一文学盛况，在王俭《七志》和荀勖《中经新簿》各种尝试的基础上，《隋书·经籍志》正式将《汉志》的"诗赋略"改造提升为"集部"，并成为历代公私书目用来全面记载著录以文学类文献典籍为主的重要目录学分类类目。这个情况也是士人文化取代帝王文化，掀开中国士人文化舞台大幕的一个重要标志。②

"集部文献"的定名定类使士人文化的规模表述有了集中的园地和阵营，同时也成为士人文化参与叙事文学故事类型表述实践的重要渠道。集部文献作为士人文化参与叙事文学故事文本主要形式是诗歌、词曲和散文。它们用来参与叙事文学故事类型文本写作的主要形式有两种：一种是直接进行诗词散文形式的叙事文学故事类型写作，如《长恨歌》《圆圆曲》等；二是大量把叙事文学故事原型作为诗词散文典故使用的文学现象。第一种情况属于直接用抒情诗方式书写的叙事文学故事，只是与戏曲小说载体各异而已，其文献价值意义自不待言。第二种用诗词散文方式把叙事文学故事作为典故使用是否能够成为叙事文化学故事类型研究的文献材料来进行研究使用，学界有不同看法。我们从"集千万本"的原则出发，并且同时认为每条典故材料的使用有其不同的创作背景和文学意象所指，是故事类型文化分析的重要组成部分，故不可忽略。③

除了以上集部文献所含诗词散文外，体现士人文化精神的文体形式还包括文言小说。文言小说虽然一般被收录在子部小说家类，但却是作为诸

---

① 《汉志·诗赋略》收诗二十八家，三百一十四篇，赋百六家，千三百一十八篇。参见中华书局缩印本1997年版。

② 参见宁稼雨：《中国文化"三段说"背景下的中国文学嬗变》，《中原文化研究》2019年第2期。

③ 参见张培锋：《关于叙事文化学研究的若干思考——以"高祖还乡"叙事演化为例》，《天中学刊》2016年第6期；宁稼雨：《对〈关于叙事文化学研究的若干思考〉的回应意见》，《天中学刊》2017年第1期。

子文章中"不入流"的另类，一直受到贬抑。就其社会文化属性看，从作者到读者，再到其内容，堪称是三位一体的"士人文学"样式。以《世说新语》为代表的"世说体"小说是其典范①，而唐传奇则更是萌生于知识分子用来展示自己在科举考试过程中文学才华的"文备众体"文体样式②。文言小说与诗词散文从两个不同的角度（叙事与抒情）表现出士人文化对于叙事文学故事类型的参与和影响，同时文言小说又与通俗小说戏曲形成叙事文学形式关联，成为士人文学连接市民文学纽带。

（三）通俗文学文献与市民文化精神

从宋代开始，随着中国城市经济繁荣而出现的市民文化需求，以迅猛的态势高速发展，到元明清时期取代士人文化，成为中国社会文化舞台的主角。以通俗小说戏曲为代表的大量俗文学作品，成为体现市民文化精神的重要载体，主要表现在以下几个方面：

其一，受到社会各界高度关注重视。面对通俗文学迅猛态势，元明清时期全社会的人都从不同角度给予极大关注。帝王阶层对于通俗文学中有碍其专制统治的部分要大加禁毁，但同时也无法抗拒那些引人入胜的故事诱惑，自己也偷偷阅读起来。③有识之士却慧眼看出通俗文学的历史文化价值，给予高度肯定：

> 诗何必古《选》，文何必先秦，降而为六朝，变而为近体，又变而为传奇，变而为院本，为杂剧，为《西厢曲》，为《水浒传》，为今之举子业，皆古今至文，不可得而时势先后论也。（《童心说》）④

在李贽看来，一代有一代之文学，元明清以来主流文学形式就是通俗

---

① 参见宁稼雨：《世说新语是志人小说观念成熟的标志》，《天津师范大学学报》1988年第5期。

② 参见程千帆：《唐代进士行卷与文学》第8节《行卷风尚的盛行与唐代传奇小说的勃兴》，上海古籍出版社1980年版，第79—87页。

③ 参见王利器：《元明清三代禁毁小说戏曲史料》，上海古籍出版社1981年版，第12页。

④ 李贽：《童心说》，见《焚书》卷3，中华书局1975年版，第99页。

戏曲小说。这个看法代表了明代以来思想界对于通俗文学作为市民文化精神主流代表的权威肯定。

其二，以商品形式进入社会消费层面，更加扩大其影响力。此前的经、史、子部文献和集部文献，要么是官方刻印，要么是私人自费刻印，基本不属于进行流通的商品。而通俗文学则完全改变了这一传统，明代开始出现大量书坊和出版家，其出版印刷物中有大量通俗文学作品被作为商品进行营销。这一情况大大开拓了通俗文学的市场范围和读者层面，使通俗文学产生了巨大的社会影响力。

其三，通俗文学文献是构成一个故事类型文献系统的核心和主体要件。从上文得知，从"集千万本"的标准来衡量要求，一个故事类型中需要覆盖经、史、子部文献，集部文献，通俗文学文献，文物材料等四个方面。但在这四个方面中，代表市民文化精神的通俗文学文献又是其中重中之重，是核心和主体要件。因为叙事文学是一种时间艺术，以叙事时间进程为核心要旨。相比之下，从故事的完整系统程度来说，除史部文献中史传文学部分和集部文献中叙事诗部分外，其他经、史、子部文献的隐性影响和集部文献的典故使用均只涉及个案故事类型整体文献系统中的局部和个别部分。而以戏曲和小说为主的通俗文学文献（加上史部史传文学和集部叙事诗）才是构成叙事文学故事类型的文献核心。[①]了解这一情况，不仅有助于把握了解通俗文学文献本身的文化属性，而且对于叙事文学故事类型文献各部分权重比的认知把握也至关重要。

从"集千万本"的求全理念出发，全面梳理叙事文学文献各个部分的性质和作用价值，进而从社会历史文化属性认知的角度审视观照各种类型叙事文学文献的文化价值，这是我们对叙事文化学故事类型研究文献搜集问题的最新认识，敬祈学界方家指正。

原载《文学与文化》2021年第2期

---

① 参见宁稼雨：《关于个案故事类型研究的入选标准与操作方法》，《天中学刊》2015年第4期。

叙事文化学故事类型研究论纲

经过三十年的摸索实践，中国叙事文化学研究作为古代叙事文学研究的一种方法，在学术理念，方法步骤和操作实践体系已经产生数量可观、质量可圈可点的诸多成果。但要进一步提高和发展，就需要在理论层面和实践层面继续向纵深开拓。

故事类型是中国古代叙事文学的重要存在形态，也是中国叙事文化学的唯一研究视角。系统厘清故事类型外延内涵，总结其性质特征，归纳其研究经验，认清其研究价值，对于明确故事类型研究本身的规律特征，丰富强化中国叙事文化学研究的理论厚度，乃至于探索中国叙事文学研究的方向，都具有重要作用价值。

一、中国古代叙事文学的存在形态

与抒情文学的核心要件不同，从一般意义上看，中国古代叙事文学的核心要件是叙事。从艺术分类的角度看，叙事文学应属于"时间艺术"。能够列入这个营垒的文体成员主要包括以叙事描述手段为主的小说、戏曲、讲唱文学，以及其他文体系统中与叙事沾边的文体，如史传文学、叙事诗等等。但这样的类型划分还不足以充分展示显现叙事文学肌理纹理构成。叙事文学结构组成还可能有更加细密的类型形态。

比如，相同体制和书写风格可以构成"章回体""话本体""杂剧体""传奇体""世说体""虞初体""聊斋体""阅微体"等，相同或相似风格流派可以分为"临川派""吴江派""苏州派"等等，相同题材风格又可以分为历史演义，英雄传奇，神魔鬼怪，世情小说（又能细分为才子佳人、家庭题材、讽刺小说、才学小说、谴责小说等）。这些类型区分的共同特点，就是能够在一定范围之内，从不同的角度，总结归纳某些叙事文学体裁的性质特征和发展脉络，对于揭示叙事文学各种文体和题材内部的规律和特征，都有其独特价值意义。

不过这些类型存在形态的共同特点，或曰局限，就是都没有超越自身所属文体范围，从更高一层视野中来审视观照叙事文学可能含有的其他类型特征。

因为中国古代在小说和戏曲中演绎同一故事主题的情况比较普遍，所以从民国时期开始，在传统中国古代叙事文学研究中，实际上已经开始尝试跨越某一单一文体，进行相同故事主题的关注研究。民国时期很多学者的研究都能体现出这样的研究风格，如顾颉刚、孙楷第、赵景深、蒋瑞藻、孔另境、钱静方、胡士莹等。①他们的研究的共同特点，就是能够将小说和戏曲两种文体中的相同故事主题结合起来进行关注研究。由此形成的戏曲小说同源关系研究成为超越单个文体进行叙事文学研究的开始。它为跨越文体进行同一故事主题研究做出了先期探索，但这种研究基本仅限于戏曲和小说两种文体。与同一故事主题关系密切的更多跨越文体现象还需要进一步深入挖掘探索。

而超越文体和题材界限的重要类型组合形态，就是叙事文学故事类型。

二、叙事文学故事类型的内涵、性质与特征

以往我们关注叙事文学，视角主要落在具体单个文体的作品上，只关注某件单篇叙事文学作品的情节和题材意义，却往往忽略掉该情节和题材被其他作者在其他文体作品中同样加以表述和演绎的情况。以"西厢记"故事为例，这个故事最早的作品是唐代元稹用传奇小说写成的《莺莺传》，从此之后，以张生和崔莺莺为主人公的西厢记故事便在各种文体中遍地开

---

① 顾颉刚：《孟姜女故事研究集》，上海古籍出版社1984年版；赵景深：《中国古代小说戏曲论集》，上海古籍出版社1985年版；蒋瑞藻：《小说考证》，古典文学出版社1957年版；孔另境：《中国小说史料》，上海古籍出版社1985年版；钱静方：《小说丛考》，古典文学出版社1957年版；胡士莹：《话本小说概论》，商务印书馆2011年版。

花。北宋赵德麟（令畤）用说唱形式写过《商调蝶恋花·鼓子词》，文中还有"至于倡优女子，皆能调说大略"的记录，说明该故事在宋代已经流传很广。秦观和毛滂分别写过《调笑转踏》歌舞词。除了这些现存作品，宋元时期还有不少散见于书目和其他材料的西厢故事传播记录。南宋罗烨《醉翁谈录》、周密《武林旧事》分别著录过《莺莺传》话本和《莺莺六幺》杂剧。《永乐大典戏文三种》中也载录过南戏《西厢记》。①而明清以后各种诗词和戏曲小说中以西厢记故事为典故背景的情况更是不计其数了。这样也就形成一个故事主题集中的叙事作品群，我们姑且可称之为叙事文学故事类型。

与以往单一文体对某个叙事文学故事的描述相比，从一般情况来看，叙事文学故事类型具有时间跨度长，文体跨度大，参与作者众多的特点。这些都为叙事文学的深入研究提供了新的视角与可能。

从时间跨度看，以真实历史故事或神话传说为基本背景的故事类型往往时间跨度很长，像女娲、精卫、嫦娥这些神话原始材料中记载的神话故事形成的故事类型往往有几千年的历史，像孟姜女、王昭君等历史人物形成的故事类型也有不下两千年的历史。历史上的沧桑巨变会以不同途径方式把文化要素渗透到所在时代文本中，从而体现出不同的主题变化。以王昭君故事为例，昭君故事最早出现在班固《汉书·元帝纪》和《汉书·匈奴传》中，大意为匈奴呼韩邪单于来汉示好，元帝遂以良家子王嫱赐为阏氏。故事反映汉代与匈奴关系不定时，元帝寻求以和亲解决外交关系的主题。东汉时期蔡邕将昭君出塞的史实写进文学作品《琴操》中，增加了昭君入宫后五年未见元帝，因匈奴呼韩邪单于求亲于汉，遂自荐嫁给单于，单于死后按匈奴风俗其子要迎娶其母，昭君无法接受吞药而死的情节。这些变化不但使《琴操》的文学性大大加强，而且也把故事主题改变为昭君本人的悲剧命运。西晋石崇的《王明君》又进一步演绎深化《琴操》的这一主题立意。东晋葛洪《西京杂记》又增加毛延寿等画工弃市的情节，又把昭君悲剧命运引向奸人作梗。唐代《王昭君变文》和梁琼《昭君怨》则

---

① 参见段启明：《西厢论稿》，四川人民出版社1982年版。

154

抛开和亲这些宏大目标，更加注重从个人生活角度书写昭君故事。《王昭君变文》通过单于对昭君百般恩爱，但仍然不能消除昭君思念故国亲人的感情来呈现昭君故事的悲剧性；《昭君怨》从女性感受角度出发，倾诉昭君不幸遭遇的痛苦。宋代王安石《明妃曲》则通过吟咏昭君故事，表达内心深处怀才不遇、抱负难以施展、郁郁不得志的感慨。而马致远《汉宫秋》又把昭君故事写成匈奴大兵压境，朝廷文武百官毫无对策，迫使元帝以美女换安全，从而隐含元代中原人对抗元蒙统治者的心态。明清两代诗文典故和小说戏曲演绎昭君故事者更是不胜枚举，花样翻新。直到当代，还有曹禺以《昭君出塞》话剧宣传新社会民族团结的精神等待。①

漫长的历史进程，为昭君故事类型积累了丰富的文献材料和主题蕴含。这个规模和体量是该故事类型中任何一部单篇作品都无法望其项背的。由此形成的资源优势和研究平台也就得以凸显，超越此前所有的与昭君故事相关的单篇作品研究。

从文体角度看，上面的昭君故事类型中可以看出，整个昭君故事类型中，几乎覆盖了中国古代文学的全部文体。其中既包括叙事文学（如文言小说、白话小说，戏曲、讲唱文学），也包括抒情文学（诗歌、散文等），还有史传文学等。这些文体既有共时性，又有历时性。共时性是指同一时间范围内若干文体同时在搬演该故事类型；历时性是指随着时间推移，不断涌现新的文体形式来参与同一故事类型的营造叙述。由于各种文体都有其自身的文学语言表述功能和阅读效果各不相同，所以昭君故事的各方面内涵分别能够得以展示表达。如《琴操》《昭君怨》《明妃曲》等诗歌形式长于描摹刻画昭君在不同情境下的情感状态和心理活动，《西京杂记·画工弃市》《双凤奇缘》等小说作品则用故事情节的跌宕起伏来推进故事线索，完成叙事职能；而像《王昭君变文》《汉宫秋》这类韵散相间的文体又能同时把故事叙述与心理抒情融为一体。可见同一故事类型中多种文体形式的穿插交替使用，的确能最大程度发挥各种文体在故事类型中的叙事功能作用，把故事类型的叙事效能推向极致。

---

① 参见马冀：《王昭君及其昭君文化》，广西师范大学出版社2021年版。

从作者角度看，参与昭君故事类型写作的作者众多，既跨越地域，也跨越时间，而且还有各种不同身份的区分，由此导致他们在各种作品中的书写目的和寄托也都不同。如蔡邕《琴操》和石崇《王明君》全力创建打造与史书简单记载不同的宏大昭君文学故事，梁琼《昭君怨》则努力去表达一位普通女性对昭君故事的理解和态度，王安石《明妃曲》则借昭君故事表达个人怀才不遇的愤懑，马致远又用《汉宫秋》表达中原人对元蒙统治者的仇恨敌视等等。可见昭君故事类型汇集了众多不同时代作者，他们带来对昭君故事各种不同的理解和表述，为昭君故事增添诸多有机元素。

综上可见，故事类型的重要属性是连接不同文体作品之间的相同主题关联，实现诸多文体中同一故事主题的系统文献整合和文化意蕴贯通。从而在广阔的背景上开拓叙事文学研究的新领域和新方法，推动古代叙事文学研究向纵深发展。

三、传统研究范式在故事类型面前的尴尬

叙事文学研究方法的形成与采用取决于不同文化背景和学术传统下人们对研究对象形态和属性的认知视角与评价方式。

明清时期中国叙事文学主要研究方式是评点式研究。与西方的社会科学研究方法相比，似乎显得缺乏体系性和科学性，但它却自成系统，而且特色鲜明。我个人将其理解为中国传统审美意识背景下"散点透视"原则的体现。这个审美原则抛开西方绘画的"焦点透视"，不执着于既定的关注中心视点，而是随心所欲地移动视点，并且随移随驻，点评一二。这种方式没有固定的批评体制，或者随感而发，灵活机动，或者评价作者作品，或者引导读者阅读，是汉魏六朝以来人物品鉴活动中审美性人物品评方式在单篇叙事文学作品中的应用。①但评点方式有两个做法使其处于单一和孤立的境地：一是它只是对所评作品相关细节所作评论，看不到该条评论与全书的整体关联，全书评论也难与其他书寻找关联节点；二是随感而非式

① 参见宁稼雨：《"世说体"初探》，人民文学出版社古典文学编辑室编：《古典文学论丛》第6辑，人民文学出版社1987年版。

的评论内容很难形成逻辑上具有有机关联的科学体系。这两个缺憾恰好为之后的文体史和作家作品研究所取代。

从20世纪开始，随着西方文化和学术范式对中国的全面输入渗透，叙事文学中评点式研究逐渐被文体史和作家作品研究所取代，并逐渐成为主流范式。文体史研究弥补了评点研究孤立面对单篇作品而失去与其他同类文体关联关照的缺憾，能够把若干相同文体作品进行贯通的体系观照研究，形成对该文体的系统梳理研究。这种研究在西方已经司空见惯，但在中国还是草创发轫。

作为受西方研究范式影响文学史研究的组成部分，小说史、戏曲史等文体史研究从20世纪初开始形成方兴未艾的局面。鲁迅《中国小说史略》，王国维《宋元戏曲史》是这个局面的典范代表。另一方面，对于作家作品的全面深入研究探讨，也在很多方面弥补了评点研究对于作品研究的缺失不足。胡适的诸多章回小说考证吸收西方实证主义方法，汇入乾嘉学派传统考据方面，把传统章回小说的文献考证提高到一个新水平。王国维的《红楼梦评论》则借用叔本华和尼采的悲剧理论，解读《红楼梦》的悲剧主题，为中国学术史上第一篇采用西方学术方法研究中国文学作品的划时代论著。

20世纪以来，中国叙事文学研究在文体史和作家作品研究的引领下，无论是质量还是数量都取得了巨大成就，基本实现了叙事文学研究与国际学界的接轨。然而随着文体史与作家作品研究的繁荣并向纵深推进时，如果把目光投向叙事文学故事类型，却会惊讶地发现，面对由诸多文体和作品组合而成的各种故事类型，文体史和作家作品研究完全无从下手了。原因在于，文体史和作家作品研究所关心的视角只是自己领域的问题。当自己的研究对象成为其他更大组合成员之一的时候，也就显得束手无策了。例如，从文体史的角度看，蔡邕《琴操》，梁琼《昭君怨》，王安石《明妃曲》显然要归入诗歌史的范围，《西京杂记》要归入笔记小说史，《汉宫秋》要归入戏曲史，《汉书》又属于史书，等等。这样下来，必然形成那种"铁路警察，各管一段"的情形。这说明，文体史和作家作品研究对于不同文体单篇作品的研究或许是有效和必要的，但对于跨越诸多文体集合而成的叙事文学故事类型，则是捉襟见肘，需要另辟蹊径。①

四、故事类型研究的学理渊源辩证

故事类型研究作为中国叙事文化学研究的基本方法，已经有过三十年历史的理论探索和研究实践。但无论是理论探索还是研究实践，都有进一步挖掘深化的必要。故事类型研究的学理渊源大致涉及原型批评、文化批评和主题学研究三个方面。

（一）原型批评与故事类型研究

加拿大学者诺思洛普·弗莱（Northrop Frye，1912—1991）在总结吸收泰勒、弗雷泽和荣格相关学说的基础上，提出著名的"原型批评"理论。其核心要义与中国叙事文学的故事类型关系十分密切。比如，原型批评认为要从整体上来把握文学类型的共性及演变规律。而所谓"原型"就是"典型的反复出现的意象"，其基本文学原型就是神话，神话是一种形式结构的母体模型，各种文学类型均为神话的延续和演变。神话原型批评强调对各类文学作品的分析研究，都应着眼于其中互相关联的因素，它们体现了人类集体的文学想象，它们又往往表现为一些相当有限而且不断重复的模式或程式。为此，就不能把每部作品孤立起来看，而要把它置于整个文学关系中，从宏观上把文学视为一体。

因为"原型"的基本文学原型为神话，所以原型批评的重要研究实践为神话研究。弗莱把《圣经》视为一个为文学提供神话体系的渊薮，并把《圣经》中的神话原型视为整个西方文学的起锚点和母体胚胎，移位并促成后代的文学繁荣。在这个理念引导下，西方的神话文学移位研究蔚然成风并取得重大成果。受此影响，笔者曾于2007年获准承担一项国家社科基金一般项目"中国神话的文学移位研究"，并于2020年出版了结项成果《诸神的复活——中国神话的文学移位研究》（中华书局2020年版）。虽然这是国内采用原型批评方法，用"文学移位"学说阐述中国神话文学移位历程的发轫探索之作，但毕竟筚路蓝缕，粗率之处，恐在所难免。不过在神话

---

① 参见宁稼雨：《中国叙事文化学与"中体西用"范式重建》，《南开学报》2016年第4期。

移位研究之后，我又就故事类型研究开始思考新的相关问题：从外在形态看，中国叙事文学故事类型是一个庞大的群体，神话主题只是诸多故事类型其中一个部分。我曾将中国叙事文学故事主题分为六种类型，神话主题隶属于其中"神怪类"。而除了"神怪类"，还有其他五种类型。①那么新的问题就是，同样都是故事类型，神话主题类型可以使用原型批评的"文学移位"学说来操刀解剖，那么其他故事类型又该如何处置？原型批评方法对它们是否也同样适用，如果不适用，应该如何选用能够对症下药的自洽方法呢？

首先，关于中国叙事文化学的分类体系，与原型批评提出的由神话向写实过渡的顺序环境基本吻合一致。"弗莱认为，西方文学在过去十五个世纪里，恰好依神话、传奇、悲剧、喜剧和讽刺这样的顺序，经历了由神话到写实的发展。"②中国叙事文化学所分六种故事类型，虽然弗莱所列几项名称不尽一致，但分类思路则完全一致，可谓殊途同归。

其次，关于叙事文化学个案故事类型研究。其实原型批评不仅关注神话本身在后代文学中的移位情况，同样也关注神话原型之外其他各种文学现象的个案原型显现。既然原型就是"典型的即反复出现的意象"，那么它"把一首诗同别的诗联系起来，从而有助于把我们的文学经验统一成一个整体"。③所以，"用典型的意象做纽带，各个作品就互相关联，文学总体也突出表现出清晰的轮廓，我们就可以大处着眼，在宏观上把握文学类型的共性及其演变"④。弗莱曾用一首诗赞美格雷夫斯（Robert Grave）：

> There is one story and one story only
> That will prove worth your telling.

---

① 参见宁稼雨：《先唐叙事文学故事主题类型索引》，南开大学2012年版。

② 张隆溪：《诸神的复活——神话与原型批评》，江西省文联文艺理论研究室、江西省外国文学学会、江西师范大学中文系：《外国现代文艺批评方法论》，江西人民出版社1985年版，第147页。

③ 参见［加］弗莱（Northrop Frye）：《批评的解剖》（*Anatomy of Criticism*），转引自张隆溪《诸神的复活——神话与原型批评》。

④ 张隆溪：《诸神的复活——神话与原型批评》。

有一个故事而且只有一个故事

真正值得你细细地讲述。①

张隆溪先生对此解释道："之所以只有一个故事，是因为各类文学作品不过以不同方式、不同细节讲述这同一个故事，或者讲述这个故事的某一部分、某一阶段。"②这样的陈述介绍，用来形容介绍中国叙事文化学的个案故事类型构成，也完全妥当。从前述昭君故事的构成，正是这种陈述的例证。其他诸多个案故事类型，也大抵如此。

（二）主题学与故事类型研究

主题学是中国叙事文化学的重要理论资源，此前关于中国叙事文化学研究相关论著多有涉及。尽管故事类型是中国叙事文化学的实践方式，二者可谓表里关系。但角度不同，有些表述还应回到故事类型本身还原廓清，尤其需要明确界定主题学的故事类型与叙事文化学的故事类型之间的异同关联。

"AT分类法"是阿尔奈与汤普森根据主题学的基本原理设计建构的关于世界民间故事的类型编制方法，其标志成果是《世界民间故事分类索引》。这个索引不仅是国际通用的世界民间文学故事类型范本，而且也对周边相关研究领域产生辐射影响。

该分类法由五大部分组成：动物故事、普通民间故事、笑话、程式故事、未分类故事。每一部分下再细分子目。子目有两种形式，一种是简单式，只是简述该条子目的故事梗概，如：

1572J*【骑禽而去】·

快到吃饭的时候，主人说他不能留客吃饭，因为家里没有肉。客人说可以杀了他骑来的马或驴，"那你怎么回家呢？""我可以骑你的鸭

---

① 参见［加］弗莱（Northrop Frye）：《受过教育的想象》（*The Educated Imagination*），转引自张隆溪《诸神的复活——神话与原型批评》。

② 张隆溪：《诸神的复活——神话与原型批评》，第146—147页。

或鸡，"客人指着院子里的家禽说。（故事出处从略）①

第二种形式是复杂式，梳理同一故事主线的几种变数和细节的若干变数，如：

1568A**【顽童吃甜点心】·

Ⅰ.〔甜点心〕顽童把甜食做得像粪一样，放在（a）教师的桌子或椅子上（b）皇帝的御座或大臣们的椅子上（c）宗祠的地上（d）县知事的衙门里。被审问时，他说粪是他自己的，他要把它吃下去，当他执行诺言时，他的同学们大笑，或（e）他对他的老师说，那并不是粪，而是甜食。并给老师一些吃，或（f）孩子回家对姐姐说，老师虐待了他，姐姐给了他一瓶看来像粪便一样的甜食，让他在老师面前吃，当老师责备他时，他给了老师一些，老师非常喜欢吃。

Ⅱ.〔粪便〕几天之后，孩子把自己的粪或动物的粪放在同一地方。当他被责问时，他说上次已经认了错，并得到了惩罚，他不可能再犯同样错误了。他说一定是上次看到他受罚的那些人阴谋陷害他，应该由那些人负责。（a）他的同学，（b）一个年轻亲戚，（c）皇帝或地方官吏的侍者，于是被迫吃光那些真的粪便或受到惩罚。或（d）当老师在同一地方看到真正的动物粪便时，以为是甜食尝了一点，（e）当老师要去旅行时，孩子给了他一个看来像是上次一样，而其实是装满粪便的瓶子，老师上了当。

1568B**【顽童和粪坑里的老师】·

Ⅰ.〔陷害老师的计划〕一个狡猾的学生锯断了（a）老师椅子的一条腿（b）一根桩子（c）老师上茅厕用来扶手的绳子。在椅腿或桩子上写上他的名字然后又放回去，或（d）他把桩子拔出来又轻轻地放回松动的泥土里或（e）在老师的椅子上放上粪便，写了自己的名字。

---

① ［美］丁乃通:《中国民间故事类型索引》，中国民间文学出版社1986年版，第429页。按，丁乃通《中国民间故事类型索引》乃采用"AT分类法"编制，下同。

Ⅱ.〔陷害同学〕(a) 老师掉进了粪坑或跌倒在地上，(b) 顽童当时来到现场，答应去找同学们来救老师。然后又独自回来，声称别的同学不肯来，他一个人帮了老师。(c) 老师自己爬了起来，发现椅腿上或锯断的桩子上写的名字，于是责问这孩子，孩子说他不会自己陷害自己的，一定是别的同学想开老师的玩笑，(d) 结果，所有其他同受到都受到了严厉的责罚。(故事出处从略)①

从以上文字中可以看出，1568A 和 1568B 是同一故事主线的两种变数，两个类型下分别归纳两种不同的情节要点（1568A 的"甜点"与"粪便"，1568B 的"陷害老师"和"陷害同学"），而在两个变数下各自两种不同情节要点下面，又有若干由小写英文符号标识的下一个层级的故事情节变化。除此之外，文字描述中没有反映出来的信息还有，所有的故事归纳都不含具体人名或时间地点介绍。这样实际上又给这些故事的多种可能变数预留出空间。换言之，"AT 分类法"的分类体系还不是最低层级的故事类型索引。

"AT 分类法"此种操作方式自有其道理和原因，作为总结归纳由民间口头传承故事的故事类型索引，需要充分考虑到不同时间和空间领域中口头传承的多种变化可能性。所以难以把故事类型层级设定在最低级别（即含有具体人物时间地点的故事级别）。如此操作考虑到民间故事本身属性实情，合理得当。相比之下，中国叙事文化学的故事类型设计还需要有自己的考量规划。

中国叙事文化学从两个方面借鉴吸收了主题学研究的学理资源，其一是关于主题学研究所涉领域的继承和发展②；其二则是关于故事主题类型的

---

① ［美］丁乃通：《中国民间故事类型索引》，中国民间文学出版社 1986 年版，第 426—428 页。

② 主题学原本起源于民间故事研究，到 20 世纪 70 年代，海内外部分学者开始运用主题学方法研究中国抒情文学，取得丰硕成果，参见陈鹏翔主编：《主题学研究论文集》，东大图书有限公司 1983 年版。我本人倡导提出的中国叙事文化学，则把来自民间故事研究的主题学研究移用于以书面文学为主的中国古代叙事文学研究中。参见宁稼雨：《叙事文化学文献搜集的覆盖范围与文化属性》，《文学与文化》2021 年第 2 期。

理念与方法参考借用。从理念角度看，以往中国学界尽管出现过小说戏曲同源这样接近于故事类型概念的表述，但尚未形成对由诸多文体和作品组成的故事类型这种形态的概括和归纳。从这个角度看，是"AT分类法"启发激活了中国叙事文化学关于故事主题类型理念的形成。但是在如何处理分类体系，尤其是在故事类型层级的考量上，我们认为不能照搬"AT分类法"的分类层级，而应该根据中国叙事文学自身的性质和形态状况有的放矢来选择确定。理由有二：其一，因民间故事口头传承特点决定，其传播形态和版本必然多样化，难以用最低层级单位来表现，而书面形态的中国叙事文学故事文献总体上看有比较固定的文本形态，有条件按最低级别单位来设定故事类型层级；其二，"AT分类法"所创立的范式针对世界各国，地域跨度大，传播语言与采风记录语言多样化，难以用一个低层级类型来定型；其三，以最低层级设定故事类型单元，以其简明具体，更能直接反映出中国叙事文学故事类型的面貌特征。以历史上著名王祥卧冰求鲤故事为例，我们在《先唐叙事文学故事主题类型索引》中对其做出如下类型描述：

C040107（人物—家庭—孝道—王祥卧冰求鲤）

王祥卧冰求鲤

梗概：

①王祥性至孝，早丧亲，继母朱氏不慈，数谮之；

②由是失爱于父，每使扫除牛下；

③父母有疾，衣不解带；

④母常欲生鱼，祥卧冰求之；

⑤冰解鲤出，持之而归；

⑥母又思黄雀炙，复有黄雀数十入其幕，复以供母；

⑦乡里惊叹，以为孝感所致。

主题词：

①王祥 ②朱氏 ③谮 ④卧冰 ⑤鲤 ⑥黄雀 ⑦孝感

出处：

①《艺文类聚》卷九引孙盛《杂语》、臧荣绪《晋书》；

②《北堂书钞》卷一四五、《太平御览》卷九二二、九七〇引萧广济《孝子传》；

③《初学记》卷三、《太平御览》卷二六引师觉援《孝子传》；

④《太平御览》卷八六三引《孝子传》《晋书·王祥传》；

⑤《搜神记》卷一一。

相关类型索引：0[①]

该条故事类型索引文字中，"C040107（人物-家庭-孝道-王祥卧冰求鲤）"是索引标号和对应文字内容。"C"与"人物"对应，表示在《先唐叙事文学故事主题类型索引》这部书中，"人物"排在第一层级的第三位。第一层级与其对应的其他类型分别"A"-"天地"，"B"-"怪异"，"D"-"器物"，"E"-"动物"，"F"-"事件"。"04"对应"家庭"，为第二层级，意谓"人物"这一大类下的家庭活动；"01"对应"孝道"，意谓"家庭"这一层级下的"孝道"行为；"07"对应"王祥卧冰求鲤"，意谓"孝道"这一层级下具体的"王祥卧冰求鲤"个案单元类型。后面的"梗概""主题词""出处""相关类型索引"则是该主题类型的核心基本信息，并未对此故事类型的进一步挖掘研究提供基础材料。

从以上二者对比中可以看出，与"AT分类法"相比，叙事文化学的故事类型层级设计比较多。这实际上是从书面文学为主的中国叙事文学实际状况出发，把"AT分类法"中复杂式中多种可变头绪，梳理归纳为层级分明的系统隶属关系。这样每一个个案故事类型既有其自身的单元内涵和伸缩可能，又能与其他故事类型形成以类相从的网状逻辑关系。能够体现出中国叙事文学故事类型的固有内涵和源流关联。同时也便于研究者熟悉了解掌握各个故事类型的横向和纵向关联，尽快进入个案故事类型的研究状态中。

---

① 宁稼雨：《先唐叙事文学故事主题类型索引》，南开大学出版社2011年版，第108页。

（三）文化批评与故事类型研究

原型批评和主题学研究都是催生叙事文化学背景下故事类型研究的重要动力，但他们自身也都存在一些问题和偏颇。这些问题和偏颇不仅是它们自身的痼疾，同时也给受其影响对象造成接受过程中的某些负面因素。如果不能消解这些负面因素，那么它们吸收正面营养的努力也有可能功亏一篑。

原型批评主要贡献在于能够将若干各种不同形式要素的文学材料融汇于一个原型主体中，从而把荣格提出的"集体无意识"学说落实到文学原型中。这个宏观格局虽然值得赞许，但操作过程中却容易出现两种偏颇。一是失之粗略。正如张隆溪先生所说："事物的利弊往往相反相成。原型批评从大处着眼，眼界开阔，然而往往因之失于粗略。"①二是偏重形式忽略社会背景。张隆溪先生又指出："弗莱的理论只停留在艺术形式的考察，完全不顾及文学的社会历史条件，所以它虽然勾勒出文学类型演变的轮廓，见出现代文学回到神话的趋势，却不能正确解释这种现象。"②张隆溪先生提出这些问题都值得我们在参考借鉴原型批评进行叙事文化学故事类型分析加以克服并努力解决。

主题学对我们的故事类型研究的重要启示是关于故事类型理念的萌生，包括相关故事类型索引编制方式和个案故事类型的设计形式等。但因主题学的研究对象是民间故事，民间故事口耳相传为主的传播方式造成大部分原始材料地域属性相对明确，但传播时间就很难确定。这样给同一故事类型传播过程中的历史文化动因诠释带来较大困难。因此我们的叙事文学故事类型研究将此作为重要的突破攻坚方向来解决。

我们解决以上两个难点的基本方案是用文化学研究的方法来弥补。我曾用"偏正关系"来解析"叙事文化学"这个概念的语法关系。意思就是：所谓"叙事文化学"是关于中国古代各种叙事文学文体的文化学研究。如此表述的意思非常明确，就是把中国古代叙事文学各种材料作为历史文化学研究的对象。这个初衷固然不错，但如果不加辨析诠释，也容易引起误

---

①② 张隆溪：《诸神的复活——神话与原型批评》，第150页。

解，甚至误入歧途。

自20世纪90年代起，文化批评（研究）开始在中国大陆学界盛行，并逐渐成为主流。中国叙事文化学本身也是这个潮流作用的产物。但随着文化研究热潮逐渐走向深入，尤其是当文化研究开始受到质疑，作为以文化研究为归依的故事类型研究也就不能不反省其采用文化批评方式的科学性和实用度，并且结合多年实践情况不断对故事类型研究的学理科学性和实践操作方式做出相应调整。

首先，从故事类型自身的属性来看，其漫长的时间年代跨度的可能性，多种文体覆盖的复杂性，众多作者构成的主题寄托多样性，为故事类型的历史文化研究提供了广阔的空间可能。从这个意义上看，故事类型的文化研究视角，不应该怀疑，而应当坚定并发展。

其次，依据上述故事类型的属性特征来进行实践操作，正好可以用来弥补前述原型批评和主题学研究的某些不足缺陷。从文献覆盖来说，本着"竭泽而渔"的穷尽原则，叙事文化学故事类型研究的文献覆盖范围涉及经史子集、通俗讲唱文学，以及大量与故事类型相关的物质文献。这些覆盖范围为大量故事类型的文献搜集提供了广袤的文献资源，同时也有足够的底蕴，为参考借鉴原型批评和主题学方法可能面临的大量文献补充加强工作需求提供强有力支持，弥补原型批评和主题学批评"粗略"和简略的不足。

再次，原型批评和主题学对于原型故事文化意蕴缺乏深入细致挖掘和分析。叙事文化学的故事类型研究将此作为该研究工作的重中之重，把解读故事类型的历史文化意蕴作为该研究方法的核心工作。其要点就是从纵横两个方面将这个工作落到实处。纵向是指按照该故事类型所有文献所涉时间历程范围，在考订确认每一条材料历史年代的基础上，深入挖掘该条材料历史年轮背后的社会文化情况，作为诠释该条材料的历史依据；横向是指努力探索该故事类型的每一共时时段社会文化各个方面角度的梳理分析。并将其与纵向信息贯通，形成对于该故事类型的立体网状结构认知。

最后，鉴于学界关于文化批评与文学批评的论争中文化批评受到用文化批评代替文学批评的指责，故事类型研究意识和理解到这些指责的合理部分，将故事类型演变过程中的文学形式和艺术手法作用作为历史文化演变的一个组成部分纳入其中。如果说，历史文化意蕴解读完成了故事类型历代演变形态"是什么"的话，那么故事类型的文学形式解读则接过这个接力棒，诠释这个"是什么"是通过何种文学形式和艺术手法，怎样去完成了这些"是什么"。这样也就造就形成故事类型研究的"双桨"，二者相互依存，相互支撑，构筑起故事类型研究的根基。

五、故事类型研究的操作程序

叙事文化学研究一直在理论摸索与研究实践的交替作用中不断发展推进。理论探索为实践操作的方向定位和理念设置，实践操作是理论探索的行动落实和效果检验。经过三十年的摸索实践，故事类型研究大致形成了比较系统完整，操作性强的研究程序。

（一）确定个案故事研究类型

明确研究对象，对其进行内涵外延限定是任何科学研究工作的必要前提。但故事类型研究的对象限定工作却有其自身的特点和规律。

就一般概念定义来看，由一个（或几个）固定故事主人公，一个集中的故事情节为基础，由一个或多个文体和作品组成的主题故事，可以视为故事类型。从文字层面看，这个概念定义应该也没有什么问题。但如果进入实践操作层面，就暴露出必须面对和进一步厘定和廓清的必要来。

笔者所编《先唐叙事文学故事类型索引》共收六类叙事文学故事主题类型2499个。那么首先需要面对的问题就是，这2499个故事类型是否都需要做个案故事类型研究？如果不是，那么应该采用怎样的方式来处理呢？

研究中发现，这2499个故事类型在规模体量上存在较大差异。多者时间和文体跨度都比较大，少者则二者空间都比较有限，比如：

C040504（人物—家庭—夫妇—张贞妇投江寻夫）

张贞妇投江寻夫

梗概：

①蜀郡张贞行船覆溺死；

②妇黄因投江就之；

③积十四日，执夫手俱浮出。

主题词：

①张贞②妇黄③投江

出处与参考文献：《异苑》卷十

相关类型索引：0[①]

这个故事虽然情节完整，人物也比较鲜明，但缺少关联故事，无法对其做故事形态变化对比。所以它可以作为一个故事类型的存在，但实际上缺少故事类型的研究价值。我们把这种故事类型称之为"简单类型"。而像女娲、精卫、嫦娥一类神话类型故事，孟姜女、王昭君一类人物故事等，无论是流传的时间跨度，还是文体载体覆盖面，都非常复杂，堪称故事类型特征的鲜明体现者。我们将此类故事类型称之为"复杂类型"。可以这样认为：真正能够体现叙事文学故事类型特征，并具有叙事文化学视角研究价值的，是这种"复杂类型"的故事群体。那么"简单类型"与"复杂类型"之间界限何在，如何划定各自范围？在相关理论指导下，我们在研究实践中摸索出确定个案故事类型的大致框架标准：

从时间跨度看，一个故事类型所涉相关文献的时间跨度，如果不少于两个朝代，那么对于该故事类型的时间脉络梳理，乃至进一步考察故事源流变异情况，挖掘其变异背景后的文化意蕴，都会比较有利。所以，我们建议进入具有研究价值的"复杂类型"，以不少于两个朝代为宜。当然这也只是大致情况，有些特殊情况需要特殊考虑。比如有的故事虽然时间不足两代，但材料丰富，就可以破例；也有的故事虽然时间跨度能够达标，但材料比较匮乏，有时甚至中间出现较大断档空缺。如此情况也需要酌情予以考虑。

从文体跨度看，作为一个比较"够格"的"复杂类型"，其文体覆盖应该相对全面。虽然不能要求全部文体都能面面俱到，但作为叙事文学的故

[①] 宁稼雨：《先唐叙事文学故事主题类型索引》，南开大学出版社2011年版，第113页。

事类型，把叙事文学文体的核心要件——小说和戏曲作为一个"复杂类型"的必要条件，应该特别强调出来。这里所讲的小说戏曲两种文体的相关作品，也有一定限定：作为一个"复杂类型"，应该具备含有描写该故事类型主人公或核心情节的独立小说或戏曲作品。比如《莺莺传》之于西厢故事类型，《汉宫秋》之于昭君故事类型等。有些人物虽然多见于小说或戏曲，但往往只是过场角色，撑不起故事类型核心主体文献的要件。

从文化内涵看，一个比较充足的"复杂类型"，除了时间和文体跨度，其贯穿该故事类型全部文献的历史文化内涵是否丰富充足，也是需要特别考虑的问题。因为历史文化分析是叙事文化学的故事类型研究的强项所在。所有文献材料受其历史和时代社会文化思潮影响，在作品中留下各种深深痕迹。挖掘这些痕迹，寻找故事演变过程中的历史文化演变脉络轨迹，也是故事类型研究的要务之一。同时，一个"复杂类型"的历史文化内涵，又往往不是单一的文化要素，而是多种文化要素主题的集合体。比如昭君故事类型在漫长历史岁月中，逐渐有各种文化主题汇入其中，包括：民族文化主题（和亲抑或对抗），帝王情感主题、锄奸抑邪主题等等。需要把这些历史文化要素在历代不同文本中表现形态和背景原因分析论述到位才能实现叙事文化学故事类型研究的预设目标。这样能有助于故事类型的确定更加稳妥扎实。①

（二）故事类型的文献搜集与梳理

文献搜集是中国叙事文化学故事类型研究的基础重镇，也是故事类型研究区别于其他与原型批评、主题学研究和文化研究相关研究方法的显著标志和强悍优势。原型批评的"粗略"，主题学研究因口耳相传形成对象形态模糊，以及文化批评受到的"空疏"批评，都应在故事类型的文献搜集工作中得到一揽子解决。

文献搜集的工作内容包括对已经确定的故事类型进行全方位的文献挖掘搜集，其理念宗旨是"竭泽而渔"，即对所有与该故事类型相关的任何文献材料做"一网打尽"式的捕捞纳入。这种方法继承了乾嘉考据学传统，

---

① 参见宁稼雨：《关于个案故事类型研究的入选标准与操作方法》，《天中学刊》2015年第4期。

借鉴吸收西方实证主义研究理念，并充分采纳利用现代古籍数字化成果手段，力争做到对故事类型相关文献材料做地毯式覆盖采集。

故事类型文献搜集的大致程序包括：明确故事类型的文献覆盖范围及文化属性①；通过古典目录学、索引等相关知识途径，了解故事类型文献覆盖范围所涉文献的基本线索和基本面貌，以及相关故事类型的学界研究动态情况；通过古典版本和现代版本的多种途径搜集掌握已知故事类型相关文献材料和研究成果；通过各种数字手段检索与故事类型相关的所有文献材料。文献搜集工作艰巨、艰苦、复杂，既要有克服困难的雄心，又要有耐心细致的工作态度。故事类型的文献搜集工作至少要占全部工作的半壁江山，它的完美程度直接决定故事类型研究工作的质量结果。

文献搜集工作如果获得成功，好比该故事类型仓库里堆满了食材。但充足的食材不等于美味佳肴，故事类型研究要取得成功，还有待于把食材转化为按一定菜系设计制作出来的桌上美味。其中重要的一环就是做好材料梳理工作。材料梳理预先要设定好三个指标，一是文献材料纵向历时指标，二是故事类型相关基本文学故事要素指标，三是故事类型相关文化要素指标。

纵向历时指标是指按文体体裁分类和时间年代顺序，对手上所有文献材料一一进行作品（含作者）的年代考证和排序。这项工作极其烦琐艰巨，但却是伴随文献搜集工作故事类型研究又一基础性工程。它不仅需要经过扎实而缜密的考证，来明确该故事类型所有文献材料的先后顺序，更重要的是，它同时还能够为后续的文化意蕴分析奠定坚实的学术基础。没有每一条文献材料的确切时间背景，后续的文化分析便是无源之水无本之木。

相关基本文学故事要素指标是指该故事类型中基本文学要素在历代相关文献中的异同变化轨迹。例如人物要素、情节要素、语言要素、载体与形式要素等。具体工作内容就是通过阅读和比对，把每一种文献中这几项指标与其他文献的异同变化点找出标明，再把所有这些异同变化点串连起来，就能清晰获得该故事类型所有相关文学故事要素的异同演变轨迹。这

①参见宁稼雨：《叙事文化学文献搜集的覆盖范围与文化属性》，《文学与文化》2021年第2期。

是故事类型研究的核心目标主体。

文化要素指标是指基本文学要素中各个指标项在历代文献演变的异同形态中所体现出来的历史文化背景。这些文化背景是历代各种文献通过各种文学载体所折射呈现出来的不同视角不同心态文化背景的内在样貌。虽然这还只是一个大致梳理，但却是故事类型研究文化分析的先期工作，能够为下一步文化分析的深入进行做好准备。

（三）故事类型的文化与文学分析

文化与文学分析是故事类型研究的最终环节和最高阐释形式。如果把此前所有准备工作比作烹制菜肴的确定目标、采购、清洗、切块、备料等环节的话，那么文化与文学分析就相当于最后下锅的烹炒完成环节。经过文化与文学分析，个案故事类型的全部面貌、演变线索、异同变化，文化内涵与文学手法等全部情况得以展示，成为该个案故事类型研究的重要积累。

西方新闻界从19世纪80年代开始将新闻要素归纳为"5W1H"，即何时（When）、何地（Where）、何人（Who）、何事（What）、何故（Why）、如何（How）。梁启超将其加工改造，用五个"W"来解析史学研究需要重点解决攻坚的问题（《中国历史研究法》）。纵观叙事文化学的故事类型研究，实际上均为这几个"W"的贯彻和落实。如果说故事类型的确定算是"What"，包括文献搜集、文献梳理在内的系统工程是解决"When""Where""Who"的问题的话，那么故事类型的文化和文学分析则进入到最后的"Why"和"How"阶段，即：用文化分析的方法解析故事类型所有文献传承轨迹，文学要素异同变化等形态表现，做出何以至此的"Why"结论；用文学分析的方法探索解析那些何以至此的"Why"又是通过怎样的文学手段形式去完成、去实现的（"How"）。

文化分析在操作层面的核心理念就是"动态意识"，就是从动态观念出发去审视和把握一个故事类型发展演变过程中的各种现象。其中包括：首先，在文化分析角度的遴选上，注意所选文化角度在整个故事类型中的连贯性和相对均衡性。如果一种文化视角在故事类型演变过程中只是昙花一现，难以形成持续链条效应，则应当尽量避免。其次，尽量避免对文化视角的分析做平板、静止的描述和分析。这就需要准确把握单篇文献材料所反映的文化蕴含与该文化蕴含在整个中国文化长河发展中的异同关联作用。一种历史文化现象在其历史发展过程中，不可能是一成不变的。它受各种不同社会文化内容制约，在不同社会环境下会以不同载体方式呈现出不同样貌。而每一篇单篇作品都是这种制约影响的外在表现形态。所以通过文学作品内容的文化描绘去探索挖掘背后的深邃文化蕴含，是文学的文化学研究的基本模式和习用规律。而不同作品所受不同文化背景制约所形成的不同文化演示样貌，则能够构成一组以文学作品形式展示的一幅历史文化演变轨迹图。比如在西厢记这个故事类型中，元稹受到的是唐代文人以科举获得进取机会时代潮流影响，所以把《莺莺传》写成一个张生为科举考试抛弃爱情，浪子回头的故事。连崔莺莺本人也懊悔"自献之羞"；而宋金以来市民文化大潮的冲击，让董解元自觉为市民代言，用市民喜闻乐见的诸宫调形式，把《西厢记》变为张生和崔莺莺为了爱情，把科举抛到脑后，勇敢地以离家出走的方式自主自己的婚姻和爱情；在市民文化大潮中又保留一定士人文化本色的王实甫，希望能够得到各方面满意的圆满结局，故而把杂剧《西厢记》写成爱情和科举"双赢"的结局，体现其"愿天下有情人皆成眷属"的社会理想。一条西厢故事类型演变史，也是男女情爱观念的社会演变史。再次，所谓"动态意识"不能是一刀切的只"动"不"静"。故事类型在演变发展过程中，受社会环境等各方面因素影响，有时情节人物等要素变化幅度会比较大，也有时候则相对静止不变。这变与不变，动与静的不同，都要受制于背后的文化环境影响。比较常见的研究误区是只注意动态变化部分，忽略静止不变部分。这样的文化分析是不真实和不准确的。在"动态理念"支撑下贯彻落实以上三点，则能比较有效达到实现文化分析所承担的诠释那些"When""Where""Who"何以至此的回答"Why"的职责任务。

文化分析和文学分析是故事类型研究这条船上的两条桨，相互支撑，维护平衡。文学分析特别需要注意的要点是需要防止与文化分析脱节，自行其是。文学分析的任务是给文化分析中所给出的那些"Why"解读再继续给出它何以至此的"How"答案。就是具体解答那些文化分析的解释所采用的具体载体表述方式和途径是什么。这里特别需要强调的就是一种文学体裁形式的文体特征对于诠释具体的文化蕴含的可能性和便利性。或者说，是一种文体本身的体裁特征，为诠释一种文化内涵提供了表述可能和载体方便。故事类型中一种文化意蕴的表达，有赖于某些文学载体形式本身在诠释这些意蕴中的可行程度。一般来说，经、史、子部文献主要以体现诠释中国古代帝王文化精神，集部文献以体现士人文化精神为主，而通俗文学文献则以反映市民文化精神为主。比如最早记录昭君故事的《汉书·元帝纪》和《汉书·南匈奴传》以史书形式描写汉元帝用和亲方式获得国家安全太平，体现出帝王文化痕迹；蔡邕、石崇、梁琼、王安石等描写昭君所使用诗歌形式则很好体现出文人们在吟咏昭君故事诗篇中所寄托的个人情怀；而市民阶层则喜欢通过通俗化的文学形式表达对于国家和社会问题的关注和态度理想。如《汉宫秋》以杂剧叙事与抒情兼备的形式表达该剧中大众阶层对元蒙统治者的对抗情绪，《双凤奇缘》则又从市民审美趣味出发，增添昭君妹妹赛昭君，并附会神魔等等小说形式特有的情节关目，在昭君故事中表达对于皇权的蔑视、揶揄嘲讽心态。不同文体表达优势对于解读故事类型文化分析的手段作用，的确无可替代。同时我们认为：将文学分析与文化分析视为故事类型解读分析的"双桨"，将是对于以往文化批评取代文学批评这一重要缺憾的重大纠正和弥补。①

原载《山西大学学报》2023年第6期

---

① 因篇幅所限，这个问题还有待进一步深入分析展开。

叙事文化学故事类型文化批评刍议

尽管中国叙事文化学研究已经取得长足发展，但无论是从实践操作层面，还是理论探讨方面，都仍然还有继续深入发展的空间和可能。作为中国叙事文化学研究的重头戏，故事类型的文化研究已有三十年的实践，但总体上看，还是实践大于理论。因此有必要从理论层面对其进行科学总结与学理升华。文化分析是中国叙事文化学故事类型研究的重要环节，是故事类型全部文献材料内涵的画龙点睛揭示需求。

一、文化批评与故事类型研究

按当下学界对于文学的文化批评相关概念的解读惯例，大约有三个相互关联的概念：文化研究、文化批评、文学批评。其中文化研究主要是泛指所有领域从文化角度的认知和研究，文化批评偏重对文学作品和现象做内容方面的研究，文学批评则是专指对文学作品的形式和美学研究。这种划分方式主要来自对西方学术范式的挪用。实际上这三个概念在中国古代文学研究体系中也有类似表现，如"兴观群怨"和"知人论世"，而诗文领域的鉴赏批评和戏曲小说的评点研究则又是中国式的文学批评。所以进一步探究如何将实际内容相同或相似的研究方式融会贯通，是今天我们进行古代文学研究的重要工作之一。

考察故事类型研究的文化批评还要面临一个重要问题，就是对于文化批评方法本身的评价认识问题。本来，具有"兴观群怨"和"知人论世"批评传统的中国古代文学研究，对文化批评既不陌生，也不排斥。但因为自20世纪50年代起，以唯物论为理论纲领，以阶级斗争为指导路线的意识形态主旋律文学批评成为唯一的批评理论框架。一段时间内的庸俗社会学批评成为衡量文学乃至社会科学研究的唯一法则。80年代初改革开放之后，这种庸俗社会学的文学批评得到反拨并成为人们抨击的目标，必欲摒弃之而后快。与此同时，随着形式主义、新批评、叙事学等西方注重文学形式的批评方法的传入，文学批评逐渐取代庸俗社会学批评，成为包括古代文学研究在内的文学研究主流方法。时隔不久，从20世纪90年代开始，西方文学批评新方法论再次遇冷，取而代之的是西方方兴未艾的文化批评。尽管此前庸俗社会学批评受到摒弃和抵制，但几十年的方法熏陶还是为中国学界构筑了相当厚实的社会学认知习惯与基础，所以文化批评很快在中国大陆学界流行开来。这次文化批评热潮很大程度上剔除了以往庸俗社会学中的以阶级斗争为纲框架，代之以社会历史文化的内涵和分析，是中国文学的文化批评走向成熟的开始。

另一方面，从20世纪80年代开始，文学批评也一直在与文化批评的并行与竞争中推进发展。尤其是从90年代文化批评崛起之后，一度受到挤压的文学批评展开了相当强势的反攻，并随之引发一场关于文化批评与文学批评的论争。这场论争中双方都能从学理的角度提出一些代表性和建设性观点，明确和澄清了一些相关概念认知，有助于研究的相互理解和促进。也有些观点则能从反面帮助我们理解文化批评的合理性和科学性。

首先是文化批评与文学批评的关系。文学批评者否定文化批评的重要理由，是他们将文学研究分为"内部研究"和"外部研究"两个部分。文学批评属于"内部研究"，即对于文学的形式和美学研究；文化批评属于"外部研究"，即对于文学的社会历史背景及其相关研究。他们认为文化批评离开了文学"内部研究"这一本体，用文学的外部研究替代了内部研究，是对文学本质研究的偏离，正确做法还是应该回到文学内部研究的本位。[①]这种意见虽然能够注意到文学研究中两种不同方向的差别，但其失误则在于将此二者视为非此即彼，互相对立的矛盾体，所以受到商榷和批评。[②]

---

① 参见《关于今日批评的问答》，《南方文坛》1999年第4期。吴炫：《文化批评的五大问题》，《山花》2003年第6期。

② 参见陶东风：《论文化批评与文学批评的关系》，《南京大学学报》2004年第6期。

在我看来，文学的文化批评和文学批评二者不但不是矛盾对立的关系，相反是水乳交融的融汇关系。二者互为表里，成为人们对于文学作品的全面认知感受对象。如同谈论一幅画、一首音乐作品，离开了画面和音乐的内容，离开了色彩和旋律对于表现内容的效果评价，孤立地对于色彩和旋律的评价很难具有实际的意义。同样，离开文学表现内容的认知和感受，孤立评价其形式和语言美感，不也是空中楼阁吗？

既然二者不存在非此即彼的对立关系，那么文化批评至少不会妨碍文学批评的存在和进行。而文化批评之所以能够产生巨大的影响力和生命力，根本原因还是在于其自身的文化蕴含。唯物论的反映论和历史唯物主义本来是揭示文学现象的重要理论工具，但因曾被曲解滥用，今日几乎被人忘却。实际上，从丹纳的社会环境反映论到马克思主义的唯物论反映论，在研究文学与社会生活和社会历史的关系方面都具有难以替代的理论杠杆作用，是探究文学作品和现象内在社会蕴含及其价值的重要武器。

在抒情文学和叙事文学两者之间，抒情文学偏重主观表露，叙事文学偏重客观描述。相形之下，叙事文学从时间流程角度对社会生活的记录描述，更需要从社会历史文化角度做出深层挖掘，因而对文化批评具有更高的依赖性。而故事类型又是叙事文学领域中时间跨度更大，历史文化蕴含更为深厚的组成部分，所以采用文化批评方法也就更有必要性。

故事类型是中国古代叙事文学中一种特殊的存在形态，它不同于戏曲、小说、讲唱文学这样的文体区分，也不同于章回体、话本体、世说体、聊斋体、杂剧体、传奇体这样的文类区分。它一般由一个既定的故事主题中心（同一故事主干和主人公，如《西厢记》故事）为基础，由时间上跨越若干朝代，文体上跨越多种文体的多件作品组合而成的故事群。其显著标志就是同一故事主题经由各个历史时段多种文学文本的不同书写演绎，其历史文化内涵呈现复杂多样的情况。作为中国叙事文化学研究的基本方法，面对这样的情况，要深入理解和把握深层原因，必须从文化批评入手，深入挖掘和总结分析那些文本不同形态背后的历史文化动因。从这个角度看，文化批评是叙事文化学故事类型研究的主干工程，必不可少。

二、故事类型研究文化批评的特殊性

尽管文化批评适用于一般的文学作品研究，但叙事文化学的故事类型研究由于自身形态条件所限，在文化批评中会呈现一些特殊的学理规律，把握好这些特殊规律，才能保证故事类型文化批评的学术质量，实现研究目标。

首先是故事类型文化批评的严谨性。叙事文化学文化批评的目的是深入揭示个案故事类型在历代演变过程中同一故事主题中情节人物不同演变形态背后的社会历史原因。那么前提就应该是所有文献材料的时间考证和作者年代归属尽可能做到准确无误。一条文献材料正确的文化解读批评需要根据其时代背景得出，但假如研究者误将其创作年代或作者搞错，接下来又依据这个错误认定来进行文化批评解析，那么结果只会是闹出天大的笑话。同时，对于各种不同文学书写的文化解读，也有一个是否得当切合的问题。对相关各类历史文化背景缺乏了解，不能正确理解各种文本中的真实文化内涵，必然会造成对文本的误读。这两方面情况都容易造成研究成果的硬伤，特别值得警惕。

其次是故事类型文化内涵的复杂性。因为一个个案故事类型由多个跨越年代和文体的诸多文献材料组合而成，而每一个故事文献材料背后都深深刻有那个社会时代背景和作者本人的文化要素。这样也就必然造成多种文化内涵分别汇入一个故事主题类型当中的复杂局面。只有认清这个复杂局面，才能做好故事类型的文化批评。这里包括两个不同的层面，第一层是要全面了解该故事类型的文化内涵，仔细了解每一份文献背后的文化精神，为全面进行故事类型文化批评做好基础准备；第二层是要全面梳理全部文献材料各种历史文化倾向侧面之间的异同关联。在此基础上既要摸清某特定文化侧面内历代不同文献材料的发生演变轨迹，同时也还要努力寻找发现不同文化侧面之间是否存在某些枝节联系。需要特别强调的是，因为一个个案故事类型相关文献涉及文化侧面很多，而每一个文化方面都是一个专门的知识和学科领域。能够在故事类型的诸多文献材料阅读中识别一种社会历史文化背景，就需要研究者在历史文化方面有相当的积累。否则面对文献材料中的文化现象，也会熟视无睹。卞孝萱先生的《唐代小说与政治》一书，就是能够从小说中发现并追踪唐代社会政治线索，从政治文化角度解读某些唐代小说中的典范之作。

再次是故事类型文化内涵演变发展的动态性。一个个案故事类型固然一般由几个方面的文化内涵构成。但每个文化侧面的主题意象并非静止不变，故事类型作为一种叙事文学存在方式，其最大的文学魅力也正是在此。故事类型之所以会产生同一主题内文化侧面演变走向多变，是因为每个故事在被书写时有不同的社会文化背景，也有作者本人社会经历和文化熏陶的影响。寻找和发现这个多样和多变，总结分析这些变化轨迹背后的历史动因，是主题学研究方法的基本要义，也是叙事文化学故事类型研究的重要纲领性指南。以《西厢记》故事的三个主干作品不同结局描写为例，唐代元稹笔下的《莺莺传》把张生写成一个为追求事业而放弃爱情的浪子回头形象，反映出唐代社会广大士子想通过科举考试改变人生命运的普遍社会心理。金代董解元诸宫调《西厢记》则把张生、崔莺莺的爱情结局写成二人双双出走，寻找属于自己的幸福爱情。这又是宋金时期市民阶层崛起后寻求自我解放的社会潮流；元代王实甫杂剧《西厢记》又把崔张爱情故事写成虽然得到家长和社会的承认，但又被迫接受家长提出必须进京赶考的要求。可以看出元代文人阶层介入通俗文学创作后试图将完全代表市民阶层意愿的崔张爱情故事的纯粹俗文学书写折中和调和成"愿天下有情人皆成了眷属"的大团圆结局。

关于故事类型文化批评的动态性还有一种特殊情况。有些情况下，也会出现某故事类型某文化侧面的故事书写照抄前人文字或者沿袭前人旧文不做更改。因为一般研究者更容易关注动态变化明显的文字，而对于这种基本静止不动的文字忽略不计。这种情况需要得到重视和改正。从文化传承的角度看，也并不是所有的文化侧面都能表现出活跃兴奋的态势。有些历史文化积淀深厚的内容往往会表现出惰性和静态。这种情况恰恰是历史文化内涵中积淀深厚，逐渐成为民族文化长久文化心理定势的特定表现形式。西方学者所谓"积淀说"，和"集体无意识"，说的就是这种情况。可见这也是世界各国文化传承的一个共有现象。

三、故事类型文化批评文献及其内在关联

故事类型文化批评的文献可大致分为作品文献和研究文献两部分。两部分相互关联，又相互独立，共同组合成故事类型文化批评所需的基本文献材料。

故事类型研究的前身是叙事文学领域戏曲小说同源关系研究。民国以来老一辈学者在这个方面取得很多成果，但是由于历史条件所限，无论是对故事类型的体量认知，还是具体的故事类型文献材质采用，都还有相当大的提升空间。从材质采用方面看，叙事文化学故事类型研究的作品文献取材从以往单纯的纸质文献扩大到各种材质，唯一条件是与该故事类型内容相关。这样，一大批以往被挡在门外，与故事类型内容相关的诸多非纸质印刷材料（如绘画、书法、雕塑、各种工艺美术品等）纷纷进入故事类型作品文献范围中，也就使得故事类型作品文献体量大大增加。

故事类型作品文献体量的增大，为其文化批评带来巨大的挑战，但同时也为故事类型文化批评创造了相当广阔的舞台和空间。如此庞大的故事类型作品文献材料，笼统操作难以驾驭，因此，我们对故事类型的作品文献做了大致的梳理划分。这个划分大致基于三个考量维度，其一是基于作品文献材质，将作品文献分为纸质印刷文献和其他物质文献两个部分；其二是根据纸质文件中传统四部文献与通俗文学文献的实际情况，分为经、史、子部文献、集部文献和通俗文学文献三个部分；其三是将我本人提出的中国文化三段说分别与纸质文献中三个部分对应，实现对故事类型基本纸质文献的基本框架式统摄驾驭。①

物质文献大致包括金石文献、书画文献、工艺美术文献、历史文化遗迹等。这些材料中往往含有大量与某些故事类型相关的形象材料，如伍子胥过昭关故事所涉的昭关遗址和大量绘画雕塑作品等；与花木兰故事相关的木兰山及大量造型艺术作品等，还有汉代画像石中大量神话故事、人物图像等等。这些以往被研究者所忽略的文献在文化阐释方面得天独厚地具

---

① 参见宁稼雨：《叙事文化学文献搜集的覆盖范围与文化属性》，《文学与文化》2021年第2期。

有直观性和形象性，是故事类型文化批评中亟待开发的作品文献渊薮。物质文献除了物质的存在形式，还有一种非物质的存在形式，那就是文字，有很多物质文献实际上已经不存于世，但在文字中留下了关于他们的记录。比如一些方志文献中记载有关于地方供奉神祇或名人的庙宇神龛等，其中不乏与故事类型相关的内容。至于这些文字材料属于纸质文献还是物质文献，还有待商榷。

由中国传统的图书四部分类形成并沿袭下来的图书分类形式为我们了解古代文献（包括故事类型）提供了基本途径。但对于故事类型作品文献来说，传统四部分类有一个重大缺失，那就是遗漏了作为故事类型作品文献主体的通俗文学文献。由于这个缺失，故事类型作品文献的重心工作就需要放到通俗文学文献这个方面来。

由于历代文学观念的传统偏狭，通俗文学文献很少能够进入正史经籍志或艺文志以及主流意义上的私家藏书目录。其后果和影响就是，通俗文学流行的年代会在社会上产生巨大广泛影响，但一旦时过境迁，因为通俗文学没能在国家主流图书文献档案层面留下记录，很多通俗文学作品流失难觅甚至失传。这样也就给通俗文学在故事类型作品中的主体地位造成了很大不利影响。

解决故事类型中通俗文学作品文献的搜集问题，是进行文化批评的先决基础条件。但首先还是需要全面了解一下通俗文学作品的基本构成情况。

通俗文学简称"俗文学"，或称"民间文学"，是与高雅文学相对的文学品类。它在中国也有悠久的历史，只是因为社会历史原因，在较长历史时期内，没有能够登上文学大舞台的主流角色位置。直到元明清时代，它才成为中国文学舞台主角，成为文学的主要实体所在。从文体上看，通俗文学包括的范围也相当广泛。早期的通俗文学主要有先秦时期的神话传说和民歌等。从宋元时期开始，随着市民阶层崛起，成为中国文化舞台的主角，通俗文学以迅猛的态势迅速发展起来，各种市民阶层喜闻乐见的新文体如雨后春笋，风行遍地。在以往故事传说和民歌基础上，能代表和体现市民阶层审美意趣的叙事文学各种形式应运而生，通俗叙事文学是借用传统的散文和韵文形式，对其加以白话通俗处理，形成的崭新的文体形式。

在以小说为主要体裁特征的散文方面，借鉴吸收史传散文的叙事传统，分别创造出短篇小说的经典形式话本体和长篇小说的经典形式章回体，在小说领域为通俗叙事文学开创了极具生命力的两种基本文体形式；在以戏曲为主要体裁特征的韵文方面，先是将史传散文第三人称叙事形式演化为韵文体的叙事方式，继而又将诗歌形式中的代言体移植到戏曲领域，完成用代言体完成叙事职能的戏曲形式。这些文体革新极大地推动了通俗叙事文学的迅猛发展。为通俗文学崛起成为故事类型作品主体部分奠定了扎实雄厚的基础。

除了通俗小说和戏曲，还有很多通俗讲唱文学形式为叙事文学故事类型的不断衍化传播提供了众多平台和机会。从早期的诸宫调、院本、踏摇娘，到清代以来的鼓词、影词、子弟书、弹词、宝卷、大鼓、评书、时调等等，几乎难以尽述。这些层出不穷、充满生机的多种体裁形式问世，为通俗文学取代士人高雅文学成为叙事文学故事类型主体地位奠定了稳定基础，并形成了几个突出特点：

首先是文体形式众多。故事类型是一种跨越文体的叙事文学作品存在群，在构成一个故事类型的多种文如果需要有能够贯通一个故事类型全部内容的主体文体形式，则非通俗叙事文学样式莫属。原因在于，一个故事类型虽然一般由若干种文体共同组成，但其中各种文体对于该故事类型所分担的承载体量差距相当大。有的文体（比如一首诗歌）其中与该故事类型有关的文字只有几个字或几句话（如一首诗中以典故形式提到该故事类型），也有的文体虽然本身也是叙事文体（也包括通俗文学文体），但它与该故事类型的关系不是全局关系，而只是它将此故事类型作为其中叙事或人物语言的片段插入故事中。相比之下，记录该故事类型一个完整故事的叙事文学作品，尤其是通俗文学作品，就更显得有压箱底的重头戏作用。

其次是覆盖故事类型众多。由于通俗文学文体品类繁多，而且其中多为故事情节完整的单篇作品，非常适合充当故事类型的母本。幸运的是，经过几代学者的共同努力，目前学界对通俗文学作品全面掌握程度，与民国时期前辈学者已经有了巨大飞跃。这表现在三个方面，一是在通俗文学目录学建设方面取得突破进展。从目前已经可见成果情况看，通俗文学各主要文体，基本上都出版了一种以上的目录工具书。其中最突出的是通俗小说和戏曲，在董康《曲海总目提要》和孙楷第《中国通俗小说书目》引领下，大量古代通俗小说、古代戏曲，各种讲唱文学目录学工具书纷纷涌现，为全面摸清通俗文学故事类型作品数量提供了坚实基础；二是通俗文学作品整理方面，20世纪80年代以来，通俗文学作品整理方面取得巨大成就。在小说、戏曲两个主战场，既有《古本戏曲丛刊》《古本小说丛刊》《古本小说集成》这种全集式总集，也有《明清善本小说丛刊》这种含有大量通俗小说作品和大量断代分体通俗文学作品总集，如《全元戏曲，《全清戏曲》《全清小说》等。与之相应，宝卷、子弟书、鼓词等很多讲唱文学作品文本也陆续整理汇纂成书。如此丰厚的通俗文学作品文本，大大增加了覆盖诸多全本故事类型的概率，使全文性故事类型作品文本的占有率获得相当雄厚的基础。

再次是通俗文学相关文本作品是展示市民文化精神的重要窗口。从社会阶层的文化属性来看，中国古代的主流文化是帝王文化和士人文化。作为非主流文化的市民文化，其呈现窗口十分有限，但也正是因为远离封建专制制度和主流文化中心的缘故，市民文化在通俗文学这个广阔舞台上获得极大繁荣。通俗文学使得市民阶层从物质生活到精神生活的各个领域情况都得到极为充分的反映，在传达市民文化精神的功能方面，并不逊色于传统四部典籍对于主流文化的反映力度。

通俗文学虽然社会地位不高，但在反映保留故事类型情节完整性和覆盖面广泛的方面却远胜高雅文学。高雅文学的作品材料总量并不少，但在涵盖高质量故事类型作品材料方面和通俗文学比则相形见绌。尽管如此，高雅文学作品的故事类型材料仍然还是不可或缺的重点所在。

高雅文学故事类型作品材料基本集中在传统四部分类文献中。它们从不同角度产生出与故事类型的相关作品材料，同时也体现了相关社会历史文化背景。

经部文献在中国历史文化典籍中具有特殊地位。就体裁和内容性质而言，经部中各种文献之间基本不具有共性特征。如《诗经》属于文学、《左传》属于史学、《周易》属于哲学等。而其他三部（史部、子部、集部）都是内容性质基本明确的图书类别。在中国最早的史志著作《汉书·艺文志》中，还不曾出现"经部"这个目录学类别，它在目录学著作中正式出现是在唐代人编的《隋书经籍志》中。图书分类之所以出现"经部"这个特殊门类，显然是"罢黜百家，独尊儒术"局面形成之后为了突出儒家榜首地位而专门设立的。这也就能够清楚表明经部文献本身儒家思想文化主导的特色。所以，尽管经部文献中比较缺少成型的叙事文学故事类型作品。它作为故事类型作品文献的组成部分主要是一些叙事文学作品中引用或者化用的典故或思想观点。但有一点可以肯定，包括通俗文学各种作品在内，几乎所有的故事类型作品文献，都要程度不同地在主题思想或创作立意上要受到来自经部文献儒家经典话语的控驭或影响。

史部文献在整体影响力方面虽然不及通俗文学，但却是高雅文学文献中与叙事文献故事类型关联相对较多的部分，主要表现在：史传文学本身也是叙事文学的一部分，有些史传文学也是故事类型的作品；大量史部文献与诸多故事类型具有内容关联，尤其是一些以历史人物为原型的故事类型。史部文献是整个故事类型文献作品中其他虚构性文献作品的对比坐标，有非常重要的衬托对比价值。

子部文献貌似是高雅文学中与故事类型关系较远的部分，但实际上它与故事类型却具有其他高雅文学文献无法替代的作用和价值。这表现在两个方面：与故事类型关系比较直接的部分是，很多早期诸子文献中使用了大量的寓言故事，这些寓言故事具有很强的叙事性，是故事类型作品文献中含金量比较高的一种；此外子部文献很多具有哲理的议论性话语，往往被后代叙事文学作品，尤其是通俗文学作品用作故事的主题意图或警示语言，是很多故事类型宣讲表达其作品主题和思想蕴含的重要渠道。

集部文献与以上三种高雅文献的最大区别是，经部、史部、子部三种文献都是用来引领、指导社会成员的娱人性文献，而集部文献则是文人个人的自娱性文献。从文体属性上看，集部文献主要包含诗歌、词、散曲等抒情性文体，以及骈文、赋、散文等记叙性文体，整体上应该属于比较纯正的文学性作品。但相比之下比较缺少叙事性元素。集部文献与故事类型关联比较密切的部分是，大量集部文献作品，尤其是那些韵文作品和骈赋文体中存在大量以故事类型为典故使用的情况。故事类型的情节、人物或内容一旦化为诗文典故，便将原来完整的故事性情节分解成为若干不同的文学意象，使原本动态的故事类型具有了片段定格的作用。这又是通俗文学等那些完整性很强的叙事文学作品所无法实现的功能。故事类型的完整情节表述与典故式表述二者相互对比映衬，对于揭示故事类型的深层立体意蕴深有益焉。

除了以上各种文类外，还有一种比较特殊的文类，其属性和作用均与以上所述文类不同，在故事类型作品文献中别有特点。这就是叙事文学故事类型的重要组成部分之一的文言小说。

文言小说的特殊性在于，它属于高雅文学范围，所以它的社会地位要高于通俗文学。在历代史志和私家书目中，它们一般都能占有一席之地。历代达官贵人和风流文人也不羞于为此，往往将其作为饭后茶余遣兴之举。然而在高雅文学营垒内，它的地位虽然处在垫底的位置，但就与故事类型的密切程度和文学故事性的含金量来说，它又雄踞榜首。从六朝时期志怪志人小说，到唐代繁花似锦的传奇小说，经过宋元明三代的发酵孕育，终于在清代形成以《聊斋志异》为高峰的鼎盛繁荣局面。

文言小说与故事类型的文献之间的关系有些与通俗文学相似相近，有些则更有自己的特点。从覆盖故事类型的广泛程度来说，文言小说表面上大致与通俗小说旗鼓相当，平分秋色。但事实上却潜藏重要资源渊薮，不可小觑。粗略看，文言小说门下所含文类数量似乎不及通俗文学那么繁多大致有志怪、志人、传奇、杂俎、谐谑，通俗文学则远远超出这个范围；文言小说的书写大致只有笔记体和传奇体，体制上也只有随笔而记的杂记体和以类相从的分类体。如果仅从篇目的总体数量上来对比，也许文言小说不及整体上的通俗文学。我本人与朱一玄先生、陈桂声先生合作编纂的《中国古代小说总目提要》所收文言小说总数约两千多种，白话通俗小说约一千多种。但通俗文学的叙事文学文体除了白话小说，还有戏曲及宝卷、弹词、鼓词、子弟书等多种讲唱文学形式。戏曲和其他讲唱文学形式每一种文体形式下的单篇作品都不在千种以下。这样算起来似乎还是通俗文学的体量更大一些。但是文言小说在体量方面有一个重要的隐性要素容易被忽略，那就是：包括白话通俗小说、戏曲以及各种讲唱文学在内的所有通俗文学作品的数字统计，都是以一部具体个案作品为单位，也就是说，一个作品名目下，通常只有一件作品。但文言小说的情况却与之大大不同。在文言小说中，除了单篇传奇的名目只与一件作品相对应外，其余所有的文言小说集的每一种书名名目下，都含有少则几十个，多则上千个单篇故事。像《聊斋志异》中含四百多个单篇故事，今本《夷坚志》中含有上千个故事，至于《太平广记》中的单篇故事恐怕要接近五位数了。这样整体算下来，就算把所有的通俗文学作品都加起来，其单篇作品总数量也不能和文言小说相比。所以从故事类型的覆盖程度上看，文言小说的可利用空间相当之大。但是这个巨大空间目前还是一个模糊地带，因为还不能确切肯定那所有的文言小说所有单篇作品中，到底有多少件能够和已知的其他文言小说以及通俗文学作品中的某些故事类型实现对接。我们在《先唐叙事文学故事主题类型索引》中，已经就此对唐前叙事文学故事类型做了初步厘清工作。①但唐以后这方面的工作还有相当大的缺口，需要我们继续挖掘探索和弥补。同时也希望为从事相关故事类型研究的人起到一点提示作用。

在参与故事类型构筑工程方面，文言小说与通俗文学分别充当了顶梁柱的角色。目前已知的诸多故事类型，都是文言小说与通俗文学共同撑起主体门面的状况。著名的《西厢记》故事的主要文献作品中，唐代元稹《莺莺传》是文言传奇小说，金代董解元《西厢记》是诸宫调，属于讲唱文学，元代王实甫《西厢记》又是杂剧。王昭君故事流变中，文言笔记小说《西京杂记》首次出现画工毛延寿作梗丑化昭君的情节，对昭君故事演变起到重要的拓展作用。汤显祖在《牡丹亭题词》中提到《牡丹亭》的故事来源所说，"传杜太守事者，仿佛晋武都守李仲文，广州守冯孝将儿女事。予稍为更而演之"。其中武都守李仲文的故事出自东晋陶潜《搜神后记》卷四，广州守冯孝将的故事出自南朝刘敬叔《异苑》卷八。而《牡丹亭》更直接的文本来源则是明代何大抡辑《燕居笔记》中《杜丽娘慕色还魂记》。

①宁稼雨：《先唐叙事文学故事主题类型索引》，南开大学出版社2011年版。

更充分的材料是谭正璧先生整理编纂《三言两拍资料》，汇集《三言二拍》内共约二百篇拟话本小说的故事本事来源，含有大量文言小说作品与这二百篇话本小说的故事类型渊源关系材料。可见文言小说在与通俗文学共同构筑故事类型方面所起到的重要作用。

在传达和表现古代高雅主流思想文化精神方面，经史子集这传统四部文献应该是本色当行，起主导和领军作用，但因所用文体所限，其表述话语体系要么还是政论体和史书记录体，要么则是以典故形式来抒发寄托某些个人思想情感。通过文学的故事形式来表达封建社会主流意识形态，还是要靠文言小说这样代表主流意识形态的叙事文学形式。

总体来看，故事类型文献的两大支柱是包括白话通俗小说、戏曲和各种讲唱文学全部在内的通俗文学和文言小说。其他经史子集四部中的故事类型作品材料尽管在规模和完整性方面不能和两大支柱相比，但各自也都以其独特的品质和内涵，为故事类型的丰富内涵提供宝贵文献材料，也为故事类型的历史文化分析提供多方面材料支撑。

故事类型文化批评的研究文献大致分为三种类型：一是关于文化学研究（尤其是文学文化批评）的理论论著，二是故事类型文化批评的研究案例论著，三是关于叙事文学其他研究中对故事类型文化批评有参考借鉴价值的论著。如果说故事类型作品文献是原料的话，那么这些研究文献大约相当于生产加工的工具和方法介绍。没有它们，我们对故事类型的文化批评怕只能望洋兴叹，不知从何下手了。

四、故事类型文化批评的蓝图构想

故事类型的作品文献为其文化批评提供了丰富的研究对象，而研究文献则又提供了多种研究视角和方法媒介等。在进入具体批评程序之前，还需要从两个维度考察一下故事类型文化批评的重要参照坐标。

第一个维度是故事类型作品文献本身固有的文化属性。故事类型作品虽然时代各异、作者有别，但还是不能跳出社会和历史为它们预设的文化定位。了解这个预设的结构设置和格局状况，对于认知故事类型作品文献的社会文化背景属性，从而科学地进行文化批评或有益焉。

我本人曾力主将中国古代文化分为三个时段，分别为帝王文化时段（先秦两汉时期）、士人文化时段（魏晋南北朝至两宋时期）、市民文化时段（元明清时期）。三个时段以历史人物身份为认知视点，以大致时间段落为板块，大致体现了中国文化的元素属性和演进轨迹。按照这个逻辑框架，将几种类型故事类型作品文献置放其中，大抵能够得到相应的诠释和解读。①

之所以把先秦两汉时期定位为中国文化的帝王文化时段，是因为：

> 秦始皇统一全国之后，建立了一直延续到清代的皇帝制度，即最高统治者称"皇帝"，至尊无上，而且大权独揽，国家的决策权、行政权以及军权、财权和司法权都集中在皇帝一人之手。地方实行郡县制，国家通过郡县对百姓实行直接有效的政治统治。可见中国封建时代的政治根基就在这个时代，其核心就是帝王的王权意志。这种政治上帝王轴心的形成和巩固，对于整个中国封建社会乃至当代未来的社会结构和意识，都具有强大的制约和影响力。②

这个核心框架的统领作用，能够在这个时段从政治制度到意识形态社会文化的各个领域得到印证和支持，文学的主旋律也是这个交响框架的回声之一。"先秦两汉文学，也深深受制于这个大的文化背景——帝王文化的影子广泛投落在文学艺术的每一个角落，文学中表现出深深的帝王情结"。而与故事类型相关的几种作品文献形式，也概莫能外。

帝王文化属性的故事类型作品大致包括经部、史部、子部三个部分。这三种文献尽管文体性质差异很大，但在维护帝王专制统治，宣扬大一统君权意志方面却殊途同归，如出一辙。

汉武帝之所以要结束思想界"罢黜百家，独尊儒术"的局面，不是出于思想学术的设计，而是出于政治统治的考虑。从此以后，儒家思想基本

---

① 参见宁稼雨：《中国传统文化"三段说"刍论》，《求索》2017年第3期。

② 宁稼雨：《中国传统文化"三段说"刍论》，《求索》2017年第3期。

结束了他的学术层面价值，而上升为一种政治统治思想。所以，被赋予政治使命的经部文献将儒家思想定于一尊，是帝王阶层构筑帝王文化绝对权威的需要，其中每一种文献都承担着不同的效命于帝王文化的职责。《左传》要清楚记下上位帝王的丰功伟绩，以流芳百世；《诗经》不仅要细致描绘帝王阶层重大政治和祭祀活动场面，更要清楚地告诉世人："普天之下，莫非王土；率土之滨，莫非王臣。"从《论语》提出"仁爱"思想到《孟子》"仁政说"的演变，实际上就是把"仁爱"思想从个人道德建设的层面上升到国家政治管理的层面（这也是《孟子》能后补进入《十三经》的重要原因）。经部文献最能体现帝王意志的是《尚书》。它在群经中应该成书最早，但体现帝王意志的浓度最高。从记录尧舜事迹的《尧典》，到谈治国平天下的道理的《洪范》；从讨论治国方略的《皋陶谟》，到记录夏王伐有扈历史的《夏书》，是一部多维度全面反映帝王统治与管理的政治学著作。这些内容本身虽然叙事色彩比较淡，却一直以权威的意识形态主导精神，制约着后代的各种叙事文学作品。

中国史官文化源远流长，这个现象本身就是帝王文化作用的产物。史部文献的作用与其说是记录中国历史，不如说是记录中国帝王史。中国史书的三种主要体制：编年体、国别体和纪传体，也都是从不同角度服务于帝王文化的编纂主旨。因为本身叙事体制的缘故，从对故事类型的影响力来看，与经部文献相比，史部文献的示范和影响效应更为直接，所以史部文献中所蕴含的以帝王为中心的正统观念和大一统思想不仅自成体系，而且还对通俗文学中的历史题材作品的编写思想和情感倾向有重要影响。

诸子文章本来是思想家的沙龙，但因中国诸子产生也同样受制于帝王文化，所以也被打上深深的帝王文化烙印。从西周时代开始，中国的知识和学术集中在周天子门下。春秋战国时期"学在官府"的格局虽然受到冲击，但帝王阶层对于思想文化和知识阶层的制约并未中止。失去官府饭碗的知识阶层为了寻求社会价值和生存之需，想方设法创立各种学说，向四方帝王奉献治国思想理念方略。他们的学说被后人一语概括——"君人南面之术"。尽管治国方略不同（或仁政、或无为、或法治），但向帝王寻求依靠的动机没有区别。带有浓厚帝王文化色彩的诸子文献，以其深厚的学理性储备和多角度多侧面与帝王文化的关联形式，为叙事文学故事类型中的帝王文化情结表述提供了极其丰富的范例。

帝王文化的社会根基是中国古代封建专制和宗法制度，而士人文化则是崛起后的门阀士族文人将中国文化开掘并发扬光大的结果。促成士人文化崛起并持续有两个重要社会原因，一是门阀士族的崛起，二是科举制度的推行。门阀士族从经济崛起到获得政治权力，为士族文人的人格独立奠定了基础。这些社会变革，使得文学艺术从以往杂糅混沌的处境中彻底分离解放出来，获得独立发展的空间，因而取得辉煌的成就和繁荣。而作为中国文学艺术繁荣成就主要载体的集部文献，堪称士人文化的浓缩和精华所在。

与经部史部子部文献相比，集部文献在参与故事类型内容时要表现得更为直接。其中有两个方面最为突出，一是直接吟咏某些故事类型内容或主人公，如王安石《明妃曲》，睢景臣《高祖还乡》，顾炎武《精卫》；二是以典故形式拾掇过往的诸多故事类型原型。这两种情况突出地表现出故事类型的诗文作品所体现的士人文化精神。

如果说帝王文化的核心要点是上层社会性和政治性的话，那么士人文化的核心要点就是个人性和艺术性。而能够传达反映个人性和艺术性最好的文学形式就是诗歌。

通过吟咏人物事件来使用典故本来是诗歌作品的一种写作方式，但由于部分吟咏对象和典故出处与某些故事类型相关联，从而使得这些作品跻身于该故事类型的作品群中，并以其独特的文化内涵，形成在该故事类型中的文化底色。作为抒情艺术形式的诗歌，本身带有很浓重的个人色彩。这使得故事类型中以吟咏和典故形式出现的文人抒怀，能够与故事类型中其他文化色块形成对比，表现出士人文化精神参与故事类型构建中的存在感。所以，集部文献是集中体现士人文化精神的作品群。

"帝王文化主要代表了中国政治文化精神，士人文化主要代表了中国艺术文化精神，而市民文化主要代表了中国生活文化精神。"①按照这个走向

---

① 宁稼雨：《中国传统文化"三段说"刍论》，《求索》2017年第3期。

和顺序，故事类型中折射出来的中国文化"三段说"实际上是逐渐从抽象走向具象，从虚体走向实体。通俗文学能够成为叙事文学故事类型的主角，根本原因就在于它在反映中国人生活文化精神，尤其是市民文化精神方面的价值。

市民文化背景下的叙事文学故事类型突出特点表现在两个方面：反映对象的主体由以往社会上层变而为社会下层；采用媒体形式由以往的经史子集文献变而为世俗大众喜闻乐见的通俗文学样式。所以，与帝王文化和士人文化不同，市民文化及其文学载体更为关注的是下层大众世俗社会的真实生存状态和情感利益诉求。而完成这项使命的最佳文学载体便是以记录时间流程为特色的通俗叙事文学文体。

第二个维度是每个具体的故事类型在其发展演变过程中展示出来的文化内涵。

如前所述，动态性是叙事文化学故事类型研究的重中之重，故事类型文化内涵演变的研究分析则是其中重要环节。但文化范围极广，在各个具体故事类型中的表现也会千差万别。很难有包罗万象的文化分析方案。我们在多年实践中摸索出部分常用文化分析角度侧面，大致包括如下几项：

第一项是历史文化研究方面。历史文化在故事类型中的表现有两个方面，一是直接以历史为书写题材的叙事文学作品，二是以历史为故事发生背景的其他叙事文学作品。所谓历史文化研究就是关注这两个方面所涉及故事类型作品历史文化的核实梳理和评价问题。核实梳理就是将故事类型作品中的历史人物和历史背景描写与信史相关记录相对比，从中找出故事类型的文学描写与史实之间的虚实变异状况；所谓评价就是针对故事类型与史实之间的虚实变异情况进行分析和评论。这个分析评论可以考虑从三个方面进行切入：

一是在史实与故事类型关于历史题材描写中去了解发现是哪些历史本事受到故事类型不同文本作家的关注和书写，这些关注和书写对于那些历史人物和事件的传播影响产生了怎样的影响作用？

二是在故事类型虚实变异情况描写中去挖掘和评价相关作家作品对于所描写历史史实可能产生的观念差异。比如，为什么《三国志》所设定以曹魏为正统的理念在《资治通鉴》中变而为以刘备为正统，而"尊刘反曹"倾向成为历代三国题材故事中的主流评价导向？"三段论"中代表不同文化背景的文献类型在历史观念上产生过哪些一致或龃龉的状况？

三是有必要考察一下，在历史题材故事类型演变发展过程中，不同故事类型文献题材对于这个传播发展过程分别具有怎样的作用和价值，其中哪些文体所起到的作用尤其重要？

第二项是故事类型的思想与宗教文化研究。思想和宗教都属于上层建筑，其对包括故事类型在内的中国文学产生的巨大影响难以估量。寻找总结思想及宗教与故事类型演变发展之关联，也是叙事文化学文化批评的一个重要方面。故事类型的思想与宗教文化研究有以下两个值得关注的方面：

一是不同思想和宗教在叙事文学故事类型作品中表现不均衡的问题。叙事文学故事类型的文化重心是从社会生活角度展示文化内涵，所涉思想文化部分往往与不同时代人们的社会生活理想和价值观念有关。一方面，比较而言，儒家思想对于国家和个人品德修养规范的关注要大于道家，而儒家思想中劝善之类品行说教明显多于修齐治平之类的社会责任灌输；宗教思想中的个人修行教义传达也超过对宗教哲理的诠释。另一方面，不同时代，不同群体人们对于思想和宗教的关注热点也有不同。六朝时期志人小说用故事形式来诠释门阀士族在生命实践中对于玄学的不同理解，志怪小说则以神仙冥府寄托对彼岸世界的渴望；晚明时期通俗文学则借助王学左派暨李贽思想成为市民阶层生活理念的代言人。这说明叙事文学故事类型的思想文化摄取具有明显的实用倾向。

二是注意厘清同一故事类型内不同文本作品表达思想旨趣的差异，从中寻找思想和宗教文化演变的内在轨迹。同一故事类型内，既有跨越若干朝代的作品，也有人物身份迥异的不同作家的作品，这些复杂背景必然会影响作品中呈现的思想和宗教旨趣。把这些异同关联的来龙去脉清理明白，找出其背后的社会制约要素，是故事类型思想文化动态分析的重要内容和成功秘诀。

第三项是故事类型的政治文化研究。中国古代中央集权封建专制制度长达两千多年，政治活动是中国历史的重要内容。从内部看，不但朝代更迭频繁，同一朝代中政治角逐残酷尖锐，而且地方各级政府以及政党之间，也都充满火药味；从外部看，高压统治、清议运动、绿林豪杰等等，这些在很多叙事文学都留下深刻痕迹。鉴于这些情况，故事类型中政治文化研究需要注意以下问题：

一是熟悉相关历史背景，认清故事类型作品描写反映的政治问题，做出合理分析评论。叙事文学故事反映政治文化一般有两种情况，一种是直接描写，如《三国演义》的政治角逐，《清忠谱》民众反对魏忠贤阉党斗争等；一种是隐喻影射，如《周秦行记》《牛羊日历》等。前者比较明显，容易辨认。后者就要费些功夫，只有洞悉影射对象故事原委，才能在叙事作品中悟出作者锋芒所在。当然，这种解析也需要言之有据，言之成理，否则也可能造成捕风捉影，牵强附会的毛病。

二是注意同一故事类型内不同作品所表现出政治倾向的异同，挖掘分析其内在社会与个人背景原因。不同时代，不同作家对于一些相同相似事件往往表现出不同政治倾向和态度。如同是《水浒传》续书，《后水浒传》把洞庭湖杨幺起义写成宋江梁山起义的转世，而《荡寇志》则让所有梁山好汉不得善终，死于非命。当然，除了相异的情况外，也还有不少相同相似政治态度的延续。像"拥刘反曹"倾向就是各种三国故事中政治倾向最为稳定和持久的政治书写。

三是注意不同作者身份，不同体裁形式对于展示政治文化内涵可能具有的社会功能和影响效力。参与故事类型作品写作的作者差别很大，采用的文体形式也多种多样。这些都会在很大程度上影响其政治态度和倾向的表述。一般来说，经部史部子部文献作品往往为帝王阶层代言，基本倾向就是维护封建秩序，为帝王文化张目。

第四项是故事类型的社会生活风俗文化研究。因为古代没有摄影摄像技术，所以文学作品中表现的社会生活内容不但本身具有文学价值，同时也具有史料价值，历来为学人所重。经典案例是巴尔扎克《人间喜剧》，历来被认为其社会史价值甚至超过文学价值。中国古代叙事文学作品也不乏这类作品。纷繁复杂的社会生活是文学作品，尤其是叙事文学作品最为丰富的表现内容，而故事类型围绕同一社会生活内容所展示的风俗演变，更是充满了生动形象的精彩画面。与其他几个方面相比，故事类型所展示的社会生活风俗文化在内容覆盖面上更加广泛，在描写程度上更加细腻，是故事类型文化批评的重要场域。故事类型社会生活风俗文化研究应当注意要点包括：

一是辨析社会生活风俗侧面名称。社会生活风俗包罗万象，五花八门，举凡家庭生活、婚姻爱情、社交友谊、教育育人、经商务农、饮食服饰，等等。需要在熟悉该故事类型文本沿革的基础上，辨析清理出有关线索，梳理成连贯轨迹，为进一步深入分析夯实基础。

二是查找历史文献中关于该社会生活风俗侧面的历史记录，与故事类型中对于该条社会生活风俗侧面描写进行对比核查，在找到二者异同点的基础上，分析评论故事类型对于此项生活风俗描写的"真善美"程度，即作为文学叙述的文本对于此项描写的真实程度、善恶倾向和艺术表现水准。同时还要注意，有些社会生活风俗如果他书未载，则故事类型相关文献记载更具文献史料价值。

三是关注不同性质文体在记述描写各种不同生活风俗的差异，从中总结各种文本文体在描写社会生活风俗中的优劣短长，为故事类型的社会生活风俗研究从文体角度提供支持。一般情况下，白话通俗叙述体章回和话本小说因其描写空间更多更大，这方面优势要明显一些。

第五项是故事类型的地域文化研究。因为故事类型覆盖时间久，文献多，其中很多涉及广阔的地域文化背景。这主要来自两个方面，一是故事内容的流传受到当地地域文化熏染而促生具有其地域色彩的故事文本，很多历史传说和历史名人的故事流传，往往都借力这个途径；二是不同作家自身的籍贯背景对于各种故事类型可能发生的地域文化影响。故事类型的地域文化研究特色明显，其操作程序路径也比较清晰。其特色一方面表现在不同地域风土人情和风物习俗的多姿多彩，琳琅满目，另一方面也表现在表现方式和相关媒介载体的多样化。前者需要将各种生活风俗的史料记载与故事类型的文本叙述交汇分析，尤其是其中相关记录有歧义的部分更需要追根溯源，辨析主从；后者则要特别关注记录生活风俗较多的主干媒介载体，如方志、地方戏，以及带有地方特色的文献记录和讲唱文学材料等。当然也还要关注到，即便是同一地域，相关社会生活风俗记录也会有因时过境迁和作家各异而产生的文字内容和风俗走向差别。

综上，文化批评作为故事类型研究的主干，对于揭开故事类型内部多种形态演变背后的历史文化蕴含，具有决定性的方法意义。同时，作为文化批评的一种实践，也将为古代文学的文化批评提供一些理论思考和实践参照。尽管这项工作已经有了三十年的积累，但仍然还有很多有待提升和完善的空间。希望在得到学界同好帮助指正的同时，我们自己再百尺竿头更进一步，把叙事文化学的故事类型文化批评再度提升，臻于完备。

个案研究

女娲神话的文学移位

按照弗莱《批评的剖析》中的观点，在古代作为宗教信仰的神话，在近代已经"移位"，即变化成文学，并且是各种文学类型的原型模式。尽管女娲在神话中已经消失，但在繁花似锦的文学百花园和各种文化遗产中却获得了无限生机。当然，神话文学移位的走向和轨迹也要受到各种社会条件的制约和限制。神话题材和意象在文学移位过程中的盛衰消长正是后代社会各种价值观念取向的投影。

一、女娲造人（造物）神话的文学演绎

女娲神话的最早记载是先秦时期的《楚辞》和《山海经》，今人多肯定其以造人为职能的始母神神格意象。除了造人之外，先秦典籍中女娲为乐器祖神的记载也应该是女娲造物神的重要组成部分。它在移位到文学中的浪漫题材的过程值得关注。

首先将女娲神话移位到文学天地的是曹植。他在《女娲赞》一诗中以文学的笔法，把"女娲作笙簧"这一神话题材做了艺术的描绘。作者巧妙地把造笙簧作为黄帝礼仪的组成部分，同时也将造笙簧视为女娲七十变的内容之一，这些都为女娲神话走入文学殿堂进行了创造性的探索。不仅如此，在《洛神赋》这篇天下美文中，曹植还充分发挥他作为一位天才文学家的才能，从女娲造笙簧这一记载中进一步想象出女娲轻歌曼舞的美妙姿态。显而易见，神话的深沉蕴含因而逐渐淡化，转而积淀为一种艺术形象，成为文学家驰骋想象，状物夸张的素材。女娲与音乐的关系，经曹植的生花妙笔后，成为一种美妙音乐的形象符号，反复出现于后代的文学作品中。

其中有的是照搬借用曹植的原文，如唐代崔融的《嵩山启母庙碑》；有的则另出记载，如苏轼的《瓶笙》，以前人神仙传说中园客养五色蚕茧的故事来形容女娲笙簧奏乐之妙。于是女娲音乐大使的形象便在文人的诗赋中广为出现。

如同造人神话是女娲造物神形象的主体一样，女娲造人神话在移位为文学之后，也充分显示出它广博的生机和神奇的魅力。其实在《风俗通义》有关女娲造人神话的整合中，就已经带有一定的文学色彩的想象，这为后来造人神话向文学的移位提供了便捷的通道。和造物神话的移位相比，造人神话的文学移位似乎要相对晚一些。最早把女娲造人神话引入文学殿堂的是唐代杰出诗人李白，其诗《上云乐》中"散在六合间，漾漾若沙尘"充分发挥了文学家的想象力，将抟土造人的女娲置身于沙尘漾漾的天地六合之间，营造出一幅朦胧缥缈的女神造人图。除了诗歌之外，唐代人还把女娲造人神话移位扩充为小说故事：

> 昔宇宙初开之时，只有女娲兄妹二人在昆仑山，而天下未有人民，议以为夫妇，又自羞耻。兄即与其妹上昆仑山，咒曰："天若遣我兄妹二人为夫妻而烟悉合若不使，烟散。"于是烟即合，其妹即来就兄，乃结草为扇，以障其面。今时人取妇执扇，象其事也。（《独异志》卷下）[1]

这段故事实际上是根据女娲造人神话和婚神传说整合而成的。在描写取得上天允诺和兄妹结合的过程中采取了具有民间祭祀祈祷色彩和民俗风情的方式。所谓"烟合"者，乃"姻合"也，借用"烟"的合散来象征"婚姻"的成否。其中"结草为扇，以障其面"的羞涩描写，也是富有想象力的文学手法。

女娲造人题材大量出现在文学领域是从宋代开始的。有的将其用为儿童游戏，如宋代利登《骳稿·稚子》一诗。但更多的是将其用为鬼斧神工的自然景物，如在元代揭傒斯的《题见心李公小蓬莱》一诗中用来形容蓬

---

[1] 李亢撰，张永钦、侯志明点校：《独异志》卷下，中华书局1983年排印本，第79页。

莱仙境鬼斧神工的造化神境，又如欧阳玄的《过洞庭》一诗。此风流及，人们还将女娲抟土造人神话作为形容造型艺术技巧的上乘比喻，如柳贯的《温州新建帝师殿碑铭》、李孝光的《画史朱好古卷》诗等。

二、女娲补天神话的文学移位

较之造人神话，女娲补天神话的记载要略晚，因而其社会色彩也就愈显凹凸，有些问题也由于材料的缺失而扑朔迷离。女娲补天神话最早出现于《淮南子·览冥训》中，它给后人大致勾勒出女娲补天神话的主要部分，构成了女娲补天神话的主体内涵，并成为民族精神的重要组成部分。

女娲补天的文学化大约始于魏晋南北朝时期。张华《博物志》对其的描述几乎是《淮南子·览冥训》中女娲补天故事和《淮南子·天文训》中共工与颛顼争帝怒触不周山故事的合成。相比之下，《博物志》则去除了女娲功成退隐的内容，只保留了女娲补天的主体因素。尽管《博物志》不过为六朝志怪典型的"粗陈梗概""丛残小语"的简略笔法，但因其脱离了诸子著作以阐发观点的议论为归宿的宗旨而使其向文学迈出了重要一步。作为小说故事，《博物志》中保留了女娲补天故事的精粹部分，为后来的女娲补天传说向文学的移位起到了重要的情节过滤和传承作用。

诗文中最早描写女娲补天题材的是南朝梁代江淹的骚赋《遂古篇》。江淹以其文学家的妙笔，将水火之灾、炼石补天、共工怒触不周山这些要素以整齐铿锵的音节和华美风雅的文字加以整合，构成了一幅宏伟壮观的女娲补天图，从而首次从文学意义上完成了对女娲补天神话的继承和移位。与江淹同时代的刘孝威在《侍宴乐游林光殿曲水诗》中也留下了女娲补天诗句。可见时间的久远，使后人消除了补天故事与自然灾难的切身利害关系，能从审美的角度关注女娲补天这一神话题材，赋予其美好的审美意蕴。到了唐代，女娲补天题材完全被文学家打造成远离神话原型的文学天地。其中有的是以"断鳌足以立四极"来作文章，如吕从庆的《献题金鳌山》借给金鳌山题诗的机会，为女娲补天神话中的反面形象——被折足的鳌翻案。不仅如此，唐代以后文学典籍中出现的"金鳌"，其意象也大抵倾向于正面和美好。可见"金鳌"这一神话形象在女娲补天神话向文学的移位过程中逐渐走出原型的樊笼，被赋予积极健康的文化内涵和文学意义。

　　然而最为精彩，在文学史、文化史上影响巨大和深远的，还是炼石补天神话在后代文学中的再生和繁荣。和《淮南子》等神话记载相比，后代女娲补天题材的文学作品淡化了神话中先民因惧怕洪水、地震等自然灾害而表现出来的焦虑恐惧之情，代之以有距离的超然感受和审美旨趣，并且充分发挥文学的想象力和表现力，不断补充、完善和再造补天题材的精神蕴含和艺术价值。由此，补天题材已经由先民抗洪抗震的历史记录，变成了中华民族战天斗地、英勇不屈精神的真实写照和优美表现，进而逐渐积淀形成了民族精神的重要组成部分。如张九龄在《九度仙楼》一诗中驰骋想象，增添了海上跨鹏和压作参差的内容，先民质朴浑厚的宇宙洪荒神话，被增添了许多富有艺术形象感和生命活力的母题意象，并且与其他神话故事交相辉映，令人目不暇接，成为神话题材移位为文学作品的鲜明例证。卢仝的《与马异结交》诗则堪称是女娲故事文学化的另起炉灶和翻版再造。这里诗人不仅把女娲补天所使用的工具天才地想象为日月之针和五星之缕，而且饶有生活情趣地增添了女娲补天之后在日中放老鸦和月里栽桂、养蛤蟆的细节，给原本庄严神圣的补天故事和女娲形象，增添了几分生活色彩和平易之情，也使诗歌的抒情意味大大增强。

　　女娲补天神话移位为文学的一个重要标志，就是女娲补天母题的符号化。文人诗文中反复出现的补天母题逐渐积淀，成为相对稳定的文学符号。这种符号化的女娲补天意象又成为文学家的一种修辞手段，为描绘和渲染喻体的美好。增添助力使文学作品中的女娲补天意象，成为以巧夺天工的手段造福人类的美好境界。比如李贺的《李凭箜篌引》用女娲补天故事作为李凭演奏箜篌乐曲的美妙音乐意境的形容用语和借代修辞方式。又如姚合的《天竹寺殿前立石》诗把天竹寺殿前立石想象为女娲补天时所抛下的残片，为殿前的普通立石注入了广阔的历史文化内涵和浓厚的艺术韵味。此类以女娲补天故事为符号，指代各类壮观伟业的文学描写不胜枚举，如张养浩《秀碧石》、胡祗遹《华不注山》诗、王沂《岩石砚为柴舜元宪金赋》等。这种文学想象空间的铺设无疑在女娲补天文学意蕴的把握和驾驭方面给读者提供了无限广阔的天地。其中把女娲补天神话题材的文学潜质挖掘并发挥到极致的是明初大文人刘基。刘基的诗文中大量采用了女娲补天故事，以此作为渲染气氛、抒情达意的有效手段。比如《丹霞蔽日行》《常相思在玄冥》等。女娲补天的故事原型，成为刘基信手拈来的文学语汇，广泛展现于其各类诗文作品之中。随着文学的繁荣和发展，这个"舞台"的空间会越来越大。刘基只是一个点，在他前后，以女娲补天作为诗文典故或修辞手法的作品多如牛毛，不胜枚举。

女娲补天神话的文学移位也在小说、戏曲等叙事文学作品中留下了深深的印记。由于文体的特性所在，叙事文学作品在表现女娲补天题材时承袭了诗文作品中女娲题材的传统意象和使用角度，而且增加作品的文学意味，展现出补天题材的无穷文学潜力。其中比较多的是以女娲补天作为既定的符号喻体，指喻与补天意义相近的含义。如《平山冷燕》第四回山黛席上应题所作的《五色云赋》，就以驰骋的想象和优美的语言，展示了一个诗意盎然的世界，其思路显然是受到女娲以五色石补天及相关的五色云传说的启示，才焕发出如此文采的。与传统的象征隐喻的符号方式略有不同，有些小说作品用女娲补天的典故来诠释小说故事中的某件器物或道具，以增强其说服力和神秘感。如《西游记》第三十五回、《后西游记》第三十二回、《豆棚闲话》第八则等。在此基础上，有些小说作者又在一些与女娲补天神话相关的器物道具描绘中，将其与故事情节的演绎推进结合在一起。如《薛刚反唐》中"补天宫"中的"女娲祠""女娲镜"等，又如《野叟曝言》中的"补天丸"等，都在小说中起到了布置情节关目、穿针引线的重要作用。

当然，女娲补天神话在小说、戏曲中文学移位的极致，还是表现在题材选择、整体构思和结构线索上。有若干作品是把女娲补天作为整个作品的故事原型或构思依据。在戏曲方面有小斋主人《补天记》、范希哲《补天记》、汪楫《补天石》等。小说中以女娲补天故事作为构思框架的作品有《红楼梦》和晚清署名"海天独啸子"的《女娲石》。《红楼梦》在艺术上取得巨大成功的重要因素，就是其匠心独运的艺术结构。僧人所携顽石为通灵宝玉是引领全书的主线所在，而这一顽石则是女娲补天所遗。结尾处则交代出大士真人将宝玉带回青埂峰，放在女娲炼石补天之处，各自云游而去。不仅如此，作者还把顽石下凡的母题和神瑛侍者浇灌绛珠仙草的故事嫁接合成。于是，顽石不仅变成了贾宝玉，也变成了神瑛侍者和通灵宝玉。这样，小说主人公贾宝玉的身世来历和最终去向就在这充满神秘和浪漫色彩的神话故事背景中得到了充分的渲染和强化，也将女娲补天的神话题材的文学移位带入了最高境界。

三、女娲女皇之治神话的文学萎缩

和女娲造人和补天神话相比，女娲女皇之治神话的文学移位过程最为滞涩。这一强烈的反差说明神话在其走向文学的移位过程中，其移位的程度是要受到各种社会因素限制和制约的。

在女娲女皇之治神话中首先引起人们注意的当是著名的"三皇"之说（见《淮南子·览冥训》、王符的《潜夫论》等）。据《北齐书·祖珽传》载，祖珽出于奉承的目的，将太姬比作女娲式的女中豪杰，说明了女娲作为女皇角色在社会上的普遍认可。唐代之前女娲能够取得如此至高无上的地位，根源在于原始母系社会女性崇拜观念的遗传。作为母系社会女性崇拜的极致，女娲进入"三皇"之列是合乎历史本来面目的。甚至可以说女娲当年在先民心目中的地位，也许比我们今天的了解和认识要高许多。

从唐代开始，女娲为三皇之一的说法开始逐渐流行，并逐渐走入文学的殿堂。随着年代日益久远，人们对女娲女皇地位的真实性已经无暇顾及。与此同时，借助神话传说中女娲的尊贵地位，将其作为尊贵和权力女性的符号，是唐代以后部分文学作品的意象选择。不过显而易见的是，与女娲造人和补天神话文学移位万紫千红、群芳争艳的繁荣景象相比，女娲女皇之治神话的文学移位显得极为苍白和枯萎，不仅数量上只是凤毛麟角，而且在质量上也乏善可陈，只不过是借用女娲的女皇地位符号而已，与在唐诗宋词，乃至《红楼梦》中得到纷纭演绎的女娲造人、补天主题相比，不啻天壤之别。这种情况一直延续到近代。如文天祥的《徐州道中》诗：

未央称寿太上皇，巍然女娲帝中闱。终然富贵自有命，造物颠倒真小儿。[1]

　　这是有关女娲女皇之治题材的诗文作品中文学性最强的一篇了，但也只是把女娲的女皇符号稍加渲染而已，仍然缺乏文学的想象和创新的意境。而后来的情况更是每况愈下，凤毛麟角的几个文学意象的使用，不仅没有给女娲女皇之治神话的文学移位带来柳暗花明的繁荣气象，反而成为其冷落萧条的证明。与女娲造人、补天神话文学移位的繁荣景象相比，女娲女皇之治的文学移位实在是过于渺小和微弱了。这个强烈反差使人清楚地认识到，文学移位对于神话题材的吸收，是要以其所在时代的社会文化需求为前提的。神话的文学移位，照样需要适合的生存土壤。

　　一个男权社会，尤其是儒家一统天下的中国封建社会，有足够的力量让借助母系社会时期在中国历史政治舞台上占有一席之地的女娲的女皇地位受到质疑，并将其排挤出去。如司马贞补《三皇本纪》对三皇之一的女娲的态度，承袭了汉代以来对女娲这一女性神祇的冷漠和贬低。一方面，他不得不承认女娲有"神圣之德"；另一方面，他却为把女娲排除于三皇寻找各种理由和根据。按照他的解释，自伏羲后，金、木、水、火、土、"五德"循环了一圈，所以轮到女娲时应该又是木德。然而女娲无论是抟土造人，还是炼石补天，都显示出其土德的内质。所以女娲"不承五运"（类似的说法还有唐代丘光庭的《兼明书》）。而到了宋代理学家那里，干脆就赤裸裸地指出，作为女人，女娲和武则天一样，根本就不应该抛头露面、过问政治（如宋程颐《伊川易传》和鲍云龙《天原发微》）。于是乎，女娲一时间竟然成了女人不该过问政治、步入政坛的反面形象的代表。

　　看了这些义愤填膺的激烈言辞，人们不难了解父系社会中的男权主义在政治方面对于女子的介入是何等的不可容忍，从而也就不难理解女娲女皇之治神话的文学移位遇到了何等强大的阻力。女娲女皇之治的神话没有在后代的文学殿堂中获得像造人和补天神话那样繁荣的生机，其

---

① 文天祥：《指南后录》卷二，《文天祥全集》卷十四，中国书店1985年版，第362页。

根本原因在于其涉及中国封建社会最为重要的王权观念问题。作为上古母系社会残余观念的女娲女皇之治传说，在进入父系社会后在男权的挑战和排异下逐渐淡出政权统治领域，而只是保留了对社会具有积极贡献的造人和补天意象，并在文学的移位过程中大放异彩。这个明显的对比和反差，极为清楚地揭示出神话在其文学移位的过程中是如何必然受到社会条件的制约的。

原载《文学遗产》2009年第3期

女娲补天神话的文学移位

当神话结束它的历史使命，转而成为一种文化积淀和文学素材时，神话原型的内蕴怎样在新的历史环境和变异载体中绽放出新的生命活力？按照弗莱的观点，在古代作为宗教信仰的神话，随着其信仰的过时，在近代已经"移位"即变化成文学，并且是各种文学类型的原型模式。①尽管女娲在神话中已经消失，但在繁花似锦的文学百花园和各种文化遗产中却获得了无限生机。当然，神话文学移位的走向和轨迹也要受到各种社会条件的制约。神话题材和意象在文学移位过程中的盛衰消长正是后代社会各种价值观念取向的投影。搜索女娲神话在后代文学作品中的身影，咀嚼其主题变异中的文化变迁意蕴，对于把握人类文化主题的走向、寻找中国文学深层的血脉根源，都具有十分重要的意义。

在女娲神话的造人（含造物）、补天以及女皇之治三个基本要素中，女娲补天神话的文学移位最为突出，最为精彩，可谓神话移位为文学的经典之作，也是中国文学题材意象的重要来源之一。

一

较之造人神话，女娲补天神话的文献记载要略晚一些，因而其社会色彩也就愈发得到凸显，有些问题也由于材料的缺失而扑朔迷离。女娲补天神话最早出现于《淮南子·览冥训》中：

①参见［加］诺斯罗普·弗莱：《批评的剖析》，百花文艺出版社1998年版；张隆溪：《诸神的复活》，《读书》1983年第6期。

往古之时，四极废，九州裂，天不兼覆，地不周载，火爁炎而不灭，水浩洋而不息，猛兽食颛民，鸷鸟攫老弱。于是女娲炼五色石以补苍天，断鳌足以立四极，杀黑龙以济冀州，积芦灰以止淫水。

苍天补，四极正，淫水涸，冀州平，狡虫死，颛民生。背方州，抱圆天。和春阳夏，杀秋约冬，枕方寝绳，阴阳之所壅沈不通者，窍理之；逆气戾物，伤民厚积者，绝止之。当此之时，卧倨倨，兴眄眄，一自以为马，一自以为牛，其行蹎蹎，其视瞑瞑，侗然皆得其和，莫知所由生；浮游不知所求，魍魉不知所往。当此之时，禽兽蝮蛇，无不匿其爪牙，藏其螫毒，无有攫噬之心。

考其功烈，上际九天，下契黄垆，名声被后世，光晖重万物。乘雷车，服驾应龙，骖青虬，援绝瑞，席萝图，黄云络，前白螭，后奔蛇，浮游消摇，道鬼神，登九天，朝帝于灵门，宓穆休于太祖之下。然而不彰其功，不扬其声，隐真人之道，以从天地之固然。何则？道德上通，而智故消灭也。①

尽管距离"往古之时"已经相当久远，但它毕竟给后人大致勾勒出了女娲补天神话的主要部分，其中包括女娲补天的起因、补天的方法和过程、补天后的效果及功绩等。正是这些内容，才构成了女娲补天神话的主体内涵，并成为中华民族民族精神的重要组成部分。今天的神话研究学者认为，补天的女娲应该是夏王朝之前我国母系氏族社会时代以石为图腾的氏族女始祖的化身。所谓以石补天，不过是怀念这位母始祖的伟大功绩而已。②当然，结合其他材料，补天神话还是有些问题需要厘定和澄清。

作为创世神话，女娲补天神话显示出其独有的气魄和魅力——在西方人引以为豪的"AT分类法"和汤普森的《民间文学母题索引》中，未曾出现补天之类的故事类型。在中国云南省弥勒县西山一带流传的彝族支系阿细人史诗《阿细的先基》中也有补天的传说，其中说到以黑云作补天的布，

① 刘安著，高诱注：《淮南子》卷六《览冥训》，中华书局1954年排印本，第95—96页。
② 参见杨堃、罗致平、萧家成：《神话及神话学的几个理论与方法问题》，《民间文学论坛》1995年第1期。

黄云作补天的线，长尾巴星星作补天的针等。①女娲的"炼石"或许真的与"炼针"有关②，但将"炼针"上升成为"炼石"体现了中华民族精神的上升和进化。相比之下，女娲补天的壮举是在开天辟地之后人类面临天崩地裂的危难时刻，以拯救人类的英勇气概而进行的，因而显得气壮山河、豪迈无比。中华民族的坚强意志和顽强斗志，在这里已经初见端倪。而后代儒家思想的济世补天观念，庶几也渊源于此。更为重要的是，后代有关女娲补天故事的流传演变，也正是沿着这一积极健康的基调衍化和发展的。与汉代铺排绚烂的大赋相比，这段文字很显然不是文学性的；究其文字的实质，它还是把女娲补天这段神话传说作为真实历史事实而加以记述的。③也就是说，这些文字的主要功用是纪实补缺，而不是虚构创作。正因为如此，女娲补天神话才可能向后代文学移位。

这段文字不是汉代有关女娲补天神话的唯一记载。将其他材料与《淮南子·览冥训》从纪实的角度进行对比，可以看出有关女娲补天神话材料的缺失和疑问。比如关于女娲补天的起因，按照《览冥训》的交代，似乎是地震、洪水之类的自然灾害。然而王充在《论衡》的问话质疑中，流露出女娲所补乃共工折却之天的意思。④这一说法似乎为唐代司马贞《三皇本纪》的记载所证实："当其（女娲）末年也，诸侯有共工氏，任智刑以强，霸而不王，以水承木，乃与祝融战，不胜而怒，乃头触不周山崩，天柱折，地维缺。"⑤从这两条材料来看，这场天灾乃是共工的人祸所致。但这里仍然还有无法解释的疑点。因为关于共工与祝融（或作颛顼）战败而触不周山使天折水泄的记载，同样也见于《淮南子·天文训》。只不过，《天文训》中的共工触折天柱使地维缺的事情与女娲补天无关。这虽然还不能完全否定王充和司马贞的记载，但起码构成了一大疑点。况且，王充的话本身并

---

① 见《阿细的先基》第一部分"最古的时候"，云南人民出版社1978年版。

② 参见李道和：《女娲补天神话的本相及其宇宙论意义》，《文艺研究》1997年第5期。

③ 参见杨利慧：《女娲神话研究史略》，《北京师范大学学报》1994年第1期。

④ 王充在《论衡·谈天》中对以往流传的女娲补天神话的真实性提出了两点质疑，一是所谓"断鳌足以立四极"，此说见《淮南子·览冥训》记载；二是所谓共工折天之缺为女娲所补。因王充只是对此事责问质疑，材料零散，故难窥其全貌，似乎这是当时人所共知，无须完整交代。

⑤ 司马贞：《史记索隐》卷三十，台湾商务印书馆1985年影印《文渊阁四库全书》本。

不完整，扑朔迷离，司马贞的话又完全可能是依据王充的话捕风捉影而成。①所以关于女娲补天神话的起因，尚有待核实。当然，从神话和文学的角度说，我们倒宁肯希望二者之间存在这种因果关联，这对于女娲伟大神格的构成具有重要意义。

还有一点值得注意，《览冥训》所记女娲补天功成退隐的结局，应当不是该神话的原貌，而是有进入文明社会之后该神话的记录者受到道家出世思想影响的痕迹。虽然古代书目《淮南子》一书多将收于子部杂家类，但高诱称该书："其旨近老子，淡泊无为，蹈虚守静，出入经道。言其大也，则焘天载地；说其细也，则沦于无垠。及古今治乱存亡祸福，世间诡异环奇之事，其义也著，其文也富。物事之类，无所不载，然其大较，归之于道。"（《淮南子序》）全书的主旨如此，所记女娲补天神话受其制约，在所难免。这里可见，神话一旦进入文明社会，其自身的纯净面目必然要被后代社会的思想文化走向所影响，而文学的移位只是其中一个方面。

二

女娲补天的文学化大约始于魏晋南北朝时期。张华在《博物志》中记载了女娲补天的传说：

> 天地初不足，故女娲氏炼五色石以补其阙，断鳌足以立四极。其后共工氏与颛顼争帝，而触不周之山，折天地，绝地维。故天后倾西北，日月星辰就焉；地不满东南，故百川水注焉。②

有意思的是，张华显然不认为共工折断不周山是女娲补天的起因，这似乎与王充以及后来司马贞的理解有矛盾。但从内容上看，张华所述几乎

---

① 清人崔述已经对司马贞取神话入史书的举动提出批评："小司马乃信以为实而载之史，吾恐千百年后将有采稗官小说以补正史之缺者。况祝融乃颛顼之裔，安得越千百年之前而与共工战乎！大抵唐人好奇而轻信，不辨黑白而一概取之，率皆如是，亦不足尽辨也。"见崔述：《补上古考信录》卷下，《丛书集成初编》本。

② 张华撰，范宁校证：《博物志校证》，中华书局1980年排印本，第9页。

是《淮南子·览冥训》中女娲补天故事和《淮南子·天文训》中共工与颛顼争帝怒触不周山故事的合成。而且在两件事情的先后顺序上似乎也更倾向于《览冥训》在先。至于文学意味，《淮南子》的描写尽管详于《博物志》，但作为诸子著作，它最终毕竟落脚于道家出世之想。而《博物志》则去除了女娲功成退隐的内容，只保留了女娲补天的主体因素。尽管《博物志》有着典型的六朝志怪"粗陈梗概""丛残小语"的简略笔法，但因其脱离了诸子著作以阐发观点的议论为归宿的宗旨而使其向文学迈出了重要一步。作为小说故事，《博物志》中保留了女娲补天故事的精粹部分，为后来的女娲补天传说向文学的移位起到了重要的情节内容的过滤、传承作用。

诗文中最早描写女娲补天题材的是南朝梁代江淹的骚赋《遂古篇》：

闻之遂古，大火然兮。水亦淏滓，无涯边兮。女娲炼石，补苍天兮。共工所触，不周山兮。[1]

从内容来看，文中保留了女娲补天神话中的基本要素：水火之灾、炼石补天、共工触不周山。然而，江淹以其文学家的妙笔，将这些要素以整齐铿锵的音节和华美风雅的文字加以整合，构成了一幅宏伟壮观的女娲补天图，首次从文学的意义上完成了对女娲补天神话的继承和移位。和神话中的女娲补天记载相比，《遂古篇》的文字失去了神话记载中远古人们对人与自然紧张关系的焦虑，淡化了补天成功后远古人们的那份由衷喜悦之情，也摈弃了汉代记录者所赋予的道家出世色彩。与江淹同时代的刘孝威也留下了关于女娲补天的诗句：

女娲补石，重华絷金。[2]

---

① 江淹撰，丁福林、杨胜明校注：《江文通集校注》，上海古籍出版社2017年版，第1766页。

② 刘孝威：《刘庶子集·刘孝威侍宴乐游林光殿曲水诗》，江苏古籍出版社2002年影印张溥辑《汉魏六朝百三名家集》本，第790页。按，《艺文类聚》卷四"岁时中"引梁刘孝威《侍宴乐游林光殿曲水诗》"絷"作"弃"，今从张溥本。

时间的久远，使后人消除了女娲补天神话与自然灾难的切身利害关系，能从审美的角度关注女娲补天这一神话题材，赋予其美好的审美意蕴。

到了唐代，女娲补天题材完全被文学家打造成为远离神话原型的文学天地。补天神话中的各个母题单元，都被文学家的生花妙笔加以渲染，成为琳琅满目的文学形象。如吕从庆的《献题金鳌山》，以"断鳌足以立四极"来作文章：

> 金鳌腾腾高百丈，昔者曾游东海浪。女娲断足奠坤舆，怒身化作安吴嶂。骨肉虽变魂魄鲜，千秋万古生云烟。①

这座依傍长江的美丽山峰不仅得尽天时地利之便，而且有意思的是，吕从庆借给金鳌山题诗的机会，为女娲补天神话中的反面形象——被折足的鳌大作翻案文章。作者先从正面描绘并赞美金鳌遭受女娲断足前的雄姿气概："金鳌腾腾高百丈，昔者曾游东海浪。"接着又以"女娲断足奠坤舆，怒身化作安吴嶂"两句描写鳌被女娲断足后化作安吴山嶂的悲壮与雄伟。后两句则对金鳌生命已去，灵魂永存的魅力发出由衷的期待和赞美。

诗中所谓"金鳌"山实有其地，在浙江临海市东一百二十里的东海之中，山"有普济院，西有轩，下临长江，前把海门诸峰"②。此山何时命名已不得而知，但唐人已有吟咏，想必不晚于唐。重要的问题是，金鳌这一女娲神话中被女娲断足的反面形象，已经随着时间的流逝而被逐渐淡化，变成了正面的美好意象为人们所接受和瞻仰。这座海外金鳌山，不仅引起唐代诗人的雅兴，而且南宋高宗皇帝也两次到此巡游，可见其身价已经倍增。③不仅如此，唐代以后文学典籍中出现的"金鳌"，其意象也大抵倾向

---

① 吕从庆：《献题金鳌山》，孙望辑《全唐诗补逸》卷十五，《全唐诗外编》上册，中华书局1985年，第237页。

② 参见《方舆胜览》卷八《台州·金鳌山》，中华书局2003年版。

③《方舆胜览》卷八引《云抄漫录》："建炎四年，天子航海泊金鳌山，留十四日。幸永嘉，复幸金鳌，捷书至航海，由四明还。"中华书局2003年版。

于正面和美好。如曹唐《小游仙诗》之六十八："金鳌头上蓬莱殿，唯有人间炼骨人。"（《全唐诗》卷六四一）王建《宫词》之一："蓬莱正殿压金鳌，红日初升碧海涛。"（《全唐诗》卷八）柳永《巫山一段云》词"几回山脚弄云涛，仿佛见金鳌"（《乐章集》），此一句把金鳌喻为海上金龟。借此吉言意象，又逐渐将"金鳌"的含义引申为临水山丘的美好比喻。如陆游《平云亭》诗："满槛芳醪何处倾？金鳌背上得同行。"（《剑南诗稿》卷五）元代张可久《湘妃怨·德清观梅》曲："一去孤山路，重来何水曹，醉上金鳌。"（《全元曲》卷十一）《花月痕》第七回："背踏金鳌，忆南都之石黛。"更有甚者，竟以金鳌喻地位高贵者，如明代方孔炤《苍天》诗："万岁山折苍天崩，金鳌社鼠同一坑。"可见"金鳌"这一神话中的反面形象在女娲补天神话向文学的移位过程中逐渐走出原型的樊笼，被赋予积极健康的文化内涵和文学意义。

然而最为精彩，在文学史、文化史上影响巨大和深远的，还是炼石补天神话在后代文学天地中的再植和繁荣。和《淮南子》等神话记载相比，后代女娲补天题材的文学作品淡化了神话中先民因惧怕洪水、地震等自然灾害而表现出来的焦虑恐惧之情，代之以有距离的超然感受和审美旨趣，并且充分发挥文学的想象力和表现力，不断补充、完善和再造补天题材的精神蕴含和艺术价值。补天题材已经由先民抗洪抗震的历史记录，变成了中华民族战天斗地的英勇不屈精神的真实写照和优美表现，进而逐渐积淀形成了民族精神的重要组成部分。如唐代大诗人张九龄的《九度仙楼》诗：

> 谁断巨鳌足？连山分一股。谁跨海上鹏？压作参差羽。应是女娲辈，化工挥巧斧。掀翻煮石云，大块将天补。渣滓至今在，县瓴分注乳。磊落掷遐荒，龃龉不合土。忙惊日月过，晃漾空中舞。哀益问巨灵，谽谺碍臂武。塞罅制逆流，努力迹骈拇。神禹四载仆，九年梗作雨。纡回杀拗区，澎湃乱飞鼓。漫下祖龙鞭，六丁护舟府。漫发熊绎矢，非石又非虎。数狭不能制，伊谁可再侮。曾把蓬莱输，难将此物赌。罗浮亦可移，此物不可取。肋斗出盘山，粗能踞地主。芝田第九层，最上蕙生圃。（《全唐诗续拾》卷十一）

首先引起我们注意的，是诗歌在原有女娲补天神话素材的基础上，增加了几个新的母题意象。比如神话记载中只有"断鳌足以立四极"，而张九龄将"立四极"具体化为"连山分一股"。虽然这看上去似乎显得不如"立四极"有气魄，却显得更加细腻真实而具有形象感。同时，作者又驰骋想象，增添了海上跨鹏压作参差羽的内容。此外，作者又把神话题材中女娲"炼五色石以补苍天"的记载具象化为女娲挥动巧斧，掀翻煮石云以补天，以及补天后残落的渣滓至今立于荒原的内容。这样一来，先民质朴浑厚的宇宙洪荒神话，增添了许多富有艺术形象感和生命活力的母题意象，并且与其他神话故事交相辉映，令人目不暇接，成为神话题材移位为文学作品的鲜明例证。

比张九龄走得更远，把女娲神话文学化工作做得更为彻底的是卢仝，他的《与马异结交》堪称是女娲故事文学化的翻版再造：

　　神农画八卦，凿破天心胸。女娲本是伏羲妇（或作妹），恐天怒，捣炼五色石。引日月之针，五星之缕把天补。补了三日不肯归婿家，走向日中放老鸦，月里栽桂养蛤蟆。（《全唐诗》卷三百八十八）

这里诗人不仅把女娲补天所使用的工具天才地想象为日月之针和五星之缕，而且饶有生活情趣地增添出女娲补天之后于日中放老鸦和月里栽桂养蛤蟆的细节，为原本庄严神圣的补天故事和女娲形象，增添了几分生活色彩和平易之情，也使诗歌的抒情意味大大增强。梁启超认为，中国诗歌在走向浪漫化的过程当中，诗人对于神话题材的借鉴使用起到了至关重要的作用。他说："浪漫派特色在用想象力构造境界。想象力用在醇化的美感方面，固然最好；但何能个个人都如此？所以多数走入奇诡一路。楚辞的《招魂》已开其端绪，太白作品也半属此类。中唐以后，这类作风益盛，韩昌黎的《陆浑山火和皇甫湜》《孟东野夫子》《二鸟诗》等篇，都带这种色彩。我们可以给他一个绰号，叫作'神话文学'。神话文学的代表作品，应推卢玉川。"在列举出卢仝该诗后，梁启超又说："这种诗取采资料，都是最荒唐怪诞的神话，还添上本人新构的幻想，变本加厉。这种诗好和歹且不管他，但我们不能不承认作者胆量大，替诗界作一种解放。又不能不承认是诗界一种新国土，将来很有继续开辟的余地。"①

确如梁启超所言，这片诗界的"新国土"，经后来的文学家广泛开垦，硕果累累。此类将女娲作为一个敢于战天斗地的文学形象来描绘的作品在后来的文学史上比比皆是：

皆云女娲初锻炼，融结一气凝精纯。仰视苍苍补其缺，染此绀碧莹且温。（欧阳修《菱溪大石》）

世无女娲空白石，磊磊满地如浮沤。（苏辙《息壤》）

谁为女娲手，补此天地裂。（苏辙《浪井》）

关西鄙夫怀此愤，白石空炼如女娲。（李廌《题郭功甫诗卷》）

万物忘我难，圣人出同忧。女娲断鳌足，轩辕殪蚩尤。（李复《杂诗》）

黑云趁趱阵归麓，女娲补天伴天哭。（李新《予宿承德日夜苦霪雨拟金筌赋六韵呈陈居中》）

粼粼溪底石五色粲坚圆。安得女娲手，炼之将补天。（李纲《戏成绝句三首》）

谁道共工曾触折，断鳌端是女娲功。（李纲《天柱峰》）

秦山破碎天上来，女娲仙去空崔嵬。（李弥逊《游龙潭》）

昭回断缺久未补，女娲炼石亦已艰。似闻天上列星怒，下问云汉何时还。（韩驹《蜀张氏赐书诗》）

女娲石烂若为修，四海咸怀杞国忧。谁识山中真柱石，擎天功业胜伊周。（王十朋《天柱峰》）

何如此石最耐久？万年千载无成亏，上不为女娲补天阙，下不为颛皇撑地维水。（姜特立《松石歌寿皇太子殿下》）

---

① 梁启超：《中国韵文里头所表现的情感》，《饮冰室合集》第13册，中华书局2001年版，第133—134页。

女娲炼五色，大块补不牢。至今西天首，天近山常高。嵯峨苍云表，百鸟不敢巢。（李士瞻《石民瞻山图》）

然分女娲拊掌为，惊绝天地再位开。（王恽《河图篇答伯明学官》）

我怀天地开辟初，干动神静焉能逾。女娲断鳌立四极，鳌足峙峙交相扶。（吴莱《东吴行》）

三

女娲补天神话移位为文学的一个重要标志，就是女娲补天母题的符号化。补天母题被文学家反复使用，逐渐积淀，成为相对稳定的文学符号。这种符号化的女娲补天意象成为文学家的一种喻体，为描绘和渲染本体的美好，借女娲补天的意象来加以完成。于是文学作品中的女娲补天意象，成为以巧夺天工的手段造福人类的美好境界。比如李贺《李凭箜篌引》：

吴丝蜀桐张高秋，空山凝云颓不流。江娥啼竹素女愁，李凭中国弹箜篌。昆山玉碎凤凰叫，芙蓉泣露香兰笑。十二门前融冷光，二十三丝动紫皇。女娲炼石补天处，石破天惊逗秋雨。梦入神山教神妪，老鱼跳波瘦蛟舞。吴质不眠倚桂树，露脚斜飞湿寒兔。（《李贺诗歌集注》卷一）

诗中女娲补天故事与其他著名神话传说一起，成为诗人用来形容李凭演奏箜篌乐曲之美妙的形容用语和借代修辞方式。人们借助这些熟知的神话传说意象，来完成对于作者所暗示的音乐世界想象和理解。诗中女娲二句吴正子注曰："言箜篌之声，忽如石破而秋雨逗下，犹白乐天《琵琶行》'银瓶乍破水浆迸'之意。"王琦则谓："琦玩诗意：当是初弹之时，凝云满空；继之而秋雨骤作；泊乎曲终声歇，则露气已下，朗月在天；皆一时实景也。而自诗人言之，则以为凝云满空者，乃箜篌之声遏之而不流；秋雨骤至者，乃箜篌之声感之而旋应。似景似情，似虚似实。读者徒赏其琢句之奇，解者又昧其用意之巧。显然明白之辞，而反以为在可解不可解之间，误矣!"(《李贺诗歌集注》卷一《李凭箜篌引》注四)王说可谓知音之解。

又如姚合《姚少监诗集》卷七《天竹寺殿前立石》诗:

> 补天残片女娲抛,扑落禅门压地坳。霹雳划深龙旧攫,屈盘痕浅
> 虎新抓。苔黏月眼风挑剔,尘结云头雨磕敲。秋至莫言长屹立,春来
> 自长薜萝交。

诗中险韵的使用和字句的砥磨都显示出姚合作为苦吟诗人的特色,但首联两句却以奇特的想象,把天竹寺殿前的立石想象为女娲补天时所抛下的残片,为殿前的普通立石注入了广阔的历史文化内涵和浓郁的艺术韵味。难怪方回评其为:"第一句最好!"(《瀛奎律髓》卷三十四)女娲补天神话母题移位为文学符号的作用,于此可见一斑。

此类以女娲补天故事为符号,指代各类壮观伟业的文学描写不胜枚举,如张养浩《秀碧石》一诗以"初疑女娲醉堕簪,劫火不烧年万亿"两句形容友人所示"秀碧石"的精美。又如胡祗遹《华不注山》诗:"女娲补天炼云腴,偶遗一峰投齐墟。不依乱石徒相杂,直矗平田只自孤。"(《紫山大全集》卷六)诗中华不注山即济南市郊金舆山,李白等大文豪都曾过此并留下诗篇。而胡祗遹此诗却将华不注山想象和描绘为当年女娲补天时偶然遗落的一块峰石,它不与乱石相杂,独自挺立于平原之上。又如元代王沂《岩石砚为柴舜元宪金赋》:"汉江有奇石,磊落太古色。淘沙相薄蚀,岁久露岩穴。幸免女娲手,炼之补天裂。"(《伊滨集》卷四)作者在赞叹汉江奇石之美的同时,又感叹这样的奇石当年幸免于女娲之手,没有用于补天。作者的本意是以此来说明汉江奇石的奇美,但也从反面暗示出,如此奇美之石当年在女娲手中只是落选之物,可见女娲择石之严。这种文学想象空间的铺设无疑给读者把握女娲补天文学意蕴提供了无限广阔的天地。

的确,女娲补天神话题材的符号化,为补天神话的进一步文学化打开了一道大门,文人们蜂拥而入,纷纷以补天神话作为展示自己文学才华的手段,并使之服务于各自作品的内容和意境。如元代袁桷《玉署鳌峰歌》:"女娲五色余刀圭,化为蓬莱东海之虹霓。"(《清容居士集》卷八)美丽的

玉署鳌峰，被想象成经过女娲五色刀刊削之后所化，其美丽形态如同蓬莱东海之虹霓。值得注意的是，与以往的女娲补天意象符号化的使用不同，诗中作为喻体的，已经不仅仅是单一的女娲补天意象，而是女娲补天意象和蓬莱东海虹霓两个喻体的连环套用。很显然，女娲补天意象在这里进一步扩大了文学修辞的使用范围。其移位为文学的轨迹，更加纵深化和自觉化了。与此相比，宋人王安中的题画诗《题赵大年金碧山水图》的文学色彩更为明显：

> 余闻女娲炼石补天缺，石破压天天柱折。五色堕地金嵯峨，六鳌跨海吹银波。扶桑玉红下天半，贝阙珠宫紫云满。(《两宋名贤小集·初寮小集》)

尽管诗中没有采用袁桷那样的喻体连环套用法，但诗人却以"金嵯峨"来形容"五色堕地"的缤纷之态，以"吹银天"来描绘"六鳌跨海"的凌空雄姿，从而把女娲补天题材中的几个母题意象的文学色彩，渲染得淋漓尽致。

把女娲补天神话题材的文学潜质挖掘并发挥到极致的是明初大文人刘基。也许是对女娲补天故事情有独钟，刘基在诗文创作中大量采用了女娲补天故事，以此作为渲染气氛、抒情达意的有效手段。比如《丹霞蔽日行》把丹霞蔽日的绚烂景色形容为"女娲在青天，岁莫还炼石"(《诚意伯文集》卷一)，《常相思在玄冥》则把想象中玄冥之中"寒门六月天雨冰，天关冻折天柱倾"的奇诡现象描绘为"女娲炼石补未成，石鳞迸落如流星"(《诚意伯文集》卷二)。女娲补天的故事原型，成为刘基信手拈来的文学语汇，广泛出现于其各类诗文作品之中：

> 却取女娲所抟黄土块，改换耳目口鼻牙舌眉。(《诚意伯文集》卷十《二鬼》)
> 女娲石坠鳌脚折，海水散作云霏霏。(《诚意伯文集》卷十五《寄宋景连》四首之一)

苍梧之山绝浮烟，上与女娲所炼之石相牵连。(《诚意伯文集》卷四《题悬崖兰花图》)

忆昔康回触折天柱时，女娲扶天立天维。(《诚意伯文集》卷十六《戏为雪鸡篇寄詹同文》)

持献女娲皇，天罅或可补。(《诚意伯文集》卷三《为贾性之赋松石》)

王母桃花冻不绯，五色石裂女娲噎。(《诚意伯文集》卷十六《雪鹤篇赠詹同文》)

如果说汉魏以后文学的独立使得文人对典故的需求大量增加，故而为神话走向文学提供了广阔的舞台的话，那么随着文学的繁荣和发展，这个舞台的空间会是越来越大。刘基只是一个点，在他前后，以女娲补天作为诗文典故或修辞手法的作品不胜枚举。①

---

① 如元代释英《题侯公君祥治邑》(《白云集》卷二)，元代许恕《女娲墓》(《北郭集》卷二)，元代李昱《题吕用实诗稿》(《草阁诗集·拾遗》)、《雨中》(《草阁诗集·筠谷诗集》)，明代孙蕡《梁父吟》(《西庵集》卷二)，明代管时敏《墨腮为越人赵扨谦赋》(《蚓窍集》卷五)，明代袁华《灵璧石鱼磬歌》(《耕学斋诗集》卷六)，明代王冕《寓意十首次敬助韵八》(《竹斋集》卷中)，明代胡奎《寓言》(《斗南老人集》卷一)，明代周士修《朝霞歌》(《刍荛集》卷二)，明代刘璟《赋云山图》(《易斋集》卷上)，明代王直《先伯祖赣州府学教授王公墓表》(《抑庵文集》卷八)，明代唐文凤《游东龛岩赋十景诗》(《梧冈集》卷二)、《落星石》(《梧冈集》卷三)、《落星石》(《七星石歌》卷四)，明代李东阳《十柳舍人砚铭》(《怀麓堂集》卷四)、《长江行》(《怀麓堂集》卷九十一)，明代祝允明《北崖行》(《怀星堂集》卷五)，明代郑岳《苦雨行》(《山斋文集》卷三)，明代王守仁《游落星寺》(《王文成全书》卷二十)，明代陆深《浮山遗灶记》(《俨山集》卷五十二)，明代徐祯卿《平陵东行》(《迪功集》卷一)，明代王世贞《奇石歌和穆少春宪副》(《弇州山人四部稿·续稿》卷九)，明代胡应麟《白岳游记》(《少室山房集》卷九十)、明代卢象升《女娲炼石》(《忠肃集》卷一)，明代徐渭《涪澹滩》(《徐渭集》卷四)、《完淳篇》(《徐渭集》卷五)，明代陈子龙《今年行》(《陈子龙集》卷二十八)、《寄郢中郑澹石座师》(《陈子龙集》卷二十九)、《九日登一览楼》(《陈子龙集》卷三十五)，清代田雯《放歌效铁厓体》(《古欢堂集》)、清代赵执信《蓬莱阁望诸岛歌》(《因园集》卷四)，清代查慎行《玉峡亭观瀑》(《敬业堂诗集》卷十五)、《十一月初七夜纪事》(《敬业堂诗集》卷四十五)，清代黄之隽《香屑集自序》(《香屑集》卷一)，清代钱谦益《效欧阳詹玩月诗》(《牧斋初学集》卷二十)、《戏为天公恼林古度歌》(《牧斋有学集》卷二)、《赠归元恭八十二韵戏效元恭体》(《牧斋有学集》卷十二)等。

四

女娲补天神话的文学移位，不仅表现在诗文领域，而且也在小说、戏曲等叙事文学作品中留下了深深的印记。由于文体的特性所在，叙事文学作品在表现女娲补天题材时承袭了诗文作品中女娲题材的传统意象和使用角度，增加了作品的文学意味，展现出补天题材无穷的文学潜力。其中比较多的是以女娲补天作为既定的符号喻体，指喻与补天意义相近的含义。

有的以女娲补天为超人之力的象征，如《三国志通俗演义》："先取荆州后取川，大展经纶补天手。"（上海古籍出版社1980年版，第七十五则）《封神演义》："蒙卿等旋乾转坤之力，浴日补天之才。"（人民文学出版社1981年版，第一百回）杂剧《真傀儡》："相公有补天浴日手段，特遣相问。"（《盛明杂剧》，中国戏剧出版社1958年版）《玉梨魂》："即令女娲复生，亦少补天之术。"（江西人民出版社1986年版）《湘烟小录》："白甫此笔，真有炼石补天之妙。"（《香艳丛书》第十二集，上海书店1991年版）有的以女娲补天指代丰功伟绩，如杂剧《英雄成败》："有旋乾转坤之力，补天浴日之功。"（《盛明杂剧》，中国戏剧出版社1958年版）传奇《投梭记》："荷君恩深惭尸素，补天何日？"（《六十种曲》，中华书局1958年版）又如《平山冷燕》中山黛席上应题所作的《五色云赋》，开篇就是"粤自女娲氏炼五色石以补天"一句。接着便以驰骋的想象和优美的语言，展示了一个诗意盎然的世界。书中对该赋写成后众人的反应有这样的描写：

> 众官才看女娲起句，便吐舌相告道："只一起句，便奇特惊人矣。"再读到"彩凤垂蔽天之翼，阴阳刺乾坤之绣"等句，都赞不绝口道："真是天生奇才。"及读完，夏之忠连连点首叹服道："王子安滕王阁序，未必敏捷如此，吾不得不为之搁笔也。"赵公见众人甘心输服，大笑道："这等看来，还是万岁爷有眼力，快进呈！"（《平山冷燕》第四回，春风文艺出版社1982年版）

从该赋的内容看，其思路显然是受到女娲以五色石补天及相关的五色

218

云传说的启示，才焕发出如此文采的。

与传统的象征隐喻符号略有不同，有些小说作品用女娲补天的典故来诠释故事中的某件器物或道具，以增强其说服力和神秘感。如：

……我这葫芦是混沌初分，天开地辟，有一位太上老祖，解化女娲之名，炼石补天，普救阎浮世界。补到乾宫扶地，见一座昆仑山脚下，有一缕仙藤，上结着这个紫金红葫芦，却便是老君留下到如今者。（《西游记》第三十五回，人民文学出版社1980年版）

老和尚道："他有一把玉火钳，说是女娲氏炼五色石补天时炉火中用的。后来天补完了，因这钳火气不消，就放在山腰背阴处晾冷，因忘记收拾，遂失落在阴山石洞里。不知几时，被他找寻着了，取了回来，终日运精修炼，竟炼成一件贴身着肉的至宝。若遇见一个会使枪棒的好汉与他对敌一番，便觉香汗津津，满身松快。故这婆婆每日只想着寻人对敌取乐。"（《后西游记》第三十二回，春风文艺出版社1982年版）

蔚蓝原是天生智慧的，晓得此石唤名空青。当初女娲氏炼石补天，不知费了多少炉锤炼得成的。今日天上脱将下来，也是千古奇缘。（《豆棚闲话》第八则，上海古籍出版社1983年版）

无论是紫金红葫芦、玉火钳，还是空青石，都是借助于女娲补天神话典故的渲染，才产生了作者预期的文学效果。

在此基础上，有些小说作者又将一些与女娲补天神话相关的器物描写与故事情节的演绎推进结合在一起。如《薛刚反唐》第一回写到徐美祖在寺庙神像前于朦胧中被一青衣童子引到神秘宫殿，被上座娘娘授以天书，令其与薛刚一同辅佐庐陵王中兴天下。徐拜辞出来，见殿前匾额上题"补天宫"三字，旋即被童子推入人间；在人间见庙中神像即授书娘娘，上面匾额则是"女娲祠"三字。原来他是被女娲神在补天宫授以天书。这个情节为小说中徐美祖与薛刚的合作做了铺垫。同书同回又记载唐王接到专能破火轮如意牌的女娲镜。据陶仁介绍，"此镜乃上古女娲氏炼五色石以补天，炉中结成此镜，故名女娲镜"。从而为后来小说中破火轮如意牌的情节埋下了伏笔。在《野叟曝言》中，作者虚构出一副淫药——"补天丸"，据说此药具有奇效，男子服之可御十女，女子服用可御十男。从第十五回文素臣发现此药，到一百零四回奚四以补天丸淫倒峒寨二猴，书中共有三次写到服用此药。先是素娥误服此药，春情荡漾，险些与又李产生肌肤之亲；次是铁丐因服用补天丸与立娘纵欲无度，竟成就二人姻缘；三是奚四用补天丸淫倒峒寨首领，大破峒兵。可见补天丸在小说中起到了重要的布置情节、穿针引线的作用。

当然，女娲补天神话文学移位的极致，还是表现在叙事文学作品的题材选择、整体构思和结构线索上。有若干作品是把女娲补天作为整个作品的故事原型或构思依据。

在戏曲方面，明代有小斋主人的《补天记》传奇①，清代有范希哲《补天记》传奇和汪楫《补天石》传奇。其中小斋主人《补天记》已佚，汪楫《补天石》传奇为徐沁《易水寒》的改写本。②范希哲的《补天记》则借女娲补天的故事来做三国戏《单刀会》的翻案文章。该剧本又名《小江东》，叙伏氏以曹操之恶诉于女娲。女娲使其目睹曹操遭受地狱之苦之惨状，以彰果报。故事情节虽属虚构，但可见女娲补天故事是其构思的依据。剧末云："女娲氏以石补天，昭烈帝以身补天，诸葛亮以心补天，关云长以节补天，张翼德以义补天，赵子龙以力补天，鲁大夫以贞补天，周将军以气补天。"故又名《补天记》，更清楚表明作者受女娲补天传说启发。

小说中以女娲补天故事作为构思框架的作品有两部，一是不朽巨著《红楼梦》，一是晚清署名"海天独啸子"的《女娲石》。《女娲石》系借用女娲补天故事宣扬女子爱国救亡精神，为女性救国张目。小说第一回写天降女娲石，言男子无能，只有女真人出世才能力挽狂澜。该石实为书中反清救国女主人公金瑶瑟的前身。这一构思是受到《红楼梦》的启发。《红楼梦》在艺术上取得巨大成功的重要因素，就是其匠心独运的艺术结构。作

---

① 《传奇汇考标目》别本第276著录，已佚。
② 范希哲《补天记》有《古本戏曲丛刊五集》本，汪楫《补天石》已佚。

为该书艺术结构的核心线索，僧人所携顽石下凡为通灵宝玉是引领全书的主线所在。而这一顽石则是女娲补天所遗：

> 原来女娲氏炼石补天之时，于大荒山无稽崖炼成高经十二丈，方经二十四丈顽石三万六千五百零一块。娲皇氏只用了三万六千五百块，只单单剩了一块未用便弃在此山青埂峰下。谁知此石自经锻炼之后，灵性已通，因见众石俱得补天，独自己无材不堪入选，遂自怨自叹，日夜悲号惭愧。（《红楼梦》第一百二十回，人民文学出版社1980年版）

在结构设计上，作者做了非常对称的首尾呼应：在楔子中以顽石听到茫茫大士和渺渺真人所化一僧一道所说红尘中荣华富贵之事而动凡心并随之下凡，继之以几世几劫后空空道人在无稽崖青埂峰上见到大块石上所记顽石下凡之经历。结尾处则交代出大士真人将宝玉带回青埂峰，放在女娲炼石补天之处，各自云游而去，继而空空道人再次经过此地，将石上奇文重新抄录，并得到草庵睡者的点拨，将此文授予曹雪芹。不仅如此，作者还把顽石下凡的母题和神瑛侍者浇灌绛珠仙草的故事嫁接合成。于是，顽石不仅变成了贾宝玉，也变成了神瑛侍者和通灵宝玉。[①]这样，小说主人公贾宝玉的身世就在这充满神秘和浪漫色彩的神话故事背景中得到了充分的渲染和强化，也将女娲补天的神话题材的文学移位带入了最高境界。

原载《华中师范大学学报》2006年第5期

---

① 近年来红学界有关《红楼梦》由《风月宝鉴》和《石头记》二书合成的说法颇有新意，也富有启发性。但笔者以为无论二书合成说是否成立，都不能否认曹雪芹是把女娲补天神话与其他神话故事穿针引线在一起，使之水乳交融的文学天才。参见杜景华：《当代新红学》，《红楼梦学刊》2000年第2期。

女娲造人（造物）神话的文学移位

女娲神话在中国神话研究中已经引起了人们足够的重视，但一个神话文学研究的重要问题显然被人们忽略了：当神话结束它的历史使命，转而成为一种文化积淀和文学素材时，神话原型的内蕴怎样在新的历史环境和变异载体中绽放出新的生命活力？按照弗莱的观点，在古代作为宗教信仰的神话，随着其信仰的过时，在近代已经"移位"即变化成文学，并且是各种文学类型的原型模式。①尽管女娲在神话中已经消失，但在繁花似锦的文学百花园和各种文化遗产中却获得了无限生机。当然，神话文学移位的走向和轨迹也要受到各种社会条件的制约。神话题材和意象在文学移位过程中的盛衰消长正是后代社会各种价值观念取向的投影。搜索女娲神话在后代文学作品中的身影，咀嚼其主题变异中的文化变迁意蕴，对于把握人类文化主题的走向、寻找中国文学深层的血脉根源，都具有十分重要的意义。

女娲神话的基本要素有造人（含造物）、补天、女皇之治等。本文主要探讨女娲造人（含造物）神话走向文学的轨迹及其内在动因。

一

女娲神话的最早记载是先秦时期的《楚辞》和《山海经》。尽管二书中的记载还比较模糊朦胧，但今人多肯定其以造人为职能的始母神神格意向。袁珂先生就将《楚辞·天问》中的"女娲有体，孰能匠之？"理解为"女娲

---

① 参见［加］诺斯罗普·弗莱：《批评的剖析》，百花文艺出版社1998年版；张隆溪：《诸神的复活》，《读书》1983年第6期。

作成了别人的身体，她的身体又是谁作成的呢？"丁山先生则更为明确地认为这两句话说明："在战国时代中国人固已盛传女娲造人的故事了。"①至于《山海经·大荒西经》中有关"女娲之肠，化为神"的记载，袁珂则以晋人郭璞注为解，"女娲，古神女而帝者，人面蛇身，一日中七十变"②，并以汉人许慎和刘安的话作为参证③。丁山也认为这"显然又是孕毓人类的寓言"④。尽管如此，这些记载当中仍然没有明确提出女娲造人的说法。

除了造人之外，先秦典籍中女娲为乐器祖神的记载也应该是女娲造物神的重要组成部分，但这似乎尚未引起学者们的足够注意，尤其是它移位到文学中的浪漫题材，更是缺少关注。《礼记正义·明堂位》："女娲之笙簧。"孔颖达疏引《帝王世纪》："女娲氏，风姓，承庖羲制度始作笙簧。"⑤应劭《世本·作篇》作"女娲作笙簧"，可见孔疏不误。这短短五个字的记载却成为后代文学家驰骋才华的平台。

古籍中最早确切提出女娲造人故事的是《风俗通》："俗说天地开辟，未有人民，女娲抟黄土作人，剧务，力不暇供，乃引绳于絚泥中，举以为人。故富贵者黄土人也，贫贱凡庸者絚人也。"⑥这则故事虽然正面描写了女娲造人的事迹，显示出女娲始祖母神格的地位，但毫无疑问已经烙上人类社会变迁的影子。"抟黄土作人"被认为是人类文化史上制陶技术的发明在神话中的投影，而所造人类产生富贵贫贱之分则是人类进入等级社会的反映。⑦这说明，神话一旦离开了它自身的生长土壤，它的形态就要随着新的生长土地而呈现出新的姿态。同时，女娲还是人类得以延续的婚姻之神。

① 丁山：《中国古代宗教与神话考·尧与舜》，上海文艺出版社1988年版，第241页。

② 《山海经·大荒西经》，郭璞注，上海古籍出版社1980年袁珂《山海经校注》本，第389页。

③ 《说文解字》："娲，古之神圣女，化万物者也。"《淮南子·说林》："黄帝生阴阳，上骈生耳目，桑林生臂手，此女娲所以七十化也。"袁珂认为："女娲七十化，想必和诸神造人的故事有关。可惜失传。"见袁珂《中国古代神话》第二章第五，中华书局1960年版，第59页。

④ 丁山：《中国古代宗教与神话考·尧与舜》，上海文艺出版社1988年版，第241页。

⑤ 《十三经注疏》本，中华书局1980年版。

⑥ 《太平御览》卷七十八，三百六十引《风俗通》，中华书局1961年影印本。

⑦ 参见杨利慧：《女娲神话研究史略》，《北京师范大学学报》1994年第1期。

《风俗通》云："女娲祷祠神，祈而为女媒。因置昏姻。"①罗泌认为："以其载媒，是以后世有国，是祀为皋禖之神，因典祠焉。"②这应该是人类进入婚姻制度之后所赋予女娲造婚神话的痕迹。

二

历史学家对神话的嫁接或许是因为其质实的观念而未能使神话面貌产生巨变对神话的文学"移位"所产生的变化则是无法估量的。

首先将女娲神话移位到文学天地的是天才文学家曹植。他在《女娲赞》一诗中以文学的笔法，将"女娲作笙簧"这一神话题材做了艺术的描绘：

> 古之国君，造簧作笙。礼物未就，轩辕纂成。
> 或云二皇，人首蛇形。神化七十，何德之灵。③

尽管诗的主旨只是赞美女娲造笙簧的功德，手法上也大致只是铺陈。但作者巧妙地把造笙簧作为黄帝礼仪的组成部分，同时也将造笙簧视为女娲七十变的内容之一。这些都是女娲神话走入文学殿堂的创造性探索。不仅如此，在《洛神赋》这篇天下美文中，曹植还充分发挥他作为一位天才文学家的才能，把女娲造笙簧这一历史现象进一步想象为女娲轻歌曼舞的美妙姿态：

> 于是屏翳收风，川后静波。冯夷鸣鼓，女娲清歌。腾文鱼以警乘，鸣玉鸾以偕逝。六龙俨其齐首，载云车之容裔。鲸鲵踊而夹毂，水禽翔而为卫。④

这里女娲和冯夷一起，尽情展示其美妙的音乐才能，仿佛与"屏翳收

---

① 《绎史》卷三引，文渊阁《四库全书》本。
② 《路史·后纪二》，文渊阁《四库全书》本。
③ 《曹子建集》卷八，文渊阁《四库全书》本。
④ 《曹子建集》卷三，文渊阁《四库全书》本。

风""川后静波"共同构成了一个天宇大舞台。并且与后文的玉鸾云车、鲸鲵水禽一起成为作者追寻洛神的美好图景。显而易见，神话的深沉蕴含逐渐淡化，转而积淀为一种艺术形象，成为文学家状物夸张，驰骋想象的素材。

经曹植的生花妙笔后，"女娲清歌"成为一种美妙音乐的形象符号，反复出现于后代的文学作品中。其中有的是照搬曹植的原文，如唐代崔融的《嵩山启母庙碑》：

> 当是时也，合五岳，讯九魁，选太阴，命元阙。冯夷鸣鼓，女娲清歌。左苍龙兮吹篪，右白虎兮絙瑟。①

文中女娲、冯夷与"五岳""九魁""太阴""元阙""苍龙""白虎"一起，构成一幅五彩缤纷的上天群舞图。显而易见，其中关于女娲形象的材料，作者所依据的不是原始神话，而是经过"移位"的文学材料。类似的情况还有：

> 伏羲之瑟琴有序，女娲之笙簧毕萃。②
> 君幼禀纯和，长怀刚正，艺应时出，擅女娲之笙簧。③

当然，文学的生命永远在于创造求新。有才华的文学家决不会满足于嚼前人吃过的馍，而是继续将其发扬光大，充分展示文学永远灵动的魅力。大文豪苏轼在听到瓶笙的演奏，应友人之约所写的《瓶笙（并引）》中有这样的诗句：

---

① 《全唐文》卷二百二十，上海古籍出版社1990年影印本。
② ［唐］李子卿：《功成作乐赋》，见《全唐文》卷四百五十四，上海古籍出版社1990年影印本。
③ ［唐］王礼贤：《太原王府君墓志铭》，见《唐文续拾》卷五，上海古籍出版社1990年影印本。

孤松吟风细泠泠，独茧长缲女娲笙。①

前人只是把女娲笙簧作为美妙音乐的形象符号，并未说明其笙簧演奏之妙妙在何处。苏轼却以前人神仙传说中园客养五色蚕茧缲之经月不绝的故事来形容女娲笙簧奏乐之妙②，可谓别出心裁。于是，女娲的音乐大使形象便在文人的诗赋中广为出现。如宋刘弇《次韵酬萧器之朝奉》："冷落女娲瑟，劳生一瓢壶。"③宋张镃《杨伯子过访翌日以两诗见贻因次韵答》："空成由也瑟，难应女娲簧。"④宋陈襄《古琴赋》："……莫不弄秦声，歌郢曲，吹女娲之笙簧，播子文之丝竹，然后酩酊乎醉乡，骈阗乎归轴。"⑤元叶颙《题爱栢轩古风》："女娲奏笙簧，仙人环佩朝。"⑥元沈梦麟《余杭高氏征予作问月楼操琴所听泉亭观澜轩四诗》："浩浩昭文琴，泠泠女娲笙。"⑦

三

女娲造人神话在移位为文学之后充分显示出它广博的生机和神奇的魅力。其实在《风俗通》有关女娲造人神话的整合中，就已经带有一定的文学色彩的想象。这为后来造人神话向文学的移位提供了便捷的通道。和造物神话的移位相比，造人神话的文学移位似乎要相对晚一些。最早把女娲造人神话引入文学殿堂的是唐代杰出诗人李白。李白《上云乐》诗：

---

①《苏轼诗集》卷四十三，中华书局1982年版、第2374页。该诗引言云："庚辰八月二十八日，刘几仲饯饮东坡。中觞闻笙笙箫声，杳杳若在云间，抑扬往返，粗中有音节。徐而察之，则出于双瓶，水火相得，自然吟啸。盖食顷乃已。坐客惊叹，得未曾有，请作《瓶笙》诗记之。"

②孔凡礼《苏轼诗集》引王注缜曰："《神仙传》：园客养蚕成五色，独茧缲之，经月不绝。"中华书局，1982年版，第2374页。

③《龙云集》卷六，文渊阁《四库全书》本。

④《南湖集》卷四，文渊阁《四库全书》本。

⑤《古灵集》卷二十一，文渊阁《四库全书》本。

⑥《樵云独唱》卷二，文渊阁《四库全书》本。

⑦《花溪集》卷二，文渊阁《四库全书》本。

女娲戏黄土，团作愚下人。散在六合间，濛濛若沙尘。①

诗的前两句大致还是以往女娲造人神话的诗化，但"散在六合间，濛濛若沙尘"两句却充分发挥了文学家的虚构想象力，把抟土造人的女娲置于沙尘濛濛的天地六合之间，营造出一幅朦胧缥缈的女神造人图。除了诗歌之外，唐代人还把女娲造人神话移位扩充为小说故事：

昔宇宙初开之时，只有女娲兄妹二人在昆仑山，而天下未有人民，议以为夫妇，又自羞耻。兄即与其妹上昆仑山，咒曰："天若遣我兄妹二人为夫妻而烟悉合；若不使，烟散。"于是烟即合，其妹即来就兄，乃结草为扇，以障其面。今时人取妇执扇，象其事也。②

这段故事实际上是根据女娲造人神话和婚神传说整合而成的。其中有几点值得注意，一是造人的理由和方法。因为"天下未有人民"，所以产生了造人并使之繁衍的必要。但造人的方法却已经不是"抟土"，而是文明社会的夫妇繁衍。这反映出人类走出蒙昧时代之后对繁衍问题的正确认识。二是女娲的身份已经不是神话中的至高无上的女神，而是普通的山民，并且已经有了羞耻之心。同时，女娲兄妹能否成为夫妇的审查决定权已经不在自身，而是寄托于上天。这说明女娲已经走下神坛，进入普通人的行列。三是在取得上天允诺和兄妹结合的过程中采取了具有民间祭祀祈祷色彩和民俗风情的方式。所谓"烟合"者，乃"姻合"也。③借用"烟"的合散来代表象征"婚姻"的成否，以及"结草为扇，以障其面"的羞涩描写，也是富有想象力的文学手法。

女娲造人题材从宋代开始大量出现在文学领域。有的将其用为儿童游戏，宋利登《骩稿·稚子》诗：

---

① 瞿蜕园、朱金城：《李白集校注》卷三，上海古籍出版社1980年版，第238页。

② ［唐］李冗：《独异志》卷下，张永钦、侯志明点校，中华书局1983年版，第79页。

③ 罗泌：《路史》卷十一"女皇氏"："夫昏以昏时，而昏由此因，以因娅而因乎人姻者，烟之始媒者，烟之聚所谓昏，因姻媒如此。"文渊阁《四库全书》本。

双双稚子戏柴关，抟土为人半印钱。更过十年那有此，短蓑篷笠种荒田。①

无忧无虑、抟土为戏的稚子，何曾会想到十年后要为生计疲于奔命？作者在诗中通过对人生不同时期和境遇的巨大反差进而对比，抒发了对人世沧桑的感慨。"抟土为戏"在这里被借用成为孩童的天真游戏。可见女娲抟土造人的神话已经积淀为民间的游戏习俗，并成为诗人吟咏的题材。但更多的是将其用为巧夺天工的自然景物。如揭傒斯《题见心李公小蓬莱》诗：

娲皇狡狯弄余智，手插神山沧海里。不教寸碧落人间，弱水更环三万里。何人抟土为此奇？太乙真人谪仙子。②

女娲抟土造人的神话故事，被用来形容蓬莱仙境鬼斧神工的造化神境。类似的又如欧阳玄《过洞庭》诗：

娲皇抟土掷虚空，屹立君山面势雄。一画牺图天地骨，九江鲸观鬼神功。③

此风流及，人们还将女娲抟土造人神话作为形容造型艺术技巧的上乘比喻。如柳贯《温州新建帝师殿碑铭》：

门堂翼映，轩庑回旋。抟土为像，黄金之肤，五色之表，光采流动，如开睟盎。④

---

① 《江湖小集》卷八十二，文渊阁《四库全书》本。
② 《文安集》卷五，文渊阁《四库全书》本。
③ 《圭斋文集》卷二，文渊阁《四库全书》本。
④ 《待制集》卷九，文渊阁《四库全书》本。

文中女娲"抟土为像"来赞美帝师殿塑像的艺术效果，给人以"光采流动，如开睟盎"的感觉。可见女娲抟土的功德不仅在于造人，而且已经成为一种巧艺的象征印于人心。又如李孝光《画史朱好古卷》诗：

> 真宰簸橐钥，笑睨造化炉。鼓金铸贤智，抟土作下愚。画史天机精，窃见造化枢。①

诗人认为画家由于洞悉"铸贤智"和"作下愚"的诀窍，所以堪称"真宰簸橐钥，笑睨造化炉"。

四

造人（造物）神话移位为文学典故，需要两个前提条件。一是文学走向独立的过程中对典故的极大需求，二是后人对神话由虔诚膜拜向客观认识和无意识传承的态度转变。

首先，随着汉代以来文学逐渐从其他文体中分离出来并独立存在，辞采成为诗赋等文学作品文学性的显著外在标志之一。刘勰说："自扬马张蔡，崇盛丽辞，如宋画吴冶，刻形镂法，丽句与深采并流，偶意共逸韵俱发。至魏晋群才，析句弥密，联字合趣，剖毫析厘。"②刘勰所讲的"崇盛丽辞"系指汉代以来，走向独立的"文学"作品日益骈丽化的现象。其主要表现为对诗文典故需求的爆炸性增加，这是文人为展示自己的文化修养的一种炫耀手段。典故通常分为事典和语典两种，事典指用前代故事，语典则指化用前人诗文旧句。

女娲造人（造物）神话被用为诗文典故，显然是属事典之列。尽管六朝以来人们对"用事"这种用典方式颇有微词③，但当时文学作品中所表现

---

① 《五峰集》卷五，文渊阁《四库全书》本。

② 《文心雕龙·丽辞》，范文澜注，人民文学出版社1978年版，第588页。

③ 如钟嵘《诗品》称刘宋以来"文章殆同抄书"，颜之推也在《颜氏家训·文章》中批评陆机使用《诗经》"孔怀兄弟"一语为典的失误。按"隶事"之称，各家有所不同，钟嵘称为"用事"，刘勰称为"事类"。

出来的文人对于事典语词的极大关注也是不争的事实。人们把典故和辞采的宏富作为文人文学创作的重要条件。刘勰说："'事类'者，盖文章之外，据事以类义，援古以证今者也。……夫姜桂因地，辛在本性；文章由学，能在天资。故才自内发，学以外成；有学饱而才馁，有才富而学贫。学贫者，迍邅于事义；才馁者，劬劳于辞情；此内外之殊分也。是以属意立文，心与笔谋，才为盟主，学为辅佐，主佐合德，文采必霸；才学褊狭，虽美少功。"①近人黄侃对此补充说："逮及汉魏以下，文士撰述，必本旧言，始则资于训诂，继而引录成言，（汉代之文几无一篇不采录成语者，观二《汉书》可见。）终则综辑故事。爰至齐梁，而后声律对偶之文大兴，用事采言，尤关能事。"②在这种背景下，大量先秦时期的古史逸闻和史传传说都成为文人学士肚中之才，并逐渐用为诗文典故。以前面所举曹植《洛神赋》为例，赋中除了使用"女娲清歌"的典故外，神话传说中的洛水宓妃还作为女主人公，得到了酣畅淋漓的文学渲染和艺术描绘。此外，郑交甫于汉水遇江妃二女事，舜二女娥皇、女英湘水之神事，以及牛郎织女、屏翳、川后、冯夷等诸多仙人神人之事都成为文中典故。尤其是阮籍的《清思赋》。赋间黄帝、夒、伯牙、女娃、汉武帝李夫人、师延之乐、申喜闻歌迎母、阖闾求钩、羲和、望舒、夸父、朝云、织女、安期、夏后启等神话传说和历史人物轮番登场，典故展示令人暇接，给人们展示了光怪陆离、五彩斑斓的艺术世界，使人如啜琼脂、如饮甘泉。

其次，神话移位为文学还要取决于神话在人们心目中地位的改变。在文学脱离各种实用文体而走向独立的过程中，一个重要的推动因素就是史家文化的排斥和摈弃。中国早期的史学著作是人神不分的，有些史书记载实际上是对神话传说的照搬。如班固《汉书·律历志》所载《世经》，将先秦主要传说人物编排成名号整齐的古史帝王系统：

太昊炮牺氏—共工—炎帝神农氏—黄帝轩辕氏—少昊金天氏—颛

---

① 《文心雕龙·事对》，范文澜注，人民文学出版社1978年版，第614页。
② 黄侃：《文心雕龙札记》，上海古籍出版社2018年版事类第三十八。

顼高阳氏—帝喾高辛氏—帝挚—帝尧陶唐氏—帝舜有虞氏—伯禹夏后氏—商汤—周文王武王—汉高祖皇帝

　　这个系统从"夏后氏"开始进入历史时期，自"伯禹"以上皆为传说时期。同时，《汉书·古今人表》将伏羲和女娲列为全史人名之首，次接《庄子·胠箧》和《六韬·大明》所提诸古帝氏，再接西周、春秋至战国前期所传人物。《汉书·古今人表》遂成为古史传说人名的大成荟萃之所，五彩缤纷的神话人物，都堂而皇之地登入正史之列。

　　然而随着古史的逐渐久远和人们理性意识的增强，人们很快就意识到神话和历史共融一炉的荒谬性。王充在《论衡》中曾以鸿篇大论，对女娲补天神话的真实性深表质疑[1]，并对上古先民舍伏羲而祭女娲的做法表示不解[2]。从这些质疑和疑惑当中可以看到，随着蒙昧时代的逝去和文明程度的深化，从汉代开始，先民的神话故事在人们心目中渐渐褪去神秘光环，人们不再从宗教祭祀的角度来崇仰神话人物和故事，而是客观地将其视为虚构的神话现象，从而为神话向文学的移位奠定基础。实际上，从王充开始，学术界对于神话的历史真实性的质疑一直延续不断。从宋代高似孙对女娲补天的怀疑，到元代俞琰对女娲炼五色石传说的嘲笑[3]；从乾嘉学者崔述的《考信录》，到现代学者中以顾颉刚为代表的"古史辨"派，怀疑否定神话的历史真实性的呼声愈见高涨。罗泌《路史》称："论者惑于众多之说……何其妄邪！"[4]面对李贺《李凭箜篌引》中"女娲炼石补天处，石破天惊逗秋雨"的诗句，元代李冶竟然发出这样的质疑："长吉岂果亲造其处乎？"[5]

---

①《论衡·谈天》："察当今天去地甚高，古天与今无异。当共工缺天之时，天非坠于地也。女娲，人也，人虽长，无及天者。夫其补天之时，何登缘阶据而得治之？岂古之天，若屋庑之形，去人不远，故共工得败之，女娲得补之乎？如审然者，女娲已前，齿为人者，人皇最先。人皇之时，天如盖乎？"

②《论衡·顺鼓》："伏羲、女娲，俱圣者也。舍伏羲而祭女娲，《春秋》不言。董仲舒之议，其故何哉？"

③见高似孙：《纬略》卷八，文渊阁《四库全书》本；俞琰：《席上腐谈》卷上，《宝颜堂秘笈》本。

④《路史》卷三十二"女娲补天说"，文渊阁《四库全书》本。

⑤李冶：《敬斋古今黈》卷十，文渊阁《四库全书》本。

从文学的角度看，这样的问话似乎显得有些不近情理，但透过这些盛气凌人的质询，却可以清楚地看到史传文化对于异己者所形成的强力围剿态势。

清代以后，受西方史学观念的影响，学者们对中国古代历史中神话与历史混淆不清的批评更加猛烈。康有为认为战国诸子利用上古茫昧无稽而率意以神话臆造历史，意在托古改制。①夏曾佑则认为三皇五帝太古时期的历史系由"上古神话"构成，称为"传疑时代"，故将三王至盘古十纪之说斥为抵牾。②而以顾颉刚先生为首的"古史辨"派，则把这种疑古风气推向了极致。顾氏以"层累造成"古史说为基础，认为"时代愈后，传说的古史期愈长，……传说的中心人物愈放愈大"。③并指出："古人对于神和人原没有界限，所谓历史差不多完全是神话。"④尽管后人对这些说法的偏颇之处多有质疑⑤，但无论是疑古派，还是信古派，显然对中国古史中的神话部分的真实性都产生了怀疑⑥。

这种从史家角度对神话真实性的怀疑，固然将神话驱逐出史学领域，纯净了史书的范围，似乎是神话的不幸。然而从文学的角度看，正是由于史家的驱逐，才使得神话义无反顾地走向文学，成为文学的渊薮和素材，也是神话移位于文学的历史杠杆。于是，被史家弃置也就不再是神话的悲哀，相反她与文学的喜结连理却成为文学走向独立并逐渐蔚为大观的有效添加剂和助燃剂。正是从这个意义上，文学的营垒倒是应当感谢史家对于神话的清理和摈弃。

原载《东方丛刊》2006年第2辑

---

① 参见康有为：《孔子改制考·上古茫昧无稽考》，上海书店1992年排印本。

② 参见夏曾佑：《中国古代史》，商务印书馆1933年版。

③ 顾颉刚：《与钱玄同先生论古史书》，《古史辨》第一册，上海古籍出版社1982年版，第60页。

④ 顾颉刚：《答刘胡两先生书》，《古史辨》第一册，上海古籍出版社1982年版，第100页。

⑤ 参见钱穆：《国史大纲》，商务印书馆1999年版。

⑥ 参见陈勇：《疑古与考信——钱穆评古史辨派的古史理论》，《学术月刊》2000年第5期。

女娲女皇神话的夭折

和女娲造人和补天神话相比，女娲女皇之治神话的文学移位过程更为滞涩，无繁荣而近夭折。这一强烈的反差说明神话在其走向文学的过程中，其移位的程度是要受到各种社会因素制约的。

在女娲神话中，有关女皇之治的内容与其他内容出现的时间大致相同，但记载的内容比较模糊。首先引起人们注意的当是著名的"三皇"之说。东汉王符《潜夫论》："世传三皇五帝，多以为伏羲神农为三皇。其一者或曰燧人，或曰祝融，或曰女娲。其是与非未可知也。"（王符《潜夫论》卷八，文渊阁四库全书本）[1]这说明东汉之前关于"三皇"的说法至少有三种。那么女娲为什么能够取得三皇的尊位，后来为什么又被排除在三皇之外；这个变化与其文学移位的程度有何关联？这些都是很有意思的问题。

有关女娲为女皇的说法，现有较早的材料是《淮南子·览冥训》："伏羲、女娲不设法度，而以至德遗于后世。"这里没有明确女娲是什么身份，但她能和伏羲并列，且属于能讨论是否"设法度"和"遗至德"的人物，显然已经暗示出其女皇的地位。与《淮南子》大约同时代的《诗含神雾》的记载可为佐证："含始吞赤珠，刻曰：玉英生汉皇，后赤龙感女娲，刘季兴也。"（《艺文类聚》卷九十八引，上海古籍出版社1982年版）[2]这个著名的刘邦诞生的故事似乎也暗示出女娲的至尊地位。也许是还有其他亡佚材料，也许是根据以上材料的推测，不久就出现了对女娲是三皇之一的猜

---

① 按秦汉时期有诸多三皇之说，本文只取与女娲相关之说。其他说法参见顾颉刚：《三皇考》，《顾颉刚古史论文集》第三册，中华书局2011年。

② 按《史记·高祖本纪》引"女娲"作"女媪"，亦通。

测和坐实。应劭《风俗通义》引《春秋运斗枢》："伏羲、女娲、神农，是三皇也。"郑玄则明确指出女娲是三皇之一："女娲，三皇承宓戏者。"[①]这种观念到了南北朝时期似乎已经成为一种既定的事实——女娲已经成为社会上人们约定俗成的女皇的符号或代称。《北齐书》："又太后之被幽也，珽欲以陆媪为太后，撰魏帝皇太后故事，为太姬言之。谓人曰：'太姬虽云妇人，实是雄杰，女娲已来无有也。'"（《北齐书·祖珽传》，中华书局1997年缩印标点本）祖珽出于奉承的目的，将太姬比作女娲式的女中豪杰，说明女娲作为女皇角色在社会上得到了普遍认可。

唐代之前女娲能够取得如此至高无上的地位，究其历史文化根源，在于原始母系社会女性崇拜观念的遗传。当代民族学和民俗学的资料表明，母系社会的原始宗教神话早已不复存在，但其残余形态却广为流传。[②]传说中女娲那造人造物，以及补天济世的传说，都是其神话残余。而作为母系社会女性崇拜的极致，女娲进入"三皇"之列是合乎历史本来面目的。甚至有理由作出这样的臆测，女娲当年在先民心目中的地位，也许比我们今天的了解和认识要高许多。对于甲骨卜辞中有关祭"东母"和"西母"的记载，过去一般将其解释为日月之神。[③]近年来有人从原始的二方位空间意识出发，将东母西母分别解释为女娲和西王母。[④]从女娲在远古时期曾经有过的"三皇"地位和母系社会女神的普遍地位来看，这种说法是可以相信的。

从唐代开始，女娲为三皇之一的说法开始逐渐得到认可，并逐渐走入文学的殿堂。有的承袭旧说，把女娲视为传说中的女皇。如李鼎祚《易传》：

---

①《礼记正义》卷三十一郑玄疏，孔颖达正义："案舜典垂作共工，谓舜时也。郑不见古文，故以为尧时。云'女娲三皇承宓羲'者，案《春秋纬·运斗枢》：差德序命，宓羲、女娲、神农为三皇。是'承宓羲者'。"《十三经注疏》本。

②参见杨堃、罗致平、萧家成：《神话及神话学的几个理论与方法问题》，《民间文学论坛》1995年第1期。

③参见丁山《中国古代宗教与神话考》、陈梦家《殷虚卜辞综述》。

④参见叶舒宪：《高唐神女与维纳斯·女娲与西王母原型》，陕西人民出版社2005年版。

包牺氏没，女娲氏代立为女皇，亦风姓也。女娲氏没，次有大庭氏、柏黄氏、……凡十五世，皆习包牺氏之号也。"（《易传·系辞下第九》，《文渊阁四库全书》本）

显然，随着年代日渐久远，人们对女娲女皇地位的真实性已经无暇顾及。与此同时，借助神话传说将女娲作为尊贵和权力女性的符号，是唐代以后部分文学作品的意象选择。不过显而易见的是，与女娲造人和补天神话文学移位的繁荣景象相比，女娲女皇之治神话的文学移位显得十分萧条。女娲女皇之治题材的文学表现不仅数量上可谓凤毛麟角，质量上也只不过是借用女娲的女皇地位符号而已，与唐诗宋词，乃至《红楼梦》中的女娲造人补天主题的纷纭演绎相比，不啻天壤之别。唐崔融《代宰相上尊号表》："岂使女娲神化，仍参泰古之皇。"（《全唐文》卷二一七，上海古籍出版社1990年影印本）苏安恒《请复位皇太子疏》："臣驰情缅素，窃见女娲之代，风俗简朴，人淳易理，垂衣拱手，不足可言。"（《全唐文》卷二三七，上海古籍出版社1990年影印本）李商隐《宜都内人》："古有女娲，亦不正是天子，佐伏羲理九州耳。"（《李义山文集笺注》卷十，《文渊阁四库全书》本）这种情况大约自唐代一直延续到近代。如文天祥的《徐州道中》诗：

未央称寿太上皇，巍然女娲帝中闱。终然富贵自有命，造物颠倒真小儿。（《文山集》卷十四，《文渊阁四库全书》本）

这是笔者所见有关女娲女皇之治题材的诗文作品中文学性最好的一篇了，但也只是把女娲的女皇符号稍加渲染而已，仍然缺乏文学的想象和创新的意境。而后来其他作品更是每况愈下了。明顾璘《文信侯传》：

文信侯者，姓石氏，名方，字文古。先世事混沌氏，兄弟分镇诸岳。尝从女娲氏立大功，封爵不及，遂隐焉。（《顾华玉集》卷十，《文渊阁四库全书》本）

明倪元路《诰封孙母钱太夫人行状》：

> 以为国华不已，又益之以女德。自太夫人之备德而处积贵齐。案名巨下将轼辙兰荃，敷挺崇封极年。所谓女娲以来未之有也。（《倪文贞集》卷十二，《文渊阁四库全书》本）

明黄震《黄裳元吉》：

> 六五于坤为最吉之爻。伊川言外生意，乃谓妇人居尊位之戒，女娲、则天是也。（《黄氏日抄》卷六，《文渊阁四库全书》本）

清黄遵宪《温则宫朝会》：

> 万灯悬耀夜光珠，绣缕黄金匝地铺。一柱通天铭武后，三山绝岛胜方壶。如闻广乐钧天奏，想见重华《盖地图》。五十余年功德盛，女娲以后世应无。（《人境庐诗草》卷六，上海古籍出版社1999年版）

这凤毛麟角的几个文学意象的使用，不仅没有给女娲女皇之治神话的文学移位带来柳暗花明的繁荣气象，反过来却成为其冷落萧条的证明。在繁花似锦的女娲造人补天神话的文学移位景象面前，女娲女皇之治的文学移位实在是过于渺小和微弱了。

这种极为强烈的反差使人不得不产生这样的疑问：上古神话在离开生长的土壤而发生文学移位的过程中，是不是毫无保留地被后人吸收和演绎？检验女娲女皇之治神话的遗迹，反思其内在文化动因，使人清楚地认识到，文学移位中对于神话题材的吸收，是要以其所在时代的社会文化需求为前提的。

一个男权社会，尤其是儒家一统天下的中国封建社会，是可以让因母系社会而在中国历史的政治舞台上占有一席之地的女娲的女皇地位受到质疑，并被排挤出去的。司马贞《补史记》：

> 女娲氏亦风姓，蛇身人首，有神圣之德，代宓牺立号曰女希氏。无
> 革造，惟作笙簧，故《易》不载。不承五运，一曰女娲亦木德王。盖宓
> 牺之后，已经数世，金木轮环，周而复始。特举女娲以其功高而充三
> 皇，故频木王也。（《补史记·三皇本纪》，《文渊阁四库全书》本）

鉴于司马迁《史记·五帝本纪》之前历史的缺失，司马贞以《三皇本纪》为其立传。但其对三皇之一的女娲的态度，却是承袭了汉代以来对女娲这一女性神祇的冷漠和贬低。一方面，他无法回避前代母系社会有关女娲圣德传说的遗闻，承认女娲有"神圣之德"；另一方面，他却为把女娲排除三皇之外寻找各种理由和根据。首先，他对女娲造人、补天等人所共知的功德视而不见，认为女娲除了"作笙簧"之外，没有什么功德可言，并以此作为《易经》没有收录女娲事迹的原因。其次，他还用秦汉以来的"五德终始"说来解释女娲被排除三皇的理由。按照他的解释，自伏羲后经过了数代，金木水火土五德循环了一圈，所以轮到女娲时应该又是木德。然而女娲无论是抟土造人，还是炼石补天，都显示出其土德的内质。所以女娲是"不承五运"。类似的说法还有唐代丘光庭：

> 郑康成以伏羲、女娲、神农为三皇。宋均以燧人、伏羲、神农为三
> 皇。《白虎通》以伏羲、神农、祝融为三皇。孔安国以伏羲、神农、黄
> 帝为三皇。明曰：女娲、燧人、祝融事经典未尝以帝皇言之，又不承五
> 行之运。盖霸而不王者也。（《兼明书》卷一，《文渊阁四库全书》本）

可见女娲因不承五运而淡出女皇行列的说法到唐代已经相当普遍。而到了宋代理学家那里，干脆就赤裸裸地指出，作为女人，女娲和武则天一样，根本就不应该抛头露面，过问政治。程颐说："妇居尊位，女娲氏、武氏是也，非常之变，不可言也，故有黄裳之戒而不尽言也。"（《伊川易传》卷一，《文渊阁四库全书》本）同代的鲍云龙在程颐的基础上则更加直接地

指出女子参政的荒谬性：

> 阴不可以亢阳，臣不可以抗君，妇不可以抗夫，小人不可以抗君子。
> 程子曰：臣居尊位莽卓是也。犹可言妇居尊位，女娲氏、武氏是也。非
> 常之变不可言也。（《天原发微》卷二下，《文渊阁四库全书》本）

于是乎，女娲一时间竟然成了批评女人过问政治的反面形象代表。明
周琦说：

> 女主之王天下，起自女娲。女娲在始立君之时，人道未明之日。
> 今吕氏称制在彝伦明正之日，非女娲时比也。变也不有王陵周勃之俦。
> 几何而不危刘乎？（《东溪日谈录》卷十三，《文渊阁四库全书》本）

周琦的主要矛头是要对准汉代的吕雉，因而还算给女娲留足了面子，
说她在"人道未明之日""王天下"应该还是情有可原的。但从根本上来
说，女娲与吕雉同出一辙，都是属于"妇居尊位"之类的大逆不道之举。

看了这些义愤填膺的激烈言辞，人们不难了解父系社会在政治方面对
于女子的介入是何等的不可容忍。从而也就不难理解女娲女皇之治神话的
文学移位是遇到了何等强大的阻力。

女娲女皇之治的神话没有在后代的文学殿堂中获得像造人和补天神话
那样繁荣的生机，其根本原因在于女皇问题涉及到中国封建社会的最为重
要的王权观念问题。作为上古母系社会残余观念表现的女娲女皇之治的传
说，在进入父系社会后在男权的挑战和排异下逐渐淡出政权统治领域，而
只是保留了对社会具有积极贡献的女娲造人和补天意象，在文学的移位过
程中大放异彩。这个明显的对比和反差，极为清楚地揭示出神话在其文学
移位的过程中是如何必然受到社会条件的制约。

原载《山西大学学报》2007年第1期

文学移位：精卫神话英雄主题的形成与消歇

神话在其后代的文学土壤中破土再生的时候，大抵要受到两个方面因素的制约影响，一是社会发展的历史文化对神话内容的解读倾向，二是神话题材故事文学移位的程度。而这二者之间又是相互关联和相互制约的关系。一方面，社会的发展会遴选或重塑神话；另一方面，这个遴选和重塑又必须在其文学条件允许的平台上来进行。

从这个角度来看，精卫神话中的英雄主题在其后代文学移位的过程中，随着文学性大大增强，其远古时期曾经蕴含的英雄观念却逐渐淡化削弱，从而凸显出中国文化中某些英雄崇拜被君权观念和家族崇拜所取代的历史局限。

一、神话时代的精卫英雄主题

世界各国的早期神话中都曾经出现过共同的英雄主题。但是同样的神话英雄主题在后代的命运却不尽相同。精卫神话的早期记载中含有清晰的英雄主义要素，但其结局却与西方的英雄神话迥异。

精卫神话首见《山海经》，英雄主义是其重要因素之一：

> 又北二百里，曰发鸠之山，其上多柘木。有鸟焉，其状如乌，文首、白喙、赤足，名曰精卫，其鸣自詨。是炎帝之少女名曰女娃，女娃游于东海，溺而不返，故为精卫。常衔西山之木石，以堙于东海。①

---

① 袁珂：《山海经校注》，上海古籍出版社1980年版，第92页。

精卫的英雄主义要素首先来源于她的血缘。作为"炎帝之女"，她继承了乃父身上的英雄因子。炎帝头上的无数光环足以证明他的英雄身份。他不仅是诸神之父——太阳神①，还是农业神②。

这两者，都与作为农耕文化背景的华夏先民宗神崇拜有关。炎帝英雄身份一个显著特点，就是作为农耕国度的早期神祇，是太阳神与农业神身份的合一。笔者曾试图廓清炎帝的太阳神身份和农业神身份各自何时起源，又何时合流，但没有成功。因为就目前所说的材料来看，二者从一开始就密不可分。成书于战国时期的《世本》一书就已经明确记载其为"炎帝神农氏"。③在秦汉时期有些文献已经把炎帝和火神并称④，并逐步把炎帝与神农同为一体的身份明确下来⑤。到了三国时期，炎帝与神农氏关系的说法就更加明确具体为："炎帝即神农氏，炎帝身号，神农代号也。"⑥

与此二者相关，炎帝又被认为是著名的中国火神燧人氏。⑦如同黄帝为姬姓之祖一样，炎帝为羌族姜姓之祖。按《说文》："炎，火光上也。从重火。"盖因火焰上腾之形，象征天神之光明。《左传·哀公九年》："炎帝为火师，姜姓其后也。"更为明显的说法是《管子》："炎帝做钻燧生火，以熟荤臊，民食之无兹胃之病，而天下化之。"⑧此外，如果炎帝就是那个与黄帝大战涿鹿之野的蚩尤的话⑨，那么其显然又具有战神的身份。

英雄神话是时代的产物，是先民在能力与意识方面缺乏与自然抗争经

---

① 《白虎通·五行》："炎帝者，太阳也。"

② 《白虎通·号》："古之人民，皆食禽兽肉。至於神农，人民众多，禽兽不足，於是神农因天之时，分地之利，制耒耜，教民农作。神而化之，使民宜之，故谓之'神农'。"又《帝王世纪》："炎帝神农氏人身牛首。"（《绎史》卷四引）

③ 《世本·帝系篇》，清张澍稡集补注本。

④ 《淮南子·时则训》："南方之极，自北户孙之外，贯颛顼之国，南至委火炎风之野，赤帝、祝融之所司者万二千里。"

⑤ 《淮南子·时则训》高诱注："赤帝，炎帝，少典之子，号为神农，南方火德之也。"

⑥ 《世本·帝系篇》宋衷注，清张澍稡集补注本。

⑦ 参见丁山：《中国古代宗教与神话考·炎帝与蚩尤》，上海书店出版社2011年版。

⑧ 《管子·轻重戊篇》，据丁山《中国古代宗教与神话考》引。丁氏谓"通行本炎帝为黄帝"，但未详其所据何本，姑存之。

⑨ 参见丁山：《中国古代宗教与神话考·炎帝与蚩尤》，第411—412页。

验的幻想产物。不过，与游牧文化那种战马式的英雄范式不同，以定居为主的农耕文化英雄范式主要是太阳英雄。①不过除了几位直接与太阳相关的英雄，如羿、夸父等之外，定居式农耕文化英雄还应该包括与农耕密切相关的各种自然神，精卫即其中佼佼者。

作为炎帝的后代，精卫神话中的英雄主题几乎占据了其神话形象的主体部分。虽然她已经变成了鸟的外形，但其形象不乏女子的姣好——"文首、白喙、赤足"，但其"自詨"的叫声却不乏壮美的气概。更为重要的是，她的生命和行为的主体基本上是其父炎帝英雄血缘的延续。

很多记录和研究精卫的文本都忽略了一个重要细节——精卫名字的来历、内涵具有怎样的主题意义。笔者所见诠释精卫名字的文字只有一篇，独到而有见地。陆思贤《神话考古》从古人立杆测晷影的角度，认为当时测影者顶着烈日在晷影盘上创作炎帝神话，而精卫神话就是傍晚日落，晷影在东南隅时所插最后一筹的产物：

> "名曰精卫"，"精"用为"景""经"，指日景晷影之所经"卫"用为"围""纬"，指晷影弧面围绕的纬度，今言"经纬"；"故为精卫"者，强调夏至日的经线与纬线跨度最大"名曰女娃"，娃字从女从圭，指晷影圈上所插之"圭形"筹码，与上述鸟形筹相比，说明所插是有进位概念的数筹"女娃游于东海"，指晷影圈上最后一根筹插到遥远的东南方，这是晷影盘上一年中最末的一根筹，因名"炎帝之少女"；"溺而不返"，指一日内的筹码插完，不再回去，有去无回；"常衔西山之木石，以堙于东海"，指年年岁岁，日日月月，如此插筹，从西山衔来木石，填于东海，这是"精卫填海"神话的出典。②

这个说法不仅新颖独特，而且完全能自圆其说。尤其作者能把精卫神话的各种名称与晷影测筹工作一一对应，这对于我们理解精卫神话作为太

---

① 参见叶舒宪：《英雄与太阳——上古史诗的原型重构》第一编导论，陕西人民出版社2005年版。

② 陆思贤：《神话考古》，文物出版社1995年版，第214页。

阳神后代的血缘本色非常重要，的确给人耳目一新之感。但无论是字义本身，还是神话故事的社会文化蕴含，显然均有未尽之义。在我看来，太阳暑影说只是揭示了精卫名称和内容的血缘出身含义，却没有涉及作为精卫神话社会历史含义的英雄主题——这些方面还有深入挖掘的必要。

根据《山海经》的记载，精卫原名"女娃"，在她游东海的时候，不幸沉溺，"故为精卫"。

"精卫"一词首见于此。在此之前"精卫"不是一个固有词汇，没有既定的内容含义，只能从两个字分别的含义及其合成之后的词义中去辨析。

在"精"字诸多词义中，结合女娃游东海不幸溺亡变成鸟的遭遇，笔者认为"精灵""魂魄"最能符合"精卫"这一名称中"精"的本意。《易·系辞》曰："精气为物，游魂为变。是故之鬼神之情状"，孔颖达正义为"阴阳精灵之气，氤氲积聚而为万物也"①。又《左传·昭公七年》："子产曰'人生始化曰魄，既生魄，阳曰魂，用物精多，则魂魄强，是以有精爽。至于神明。匹夫匹妇强死，其魂魄犹能凭依于人，以为淫厉。"孔颖达正义为："附形之灵为魄，附气之神为魂也。"②这应该就是世界各民族在蒙昧时期共有的灵魂观念。而灵魂观念的核心一点就是灵魂脱离肉体之后的独立存在。正如恩格斯对于灵魂观念的描述："他们的思想和感觉不是他们身体的活动，而是一种独特的、寓于这个身体之中而在人死亡时就离开身体的灵魂的活动。从这个时候起，人们不得不思考这种灵魂对外部世界的关系。既然灵魂在人死时离开肉体而继续活着，那么就没有任何理由去设想它本身还会死亡；这样就产生了灵魂不死的观念。"③从精卫形象的生成过程来看，完全可以肯定她是炎帝之女女娃沉溺东海之后的灵魂转世。所以把"精卫"的"精"解释成为"精灵""魂魄"当无问题。

更能体现精卫形象的文化内涵的应该是她名字中的"卫"字。和"精"字相比，"卫"护卫的字义在精卫名字中的含义更为明确。④正是"护卫"

① 《周易正义》，《十三经注疏》，中华书局1980年版，第77页。

② 《春秋左传正义》，《十三经注疏》，中华书局1980年版，第2050页。

③ 恩格斯：《路德维希·费尔巴哈和德国古典哲学的终结》，人民出版社1972年版，第14页。

④ 《玉篇·行部》："卫，护也"《说文解字·行部》："卫，宿卫也。"

和"精灵""魂魄"的结合，才使得"精卫"这一名称有了专属的意义——承担护卫使命的精灵鸟。不但能使后人直接理解这个名称的含义，而且能使后人理解炎帝之女在东海失事后为何能以更加振奋生命的活力，去造福于人类。这样一来，精卫名字的英雄主题也就非常明确了。

精卫的英雄行为正是其名称所包蕴的英雄精神的实践。作为一个劫后的精灵，精卫"常衔西山之木石，以堙于东海"。因为小鸟与填平东海的举动反差巨大，故而"精卫填海"不仅历来成为人们交口赞誉的话题，而且也是中华民族英雄文化精神的典型代表之一。对于其英雄精神的理解，人们的看法尽管不尽相同，但实际上都是从不同侧面对精卫神话的历史文化精神的解读。

袁珂先生认为，前身为女娃的精卫，与女娲"也像是一人的分化，女娃填海的工作和女娲补天神话中'积芦灰以止淫水'的工作也很近似"，所以精卫和女娲同属洪水神话。①另外，也有人从巫术祭祀角度理解精卫形象的洪水神话意义，认为精卫作为炎帝女儿身份衔石填海而献身，是洪水神话中的英雄主义活动。"这种以少女祭神（尤其是水神）的风俗延续很久，从原始社会一直沿袭到封建时代。其背景则是宗教赎罪心理与取媚于神的仪式。通过活生生的人的牺牲来实现的这一行为，是人类生存意志在那远古时代的闪光。尽管是变形了的光。"②尽管如此，我们认为精卫这种献身精神显然与其太阳神父亲的英雄遗传密不可分。

近些年来对于精卫填海神话比较热门的解释是从历史学角度的解读与发挥。这种说法的主要依据是学界对于炎帝一支向东部沿海迁徙的论证。徐旭生说"炎帝及黄帝的氏族居住陕西，也不知道经历几何年月。此后也不知道因为什么缘故一部分逐渐东移。""炎帝氏族也有一部分向东迁移。他们的路途大约顺渭水东下，再顺着黄河南岸向东。"③按照这个思路，学者们把精卫填海神话纳入炎帝东迁的历史进程中来解读。王钟陵认为："炎帝氏族向东推进，很早就到达山东一带，在东进的过程中和其他氏族部落

---

① 袁珂：《中国神话史》，重庆出版社2007版，第24页。

② 谢选骏：《中国神话·洪水主题》，浙江教育出版社1995年版，第84页。

③ 徐旭生：《中国古史的传说时代》，广西师范大学出版社2003年版，第50、52页。

相争夺，在这种争夺中，或胜或败。精卫填海的故事便是以隐喻的方式，表达女娃一支失败的悲剧和复仇的决心。"①而涂元济等则更进一步，从炎帝东进过程中与鸟氏族亲密合作征服海洋的背景上来解读精卫神话："把精卫神话放在鸟氏族征服海洋的广阔的背景上来考察，就得承认它是寄托着炎帝族的一支渴望征服海洋的决心和信心的。"②

对于精卫神话的洪水解释和炎帝东迁解释尽管相去甚远，但其原型意义都可以整合在英雄主义这个核心精神当中。弗莱这样来解释他使用"原型"一词的含义："我用原型这个词指那种在文学中反复使用，并因此而具有了约定性的文学象征或象征群。"③按照原型批评的理论，"原型聚集成彼此联系的簇群，它们复杂多变，这是有别于符号之处。在这个复杂体系中，经常有大量的靠学习获得的特有联想，可供人们交流沟通，因为生活在特定文化氛围中的许多人恰好都熟悉它们"④。这个原型意义群的组成单元，代表和体现了精卫神话原型的不同侧面，构成了这个神话原始内容中相互关联的原始意义群。精卫神话原始意义的底色是以定居文明为主体的农耕文化色调。定居的农耕生活依赖并崇拜太阳，"太阳的光和热不仅是农作物生长的保证条件，太阳的规则运行本身亦为定居的农夫们提供了最基本的行为模式，提供了最基础的空间和时间观念，成为人类认识宇宙秩序，给自然万物编码分类的坐标符号"⑤。从这个角度看，陆思贤的精卫神话晷影说的确揭示出其与太阳之间的内在关联，切中肯綮。

但是太阳并不是万能的，如果把这种太阳崇拜理解为有了太阳人们就可以完全坐享其成，那既不可能，也失去了精卫作为太阳神女儿存在的价值和意义。精卫神话中关于洪水和东迁的两个英雄主题，在某种意义上都可以解释为人类在某些自然灾害面前，太阳也爱莫能助的体现。而东迁之

① 王钟陵：《中国前期文化：心理研究》，重庆出版社1991版，第152页。

② 涂元济、涂石：《神话：民俗与文学·谈精卫填海》，海峡文艺出版社1993年版，第145页。

③ ［加］诺斯罗普·弗莱：《文学即整体关系：弥尔校的〈奖西达斯〉》，转引自罗强烈：《原型的意义群》，百花文艺出版社1991年版。

④ ［加］诺斯罗普·弗莱：《批评的解剖》，陈慧等译，百花文艺出版社2006年版，第146—147页。

⑤ 叶舒宪：《英雄与太阳》，陕西人民出版社2005年版，第64—65页。

举在某种程度上可以视为与农耕文化相对的游牧文化中战马英雄那种剽悍骁勇性格的折射表露。

洪水神话在中国古代神话中占有较大的比重。从鲧到禹，从女娲到共工，都在致力解决这个人类共同的难题。相比之下，精卫的英雄精神更加具有感召力和震撼力。

首先，作为太阳神炎帝的女儿，精卫是炎帝氏族与洪水对抗中自我牺牲的英雄。在洪水神话的背景下，"游于东海，溺而不返"应该理解为炎帝一支在与洪水的搏斗中，其首领的女儿成为这场抗洪斗争的牺牲品。"溺"字本身不足以诠释精卫就义的过程和细节，但后代相关的传说却能有助于今人理解其献身的动机及过程。今人在提到"河伯娶妇"这个汉代以前盛传的故事时，往往只注意到其揭露迷信的意义，而忽略了它所反映的战国时期巫风盛行背景下以贵族少女祭神的习俗。三老、巫祝之流鱼肉乡民的借口是采选民女为河伯娶妇，而西门豹治住作恶者的借口则是要为河伯择优献女。双方都默认一个既定前提：为水神提供年轻女子是天经地义的。类似的"河伯娶妇型故事"不仅在中原汉民族中流传①，而且也在其他少数民族地区流传。高山族《少女献身退洪水》说的就是一个头人的女儿主动投身洪水，解救民众的故事。②这个故事似乎可以为我们复原精卫溺于东海的原貌带来某些灵感和启示："这种以少女祭神（尤其是水神）的风俗延续很久，从原始社会一直沿袭到封建时代。其背景则是宗教赎罪心理与取媚于神的仪式。通过活生生的人的牺牲来实现的这一行为，是人类生存意志在那远古时代的闪光。尽管是变形了的光。"③所以，我们有理由把精卫之溺理解为了拯救部族，精卫勇敢献身于洪水之中，成为造福族类的英雄。她名字中的"卫"字含义在这里初见端倪。

其次，炎帝女儿女娃变为小鸟是其英雄精神的转换。与其他几位洪水神话的英雄都有所不同，精卫既没有像女娲那样取得成功，也没有像鲧那样就义消失，而是变成一只小鸟。这个变形的神话意蕴似乎没有得到今人

---

① 祁连休：《中国古代民间故事类型研究》（卷上），河北教育出版社2007年版，第155页。
② 谢选骏：《中国神话·洪水主题》，浙江教育出版社1995年版，第84页。
③ 谢选骏：《中国神话·洪水主题》，浙江教育出版社1995年版，第84页。

的足够挖掘和深入理解，让人意犹未尽。有人从鸟的样子上将其释为晷影圈上所插筹码形状①，也有人从炎帝一支与鸟氏族图腾文化的关系上来解释精卫的鸟形象，甚至认为精卫变为小鸟的情节表明她的神性的削弱②。这些特定角度虽然不无道理，但从神话的深层意蕴来看，其英雄精神有两个方面更应得到阐发。其一是死后变形表现了一种顽强的责任理念和精神气概，可视为民族人格精神的重要内涵之一。其超越生死的气概不仅是孟子大丈夫形象的翻版，更可以理解为后代佛教所谓"形灭神不灭"学说的影响源头之一。其二，变形后的小鸟不仅与其生前女娃之身在形体上反差巨大，与其奋战抗争的洪水天神相比，更是天壤之别。在这巨大的形体反差中，精卫的不屈性格和抗争精神不但没有缩小，相反更加得到放大和强化。毫无疑问，精卫变形后超越生死和以小抗大的精神气概，是华夏民族英雄主义精神的重要来源和组成部分，是其神性的升华，而不是削弱。

最后，变形后小鸟填海是精卫英雄精神的升华和延续。尽管人们解释精卫故事的话语系统不同，但在肯定其填海不止的行为的英雄价值上却没有分歧。这正说明精卫填海神话英雄内核的集中和明晰。身为小鸟的精卫，填海不止的行动是其英雄精神的闪光亮点；而变形之后的小鸟与其自觉承担的使命之间的巨大反差则是其英雄气概的主要体现。

一方面，"西山"与"东海"的距离为精卫的英雄精神铺开了广阔的背景。笔者以为，充分注意到"西山""东海"的含义所指，对于理解精卫神话英雄精神的意义非常重要，而这恰恰是前贤忽略之处。"常衔西山之木石"中"西山"的意思似乎与精卫神话的发生地点"发鸠之山"有关。据《山海经》郭璞注，发鸠之山在上党长子县。袁珂称长子县今属山西，发鸠山亦名发苞山、鹿谷山、廉山，为太行山分支。③显而易见，这样一个在后代默默无闻的小山是无法与精卫这等气壮山河英雄壮举相提并论。如果"西山"即"发鸠之山"，那么同一条记载中不应二者同见，由此说明"西山"与"发鸠之山"并非一处。翻阅先秦典籍发现，最早提到"西山"者

①参见陆思贤：《神话考古》，文物出版社1995年版。

②参见涂元济、涂石：《神话：民俗与文学·谈精卫填海》，海峡文艺出版社1993年版。

③参见袁珂：《山海经校注》，上海古籍出版社1980年版，第92页。

为《易经》。《易经》中的"西山"与"岐山"同义互见，说明早期典籍中的"西山"即指岐山。①而岐山不仅是周文化起源，也是中国文化的摇篮之一。把"西山"理解为"岐山"，不仅有助于从中国文化大背景的高度理解精卫故事的英雄价值，而且也可以为灿烂的岐山文化增添新鲜元素。"东海"的所指要相对明确一些。虽然先秦典籍中"东海"的所指略有出入②，但大致涵盖范围均在今黄海和东海一带。而黄海和东海的经度范围大致相同。所以，先秦时起就有以"东海"泛指东方之海的用法。而《山海经》一书所涉"东海"正是泛指东方之海。③从东海到岐山的几千千米，对于精卫这个已经溺于东海的小小精灵来说，实在是过于遥远。但这个遥远也是其英雄气概的真切展现。

另一方面，"西山木石"和"东海"的巨大反差再次凸显出精卫英雄精神的强大。远古时期人们虽然没有明确的体积重量观念，但仅凭肉眼也不难衡量出小鸟所衔木石与浩瀚东海之间的悬殊差别，不难辨别出需要多少"西山木石"才可以把"东海"填平。正是这个巨大的反差，生发出民族精神中不畏艰险，敢于以小搏大的英雄气概。成就这种英雄气概的应该是先民无知无畏条件下的非理性成分和奇幻夸张思维。它孕育开发出人类雄伟的胆略气魄，却随着人类的成熟，理性的发达而趋于萎缩。

综上可见，精卫英雄神话与中国其他洪水神话的明显区别和重要意义在于，它虽然也从属于农耕文化的太阳英雄系，但由于精卫的故事发生在炎帝一支自西向东迁徙的过程中，且其湮没于东海之中具有牺牲意义，其

---

①《易经·随》："王用亨于西山。"又《易经·升》："王用亨于岐山。"（中华书局《十三经注疏》本）

②《庄子·秋水》："夫坎井之蛙乎，谓东海之鳖曰：'吾乐与！出跳梁乎井干之上。'"《荀子·正论》："坎井之蛙不可与语东海之乐。"所指皆为广泛东海之意。

③《山海经》有十一处提到"东海"，北及今渤海、黄海，南及今东海。如《海内经》："东海之内，北海之隅，有国名朝鲜。"《海内东经》："泗水出鲁东北而南，……而东南注入东海，入淮阴北。"《大荒东经》："东海之外，大荒之中，有山名曰大言，日月所出。"三者分别指今之渤海、黄海、东海。按：有的学者根据《海内东经》中有"会稽山"的出现而将《山海经》中精卫故事的东海锁定为今之江浙东海，恐不确。参见倪浓水：《西山和东海："精卫填海"里的南北文化隐喻》，《社会科学论坛》2008年第2期。

衔木填海的壮举就不仅具有太阳英雄的风范，而且也含有游牧文化中战马英雄的因素，成为以小搏大、以弱制强英雄精神的代表。遗憾的是，在进入文明时期后，随着农耕社会和封建制度的稳固健全，像炎帝部落这种举族迁徙的情况难以再现，精卫英雄神话这种以小搏大、以弱战强的英雄气概没有继续发扬光大，反而萎缩退化。这一点，在精卫神话英雄主题在后代的演变中表现得十分清楚。

二、秦汉六朝：精卫神话英雄主题的弱化与初步文学移位

秦汉以降，神话的原生土壤已经干涸。文明时代的到来，封建制度及其相应的文化格局的形成确立，为它提供了新的生命体转型的再生土壤。

神话来到文明社会，要面临两个最直接的适应程序：首先，它要从没有文字记载的传说时代进入到文字记载时代；其次，这个神话内容从传说进入文字化的过程，必然会深深烙上记录者所处社会时代本身的印记。相比之下，战国时期神话的最初记录（如《山海经》）距离传说时期的神话原貌更接近一些。而从秦汉开始，神话的最初移位也就开始了。除了承载时代社会历史风貌外，文学的表述也随着自身的行进轨迹在神话记录方面显示出同步性。

秦汉时期社会文化对精卫英雄主题走势影响最大的一点是君权地位的上升对英雄主题的压制侵削。秦汉时期不仅在体制上，而且在观念上把君权的至高无上地位构筑得无以复加。而凡是与此相左相悖的角色都要受到弱化，为君权的崇高地位让路。精卫的英雄主题在此潮流走向中受到挤压弱化是情理之中的事情。

精卫神话的英雄主题在秦汉时期的文学移位，大抵沿着三条路径：其一，在承袭前人神话记录的基础上补充丰富，成为神话记录的延续；其二，把精卫神话作为历史记载，进行历史复原和评论；其三，用文学手法张扬精卫的英雄精神，初步勾勒出精卫英雄主题的文学样貌。

秦汉六朝时期精卫神话故事主要集中在志怪小说中。尽管志怪小说与神话有本质区别，但二者之间也存在血浓于水的密切关联。神话传说是志怪小说的源头之一，很多神话故事赖志怪小说得以传世。二者能够血脉相

承的重要原因是，在对神话内容真实性的认识上，二者均信其实有。这就给了志怪小说延续神话内容并发扬光大的内在驱动力。这在精卫英雄主题的演变上有所体现。

这个时期精卫神话传说记载主要收在西晋张华《博物志》中。今本《博物志》：

> 有鸟如乌，文首、白喙、赤足，曰精卫，故精卫常取西山之木石，以填东海。①

这段文字可谓《山海经》所记精卫神话的压缩版。就文采来看，似乎还不及《山海经》。其主要作用应该就是延续精卫神话的内容。如果仅此而已，的确看不出志怪小说与神话传说之间有什么传承区别。

但是，今本《博物志》散佚的文字，说明志怪与神话之间除了继承之外，的确还有改造新生，却淡化其英雄主题的一面：

> 《博物志》云：君山，洞庭之山是也。帝之二女居之，曰湘夫人。帝女遣精卫至王母，取西山之玉印，印东海北山。②

湘夫人的神话传说为长江流域楚文化的产物，而精卫神话属于黄河流域中原文化。本来相距甚远的二者却被整合在一起，形成新的故事元素。古代精卫神话在这里只是保留了名字，并将其去西山衔木的情节改造为取西山玉印。但神话故事中精卫战天斗地的英雄气概却被大大弱化。这段记录与《山海经》中神话记载的最大不同是，它把分属两个不同神话系统的神话传说整合在一起，显示出神话进入文明社会之后被加工的痕迹。这个痕迹的内在实质不难理解。作为志怪小说，尽管在内容真实性的认识方面还承续着神话思维，但其所反映的先民战胜自然灾难的英雄精神已经被弱

---

① 范宁：《博物志校证：卷三异鸟》，中华书局1980年版，第37页。
② 此段文字今本《博物志》未载，参见《太平御览》卷四九地部"君山"条。

化。一位主动向自然挑战奋斗的弱小英雄，变为受湘夫人驱使奔走，为其效力的工具。非常明显，这是封建社会君权观念对精卫英雄主题的扬弃和改造。

同样是因为时过境迁，精卫英雄故事在六朝散文作家手中同样出现某些内容的变异。或者是捕风捉影、附会精卫的行踪，或者是把精卫填海故事作为一个既定的历史符号加以议论。郑述祖《天柱山铭》：

> 天柱山者，……寻十州于掌内，总六合于眼中，文鳐自此经停，精卫因其止息，始皇游而忘返，武帝过以乐留。①

精卫在这里只是一位历史过客，成为描绘天柱山的一笔涂料而已。至于她的英雄壮举，似乎已被淡忘。北齐享国不长，且战乱频仍，本是英雄作为的时代。但作者郑述祖虽为北齐名宦，却以文采闻名，其所作《龙吟十弄》历代传为名曲。②可见此时文学艺术吸引了部分文人的眼球，使其从险恶的现实转到高雅的审美情怀中。于是他们的作品不但远离战乱环境，而且在文人的描绘下，连秦皇汉武这样的雄才暴君，似乎也像文人墨客一般流连忘返于天柱山。相比之下，精卫英雄气概的淡化就不足为奇了。

精卫英雄故事作为历史受到评议的情况此时也每每可见。有的用来阐发宗教教义：

> 夫旦鸣夜，不翻白日之光；精卫衔石，无损沧海之势。然以暗乱明，以小罔大，虽莫动毫发，而有尘视听。③

精卫在这里与"鹖旦鸣夜"并举，成为"以暗乱明，以小罔大"的符号。作者实际是用来指代那些与佛教教义相悖的异端。精卫的英雄气概已经荡然无存，相反倒变成了自不量力的小丑形象。又如庾信《拟连珠四十

① 《全北齐文》卷七，中华书局1965年版，第3864页。
② 参见《魏书·北齐书·北史·本传》，中华书局1997年缩印标点本。
③ 《全梁文》卷七十二，中华书局1965年版，第3380页。

250

四首》第三十七：

> 盖闻北邙之高，魏群不能削；谷洛之斗，周王不能改。是以愚公何德，遂荷锸而移山；精卫何禽，欲衔石而塞河。[1]

尽管庾信的命意与僧佑各异，但在蔑视精卫，质疑其英雄壮举这一点上却别无二致。这里可以清楚地看到，岁月时光冲淡了精卫的英雄气概。这时的人们已经不再为精卫的英雄壮举所激动震撼，而是冷淡地质疑其作为的价值意义。除了时间距离的因素外，一个重要的理由是，秦汉时期社会的重要任务是构筑君权的绝对权威。"君权神授"才是此时的思潮主流。精卫的英雄主题因此而受到了挤压弱化。

与此相反，六朝时期精卫神话的英雄主题在诗赋那里却得到了嫁接，出现了一点移位再生的痕迹。首先要提到的是郭璞的《精卫赞》：

> 炎帝之女，化为精卫。沉形东海，灵爽西迈。乃衔木石，以填攸害。[2]

郭璞是西晋时期重要的学者，尤其值得称道的是他对《山海经》保存继承的卓越贡献。其时，距成书已有五百多年的《山海经》，里面的很多名物知识已经罕有人知。郭璞对《山海经》所做注释在很大程度上弥补解决了这一空白。同时，郭璞本人也对《山海经》暨神话文化倾注了深厚的盛情。从其文集中可以看到，他为《山海经》神话系统中很多动植物精灵分别做过类似的赞。这种特殊的情结，使得他在很大程度上能够超越秦汉以来君权至上观念的桎梏，为神话英雄做正面的赞美。从其《精卫赞》中可以看出郭璞对神话世界的眷恋和怀念《山海经》中有关精卫填海记录的主要内容均为郭璞赞文吸收，同时，作者又以诗歌的节奏增强其文采，并传

---

① 《全后周文》卷十一，中华书局1965年版，第3939页。

② 参见《魏书·北齐书·北史·本传》，中华书局1997年缩印标点本。

达出作者对精卫深深的敬意和赞美。文采和情感因素改变了精卫英雄主题的性质和走势，它从先民与自然发生矛盾过程中所形成的实践英雄变为文学审美的对象。这一改变标志着精卫英雄主题社会实践品格的消歇和文学移位走势的开始。

无独有偶，陶渊明的《读〈山海经〉十三首》堪称郭璞为《山海经》中各种名物所作系列赞文的姊妹篇。精卫英雄主题的文学移位在陶渊明那里更加出色和强化了：

精卫衔微木，将以填沧海。刑天舞干戚，猛志固常在。同物既无虑，化去不复悔。徒设在昔心，良辰讵可待！①

这说明《山海经》中的神话故事至两晋已经成为重要的文学素材。但与郭璞的赞文相比，陶渊明的组诗将精卫、刑天的英雄精神重塑为文学形象，在情感和文采方面要更胜一筹。这首诗将精卫和刑天并举，其精彩之处不是仅仅描绘了他们的英雄行为，而且满怀深情地表达了对其壮举的精神共鸣和情感认同。"同物既无虑，化去不复悔"，精卫和刑天的感人之处，不仅在于其义无反顾的献身精神，更能震撼人们心灵的是其死后变形后仍然九死未悔的顽强精神。这一点也许正是精卫英雄精神的延续，但在其作品的社会属性和阅读效应上却与神话发生了离异。

作为中国古代隐逸文化的代表人物，这位不肯"为五斗米折腰向乡里小儿"的陶靖节借此诗抒发了他的政治信念和顽强精神。选择隐居并不能使他完全与世隔绝，相反使他与主流社会政治的对立感更为强烈。陶渊明的政治立场底色是漠视君权的，所以在精卫形象的认识上他不能认同以君权权威压制精卫英雄价值的理念。不过他对精卫英雄精神的赞赏也不是希望将其用来唤起民众参与战胜自然和社会变革，而是把精卫作为他本人反抗君权精神的形象符号，借他人酒杯，浇自己胸中块垒。所以，陶渊明对

---

① 陶渊明：《〈读山海经〉十三首第十》，《陶渊明集》，逯钦立校注，中华书局1979年版，第138页。

精卫英雄气概的赞颂与神话记载最大的区别在于，他不是从人类改造自然的社会实践中来审视感受精卫的英雄壮举，而是把精卫故事作为表达个人情感的载体来进行感情和精神寄托的。这正是严格意义上神话文学移位的标志。后代精卫神话的文学移位，正是沿着这个轨迹不断延伸扩展的。

精卫的文学移位现象在六朝文学走向自觉和独立时期的各种重要文体形式中也得到表现。齐梁时期诗人范云写过《望织女》诗，内容涉及精卫：

> 盈盈一水边，夜夜空自怜。不辞精卫苦，河流未可填。寸情百重结，一心万处悬。愿作双青鸟。共舒明镜前。①

诗人驰骋想象，把精卫故事编织到织女传说当中。不过作者吸收了秦汉以来有些人对精卫填海的质疑说法，以精卫填海未果，作为织女与牛郎隔岸相望这一悲剧情景的重要障碍。精卫的英雄精神被冲淡转化为文学的符号，为其他文学内容助力添彩。

南朝陈张正见写过一篇历史上最早的描绘奇石的《石赋》，赋中纵横驰骋，洋洋洒洒，铺张排比，以优美的文笔赞美了奇石的风采质地。在诸多铺排手法中，精卫典故与天孙等典故并列，成为渲染奇石悠久历史和重要资历的符号：

> ……奄蔼披衣，氤氲翠微。精卫取而填海，天孙用以支机。随西王而不落，傍东武而俱飞。②

至此已经清楚地看出，精卫神话因子离开神话母体后，虽然精卫的英雄色彩已经淡化，但这颗种子适逢文学园地开张，便在文学这个园地悄悄受到灌溉滋润，生长出属于文学的一朵小花。

---

① 《艺文类聚》卷四十三，上海古籍出版社1982年版。
② 参见《艺文类聚》卷六，上海古籍出版社1982年版。

三、唐宋时期：精卫英雄主题的文学雅化

唐宋是中国文化的文人化时期，不仅诗词歌赋等各种文学艺术样式喷涌式地绽放，就连某些帝王（如李后主、宋徽宗）的形象色彩也明显表现出逊于文人气质的走势。在此背景下，神话文学移位也开始正式拉开大幕，呈现出争奇斗艳的繁荣盛况。

在汉魏六朝文人对其文学再造的基础上，精卫英雄主题在唐宋文学中更加异彩纷呈。据粗略统计，唐宋诗文作品中涉及精卫英雄主题的有四十多篇。如果说这些作品内容有所指的话，那么基本上是围绕精卫英雄行为的正反两面的评价态度。不过这些态度也相当平缓，几乎被其作品的辞藻文采所淹没。还有一些作品则完全用精卫的英雄故事作为展示才能渲染文采的工具。

唐宋文人赞美精卫英雄精神篇什数量可观，往往从不同角度借精卫英雄壮举为现实社会行为助威。在肯定精卫英雄精神的作品中，有一个新的动向，那就是把精卫的英雄精神与社会现实中人们的反抗意识融为一体，让精卫的英雄精神为现实的反抗精神招魂。王建《精卫词》堪为代表：

> 精卫谁教尔填海？海边石子青磊磊。但得海水作枯池，海中鱼龙何所为。口穿岂为空衔石，山中草木无全枝。朝在树头暮海里，飞多羽折时堕水。高山未尽海未平，愿我身死子还生。[①]

从字面上看，本诗以极高的热情，从精卫填海的主动性，到其锲而不舍、坚韧顽强的英雄气概都做了诗意的描绘和赞美。尤其值得关注的是结尾两句，"高山未尽海未平"显然是把遥远的神话故事拉向现实，指出现实社会并不乏不平现象，需要重振精卫英雄精神，进而以"愿我身死子还生"的气概填平现实社会不公不正之事。联系到王建诗歌中大量揭露社会现实黑暗问题的宫词和乐府诗，有理由将此诗理解为作者对社会现实严重不满，

---

① 王建：《王司马集》卷二，《钦定四库全书》。

和义愤填膺地力主用精卫填海的英雄壮举来扫荡不平的一种抒发。其为下层民众的反抗意识张目的初衷，昭然可见。

还有一个角度是用精卫的顽强意志和毅力鼓舞激励现实人生。聂夷中在《客有追叹后时者作诗勉之》这首诗中，围绕立志问题告诫人们"君看构大厦，何曾一日成"。在列举诸多立志理由之后，作者又以"精卫一微物，犹恐填海平"作为物小志大的例证，鼓励人们勿以势微而丧志。所以《唐才子传》说他"警省之辞，裨补政治"。聂夷中的个人境遇和诗歌题材均与王建相似，他们出身贫寒，故能在诗歌中对民间疾苦给予同情关注，并激励下层民众蓄志发力，改变命运。精卫填海故事成为他们激励民众的形象符号——这是精卫神话实现文学移位之后实现再生的一个新趋势，值得关注。

类似情况还有佚名《雪溪夜宴诗（诸神命丽玉唱公无渡河歌）》：

> 当时君死兮妾何适，遂就波澜兮合魂魄。愿持精卫衔石心，穷断河源塞泉脉。①

这里用精卫衔石的精神表达对爱情的坚贞是精卫英雄精神进一步社会化、生活化的表现。这方面比较突出的还有韩愈的《学诸进士作精卫衔石填海》：

> 鸟有偿冤者，终年抱寸诚。口衔山石细，心望海波平。渺渺功难见，区区命已轻。人皆讥造次，我独赏专精。岂计休无日，惟应尽此生。何惭刺客传，不著报雠名。②

面对后代皇权观念对精卫英雄精神的排斥和质疑，韩愈毫无保留地站在精卫一边，赞美其拼尽毕生精力来衔石填海的顽强意志毅力，认为其英

---

① 《全唐诗》卷八百六十四，上海古籍出版社1995年影印康熙扬州诗局本，第2115页。
② 《全唐诗》卷三百四十三，上海古籍出版社1995年影印康熙扬州诗局本，第850页。

雄气概与《史记·刺客列传》中的刺客群像相比是毫不逊色的。

把精卫英雄精神社会化、生活化的路子在宋代很多诗人那里也得到了延续。王十朋在任泉州知州时，应邀参观泉州人在笋溪所建石笋桥并欣然为之题诗，诗中用"辛勤填海效精卫，突兀横空飞海蜃"赞美泉州人在天堑笋溪修建石笋桥的壮举。①又如陆游《后寓叹》诗中有"千年精卫心平海，三日于菟气食牛"②句，借用精卫填海和楚国斗谷于菟的典故激励人们卧薪尝胆，终成大业。可见精卫的英雄气概已经在现实生活和文人脑海中深深扎根。而千百年来最能撼动人们心灵的还是文天祥那首披肝沥胆的《自述》：

> 赤乌登黄道，朱旗上紫垣。有心扶日月，无力报乾坤。往事飞鸿渺，新愁落照昏。千年沧海上，精卫是吾魂。③

无论世事发生怎样的变化，文天祥内心那份"扶日月""报乾坤"的雄心壮志都毫不动摇。而支撑这一理想抱负的就是那位生死不渝其志的精卫。与此类似的还有宋末被元兵俘虏途中自溺而死的青年女子韩希孟。传说作者为她的《裙带诗》中写道："借此清江水，葬我全首领。皇天如有知，定作血面请。愿魂化精卫，填海使成岭。"④也是用精卫的英雄精神作为民族气节的形象符号。可见此时大到雄心壮志，小到生活细节，都可以用精卫的顽强精神作为文学的代言符号。精卫英雄精神的文学移位可谓相当普及流行。

除了这种单一使用的精卫英雄形象象征符号外，还有很多与其他形象符号相容并用的情况。宋代肯定精卫英雄精神的诗文中一个比较流行的方

---

① 《梅溪集》后集卷十九，《四部丛刊》本。又参见清道光《晋江县志》卷十一《津梁志·石笋桥》。

② 陆游：《剑南诗稿》，《钦定四库全书》。

③ 文天祥：《文山先生全集》，《钦定四库全书》。

④ 《辍耕录》卷三"贞烈"条，中华书局1980年标点本。又见《宋史》卷四六〇、《新元史》卷二四四等。

式是将精卫与愚公并举，将二者的顽强意志相互映衬，组合成一个象征符号体，鼓舞激励人们的意志力量。如马廷鸾《饶娥庙记》："愚公老矣山为平，精卫藐然海为倾。枕吾戈兮缚尔缨，猛志毅气妖氛澄。"①何梦桂《叶道判修天乐观疏》："要令嗣续中兴，愚公立志可移山，精卫有心能塞海。虽天外事也由人做。"又《岩下修路疏》："虽精卫有心衔枚塞海，奈愚公无力运土移山。须仗众因缘共成大方便。"②于石《感兴》诗："愚公欲移山，精卫欲填海。嗟乎智力穷，山海元不改。"③李彭《送呆上人复往荆南》："归来寂无闻，翠琰开险艰。精卫既填海，愚公果移山。"④

尤其充满激情令人感动的是陈瓘的《进四明尊尧集表》："愚公老矣，益坚平险之心；精卫眇然，未舍填波之愿。殁而后已，志不可渝。"⑤陈瓘本人刚直不阿，屡次痛批蔡京，终以直言获罪。⑥文中愚公"平险之心"和精卫"填波之愿"，正是其疾恶如仇、扬善除恶雄心壮志的形象写照。陈瓘以愚公、精卫的顽强意志自喻这一表述方式得到时人的盛赞。宋费衮《梁溪漫志》以陈瓘此表为例，说明文章神气较四六骈偶之精彩：

> 今时士大夫论四六，多喜其用事精当、下字工巧，以为脍炙人口。此固四六所尚，前辈表章固不废。此然其刚正之气形见于笔墨间，读之使人耸然，人主为之改容，奸邪为之破胆。……大观间，陈了翁在通州，编修政典局取《尊尧集》。了翁以表橄进其语，有云：愚公老矣，益坚平险之心，精卫眇然，未舍填波之愿。后竟再坐贬此。二表于用事下字亦皆精切，而气节凛凛如严霜烈日，与退之所谓"登泰山之封镂白玉之牒"者似不侔矣。⑦

---

① 马廷鸾：《碧梧玩芳集》卷十八，《钦定四库全书》。
② 何梦桂：《潜斋集》卷十一，《钦定四库全书》。
③ 于石：《紫岩诗选》卷一，《钦定四库全书》。
④ 李彭：《日涉园集》卷一，《钦定四库全书》。
⑤ 陈瓘：《宋忠肃陈了斋四明尊尧集》卷首，《钦定四库全书》。
⑥ 参见《宋史》卷三百四十五陈瓘本传，中华书局1997年缩印标点本。
⑦ 费衮：《梁溪漫志》，上海古籍出版社1985年版，第33页。

费衮堪称慧眼，在他看来，文章的用事精当和下字工巧，远不如刚正之气和气节凛凛更值得追求和赞美。而受到费衮热赞的"刚正之气"和"气节凛凛"，正是由愚公和精卫这一组神话传说意象来构成的。陈瓘那种疾恶如仇、宁死不屈的侠肝义胆，在愚公和精卫的"平险之心"和"填波之愿"中得到淋漓尽致地诠释。

从文天祥到韩希孟，用精卫英雄形象浇铸出来的民族精神模式已经逐渐清晰。到了陈瓘这里，精卫英雄精神已经逐渐从抗击外侮移位和扩大到以正抗邪，疾恶如仇的忠奸斗争中来了。由此可见精卫的英雄气概已经由先民抗争自然的写照逐渐演化成为一种文学符号，一种张扬民族气节和顽强意志、坚韧毅力的文学符号。①

精卫与愚公的共同点在于，他们的弱者条件与其自觉承担使命时表现出的巨大热情和毅力形成强烈反差。精卫神话中的这一原型在文学移位后实现了保留和再生。这也清楚说明，超越自己的能力所限，以难以想象的超人毅力去实现自己的理想任务是人类进入文明社会前后的共同追求。另外，从构思成因上看，精卫与愚公并举现象的流行，与六朝以来骈偶文章和律诗对偶体式的盛行有密切关系，同时，为骈偶文章暨科举考试服务的类书等文献形式的普遍流行也直接促成了类似的诗句方法。这也是精卫英雄神话向文学移位的足迹之一。

与愚公、精卫二事并举的情况相类者还有精卫故事与七夕故事的捏合。如陈元晋《回范宰午之谢修桥启范以酒课之羡为桥费》："确然精卫填海之诚，修尔乌鹊成桥之巧。"②晏几道《七夕》："云槎无波斗柄移，鹊慵乌慢得桥迟。若教精卫填河汉，一水还应有尽时。"③前者还是精卫之诚和鹊桥之巧的对偶使用，后者则是以幽默而大胆的想象，把二者捏合连缀，用精卫填海的方式来填满银河，那么牛郎织女之间的天堑隔绝也就不复存在了。如果说秦观《鹊桥仙》词是出于对牛郎织女相见之难的同情而将感情上升

---

① 按陈瓘此表彰显其气节风骨，多为时人所崇仰，参见岳珂：《桯史》卷十一"尊尧集表"条，中华书局1981年排印本。

② 陈元晋：《渔墅类稿》卷三，《钦定四库全书》。

③ 《宋诗纪事》卷25，《钦定四库全书》。

超越到精神层面的话，那么晏诗则试图着力从实处解决银河天堑的距离。尽管这也是虚拟的空想，但其善良的愿望和浪漫的想象不仅丰富了牛郎织女传说，也为精卫英雄形象披上一道温柔的薄纱，使其英雄壮举兼具平民色彩。同时也表明精卫英雄形象已经作为成熟的正面文学形象，进入到文学家的备用素材当中。

唐宋诗文中与正面赞美精卫英雄壮举的肯定性倾向相反的是对精卫英雄行为的质疑甚至否定。相比之下，唐代文人在这方面还比较含蓄和笼统，虽然对精卫的英雄壮举不甚赞许，但没有恶语相加，往往是作为诗歌构思的形象需求来使用精卫的这一精神。如李白《登高丘而望远海诗》：

> 登高丘，望远海。六鳌骨已霜，三山流安在。扶桑半摧折，白日沈光彩。银台金阙如梦中，秦皇汉武空相待。精卫费木石，鼋鼍无所凭。君不见骊山茂陵尽灰灭，牧羊之子来攀登。盗贼劫宝玉，精灵竟何能。穷兵黩武今如此，鼎湖飞龙安可乘。[1]

李白毕竟是李白，他既没有卷入对精卫英雄精神的褒贬纷争，也没有把精卫英雄精神引向社会实用领域，而是从反思历史的高度，借用各种历史典故，对历代帝王穷兵黩武的行为进行反思。在他看来，无论是精卫填海，还是秦皇汉武苦心孤诣的黩武之举，都只能是历史的过客，都难逃"尽灰灭"的结局。李白并没有否定精卫填海本身的价值，而是从历史幻灭的角度对人生的意义进行感慨。这比针对具体实际问题上的好恶褒贬更有震撼力。又如元稹《有酒十章》之四：

> 君宁不见飓风翻海火燎原，巨鳌唐突高焰延。精卫衔芦塞海溢，枯鱼喷沫救池燔。筋疲力竭波更大，鳍燋甲裂身已干。[2]

---

① 瞿蜕园、朱金城：《李白集校注》，上海古籍出版社1980年版，第283页。
② 元稹：《元氏长庆集》卷二十五，《钦定四库全书》。

和李白相比，元稹对精卫的批评否定味道显得明确一些了。在他看来"精卫衔芦塞海溢"的结果只能是"筋疲力竭波更大"。虽然锋芒外露，但仍然不失诗歌的韵致余味。与李白、元稹相比，宋代文人在否定精卫填海的英雄精神时，既无李白那样的超越人生况味的底蕴，也没有元稹寓讥讽于优美诗句中的诗才。他们这方面作品给人的印象是急于表述其否定批评精卫英雄精神的想法，然而却短于锤炼诗句，缺乏立意和境界的深度。

如许敬宗《谢救书表》："精卫衔刍，岂究灵鳌之境；秋萤继日，安测阳羽之升？"①许敬宗《大唐故尚书右仆射特进开府仪同三司上柱国赠司徒并州都督卫景武公碑（并序）》："故知元天覆构，非断鳌之所持，巨鳌腾波，岂精卫（阙一字）能（阙一字）？"②这两例还只是质疑。刘弇《愚堂记》："又有人不释于造物者，顾乃迁怒乎区区之山，方与螳螂、精卫争长雄而力平之。"③这里把精卫填海与螳臂当车相提并论，把精卫贬低为不自量力的小丑，则完全否定了精卫填海的正面价值。受此观念影响，对精卫英雄行为做负面理解的还表现在其他方面。熊禾《与徐同知》诗：

孔堂金石未尽泯，淹中断简犹堪搜。独抱遗经守迂拙，岁月元元春复秋。蚊虫负山力谩苦，精卫填海志未休。书生迂拙公所知，此来见公亦何求？"④

如果只看"精卫填海志未休"这一句，似乎也还看不出作者有何褒贬倾向。但把"精卫填海"和"蚊虫负山"对举，显然有等量齐观的意思。再看上下文，便不难看出作者是在用"精卫填海""蚊虫负山"为形象符号，来讥讽那些"独抱遗经守迂拙"的酸腐文人。那就可见作者眼中的"精卫填海"是与"蚊虫负山"一样地自不量力、毫无意义。这种对精卫英雄精神否定的现象还受到外来文化质疑中土文化倾向的推波助澜。蒲寿宬

---

① 《全唐文》卷一百五十一，上海古籍出版社1990年影印本，第679页。
② 《全唐文》卷一百五十二，上海古籍出版社1990年影印本，第683页。
③ 刘弇：《龙云集》卷二十二，《钦定四库全书》。
④ 熊禾：《勿轩集》卷八，《钦定四库全书》。

《送林城山归上饶》：

> 嗟哉精卫愚复愚，海石悠悠力安措。傍人龋齿看痴狂，持此痴狂向谁诉？[1]

此诗语句语气颇显突兀，与古来温柔敦厚诗风不侔。盖因作者系从西域外族人角度审视中原文化，全无中原本土人对精卫的虔诚敬畏之心。秦汉以来在君权至上理念作用下对精卫英雄精神的负面否定评价和挤压，到了宋代又融入外来文化与中国文化隔阂质疑的因素，因而使之更加蔓延滋长。[2]

唐宋时期精卫英雄精神不仅在内容意义上被作家们多角度摸索探究，在诗歌艺术上也更加雅化，体现出士人文化时期文人的雅化取向对精卫英雄精神主题的整体浇灌与滋养。

四、元明清时期：精卫英雄主题的雅俗分合

从元代开始，中国社会延续宋代以来城市发展的趋势，城市经济进一步发展。受此影响，文化主流由六朝唐宋以来的士人文化逐步转型为市民文化，市民通俗文学艺术样式也逐渐成为文学艺术舞台主角。在此背景之下，精卫英雄主题也出现了雅俗双线分合的态势。

元明清时期文学作品中与精卫有关者大约有三百篇，其中表现精卫英雄主题的大约有三分之二。精卫英雄主题的雅俗双线走势并不均衡。在诗文等传统主流文学样式中，精卫英雄主题基本上还是在前代已有的几个方面里周旋，除了在前人基础上继续深化，用精卫英雄精神打造出一批民族气节精英外，没有明显的主题更新。倒是在通俗小说戏曲等市民文学艺术样式中，精卫英雄主题出现了较新的意象和展演方式。

从元代开始，诗文领域进入因袭模仿期。受此大背景影响，精卫英雄

---

① 蒲寿宬：《心泉学诗稿》卷三，《钦定四库全书》。
② 按：蒲寿宬事迹史籍罕见，余嘉锡据《重纂福建通志》诸书考其为西域人，咸淳间曾以抗击海寇立功得官。参见余嘉锡：《四库提要辩证》卷二十三，中华书局1980年版。

主题也大抵在前代的框架下周旋。如张翥用"精卫解填，鼋鼍可驾，凌波直渡韩"①形容东海的宽阔浩渺；郝经用"愿魂化精卫，填海使成岭"②表现烈女贞节之志；方回用"节鲠直而性刚，精卫欲填夫海波兮"③赞美刚正不屈的性格，均为袭用前人同类意象；任士林有"精卫之志天地不违，愚公之谋鬼神莫夺"④之句，将精卫的英雄壮举与愚公并用，也是沿用前人。

明代诗文作家中表现精卫英雄主题的作品可以刘基为代表。前代诗文作品中表现精卫英雄主题的意象在刘基的诗歌中几乎都有表现。如《杂诗》：

> 愚公志移山，精卫思填海。山高海茫茫，心事金石在。松栢冒雪霜，秀色终不改。春阳熙幽林，卓立有光彩。⑤

这与唐宋文人把精卫、愚公并举，赞美其顽强意志精神的用法完全一致。类似者又如"精卫衔石空有心，口角流血天不知"⑥，属于单用精卫英雄气概典故的用法。其他作家也大抵沿袭前人窠臼。如高启《泉州陈氏妇夫泛海溺死守志》用精卫志节表现烈女贞烈：

> 十载空闺守寸心，沧溟水浅恨情深。愿身不化山头石，化作孤飞精卫禽。⑦

诗人以烈女口吻，写自己十年守节，情深不悔，不愿做那望穿秋水的望夫石，而愿化精卫以填海救出溺亡夫君，打破传统烈女被动等待的窠臼，取精卫的主动复仇之意，有一定新意，然仅着眼儿女情长，取径未免狭窄。

---

① 张翥：《望海潮》，《蜕岩词》卷上，《钦定四库全书》。
② 郝经：《巴陵女子赴江诗》，《陵川集》卷十，《钦定四库全书》。
③ 方回：《海东青赋》，《桐江续集》卷二十九，《钦定四库全书》。
④ 任士林：《镏成卿久斋记》，《松乡文集》卷一，《钦定四库全书》。
⑤ 刘基：《杂诗》，《诚意伯文集》卷二，《钦定四库全书》。
⑥ 刘基：《登高丘而望远海》，《诚意伯文集》卷二，《钦定四库全书》。
⑦ 高启：《大全集》卷八，《钦定四库全书》。

与之相反，有些咏史诗却能用精卫英雄形象挥洒笔墨，反思历史，寻找民族英雄的形象模式。如李东阳《崖山大忠祠诗》四首之三：

> 北风吹浪覆龙舟，溺尽江南二百州。东海未填精卫死，西川无复杜鹃愁。君臣宠辱三朝共，运数兴亡万古仇。若遣素王生此后，也须重纪宋春秋。①

崖山是南宋末代皇帝赵昺称帝之地，也是南宋崩溃灭亡，赵昺沉海之处。诗中"东海未填精卫死"指当时辅佐宋少帝、支撑南宋最后局面的张世杰，"西川无复杜鹃愁"则暗喻沉海不回的赵昺。张世杰坚持抗元，却无力回天的悲壮情怀恰恰是精卫英雄精神的写照。把精卫以弱抗强的精神内核加以提升放大，成为民族气节的形象模式，逐渐在文人篇什中蔚然成风。那些宋代抗金抗元的民族英雄如岳飞、辛弃疾、文天祥等均被用精卫英雄气概来描摹赞颂，以彰显民族气节。②

此风在明清汉满政权异代之际又进一步得到强化。很多汉族文人承袭明代风气，用精卫英雄意象作为民族精神的象征。如夏完淳《精卫》：

> 北风荡天地，有鸟鸣空林。志长羽翼短，衔石随浮沉。崇山日以高，沧海日以深。愧非补天匹，延颈振哀音。辛苦徒自力，慷慨谁为心。滔滔东逝波，劳劳成古今。③

面对清朝铁蹄压境，诗人自感无力回天，遂以精卫自拟"志长羽翼短，衔石随浮沉"。这种面对强敌不肯屈服的精神与精卫英雄气概一脉相承。相比之下，顾炎武的《精卫》更加浩气回荡：

---

① 李东阳：《怀麓堂集》卷十五，《钦定四库全书》。
② 如王象春《谒岳武穆庙》、顾璘《岳坟》、张以宁《拜岳武穆庙》、《过郁孤台怀辛弃疾》、边贡《谒文山祠》、蔡国琳《秋日谒延平郡王祠》等。参见蒋寅：《作为文学原型的精卫神话》，《北京师范大学学报》（社会科学版），2010年第1期。
③ 夏完淳：《夏内史集》卷三，《钦定四库全书》。

万事有不平，尔何空自苦？长将一寸身，衔木到终古。我愿平东海，身沉心不改，大海无平期，我心无绝时。鸣呼，君不见，西山衔木众鸟多，鹊来燕去自成窠。①

作者不仅借精卫形象抒发"大海无平期，我心无绝时"的坚定抗清决心，而且还对那些投靠清政权的汉族官员发出辛辣嘲讽。如果说唐宋时期精卫英雄形象的文学移位已经在民族气节和以正抗邪的意象组建方面初见成效的话，那么明清时期用精卫英雄气概打造出来的一批民族气节群像则将这一布局引向了深入，使之更加厚实坚固了。

与唐宋时期相比，在质疑精卫英雄精神的倾向方面，元明清时期不仅诗文数量少，而且在艺术性上也平平无奇。如刘基《彭泽阻风》："沧海未容精卫塞，蓬莱定许屋全游。"②只是笼统地否定了精卫填海的行为价值，未见新意。王祎《夜坐拟古二首》（其二）："织女居河西，河东住牵牛。奈此一水隔，数口曾无由。精卫勿填海，为我填河流。"③用的也是范云《织女诗》和晏几道《七夕》诗的旧套，均未出前人窠臼。

让人费解的是，在儒家两千年一统天下的主流背景下，对精卫英雄壮举的态度竟然会有截然相反的两种评价体系。而这水火分明的两种对峙态度竟然非常清晰地表现在宋代以来两部影响巨大的儿童启蒙读物上：

《三字经》："愚公志，精卫情。锲不舍，持以恒。"④
《幼学琼林》："以蠡测海，喻人之见小；精卫衔石，比人之徒劳。"⑤

---

① 顾炎武：《亭林诗集》卷一。
② 刘基：《诚意伯文集》卷六，《钦定四库全书》。
③ 王祎：《王忠文集》卷一，《钦定四库全书》。
④ 许印芳：《增订发蒙三字经》，辽海出版社2008年版。
⑤ 程允升编：《详校新增绘图幼学故事琼林》卷一"地舆"，浙绍奎照楼校印本，1905年版，第6页。

这就意味着，古代的孩子们会在这两部启蒙读物中听到关于精卫英雄举动的两种完全相反的声音。一个声音告诉他要学习精卫那种锲而不舍、持之以恒的精神，另一个则告诉他不要去做精卫那种徒劳无功的事情。不难设想，这必然导致孩子们在对精卫英雄形象的价值判断上的无所适从。这也充分说明了中国古代文化传统中有关英雄统一定义的缺失和复杂。而造成缺失的主要原因就是封建专制体制下对皇权的过分强化和对英雄价值的弱化。与西方文化相比，中国神话源头中的几个具有英雄资质的形象，要么被丑化否定（如蚩尤、刑天），要么被淡化曲解。如果说女娲女皇神话的夭折是封建男权的胜利的话，那么精卫英雄精神价值认定的分裂龃龉则是中国英雄精神在形成历程中遭到封建皇权搅局的一个缩影。

与诗文领域精卫英雄精神文化内涵萎缩的情况相反，元明清时期精卫英雄精神文学移位的盎然生机出现在小说戏曲等通俗文学领域（主要是在文学表达方式上）。尽管小说戏曲本身是市民文化的产物，但它要在继承利用传统主流文化积累的基础上才能绽放新枝。精卫英雄精神在小说戏曲中呈现的痕迹，也是从雅到俗，最后合拢归一，进入雅俗共赏结局的过程。

明清小说戏曲中出现的精卫英雄典故，虽然借用传统诗文意象用法较多，但基本上还是因袭诗文俗套，没有新意。如"盈盈一水边，夜夜空自怜。不辞精卫苦，河流讵可填"[1]、"玳瑁以其甲献，精卫以木石献"[2]，均属此类。

相比之下，精卫英雄精神世俗化的表现倒给人耳目一新的感觉。明代顾大典的《青衫记》不但比白居易原诗《琵琶行》大大世俗化，相较它所依据改编的马致远《青衫泪》也是更加俗化了：

① 汤显祖：《紫箫记》第三十四出"巧合"，《汤显祖戏曲集》（下），上海古籍出版社1978年版，第1005页。

② 《三宝太监西洋记通俗演义》第二回"补陀山龙王献宝涌金门古佛投胎"，上海古籍出版社1978年版，第18页。

恨娘行、惟耽钞，下金钩把儿郎钓。笑痴儿、欲火延烧，好一似精卫填桥。我心中想着，怎教人做得花月之妖？[①]

好端端的叱咤风云的精卫填海壮举，在这里被用来形容青楼嫖客的欲火激情。高雅文化的庄严底蕴，瞬间被市民阶层带有低级趣味的庸俗潮流所化解。市民阶层那种几乎不加掩饰的粗俗话语，通过裴兴奴这位妓女之口表现出来。粗俗和低级以其新颖和另类显示出生机和活力，使精卫英雄形象的文学移位变化转入一个新的舞台。

精卫英雄精神在戏曲小说中的世俗化不仅表现在内涵方面，而且在表现形式方面也有明显的更新尝试。比较突出的是《镜花缘》：

话说唐敖闻多九公之言，不觉叹道："小弟向来以为衔石填海，失之过痴，必是后人附会。今日目睹，才知当日妄议，可谓'少所见多所怪'了。据小弟看来，此鸟秉性虽痴，但如此难为之事，并不畏难，其志可嘉。每见世人明明放着易为之事，他却畏难偷安，一味磋跎，及至老大，一无所能，追悔无及。如果都象精卫这样立志，何思无成！——请问九公，小弟闻得此鸟生在发鸠山，为何此处也有呢？"多九公笑道："此鸟虽有衔石填海之异，无非是个禽鸟，近海之地，何处不可生，何必定在发鸠一山。况老夫只闻鸺鸪不逾济，至精卫不逾发鸠，这却未曾听过。"[②]

如果说顾大典的《青衫记》把精卫英雄精神从庄严的殿堂拉到市井粗俗，那么李汝珍《镜花缘》则是对精卫英雄精神文学移位的表现形式来了一次彻底的颠覆和创新。汉代以来一直以诗文典故形式完成精卫英雄精神文学移位的惯例，第一次被代之以作为叙事文学要素的方式出现。这段唐敖和邓九公的对话，实际是就历史上有关精卫填海价值意义的正反两种观

---

① 顾大典：《青衫记》第三出"裴兴私叹"，《六十种曲》，中华书局1958年版，第5页。
② 李汝珍：《镜花缘》第九回，人民文学出版社1981年版，第48页。

点进行了交流。这个内容本身在各种诗文中已经多如牛毛，不胜枚举。但这里两种不同观点和主人公的态度倾向却是以小说人物的叙述语言呈现出来。这个形式的变革意义应该比其移位过程中若干内容要素的增补更有价值。

李汝珍开辟的把精卫英雄精神嵌入叙事文学情节过程中的叙事化创举，在邹弢《海上尘天影》中更是得到了淋漓尽致地发挥。

《海上尘天影》本是一部狭邪小说，但作者模仿《红楼梦》以女娲炼石通灵宝玉统领全篇的构思，用上界万花总主杜兰香因私助精卫填海获罪谪降尘凡的故事统领全篇，完全把精卫填海故事置于全书情节结构的整体构思之中。书中前两章为全书引子，略叙万花总主杜兰香随女娲补天时未及时填补东南地陷，天帝以地陷处洗浴空间宽大不想填塞。杜兰香的坐骑精卫真仙在主人帮助下私去填海成功，上帝得知后将杜兰香和精卫真仙及二十六位花神贬谪人间，从而引出《海上尘天影》的正文故事。①

与《镜花缘》中将精卫作为唐敖与邓九公之间对话话题相比，《海上尘天影》中精卫作为一个独立的小说形象出现，是精卫形象文学移位在古代叙事文学体裁领域最成功和最完美的例证。从这两章有关精卫真仙的形象塑造来看，不仅汉代以来有关精卫英雄精神的正面精华要素，基本上已经被吸收整合在精卫真仙这个文学形象中，而且连同其悲剧命运的文化内涵指向也与其英雄精神并驾齐驱②，为精卫神话原型的文学移位画上了一个完美的句号。

综上所述，精卫的英雄精神在一个漠视英雄精神的土壤中难以茁壮生长，但在一片肥沃的文学土壤中获得了再生，绽放出新的花朵。

原载《社会科学研究》2017年第3期

---

① 参见《古本小说集成》，上海古籍出版社1992年版。

② 关于精卫神话形象悲剧命运文学移位，笔者另有文专论。

精卫神话冤魂主题的文学移位

笔者以为，精卫神话以其溺水前后为界可分为两个主题，溺水前（含溺水）为冤魂主题，溺水再生后为复仇主题（或英雄主题）。两个主题之间有因果关联。

精卫神话的重心是英雄主题，然而精卫作为一位失败的英雄，她的英雄神话又有一层冤屈悲剧的色彩。因此，精卫神话的冤魂主题与其英雄主题相互关联而又相互区别。英雄主题是精卫神话的核心和起始部分，而冤魂主题则是精卫神话的外延和结局部分。作为民族神话英雄主角的精卫，其冤魂结局恰好是中国专制体制下英雄末路的真实写照。如果说早期神话原型中的精卫英雄含冤而死是先民遭受自然"惩罚"而被迫改变命运的写照的话，那么文明社会中精卫神话冤魂主题则是封建专制体制排抑英雄的现实反映。这一变化正是精卫神话冤魂主题文学移位的演变轨迹。

一、精卫神话冤魂主题的原始意蕴解读

神话英雄的命运结局多半以悲剧而告终，而造成其悲剧命运的原因多半与其英雄行为有关。精卫神话的冤魂主题成因也是来源于此：

> 发鸠之山，其上多柘木。有鸟焉，其状如乌，文首、白喙、赤足，名曰精卫，其鸣自詨。是炎帝之少女名曰女娃，女娃游于东海，溺而不返，故为精卫。常衔西山之木石，以堙于东海。（《山海经校注》第90页）①

---

① 佚名撰，袁珂校注：《山海经校注》，上海古籍出版社1980年版。以下所引本书均为此版本，不再一一出注。

在有关洪水神话起因形式的说法中①，前人多认为精卫填海神话属于"自然力量的斗争"一类。就精卫的填海行动来看，这个看法没有问题。但笔者以为"自然力量的斗争"是精卫神话的第二主题，第一主题应该是"事故溺水"。正是这种意外弱水事故才导致精卫的死亡，从而构成其冤魂形象的基础。

关于精卫神话冤魂主题的意蕴解读，还有几个相关问题需要重新认识。

首先，关于羿与乌鸦同体关系对于精卫悲剧命运的影响。因为《山海经》原文中有精卫"其状如乌"记载，而乌鸦在中国历史上又有凶吉两种不同的解释。以至造成后人对乌鸦外形的精卫有着善恶两极的理解。有人认为古人对乌鸦表示憎恶，而具有乌鸦形状的精卫则是不祥之物和倒霉的象征。②也有人对此强烈质疑，认为乌鸦在古代也不乏吉祥的意象，应该从这些正面吉祥意象中去理解精卫正面的英雄形象。③

对此笔者以为可以从两个方面考虑纠正偏误。一是对古代文献材料需要从中国历史文化的整体全局来衡量判断其主导倾向和主次关系，不能只见树木不见森林。二是古代乌鸦一类古代禽鸟意象并非一成不变，应该从动态关系中去把握其意象演变走向。

否定乌鸦暨精卫论者的主要依据是《楚辞·天问》中"羿焉彃日，乌焉解羽"的提问。其逻辑为：既然乌鸦是太阳里面的鸟，又被羿射中毙命，那就明显表现古人对"乌"的憎恶，而精卫正是这种晦气的倒霉的象征。表面看起来此语不无道理，但细思起来就经不住推敲了。

诚然，羿在中国文化中影响深远，但这不能简单地认为只要是羿的靶子就必然是所有古人的公敌。实际上，人们对乌鸦的敌视态度的确很大程度上是因为它于太阳的同体关系。从文献记载来看，中国最早关于太阳形象描绘就与乌鸦并生。《山海经》载："……汤谷上有扶木，一日方至，一日方出。皆载于乌。"（《山海经校注》第354页）正因为有这样的记载，

---

① 参见谢选骏：《中国神话·洪水主题》，浙江教育出版社1995年版。

② 参见高国藩：《精卫神话新解》，载《文学评论丛刊》第13辑，中国社会科学出版社1982年版。

③ 参见涂元济、涂石：《神话·民俗与文学·谈精卫神话》，海峡文艺出版社1993年版。

后代关于太阳的描绘都是太阳中有金色三足乌的样貌。①所以，与其说持否定论者憎恶的是乌鸦，还不如说其憎恶的是乌鸦所从属的太阳。但无论是古人还是今人，似乎还没人能张口直接与太阳为敌。须知在中国这种农耕文化的国度中，人们对太阳的依赖和崇仰应该是正面价值取向的主流。在这种背景下，抛开乌鸦所从属的太阳不顾，单独对乌鸦进行诋毁，实在难以令人信服。在太阳崇拜的大文化背景下，羿的角色虽然具有一定正面的性质，但无论怎样也无法达到从根本上颠覆太阳崇拜文化格局的程度。正是因为这个缘故，太阳形象及作为其附属物的乌鸦在华夏民族历史上的正面属性才是主流和大局。

乌鸦的形象从先秦以来乌鸦形象的正面吉祥征兆是中国文化中的主流。商周时期就出现过"乌鸦报喜，始有周兴"的说法，认为乌鸦衔谷之种给周武王带来了吉祥好运。②这虽然属于谶纬之说，但先民从农耕社会的生产者的角度来理解乌鸦与社会族群的关系，是合乎情理的。从这个好恶取向来看，《山海经》中精卫神话的记载，无论是"如乌"的形状，还是对其本身活动的描述记录，显然都是正面肯定的。

既然乌鸦的负面形象与羿射日神话有关，那么也就有必要对该神话历史蕴含的双向解读及其相互关联作出梳理和廓清。前人对此一般不外从自然和历史两个角度切入。自然说认为羿射日反映了先民与自然斗争中的"人定胜天"思想③，而历史说则把羿和太阳之间的对立矛盾解释成为崇奉太阳和崇奉后羿两个族群的敌对关系。④这两种解释虽然能够解释羿与太阳之间的矛盾对立关系，却无法把这位射日英雄与其尘世生涯贯通起来给予完整的解释。近年来叶舒宪先生对此提出了新解，他越过后羿射日的自然

　　① 参见《长沙马王堆一号汉墓帛画》，《中国美术全集·绘画编·原始社会至南北朝绘画》，人民美术出版社2006年版。

　　② 董仲舒：《春秋繁露》卷十三"同类相动"："帝王之将兴也，其美祥亦先见。其亡也，妖孽亦先见。"《尚书传》："周将兴时，有大赤鸟衔谷之种而集王屋之上，武王喜，诸大夫皆喜。"（《四部备要》本）另外在《淮南子》《左传》《史记》中也有相关记载。

　　③ 参见高亨、董治安《上古神话·羿为民除害》（中华书局1963年版），中国社科院文学所编《中国文学史》第一卷（人民文学出版社1962年版）等。

　　④ 参见朱天顺：《中国古代宗教初探》，上海人民出版社1982年版。

和社会历史说，直接从羿的太阳身份入手解说。在他看来，羿本身就是十个太阳之一。他杀死了其他太阳兄弟，成为唯一的太阳。所以羿射日神话是太阳家族内部的角逐争斗。于是：

> （羿）这位被后人奉为天下第一大英雄的射日者，原来却是比该隐还要残忍凶残的弑兄罪人。或许正是由于这种罪过，羿才被帝俊逐出天庭，贬降尘世间"以扶下国"，开始了立功赎罪的尘世生涯，从而导演出为王、杀妖、除怪、求不死药等一系列人间英雄的事迹。[①]

这样一来，羿的英雄壮举与其尘世生涯之间的过渡关系也就有了一个合乎逻辑的解释。这个解释不仅能够把羿前后两种命运转折贯通起来，而且也为精卫神话的冤魂主题做了背景上的渲染铺垫。

精卫因鸟形产生与羿同体的关系可以从她的家族出身那里得到佐证。朱芳圃先生认为《山海经》所记精卫填海当为鸟类神话。[②]作为炎帝的女儿，精卫所属的炎帝家族的确有鸟氏族。《山海经·大荒西经》所记能上下于天的互人之国炎帝之孙灵恝，即为鸟类族群。[③]这样，精卫的鸟形与羿同为太阳一体也就不是令人费解的了。

精卫与太阳之间的这种微妙关系不仅为其悲剧命运设置了基调和底色，也为精卫神话的冤魂主题解释提出了一条新思路。此前，人们基本上是从自然或社会等外部因素来认识解读精卫填海的冤魂主题的。叶舒宪先生的研究引导我们把目光转移到精卫自身，以及与其自身内质血肉相连的羿上面。因为羿本身就是太阳，乌鸦与太阳同体，精卫又与乌鸦同形，并因此受人诟病，所以，精卫的前后命运转折可以理解为羿的命运转折的影子。也就是说，精卫在尚未出山施行英雄壮举之前，已经因为她的形象作为太

[①] 叶舒宪：《英雄与太阳》，陕西人民出版社2005年版，第95页。

[②] 参见朱芳圃：《中国古代神话与史实·炎帝》，中州书画社1982年版。

[③] 《山海经·大荒西经》："有互人之国，炎帝之孙，名曰灵恝，灵恝生互人，是能上下于天。"朱芳圃据《说文》认为恝为（左契右鸟）之假借，属鸟族。参见朱芳圃：《中国古代神话与史实·互人国》，中州书画社1982年版。

阳英雄羿的同体物而蒙上悲剧的底色了。

以往解读精卫神话的学者往往忽略了精卫填海的地点为东海这一重要线索，这在很大程度上影响了对精卫神话自然和社会属性的理解，同时也影响到与之相关的精卫冤魂主题的解读。

此前学者和教科书一般把精卫神话作为先民与自然抗争的典型，该神话的自然斗争属性自然不言而喻。但与其他的战天斗地神话相比，精卫神话有其自身的特点，而且其特点与其冤屈命运相关。精卫与其他治水类神话英雄最明显的区别就是，她不是一个主动向自然出击的战士，而是作为炎帝女儿命运轨迹发生重大意外变故后的复仇者。

精卫"游于东海，溺而不反"这两句前贤挖掘得不够，其实这是炎帝族下所属鱼人族神话传说的痕迹。炎帝族下除了鸟族，还有鱼人族。前所述炎帝之孙灵恝的后代即为鱼人族。《山海经·海内南经》："氐人国，在建木西。其为人，人面而鱼身，无足。"（《山海经校注》第280页）这个"人面鱼身"的氐人国也正是前面提到的炎帝之孙灵恝的后代互人国。[①]而所谓人面鱼身无足的"互人"，正是古人以"互物"对蚌蛤之类贝类海物的统称。[②]有意思的是，从先秦开始，古人心目中这些水中蚌蛤蜃类，恰恰又是野鸡一类的鸟类所化成。[③]到了汉代，许慎又将其加以系统总结：

> 蜃，雉入海化为蜃。从虫，辰声。[④]
> 蛤（上合下虫），蜃属。有三，皆生于海，千岁化为蜃。秦谓之牡

---

① 《山海经·大荒西经》："有互人之国，炎帝之孙，名曰灵恝，灵恝生互人。"按清人郝懿行笺："互人国即《海内南经》氐人国。氐、互二字，盖以形近而讹，以俗氐正作互字也。"转引自袁珂：《山海经校注》，上海古籍出版社1980年版，第280页。王念孙、孙星衍均据此改"互"为"氐"，今从此说。

② 《周礼·天官·鳖人》："鳖人掌取互物。"注："郑司农云：互物，谓有甲萌胡，龟鳖之属。"又《周礼·地官·掌蜃》："掌蜃，掌敛互物蜃物。"郑玄注："互物，蚌蛤之属。"

③ 如《大戴礼记·夏小正》："十月，……玄雉入于淮，为蜃。"《逸周书·时训》："立冬之日，……又五日，雉入大水为蜃。"又见《礼记·月令》《国语·晋语》等。参见朱芳圃：《中国古代神话与史实·互人国》，中州书画社1982年版。

④ 许慎：《说文解字》，中华书局1963年版，第281页。

272

厉。又云，百岁，燕所化。魁蛤，一名复累，老服翼所化也。从虫，合声。①

以上文献记载综合反映出这样的历史文化痕迹：炎帝所属的部族中包括鸟族和鱼人族两个族类，其中鱼人族又往往由鸟族变化而来。这个背景几乎是为精卫的生命过程量身定制的，有理由认为精卫是炎帝族下由鸟类变化为鱼人族的一个典型代表。纵观精卫的身份特征，她既是炎帝的后代，又有鸟的外形，这两点已经没有疑问。唯一需要确认的是精卫是否由鸟变成鱼类。这一点虽然没有直接证据，但精卫的东游经历却有理由与其鸟形形成一个合理的逻辑链条，旁证这种推测。

袁珂先生把精卫"游于东海"的"游"字解释为"游玩"②，虽然字面上能说通，但与精卫由鸟变鱼的转变过程脱节，所以有必要另寻训解。考《玉篇·水部》："游，浮也。"③又《尚书·君奭》："若游大川。"孔颖达疏："《诗》云：'泳之游之'。《左传》称：'阎敖游涌而逸。'则游者，入水浮渡之名。"④可见以"浮"解"游"并非无根。倘若从精卫由西向东由鸟变鱼的背景出发，以"浮"解释"游于东海"，那么合乎逻辑的解释是"浮于东海"。这个"浮于东海"的过程本来是它由鸟变鱼的转变过程，但由于某种不可知的原因，它没有能够顺利变为鱼类，而是"溺而不返"了。所以精卫的溺于东海不返，也正是这个逻辑过程的延续。

和炎帝族下那些鸟族变鱼族的同类相似，精卫本来也应该按照这样的命运轨迹运行。但意想不到的是她没有如愿变为鱼类，而是被海水溺死。从这个意义上来看，至此为止，精卫神话还不是人与自然斗争的主题，而是人遭受自然变故的事故溺水主题。⑤与火灾、地震等自然灾害相比，人类遭受水患危害的几率要更多更大一些。因为"它是合乎经验世界因果规律

---

① 许慎：《说文解字》，中华书局1963年版，第281页。
② 袁珂：《古神话选释》，上海古籍出版社1979年版，第90页。
③ 顾野王：《宋本玉篇》卷十九，中国书店1983年影印本，第346页。
④ 《尚书正义》，《十三经注疏》，中华书局1980年版，第225页。
⑤ 参见谢选骏：《中国神话·洪水主题》，浙江教育出版社1995年版。

的——尽管仍是超现实的，因此更容易为现代人的推理性思维方式所理解，把它看作一种'事故'"。①先民因为水患而遭受劫难，并改变命运的众多遭遇应该是这类神话的现实基础，同时，这也是精卫不幸经历的文化积淀意义所在。精卫因为意外水患事故而改变命运轨道的经历对于无知无能的古代先民来说，是一面非常相似的镜子。精卫和普通先民之间所谓现实和超现实的区别仅仅在于后人在幻想中把精卫复活并复仇，把精卫神话推向第二主题（英雄主题）中了。

所谓"冤魂"是指蒙冤死去的鬼魂。因一般经常以作祟方式对施害方复仇，所以民间又俗称为"厉鬼"。精卫的这个遭遇使她在后代获得了"冤禽"的名号，并成为早期冤魂的代表形象之一。但在先秦文献中，"冤魂"尚未成为一个专有名词。所以精卫在先秦文献中还没有取得"冤魂"的资格。这是精卫冤魂形象处于萌发时期的一个重要标志。不过那种冤魂作祟的现象在先秦文献中已经出现，《左传·昭公七年》记载子产为晋侯解答"梦黄熊入于寝门，其何厉鬼"的故事②，就是一个典型的冤魂厉鬼作祟的例子。子产认为晋侯梦见的黄熊是当年被尧处以极刑的鲧的冤魂所化，因为没有得到祭祀而托梦作祟。这种情况在《周礼》《礼记》中也有类似的相关记载。这些从侧面说明厉鬼作祟是中国先民进入文明社会之后的事情，从而反证出精卫虽然有和鲧相似的命运，但先秦时期尚未成为明确的厉鬼冤魂形象。

可见精卫神话的冤魂主题反映了远古时期先民对遭受来自自然的意外打击命运轨迹发生变化之后的惊恐和无奈，表现出该神话的原始底色与古朴风韵。尽管学界有人从炎帝部族东迁过程中艰难险阻的历史背景来解读精卫游于东海的记载③，但这却更能说明：无论是来自自然的打击变故，还

①谢选骏：《中国神话·洪水主题》，浙江教育出版社1995年版，第74页。

②《春秋左传正义》卷四十四："郑子产聘于晋。晋侯疾，韩宣子逆客，私焉，曰：'寡君寝疾，于今三月矣，并走群望，有加而无瘳。今梦黄熊入于寝门，其何厉鬼也？'对曰：'以君之明，子为大政，其何厉之有？昔尧殛鲧于羽山，其神化为黄熊，以入于羽渊，实为夏郊，三代祀之。晋为盟主，其或者未之祀也乎？'"《十三经注疏》，中华书局1980年版，第2049页。

③参见徐旭生：《中国古史的传说时代》第二章，广西师范大学出版社2003年版；王钟陵：《中国前期文化心理研究》第二编第三章，重庆出版社1991年版。

是迁徙活动社会矛盾造成的坎坷遭遇，都是远古先民生活的折射投影和抽象，是尚未兑水和加工的原汁浆液。与后代精卫神话的冤魂主题相比，精卫神话显得纯净质朴，没有更多的社会复杂因素影响和制约。它好像只给精卫冤魂主题简笔勾勒了轮廓，无论是文化意蕴还是文学渲染，都给后人的进一步扩展提供了广阔的空间余地。

二、秦汉六朝时期精卫冤魂形象的基本定型

冤魂是一种社会现象，它表现在人与自然的关系和与社会的关系上，是人们对遭受意外变故改变命运的恐怖记忆。随着社会历史的发展，人们与自然和社会关系进一步丰富和复杂，冤魂现象作为一种文化现象，也进一步得到深入细化。

到了秦汉六朝时期，与其他神话社会化、文学化的历程基本同步，精卫神话的冤魂主题开始得到明确定位，后代的精卫冤魂主题，基本上是在这个时期定型的。

作为精卫神话冤魂主题的背景，冤魂文化从秦汉才开始定型。汉代典籍中开始出现与先秦典籍中"厉鬼"一词同义的"冤魂"。《后汉书·皇后纪》记载汉灵帝拒绝为自己逼死的宋皇后改葬，"以安冤魂"，竟然得到驾崩这一下场的故事，是典型的冤魂复仇成功的实例。而许永对汉灵帝进言的理由，也正是前文所述《左传》记载晋侯梦见黄熊的故事。①此外，《后汉书》《三国志》也有多处提到"冤魂"作祟事。说明汉魏时期冤魂作祟已经成为人们普遍相信认可的一种风俗文化。与此同时，诗歌散文逐渐脱离经史，赋也应运而生，合流把文学推向独立。小说也处在萌生状态，成为精卫神话文学化的有力载体。

在此背景下，精卫形象的冤魂主题开始呈现并定位。其中包含两个要素，一是文化内涵增色，一是文学表现手法的提升。具体表现为三种情况：

一种是以朦胧的文学笔法对精卫的不幸遭遇给予同情，将其置于凄楚忧伤的角色形象中。郭璞的赞词中已经流露出对精卫尸魂两分遭遇的同情：

---

① 参见《后汉书》卷十《皇后纪》，中华书局1997年版。

"沉形东海，灵爽西迈。"①左思在其著名的《三都赋》中，分别以"精卫衔石而遇缴，文鳐夜飞而触纶"和"皈皈精卫，衔木偿怨"渲染精卫悲剧命运的凄怆色彩。②陶渊明在描述了"精卫衔微木，将以填沧海"的壮举后，又以"徒设在昔心，良辰讵可待"对其不幸遭遇表示惋惜和同情。③另如江淹《潘黄门岳述哀》："我惭北海术，尔无帝女灵。"④刘孝威《公无渡河》："衔石伤寡心，崩城掩孀袂。"⑤这种文学构思到了梁代范云《望织女诗》那里有了更进一步的发挥：

> 盈盈一水边，夜夜空自怜。不辞精卫苦，河流未可填。
> 寸情百重结，一心万处悬。愿作双青鸟，共舒明镜前。⑥

诗人以银河为纽带，描绘了两组重心形象，一是面对宽阔河水心思对面而又一筹莫展的织女，一是辛勤填河又劳而无功的精卫。有意思的是，作者把精卫填海改为填河，并且让精卫的"河流未可填"成为织女"夜夜空自怜"的原因。作者通过文学的虚构和夸张，把织女和精卫两个著名神话传说故事编织在一起，让两个故事叠加，使二者的悲凄色彩相得益彰，具有了连环效应。这样，一个古老的神话故事种子就被播种在新的文学土壤上，开始展露新的文学底色。

一种是以文学手法对精卫神话原型进行补充演绎，完成其从神话到文学的移位过程：

> 昔炎帝女溺死东海中，化为精卫，其鸣自呼。每衔西山木石以

---

① 郭璞：《精卫赞》，《艺文类聚》卷九十二，上海古籍出版社1965年版，第1608页。

② 左思：《吴都赋》，《文选》卷五，中华书局1977年版，第92页。

③ 陶渊明：《读〈山海经〉》十三首其九，《陶渊明集》，逯钦立校注，中华书局1979年版，第138页。

④ 江淹：《潘黄门岳述哀》，《先秦汉魏晋南北朝诗》，中华书局1983年版，第1573页。

⑤ 刘孝威：《公无渡河》，《先秦汉魏晋南北朝诗》，第1866页。

⑥ 范云：《望织女诗》，《先秦汉魏晋南北朝诗》，第1549页。

填东海，怨溺死故也。海畔俗说：精卫无雄，耦海燕而生，生雌状如精卫，生雄状如海燕。今东海畔精卫誓水处犹存，溺于此川，誓不饮其水。一名誓鸟，一名死禽，又名志鸟，俗呼为帝女雀。（《述异记》）①

"海畔俗说"句之前为精卫神话的原始内容，之后为《述异记》新增。有的学者认为这些新增内容意义不大。②这应该是因为人们习惯于把审视神话的重心放在神话原型方面的缘故。从神话移位的角度看，《述异记》的作者将这个古老的神话原型嫁接出两个新的枝杈：一是演绎出精卫的繁衍问题，二是补充增加了几个精卫的异名。两方面内容均具有文学移位再生的意义。

首先，《述异记》的作者把故事发生和流传地放在"海畔"，一方面与精卫神话原型的发生地"东海"取得了衔接，同时又顺势引出精卫的配偶和繁衍故事。精卫配偶和繁衍情节的增加，不但丰富了精卫故事的规模和含量，而且也对精卫故事的冤魂主题作出较大调整。

由于《山海经》有关精卫神话原文简略，后人对精卫神话冤魂内涵解读主要集中在自然和历史两个方面，而对其含婚耦在内的社会性内涵解读较少。近年开始有学者从婚耦角度解读精卫神话，认为"精卫填海"是部族婚姻历史事实的产物，是炎帝部落集团与少昊部落集团帝俊时代王子婚姻的真实反映。③这样解读能否成立姑且不论，它能启发人们从婚耦角度思考精卫故事的演绎路径。《述异记》正是沿着这个思路来铺衍精卫故事的情节内涵的。"精卫无雄，耦海燕而生"。为炎帝之女寻找配偶，显然是受到

---

① 任昉：《述异记》，李昉等编：《太平御览》卷九二五，中华书局1960年版，第4112页。

② 袁珂：《神话选译百题·精卫填海》："精卫填海神话给人印象很深，到六朝时代还有这些奇闻异说流传。当然，这已经是神话演变的末流，意义不大了。"上海古籍出版社1980年版，第73页。

③ 参见范正生：《"精卫填海"神话考释》，《泰山学院学报》，2010年第1期。

汉代以后在政府引导下早婚风气的影响。①而将精卫的配偶选为海燕，一方面与炎帝家族的鸟氏族群有关，同时也与人们将海燕在太行山衔树枝石子筑巢之举理解为鸟类生殖行为，进而联系过渡到配偶行为有关。②缺乏文字记载的远古时代神话原型，在进入文明社会之后，人类结合自己的社会生活经历，发挥想象和文采，用文学手段补充演绎神话原型的简陋，正是神话文学移位过程的真实面貌。

其次，与《山海经》所记原型记录相比，《述异记》又给精卫增添了"誓鸟""死禽""志鸟""帝女雀"等四个名字。这应该也在袁珂先生所谓"奇闻异说"之列。但如果我们从中国小说文体生成和演变角度来考察《述异记》及其所属六朝志怪小说从历史到文学的属性嬗变过程③，就不难判定这部志怪小说对于精卫神话冤魂主题演变所作出的文学移位贡献。

任昉《述异记》一书，《隋书·经籍志》与《旧唐书·经籍志》《新唐书·艺文志》未载，《崇文总目》列入小说家类。需要说明的是，与《述异记》同类、同时代的志怪小说，如《搜神记》《幽明录》等，在《隋书·经籍志》和《旧唐书·经籍志》中列入史部杂传类，直到《新唐书·艺文志》才被列入小说家类。那么，有理由这样逆推：任昉《述异记》倘若进入《隋志》《旧唐志》，应该与《搜神记》《幽明录》同列史部杂传类。而在唐代刘知己这类正统史学家看来，从史学角度看，史部著作从据实而作的严肃路数到魏晋以后堕落到"凭虚"而作的倒退之路。然而换一个角度，从小说文体的形成发展来看，被史学家指责为"凭虚""异辞"的史学异端，恰恰是促成小说文体从朦胧走向自觉，从粗陈梗概走向细致描写的催生

---

① 汉代王室与民间普遍盛行早婚风气。男子初婚年龄一般从十四岁至十八岁。女子一般在十三岁到十六七岁。如汉顺帝初婚年龄是十四岁，其后梁氏是十三岁。一些皇族基本属于童婚。汉昭帝、平帝、霍氏、王氏的婚龄皆在十岁以下。民间亦有记载云：暴室啬夫许广汉女许平君出嫁时十四五岁，而其丈夫刘恂时年十六岁。更有甚者，汉惠帝六年诏令："女子年十五至三十不嫁，五算。"（见《汉书·惠帝纪》）这就意味着，女子超过十五岁不出嫁，要交五倍的人头税。

② 参见郭郛：《山海经注证》第三章《北山经》，中国社会科学出版社2004年版。

③ 按《述异记》旧题梁任昉作，因唐前书目未载，今本有任昉生后事窜入，从四库馆臣起学界陆续有人提出为后人伪作。今人李剑国《唐前志怪小说史》（南开大学出版社1984年版）对其逐一反驳，坚持认为为任昉所作，今从其说。

素。①那么，《述异记》为精卫添加四个名字之举，显然是这股史书"凭虚""异辞"潮流中的细流之一。虽然它对史学的正轨有所偏离，却增进了小说文体走向成熟的文学性。四个名字各有意象所指："誓鸟"和"志鸟"二者意象相似，强调精卫蒙受冤屈复仇意志和决心；"死禽"意在渲染精卫冤死的悲壮气氛；"帝女雀"则从精卫身份的角度刻写其帝女身份与其不幸遭遇之间的巨大反差，为其冤魂主题铺垫了厚实基础。因此，从精卫故事的文学移位角度看，这些所谓"奇闻异辞"并非没有意义的末流，而是神话走向文学的重要进步。

一种是以文学手法否定嘲笑精卫填海之举。与前两种文学描写不同，六朝时期部分文人诗文中出现了嘲讽否定精卫填海之举的内容。比如梁代僧祐说：

> 夫鹘旦鸣夜，不翻白日之光；精卫衔石，无损沧海之势。然以暗乱明，以小冈大，虽莫动毫发，而有尘视听。②

作者一反前人对精卫壮举的膜拜态度，其鄙薄之情见诸字里行间。精卫在这里与"鹘旦鸣夜"并举，成为"以暗乱明，以小冈大"的符号。作者实际是用来指代那些与佛教教义相悖的异端。精卫的英雄气概已经荡然无存，相反倒变成了自不量力的小丑形象。如果说僧祐否定精卫是宗教宣扬教义的需要的话，那么到了北周时期，以庾信为代表的文学家则把否定精卫作为评骘历史的借喻。这位北周文学大家对中国历史上以对抗自然而著称的精卫和愚公这两位神话传说形象颇不以为然，他在《哀江南赋》中用"岂冤禽之能塞海，非愚叟之可移山"指代梁元帝以荆州小国，构衅兄弟，结怨强邻，如同精卫欲填海、愚公欲移山那样不自量力。精卫填海的负面评价意象十分明显了。更有甚者：

---

① 参见宁稼雨：《论史书的"凭虚"流向对六朝小说生成的刺激作用》，《天津师范大学学报》1999年第3期。

② 僧祐：《弘明集序》，《全梁文》卷七十二，中华书局1958年版，第3380页。

盖闻北邙之高，魏君不能削；谷洛之斗，周王不能改。是以愚公何德，遂荷锸而移山？精卫何禽，欲衔石而塞海？[1]

前面两个典故从正反两面说明不可擅动自然山水原状。前者魏君不削北邙为正面事例，事见《三国志》："明帝即位……帝又欲平北芒，令于其上作台观，则见孟津。毗谏曰：'天地之性，高高下下，今而反之，既非其理；加以损费人功，民不堪役。且若九河盈溢，洪水为害，而丘陵皆夷，将何以御之？'帝乃止。"[2]"谷洛之斗"为反面事例，事见《国语》："灵王二十二年，谷、洛斗，将毁王宫。王欲壅之，太子晋谏曰：'不可。晋闻古之长民者，不堕山，不崇薮，不防川，不窦泽'。……王卒壅之。及景王多宠人，乱于是乎始生。景王崩，王室大乱。及定王，王室遂卑。"[3]

因为有了正反两方面的铺垫，接下来作者就水到渠成地对愚公移山和精卫填海的价值意义提出疑问："愚公何德，遂荷锸而移山？精卫何禽，欲衔石而塞海？"

从文学的层面看，庾信这篇骈文的艺术手法已经相当成熟。用典、铺垫、对偶，可谓信手拈来，如同行云流水。但是与前面两种从补充演绎和同情赞美精卫悲冤遭遇的态度不同，庾信的文学移位创造不是为了彰显精卫填海行为的正面价值，而是要从反面否定其正能量作用。其中的原因和特质是值得挖掘和深思的。

首先，作者用来作为铺垫的两个典故，一个发生在周灵王时代，一个是魏明帝时，均为文明时代。这与作者下面所要否定的愚公和精卫完全是两个不同的时代背景。庾信打算通过文明时代正反两方面的实例去颠覆神话传说时代敢于向人类尚未知晓的宇宙自然挑战的英雄精神。这说明进入文明社会之后，各种新生的宇宙观念和社会观念成为限制人们认识宇宙自然问题的要素。比如，明代胡应麟对此感言："谷洛之斗，王欲壅之。太子晋之谏，可谓切深，而王卒弗能用也，终其身政事可见。惟聘后致命于齐

---

① 庾信：《拟连珠》第四十四首，《全后周文》卷十一，中华书局1958年版，第3939页。
② 陈寿：《三国志·魏志·辛毗传》，中华书局1997年版，第698页。
③《国语·周语下》，《四部备要》，上海中华书局1912年版，第5—9页。

280

而已，神圣服享，果何在哉？"①这显然是从天命观角度解释这一事件。清人胡承诺则从五行说角度解释此事："土有常尊，王室之象，春秋谷洛之鬬，将毁王宫，王灵不振，土不自固，当克而反败也。"②这种从自身所理解认知的宇宙社会观念角度去判断精卫神话的悲冤精神，不仅没有淡化其悲冤厚度，相反倒是以其较为成熟的文学手法愈发加重了精卫神话的冤魂主题。

其次，从神话及其相关的神话奇幻思维的走向轨迹来看，从动物野性走向社会人性，从感性走向理性，从具象走向抽象也是其必然归宿。黑格尔在谈到象征型艺术向古典型艺术转变时，提到这种转变的要点在于动物性因素的减少，新神对旧神的胜利，以及精神现象的增长。③当代学者王钟陵提出神话思维所处的坐标系："一方面人类的社会组织已萌生并正在发展，另一方面人类的抽象力亦在抬头。前者是社会因素，后者是精神因素，神话思维正是社会——精神因素向前的发展中滋育生长的。……这一宏大的历史进程，决定了神话思维的发展有两个走向：一是动物崇拜和自然崇拜的由盛而衰，二是非实体的概括性因素亦即意义成分的上升。"④笔者同意这一观点，并且还以为，人性对动物性的取代和抽象力对具体力的取代，这不仅是神话思维自身的走向，也是文明社会以后人们自觉运用奇幻思维的走向。⑤

把庾信的这些文字置于这样一个背景上来审视观察，就会很清楚地看到，庾信对于精卫填海神话价值认定的颠覆性认知，是进入文明社会之后，在天人学说和天命观念作用下，人们对精卫神话中英雄精神的评价，从正面的褒扬赞美转而为不屑和鄙夷。然而，由于庾信所在南北朝时期文学自觉和独立局面的形成，文学表现力大大加强，所以庾信这种对精卫评价的文学移位在精卫冤魂主题强化的过程中起到了重要推动作用。

---

① 胡应麟：《少室山房笔丛》卷十五"史书占毕"三，中华书局1958年排印本，第203页。
② 胡承诺：《读书说》卷四，《丛书集成初编》，中华书局1985年版，第150页。
③ 参见黑格尔：《美学》第二卷，商务印书馆1982年版。
④ 王钟陵：《中国前期文化——心理研究》第二编第二章，重庆出版社1991年版，第130页。
⑤ 参见宁稼雨：《山海经与中国奇幻思维》，《南开学报》1994年第3期。

三、唐宋时期精卫冤魂主题文学移位的强化

唐宋时期是中国文化舞台主角从秦汉时期帝王转向文人士大夫的繁盛时段。文学作为文化的主要载体，在张扬士人文化精神方面发挥了主力军的作用。在此背景笼罩下，尽管精卫冤魂主题从文学移位的内容走向看，基本上还是在沿袭秦汉六朝时期三个主题意象，但明显彰显出士人文化精神的底色，并且以浓烈的文学色彩，为精卫冤魂主题的文学移位抹上重墨浓彩。

文学需要积累。从先秦神话传说到六朝志怪，涌现出大量怪异故事，蔚为大观，为唐人信手拈来，纵横文思，提供了雄厚基础。唐人已经清楚地意识到自己所拥有的怪异题材故事素材积累之广泛。戴孚说：

> 大钧播气，不滞一方：梼杌为黄熊，彭生为大豕；苌宏为碧，舒女为泉；牛哀为虎，黄母为鼋；君子为猿鹤，小人为虫沙；武都女子化为男，成都男子化为女；周娥殉墓十载却活，嬴谍暴市六日而苏；蜀帝之魂曰杜鹃，炎帝之女曰精卫：洪荒窈窕，莫可纪极。[1]

在此背景下，精卫故事成为唐代文人诗文和各种作品中经常出现的题材，精卫冤魂主题的文学移位也较此前有了较大提升和跨越。

首先，在以文学手法同情精卫不幸遭遇方面，唐宋文人后来居上。如果说精卫不幸遭遇这颗文学种子在秦汉时期得以破土而出，成为一棵小苗的话，那么这棵小树在唐宋时期则顺势健康成长，枝繁叶茂。初唐四杰之杨炯《浑天赋》堪称其代表。作者利用自己弘文馆学士身处"灵台"，稔熟"浑仪"之象的便利，辨析"浑""盖"之说。但其深层命意却是借"天象"言"天命"，抒发自己身为弘农杨氏之后不得志之抑郁。而精卫填海溺水的不幸遭遇成为杨炯抒发此情之有效文学意象："女何冤兮化精卫？帝何耻兮

---

① 戴孚：《戴氏广异记序》，《广异记》，中华书局1992年版，第1页。

为杜鹃？"①该赋的文学亮点在于，以赋这种纯粹的文学美文形式进行科技学术论证，并且融入作者的人生际遇感慨，可谓情文俱佳。而精卫冤魂主题为此起到重要点睛作用。②又如岑参《精卫》诗：

> 负剑出北门，乘桴适东溟。
> 一鸟海上飞，云是帝女灵。
> 玉颜溺水死，精卫空为名。
> 怨积徒有志，力微竟不成。
> 西山木石尽，巨壑何时平。③

作者借精卫填海不果，溺水而死的不幸遭遇，喻指边塞壮士的壮志难酬。精卫的冤魂主题与现实边塞题材取得了内在贯通，如种子遇到适合生长的土壤，旺盛茁壮。

《公无渡河》（又作《箜篌引》）是从汉代蔡邕《琴操》开始诗人们关注较多的题材，荀勖《太乐歌词》、孔衍《琴操》、刘孝威《公无渡河》中均有记载。唐代开始李白、李贺、王建、温庭筠、王睿等人都有此题篇什存世。其中有两位在《公无渡河》中植入了精卫冤魂主题元素。先是梁代刘孝威写下"衔石伤寡心，崩城掩孀袂"句，用精卫衔石溺水不幸喻指描写《公无渡河》男主人公子高落水，其妻丽玉伤心欲绝之状。唐代王睿则在此基础上继续发挥，使用精卫冤魂主题元素进一步渲染《公无渡河》的悲伤气氛和丽玉的一往情深：

> 浊波洋洋兮凝晓雾，公无渡河兮公苦渡。风号水激兮呼不闻，提壶看入兮中流去。浪摆衣裳兮随步没，沉尸深入兮蛟螭窟。蛟螭尽醉兮君血干，推出黄沙兮泛君骨。当时君死妾何适，遂就波涛合魂魄。

---

① 杨炯：《浑天赋》，《全唐文》卷一百九十，上海古籍出版社1990年版，第845页。

② 参见许结：《说〈浑天〉谈〈海潮〉——兼论唐代科技赋的创作与成就》，《南京大学学报》1999年第1期。

③ 岑参：《精卫》，《全唐诗》卷一百九十八，上海古籍出版社1986年版，第466页。

愿持精卫衔石心，穷取河源塞泉脉。①

唐代诸多文学大家均对精卫冤魂题材表现了特有的关注和共鸣，同情渲染精卫悲冤命运成为唐代很多名家的作品要素：

偶夫精卫，长齐衔石之悲。②
精卫衔木而偿冤，女尸化草而成媚。③
鸟有偿冤者，终年抱寸诚。口衔山石细，心望海波平。④
浪作禽填海，那将血射天？⑤
掬土移山望山尽，投石填海望海满。⑥
拂波衔木鸟，偶宿泣珠人。⑦
拟填沧海鸟，敢竞太阳萤。⑧
一种有冤犹可报，不如衔石叠沧溟。⑨
长川罢波，雪精卫之冤心。⑩
男同精卫，空摇衔石之悲。⑪

精卫冤魂故事不仅是庙堂正宗文体诗文盛宴的必备原料，甚至连碑文墓志，乃至衙门判词中都能采用精卫冤魂故事作为遣词润饰的手段。流传

① 王睿：《公无渡河》，《乐府诗集》卷二十六，中华书局1979年版，第380页。
② 王适：《对旱令沈巫判》，《全唐文》卷二百八十二，第1262页。
③ 崔融：《嵩山启母庙碑》，《全唐文》卷二百二十，第980页。
④ 韩愈：《学诸进士作精卫衔石填海》，《全唐诗》卷三百四十三，第850页。
⑤ 杜甫：《寄岳州贾司马六丈、巴州严八使君两阁老五十韵》，《全唐诗》卷二百二十五，第551页。
⑥ 韦应物：《难言》，《全唐诗》卷一百九十五，第457页。
⑦ 陶翰：《送金卿归新罗》，《全唐诗》卷一百四十六，第337页。
⑧ 李商隐：《寄太原卢司空》，《全唐诗》卷五百四十一，第1384页。
⑨ 罗隐：《子规》，《全唐诗》卷六百五十八，第1662页。
⑩ 杨凝式：《大唐故天下兵马都元帅尚父吴越国王谥武肃神道碑铭》，《全唐文》卷八百五十八，第3990页。
⑪ 佚名：《男取江水溺死判》，《全唐文》卷九百八十二，第4509页。

搬演，盛况可谓空前。

在以文学手法补充演绎精卫冤魂主题方面，唐人没有步六朝人（如《述异记》）后尘，在语词内容方面去增添丰富，而是把目光放在文学意象方面，用异彩纷呈的文学意象去丰富和演绎精卫冤魂主题的文学魅力，实现神话的文学移位。如顾况《琴曲歌辞·龙宫操》：

> 龙宫月明光参差，精卫衔石东飞时，鲛人织绡采藕丝。翻江倒汉倾吴、蜀，汉女江妃杳相续，龙王宫中水不足。①

史载顾况诗画兼通，观此诗可见一斑。诗中精卫衔石与鲛人织绡、龙宫月明、吴蜀翻江、汉女江妃等等文学形象争奇斗艳，好似一幅龙宫大戏图。与《山海经》原文乃至《述异记》的增补相比，其文学性尺度已经大大增强。前文所引岑参《精卫》诗中用精卫填海身死的不幸遭遇喻指边塞壮士壮志难酬，神话文学意象从远古神奇世界转为现实人生，是神话文学移位的实绩性贡献。

唐人笔下的神话文学移位工作的一个普遍规律是，作者们深谙先秦汉晋典籍，对各种神话传说烂熟于心，故而能融会贯通，信手拈来，在各种神话传说的相互联系对比中去施展文学才华，让神话传说的种子再结硕果。除前面所列引文外，还有那篇武则天大加赞赏的崔融《嵩山启母庙碑》也值得关注。启母石即为传说中大禹呼其妻涂山氏，其妻化为石生启处。②崔融以此为构思背景，纵横驰骋，大逞文采，把历史神话传说中诸多经典元素荟萃一堂，从穆天子到汉武帝，从屈原到宋玉，从冯夷女娲，到宓妃麻姑，从尧母精灵，到舜妃遗响，如同"大盘小盘落玉珠"，令人眼花缭乱，目不暇接，全然如文学大花园，令人陶醉。如此盛宴，作者没有忘记把精卫的冤魂主题镶嵌进这个百花园中：

---

① 顾况：《琴曲歌辞·龙宫操》，《乐府诗集》卷六十，第879页。
② 事见《楚辞·天问》洪兴祖补注引《淮南子》。

美人之虹名螮蝀，仙妇之月作蟾蜍，精卫衔木而偿冤，女尸化草而成瑸（一作媚）。山崩蜀道，台候妇而无归；石立武昌，亭望夫而不及。论乎诞载，群下莫尊于帝王；语乎迁易，凡百无闻于感致：美矣哉！不可得而称也。①

如此华美的文学盛宴，作者仍意犹未尽，自称"美矣哉！不可得而称也"。由此可见，随着文学逐渐独立文学繁荣局面形成，"精卫偿冤"神话原型中的悲剧元素已经逐渐被文学意象所冲淡，其认知价值逐渐被审美价值所取代，这也许就是神话文学移位的一条重要规律。

与秦汉六朝时期因文明进化原因而对精卫填海神话产生怀疑乃至责问的情况不同，唐人关注的焦点似乎不在对精卫冤魂故事本身的评价上，而是为我所用，在不同的作品语言环境中让精卫冤魂故事产生不同的文学意象，进一步扩大再造和推进神话的文学移位进程。这方面则以李白为代表。

在唐代文人中，李白笔下的精卫冤魂故事数量最多，意象也最为丰富。其中《江夏寄汉阳辅录事》一首采用精卫冤魂主题的一般意象：

谁道此水广，狭如一匹练。江夏黄鹤楼，青山汉阳县。
大语犹可闻，故人难可见。君草陈琳檄，我书鲁连箭。
报国有壮心，龙颜不回眷。西飞精卫鸟，东海何由填？
鼓角徒悲鸣，楼船习征战。抽剑步霜月，夜行空庭遍。
长呼结浮云，埋没顾荣扇。他日观军容，投壶接高宴。②

据詹锳先生考证，该诗应作于流寓夜郎归后。③诗中借"西飞精卫鸟，东海何由填"的悲冤遭遇，暗示"报国有壮心，龙颜不回眷"环境下的无奈和凄惨。精卫冤魂主题被用于壮志难酬的郁闷。而《大鹏赋》中的精卫

---

① 崔融：《嵩山启母庙碑》，《全唐文》卷二百二十，第980页。
② 李白：《江夏寄汉阳辅录事》，瞿蜕园、朱金城校注：《李白集校注》，上海古籍出版社1980年版，第876页。
③ 参见瞿蜕园、朱金城《李白集校注》该诗评笺引文。

形象，却被用于作为大鹏反面衬托的渺小事物：

> 尔其雄姿壮观，块轧河汉。上摩苍苍，下覆漫漫。盘古开天而直视，羲和倚日以旁叹。缤纷乎八荒之间，掩映乎四海之半。当胸臆之掩画，若混茫之未判。忽腾覆以回转，则霞廓而雾散。……
>
> 岂比夫蓬莱之黄鹄，夸金衣与菊裳？耻苍梧之玄凤，耀彩质与锦章。既服御于灵仙，久驯扰于池隍。精卫殷勤于衔木，鹔鷞悲愁乎荐筋。天鸡警晓于蟠桃，踆乌晰耀于太阳。旷荡而纵适，何拘挛而守常？未若兹鹏之逍遥，无厌类乎比方。不矜大而暴猛，每顺时而行藏。参玄根以比寿，饮元气以充肠。戏旸谷而徘徊，冯炎洲而抑扬。
>
> ……此二禽已登于寥廓，而斥鷃之辈，空见笑于藩篱。①

一面是"雄姿壮观，块轧河汉"的大鹏，一边是"空见笑于藩篱"的"斥鷃之辈"。李白把秦汉六朝人对精卫填海行为的讽刺揶揄，编织到作为与逍遥大鹏相形见绌的渺小对立面，加以嘲笑否定。与此相类，在《寓言三首》（其二）中，精卫的冤魂形象又变为无能小臣的报国无效：

> 摇裔双彩凤，婉娈三青禽。往还瑶台里，鸣舞玉山岑。
> 以欢秦娥意，复得王母心。区区精卫鸟，衔木空哀吟。②

元人萧士赟谓："此篇讽刺之诗，彩凤青禽以比佞幸之人。琼台玉山以比宫掖。秦娥以比公主。王母以比后妃。盖以讽刺当时出入宫掖取媚后妃公主以求爵位者。精卫衔石木，以比小臣怀报国之心，尽忠竭力而不见知者，其意微而显矣。"③李白笔下精卫冤魂文学意象的变异，可谓异彩纷呈。

从数量上看，宋代文人笔下写精卫冤魂意象者不少。如胡宿借精卫冤

---

① 李白：《大鹏赋》，《李白集校注》，第8—12页。
② 李白：《寓言三首》（其二），《李白集校注》，第1392页。
③ 转引于瞿蜕园、朱金城《李白集校注》该诗评笺引文。

魂故事评骘南齐王蕤华失势降位事①，刘弇将精卫冤魂故事与杜鹃泣血故事并用，渲染忧思之情②，张镃用精卫含冤故事解释所见怪鱼现象，等等。③可谓五花八门。

与唐代相比，宋代文人笔下的精卫冤魂主题一方面显示出与唐代的衔接，另一方面又表现出自己比较鲜明的特色。所谓与唐代的衔接就是指在用文学手法同情渲染精卫悲冤遭遇，丰富文学意象方面。如王安石《精卫》：

> 帝子衔冤久未平，区区微意欲何成。情知木石无云补，待见桑田几变更。④

作者借精卫衔冤未平遭遇暗示自己变法遭遇挫折，并用精卫明知木石无补却待见桑田变更表达自己知其不可为而为之的政治决心。精卫冤魂主题意象被用作政治家的政治抒怀。类似情况还有刘克庄《精卫衔石填海》：

> 精卫衔冤切，轻生志可怜。只愁石易尽，不道海难填。
> 幻化存遗魄，飞鸣累一拳。终朝被芥子，何日变桑田。
> 鹃怨啼成血，鸥沉怒拍天。君看尝胆者，终有沼吴年。⑤

作者在以文学手法同情渲染精卫悲冤遭遇的基础上，又嫁接进入杜鹃泣血、伍子胥的悲壮元素。但作者没有完全陷入对其同情描写中，而是在结尾笔锋突转，用勾践卧薪尝胆灭吴典故昭示：悲冤、屈辱和忍耐，应该

---

① 胡宿《咏蝉》谓："莫道齐姬无伴侣，海边精卫亦冤禽。"参见《南齐书》卷二十，中华书局1997年缩印本。

② 刘弇《伤友人潘镇之失意七十韵》谓："写恨凭精卫，声冤付子规。彼苍不可问，徒积故人思。"

③ 张镃《石首春鱼梅鱼三物形状如一而大小不同尔因赋长篇》谓"头中有物从何得，精卫含冤口抛石，此鱼腹小不容舟，只把石吞那患迸。"

④ 王安石：《精卫》，《临川集》卷三十三，上海中华书局1912年据明刻本较刊，第9页。

⑤ 刘克庄：《精卫衔石填海》，《全宋诗》第五十八册，北京大学出版社1998年版，第36498页。

是大功告成的准备和前奏。这不但丰富了精卫故事冤魂主题意象，而且也把该主题意象引向积极健康的阅读接受中，具有建设性作用。从以上两例来看，宋人对于精卫冤魂主题意象的文学移位思考，似乎更加深入和深刻。

宋人使用精卫冤魂故事为典故表现出宋代鲜明特色：其一是对于精卫填海故事的评价，在秦汉六朝的基础上具有更高的关注度和多样化，否定批评意见和反驳肯定意见针锋相对，各抒己见。承袭秦汉六朝人否定揶揄精卫填海行为的看法再度出现，其中以秦观为代表：

> ……背自然以司凿兮，固神禹之所恶。世苟近以昧远兮，或不改其此度。螳螂怒臂以当车兮，精卫衔石而填海。憬梁人之不思兮，卒取非于异代。①

该赋作于天监十三年（514），梁武帝用魏降人王足计，欲以淮水灌寿阳，督卒二十万，作浮山堰于钟离，堰坏，水之怪妖蔽流而下，死者数十万人，遂有感而作。从赋的内容看，作者是因不满梁武帝违反自然规律，为军事作战构筑浮山堰，伤及大量无辜。其反战的民本思想非常健康。作者用"螳螂怒臂以当车兮，精卫衔石而填海"形容梁武帝修筑浮山堰的自不量力，其对精卫衔石填海之举的蔑视鄙薄，溢于言表。在《春日杂兴十首》（其十）中，秦观又以"螳螂拒飞辙，精卫填溟涨。咄咄徒尔为，东海固无恙"的诗句表达了同样的意象，说明在秦观心目中，精卫是一个定型的负面形象——几乎成为"螳臂当车""自不量力"的代名词。类似声音还有王迈《解嘲十首》（之一）和刘攽《次韵和秘书省林舍人校书寓兴五首》（之四）。②

另一方面，从正面维护精卫填海之举，批驳否定精卫形象的声音从唐

---

① 秦观：《浮山堰赋》，《淮海集笺注》，上海古籍出版社1994年版，第2页。
② 王迈《解嘲十首》之一："填海谁怜精卫苦，移山可笑此翁愚。"《全宋诗》第五十七册《王迈卷》，北京大学出版社1998年版，第35780页。刘攽《次韵和秘书省林舍人校书寓兴五首》其五："劳生精卫填东海，多事愚公移北山。"《全宋诗》第十一册《刘攽卷》，北京大学出版社1998年版，第7258页。

代开始愈演愈烈，韩愈首当其冲，从正面批驳否定精卫举止的言论：

> 鸟有偿冤者，终年抱寸诚。口衔山石细，心望海波平。
> 渺渺功难见，区区命已轻。人皆讥造次，我独赏专精。
> 岂计休无日，惟应尽此生。何惭刺客传，不着报仇名。[1]

精卫故事本为神话传说，无从证实，所以后人从这个角度肯定韩愈避实就虚的立意角度。朱彝尊谓此诗："不拘拘贴事，只以空语挑意，最有味。"程学恂云："……然是写意，不与工帖括者相较胜也。"[2]，而这恰恰就是文学意象的构想路径。这给了宋人以很大的启发，很多人在此基础上继续发挥，到宋代这种观点逐渐成为主流声音。谢枋得曾说："愚公移山，精卫填海。取讪笑于腐儒俗吏。"说明把否定精卫举动的言论视为"腐儒俗吏"是不少人的共识。比较有代表性的是胡仲弓《精卫》：

> 子房铸铁报韩仇，智者反为豪侠误。
> 倾秦岂在博浪沙，继世自闻嬴业仆。
> 吁嗟精卫亦偿冤，一旦奋飞身不顾。
> 衔石填海抑何愚？岂在朝朝与暮暮。
> 精卫精卫汝不知，沧海终有陵谷时。[3]

一句"抑何愚"已然清晰表达了鲜明的态度和观点。而"沧海终有陵谷时"则又明确为"抑何愚"作出逻辑上的贯通，使得"精卫填海愚说"岌岌可危。

北宋宣和年间，邓肃因写诗批评朝中借"花石纲"图谋发迹之徒被黜，

---

① 韩愈：《学诸进士作精卫衔石填海》，《韩昌黎诗系年集释》卷七，上海古籍出版社1984年版，第770页。

② 二语均见钱仲联《韩昌黎诗系年集释》卷七该诗"集说"，上海古籍出版社1984年版，第771页。

③ 胡仲弓：《精卫》，《全宋诗》第六十三册《胡仲弓卷》，第39747页。

愤而写下《南归醉题家圃二首》，其一云：

> 填海我如精卫，当车人笑螳螂。
> 六合群黎有补，一身万段何妨。①

明知精卫被嗤笑为"螳臂当车"，但仍以为自嘲，表现出坚强信念和疾恶如仇的政治态度。"螳臂当车"也被置换为坚定积极的人格意象。又如刘过《呈陈总领五首·其四》：

> 商渠驰河河可凭，精卫填海海可平。
> 物情大忌不量力，立志亦复加专精。②

在刘过这里，前人对精卫填海所谓"不量力"的阐释变成了"立志专精"的代名词。文学意象的颠覆，反映出理学背景下宋人注重"理趣"思考的时代风气。

宋人使用精卫冤魂主题另外一个鲜明特色是把精卫冤魂主题与宋金以来各种民族矛盾中张扬的民族精神相结合。元好问《壬辰十二月车驾东狩后即事五首·其二》：

> 惨淡龙蛇日斗争，干戈真欲尽生灵。
> 高原水出山河改，战地风来草木腥。
> 精卫有冤填瀚海，包胥无泪哭秦庭。
> 并州豪杰今谁在？莫拟分军下井陉。③

本诗为元好问纪乱诗名篇之一。作者把精卫填海和申包胥哭秦庭两个

---

① 邓肃：《南归醉题家圃二首》其一，《全宋诗》卷一七六八《邓肃卷》，第19679页。
② 刘过：《呈陈总领五首》其四，《全宋诗》卷二七〇〇《刘过卷》，第31812页。
③ 元好问：《壬辰十二月车驾东狩后即事五首》其二，《全金诗》卷一百二十《元好问诗》，南开大学出版社1995年11月版，第115页。

典故并举，将其带入蒙古军围攻汴京的战乱氛围中。其苍凉悲壮的气氛和报国无力的遗恨跃然纸上。精卫冤魂意象与战乱民族精神实现了成功对接。在《游承天镇悬泉》一诗中，元好问又用"子胥鼓浪怒未泄，精卫衔薪心独苦"将伍子胥与精卫并举，进一步强化这一文学意象。①而文天祥则直接用精卫的冤魂形象自况：

> 赤乌登黄道，朱旗上紫垣。有心扶日月，无力报乾坤。
> 往事飞鸿渺，新愁落照昏。千年沧海上，精卫是吾魂。②

文天祥的民族精神彪炳人寰，震撼人心。受其影响，林景熙又以系列化的精卫冤魂意象强化其民族精神色向：

> 垂垂大厦颠，一木支无力。精卫悲沧溟，铜驼化荆棘。③

该诗写于作者入元之后至元二十六年（1289），这一年谢枋得在燕京绝食而死，林景熙深受触动，写下《杂咏十首酬汪镇卿》，其中第十首系歌颂谢枋得的悲壮而死，这首第九则为赞颂文天祥。诗中以"垂垂大厦颠"隐喻南宋王朝的气息奄奄，并以"一木支无力"和"精卫悲沧溟"隐喻在此环境背景下文天祥的力单势薄，无力回天。精卫冤魂主题意象的民族精神得到极大强化。在《故国子正郑公（朴翁）墓志铭》一文中，林景熙不仅以"故国"表达对宋王朝的忠贞，而且还写道：

> ……公学圣贤之学，名其斋曰初心。沈毅直方，自许致泽，至于志不获遂，犹以言语文字扶植纲堂，精卫填海，凭霄衔土，其重可悲也。④

---

① 薛瑞兆、郭明志编：《全金诗》卷一百一十七《元好问诗》，第74页。
② 文天祥：《自述》，《全宋诗》卷三五九九《文天祥卷》，第43075页。
③ 林景熙：《杂咏十首酬汪镇卿》其九，《霁山集》，中华书局1960年排印本，第37页。
④ 林景熙：《故国子正郑公（朴翁）墓志铭》，《霁山集》，第147页。

作者将墓志主人公在宋王朝覆亡之后仍然"以言语文字扶植纲常"之举视为"精卫填海，凭霄衔土"，其用心可谓良苦。而且将其此举与宋末西域僧人杨琏真伽发掘宋帝陵寝，宋遗民唐珏收藏掩埋宋帝尸骨事相联系。可见林景熙心中的精卫衔土意象也是他本人冒死拾埋宋帝尸骨这一重要人生抉择的精神动力。而年仅十八岁的女子韩希孟在被元兵俘虏押解途中自缢身亡，留下自比精卫含冤遭遇的《练裙带诗》，诗中有云："借此清江水，葬我全首领。皇天如有知，定作血面请。愿魂化精卫，填海使成岭。"其感人之深，堪称惊天地，泣鬼神！她把精卫冤魂文学意象的民族元素升华定型，并且在后代产生极大的影响和共鸣。

四、元明清时期精卫冤魂主题的分化与雅俗分流

元明清时期中国社会历史发生很多变化，这些变化不仅深刻影响了中国文化的走向轨迹，而且也对精卫神话冤魂主题的文学移位发展轨迹产生重要制约作用。一方面，封建专制制度经过一千多年的运行，虽然江河日下，但其统治机制却愈发完善成熟。元明清三代政治高压之严酷，超越历代。另一方面，元明清三代中有两个非汉族政权。这对于两千多年汉族为主体的华夏文化，心理上是一个难以接受的重创。这两方面形成的文化潮流对于文艺心理和审美取向的重要影响就是阳刚豪放取向的萎缩，感伤和婉约取向的滋长。受到这个潮流影响，精卫神话两大主题中，英雄主题从宋代开始呈消歇态势，而冤魂主题则出现沉积和强化的态势。与此同时，元明清时期中国文化舞台一个重要变化是唐宋时期的文人士大夫文化的主角地位让位给市民文化。这个文化强弱态势的消长使得元明清时期的精卫冤魂主题文学移位出现雅俗分流的局面。这些在三代的精卫神话冤魂主题的文学移位中得到了充分证明。

宋末元初社会动荡给文人心态造成严重撞击，其间文人心态有明显的衔接痕迹。用精卫的冤魂主题意象来诉说内心的伤感和无奈是很多文人的文学表白。元初张昱《感事》有一定代表性：

雨过湖楼作晚寒，此心时暂酒边宽。杞人惟恐青天坠，精卫难期碧海干。鸿雁信从天上过，山河影在月中看。洛阳桥上闻鹃处，谁识当时独倚阑？①

元顺帝至正十六年（1356），江浙行省左丞相杨完者从张士诚手中夺得杭州，聘张昱入幕，官右司员外郎。十八年（1358），张士诚重陷杭州，杨完者被杀，张昱从此不仕，流寓城中。如此时局让作者充满惊惧和无奈，以"精卫难期"表达内心忧虑，是真实感受。清人潘德舆云："元末群盗纵横，时事不堪言矣。诗家慷慨陈词，多衰飒无馀地。独爱张光弼《感事》一律云……，悲凄婉笃，寻讽不厌。"②堪称知音。又如刘因《海南鸟》：

越鸟群飞朔漠滨，气机千古见真纯。
纥干风景今如此，故国园林亦暮春。
精卫有情衔太华，杜鹃无血到天津。
声声解堕金铜泪，未信吴儿是木人。③

据《元史·刘因传》，刘因于金贞祐中避乱南徙。作者在诗中自拟为来自朔漠越鸟，以精卫衔土和杜鹃泣血典故抒发对暮春故国的声声堕泪，其悲凉失落之情，见诸字里行间。

宋末文人用精卫神话冤魂主题表达战乱中遭受不幸境遇的凄惨意象在元代继续延续。如杨宏道《汴京元夕》：

一朝别鹄动离声，伉俪三年晓梦惊。
当日想君应被害，此时怜我不忘情。
杜鹃啼血花空老，精卫偿冤海未平。

① 张昱：《感事》，姚培谦编：《元诗别裁集补遗》，中华书局1975年版，第132页。
② 潘德舆：《养一斋诗话》卷六，中华书局2010年朱德慈辑校本，第92—93页。
③ 刘因：《海南鸟》，商聚德校点《刘因集》卷六，人民出版社2017年版，第295页。

追忆月明合卺夕，何堪灯火照春城。①

　　用精卫偿冤典故表达蒙古入侵后自己和妻子流离失所的悲痛，催人泪下。又如陈基《偶登凤凰山有感》以"填海欲衔精卫石，驱狼愿假祖龙鞭"表达对故主张士诚的怀念，悲悯中又见复国雄心。尤其值得关注的是，宋末节女韩希孟自缢身亡留下《练裙带诗》所定型的精卫冤魂意象在元代持续共鸣发酵，韩希孟连同精卫冤魂意象一起成为文学书写对象。郝经写下《巴陵女子行》，盛赞韩希孟，其序言云：

　　　　己未秋九月，王师渡江，大帅拔都及万户解成等自鄂渚以一军觇上流，遂围岳。岳溃，入于洞庭，俘其遗民以归。节妇巴陵女子韩希孟誓不辱于兵，书诗衣帛以见意，赴江流以死。其诗悲婉激切，辞意壮烈，有古义士未到者。今并其诗录于左方。呜呼，宋有天下，文治三百年，其德泽庞厚，膏于肌肤，藏于骨髓。民知以义为守，不为偷生一时计。其培植也厚，故其持藉也坚。乃知以义为国者，人必以义归之，故希孟一女子，而义烈如是。彼振缨束发，曳裾峨冠，名曰丈夫，而诵书学道以天下自任，一旦临死生之际，操履云为，必大有以异于希孟矣！余既高希孟之节，且悲其志，作《巴陵女子行》，以申其志云。②

　　诗后郝经精心全录韩希孟《练裙带诗》全文，可见崇敬之重。此门打开，广有共鸣，如彭宷《韩节妇》：

　　　　恨不生为男，横戈赴三军。栖栖临绝音，耿耿昭人文。练裳纵横四百字，上陈祖宗创业有至道，下斥奸邪误国偷生存。吾辞既毕分巳尽，精卫何苦犹衔冤。想当捐佩入不测，幽光上浮白日驭。阴魄下塞

---

　　① 杨宏道：《汴京元夕》，《全金诗》卷一〇九《杨宏道诗》，第501页。
　　② 郝经：《巴陵女子行》，《元诗选》初集上《陵川集》，中华书局1987年版，第407页。

珠宫门，湘灵鼓瑟宓妃泣，冯夷长啸群龙翻。①

杨维桢《银瓶女》则以精卫冤魂意象记录与韩希孟如出一辙的岳飞之女：

> 岳家父，国之城。秦家奴，城之倾。皇天不灵，杀我父与兄。嗟我银瓶，为我父缇萦。生不赎父死，不如无生。千尺水，一尺瓶，瓶中之水精卫鸣。②

该诗序称："宋岳鄂王之幼女也。王被收，女负银瓶投水死。今祠在浙宪司之右。"可见元代精卫冤魂意象与爱国民族精神的文学渲染已经融为一体。

虽然元代开始市民阶层成为中国文化舞台主角的大幕已经拉开，但其进程并不均衡。元代的精卫神话冤魂意象大致是对宋代的承袭和深化，虽然其中也孕育着分化的可能，但未能成为现实。到了明清两代，市民文化取代士人文化成为中国文化舞台主角的态势更加明朗，精卫神话冤魂意象的文学移位的分化也成为水到渠成的态势。具体表现在以下几个方面：

首先是传统雅文化背景下精卫冤魂意象书写的因袭和退化。明清时期传统文学样式的主要思潮走向是复古，所以传统文学样式大抵在此背景规定下进行精卫冤魂意象的文学书写。

从数量上看，明清两代诗文中使用精卫冤魂意象为典故者不少，绝对数量和诗文文体种类的覆盖面，均超过前人。但从取意和境界上看，或或平淡无味，或承袭前人，或萎缩蜕化。如：

> 长鲸一去无消息，精卫高飞有岁年。此意画图图不尽，却烦歌咏为流传。（程通《题芮廉指挥望海图》）

---

① 彭宲：《韩节妇》［DB/OL］//钦定四库全书.https://ctext.org/wiki.pl?if=gb&chapter=643186。
② 杨维桢：《银瓶女》［DB/OL］//钦定四库全书.https://ctext.org/wiki.pl?if=gb&chapter=957570。

296

鹣鹣共联羽，精卫劳木石。何如三青禽，翘尾戴胜侧。（王称《感寓二十七》）

精卫精卫，沧海填来几岁？飞来飞去翩翩，但见洪涛碧烟。碧烟烟碧，愁杀孤飞短翼。（胡俨《调笑词》）

人生一去如流星，百年抱恨不能尽。精卫空欲填沧溟，何当寄语洞庭湖。（王燧《怀云图》）

何处空堂梦欲残，白头片萼偶相看。可胜精卫无穷恨，沧海填干泪也干。（庄昶《萱草》）

扶桑摇落沧溟浅，精卫衔山木石竭。谁信临流怯浩歌，孤舟五月凉风发。（施润章《洪都吟寄熊雪堂少宰》）

林出刑天舞，岩藏贰负尸。应龙飞有翼，精卫溺堪悲。（厉鹗《浮山禹庙观山海经塑像三十韵》）

乘风事业已蹉跎，云断沧溟泪较多。精卫不能填北海，翻教随处作风波。（陶学瞻《登蓬莱阁志感上有先君子石刻》）

此类文字在明清精卫意象书写中占多数，虽然不乏名家，但确乎取意平平，索然寡味，乏善可陈。

所谓承袭前人是指笔下精卫冤魂主题意象未出前人窠臼。比如明清两代关于精卫填海评价问题看似烽烟再起，但细读之后，感觉大体在咀嚼前人残羹，味同嚼蜡。批评精卫者如：

填海衔木石，移山开路衢。既怜精卫苦，复笑愚公愚。扰扰六合间，机械纷奔趋。岂知大智者，敛之寂若无。（刘嵩《赠萧自愚炼师》）

精卫何其愚，填海欲成岭。夸父持杖走，猛气逐日景。彼为不可成，至竟同灰冷。（黄淳耀《和杂诗十一首其二》）

始悟万物有归宿，浮生驰逐朱颜凋。精卫衔木宅何益，尹公术幻真无聊。（田雯《云梯关观黄河注海歌》）

宾南如精卫填海，每不自量。（阮葵生《茶馀客话》卷二十）

褒扬精卫者如:

> 睢鸠知有别,精卫志不渝。物性固莫夺,民心焉可诬。至今南冈树,落月空啼乌。(凌云翰《鸳鸯篇·美邹节妇也》)

> 海石白凝雪,海波青照天。衔石填海无穷年,但愿沧海扬尘化为土,尔无冤兮尔无苦。(刘炳《精卫操》)

> 愚公移山,精卫填海,常人藐为说铃,贤圣指为血路也。是故知其不可而不为,即非从容矣。(黄宗羲《兵部左侍郎苍水张公(煌言)墓志铭》)

> 然予将终身以之,若愚公之徙太行,精卫之填东海,不以其力之不足而中辍也,知者鉴诸。(屈大均《广东新语》卷十一)

无论是肯定还是否定,都明显缺乏深邃的思考和令人陶醉的美感。士人文化背景下的精卫冤魂主题意象书写,的确有江郎才尽之感。

所谓萎缩是指部分作者在沿袭前人精卫冤魂意象书写时未能将前人可圈可点的胸襟气魄或高远立意发扬光大,相反却胸襟局促,立意缩小,表现出境界的萎缩。这突出表现在部分沿袭前人精卫冤魂意象书写中与爱国民族精神的融合上。如宋元时期盛传一时,鼓舞激励几代人的年仅十八岁女诗人韩希孟受精卫精神鼓舞宁死不降的英雄浩气,到了明清时期却蜕变成为孝子烈女树碑立传的套路。如贝琼《精卫愤》:

> 乍登太行,莫涉沧海水。天吴九首马一角,白浪崩山飓风起。精卫万古长衔冤,无人为汝笺天门。孝子亦何辜,死挂扶幸垠。愿衔西山石,朝飞暮飞折两翼。西山石尽海不极,月黑珠宫閟魂魄。魂魄不归思可已,乍登太行,莫涉沧海水。[1]

---

① 《清江诗集》卷五,[DB/OL] //诸子百家 .https://ctext.org/wiki.pl?if=gb&chapter=802439&remap=gb

该诗系为定海漕户夏文德落水后，其子永庆入水救父溺死事而作。①平心而论，儿子救父身亡，也的确值得表彰，但与韩希孟的气贯长虹相比，毕竟相形见绌。类似者又如：

精卫何时填海满，苍梧终日见云飞。贞魂若化吴宫燕，应是年年一度归。（黄佐《全节庙》）

精卫魂终在，潜英梦岂灵。空余潘岳赋，惆怅不堪听。（黎民表《吴舍人内子挽词》）

是使狙儿饰面，得冒荣名，精卫填河，长怀幽怨。虽或风俗之有殊，抑亦教化之未备也。（毛奇龄《家烈妇诔文》）

露箸未报蚊虻毒，精卫宁忘渤海仇。血散血凝大块里，三生因果费追求。（周炳曾《山阴潘烈女诗》）

又有高启《泉州陈氏妇夫泛海溺死守志》用精卫志节表现烈女贞烈。作者从烈女角度，以望夫石被动等待与精卫主动填海对比，表达对后者溺死守节的赞美，有一定新意。然仍未脱儿女情长眼界。

当传统诗文领域的精卫冤魂意象书写再次遭逢民族危亡关头，明清文人们的灵感似乎瞬间得到激活，再次绽放。如李东阳《崖山大忠祠诗》四首之三、夏完淳《精卫》、顾炎武《精卫》等，均能借精卫的冤魂意象抒发其忧国忧民感慨，为精卫冤魂意象在传统诗文领域的价值找回一点尊严。②

与诗文等传统文学样式精卫冤魂意象书写的不景气状况相反，元明清时段市民文化作为中国文化舞台新主角的标志，小说、戏曲等通俗文学样式获得了极大的活动空间，展现出强大的生命力。表现在精卫神话冤魂主题的文学意象书写，通俗文学与传统诗文领域形成明显的分化、对峙乃至胜出的态势。

这种分化并非一蹴而就，而是社会文化势力消长的结果。宋代以来两

---

① 按，见该诗作者序言。

② 参见宁稼雨：《文学移位：精卫神话英雄主题的形成与消歇》，《社会科学研究》2017年第3期。

部影响巨大的儿童启蒙读物为这精卫神话精神的正反两面价值判断作出清晰形象的交代：

> 愚公志，精卫情。锲不舍，持以恒。（《三字经》）
> 以蠡测海，喻人之见小；精卫衔石，比人之徒劳。（《幼学琼林》）

如前所述，怀疑与否定精卫填海之举的声音主要从汉魏六朝开始。人们试图从现实的角度推翻精卫神话的逻辑合理性，这本来是无可厚非的。但从问题的另一面看，肯定精卫填海之举的声音将精卫填海之举提高升华为一种象征意义的民族精神，其中包含遭受悲冤之苦后仍然坚忍不拔的前后因果两个方面。

从后代精卫冤魂主题意象文学移位的演变发展轨迹看，士人文化背景下的精卫冤魂主题意象书写，集中表现在诗文领域中对于坚忍不拔精神的赞美，尤其当民族危难关头，将其引申为坚忍不拔的爱国民族精神。而横空出世的市民文化则把精卫冤魂主题意象的文学书写做了一次规模巨大的颠覆和修正。其核心要点就是根据市民阶层自己的价值观念和审美意趣来重新解读和书写精卫冤魂主题意象。其中有两部作品尤其值得关注，一部是《镜花缘》、一部是《海上尘天影》。两部小说的共同特点和价值是第一次以完整的叙事文学故事形象描绘和书写精卫冤魂主题意象。

在《镜花缘》第九回，作者通过唐敖和邓九公的对话，把历史上关于精卫形象正反两面的争辩分歧以小说故事人物对话方式加以综合归纳，用叙述方式表述，堪称叙事文学对于诗文中神话文学意象的吸收、借鉴和发扬光大。尤其是通过唐敖之口表达对精卫形象的正面肯定，反映出市民文化作为新兴文化舞台主角在精卫冤魂主题意象的价值判断取向方面的积极健康意义。

近代邹弢《海上尘天影》将李汝真开辟的把精卫神话意象嵌入叙事文学情节过程中的叙事化创举进行了淋漓尽致地发挥。

《镜花缘》中精卫故事是通过唐敖与邓九公之间对话的话题内容出现的情节要素，而《海上尘天影》的作者则把精卫作为小说中一个独立的人物形象加以塑造。这个变化是古代叙事文学体裁领域中精卫神话形象在文学移位过程中的一次成功完美实践。①从引子两章有关精卫真仙的形象塑造来看，包括汉代以来有关英雄意象和冤魂主题意象的各种文学书写，精卫故事这两大基本文学意象上已经被吸收整合在精卫真仙这个文学形象中，为精卫神话原型的文学移位画上了一个完美的句号。

精卫冤魂主题意象在通俗文学领域的成功展示出市民文化对于士人文化以后浪推前浪的姿态取而代之、后来居上的历史进程，为笔者关于中国传统文化从帝王文化、士人文化逐渐过渡到市民文化的理论学说提供了较有说服力的佐证。②

综上所述，与封建专制背景下精卫英雄意象的发展空间有限不同③，精卫冤魂主题意象与专制制度背景促成的悲悯、感伤审美情怀具有很大的共鸣点，因此得到更加广泛的接受和书写，成为精卫神话文学移位过程中的一个亮点。

原载《社会科学研究》2018年第四期

---

①《海上尘天影》本是一部狭邪小说，但作者模仿《红楼梦》以女娲炼石通灵宝玉统领全篇的构思，用上界万花总主杜兰香因私助精卫填海获罪谪降尘凡的故事统领全篇，完全把精卫填海故事置于全书情节结构的整体构思之中。书中前两章为全书引子，略叙万花总主杜兰香随女娲补天时未及时填补东南地陷，天帝以地陷处洗浴空间宽大不想填塞。杜兰香的坐骑精卫真仙在主人帮助下私去填海成功，上帝得知后将杜兰香和精卫真仙及二十六位花神贬谪人间，从而引出《海上尘天影》的正文故事。参见宁稼雨：《文学移位：精卫神话英雄主题的形成与消歇》，《社会科学研究》2017年第3期。

② 参见宁稼雨：《中国传统文化"三段说"刍论》，《求索》2017年第3期。

③ 参见宁稼雨：《文学移位：精卫神话英雄主题的形成与消歇》，《社会科学研究》2017年第3期。

孟姜女故事的演变及其文化意蕴

漫长的中国历史，给我们留下了无数优美的传说故事。除了其自身魅力外，这些传说故事各自演变发展的历史，也能启发我们从对比中发现各个历史阶段所从属的社会历史文化蕴含。

孟姜女的故事源远流长，至今盛传不衰。其面貌随着时间的推移也千变万化，以至于现今人们所知晓的孟姜女故事与其雏形相比，已有天壤之别。其中演变的轨迹颇令人玩味。

孟姜女故事最早见载于《左传》襄公二十三年：

> 齐侯还自晋，不入，遂袭莒，门于且于，伤股而退。明日将复战，期于寿舒。杞殖、华还载甲夜入且于之隧，宿于莒郊。明日，先遇莒子于蒲侯氏。莒子重赂之，使无死，曰：“请有盟。”华周对曰：“贪货弃命，亦君所恶也。昏而受命，日未中而弃之，何以事君？”莒子亲鼓之，从而伐之，获杞梁。莒人行成。齐侯归，遇杞梁之妻于郊，使吊之。辞曰：“殖之有罪，何辱命焉？若免于罪，犹有先人之敝庐在，下妾不得与郊吊。”[①]

这里丝毫见不到今天孟姜女故事的影子，甚至连孟姜女的名字也没有出现。只是记载了齐国将领杞梁战死后，齐侯归来时路遇其妻而吊，杞梁妻因野外凭吊不合礼法而表示不满。这是因为尽管周王朝已经风雨飘摇，但它的礼法观念却仍然深深扎根于人们的头脑当中，成为人们不自觉的行

---

① 杜预注，孔颖达疏：《春秋左传正义》，《十三经注疏》，中华书局1980年影印本，第1978页。

为准则。写《左传》的史官也着眼于这个故事的知礼法、助教化的一面，而忽略了这个故事的情感因素。因此，二百年后出现的《礼记·檀弓》篇通过曾子的话对此作了补充：

> 哀公使人吊蒉尚，遇诸道，辟于路，画宫而受吊焉。曾子曰："蒉尚不如杞梁之妻之知礼也！齐庄公袭莒于夺，杞梁死焉。其妻迎其柩于路而哭之哀。庄公使人吊之，对曰：'君之臣不免于罪，则将肆诸市朝而妻妾执。君之臣免于罪，则有先人之敝庐在，君无所辱命。'"①

曾子在重述这个故事时加了"其妻迎其柩于路而哭之哀"一句，透露出杞梁妻对丈夫的真实感情。一个恪守礼法的偶像，又重新被注入了人的血液。这是因为战国时齐都盛行哭调，故而突出了"哭之哀"的凄惨气氛。这个微小的变化不仅表现了历史对传说的制约，也为后来这个故事的演化开辟了无限广阔的天地。与此同时，《孟子·告子》《淮南子·览冥训》，以及搜集并伪托战国人文字的《列子·汤问》诸书中，也都有了相应的敷演。

从汉代开始，孟姜女故事开始出现分化。一方面它受到诗人的关注和表现，另一方面，民间传说继续对它进行改造加工。相对而言，诗人对孟姜女故事只是赞叹和感慨，视其为前代悲歌哀哭传统的符号化印记。而民间传说则继续其形态变化的趋势，开始向后来的"崩城"情节转化。文人诗篇先有枚乘的《杂诗九首》其一：

> 西北有高楼，上与浮云齐。交疏结绮窗，阿阁三重阶。上有弦歌声，音响一何悲？谁能为此曲，无乃杞梁妻。清商随风发，中曲正徘徊。一弹再三叹，慷慨有余哀。不惜歌者苦，但伤知音稀。愿为双鸿鹄，奋翅起高飞。②

---

① 郑元注，孔颖达疏：《礼记正义》，《十三经注疏》，中华书局1980年影印本，第1312页。

② 枚乘：《杂诗九首》之一，《玉台新咏》卷一，文学古籍刊行社1958年影印本，第4页。按此诗《文选》列为《古诗十九首》之五，《玉台新咏》归入枚乘。

这是把杞梁妻的哀哭记载完全给文学化了。与之相类，王褒的《洞箫赋》则把杞梁妻的歌声作为美妙乐曲的意象符号：

> 钟期、牙、旷，怅然而愕兮，杞梁之妻，不能为其气！①

到了西汉后期，孟姜女故事在民间传说中开始出现哭夫崩城、殉夫死节的情节。这大概与汉代注重天人感应的风气有关。刘向的《说苑》记述了这个故事的新变化：

> 杞梁、华舟曰："去国归敌，非忠臣也。去长受赐，非正行也。且鸡鸣而期，日中而忘之，非信也。深入多杀者，臣之事也。莒国之利，非吾所知也。"遂进斗，杀二十七人而死。其妻闻之而哭，城为之阤，而隅为之崩，此非所以起也。②
>
> 昔华舟、杞梁战而死。其妻悲之向城而哭，隅为之崩，城为之阤。③

而刘向《列女传·齐杞梁妻》的记载则更为详细：

> 齐杞梁殖之妻也。庄公袭莒，殖战而死。庄公归，遇其妻，使使者吊之于路。杞梁妻曰："今殖有罪，君何辱命焉。若令殖免于罪，则贱妾有先人之弊庐在下，妾不得与郊吊。"于是庄公乃还车诣其室，成礼然后去。杞梁之妻无子，内外皆无五属之亲。既无所归，乃就其夫之尸于城下而哭之，内诚动人，道路过者莫不为之挥涕，十日，而城为之崩。既葬，曰："吾何归矣？夫妇人必有所倚者也。父在则倚父，夫在则倚夫，子在则倚子。今吾上则无父，中则无夫，下则无子。内

---

① 王褒：《洞箫赋》，《文选》卷十七，中华书局1977年影印胡克家刻本，第245页。
② 刘向撰，向宗鲁校证：《说苑校证》卷四，中华书局1987年排印本，第85页。
③ 刘向撰，向宗鲁校证：《说苑校证》卷十一，中华书局1987年排印本，第272页。

无所依，以见吾诚。外无所倚，以立吾节。吾岂能更二哉！亦死而已。"遂赴淄水而死。君子谓杞梁之妻贞而知礼。诗云："我心伤悲，聊与子同归。"此之谓也。

颂曰：杞梁战死，其妻收丧，齐庄道吊，避不敢当，哭夫于城，城为之崩，自以无亲，赴淄而薨。①

《列女传》虽然保留了《左传》中孟姜女"知礼"的旧貌，而且在孟姜女身上又增加了"贞"的属性。但从故事的实际内容来看，这种"贞"既有受制与服从礼教的一面，也有超越礼教忠于爱情的一面，后者所占的比重也许更大。这样，从汉代开始，对爱情的忠贞成为孟姜女故事的主导方面，并为这个故事的后续发展奠定了基本框架。

唐代是孟姜女故事基本定型的时代。其进步表现在两个方面，其一，故事正式与秦始皇修筑长城联系在一起；其二，增加了许多新的情节和细节，加强了故事的生动性和感染力。能够代表这种进步的文献有两种，一是唐玄宗时所出《琱玉集》引录《同贤记》，记述杞梁为秦始皇修筑长城时逃入孟家后园，见孟女仲姿沐浴，孟女以此为由强嫁，婚后杞梁返役后被殴致死，尸体被筑入城中。孟女往赴悲哭，滴血认尸，收尸归葬（见程树德《〈琱玉集〉中的杞良滴血》，载顾颉刚编《孟姜女故事研究集》）。二是敦煌曲子词所记片段，其中不仅包含千里送寒衣的情节，而且还第一次出现孟姜女的名字，结束了女主人公名字不确定的历史。唐代以后的孟姜女故事出现在包括变文、话本、戏曲、民歌、弹词、鼓词、宝卷、子弟书等几乎所有的通俗文学艺术形式中，出现了数以百计的孟姜女故事作品（见路工编《孟姜女千里寻夫集》）。但其情节内容基本上没有脱离唐代孟姜女故事的规模和范围。

孟姜女故事的流传地域也与各时各地政治文化的强弱消长有关。这个故事起源于齐都，而春秋战国时齐鲁文化最为发达。西汉以后数代以长安为京宅，所以这个故事产生崩梁山和崩长城的说法，并自此沿着长城发展。

① 刘向撰，梁端校注：《列女传》卷四，上海文会堂石印本，第4—5页。

长城西到临洮，故敦煌小曲有孟姜女寻夫之说；长城东到山海关，所以《同贤记》记杞梁为燕人。北宋建都汴梁（今开封），西部的传说又传到中部，故而有河南杞县的范郎庙。湖南受陕西的影响，融合本地的舜妃传说，又有了澧州的孟姜山。广西、广东一方面承受北面传来的故事，一方面又往东传到福建、浙江，并由浙江传到江苏。江浙是南宋以来文化最盛之地，所以这里的孟姜女故事虽然产生最晚，但数量最多，文艺性最强。自辽以来北京几代为都，成为北方的政治文化中心，使得它附近的山海关成为孟姜女故事的最有势力的根据地。江浙和山海关的传说联结起来，便成为孟姜女故事历代积淀的精华合成。

如果说孟姜女故事在《左传》中的记载是以真实史料为主、在刘向《列女传》的记载是史料与传闻参半的话，到了唐代便是以虚构的传奇故事为主了。这样的走向从表面上看来是故事离历史的原貌愈来愈远，但如果认真考察每次故事变化的背景，就会发现它们所超越和偏离的只是故事原型的历史背景，而在不知不觉中受到当时社会风气和文化思潮的影响和制约。唐代的孟姜女故事较之前代有了很大变化，但仍可从中看出当时社会的影子。据已故学者顾颉刚先生的考证，唐代的孟姜女故事之所以有了秦始皇修长城的内容，有受到乐府民歌《饮马长城窟》的影响，但更主要的一方面是因为唐代国势强大，对外扩张，滥用徭役，百姓不堪其苦，故有此说。而唐代的孟姜女故事之所以又增加了许多新的情节和细节，富于传奇色彩，则与唐代盛行传奇小说，其创作艺术有了长足进步不无关系。而孟姜女故事的地域流传则体现了政治文化的兴衰对文艺作品传播的制约。这样看来，传说故事乃至文学艺术对生活的每一次超越，都要伴随生活对它的制约。但每超越并非是对前一次的简单重复，而是高级的升华。这种超越代表了人们对生活的向往和艺术家对生活的概括和升华，而生活对它的制约则又使它更为坚实，更富有生活的底蕴色彩。

（本文文献材料多参据顾颉刚编著《孟姜女故事研究集》，上海古籍出版社1984年版，特此说明）

原载《文史知识》2008年第6期

方法解析

中国叙事文化学研究为什么要
"以中为体，以西为用"？
——中国叙事文化学研究丛谈之一

作为一种受到西方学术影响的学术研究方法，以故事主题类型研究为核心研究任务的中国叙事文化学首先面临的就是中西体用的抉择问题。

西方主题学和中国叙事文化学研究之间是师生关系，但不是替代关系。后者是在借鉴西方主题学研究方法的基础上，结合中国叙事文学文本现状和文化传统形成的。将故事主题类型作为研究对象，其意义不仅仅是研究范围的扩大，更是在转换研究方法基础之上创建了中国叙事文化学这一新的学术增长点。

世界各民族之间的文化和学术在交流过程中都有一个移植生存的问题，其中生搬硬套、生吞活剥者往往失败。如今看来，不但五四时期全盘西化的主张基本夭折，20世纪80年代学界西学大畅，新名词狂轰滥炸的狂潮也大抵销声匿迹。见证过，20世纪80年代后学风逆转，我陷入沉思之中。我一方面同样不满于当时所谓新潮的浮躁，同时却也坚信那些西方学说并非一无是处。如果能认真消化，那些西方学说应该能对我们传统学术产生颠覆式的影响作用。这也就是中西学术会通的需要。对此，陈文新先生认为："中国古典小说领域的这种叙事文化学研究，有助于拓展中西会通之路。我曾经断言，20世纪的学术主流必定是中西会通。"①

一个偶然的机会，我见到台湾学者陈鹏翔主编的《主题学研究论文

---

① 陈文新：《叙事文化学有助于拓展中西会通之路》，《天中学刊》2012年第3期。

集》，并由此线索了解了海外主题学研究的基本状况。我深受触动，同时感到把其用在中国叙事文学研究方面应该大有文章可做。最基本的理由是主题学的研究对象民间故事和中国古代叙事文学在故事形态的多变性方面有着极大的相似性。

主题学比较关注的是俗文学故事中的题材类型和情节模式。其最初的研究比较侧重民间传说和神话故事的演变。后来逐渐扩大到友谊、时间、离别、自然、世外桃源和宿命观念等神话题材以外的内容（参见陈鹏翔：《主题学研究与中国文学》，载陈鹏翔主编：《主题学研究论文集》，东大图书有限公司1983年版）。这种方法在被海内外中国学者接受后，逐渐被理解为这样一种定义："主题学研究是比较文学的一个部门，它集中在对个别主题、母题，尤其是神话（广义）人物主题做追溯探源的工作，并对不同时代作家（包括无名氏作者）如何利用同一个主题或母题来抒发积愫以及反映时代，做深入的探讨。"①虽然按照这种方法角度来研究中国文学的论著尚在起步阶段，但已取得丰硕成果（诸如王立《中国文学主题学》、吴光正《中国古代小说的原型与母题》以及其他数量可观的论文等）。但平心而论，这些研究从总体上看，仍然处在以中国文学的素材来迎合西方主题学的框架体系的西体中用的阶段。作为中国化的主题学研究，有必要在借鉴西方主题学研究框架体系的基础上，从中国文学的实际出发，建构中国化的主题学研究。

按照我的理解，主题学研究应该分为两个方面。一是对所做对象的范围进行调查摸底和合理分类，二是对各种类型的故事进行特定方法和角度的分析。这两个方面西方主题学都为我们提供了坚实良好的理论基础和实践经验，但也都有从西体过渡到中体的必要。

首先是研究对象的范围问题。在这一方面，作为西方主题学研究的奠基之作，汤普森和阿尔奈的"AT分类法"不仅为世界民间故事的类型做了全面系统的总结归纳，而且还由此引导出大量的世界民间故事主题学个案

---

① 陈鹏翔：《主题学研究与中国文学》，陈鹏翔主编：《主题学研究论文集》，东大图书有限公司1983年版，第5页。

研究成果。但对于中国文学的类似研究来说，无论是主题学方法本身，还是"AT分类法"，其局限和潜能都是显而易见的。

虽然"AT分类法"的应用范围是世界民间故事，但实际上主要还是集中于在欧洲和印度。作为东方文明重镇的中国民间故事的内容在"AT分类法"中的反映非常有限。这一缺陷尽管在丁乃通的《中国民间故事类型索引》和艾伯华的《中国民间故事类型》二书中得到很大程度的弥补①，但仍然还有很大的空间有待开发。尤其重要的是，他们的索引所用的分类体系还是"AT分类法"。这个体系作为西方民间故事的全面类型反映也许适宜，但很难说它能全面概括中国的民间故事乃至叙事文学作品。而且，作为美籍华人和德国人，他们所掌握的有关中国民间故事方面的材料是有限的。无论是书面材料，还是口头流传的民间故事，很多没有在他们的类型索引中得到反映，此其一。其二，作为叙事文学作品，本来就有口头和书面之分。有时二者的界限很难划清，这一点在古代的民间故事中表现得尤为明显。时过境迁，我们今天所能见到的古代民间故事主要还是以书面的方式存留。像《搜神记》《夷坚志》诸书中就保留有大量的民间传说故事。也就是说，不但很多中国古代叙事文学作品中的民间故事没有引起西方学者在主题学意义上的充分关注，而且这些文献中的非民间文学作品就更是没有得到应有的关注。这就给人们提出了两个尖锐的学术课题：一是作为民间故事重要材料来源的书面文献，是否需要尽量使其全备，以致达到"竭泽而渔"的程度？二是对于浩如烟海的中国传统叙事文学作品，是否应该给予主题学上的关注？

这两方面的问题促使我们把目光投向中国叙事文学的文本文献。中国叙事文学主要包括古代小说、戏曲以及相关的史传文学和叙事诗文作品。尽管从横向的角度看，它们各自作为一种文体或单元作品的研究不乏深入，但从纵向的角度看，同一主题单元的故事，其在各种文体形态中的流传演变情况的总体整合研究，似乎尚未形成规模。尤其重要的是，以文本文献

---

① 丁乃通《中国民间故事类型索引》的中译本1986年由中国民间文艺出版社出版，2008年由华中师范大学出版社再版。艾伯华的《中国民间故事类型》中译本1999年由商务印书馆出版。

为主的中国叙事文学，在整体上还缺少从故事主题类型——主题学意义上进行的反映其主题学全貌的大型基础工程。因此，应该借助汤普森的"AT分类法"，整理编撰出"中国叙事文学故事主题类型索引"。也就是说，应该在体系上另起炉灶，变西学为体为中学为体。与此同时，中国古代小说和戏曲的基础工程建设近年来已经取得了巨大成就，尤其是在目录学建设方面，出现了大量基础性成果。但是，这些传统意义上的目录学著作的一个共同特点，就是它们的目录词单元都是以一部具体作品为单位。以具体作品为单位与以主题类型为单位的根本区别，就在于前者关注的焦点是一个文本自身，而后者关注的焦点则是不同文本中同一主题现象的分布流变状况。很显然，后者的研究目前在国内学术界基本上还是一个空白。

二十多年前，以中学为体的以主题情节为单元的中国叙事文学主题类型索引的编制工作就有人做过尝试。这就是金荣华先生于1984年完成的《六朝志怪小说情节单元分类索引》。这部索引第一次以中国叙事文学的文本文献（而不是民间俗文学）作为情节主题类型编制的主要范围对象，从而成为以中学为体的中国古代叙事文学故事主题类型索引开山之作。但作为筚路蓝缕的开创工作，金氏的索引在范围上仅限于六朝志怪小说，在分类上沿用中国传统类书中以名词为单元的角度，而不是"AT分类法"中以动作状态为单元的角度，这些都在一定程度上影响了它的作用和价值。鉴于此，为全面反映中国古代叙事文学基本状况，以中学为体，西学为用的"中国叙事文学故事主题类型索引"的编制工作也就势在必行了。

其次是研究主题类型的方法和角度。既然在范围对象方面以中为体的中国叙事文化学的目标既不是母题情节类型，也不是完整的一部作品，而是具体的单元故事，那么随之而来的就是方法和角度上的变化。按照西学为体的主题学研究方法，母题、主题这些情节事件的模式是研究的重点要点。这种方法和角度对于民间故事和叙事文学故事的一般性和共性研究是有效的。它可以集中研究同一类型故事的演变差异，以及作者们在抒发情愫和反映时代方面的共同特征。但如果用这种方法来处理单元故事，就会有一定局限。作为以中为体的中国叙事文化学所关注的单元故事，在解读分析的时候会涉及很多具体情节发生变化的文化意蕴的挖掘分析。这显然不是能用一种较为笼统和一般性、模式性的分析所能达成的。作为历史悠久、文化深厚的国家，中国传统叙事文学故事的文化意蕴非常深厚，绝非一般性的共性类型分析所能完全奏效的。

其实，中国式的主题学研究不仅有范例，而且时间久远。1924年顾颉刚先生《孟姜女故事的转变》一文在时间上和德国人提出这一主题学方法的时间大致相同，却表现出明显的中国特色。其中最为精彩之处就是他几乎能把孟姜女故事每一次变化的痕迹都在所在时代的历史文化土壤中找到令人信服的答案。比如对于最早出现孟姜女故事的《左传·襄公二十三年》所记载的杞梁妻拒绝齐侯郊外向其吊唁的故事，顾氏的解释是周文化影响的礼法观念使然。而对于《小戴礼记·檀弓》中新出现的杞梁妻迎柩路哭的情节，顾氏则从《淮南子》《列子》诸书中找到战国时期"齐人善唱哭调"的根据。这种将传统的历史考据学方法结合西方实证主义方法作为解读切入中国叙事文学故事主题的主要途径，显得十分清晰和明快，应当成为我们以中为体的中国叙事文化学研究的范本和楷模。当然，这种范本和楷模的意义只能说是对于更大规模叙事文学故事主题类型研究的启发和引导，呼唤作为一种学术范式和研究方法的学术研究全局性的到来。

此外，一种以民族文学艺术为研究对象的学术活动，除了学术价值之外，本身也是一种文化活动，具有文化学方面的作用。所以，除了学术视角的换代之外，以中为体的中国叙事文化学研究还有其中西文化对话的文化学意义。正如郭英德先生所言："中国叙事文化学的构建，更进而在与西方主题学进行对话的基础上，倡导以中国本土的叙事文学故事作为坚实的学术基础和丰富的研究对象。这不仅仅是理论体系立足点的简单位移，而是鲜明地体现出学术研究者的一种文化使命感，即在世界文化'众声喧哗'之中，努力唱响中华民族独具风貌的乐曲。正是这种'中国化'的特色，赋予中国叙事文化学的建构以独特的学术意义与文化意义。"①

原载《天中学刊》2012年第4期

---

① 郭英德：《构建中国叙事文化学的学理依据》，《天中学刊》2012年第3期。

中国叙事文化学与西方主题学异同关系何在？

——中国叙事文化学研究丛谈之二

在"西学为体，中学为用"的基本原则下，还有一个必须明确的问题是二者的异同关系何在？

中国叙事文化学的理论母本来自西方主题学，这个从属关系决定了二者天然的密切关系，但相似相通不等于完全等同，没有翻新变异也就失去了中国叙事文化学存在的意义。

从同的角度看，中国叙事文化学与西方主题学之间的相关连接点主要表现在文体类型的相似以及由此派生的相似的可研究性。

主题学的研究对象主要是民间故事。"主题学研究是比较文学的一个部门，它集中在对个别主题、母题，尤其是神话（广义）人物主题做追溯探源的工作，并对不同时代作家（包括无名氏作者）如何利用同一个主题或母题来抒发积愫以及反映时代，做深入的探讨。"①之所以民间故事需要"对不同时代作家（包括无名氏作者）如何利用同一个主题或母题来抒发积愫以及反映时代，做深入的探讨"，其主要原因在于作为民间文学主要样式之一的民间故事具有形态上的不确定性。

民间故事以口头流传的方式作为主要的传播手段。"民间故事是由民众自发方式世世代代口耳相传的口头叙事文学，其本来的或原初的形态是口头文学"②。在这样的传播方式下，"许多著名的故事类型……常常以同一

---

① 陈鹏翔：《主题学与中国文学》，陈鹏翔主编：《主题学研究论文集》，东大图书有限公司1983年版，第5页。

② 刘守华：《中国民间故事史》，湖北教育出版社1999年版，第12页。

基本形态在多民族居住的广大区域之内成为众口传诵的名篇，然而在枝节上又往往有所变异，染上不同的民族与地域色彩"①。

正是民间故事这种同一基本形态下又往往有所变异的特点，给主题学这种研究方法提供了研究基础。对同一故事类型在不同时间和地域中所呈现的异同样貌进行形态的掌握梳理和内在形成动因的理论解读，成为主题学研究的基本框架模式。

中国叙事文化学的研究对象主要是以中国古代小说戏曲为主要体裁的书面叙事文学作品。在流传方式和过程上，它与民间故事那种同一故事类型形态在不同时间、空间传播中有不同表现样式的情况非常相似。具体有两种表现方式：

第一，很多古代民间故事本身就是借助书面文字的记录而保存流传的。古代没有录音摄像技术，无法保存那些通过口头流传的民间故事，只能通过文字记载来保留传承。从这个角度看，很多作为民间故事记录的书面叙事文学作品与民间故事具有水乳交融的一体关系。从小说的起源来看，原始形态小说的主要功能就是采风。班固在为《汉书·艺文志》中的"小说家"所作小序中说："小说家者流，盖出于稗官。街谈巷语，道听途说者之所造也。孔子曰：'虽小道，必有可观者焉，致远恐泥，是以君子弗为也。'然亦弗灭也。闾里小知者之所及，亦使缀而不忘。如或一言可采，此亦刍荛狂夫之议也。"②《汉志》所录小说尽管与现代小说相去甚远，但对早期小说具有指导规定作用。魏晋以来的很多笔记小说，其主要功能之一就是采集民间传说故事。像《搜神记》《夷坚志》《聊斋志异》等文言小说集中的很多故事，作者都交代其来源是民间某种传说逸闻。干宝在《进搜神记表》说："臣前聊欲撰记古今怪异非常之事，会聚散逸，使同一贯，博访知之者，片纸残行，事事各异。"③洪迈《夷坚志》中的很多故事都明确标明其出处为"敦立说""张才甫说"等等。《夷坚志·夷坚甲志》卷十五"犬

---

① 刘守华：《中国民间故事史》，湖北教育出版社1999版，第11页。
② 班固：《汉书·艺文志》，中华书局缩印标点本1997年版，第1745页。
③ 干宝撰：《搜神记》，汪绍楹校注，中华书局1979年版，第3页。

喘张三首"条下附注曰："三事皆妻叔张宗一贯道说。"①

既然如此，那么古代民间故事在流传过程中所呈现的那种反复出现和形态差异的规律也就必然在书面小说文献中留下痕迹。比如著名的"韩凭夫妇"故事，最早收录在曹丕的《列异传》中，两晋时期干宝的《搜神记》和袁山松的《郡国志》也有记载。唐代以后转引或演绎这个故事的文献就更多了，《独异志》《岭表录异》《韩朋赋》《寰宇记》《物类相感志》《天中记》《山堂肆考》，以及李白、李商隐的诗歌，庚吉甫的杂剧等均有记载，与之相关的文献也有不少。可见从一定意义上可以说，古代民间故事那种同一故事在其发展演变过程中的多种形态展示过程，往往是通过书面文体的叙事文学体裁来实现的。作为古代民间故事主要渊薮的古代小说，与民间故事同样具有一个故事演变为多种形态的属性。

第二，中国古代叙事文学作品中也有许多不是来自民间，而是来自文人独创，或者是文人间的社会历史逸事。这类叙事文学作品和民间故事同样具有同一故事类型有多种文本演绎且形态各异的状况。以《西厢记》为例，除了唐代元稹《莺莺传》小说，金代董解元《西厢记》诸宫调，元代王实甫《西厢记》杂剧这三部重头戏之外，在宋金以来的说话艺术、讲唱文艺，戏曲小说，以及大量诗文作品中，都有很多关于《西厢记》故事源流演变的文献材料。这些作品共同构成《西厢记》故事类型的庞大阵营，而且作品之间的人物形象、情节结构，乃至主题思想，都有很大的变化差异。这种情况在中国古代叙事文学作品中绝非凤毛麟角。冯梦龙《三言》和凌濛初《二拍》的源流演变更能从广度上来证明同一故事类型多种演绎形态的普遍性。这五种拟话本小说集共有近200篇小说，其中绝大部分作品系取材于古代诸子史传、笔记逸闻、话本院本，同时又有演绎发挥，并且对后代小说戏曲产生源流影响。②可见即便排除叙事文学作品中的民间故事部分，同一故事类型多种演绎形态的情况仍然非常普遍。

第三，在以上两种情况的作用下，中国叙事文学作品同一故事类型多

---

① 洪迈撰：《夷坚志》，何卓点校，中华书局1981年版，第130页。

② 参见谭正璧：《三言两拍资料》，上海古籍出版社1980年版；胡士莹：《话本小说概论》，商务印书馆2011年版。

种演绎形态这一普遍现象还导致了民间故事与文人改编独创两种方式相互交融的情况。很多民间故事一旦进入文本状态，很快就引起文人的关注，产生与文人文学相互渗透中向前变化发展的走势，如孟姜女故事的流传。还有一些史传传闻也在民间产生巨大的传说效应，出现民间传说与文人搬演同步推进的状况，如王昭君故事。

以上三种情况说明，同一故事类型多种演绎形态在中国古代叙事文学发展过程中是十分普遍的情况。那么以这种流传方式为研究对象的主题学，就不仅适用于民间故事，而且适用于整个中国古代叙事文学。这就是中国叙事文化学可以借鉴吸收主题学方法的主要根据。

从异的方面看，尽管中国古代书面叙事文学具有承载民间故事流传的功能，但它毕竟不能与民间故事完全画等号。所以，不能把西方研究民间故事的主题学完全生搬硬套地用来研究中国古代叙事文学。这主要表现在两个方面：

其一，主题学的研究范围是民间故事，中国叙事文化学的研究范围是书面的中国古代叙事文学。对象范围的区别必然要带来研究方法和理念的差异。从方法上来看，民间故事的主要方法是采风和田野调查，文字记载只是采风和田野调查的留存形式。这种记载的重心是在故事的内容，至于记载的口吻、叙事的角度等表现形式因素，往往都受到陈述者和笔录者的个人因素影响。而陈述者和笔录者的记录又与其生活环境有关。地域的广阔和时间的流逝所造成的各种文化背景差异或许是民间故事出现形态差异的主要原因。因此在某种程度上可以这么认为：造成民间故事同一故事类型多种演绎形态情况的往往不是故事陈述者和笔录者的自觉文学创作，而是因口头传承过程中由于传送失真而形成的形态差异。

与之相反，记载民间故事之外的书面叙事文学则多半是作家的创作，其中含有作家对于该故事以往内容吸收认同的一面，但更主要的是他对此故事类型在情节结构、人物形象和主题立意等方面新的自觉开拓发挥。因此，书面叙事文学（特别是记录民间故事之外的那些）中同一故事类型多种演绎形态的情况产生，主要是作家自觉的文学创作活动，而不是口头传承过程中的传送失真。因此，对书面叙事文学故事类型的关注研究，应该有与民间故事不同的角度和眼光。

其二，主题学研究的文化根基是西方文化中心，无论是对于号称"世界民间故事"的类型索引的编制，还是对于民间故事的文化解读，都缺乏对中国民间故事的全面了解和深入把握，不能正确和全面地反映包括中国民间故事在内的整个中国叙事文学故事类型的真实面貌。有关这方面情况，笔者另有文详说，兹不赘述。①

综上可见，由于民间故事与中国古代书面叙事文学之间有多种相似性，所以使中国叙事文化学借鉴西方主题学方法成为可能；同时，由于民间故事与书面文学之间存在差异，主题学不能全面反映、揭示和解读中国民间故事和书面叙事文学，所以需要在借鉴的基础上对其进行合理改造，使之适合中国古代叙事文学的研究。这就是中国叙事文化学与西方主题学研究方法之间的异同关系所在。

原载《天中学刊》2012年第6期

---

① 参见宁稼雨：《中国叙事文化学研究为什么要"以中为体，以西为用"？——中国叙事文化学研究丛谈之一》，《天中学刊》2012年第4期。

文本研究类型与中国叙事文化学的关联作用

作为"以中为体，以西为用"迭代意义上的中国古代叙事文学研究方法，它理应受到来自中西方古往今来的各种研究方法的影响渗透。但中西方文学研究方法可谓不能权量，其与中国叙事文化学的关联需要找到合理和恰当的切入点。

鉴于学界多年来理论批评先行、文本研究滞后的情况，近年来学界有关文本研究的呼声甚高。对此笔者表示赞同，同时也从中国叙事文化学自身研究的经历中切身感受到，越是理论色彩突出的研究方法，越是应该在充分掌握熟悉文本的基础上来发挥理论的导向作用。在笔者看来，理论方法好比一辆推车，文本则好比车上的货物，没有货物的车本身也就失去了存在价值，但没有车运载的货物也只是仓库中的积压品，难以实现自身价值。从这个意义上来看，中国叙事文化学对于故事文本的关注是情理之中的。

中国叙事文化学的核心视角是故事类型，而就书面叙事文学而言，故事类型最基本的构成单元是同一类型中不同故事的文本。中国叙事文化学的中心任务就是对不同时间和空间中形成的故事文本进行比对和分析研究。那么对文本的关注是中国叙事文化学的起点。那么，以往学界对于文本研究有过哪些成规和经验，对于中国叙事文化学研究分别具有哪些参照启示作用，应该是中国叙事文化学研究的重要参照经验之一。所以，以文本研究为纽带，应该能够找到一些古今中外叙事文学研究与中国叙事文化学研究之间的有机关联。

根据文本研究时间状态的不同，我们把文本研究大致分为前文本研究、文本自身研究、后文本研究三种类型。下面分别胪列探寻。

一、"前文本"研究

"前文本"研究是指对文本产生之前的各种相关问题的关注、了解和研究。

任何文本的形成都不是一个孤立的现象，不是无源之水、无本之木，而是有其生成的渊源和过程。那么，从源头开始，追溯某个文本的起因缘起，是了解文本的重要准备和前提。而文本内涵因素的丰富性也就造成了溯源工作的多重角度。其中很多角度都与中国叙事文化学研究发生着不同程度的关联。

中国古代的"前文本"研究主要从以下两个方面切入：

一是从作者（也就是文本的制造者）方面进行研究，研究作者和文本的形成是否具有直接关系、作者为什么写这部作品等问题。具体包括：作者的生平经历、思想倾向和特点，尤其是创作该文本时有着怎样的动机初衷和用意寄托等等。比如传统的"知人论世"之说，就是对此工作的最好表述。

这种古老的研究方式对于中国叙事文化学研究具有直接的借鉴作用。中国叙事文化学一项重要工作程序，就是在充分了解某故事类型全部形态演变材料的基础上，对该故事类型中各个文本形态与此前文本之间的异同状态的形成原因进行解读分析，力求给出一个既与文本形态吻合，又与该文本作者的创作初衷一致的合理解释。在这种情况下，有没有、有多少对于该文本作者思想和生平经历的了解，就成为能否正确解释其文本形态之所以如此的内在动因的重要根据了。比如，了解了唐代科举制度背景下元稹在科举道路上对于功名的追求与成功，也就不难理解他为什么把《莺莺传》中的张生从炽热的爱情中剥离出来，送入求仕的轨道，并将其塑造为一个"善为补过"的浪子回头形象。

二是对于文本形成之前的源头的了解和研究。中国古代学术传统历来注重考据，其中对于文本内容的本源探索是重要的环节。比如诗词研究中的本事研究，就是要在充分了解诗词文本写作相关背景的基础上，对文本内容解读给予合理的定夺。这在叙事文学研究中尤其显得重要，比如对小说、戏曲研究中的源流关系研究历来是研究者关注的热点。其中有两种形式比较普遍，一是叙事文学文本作者本人以所作文本的前言、题词、例言等各种形式对其叙事文本所依据的蓝本进行交代。如汤显祖介绍《牡丹亭》剧本主要故事情节的来源为：

> 传杜太守事者，仿佛晋武都守李仲文、广州守冯孝将儿女事。予稍为更而演之。至于杜守收拷柳生，亦如汉睢阳王收拷谈生也。①

洪升在其《长生殿例言》中也对其《长生殿》剧本写作的缘起、蓝本依据和几次更改的情况作出交代。②这些都为后人暨读者了解其故事文本的源头提供了第一手材料。二是一些学者以各种零散的方式对某些故事文本的本事来源进行提示交代。相关资料中谭正璧先生的《三言二拍资料》搜集得相当丰富，可以参看。这些内容和方法对中国叙事文化学研究都具有直接的使用价值。但是，它们又并不能完全替代中国叙事文化学的研究方法。因为以往叙事文学的前文本研究基本上还是局限在小说、戏曲故事题材互见的范围之内。对于中国叙事文化学研究来说，其前文本关注的范围还要进一步扩大和覆盖全方位。除以往叙事文学研究主要关注的戏曲小说外，包括诗文、史传等其他各类文体中与文本相关，具有前文本意义的各种文本材料，均在关注之内。它与以往叙事文学小说戏曲同源关系的前文本关注是衔接和继承的关系。

从外部看，西方有关前文本的研究与中国明显不同，但对于中国的叙事文化学的研究也不无启示。如荣格的"集体无意识说""积淀说"，研究看似没有关系的事件、因素和对作家作品潜移默化的影响。按照荣格的解释：

---

① 《牡丹亭题词》，人民文学出版社1984年版，第1页。

② 参见洪升：《长生殿例言》，人民文学出版社1983年版。

集体无意识这个词的含义是指遗传形成的某种心理气质；意识就是从这一气质产生。……艺术家不是一个赋有力求达到其目的的自由意志的个人，而是容许艺术通过自己以实现它的目的这样一个人。作为一个人，他可以有一定的心情、意志和个人目的，可是作为一个艺术家，他是一个更高意义上的人——他是一个"集体的人"，一个具有人类无意识心理生活并使之具体化的人。①

这种所谓的"集体无意识"放在中国传统文化的大背景中，很容易让人将其理解为儒释道等传统思想在国人意识深处的烙印和痕迹。所以，它很容易让人把这些积淀的"集体无意识"理解为与形成故事的前文本因素取得贯通。如果把这种贯通与中国传统的"知人论世"方法和认知结合起来，那么在中国叙事文化学研究中有关前文本研究与关注的视角和范围就会更加立体和全面。

此外，现代西方文论中有关文本研究"互文性"的提法和角度，在很大程度上与主题学及中国叙事文化学对于同一故事类型不同形态演变的视角有异曲同工、殊途同归的效果。在西方比较文学中，法国学派的渊源研究、影响研究都和前文本研究有直接的关系。了解这些方法，在中国叙事文化学研究中充分考虑这些方法的积极作用和能量因素，是重要的把握原则。

二、文本研究

文本研究指对文本自身的本体研究。

所谓回归文本，主要还是回归文本本体。文本本体研究不仅是文本研究自身的需要，也是正确进行文本之间相互对比的前提，同时它也是更高理论层面意义上的坚实基础。对于中国叙事文化学研究来说，同一故事类型中不同文本的发现、确认和解读，都是重中之重的问题。

---

① 荣格：《心理学与文学》，《外国现代文艺批评方法论》，江西人民出版社1985年版，第109、112页。

中国传统的文本研究主要从以下两个角度切入。

一是文本文献研究。从文献学的角度，对文本自身的真实性做出判断，得出结论，力求接近文本自身真实原貌，尽量还原文本真实情况。这些大致属于古籍整理工作，是一切研究的前提和基础。主要是从校勘、版本等方面进行还原。近年来学界呼声较高的"史料还原"提法，其肯綮还是还原文本自身的原始样貌。这一工作对于中国叙事文化学研究来说，具有十分重要的作用。因为中国叙事文化学的任务重心是对同一故事类型不同文本形态作出梳理和解读分析，那么如何正确判断每个文本的真实产生年代和真实原貌就成为一切研究的起点和基础。没有对于每一文本真实年代和原貌的准确厘定，中国叙事文化学的一切后续工作都是劳而无功的。

二是从文本鉴赏的角度对文本进行赏析、评价、品味、挖掘其中蕴含的深层含义和艺术韵味。这是中国古代具有悠久传统的方法，也是中国文本批评、文本研究的主要方法。它肇始于汉魏六朝的人物品藻活动，人的审美、自然的审美和文学艺术的审美三位一体，构成了具有中国特色的文学艺术鉴赏传统。这个传统为中国叙事文化学提供了得天独厚的文本解读程式，使中国叙事文化学的文本解读有了坚实厚重的参照依据。

与中国传统的文本研究不尽相同，西方的文学文本研究更多注意作品自身，如文字结构、韵律等问题，而不去关注作品自身意义以外的东西，仅仅是从文本自身来挖掘理解。如新批评完全把文本之外的一切因素与文本根本对立起来，不考虑作品与历史或现实外在关系，把作品视为一种有自己的存在方式的文字进行解构。[①]新批评对于形式主义的绝对化强调固然有过分之处，但对于习惯于"文以载道"的中国传统文学批评话语体系来说，这种对于形式成分的刻意强调显然具有明显的矫正作用。这种正面影响也是中国叙事文化学研究需要吸纳入其方法体系中的。中国叙事文化学对于不同形态文本的文化内涵解读，不应该只从历史思想文化角度切入，也应该把形态演变中形式变异的因素充分考虑在内，从文化与文学、内容

---

① 参见张隆溪：《作品本体的崇拜——论英美新批评》，《外国现代文艺批评方法论》，江西人民出版社1985年版。

与形式的结合上去考量文本形态的变异和原因。

东西方文本研究的角度不同，但各自均有闪光的亮点。兼容并蓄，取长补短，会使中国叙事文化学研究的构造更加合理。

三、后文本研究

后文本研究指文本产生后所引起的社会评价、社会效应和社会功能。

中国的后文本研究把更多的精力放在文本社会效应的引导和评价上。其中最突出的就是"文以载道"观念作用下的教化说，以这种教化学说作为衡量文本社会价值的尺度，并将其贯彻到文本阐释和价值判断上。这个传统的积极意义是能够从整体上制造一种激励文本产生积极正面社会功能的作用，对于社会风气、道德伦理有一定正面导向的作用。但在封建专制制度下，这种教化风气很多时候实际上是封建皇权加强意识形态文化统治的工具手段。

正因为这个强大传统惯性的存在，所以在中国叙事文化学研究过程中，对于这种强大惯性对各种文本所起到的消长起伏态势作用，就应当给予特别的留心和关注。既要看到后代评议研究文本中的教化理念作用，又要充分体察到文本制造者在这种背景下进行文本生产的创作心理，努力把后文本的解构还原工作建立在与其生长的文化背景吻合的平台上操作运行。

中国古代后文本现象另一突出表现是经典作品的续仿现象。翻开中国文学史，可以发现大量的经典续仿现象，不仅《三国演义》《水浒》《红楼梦》续书可谓汗牛充栋，就连"世说体""聊斋体""阅微体""剪灯体""虞初体"等系列作品也是不胜枚举，蔚为大观。这道中国文学史的独特风景不仅是传统中国小说文体研究的重要课题，更是中国叙事文化学研究的主体任务。

与中国的情况大不相同的是，西方的后文本研究很大程度上切断了后代阅读者与文本制造者之间的联系，把文本意义的解释权交给阅读者和研究者，突出阅读者和研究者的主体价值。比较有代表性的如阐释学和接受美学等。按照接受理论，阅读的过程永远是动态的复杂过程，读者必须参与对文本的联想，填补原文跳跃的空间，对原文进行意思的推断。没有读者积极连续地参与，文学作品也就不会存在。[①]

中西关于后文本的关注和研究传统几乎是大相径庭，但其各自却都有着重要意义。这些闪光的部分如果兼容并蓄地融入中国叙事文化学研究中，必定会产生"1+1>2"的强烈效应。具体来说，在采用中国传统方法关注文本社会功能效应和关注叙事文学续仿现象的同时，最大可能地把研究者自己置放于文本参与的角色位置，挖掘对文本内容和形式意义的想象空间，实现文本后的解读复原工作效益最大化。

综上，中西方文本关注和研究的角度可谓千差万别，但从中国叙事文化学这栋房子搭建的需求来说，都有可取之处。吸收、改造、融合这些方法中的合理之处，是中国叙事文化学构建过程中的重要任务之一。

原载《天中学刊》2013年第1期

---

① 参见［美］雷·威莱克：《当代欧洲文学批评概观》，《外国现代文艺批评方法论》，江西人民出版社1985年版。

叙事·叙事文学·叙事文化

——中国叙事文化学与叙事学的关联与特质

作为叙事文学乃至叙事学研究的一个组成部分，提出者有必要对中国叙事文化学的"叙事"理念做出明确的界定。

笔者认为有必要辨析"叙事文学"与"叙事学"两者之间的联系和区别。毫无疑问，"叙事文学"是一个文体概念，指的是包括小说、戏剧以及带有叙事成分的其他文体；"叙事学"则是一个学术研究的理论方法概念，指的是20世纪以来从法国兴起的以叙事文学为研究对象的科学。二者之间是研究和被研究的关系。

与此相关的问题就是，"中国叙事文化学"的概念是文体意义上的还是方法意义上的？从语法意义上看，这里的"叙事"与"文化"是并列关系还是偏正关系？笔者的理解是，中国叙事文化学这一概念基本属于文体意义，兼及方法意义。二者之间产生关联的纽带则是"叙事"与"文化"之间偏正语法关系的解读。即"中国叙事文化学"是关于中国古代叙事文学文体的文化学研究。这样的研究角度本身的方法意义正是叙事学走向中国本土化的尝试探索之一。

一、关于"叙事"

最初构想中国叙事文化学之时、笔者对"叙事"的理解相对简单，只是定位在"叙事文学"的层面。随着研究的深入，笔者对其的认识、定位也在不变更新。

广义的"叙事"指的是一般的叙述事情，包括文学的、非文学的。华莱士·马丁在《当代叙事学》中谈道："如果我已经知道如何回答这个问题的话，我是绝不会去从事于晚近种种叙事理论的讨论的。理解叙事是一个为了未来——不仅仅是文学研究的未来——的计划。"[①]所谓"未来"应该指的是它的延伸性和扩展性，而"不仅仅是文学研究"显然已经把研究的视角伸向文学所从属的大文化视野，这也是叙事学从经典走向后经典的依据所在。

狭义的"叙事"是指文学的叙事。国内学者一般认为叙事是采取特定的言语表达方式来讲述一个故事："所谓叙事，我们应该有理由为其下一个定义：即采用一种特定的言语表达方式——叙述，来表达一个故事。换言之，即叙述+故事。"[②]"特定的言语"是指文学的语言表达，也是划分文学与非文学的界限。这就解决了仅以故事无法区分文学和非文学的问题。按一般理解，广义的文学表达方式包括记叙、说明、议论、描写、抒情，其中至少记叙和描写两项是专指叙事文学的，其他三项与叙事文学的"特定的言语"也有一定关系。进一步就中国文学实际情况而言，这种"特定的言语"也与抒情文学有关。如诗词中某个典故的使用，虽没有完整地交代典故背后的故事，但可以成为该诗词大叙事中从属的某个单元构成。所以虽然文学意义上的"故事"一般要求具有虚构的情节、具有相对完整的时间流程，但就故事类型的完整系统程度而言，有时具有其中的某项条件因素也是不可忽视的环节。

广义"叙事"是对狭义"叙事"的补充和延伸。狭义的叙事文学特别关注时间流程，而诗词散文中大部分作品以抒情为主，采用特定心境角度，表现一种心理情感的释放。这种心理情感释放尽管本身从属于抒情文学，但它与叙事文学具有密不可分的关系，比如《长恨歌》已经成为唐明皇和杨玉环感情故事的重要组成部分，无法将其与李、杨故事剥离开来。如果说《长恨歌》还属于叙事诗的话，那么很多吟咏王昭君的诗词则纯属非叙事性的抒情诗歌，它们对于王昭君故事系统来说也是不可或缺的文献材料。

---

① ［美］华莱士·马丁：《当代叙事学》，伍晓明译，北京大学出版社2005年版，第195页。

② 徐岱：《小说叙事学》，中国社会科学出版社1992年版，第5页。

此外，对于处在文学与非文学边缘，介于文史之间的非严格意义上的叙事文学作品，我们也应加以关注。从某种意义上来说，非叙事文学作品的缺失可能会导致某些故事类型文献材料系统性的缺失。首先，非叙事文学作品会对文学意义上的叙事文学作品起到对比和映衬的作用。如嵇康《琴赋》中也提道："下逮谣俗，蔡氏五曲，《王昭》《楚妃》，《千里》《别鹤》。犹有一切，承间簉乏，亦有可观者焉。"①这里所谓"蔡氏五曲，《王昭》……"即指王昭君故事发展到汉代出现的一个重要转变作品——蔡邕的《琴操》。两相呼应，可见这一情节要素生成与传播的历史轨迹。其次，某些非严格意义的叙事文学作品可能与某些故事具有渊源关系，如史记与后代小说、戏曲上的渊源关系，像"将相和""鸿门宴"等。最后，在相关的文学与历史文献中，叙事性文学作品与非叙事性文学作品的界限也比较模糊，其中笔记、野史尤为突出。这就涉及叙事与非叙事两者界限的把握问题，也就是要正确处理把握整部书中全局叙事与局部叙事的关系。

举例来说，很多笔记体作品中"沙中有金"，即有些表面上看未必是纯粹叙事文学的作品，其中往往包含部分文学性的因素。如《梦溪笔谈》以记载古代科技史内容而著称，但书中却不乏精彩的叙事文学内容。书中卷一所记王俊民状元的故事，为王魁故事的较早记载；卷十三陈述的古代审盗方法，与《聊斋志异·胭脂》故事相似，或为蒲松龄所本；卷二十四所记门神钟馗，也是钟馗故事较早记载。再如《齐东野语》一书中70%的内容不能算是叙事文学意义上的小说，但其中有一些流传很广的故事，如"王魁负心"、陆游与唐婉的故事等。以上例证说明不能因为全局叙事的文学性标准而牺牲局部叙事的文学要素。

这个问题同时也涉及某些小说目录学著作的收录标准问题，尤其是文言小说书目的收录标准的设定。中国古代小说概念的模糊（主要是笔记体造成的模糊）给古代小说的外延界定带来很大困难。从叙事的广义、狭义区分来看，这方面的问题仍有待深入探讨。从下面的例证可见，一些小说工具书对文言小说的采纳门槛关乎对广义叙事与狭义叙事分寸的把握，还

---

① 嵇康：《琴赋》，《文选》卷十八，中华书局1977年版，第258页。（影印胡克家刻本）

有斟酌推敲的必要。

袁行霈、侯忠义先生在《中国文言小说书目》中设定的入门标准是力争客观化。所谓"客观"是指完全遵从古人。即将历代公私书目小说家类所著录的书名全部揽入，不做区分。这样处理的好处是标准统一，但由于古人小说概念与今人的龃龉，从叙事的角度说，必然出现两个方面的问题：一方面，有些古人认为是小说（即历代书目小说家类著录的作品）而今人不认为是的作品会收入进来，这就造成叙事范围过于宽泛；另一方面，一些在今人观念中完全是小说的作品却没有收录进古代书目小说家类，这又会造成纯粹叙事的缺失。程毅中先生对这一问题的思考有大的推演进步。20世纪80年代初出版的《古小说简目》中，他力求用今人的小说叙事理念来厘定文言小说作品，大体上反映出今人叙事理念对古代文言小说的认定。《简目》收书的下限是唐五代，作者对于宋代以后文言小说的处理采用了另外一种方式，不再以书名为单位对某书冠以小说的头衔，而是用"披沙拣金"法把各书中具有小说叙事成分的内容钩稽搜罗出来编辑出版，是为《古体小说钞》。这反映出作者对于宋代以后的文言小说叙事成分的思考与宋前略有出入，即以广义的叙事理念处理宋前小说，而以狭义的叙事理念处理宋后小说。至于李剑国的《唐五代传奇志怪叙录》《宋代志怪传奇叙录》，刘世德主编的《中国古代小说百科全书》基本上也是按照狭义的叙事理念来收录小说作品的。拙著《中国文言小说总目提要》则力求从广义狭义叙事理念的交汇融合上来理解和处理文言小说的外延界定。从广义的叙事理念出发、充分尊重古人的小说概念，以历代公私书目小说家类著录的作品为基础，同时再用今人学界约定俗成的狭义叙事理念将历代书目小说家类没有著录的作品尽量揽入，以力求完备。

综上可见，对于叙事范围的广狭宽窄问题，不能一刀切，绝对化。也许不必在一本书是不是小说这个问题上纠缠，更应该重视的是挖掘那些有叙事因素的作品，使其不被遗忘。

二、关于"叙事文学"

狭义叙事的限定性决定它本身属于文学。苏联美学家卡冈在《艺术形态学》中谈道:"在叙事中,文学获得某种内在的纯洁性,确证自己完全不依赖于艺术的影响,显示它的特殊的自身的为它单独固有的艺术可能性。而在叙事文学内部,中长篇小说又成为叙事文学存在的理想形式。"[①]卡冈在这里对于叙事含义的表述过于偏重其狭义性,尤其是把叙事文学仅仅锁定在中长篇小说显然过于偏狭。除了中长篇小说之外还有哪些文体属于叙事文学营垒,其判断标准何在,还需要进一步思考择定。

如同广义叙事与狭义叙事构成了叙事事件的双重架构一样,在叙事文学概念的反省中,也需要从广义和狭义两个方面来思考和追寻其整体的构造关系。表面上看,学界争论的一些热点问题如"叙事"与"叙述"术语使用问题似乎与此有关,但在我看来实际上关系不大。因为"叙事"与"叙述"关系的讨论只是在争论对同一对象应该冠以哪个相应符号而已。更值得去思考的问题是这一对象本身的容量程度问题,因为这才是中国叙事文化学对于自己的研究对象进行科学界定的正确聚焦点。

对于中国古代文学来说,卡冈说的"中长篇小说"主要指章回小说,这显然不足以容纳文体意义上中国古代叙事文学的全貌。中国古代叙事文学的范围至少还应该包括话本小说、戏曲与讲唱文学,以及大量史传散文等。如果说这只是对中国古代"叙事文学"的狭义理解的话,那么对于中国叙事文化学来说,"叙事文学"的范围显然还是不够广泛和宏阔,还需要从更大的范围去寻找其原料基地。

诚然,叙事文学是一个文体概念,指的是小说、戏曲、叙事散文等,也就是所谓狭义叙事文学范围。但不能简单以此划线,从文体看很多不属于叙事文体的诗词散文,或是其他文献材料,甚至某些文物材料等,其中或多或少有与叙事文学相关的成分。比如学界在谈到《西游记》成书过程时,都要谈到现存元代瓷枕中绘有唐僧师徒四人形象,这个瓷枕便成为《西游记》故事在元代已经成型的证据,成为《西游记》西天取经故事研究的重要材料。日本学者小南一郎的《中国古代神话和古小说》中有关西王母与嫦娥形象的文献材料除了传统意义上的纸本文献外,还有大量实物资

①［苏联］卡冈:《艺术形态学》,生活·读书·新知三联书店1986年版,第406—407页。

料，特别是出土文物。如各种文物上的图案，或铜镜文饰图像上的西王母与嫦娥等，都对文本研究有参考利用价值。很显然，这些以及非文字、非书面的材料也与叙事文学的发展有着重要关联，不应忽略。

叙事文学还有一个特征，即书面文学与口头文学的相互作用、共同推演。如果说诗词等抒情文学必须与吟诵相伴的话，那么小说、戏曲等叙事文学则必须与民间口头流传相伴。无论是作为书面叙事文学的小说、戏曲，还是作为口头文学的民间故事，都是以描述时间历程为基本责任的时间的艺术。二者不但在内容上相互吸收，而且绝大多数古代民间故事只能通过书面渠道得以保存。此外，我们看到的书面叙事文学故事通常只是其中的一个版本，不能代表全貌。将与之相关的民间故事传说与其内容相参照，才能看出故事的整体面貌。当然，与民间文学"联姻"的也只是书面叙事文学作品中的部分作品，不能代表叙事文学作品的全貌。

书面文学与口头文学毕竟不能完全等同。区分二者各自的特质无论是对于中国叙事文化学整体的宏观认识，还是具体的个案故事类型研究来说，都同样必要。而体现二者特质异同的关键就是双方不同的表述形式。书面文学是叙事，是用书面形式陈述一个故事；口头文学是叙说，主要是一种口头语言表达方式。在文学领域中，正是由于对于两者的区分，使得小说成功地从它的口头传承阶段进入书面文学样式。叙说文学因口头传承有了很大的变异性；而叙事较为稳定，相对于叙说而言变化较少。因此对于叙事文化学研究来说，既要关注书面文学，又要看到口头传承的民间故事现象，从两方面出发，对具体个案进行研究考证。

在此背景下，可以对中国叙事文化学所要关注的叙事文学对象作出如下梳理：

1.文体内和文体外的双重关注：文体内要关注比较明确的叙事文学体裁，如小说、戏曲、史传等；文体外要关注本身不属于叙事文学，但和叙事文学有着密切联系的文献，如诗词、文物等。对于历史学、民俗学等学科中与叙事学有关资料的关注是从中国叙事文化学角度对叙事文学研究的新角度，这与中国叙事文化学的性质有关。中国叙事文化学所关注材料的丰富性，以及叙事文化学对于研究材料文本差异的文化内涵解读追求都对研究角度出新有推动作用。而每一个故事在某个时代内不同体裁的材料的分布并不是均衡的，这就需要各种其他材料来对其补充，防止材料的断层。

2.在表达方式上，具备叙事特征的作品与一般叙说的材料要加以区分，且同时关注。书面文学是我们关注的主体，口头文学作品是我们参考的对象。但有时书面文学与口头文学的区别不是很明显，很多书面文学作品只是口头文学的记录而已，如《搜神记》《夷坚志》《聊斋志异》。

三、关于叙事文化

作为文化的组成部分，叙事文学的文化属性本是不言自明的。但长期以来，包括叙事文学在内的对于文学的文化研究没有得到足够的重视。随着叙事学从经典转向后经典，叙事文学的文化学研究意义开始得到应有的关注重视。从操作的层面看，脱离狭义的叙事文学樊笼，从广义大文学的视野来进行叙事文学的取景观摄，这本身就已经使叙事文学研究具有了文化研究的性质。这一点不仅为中国叙事文化学所恪守，也是近些年来叙事学研究的一个新动向。

傅修延在《先秦叙事研究——关于中国叙事传统的形式》一书中表示，叙事学研究的范畴应该突破小说甚至文学叙事，并反复强调他是以广义叙事为基础的："凡是含有叙事成分的先秦文献都在本文的考察范围之内……换而言之，先秦时期内任何含有叙事意味的信息传递，无论画事、说事、唱事、问事、铭事、感事、演事，还是甲骨、青铜、神话、史籍以及民间文艺，甚至包括'表事'的汉字本身，都在本书的讨论之列。"[①]这与中国叙事文化学对于叙事文学范围的理解可谓心有灵犀。赵毅衡则从理论的高度将此现象总结为广义叙述学。他在考察叙事学学科发展的历史和现状之后，认为叙事学从经典到后经典，一个显著的特色就是发生了叙述转向（The Narrative Turn），叙事学研究从单纯的小说模式转向了文化模式。广义叙述学是要建立一种涵括各种体裁、各门学科的广义理论的叙事学。它将不再以小说模式为中心，而将虚构或非虚构的叙事如广播新闻、电视广告、

---

① 傅修延：《先秦叙事研究——关于中国叙事传统的形成》，东方出版社1999版，第6页。

梦等都纳入叙事研究的考察范畴。①这样一来，中国叙事文化学的广义叙事文学观念就不再是孤军奋战，而是从属于广义叙述学的一块重要试验田，也是西方叙事学中国本土化的一个尝试。

从叙事文化的属性来看，中国的史传文化传统与欧洲的史诗文化传统有本质的差别。史诗文化强调矛盾冲突对立，史传文化则强调从矛盾双方的和谐性来把握和处理相关文化属性。

这种文化背景的差异不但造成了中西叙事文学作品本身文化属性的不同，同时也必然对中国叙事文学研究的文化属性构成制约。"与西方文化传统截然不同的东方文化传统，尤其是中国文化传统下的叙事学研究，它的个性和风貌会全然不同，中国文化传统下的叙事理论会体现出与西方理论的根本上的差异。所以，辨析差异是吸纳西方理论最基本的工作。"②

然而对于中国叙事文化学来说，所谓"叙述转向"的内容不仅包括文本材料范围的扩大，还意味着在研究的过程中需要努力挖掘所有这些文本材料当中所蕴含的各种文化内容的传承演变轨迹。其基本要求包括：

第一，对于个案的叙事文学故事类型，要在全面掌握其广义叙事文本材料的基础上，努力挖掘这些材料背后的历史文化蕴含。比如西王母故事中的道教与寿庆文化内涵、木兰故事的易装文化内涵、唐明皇故事的帝妃恋情文化等。

第二，在把握故事类型文化内涵的基础上，要着重关注该文化主题在该故事类型演变过程中不同时段、不同文本形态所受到不同文化背景影响制约的线索轨迹。因为故事类型的文化内涵并不是铁板一块，而是具有动态的流动性。某一故事类型在经历漫长的历史过程中，其内涵必然会发生或延续或变异的文化现象。我们从文化学角度审视它的时候，要从关注其外部形态的变化入手，如文本文字的增删、人物的添加等，进而从外部形态的变化关注深入到自内部探寻其文本形态变化的历史文化缘由。

第三，文学形式自身的演变对于一个故事类型的文化内涵演变也同样

---

① 参见赵毅衡：《广义叙述学：一个建议》，《叙事》，暨南大学出版社2010年版。
② 蒋述卓、王瑛：《论西方叙事学本土化》，《中国比较文学》2012年第4期。

具有揭示意义，也就是需要关注所谓特定言语表达方式的演变与文化内涵演变的关联。当一个故事发生形态上的变化时，往往通过文学形式的外在状态表现出来。比如一种新出的文学样式所具备的功能（诸如篇幅体制、语言功能等等）会给该故事类型的文化演变带来极大的膨胀空间。同时还要关注文学形式的"意味"性在该故事传承过程中的审美愉悦功能。如同克莱夫·贝尔所言："一切真实的艺术都是有意味的形式，艺术意味的形式能使人产生审美情感"。一个单元故事的变化既是社会文化内涵的变化，也是故事美学和艺术含义的变化。

原载《天中学刊》2014年第3期

从"AT分类法"
到中国叙事文化学的故事类型分类
——中国叙事文化学研究丛谈之五

　　故事类型是中国叙事文化学研究的主体对象。所以科学合理确定故事类型的分类原则是中国叙事文化学研究的首要工作和任务。这一工作是在参照吸收前人合理因素并剔除不适合的部分的过程中完成的。因此需要将其正反两方面的因素厘定辨析清楚，从而明确中国叙事文化学故事类型确定的依据和原则。

一

　　首先是对主题学"AT分类法"的吸收和扬弃。中国叙事文化学的理论是在参照借鉴西方主题学方法的基础上形成的，因此在分类原则上也需要对主题学的分类原则进行分析和吸收。

　　自19世纪德国格林兄弟倡导民间故事搜集研究并身体力行之后，民间故事的分类工作引起了很多学者的关注和研究。其中有代表性的就是20世纪初芬兰学派的代表人物阿尔奈（Antti Aarne，1867—1925）和嗣后美国学者汤普森（Stith Thompson，1885—1976）所做的民间故事索引编制工作。他们的工作成果就是后来成为世界范围内民间故事类型研究的"AT分类法"。

　　最初阿尔奈的分类索引只有"动物""普通民间故事""笑话"三类，依据的材料也主要是以芬兰为主的北欧民间故事。在此基础上，汤普森将故事类型增加到五个，即"动物故事""普通民间故事""笑话故事""程式故事""未分类的（难以分类的）故事"。在材料范围上，汤普森将取材扩大到整个欧洲和亚洲、非洲等地的民间故事，从而完善了"AT分类法"的格局，使之趋向国际化。①

对于中国叙事文化学的故事分类原则来说，"AT分类法"的积极作用在于它提供了一种宏观范式，将浩如烟海而又零散繁杂的世界各地民间故事归纳为条理清晰的类型索引。这是中国叙事文化学进行故事类型分类索引编制的重要参照和主要依据。

但是，中国叙事文化学的故事类型分类又不能简单照搬"AT分类法"。理由有三：第一是研究对象的区别。主题学的研究对象是民间故事，其传播主要是口头传承。中国叙事文化学的研究对象是中国古代一般叙事文学故事，其传播载体主要是书面文字。这个区别对各自故事类型内容的属性有直接影响。以口头传承为主的民间故事受众主要是文化程度有限的民众，其关注重心是动物、笑话和一般传说性较强的传闻故事。而以书面文字传承为主的中国古代叙事文学故事的受众则比较广泛，既有普通大众，也有社会知识阶层；反映各阶层人们生活和精神取向的文本故事也包罗万象，千姿百态，无法用"AT分类法"的五个方面来涵盖。

第二是故事材料范围的区别。阿尔奈的故事类型索引取材仅限于芬兰北欧地区，很有局限性。汤普森尽管有意弥补这个缺欠，将材料范围扩大到整个欧洲、亚洲和非洲，但仍有很多缺漏。"这部阿尔奈——汤普森的索引中仍然还有很多极为重要的国家和地区的民间故事资料没有被收纳进去；有些国家和地区的资料虽然在这部索引中得到一定的反映，但由于记录出版工作落后、研究工作薄弱等原因，索引并没有概括出民间故事在这些地方流传的实际状况。资料不全问题集中地反映了对民间故事流传十分广泛的亚洲、非洲、拉丁美洲、大洋洲的许多国家缺乏深入研究的客观事实。"②这一点连汤普森本人也意识到了，并表示经他手完成的"AT分类法"严格来说应该称为"欧洲、西亚及其民族所散居的地区的民间故事类

---

① 参见祁连林：《中国古代民间故事类型研究》第一章绪论，河北教育出版社2007年版。

② 刘魁立：《世界各国民间故事情节类型索引述评》，《刘魁立民俗学论集》，上海文艺出版社1998年版，第366页。

型索引"①。

第三是分类方法的见仁见智。按照一般的逻辑规则，同级项目的并列应该遵循同类可比的原则。据此，"AT分类法"将"动物""笑话"两类并列，不能保证两者之间不产生内容交叉的可能（"动物"故事可以有笑话的属性，"笑话"故事也可以由动物故事构成）。而"动物"与"人物"则是可以并列的类别。

二

其次是对20世纪以来几种中国民间故事类型索引的吸收借鉴。从20世纪20年代末开始，以钟敬文、赵景深先生为代表的民间文学学者就开始了对中国民间故事类型索引编制的探索工作。但因其始为起步摸索，难免简略，旋即为受"AT分类法"影响编制的中国民间故事类型索引所取代。20世纪以来，有代表性受"AT分类法"影响编制的中国民间故事类型索引有艾伯华（W·Eberhard）的《中国民间故事类型》（1937年出版）和美籍华人丁乃通的《中国民间故事类型索引》（1978年出版）。这两种故事类型索引各有特点和短长，对中国叙事文化学的参照借鉴价值也有同有异。

艾伯华的《中国民间故事类型》虽然在体例上借鉴吸收了"AT分类法"的格局体例，但在具体的分类名称上与之有很大的区别。其最大的变化就是他纠正了"AT分类法"分类体制非同类并列的问题，代之以同类并列的原则，具体分为普通故事和滑稽故事两大类。普通故事下分"动物""动物和人""河神和人""仙人和人"等十四类，滑稽故事下分"傻子""机智的人和狡猾的人"二类。这对于解决"AT分类法"分类体制非同类并列的问题是个明显的进步，但其于普通故事下分十四个类别，仍然显得琐碎。其短长优劣对中国叙事文化学均有借鉴作用。

相比之下，丁乃通的《中国民间故事类型索引》虽然在材料范围上大大超过了艾伯华，但其分类体制完全照搬了"AT分类法"。所以从分类方法的角度来说，丁书的意义只是在于它证明了"AT分类法"对于中国民间

---

① 刘魁立：《世界各国民间故事情节类型索引述评》。

故事分类的可行性，没有就分类方法本身作出新的探索。

　　值得关注的是近年出版的祁连休先生《中国古代民间故事类型研究》一书。该书上编为中国古代民间故事总论，下编为中国古代民间故事类型梳理介绍。其下编作者没有命名为中国古代民间故事类型索引，但已经具有民间故事类型索引的属性，可以故事类型索引视之。该书完全抛开"AT分类法"，另起炉灶，以断代的方式将中国古代民间故事分为"春秋战国""秦汉""魏晋南北朝""隋唐五代""宋元""明代""清代"等七个时代，每个时代下分若干民间故事类型。作者明确表示为了客观反映中国古代民间故事的全貌和事实，不采用"AT分类法"①。此举不但避免了照搬"AT分类法"可能带来的"削足适履"之嫌，而且在身体力行地把学界"西体中用"的惯性扭转回归到"中体西用"的思考方面，与中国叙事文化学不谋而合。但从中国叙事文化学和故事类型检索的角度看，只顾断代容易忽视某些同一故事类型跨越几个朝代的完整连接问题。这也是中国叙事文化学认为应该系统考虑把横向的断代和纵向的同类故事贯通两者结合起来的道理所在。

　　以上所述均为民间故事领域的故事类型索引。作为从书面文学角度关注叙事文学故事类型的中国叙事文化学，除了以上民间故事类型索引之外，理应关注书面文学本体的故事类型索引。遗憾的是，这方面可以参照的论著只有台湾学者金荣华先生的《六朝志怪小说情节单元分类索引》。②该书分为甲乙两编，甲编受到中国古代类书的影响，按故事内容将六朝志怪小说从天地到人兽物分成46类。乙编则用"AT分类法"的编号方式对甲编故事类型进行对应编排。

　　可以说，该书试图在民间文学与书面文学、西方"AT分类法"与中国故事类型分类两个方面打通和融合，并取得了一定成功。该书选用的材料范围为六朝志怪小说，而其中内容又多为民间故事。这种选材视角对于把学者的目光从主要为口头传承的民间故事转移到书面文学形态的叙事文学

---

① 参见祁连休：《中国古代民间故事类型研究》第一章绪论，河北教育出版社2007年版。
② 金荣华：《六朝志怪小说情节单元分类索引》，中国口传文学学会2008年版。

故事具有很大的吸引作用和示范作用。一方面，作者以中国传统的分类方式对六朝志怪小说故事做了类型划分，同时又将其与西方的"AT分类法"对应排列，展示了一种"以中为体，以西为用"，而又中西兼顾的学术理念，对中国叙事文化学的分类原则有相当的借鉴和影响作用。另一方面，中国叙事文化学的分类方法会在两个方面对其修正和提升：一是该书材料范围有限，只收录了六朝20种左右的志怪小说，对于浩如烟海的中国古代叙事文学文本故事没有涉及；二是没注意到类书分类名称基本以名词性的单词、词组为主（因为类书是给古人提供写诗填词的工具）。这种名词的词组和叙事文学的关注情节是分离的、淡漠的（因为情节所表现的是过程，是动词形态）。而叙事强调动作性、过程性，类书分类法不能完全涵盖叙事类型，湮没了故事情节。

三

鉴于以上情况，中国叙事文化学的叙事文学故事类型编制方案原则大致为，吸收前人成就，从中国叙事文学的实际出发，创立中国叙事文学故事主题类型索引。

按照"AT分类法"编制的丁乃通的索引共分"动物故事""一般的民间故事"等五类，总共2499个故事类型。很显然，从这个类目、子目和各个故事类型中可以看到，这个分类法有两个突出特点，一是民俗性，二是西方性。民俗性是指作为民间故事索引，其中包括的内容是以民间文学为主，这自然无可厚非，但口头传承的民间文学之"履"未必适合书面叙事文学之"足"。西方性是指把中国的民间故事套进西方人所设定的框架中，这也就未免有削足适履之嫌。而且，就这两个索引所使用的文献材料来看，有许多精彩的收录中国民间传说故事的文献他们并没有使用。正因为如此，也就自然会有许多精彩的中国叙事文学故事主题情节模式无法被套进"AT分类法"中。至于中国民间文学之外的文本形态叙事文学作品，这两个索引更是无法将其囊括殆尽。因此，要编制以中国叙事文学为主的中国叙事文学故事主题类型索引，在体系框架上就不能照搬"AT分类法"，而是另起炉灶。

祁连休的《中国古代民间故事类型研究》和金荣华的《六朝志怪小说

情节单元分类索引》在分类上也是另起炉灶，并确实以中为体，但由于前面所述原因，我们在其基础上又做了新的探索和尝试。作为中国叙事文化学故事类型索引的先行之作，《六朝叙事文学故事主题类型索引》共将故事主题类型分为六类：天地类、怪异类、人物类、器物类、动物类、事件类。下面笔者将一边和"AT分类法"做对比，一边逐一介绍各类的设类理由和子目安排的设想。

第一是天地类。经查西方"AT分类法"中没有设天地自然一类。但从中国神话的实际情况看，它从开始就与天地自然内容密切相关。像"嫦娥奔月""女娲补天""夸父逐日"等著名神话故事，既是神话传说的经典，也是中国叙事文学的起源因素。众所周知，"天人合一"是中国文化中根深蒂固的观念，由此导致中国叙事文学中产生大量的与天地自然相关的故事作品。丢掉这些故事，无论是对于通俗文学，还是整个叙事文学来说，都是不完整的。鉴于此，我们单独设立"天地"一类。其中包括"起源""变异""灵异""纠纷""灾害""征兆""时令"7个小类，34个故事。

第二是怪异类。"AT分类法"设有"一般的民间故事"（或译作"本格民间故事"）一类。其中包含"神奇故事""宗教故事""传奇故事（爱情故事）""愚蠢妖魔的故事"4种。这些内容实际上也就大致相当于中国叙事文学中志怪小说和传奇小说的相关题材。我们以"怪异"为其命名，即因为内容与之大致相当。这样改动考虑了两个因素，一是"一般的民间故事"这个概念比较模糊和笼统，二是"AT分类法"中缺少独立的人物故事类目，而中国叙事文学故事中人物故事又是重头戏，其数量远远超过怪异故事。所以用"怪异"来概括它们既符合文本材料的实际情况，也会方便了解中国叙事文学故事的人予以识别。同时，设立"怪异类"也是为了和后面的"人物类"形成对照和呼应。此类包括"起源""矛盾""统治""生活""异国""神异"等22个小类，597个故事。

第三是人物类。"AT分类法"中没有设立单独的人物类，"一般的民间故事"中下设"传奇故事""笑话""程式故事"和"难以分类的故事"，情况与中国古代叙事文学的实际情况不太吻合。中国古代叙事文学中人物故事数量极多，不仅民间故事中含有很多人物故事，而且由作家记录和创作的各种叙事文学形式也含有大量人物故事，使之堪称中国古代叙事文学作品的主体，这一情况理应全面而集中地反映在以中为体的故事主题类型索引中。因此，我们将人物类分为"源起""矛盾""农耕""家庭""君臣""政务"等41个小类，1278个故事。

第四是器物类。"AT分类法"没有单设器物类，但"一般的民间故事"中"神奇故事"下设的"神奇的宝物"一类，算是与器物有关。从中国叙事文学故事的实际情况来看，与器物相关的故事虽然很多具有神奇色彩，但也有相当数量的非神奇故事。另外，叙事文学故事与民间故事在器物题材方面虽有交叉之处，但前者也有许多独立发展的案例，如"玉镜台""麈尾"等。因此从叙事文学故事的全局来看，器物故事应当和"天地""人物""动物"成为可以类比的并列类目。此类包括"天物""造物""食物""异物""怪物"等21个小类，169个故事。

第五是动物类。对于民间文学来说，动物显然是主角，所以"AT分类法"将"动物故事"列为首位。但与器物故事类似，叙事文学故事中的动物故事中的与民间故事有同有异。所以中国叙事文学故事类型索引在设类上与"AT分类法"互有出入。此类包括"生变""帮助""奇异""征兆""矛盾"等13个小类，共118个故事。

第六是事件类。"AT分类法"下设"程式故事"和"难以分类的故事"。这种方式对中国叙事文学故事类型索引的编制有一定启发借鉴意义。但本索引设定"事件类"主要还是出于全局的考虑。一方面，前五类都属于围绕名词性词语展开的单元故事，不包括以动作和事件为中心的单元故事。另一方面，前五类相互各自独立，那些兼具不同类目主体相互关系的故事放在哪一类都显得欠妥。我们设定"事件类"则同时解决了这两个方面的问题。此类包括"人神关系""天人关系""人鬼关系""战争""习俗"等12个小类，719个故事。

中国叙事文化学的分类还是一个起步摸索中的新鲜课题，它需要完善，也需要批评交流，盼望海内外方家不吝指正。

原载《天中学刊》2015年第1期

关于个案故事类型研究的入选标准与操作方法

——中国叙事文化学研究丛谈之六

　　中国叙事文化学研究分为三个层面的工作：为故事主题类型索引编制；故事主题类型个案研究；中国叙事文化学的理论研究。三者相互关联，互为因果。索引编制是基础，个案研究是主体，理论研究是指南。在索引编制与个案故事类型研究之间有一个衔接的工作，就是从大量索引信息中遴选适合进行个案研究的故事类型。这就产生了一个遴选条件以及相关的操作方法问题。

　　中国叙事文化学个案故事研究的根本任务，就是在摸清个案故事文本流传的基础上，对其形态异同变化情况作出文化及文学解读分析。这个工作的前提条件就是相关文本材料足以支撑这种异同变化的分析解读，但并不是所有收入索引的故事类型都具备这个条件。因为故事类型索引是全面反映中国古代叙事文学故事类型的系统工具书，而所有被索引的故事类型在流传过程中存在多寡不一的情况。有的时间跨度长，相关文献材料多；有的流传时间有限，文本产生比较少。文本材料多的用来做个案故事类型研究比较得力从容，而文本愈少就愈有无米下锅之感，所以就需要在全部故事类型索引库存中遴选适合进行个案分析研究的故事类型。

　　个案故事类型遴选是一个跨度大、相对性强、难把握的工作。从个案故事类型研究对文本材料的占有需求来说，当然是多多益善，所以其上限是无限极的。但是其下限就相对比较棘手，有的故事只有一两条材料，基本上没有个案故事研究价值。除了这类故事大致可以忽略外，其他故事的文献材料多寡不一，把握上有很大的弹性。大致可以从以下几个方面考虑其入选条件：

首先，关于文本流传的时间跨度。时间跨度是衡量判断个案故事类型入选程度的重要条件因素。中国古代的悠久历史给很多叙事文学故事流传提供了漫长的时间舞台，而且这个舞台并非千篇一律，而是形态各异。第一种情况是故事流传时间长，文本材料丰富的大餐盛宴。一般来说，故事文本时间跨度越大，入选条件就越充分。一些经典故事类型都有时间的浓重度，像孟姜女故事始自春秋战国，两千多年期间生成数以万计以此为题材的文学作品。对于这类故事来说，材料多少以及相应入选已经不是问题，最大的问题是因为材料丰厚而难以穷尽。第二种情况是故事流传时间长，但各时代文本流传不均衡，有时甚至有一定的时间断裂情况。像项羽故事，其文本强盛时期是在汉代（《史记》与《汉书》），魏晋以降材料逐渐消歇稀少，至现当代则又异军突起，大放异彩。这种情况虽然不及第一种丰厚，但只要文本材料够一定数量，也能自张一军，形成有特色的个案故事类型。第三种情况是故事流传时间相对比较短，但材料却相对丰富。这种故事一般是宋代以后出现的传说故事，像说岳故事、杨家将故事以及水浒英雄传说故事等都在此列。这类故事时间和材料都相对比较集中，操作上也相对便利。以上三种情况辨识程度比较高，漏选的可能性也相对小些，与之相比，比较难把握的是第四种。第四种故事流传时间相对短，相关材料也比较有限，属于这种情况的大多发生在明清时期。明清时期不仅是叙事文学的高产期，也是很多笔记文学的繁荣期。其中有两类故事很难入选个案故事类型：一是部分文人独创的小说戏曲作品，二是部分文言笔记小说故事，二者都因为有很多缺乏演绎再生效应的独立故事或没有足够的系列文本材料支撑，无法进行故事源流演变研究。以《聊斋志异》为例，其中有些故事或者有本事来源，或者有戏曲等叙事文学形式进行搬演再生，如"聊斋戏"等，这些故事入选个案故事类型没有问题。但也有些故事既无本事来源，也无搬演再生的续作，这类孤立故事虽然也是一个叙事文学故事类型，但没有系统的源流演变研究可能，无法入选可研究类型。

其次，关于文本流传的体裁覆盖面。中国叙事文化学个案故事类型研究的主要任务是对故事类型做故事演变的文本梳理和文化分析。那么文本的样貌不仅有时间跨度问题，也有体裁覆盖面的问题。从叙事文学自身的叙事性质来说，叙事文学体裁应该是个案故事构成的主体，其他如抒情文体和史传文体等应该作为附庸相伴。但事实上在叙事文学故事流传过程中各种情况参差不齐，大致包括以下几种类型：

一是规模大、覆盖全的经典故事类型。最理想的是一些经典的叙事文学故事类型，它们在体裁覆盖方面有充分的示范效应。如王昭君故事从汉代开始盛演不衰，体裁样式也是应有尽有，从《汉书·元帝纪》的史传开篇，后代几乎所有的叙事抒情文学体裁都有描写昭君故事者。其中比较著名的就有笔记小说《西京杂记》中的"画工弃市"，托名蔡邕的诗歌《秦操》，敦煌变文《王昭君变文》，王安石诗歌《明妃曲》，马致远杂剧《汉宫秋》，清代雪樵主人的章回小说《双凤奇缘》等。类似情况还有嫦娥故事、女娲故事、孟姜女故事、《西厢记》故事等等。这种情况尽管比较理想，但实际数量不是很多。

二是规模和覆盖面都属中流的故事类型。这些故事类型有一定体裁覆盖面，而且其中叙事文体与抒情文体搭配也大致均衡，只是规模不大，算是中规中矩的个案故事类型。像绝大多数唐传奇名篇故事都能在原作基础上被后人改编为戏曲和讲唱文学作品，如《虬髯客传》演绎成为较多的"风尘三侠之红拂女"叙事文本。这种情况应该是个案研究的主体和多数。

除了以上两种情况外，其他故事在文本体裁覆盖面上或多或少，或这或那存在一些缺失。

三是规模大、文本多，但相对于其规模和影响来说，缺少作为构成故事类型主体中坚的叙事文学体裁文本。像项羽故事、张良故事、汉武帝故事、苏轼故事等等，规模和影响都不可谓不大，但都缺少以该故事主人公为核心角色形象的重头戏叙事文学文本。从规模上来看，涉及这些故事主人公的叙事文学作品也很多，但这些主人公在那些作品中只是过场人物，不是贯穿始终的主人公。像很多有关西汉的历史演义故事文本中都有关于项羽、张良、汉武帝等人的故事情节，但历史演义小说的体制所限，他们在相关作品中只是部分时段出现的过场人物。和前面两种类型相比，这种情况虽然不够圆满，但因为其规模大、影响大，所涉文本体裁覆盖面也很广，所以并不影响其作为个案故事类型研究价值的成立。

四是有一定影响，但规模不大、文本不多，尤其是缺少叙事文学体裁文本。像娥皇、女英故事只是在屈原《九歌》、司马迁《史记》、张华《博物志》等相关神话记载中有过简单的记录，后代缺少成形的叙事文学文本，其故事的演绎主要是作为诗文典故的应用。类似者还有扬雄《蜀王本纪》所记"望帝杜鹃"故事、《宋书》和《旧唐书·乐志》所载莫愁女故事，影响较大但缺少完整的小说戏曲文本演述，只是以大量的诗文典故形式流传。这类故事在文本体裁覆盖面上有一定局限，很难形成有规模的大研究项目，但不妨碍做单篇论文进行个案研究。

最后，关于个案故事类型的文化意蕴构成。中国叙事文化学个案故事研究的主要任务是在穷尽故事相关材料并对相关材料进行形态梳理的基础上，对故事形态的异同演变做文化与文学的解读分析。这样，故事类型本身的文化意蕴含量也就成为制约个案故事类型研究规模和入选标准的重要因素之一。所谓文化意蕴是指个案故事类型在其文本演变过程中其内容所涉文化内涵随其文本形态变异而产生的意蕴移位，正确梳理和描述分析个案故事的文化意蕴是中国叙事文化学的灵魂和要义。

这个问题与前两条标准有相当的正比关系。一般来说，历史的长河由各种不同的文化要素构成，所以时间跨度越大，历史蕴含就越丰富，其文化意蕴积累也自然会浓厚；同样，不同的文本体裁往往代表体现不同的文化阶层和属性。像诗文和文言小说，以及史传文学等往往体现雅文化的取向兴趣，而白话小说、戏曲以及各种讲唱文学等往往体现俗文化的取向兴趣。所以文本体裁的覆盖面越大，故事的文化蕴含也就会越丰厚。

文化意蕴的丰厚包含两方面的含义，一是文化蕴含所涉方面多，覆盖面广。像包公故事涉及清官文化、忠孝文化、地域文化和神祇信仰文化等几个大文化背景，木兰故事则涉及易装文化、忠孝文化、婚恋文化等几个文化方面。二是单个文化方面中文本所揭示的深度和个性。如木兰故事、包公故事、岳飞故事都涉及忠孝文化问题，那么三个故事各自所涉的忠孝文化与其他故事有何差别，深度如何？都是需要在尊重各自故事文本形态演变基础上对相关忠孝文化内容进行深入思考和拿捏。文化意蕴也是对这些个案故事类型研究的可能规模进行预估的依据之一。

从个案故事类型的入选标准角度来看，以上三个方面在把握上还需要分清和处理好两方面的界限区别：一是能否入选为个案故事类型的研究行列？二是在可以入选研究的个案故事类型中，对其研究规模的预估会有怎样的差别？

先来看第一个问题，为了操作方便，需要有一个大致的硬性条件为能否入选制造一条界线，这个界限需要以以上三个方面为设定基础。从时间跨度上看，故事时间跨度只有一个朝代（甚至更短）者；从文本体裁覆盖面上看，只有一个文本单元，或者只有一种文本体裁者；从文化蕴含上看，只有一个文化意蕴方面者，均应严格考虑其入选资格。这只是一个大致界限，需要三个方面综合考虑权衡，斟酌而定。

与第一个问题相比，第二个问题不宜作出明确的条件限定，但可以对相关故事类型可能产生的研究成果规模进行比较和预估。可以大致分为三个分量规模：一是大型规模，凡时间年代跨度长（四个朝代以上），文本体裁覆盖面宽（小说戏曲和诗词散文各种文体均有，其中小说和戏曲的完整作品时间跨度不少于两个朝代，各三件作品，其他文体作品多多益善者，可入选这个规模。这种大型规模的个案故事一般是流传较广的经典个案故事，像孟姜女故事、王昭君故事、嫦娥故事、女娲故事、精卫故事、大禹故事、唐明皇故事等等。该规模一般适合做一部规模较大的学术专著或一篇像样的博士学位论文。二是中型规模，凡时间年代跨度比较长（不少于三个朝代），文本体裁覆盖面比较宽（小说戏曲和诗词散文各种文体均有，其中小说和戏曲的完整作品时间跨度不做强行规定，但总的数量应不少于三件作品，其他文体作品多多益善者，可入选这个规模。这种中型规模的个案故事也有相当的规模和影响，只是故事流传时间和文本体裁覆盖面少于大型故事。像一些唐传奇名篇产生的个案故事类型或相似规模的故事类型都基本属于这个规模。像"柳毅传书""李亚仙""黄粱梦""红线女""聂隐娘"等故事系列等为该规模实例。该规模故事适合做一些小型学术专著或像样的硕士学位论文。三是小型规模，小型规模在时间上有一定跨度（应该不少于两个朝代），有一定文本体裁覆盖面（有小说或戏曲作品，不少于一两件），其他文体作品也多多益善者，可属此列。像"三言二拍"中的很多故事可以做成这个规模。这个规模适合做一些单篇的学术论文。

以上只是对中国叙事文化学个案故事类型的入选标准和操作方法做了大致的梳理和说明，未必"放之四海而皆准"，只是供中国叙事文化学个案故事类型研究做一个基本的参考，并期待在研究实践中不断补充完善。

原载《天中学刊》2015年第4期

347

目录学与故事类型的文献搜集

按照中国叙事文化学研究的总体构想，个案故事类型应该从文献材料的搜集工作做起。而文献搜集的首要工作就是从目录学入手，摸清与该故事类型相关的文献家底。

叙事文化学研究与传统小说戏曲同源研究最大的不同就是超越小说戏曲这两种主要的叙事文学文体，把研究视野扩大到跟每个故事类型相关的任何文体的任何文献材料。这就需要对相关各种文体各种文献材料进行系统地挖掘梳理，而通过目录学来查找各种文献的线索又是必须的，其主要任务包括两个方面：一是通过已知书名查找该书著录年代和版本存佚情况，掌握该书基本文献信息；二是对未知书名者通过目录学著作的相关类目查询，掌握更多与同一故事类型相关的文献材料。

做文献材料工作是所有文史研究的必要起点，但各个学科领域在材料搜集方面又有自己的特殊性。从这个意义上看，故事类型研究的文献工作既有与一般文史研究的文献搜集相同之处，也有自己的一些独特方法。这里先从目录学入手，看看故事类型研究的文献搜集工作的一般和特殊性所在。

目录学对文史研究最基本的作用就是"辨章学术，考镜源流"，这个作用对于故事类型的文献搜集同样重要。在这方面，作用比较大的仍是传统的正史艺文志（经籍志）和重要私家藏书目录。同时，近现代以来几代学者共同鼎力协作，在古代叙事文学目录学方面取得重大进展，也给叙事文学故事类型的文献搜集提供了很大便利。

一、正史艺文志（经籍志）与故事类型文献

历代正史目录学著作是中国文化典籍记录的重要窗口。从《汉书·艺文志》开始，历代正史中大多设有《艺文志》或《经籍志》，用以著录当时的文献典籍。这些类似当时全国总书目的文献是人们了解研究各种历史文化的门径，当然也包括故事类型。但一般的文史研究与故事类型研究二者在正史目录学文献的使用上相同之中尚有相异之处。

应该说，通过已知书名查找故事类型相关文献的途径和方法和一般文史研究是一样的（通过四角号码或笔画音序查找书名），其独特之处主要表现在对未知书名文献的查找搜集上。

历代正史目录学著作体例大致相似，类目设置也是大同小异。沿着与某些故事类型相关的类目名称按图索骥，有可能产生连锁反应，连带找到相关材料。这里主要指历代正史目录所收录的与叙事文学相关的典籍文献。

由于传统文化观念的偏见，历代正史中通俗白话小说和戏曲作品大抵难登大雅之堂，那么得以在正史目录中生存的叙事性文献阵营也就只能缩减到部分文言笔记小说和相关杂史野史中了。这些文献在正史目录中的主要存在类目为子部和史部，子部以小说家类为主，杂家会偶尔兼及，史部则分布在野史、杂史、杂传等门类当中。与通俗白话小说和戏曲文学具有显著的叙事文学特征不同，这些文言作品作者大抵为正统官僚或文人雅士，其内容大多比较驳杂，但的确涉及很多与很多故事类型相关的文献材料。这是通过目录学渠道查找故事类型文献材料的重要方面。

另外，由于"二十四史"中并非全部设立《艺文志》《经籍志》，所以对其中空缺诸史的文献目录著录问题不能忽略。好在清代学者对各空缺经籍志、艺文志所做的研究考订主要集中在《二十五史补编》（全6册精装，中华书局1998年版），方便使用。

二、带有目录学性质的笔记

笔记是一种包罗万象的文体，虽然其作者基本也是正统文人雅士，但笔记既没有"文以载道"的责任，也没有"诗以言志"的宏图，相反却是

文人雅士仕途和诗文之外的消遣方式，其中留下很多他们在官场和正统诗文作品中不便记录和表达的内容。另一方面，由于通俗小说、戏曲和讲唱文学等通俗文学形式在官方正史艺文志（经籍志）中难以登堂入室，留下很大的目录学缺口，而部分笔记中对于各种通俗文学样式的零星记载，却能在一定程度上弥补这一缺失。所以，查找搜集故事类型的文献材料，不能忽视相关笔记这一不可替代的作用。这些笔记主要有以下几种：

1.南宋吴自牧著《梦粱录》，二十卷。该书记录南宋都城临安（今杭州）城市风貌，内容丰赡翔实。该书卷二十"妓乐""百戏伎艺""角抵""小说讲经史"诸条中记录大量南宋时期都城临安讲唱与各种技艺表演的内容，包括很多表演艺人姓名、表演内容名称等等。其中有若干材料具有叙事文学目录学的补缺作用。如"陈平六奇解围""复华篇""中兴名将传"等等，可以作为汉书故事和杨家将故事流传的有用信息。

2.南宋周密著《武林旧事》，十卷。该书也是记录南宋都城临安城市风貌的笔记，书中详细记载当时从宫廷制度旧闻到山川自然、市井风俗，其中不乏戏曲史料。卷六"诸色伎艺人"条著录的演史、杂剧、影戏、角抵、散耍等55类、521位名艺人的姓名或艺名，卷十"宫本杂剧段数"著录280本杂剧剧目，对于文学、艺术和戏曲史的研究尤为珍贵。如所著录"莺莺六幺""赤壁鏖兵"等官本杂剧虽已失传，但可了解相关故事的流变轨迹。

以"莺莺六幺"为例，尽管只是杂剧名称，没有留下故事内容，但这个名称却给"西厢"故事的发展历程提供了阶段性的痕迹证明。它足以说明，在南宋时期"西厢"故事已经在勾栏瓦肆广泛讲唱演出，成为《莺莺传》和《董西厢》《王西厢》之间重要的故事演变阶段。

3.南宋罗烨著《醉翁谈录》，全书十集，每集二卷，计二十卷。卷首"舌耕叙引"中"小说引子"和"小说开辟"两部分，对话本小说的创作经验和说书艺人的艺术修养、表演手法等有全面总结，并将话本小说分为灵怪、烟粉、传奇、公案、朴刀、杆棒、神仙、妖术八类，每类列举若干小说名目，共109种，为话本小说研究的珍贵材料。正文多摘录、转引旧籍，除小说作品外，还包括一些诗词杂俎。书中辑录小说虽多，但篇幅普遍较短，仅存故事梗概，所录故事多为宋代市井盛传者，有些为后代拟话本小说的蓝本，故具有重要目录学价值。

4.元末明初陶宗仪著《辍耕录》，三十卷，全称《南村辍耕录》。书中杂记见闻琐事，内容丰富，兼有史料与文学价值。所收史料对了解元代典章制度、风物沿革等均有裨益。所记元代文学家、戏曲作家与演员事迹及戏曲名目等，不乏目录学信息，尤为治文学史、戏曲史者所重。其小说部分多记宋末以来朝野轶闻，以反映战乱者较为可观。

5.明沈德符《万历野获编》，中华书局，2012年版。该书记述起于明初，迄于万历末年，内容包括明代典章制度、人物事件，典故遗闻、社会矛盾、民族关系、对外关系、山川风物、经史子集、工艺技术、释道宗教、神仙鬼怪等诸多方面，尤详于明朝典章制度和典故遗闻。也有相当一部分内容提到了讲唱文学，小说话本的名称、名录。卷二十五"杂剧院本"条在概述和辨析当时杂剧院本流传数目的基础上，还详细列举明代各类杂剧院本名称如《王粲登楼》《韩信胯下》《关大王单刀会》《赵太祖风云会》等二十余种，向来为研究杂剧目录学者所重。

三、明清时期小说戏曲书目

由于正史艺文志（经籍志）一般不收通俗小说戏曲，所以明清以来有限的收录通俗小说戏曲的私家藏书目录就显得弥足珍贵了。它们应该是以小说戏曲为主体的叙事文学故事类型材料搜集的重要渠道。

1.晁瑮撰《宝文堂书目》，以卷系目，共分上中下三卷。该书为以收录通俗白话小说作品著称的私人目录学著作，其中下卷全是白话小说和戏曲作品的名录。赵万里《跋晁氏宝文堂书目》："其中子杂、乐府二门，所收之明话本小说、杂剧、传奇至多，为明代书目所仅见。"且于每书下都注明刻本，可用来考查明人版刻源流。该书编次设3个子目，收书7829种，广泛著录元、明代话本，小说，杂剧和传奇，为研究我国古代小说史、剧曲史提供有价值的资料。

2.高儒撰《百川书志》，二十卷。依四部分类法，分经史子集4目，下分子目93门。该目较大的特色在于"野史""外史""小史"3类，野史著录2种共304卷演义，外史著录59种共73卷戏曲文献，小史著录13种共46

卷唱本、小说,具有目录学价值。

3.赵琦美编《脉望馆书目》。特点是收录戏曲作品为主,是今人研究明代及明以前的戏曲作品非常重要的目录书。收藏图书近5000种,共计20000余册。据统计,刊书达36种,达126卷,抄校了大量秘本。且广泛搜罗古今典籍及民间俗文学。

4.钱曾编《也是园书目》。收书3800余种,仅著录书名和著者。该书以收录白话小说著称,专门列有戏曲小说部,其中有16种宋代的词话,现都亡佚。另孙楷第先生曾整理钱曾《也是园古今杂剧考》,专收戏曲作品,且有考证,具有目录学文献价值。

5.董康编著《曲海总目提要》。作者据《乐府考略》和《传奇汇考》编成,共46卷,该书汇集自元代至清代乾隆年间近700种戏曲剧目,勾勒大致情节,并辑录很多考证资料,为今人研究古代戏曲提供了丰富的资料。但很多已失传,今人只能窥见大概。另外该书疏于考证,剧名和作者或张冠李戴,或主观误定;有的剧情介绍与原作相距很远,应用时需加以考订。今人北婴编有《曲海总目提要补编》,可以弥补一些不足。

四、现代人所著通俗小说戏曲与讲唱文学目录

20世纪以来,由于西方文化文学理念影响和本土文学观念的变化,戏曲小说的社会地位空前提高。小说戏曲目录学成为专门之学,出现一批专门从事小说戏曲和讲唱文学目录学研究的学者。各种类型的小说戏曲(包括讲唱文学)目录学著作不断出现,蔚为大观,为叙事文学故事类型材料搜集提供了方便渠道。

1.孙楷第编《中国通俗小说书目》,人民文学出版社1982年版。本书为中国最早的一部古代白话通俗小说书目,全书共7卷,分为"宋元部""明清讲史部""明清小说部甲""明清小说部乙"四部,另附"存疑目""丛书目""日本讯译中国小说目录"各1卷。作者自称该书"是包括现存和已佚未见书的专门书目。在这本书目里,可以知道宋、元、明、清有多少作家,有多少不同色类的作品。作家有小传,作品间有评论介绍"(《重印日本东京所见小说书目提要序》)。

另外，日本学者大冢秀高《增补中国通俗小说书目》，日本汲古书院1987年版，对孙楷第所著书目除"六大部"之外的每一部书进行了版本下落的考证，可以作为孙楷第书目的补充书目使用。

2. 江苏省社会科学院明清小说研究中心编《中国通俗小说总目提要》，中国文联出版公司1990年版。本书是在孙楷第先生《中国通俗小说书目》的基础上对古代白话通俗小说书目进行的一次最大规模清理。编者组织了全国各方面有关学者，调查各大图书馆，是20世纪90年代初古代小说研究的重大成果之一。书前有"凡例"、刘冬"序"和欧阳健、萧相恺"编辑说明"。书中收唐代至清末的白话通俗小说1160部，以单书为单位，每书包括书名、作者、版本、内容提要和回目五部分组成，其中内容提要和回目两部分为孙楷第书目所无。全书编排大体以年代为序，同时兼顾内容分类。书后附同书异名通检、笔画、音序索引和作者姓名及别号索引。该书的问世为古代白话通俗小说研究提供了极大的方便。

3. 傅惜华编《中国古典戏曲总录》。是傅惜华未竟的力作之一，它作为中国戏曲研究院主编的《中国戏曲史资料丛刊》中的一种，专门著录宋金元明清各朝戏曲家及其作品。该书原拟分八编出版，实际只出版了三编《元代杂剧全目》、四编《明代杂剧全目》、五编《明代传奇全目》、六编《清代杂剧全目》、七编《清代传奇全目》。第一、二、八编尚未着手编辑，第七编《清代传奇全目》完稿送交出版社，"文革"中遗失。

4. 庄一拂编《古典戏曲存目汇考》（三册），上海古籍出版社1982年版。收录作品较全，共收戏文、杂剧、传奇凡4750余种，蔚为大观。材料丰赡，有对故事源流的介绍。

5. 李修生编《古本戏曲剧目提要》，北京文化艺术出版社1997年版。共收现存戏曲作品1507种，每种作品介绍情节内容的梗概和版本下落。

6. 王森然编《中国剧目辞典》，河北教育出版社1997年版。收录作品较全，共收包括各种地方戏剧目共15000余条，为现存各种戏曲目录辞典文献中收书数量最多者。

7. 郭英德编著《明清传奇叙录》（上下两册），河北教育出版社1997年版。该书叙录明清两代传奇作品，涉及作家320多位，作品750部，每部作品叙录其版本、情节、本事、评论，功力深厚。

8. 罗锦堂编著《中国戏曲总目汇编》，香港万有图书公司出版1966年版。未见。

9. 张棣华著《善本剧曲经眼录》，台北文史哲出版社1976年版。收"中央"图书馆典藏或保管的善本书共计1081册。

10. 邵曾祺编著《元明北杂剧总目考略》，中州古籍出版社出版1985年版。书中对元明时期北杂剧已知约2000种剧目进行考订，有一定参考价值。

11. 郭精锐、陈伟武、麦耘、仇江编著《车王府曲本提要》，中山大学出版社1989年版。车王府曲本为中国清代北京蒙古车臣汗王府所收藏的戏曲、曲艺刻本和手抄本的总称，后散出。1925年为北京孔德学校马隅卿所购得，并委托顾颉刚整理，计1444种，2154册，分类编目，总名为蒙古车王府曲本，藏北京大学图书馆。后孔德学校又购得曲本219种，2560册，曲本内容与前一批衔接，用纸、装帧均同，藏首都图书馆。现计存曲本1663种，4714册。

12. 梁淑安、姚柯夫编著《中国近代传奇杂剧经眼录》，北京书目文献出版社1996年版。共收近代传奇杂剧作品版本信息270种。

13. 陶君起编《京剧剧目初探》，中华书局2008年版。该书收录1300余个京剧剧目的剧情说明，按剧情的历史朝代顺序排列。凡剧情与小说、笔记、说唱文学、杂剧、传奇有关者，择要加注说明，对挖掘、研究京剧剧目提供了很丰富的资料。

14. 吴平，回达强主编《历代戏曲目录丛刊》（全10册），广陵书社2009年版。该丛书将若干戏曲目录汇集，方便学者的使用。编者还将部分非专门目录学中的戏曲目录学材料勾稽摘录出来，方便了读者使用。

15. 谭正璧、谭寻编《弹词叙录》，上海古籍出版社2012年版。本书仿《曲海总目提要》等书体例，从弹词内容到作者和版本，以及成书年代和本事来源等方面进行叙录，也旁及同题材在其他文学作品中的叙写情况，是查询弹词的重要工具书。

16. 车锡伦《中国宝卷总目》，北京燕山出版社2000年版。该书共收国内外公私104种所藏的1585种宝卷（含5000余种版本、1100余个异名）。每种宝卷下作出简要题解，列出与编纂者、宗教归属、异名及可供参见的宝卷卷名与版本等各种信息。同时也尽量注明其出版或抄写的年代及与事者姓名、册数、序跋附录以及收藏者等等情况，为宝卷研究必备工具书。

17.李豫、李雪梅、孙英芳、李巍编《中国鼓词总目》，山西古籍出版社2006年版。书中包括：中国传统鼓词总目、子弟书单唱鼓词总目、抗日战争解放战争时期鼓词总目、新中国时期鼓词总目。共收鼓词作品约5000种。

18.昝红宇、张仲伟、李雪梅著《清代八旗子弟书总目提要》，三晋出版社2010年版。

19.黄仕忠、李芳、关瑾华著《新编子弟书总目》，广西师范大学出版社2012年版。

以上二书可以作为《中国鼓词总目》的参照读物使用。

五、现代人所著文言小说书目

与通俗小说戏曲不同，文言小说在历代正史艺文志（经籍志）、子部小说家或相关类目中占有一席之地，是目录信息保存相对完好的叙事文学作品。但由于今古小说文体观念存在较大差异，所以，如何遴选出大致符合今人小说文体标准的作品，是文言小说目录学研究的重要课题，现已取得重要成果。

1.程毅中《古小说简目》，中华书局1981年版。该书为我国第一部文言小说书目，书前"前言"和"凡例"叙述中国古代小说概念的变化和该书的编例。按照作者理解的古代"古小说"观念，书中收录古代文言体小说，以文学性较强的志怪、传奇为主，兼及杂事、琐事之类，时代暂以五代为下限。每个条目大致包括书名、史志著录情况、现存版本情况等，部分条目后有作者的相关考证，具有重要学术价值。书后附《存目辨证》《〈异闻集〉考》，并备有书名索引、作者索引及笔画、音序检字。该书为研治古代文言小说的必备工具书。

2.袁行霈、侯忠义编《中国文言小说书目》，北京大学出版社1981年版。本书是继程毅中先生《古小说简目》后又一部古代文言小说书目。与程书相比，它有两个特点，一是时间断限从先秦一直到清末，二是在选目上编者完全尊重古人，凡古代公私书目中"小说家"类著录的作品，完全揽入，共计2000余种。全书分先秦至隋、唐五代、宋辽金元、明、清五编。所收条目各以时代为序，包括书名、卷数、存佚、时代、作者、著录、版本等情况，并适当附以考证说明，本书收录全面完整，观之可知中国文言小说书目之总貌。

3. 李剑国著《唐五代志怪传奇叙录》，南开大学出版社1993年版；《宋代志怪传奇叙录》，南开大学出版社1997年版。此二书属于断代分体的文言小说书目，在唐宋两代志怪传奇小说的文献挖掘和梳理方面厥功甚伟，也为唐宋时期与志怪传奇有关的故事类型文献搜集提供了很多重要信息。

4. 宁稼雨编《中国文言小说总目提要》，齐鲁书社1996年版。本书系在《古小说简目》和《中国文言小说书目》的基础上对古代文言小说总书目进行了进一步探索。作者首先对文言小说的界限和分类提出了自己的主张，即在尊重古人小说观念的前提下，以历代公私书目小说家类著录的作品为基本依据，用今人的小说概念对其进行遴选厘定，将完全不是小说的作品剔除出去，将历代书目小说家中没有著录、然而又确实可与当时小说相同，或能接近今人小说概念的作品选入进来。全书按分唐前、唐五代、宋辽金元、明、清五编，每编又分志怪、传记（传奇）、杂俎、志人、谐谑5类。书后附《剔除书目》和《伪讹书目》。共收书名2648种，异名577种。每个书名词条提要包括：著录和版本简况、作者生平、内容梗概、故事梗概以及在小说史上的地位。

六、现代人编综合性小说书目

随着20世纪80年代以来古代文言小说和白话通俗小说书目研究成果的不断丰富，打通文言和白话小说界限的综合性古代小说书目成为学界瞩目的研究工作，对于叙事文学故事类型研究更是功德无量的学术贡献。

1. 石昌渝主编《中国古代小说总目》，山西教育出版社2004年版。本书是在《中国通俗小说总目提要》和《中国文言小说总目提要》的基础上对中国古代小说书目进行的又一次全面深入的挖掘和研究。该书分文言卷、白话卷、索引卷3卷，卷为1册。文言卷收1912年以前写、抄、刻、印成的文言小说作品2904种，异名582种，共3486种，按音序排列。白话卷收1912年以前写、抄、刻、印成的白话小说作品1251种，异名185种，共1435种。索引卷为"文言卷""白话卷"条目和条目释文中的人名、书名、地名书坊号和年号合编索引，按音序和笔画检索。和《中国通俗小说总目提要》和《中国文言小说总目提要》相比，该书的特点和价值主要有三：一是收录范围有所扩大，补充了部分前二书未收的作品，二是比较注重所收各书的版本齐全，三是索引卷将文言、白话两卷合编，以体现二者之间的紧密关联，这给叙事文学故事类型研究提供了很大方便。

2. 朱一玄、宁稼雨、陈桂声编著《中国古代小说总目提要》，人民文学出版社2005年版。本书希望在《中国通俗小说总目提要》和《中国文言小说总目提要》的基础上对中国古代小说书目做进一步深入研究。该书分上下两编，上编为文言，下编为白话，各编均按作品时代顺序排列。上编收正名2192种，异名350种，共2542种；下编收正名1389种，异名759种，共2148种。全书共收正名3581种，异名1109种，共4690种，所收书目与石昌渝主编本各有所长。书后有书名、著者音序和笔画索引。

原载《天中学刊》2016年第3期

对《关于叙事文化学研究的若干思考》的回应意见

近些年来，在《天中学刊》和学界同人的关心支持下，中国叙事文化学研究作为一种古代叙事文学研究新方法的创新价值不断提升，影响不断扩大。尤其是《天中学刊》开设了"中国叙事文化学研究"专栏之后，很多业内专家在专栏中对叙事文化学给予充分肯定，也提出了一些建设性的意见。这些积极支持和宝贵意见既给了叙事文化学继续发展的信心，也指出了很多努力和前进的方向。对此，我们深表感谢。

随着叙事文化学研究影响的不断扩大，人们对它的了解认识也逐渐深入，同时，所能发现的问题也就愈加细致。张培锋教授的大作《关于叙事文化学研究的若干思考》就展现了学界的这一状况。培锋教授是一位兢兢业业的学者，也是一位对学生十分负责的老师。每次参加博士、硕士论文答辩，他都是看论文最认真的老师。所以，通过近些年来参加中国叙事文化学这一方向博士、硕士研究生论文答辩，他对中国叙事文化学这一研究方法不仅有了全面了解，而且能指出其中的一些问题，他的大作就是这些意见的综合集中。随着了解的逐渐深入，学界在认识乃至评价这一新的研究方法的同时，对叙事文化学研究产生某些分歧或者误解也是正常的。为了探索学术真谛，完善叙事文化学研究的理论和方法，对这些分歧或误解做一些适当的讨论或争鸣也是学术研究的应有之义。

培锋教授的大作（以下简称"张文"）没有更多的溢美之辞，而是直奔主题，以高祖还乡故事为例，说明叙事文化学研究中可能或已经存在的问题。这种实事求是的态度和文风是值得赞赏和回应的。下面笔者就张文所涉问题进行回应和交流，就正培锋教授和学界。

一

首先，我们来看张文就"高祖还乡"这一选材提出的有关叙事文化学选材和对于"叙事文化"的本质理解问题。张文认为："有关叙事文化学的大多数研究成果，论述的多是研究者选取的叙述故事表现出的文化内涵，而对于"叙事文化"——即叙事作为一种文化现象自身的内涵却少有揭示。"

很显然，张文是把"研究者选取的叙述故事"和"叙事文化"作为两种对立或者并列关系来理解的。这让笔者非常费解。以笔者的认知和理解能力，实在理解不了"研究者选取的叙述故事表现出的文化内涵"和"叙事作为一种文化现象自身的内涵"二者怎么会形成一种对立关系。在我看来，这二者完全是难以分割的一体。"叙事作为一种文化现象自身的内涵"不是一个独立存在的实体，它只能通过"研究者选取的叙述故事表现出的文化内涵"去承载，去体现。在"研究者选取的叙述故事表现出的文化内涵"中，就已经包括了"叙述作为一种文化现象自身的内涵"。硬将二者分离分列，似有叠床架屋之嫌。

如果说这样表述尚未能理解张文原意的可能的话，那么也不妨看看张文对"叙事作为一种文化现象自身的内涵"的分析来进一步讨论。张文从历史记载的绝对真实和相对真实的各自价值对"叙事作为一种文化现象自身的内涵"这一提法做了阐述。张文认为，一方面离开史书记载就无法了解知晓历史，所以应该承认史书记载历史的原始功绩；另一方面，又要看到史书主客观原因造成记载本身的失实。这种对于历史记载价值的辩证认识，笔者完全赞同。但需要说明的是，这个问题不应属于"叙事作为一种文化现象自身的内涵"问题。在我看来，历史记载的绝对性和相对性是史传文学理论需要重点关心的问题，它虽然和叙事文化学理论有一定关联，但并非其理论的本质所在。张文的立论是以"高祖还乡"这个真实的历史事件为依据，以此为依据，实际上就等于对叙事文化学的选材范围做了规定和预设。这就与叙事文化学本来的选材范围设定出现了脱节和变异。因为，叙事文化学研究的故事类型有其内在的体系范围，真实历史人物故事在其中占有一定比重，但不是全部。唐宋以后，大量的故事类型都是出自作家虚拟创作的文学故事（如《莺莺传》故事、《柳毅传书》故事等）。在此背景下，仅用史传文学对历史真实的绝对相对标准来衡量所有各种故事类型"作为一种文化现象自身的内涵"，就显得难以涵盖全貌，因而也就缺乏足够的说服力了。

还要说明的是，叙事文化学对于"高祖还乡"一类真实历史人物故事类型的研究在方法上是有专门的策略以及相应操作方案的。具体方法是，以该故事的原始史书记载为基本坐标，衡量和比对后来各种文本演变较之起始点所发生的变化及其程度，用来总结其从历史原典走向文学化的历程。实践证明，在史实与文学文本的对比中，我们能够比较清晰地发现故事形态的变化轨迹。在形态变异描述基础上的文化动因分析，也恰恰就是我们所理解的对于"叙事作为一种文化现象自身的内涵"的探究和分析。

二

其次是张文提出的个案故事类型文献材料的叙事文化学意义问题。因为每个个案故事的文本演变材料必定会有两种情况：一种是情节内容基本没有变化或变化很小的材料，另一种则是情节内容有明显变化的材料。张文的观点是舍弃前者，采用后者："无论怎样，我们要关注的应该是后世叙事的不同或改造之处。"就"高祖还乡"故事他举出两种实例：一是《汉书》对《史记》的照搬，二是那些以典故形式出现的诗句。他认为："这类单纯用典的情况，应该从叙事文化学研究中排除出去。在古籍文献普遍电子化的今天，对材料的'竭泽而渔'固然仍然很重要，但是已经不是最难的事情，更重要的是需要根据叙事文化学理论对材料作出鉴别。与此不同的是，还有一类诗文，虽然也只是用典，但在其作品中多少增加了一些东西或者包含着作者的思考、评判乃至作出某种改造，这样的用典就具有叙事文化学的意义即丰富或改造了叙事的主题。"

实际上，这个问题也涉及叙事文化学对于"叙事作为一种文化现象自身的内涵"这一观点的理解问题。中国叙事文化学是在吸收借鉴西方主题学研究理论的基础上构建而成的。中国学界借鉴西方主题学方法研究中国文学在文献材料处理上有两种方式：一是以王立先生为代表的中国文学主题学研究，从意象主题研究出发，在众多文献中有选择地采用其精华部分；二是笔者倡导的中国叙事文化学研究，从个案主题研究出发，对具体个案故事做地毯式"竭泽而渔"的文献挖掘和掌握。意象主题研究和个案主题类型研究的区别在于：意象主题来源于众多使用同一意象的个案故事群，可以对诸多材料筛选归纳使用；个案主题则只针对某一特定个案故事，需要用尽可能充分的材料来了解认识和分析论证，所以其材料使用目标就是"竭泽而渔"。至于那些基本上沿袭前人的文字或者只是作为典故出现的诗文何以不能放弃，我以为有如下几个理由：

其一，从"叙事作为一种文化现象自身的内涵"的角度看，任何个案故事的材料本身都具有文化认识和文化实践的价值。其存在与否，是个案故事的文化发生史上两种不同的文化信号。有些材料尽管只是承袭或是用典，但这承袭和用典本身就是文化发生过程的符号。如同孔子的言论，有的时代整体受宠，有的时代整体遭贬，有的时代部分言论受宠，有的时代部分言论遭贬。决定和制约的背后力量恰恰就是每个时代价值的好恶观念。而这宠贬的历史就是文化自身内涵的发展历史。从荣格的"集体无意识"，到李泽厚的"积淀说"，都是在强调从潜在文化因子的角度来系统观照和整合历史文化。这些承袭或用典的个案故事材料也是其整体故事文化链条中的有机部分，剔除它们则意味着个案故事材料文化链条的断裂。

张文中提到了北周明帝宇文毓《过旧宫诗》"举杯延故老，今闻歌大风"句，认为该句"使用刘邦典故无疑，但却不具有叙事文化学的意义，它至多证明作者阅读过《史记》此篇并且印象深刻"，并且因此提出"这类单纯用典的情况，应该从叙事文化学研究中排除出去。"从叙事文化学的根本要义来看，"作者阅读过《史记》此篇并且印象深刻"这个事实本身就具有重要意义。因为这个事实能够成为"高祖还乡"故事整个发展链条在北周时期延续，而且影响深远的一个具有说服力的证据。张文还提到："高祖还乡作为典故出现在诗文中，是从唐代以后增多的，这或许与此前文献散失较多有关，很难断言此前的'没有'一定就是因为人们的忽视。这是叙事文化学研究在资料运用上亟应注意的一点。"关注唐代之前"高祖还乡"

典故使用我们十分赞成。正因唐代之前出现过的"高祖还乡"典故使用材料稀少，而使其叙事文化学意义更加显得弥足珍贵，不能轻易放弃整个链条中的这一重要环节。

其二，与一般的史传材料承袭相比，诗文典故的使用情况要更为复杂。在我看来，诗文中典故使用的基本功能就是意象渲染。所以无论是否对故事进行过改造，诗文作者斟酌使用该故事为典故，并以之作为诗歌意象表现的媒介符号，这本身就是一件匠心独运的"思考"工作。从我们多年实践情况来看，一个故事在后代被用作典故，往往会根据诗人作家用典动机不同，产生不同的典故意象。张文所征引分析的那些被其认为有叙事文化学意义的诗歌所使用的"高祖还乡"典故中，有的表达悲悯同情，有的呼唤人才，有的讽刺挖苦。所有这些意象构成了"高祖还乡"故事流变过程中文化内涵演变的重要成分，它们和那些叙事性作品互为表里，相互印证，成为整个"高祖还乡"故事的内容构成系列。在这些意象群中，不同的作品有着不同的意象表述任务。既要看到它作为具体诗文作品和整体意象群的关联，也要看到一首诗歌本身的意象显现意义。拿张文提到的北周明帝宇文毓《过旧宫诗》来看，如果仔细阅读该诗全部内容，不难了解其中的意象显现所在及其所具有的叙事文化学意义：

> 玉烛调秋气，金舆历旧宫。还如过白水，更似入新丰。
> 几潭渍晚菊，寒井落疏桐。举杯延故老，今闻歌大风。[①]

该诗系宇文毓即位次年（558），巡幸同州（今陕西大荔县）途经故宅所写。作者在诗中抒情咏怀，借用"高祖还乡"之典作喻，以"更似入新丰"洋溢出衣锦还乡的满心愉悦和骄矜气概。通读过全诗，才能对该诗用典的文学意象有更深入的体会。值得注意的是，这种借"高祖还乡"典故张扬衣锦还乡之诗意的诗歌意象在张文列举其他诗歌里面是没有的。原因很简单，因为其他诗歌作者都不具备宇文毓的帝王身份。只有和刘邦同样

---

① 逯钦立：《先秦汉魏晋南北朝诗·北周诗》卷一，中华书局1983年版，第2324页。

的帝王身份，才会有这种衣锦还乡的荣耀得意。这也正是这首诗在该典的传播链条中的独特意象意义所在，它为该典故的使用增加了新的意象。所以，不通读全诗，只是简单地引用"举杯延故老，今闻歌大风"来判定其没有叙事文化学的意义，可能难以抓住其深层意象价值。

三

最后，关于张文提出的叙事文化学应该持有怎样的历史观。张文说："笔者心目中的'叙事文化学'，不应该把今人的观点套用在古人身上，而应该采取一种超越的态度，根据已有史料，真正还原每个时期作品背后表现出来的不同心态，从而揭示其真正的文化内涵，即使这个内涵并非今人愿意接受的，也必须无条件接受，这才叫尊重历史。"这个观点我们非常赞同，也是我们实际研究工作中努力去争取实现的目标。实际上，这个问题不仅对叙事文化学有指导意义，对所有的文史研究都有参考借鉴意义。不过，社会科学研究与自然科学研究的重要区别在于：后者采用同样的材料在同样的环境条件下进行实验，结论应该是唯一的，而前者则相反，使用同样的文献资料，有可能得出不同结论。

具体到历史观问题而言，一股脑地用阶级斗争学说统率全部历史问题的思维定式当然应该杜绝，但完全把阶级分析方法排除在历史问题观照之外，我想也是一种绝对化的思维定式。先入为主的以阶级斗争学说为统摄和先入为主的以排除阶级分析方法为统摄，二者在学理的判断上同样有机械化、绝对化的倾向，同样有悖科学精神。正确的做法应该是具体问题具体分析。张文在此问题上主要用睢景臣散曲《高祖还乡》来展开分析。张文的基本观点及其理由是：第一，前人用阶级分析方法认为睢景臣《高祖还乡》以汉高祖刘邦影射元代统治者系"把今人的观点套用在古人身上"，是错误的；第二，睢景臣《高祖还乡》正确的解读就是元代人嘲笑揶揄汉代帝王；第三，如此解读的理由，借用钱锺书先生的说法，是睢景臣采用的戏剧文体"戏说性、滑稽性的表现"，并进一步提出，"在进行叙事文化学分析时，首先有必要对其使用的文体作出辨析，因为中国古代不同的文体具有不同的特性和要求。比如睢景臣的作品就很难以诗体的形式写出，只有戏曲这种具有表演性的文体才容许这样的主题内容，这是《高祖还乡》只能出现在元代的文体因素。"那么我们也就可以从文体辨析入手，就此做一些分析和讨论。

诚如张文所言，"中国古代不同的文体具有不同的特性和要求"。那么睢景臣《高祖还乡》到底属于什么文体呢？张文认定睢景臣《高祖还乡》并非诗体，而是具有表演性的戏曲。这种说法的根据何在，我不得而知。据我所知，《高祖还乡》在文体上属于散曲中的套数，而按照学界的一贯文体认定（如几部权威且影响较大的文学史），"散曲"恰恰属于诗歌一类的韵文，而不属于戏剧一类的叙事文体。游国恩本《中国文学史》关于散曲兴起的描述是："……逐渐形成一种新的诗歌形式，这就是当时流传在北方的散曲，也称北曲。"①中国社科院本《中国文学史》："散曲在元代是韵文的新兴样式……它受到有着悠久传统的诗词的抚育……这就又构成了散曲同于诗词而又具有一些超过诗词的特色。"②袁行霈本《中国文学史》："散曲是韵文大家族中的新成员，是继诗、词之后兴起的新诗体。"③章培恒本《中国文学史》："从音乐意义来说，散曲是元代流行的歌曲；从文学意义来说，它是具有独特语言风格的抒情诗。"④综上可见，散曲的文体归属是诗词之类的韵文，而不是戏剧小说之类的叙事文，这一点应该是毋庸置疑的了。需要补充说明的是，人们通常说的"元曲"实际上包括杂剧和散曲两个部分，其中杂剧属于戏曲，散曲则属于诗歌。睢景臣《高祖还乡》是散曲，所以属于诗歌，这应该是文学史上起码的常识（可见钱锺书这样的大师对文体的认定判断也有疏忽失误，不可迷信）。

文体廓清之后，就要具体来看"不同文体的特性和要求"何在了。尽管杂剧和散曲是元代文人两种常用的文学创作形式，但二者文体不同，在

① 游国恩主编：《中国文学史》第三册第七章，人民文学出版社2004年版，第248页。

② 中国社会科学院文学研究所编：《中国文学史》第三册元代文学第七章，人民文学出版社1979年版，第787页。

③ 袁行霈主编：《中国文学史》第三卷第六编第八章，高等教育出版社1999年版，第354页。

④ 章培恒、骆玉明主编：《中国文学史》下卷第六编第三章，复旦大学出版社2004年版，第69页。

特性和要求上的确存在一些差异。黄克先生20世纪80年代曾在《光明日报》"文学遗产"栏目发表过《娱人自娱——兼论关汉卿剧曲与散曲》一文。文章以关汉卿的戏曲和散曲创作为例，说明戏曲和散曲是元代作家两种不同的书写方式和心理轨迹。其中杂剧是作家用来进行社会关注和社会引导的方式渠道，是用来"娱人"的，所以有着强烈的社会参与精神和批判精神；而散曲则是作家用来排遣个人内心深处情绪和意念的渠道。按此思路，《高祖还乡》并非杂剧，那就应该从另外一个角度为张文否定其具有批判意图的观点提供佐证了。如果张文是从这个角度来分析《高祖还乡》并非鞭笞讽刺元代统治者，加上其所列其他理由，笔者觉得还是有一定的说服力的。也就是说，从散曲文体通常用于表现元代文人个人内心情绪意念的角度看，把《高祖还乡》的主旨理解从借古讽今的批判讽刺说变易为元代文人以戏谑口吻讽刺揶揄汉代帝王，的确未尝不可。

可是正如张文所说："在考察主题的时代演变问题时，要特别关注一些'个别''例外'或'反常'的个案，这样，相当于为主题研究增加了更多可供考察的'参数'，以防止立论过于绝对化。"具体到《高祖还乡》的主旨理解，如果从规律的角度看，戏谑汉高祖的意趣成为元代文人散曲创作的主流价值取向表现的话，那么以往诸多学者的借古讽今说是否也有可能成为"个别""例外"和"反常"呢？我觉得不能排除这种可能。因为张文所力主的讽刺戏谑汉代帝王说也没有提供直接的证据，而是根据各种材料进行的逻辑推理，那么相反的逻辑推理也就不能指其为荒谬了。即便从这里提出的杂剧和散曲的"娱人""自娱"不同功能属性来看，二者也都有与此基本潮流相左的例证。比如，从"娱人"角度看，虽然用杂剧来关注社会现实，抨击社会问题是很多作家的共同创作初衷，但部分作家的部分杂剧作品却完全是以"自娱"为创作初衷的。从马致远的《荐福碑》，到郑光祖的《王粲登楼》，都是文人感慨个人身世境遇、抒发心底郁闷情绪之作，与散曲的"自娱"功能相吻合。再从"自娱"角度看，虽然《天净沙·秋》《夜行船·秋思》是典型的文人个人内心情绪描述，为"自娱"之作。但从关注社会现实的"娱人"角度关注社会现实的散曲也不乏其例。最典型的就是张养浩的《山坡羊·潼关怀古》，其从潼关历史兴亡引出对民众命运利益的关注，为正宗的"娱人"力作。这些"个别""例外"的确能够证明张文的观点，即在一般规律之外，的确有与常态相反的个别事实。

随之而来的新问题是，既然两者都有可能存在，也都能成立。但如何把握这"一般"和"个别"之间的关系？从哲学的角度看，事物矛盾对立的双方中，必有一方居主导主流位置，对事物发展走向具有决定性作用，也就是人们常说的矛盾主要方面。很显然，在"一般""个别"这一对矛盾中，起统摄主导作用的还应该是"一般"这一主流方面。如果按这个思路去审视《高祖还乡》主旨的汉代、元代说之争，我只能转向张文的观点，即从散曲一般的文人抒情功能看，其所述讽刺揶揄汉代说是能够成立的。

但正是因为"一般""个别"的这种主次服从关系的存在，我还需用此事例来回应张文前面在提出关注"一般""个别"问题之前，对于叙事文化学的一个重要提醒："叙事文化学一些已有研究成果在进行个案分析时，通常采用对一个主题按照时代划分的方式，试图归纳出若干'演变轨迹'，比如通常划分为魏晋南北朝时期、唐宋时期、元明清时期等。在这种动辄数百年的时空变化中，尽管可以找到若干规律性的东西，却忽视了很多具体的小时期乃至个体的独特性。"通过上述分析不难得出这样的认识："个别""例外"等特殊现象虽然需要关注、值得关注，但它毕竟是矛盾的次要方面，不能因为关注它而动摇了对"一般"基本规律的把握认定。《高祖还乡》的主旨理解如此，对叙事文化学个案故事类型的全局把握更是如此。

再次感谢培锋教授对于中国叙事文化学的真诚帮助和指导，也期待学界同人继续关注叙事文化学研究，为古代文学研究探索新路。

原载《天中学刊》2017年第1期

关于叙事文化学研究的若干思考

——以“高祖还乡”叙事演化为例

张培锋

　　近年来，以宁稼雨教授为代表的一批国内学者，提出建立中国叙事文化学的主张，经过多年的努力，形成比较完备的以对文献资料的占有和分析为基础，以故事主题类型研究为核心，以对资料作出文化阐释为归结的中国叙事文化学研究体系。其中既有理论上的建构、阐发与讨论，也有对具体个案的深入研究，形成较为系统且具有开放性的研究模式。成果丰硕，探讨深细，在学术界引起极大反响。限于专业方向不同，笔者并未参与其中，但一直关注这方面的研究动态。蒙宁稼雨教授不弃，近年来也参与了宁门多篇博士、硕士论文的答辩或预答辩，对其研究思路和模式有大致的了解，也拜读过宁先生相关领域的论著。在参加有关博硕论文答辩过程中，我也提出过自己的一些想法和意见，虽然很不成熟且零碎不成系统，但仍蒙宁先生不弃，嘱我在适当的时候将这些想法形成文字。受宁稼雨教授以学术探究为本怀精神的鼓励，也得益于相关研究成果的丰富，现将自己对这方面的一些浅薄的认识写出来。我不善于脱离具体的个案研究而做宏大的理论推演，故而仿效叙事文化学的研究方式，选取一个规模不很大的个案，略作分析，而将自己的想法和观点贯穿、表现在这一个案的分析中，希望得到宁稼雨教授与诸位同人的批评指正。

　　我选择的个案研究，原典出自《史记·高祖本纪》中有关“高祖还乡”

的记载，其文字为：

> 高祖还归，过沛，留。置酒沛宫，悉召故人父老子弟纵酒，发沛中儿得百二十人，教之歌。酒酣，高祖击筑，自为歌诗曰："大风起兮云飞扬，威加海内兮归故乡，安得猛士兮守四方！"令儿皆和习之。高祖乃起舞，慷慨伤怀，泣数行下。谓沛父兄曰："游子悲故乡。吾虽都关中，万岁后吾魂魄犹乐思沛。且朕自沛公以诛暴逆，遂有天下，其以沛为朕汤沐邑，复其民，世世无有所与。"沛父兄诸母故人日乐饮极欢，道旧故为笑乐。十馀日，高祖欲去，沛父兄固请留高祖。高祖曰："吾人众多，父兄不能给。"乃去。沛中空县皆之邑西献。高祖复留止，张饮三日。①

本节内容写汉高祖刘邦在做了皇帝后的第十二年冬，趁平定淮南王英布叛乱的机会，回到故乡沛县，与父老兄弟饮酒庆贺。在全传中，颇似闲笔，但对后世的影响却颇大。首先，汉代史臣记录此事，乃在于展现汉高祖"与民同乐"的情怀，其中又蕴含一种壮志已酬却仍有所憾的情感，主要表现在刘邦所作《大风歌》和"游子悲故乡"等语上。事实上，后世此地一直存有一个"歌风台"以纪念此事，很多歌咏此事的诗歌亦作于此地。②其次，刘邦的"大风歌"虽很短，但在文学史上有很大影响，后世的相关歌咏亦很多。最后，更重要的是，这一节文字的叙事方式本身就很值得重视，自古从文学角度品赏此节的议论也不少，限于篇幅，这里仅引宋人魏了翁的一则评论为代表："后世为史者，但云'还沛置酒，召故人乐饮极欢'足矣。看他发沛中，儿教歌，至酒酣击筑，歌呼起舞，反转泣下，缕缕不绝。……古今文字，淋漓尽致，言笑有情，少可及此。"③是说这节叙事文字，因为增加了诸如"酒酣，高祖击筑""高祖乃起舞，慷慨伤怀，

---

① 《史记》中华书局1959年版，第389—390页。《汉书·高帝纪第一下》记述全同。
② 参看屠隆《鸿苞》卷三"徐州"："歌风台在沛县东南，泗水西岸。高祖征英布，还沛，宴父老，作《大风歌》。"
③ 《史记评林》卷八，四库未收书辑刊壹集，北京出版社1997年版，第11—199页。

泣数行下"等细节描写，因而产生很大的感染力。把生活细节、人物情味刻画得如此酣至、逼肖，并造成如此浓重的氛围、意境，已经超出了历史的需要，显然进入文学创作的范围了。但是，如果严格按照历史叙事的要求看，这段文字的真实性却是颇可以质疑的。钱锺书先生在《管锥编·左传正义·杜预序》一节中征引古来对史书叙事的质疑，而得出结论曰："史家追叙真人实事，每须遥体人情，悬想事势，设身局中，潜心腔内，忖之度之，以揣以摩，庶几入情合理。盖与小说、院本之臆造人物、虚构境地，不尽同而可相通。"①用《管锥编》所阐述之理来衡量，我们完全可以同样追问："高祖还乡"的这些叙事以及对话细节，当时是谁记录下来的？司马迁是如何得知的？当时之"真相"确实如此吗？可见，即使这么一篇内容并不复杂的记事，如果单纯从"历史真实性"角度看，都可以提出这种质疑。但是，假如《史记》没有这段记载，而只以魏了翁所言通常的史家笔法写出，那么这件史事还会对后世产生影响吗？应该也是值得怀疑的。

有关叙事文化学的大多数研究成果，论述的多是研究者选取的叙述故事表现出的文化内涵，而对于"叙事文化"——即叙事作为一种文化现象自身的内涵却少有揭示。何谓"叙事作为一种文化现象自身的内涵"？我以为即应该从本质上说明：所谓"历史"确实是由一代一代的人心创造出来的，最初的"原典"之"真"即已"可疑"，后世的不断运用、发挥或演义，将"历史"一步步细化、改造甚至扭曲，都在创造其自身历史的同时，也共同创造出一个"大历史"文本。在这一意义上，笔者赞同古史辨派的历史乃"层累造成"之说，古代历史确实是层累造成的，但是请不要忘记，我们自身也在这个"历史"之中，换句话说，古代一些历史"不可靠"，当下正在发生着的"现实"又如何呢？二者有本质上的区别吗？到底有没有一个所谓"客观历史"的存在呢？答案应该是：没有，但这就是历史！所谓"真实"的历史本身就包含了人类观念创造出——或曰虚构出的叙事文本，没有这些叙事文本，也就没有所谓历史，换句话说，"虚构"的东西即

　　① 钱锺书：《管锥编》中华书局1986年版，第166页。

是"真实"历史不可或缺的一部分。①如果司马迁或班固没有在他们的著作中留下"高祖还乡"的记载，那么我们根本就不知道历史上曾经发生过此事，当然也就不会有后世的种种演变。因此笔者又不赞同古史辨派试图颠覆有关上古历史记载的努力，在我看来，那无非又是一种基于进化论观念上的"层累"而已。而无论怎样"层累"，最原初的记载都是最为重要的，也不可能否定掉的，其理由下面再做阐述。

叙事文化学一个基本方法是对故事主题类型的研究，它最大的特点是对于文体和单篇作品范围界限的突破和超越，尽可能根据每个时代对相同事件的不同叙事方式以及不同主题的探寻，实现对同一要素不同阶段形态变异的动态走势的考察，以还原其内在的创作动因并对这些叙事现象作出文化意义上的解释。从中国古代的实际情况和有关研究成果的实际情况来看，后世铺演的形式也有很多不同的情况，以诗文而言，更多的只是借用其为"典故"，而在戏曲、小说中可能出现对原本叙事的改写乃至重新改造，这两种情况略有不同，但是都体现出后人对原本叙事的不同理解或态度。无论怎样，我们要关注的应该是后世叙事的不同或改造之处，如果某一故事，后世虽然流传较广，但没有对原来的叙事做出任何局部或全体的改变，如前举《汉书》照抄《史记》那种情形，就很难说具有叙事文化学的意义。当然，这样的事例其实并不多，而相反的例证却多如牛毛，这或许正可证明"历史乃叙事之层累"这一观念。

以"高祖还乡"为例，在后汉至唐代之前的数百年里，涉及这一史事的文本很少，即使仅仅将其作为典故使用的也不多。如逯钦立《南北朝

---

① 参见金观涛、刘青峰：《历史的真实性：试论数据库新方法在历史研究的应用》，《清史研究》2008年第1期。论文指出："任何历史事件的记录都是单称陈述。科学哲学早就发现，对自然界孤立的、不可重复事件的单称陈述（仅对某一观察者有效），我们很难判定它是否是真的。例如，某人曾在英国尼斯湖看到湖怪，但这只能视为一个孤立不可重复的观察记录，仅对某一观察者有效，至今科学界仍不能判断它是否真实。"论文又指出："鉴别史料是否真可靠，即判别真伪的原则，恰恰是需要回到支配该事件发生的观念和价值系统，而不是在史料中排除一切价值系统和观念。""我们在研究历史事件的记录时，必须去寻找导致该事件发生的支配参与者行动的普遍观念。研究支配历史事件的普遍动机和思想原因，实质上是研究者在自己心中重演该事件发生的过程，这一过程很类似于对受控过程做思想试验。"这些观点对于本文都有重要启发。

诗·北周诗》卷一北周明帝宇文毓《过旧宫诗》有"举杯延故老，今闻歌大风"句，使用刘邦典故无疑，但却不具有叙事文化学的意义，它至多证明作者阅读过《史记》此篇并且印象深刻。笔者认为，这类单纯用典的情况，应该从叙事文化学研究中排除出去。在古籍文献普遍电子化的今天，对材料的"竭泽而渔"固然仍然很重要，但是已经不是最难的事情，更重要的是需要根据叙事文化学理论对材料作出鉴别。与此不同的是，还有一类诗文，虽然也只是用典，但在其作品中多少增加了一些东西或者包含着作者的思考、评判乃至作出某种改造，这样的用典就具有叙事文化学的意义即丰富或改造了叙事的主题。高祖还乡作为典故出现在诗文中，是从唐代以后增多的，这或许与此前文献散失较多有关，很难断言此前的"没有"一定就是因为人们的忽视。这是叙事文化学研究在资料运用上亟应注意的一点。不过从唐代以后的作品看，对历史兴亡的感叹成为一个重要母题，这确实是需要经过相当长时间的累积才能形成的意识，换句话说，魏晋时期的人们距离汉高祖时代还较近，似乎难以形成很深刻的兴亡之感，这应该也是一个重要因素。比如鲍溶的《沛中怀古》：

> 烟芜歌风台，此是赤帝乡。赤帝今已矣，大风邈凄凉。惟昔仗孤剑，十年朝八荒。人言生处乐，万乘巡东方。高台何巍巍，行殿起中央。兴言万代事，四坐沾衣裳。我为异代臣，酌水祀先王。抚事复怀昔，临风独彷徨。[1]

林宽的《歌风台》：

> 蒿棘空存百尺基，酒酣曾唱大风词。莫言马上得天下，自古英雄尽解诗。[2]

---

[1] 《全唐诗》卷四八六。
[2] 《全唐诗》卷六〇六。

这两首咏史诗从诗艺角度说写得一般，但他们较之《史记》的记述，增加了物是人非或物在人去之感——"大风邈凄凉""蒿棘空存百尺基"，尽管这是咏史诗的共同母题，但对于"高祖还乡"叙事而言，却是相当重要的，因为只有"异代"之人，才能够产生这种感情。胡曾的《咏史诗·沛宫》："汉高辛苦事干戈，帝业兴隆俊杰多。犹恨四方无壮士，还乡悲唱大风歌。"①则寄予了更多的悲慨：当年汉高祖麾下堪称人才济济，但他仍"恨四方无壮士"，这又是一种怎样的心情使然？就典故运用而言，较之一般的历史兴亡感怀更为深刻些。

宋代歌咏此事的诗作更加丰富且在叙事文化意义上有新的推演。比如贺铸的《彭城三咏之三·歌风台词》，节引如下：

> 汉祖高风百尺台，千年客土生蒿莱。何穷人事水东去，如故地形山四来。……尔时可无股肱良，端思猛士守四方。君不闻淮阴就缚何慨慷，解道鸟尽良弓藏。②

开端的"千年客土生蒿莱"等句，属咏史诗的老生常谈，但结尾的"君不闻淮阴就缚何慨慷，解道鸟尽良弓藏"异军突起，使诗歌的主题得到升华。刘邦感叹"安得猛士兮守四方"，但其手下的猛士如韩信等却又被其杀害，将这两件史事对比，就顿然产生了超出《史记》原本记述的主题——由对刘邦的歌功颂德转为一种讽刺或批判。叶梦得《石林诗话》卷中引张方平（字安道）一诗并大加赞赏：

> 沛县有汉高祖庙并歌风台，前后题诗人甚多，无不推颂功德，独安道……《歌风台》曰："落魄刘郎作帝归，樽前感慨大风诗。淮阴反

---

① 《全唐诗》卷六四七。
② 《全宋诗》19册，北京大学出版社1998年版，第12499页。

372

接英彭族，更欲多求猛士为？"①

所寄予的感慨与贺铸诗都是一样的，而在具体构思和语言运用上更为巧妙、警醒。在主题基本相同的情形下，我们需要比较或强调的是哪一个说得更好。因为只有说得好，才能成为该叙事类型中经典文本。并非只有宋代文人有这种强烈的感慨，元朝蒙古族文人萨都剌竟然也可以写出在立意上几乎与宋代文人完全一样的诗歌，他的《登歌风台》诗很长，鉴于其为元代少数民族诗人的创作，对其诗全引如下：

> 歌风台前河水黄，歌风台前春草碧。黄河之水日夜流，碧草年年自春色。当时汉祖为帝王，龙泉三尺飞秋霜。五年马上得天下，富贵乐在归故乡。里中父老争拜跪，拄杖麻鞵见天子。龙颜自喜还自伤，一半随龙半为鬼。翻思向日亭长时，一身捧檄日夜驰。只今宇宙极四海，一榻之外难撑持。却思猛士卫神宇，安得长年在乡土。可怜创业垂统君，却使乾机付诸吕。淮阴年少韩将军，金戈铁马立战勋。藏弓烹犬太急迫，解衣推食何殷勤。倒使英雄遭妇手，血溅红裙当斩首。萧何下狱子房归，左右功臣皆掣肘。还乡却赋大风歌，向来老将今无多。咸阳宫殿眼亲见，今日荆棘埋铜驼。台前老人泪如雨，为言不特汉高祖。古来此事无不然，稍稍升平忘险阻。荒凉古庙依高台，前人已矣今人哀。悲歌感慨下台去，断碑春雨生莓苔。②

这首诗中，也是既有一般性的古今兴亡之感，同时也融入了某种批判态度："淮阴年少韩将军，金戈铁马立战勋。藏弓烹犬太急迫，解衣推食何

<hr>

① 逯铭昕校注：《石林诗话校注》，人民文学出版社2011年版。注引吴处厚《青箱杂记》卷五，张方平诗作："落魄刘郎作帝归，樽前一曲大风辞。才如信、越犹菹醢，安用思他猛士为？"从用典新奇角度说，清人邵长蘅《登歌风台怀古》的"淮阴已族黥彭醢，慷慨何须悲大风？"就简直是公然的抄袭了。实际上，一个创辟性用典的意象一旦形成，如果不能在立意或者修辞上翻新，那么就与抄袭类似。叙事文化学的研究也应该关注这一现象。

② 《元诗选》初集卷三十四。萨都剌是否为蒙古族人学术界有争议，本文取其中一种观点。

殷勤。……还乡却赋大风歌，向来老将今无多。"尽管这种议论与宋人没有多少区别，但接下来的"古来此事无不然，稍稍升平忘险阻"一句其实更加警醒。它将历史的特殊性普遍化，从中得出一个普遍性的结论：其实哪一个朝代都是如此！中国人的历史观有着明显的"循环论"色彩，历史并非进化的而是循环的，经过多少年的演变，往往又复归到原点，再从头开始，此即杜牧所谓"秦人不暇自哀，而后人哀之。后人哀之而不鉴之，亦使后人而复哀后人也！"这种历史观显然绝非个别人所有，而是包括那些非汉族人在内的古代中国人所共有的普遍观念。正因为这种观念如此普遍，完全可以被视为中国人的原初观念之一。历史即是过往的人生，历史的多面性、复杂性正是人生多面性、复杂性的体现。所以任何叙事，其最底层都可以归属到"人心"二字，人类历史上所有的叙事作品，不管是好是坏，莫不是由人心即人的精神意识创造出来的，正如历史本身也是人创造的一样。"人心"的说法可能过于抽象，不妨说人心表现出来的就是某种"原初观念"，一个民族的经典之所以重要，就在于它们最集中地体现着一个民族群体的"原初观念"。叙事文化学需要寻找的就是若干"原初观念"以及在这种观念下形成的叙事模式，并探求这些观念在不同叙事作品中是如何变化、演进的。不管叙事故事怎样改变，那些原初观念是永远不变的，所以才有所谓"永恒主题"之说，而叙事原典之重要性也在于此。

宋代咏高祖还乡事而视角发生另一种变化的，出现在南宋末期几首作品中。南宋末期最著名的人物文天祥有《歌风台》长诗，最后的议论和抒情是这样的：

> 尚惜霸心存，慷慨怀勇功。不见往来事，烹狗与藏弓。
> 早知致两生，礼乐三代隆。匹夫事已往，安用责乃翁。
> 我来汤沐邑，白杨吹悲风。永言三侯章，隐隐闻儿童。
> 叶落皆归根，飘零独秋蓬。登台共恓恻，目送南飞鸿。①

---

① 《全宋诗》第68册，第43040页。

这里批评汉高祖刘邦仍然存有"霸心"和"勇功"，虽然诗中也提到"烹狗藏弓"，但批评的焦点并非在此，而是在不能听从"两生"复兴三代礼乐的主张。所谓"两生"即叔孙通门下两位门生，他们批评叔孙通所为不合于古，而叔孙通则笑其为鄙儒，不知时变。宋人认为刘邦未能复兴三代礼乐，因而功业再大，也只是"匹夫"而已。宋人自身即以复兴"三代礼乐"为己任，直至南宋晚期的文天祥仍然怀有此志。但是面对南宋危亡的局面，他也只能恻恻于歌风台之上，徒生感慨而已！与此同时的乐雷发《咏史六首·高祖》：

> 逝骓走鹿各消磨，剑外功臣剩几多。
> 四皓两生元不听，故乡枉费大风歌。①

乐雷发生当南宋晚期，应该目睹了南宋的灭亡，这里的历史兴亡感更加强烈而深沉。本诗的着眼点是汉高祖的不能纳谏——"四皓两生元不听"，因此，《大风歌》的呼唤"猛将"也只能是"枉费心机"而已。显然，在乐雷发的诗中，是包含了南宋灭亡这样一种沉痛感情在内的，一千年前的汉代史事仅仅是他借以咏怀的工具。应该说，这两首诗出现在南宋末期不是偶然的，由此可见，同是宋人歌咏此事，由于其人所处具体环境不同，故对同一史事的着眼点也自不同，由此生发出不同的叙事主题。同理，同是元朝人，既可能出现萨都剌那样带有批评性的作品，也不妨有元人安卿《歌风台》"壮哉一曲大风歌，千古英雄尽怀愧"②这样纯粹歌颂性的作品。叙事文化学一些已有研究成果在进行个案分析时，通常采用对一个主题按照时代划分的方式，试图归纳出若干"演变轨迹"，比如通常划分为魏晋南北朝时期、唐宋时期、元明清时期等。在这种动辄数百年的时空变化中，尽管可以找到若干规律性的东西，却忽视了很多具体的小时期乃至个体的独特性。在考察主题的时代演变问题时，要特别关注一些"个别""例外"

---

① 《全宋诗》第66册，第41329页。
② 《元诗选》初集卷四十八。

或"反常"的个案，这样，相当于为主题研究增加了更多可供考察的"参数"，以防止立论过于绝对化。①比如，从前面的分析看，宋人与元人对某个问题可以有着大致相似的认识，但南宋末期的一种独特认识视角也不应该被埋没。正如钱锺书先生所说，"学者每东面而望，不睹西墙，南向而视，不见北方，反三举一，执偏概全。将'时代精神''地域影响'等语，念念有词，如同禁咒。夫《淮南子·氾论训》所谓一哈之水，固可以揣知海味；然李文饶品水，则扬子一江，而上下有别矣。知同时之异世、并在之歧出，于孔子一贯之理、庄生大小同异之旨，悉心体会，明其矛盾，而复通以骑驿，庶可语于文史通义乎。"②钱锺书强调要注意"同时之异世、并在之歧出"现象是相当深刻的，对于叙事文化学研究也不无启示意义。

如果说，前面所述对"高祖还乡"叙事的运用，基本上属于简单发挥或局部改造的话，到了元代则出现了一部真正意义上对此叙事彻底颠覆性的作品——那就是今人相当熟知的睢景臣的散曲套曲《高祖还乡》——顺便一说，我以为叙事类型的演变，大体可以分为（1）简单发挥；（2）局部改造；（3）颠覆性改造三个层面，"高祖还乡"个案恰好可以找到这三个层面的例证。据说长期以来当代高中语文课本都选入此篇，因此一般人比较熟悉，其篇幅又较长，本文不再引述。睢景臣保留下来的作品很少，生平事迹也相当模糊，真正有名的其实就是这部《高祖还乡》，它被称为"名动当时""制作新奇"（钟嗣成《录鬼簿》），但内涵究竟如何，古人少有交代。据笔者考察，这部作品其实倒是真正称得上"名动后代"的，1949年后编撰的各类"文学史""戏曲史"等著述，谈到元代散曲时几乎异口同声地对此曲大加赞赏，特别是曲末的"只道刘三，谁肯把你揪捽住；白甚么改了姓，更了名，唤做汉高祖？"一句，传诵一时，评论者的称赞语无非是"扯下了封建社会最高统治者'神圣尊严'的虚伪面具""对最高统治者辛辣的讽刺和挖苦"等。这是因为此曲确与前面所述各种文本完全不同，刘邦在此以一个"流氓皇帝"的形象出现，对其批评不再是基于历史兴亡之

---

① 参见宁稼雨：《关于个案故事类型研究的入选标准与把握原则》，《天中学刊》2015年第8期。
② 钱锺书：《谈艺录》，中华书局1984年版，第304页。

感的人才或政治策略，而是就其出身着眼，故"讽刺"不可谓不辛辣。

　　但是这样的虚构是否有任何历史依据呢？可以说完全没有。曲中将刘邦称为"刘三"，有人牵合刘邦"字季"，认为"季"应是其排行，说白了就是"刘三"。但这种说法是很荒唐的，自古所谓"伯、仲、叔、季"，季为最小之意，如果刘邦排行为三，也应叫"叔"而不是"季"。当然，元曲作为虚构文学作品，这些问题本不必追究。我感兴趣的是，为什么1949年后的文学史大多对这篇《高祖还乡》赞赏有加？我的解释是：现代学者对于睢景臣《高祖还乡》的解读，已经不自觉地将自身所处时代的特有观念融入进去，构成对此曲叙事阐释过程中的重要一环。①这个"特有观念"就是所谓"阶级斗争理论"。作品的主角是一个"乡民"——他被赋予"劳动人民"的身份，而刘邦既然当了皇帝，就是"封建统治者"，如此"肆无忌惮地对皇帝老子嘲骂、戏弄的，在我国古代文学中似乎是绝无仅有的"。②

　　但是这个"绝无仅有"的现象为什么出现在元代？为何要借用"高祖还乡"这个题材？③当然也有学者涉及这个问题，大致的观点是：作品"一望而知是一个元代的农村，所刻画的统治者，也俨然是元代统治者的面貌"④，如此，这部作品就更具有了"现实批判"意义。其实，写汉代的故事中却有不少元代特有场景，这种情况在元曲中是非常普遍的，而这也正

---

　　① 胡适也曾赞赏过《高祖还乡》，但只是从通俗文学角度，指出这"是一篇很妙的滑稽文学。"见《胡适文集》第四册，北京大学出版社1998年版，第567页。有意思的是，"文革"后期，围绕着《高祖还乡》套曲也展开过一场争论，但细看争论双方的观点，竟然都是秉承"阶级斗争"的观念，只不过他们心目中对究竟谁是"劳动人民"的判断恰好相反罢了。参见黎文：《从高祖还乡说起》，《北京大学学报》1975年第3期；耿兆林：《高祖还乡不能否定》，《天津师院学报》1978年第6期；平西：《高祖还乡是好作品吗?》，《湘潭师范学院学报》1980年第3期等。

　　② 史仲文、胡晓林主编《中国全史·元代史》语。

　　③ 据《录鬼簿》载，"维扬诸公俱作《高祖还乡》套数"，而以睢作最佳。可惜其他作品都没有流传下来。《录鬼簿》又谓张国宾有《高祖还乡》杂剧，但亦失传。这也是一个值得注意的现象。

　　④ 许政扬：《论睢景臣的〈高祖还乡〉哨遍》，《许政扬文存》，中华书局2015年版，第185页。参见宁宗一：《睢景臣论》，《南开学报》1996年第3期。早有学者肯定许氏之说乃"努力运用马克思主义观点来分析作品的思想和艺术"，见程毅中：《读〈许政扬文存〉所想到的》，《读书》1985年第10期。

是"戏剧"戏说性、滑稽性的表现。①在进行叙事文化学分析时，首先有必要对其使用的文体作出辨析，因为中国古代不同的文体具有不同的特性和要求。比如睢景臣的作品就很难以诗体的形式写出，只有戏曲这种具有表演性的文体才容许这样的主题内容，这是《高祖还乡》只能出现在元代的文体因素。

从思想内涵上说，实际上我们很难从这部作品本身看到学者普遍认为的所谓"可以从侧面体会到作者对元代统治者的反抗思想"。我认为散曲套数《高祖还乡》只能出现在元代，简单地说，恰恰是因为当时的最高统治者不是汉族人，汉族在当时的民族等级中排列第三（蒙古人第一，色目人第二，汉人第三，南人第四），蒙古人为"国族"；色目人在当时是指唐兀人、畏兀儿人及其以西诸族出身的人们；汉人指淮河以北原金朝境域内的汉族、女真、契丹、渤海人，四川、云南两省人口等；南人又称蛮子，指江浙、江西、湖广三省以及河南行省襄、郢、两淮等地的原南宋臣民——刘邦的家乡在徐州沛县，正符合元代的"汉人"地域标准。而我们也知道，汉民族乃至汉文化真正形成于汉代，从宗法角度讲，汉朝的建立者汉高祖刘邦具有"汉族始祖"的地位，而蒙古族的前身是与汉朝争夺过地盘的所谓"东胡"。但到了元朝，情况发生了巨大变化，故对刘邦进行挖苦贬低，称之为"刘三"。

其实这正是元代时一般人的观念——或许从中更加可以理解南宋灭亡之际文天祥、乐雷发的感叹。我以为这才是《高祖还乡》真实的思想内涵。即如元代大儒吴澄，也说过这样的话："汉家子孙四百年做皇帝，我世祖皇帝不爱杀人的心，与天地一般广大，比似汉高祖不曾收服的国土，今都混一了。"②虽然没有丑化汉高祖，但认为他远不如"我大元世祖皇帝"之意也是甚为明确的。《元史》卷一百六十《王思廉传》载：

> 帝曰："朕自即位以来，如李璮之不臣，岂以我若汉高帝、赵太

---

① 参看钱锺书：《管锥编》第1299页论"词章中时代错乱，贻人口实，元曲为尤"，举例甚详。
② ［元］吴澄：《吴文正集》卷九十《经筵讲议》，文渊阁四库全书本。

祖，遽陟帝位者乎？"思廉曰："陛下神圣天纵，前代之君不足比也。"①

亦有与汉、宋两代汉族皇帝相比之意，并称他们是"遽陟帝位"——今语所谓"暴发户"。而王思廉"前代之君不足比"之语，难道不代表很多元朝人的观念吗？此外，元代马祖常《龙虎台应制》中"周穆故惭黄竹赋，汉高空奏大风歌"②，与睢景臣的作品有着基本相同的内涵。作为一篇"应制"之作，马祖常在诗中提到周穆王、汉高祖两位前代帝王，但"故惭"和"空奏"两词表明了态度，借用当代一句"名言"，就是"数风流人物，还看今朝"——周穆、汉祖算什么，诗的最后说"要使苍生乐至和"，即是说，只有当今的皇上才能实现"苍生乐至和"的理想，果其然乎？就这首诗而言，我们不是也可以说诗中批评了最高"封建统治者"汉高祖吗？但一个人，可以对前朝的皇帝"讽刺和挖苦"，同时又对当今的皇帝"歌颂而献媚"，这没什么稀奇的，这就是历史！笔者心目中的"叙事文化学"，不应该把今人的观点套用在古人身上，而应该采取一种超越的态度，根据已有史料，真正还原每个时期作品背后表现出来的不同心态，从而揭示其真正的文化内涵，即使这个内涵并非今人愿意接受的，也必须无条件接受，这才叫尊重历史。

如此来看，前举萨都剌"古来此事无不然"一语才显得更加警醒！一个蒙古族诗人在某一方面的见识可能超过一个汉族大儒，这或许就是历史的诡吊处。"同时之异世、并在之歧出"，却又人同此心，心同此理，"若经、若子、若集，皆精神之蜕迹，心理之征存。综一代典，莫非史焉，岂特六经而已哉。"③钱锺书先生此语，我亦推之为叙事文化学之提纲要领也。

原载《天中学刊》2016年第1期

① 《元史》，中华书局1976年版，第3766页。
② 《元诗选》初集卷二十一。
③ 《谈艺录》第266页。

索引与故事类型研究文献搜集

引言：故事类型暨一般文史研究是否需要纸本文献索引？

故事类型研究需要"竭泽而渔"的文献搜集力度，其文献搜集渠道也需要多样和充分。"索引"是其中一个重要方面。

"索引"一词，原从日语引进，一度依据英文index译为"引得"。现通行和规范术语为"索引"。索引在中国古代又称牵键、针线、韵检、通检、备检等，最先出现于明代，但使用范围有限。国内大规模使用索引主要是近现代以来随着西方文化的传入而引进的。"索引"专指将古籍原文通过信息提取排列供检索使用的查询方法。20世纪初，在西方文化和学术思想方法影响下，很多学者有感于中国传统学术方法中检索方法落后于历史文化主体研究的状况，不断提出和倡导加强索引编制研究工作。1928年，燕京大学与美国哈佛大学组建哈佛燕京学社，嗣后成立引得编纂处，编纂过一大批历代经史子集重要典籍的"引得"。这批引得成为中国最早的一批现代意义上的索引工具书，直到今天还在发挥作用。从那时开始，索引（引得）成为中国大型出版物，尤其是古籍文献整理出版时（如《十三经注疏》，标点本《二十四史》等）必不可少的辅助工具，为使用者提供了极大方便。

随着社会环境变化和科学技术进步，人们对于索引的功能认识和使用开发也突飞猛进，大量古籍文献被数字化处理后可以进行任意字检索。这对传统纸本文献包括索引在内的各种检索方式提出了严峻的挑战。有人认为纸质版索引已经完成历史使命，可以退出历史舞台了。有些年轻学者和学生为图方便省事，也往往把电子数据检索作为灵丹妙药，很少光顾纸质版古籍文献和相关索引检索方式了。

我本人对先进科学技术在古籍整理和文史研究方面的作用从来持积极态度，但同时也反对把电子数据检索绝对化、唯一化的态度和做法。在我看来，至少在短时期内，文史研究领域纸本文献及其含索引在内的检索方式还不会被电子文献数据检索所取代。理由如下：

其一，可供检索的数据化电子文本数量有限。文史研究对于古籍文本的需求是没有上限的，现有已经被数据化可供检索的古籍文本显然远远满足不了这个需求。无论是几个在线检索的大型网站，还是《四库全书》《四部丛刊》《国学宝典》等电脑检索软件，收书数量都比较有限。仅靠从这些网站和软件上检索出来的文献材料结果来做高水平的文史研究，我是不能认同的。大量尚未经过数据化处理的古籍文献，仍然还需要用传统检索方式，主要是索引的渠道来解决。

其二，电子文献数据错误难免。纸本古籍文献内容变为数据化电子文献，一般可通过两种途径，一是完全人工录入为可编辑文本，二是经过专用软件扫描识别，经过人工校对，转化为可供编辑文本。这两种方式都很难避免输入和校对过程中出现的错讹问题。要想发现和解决这些错讹问题，也必须回到纸本文献原件。

其三，一般情况下，电子古籍文献文本不能作为学术论文和著作的文献版本依据。所以，即便用数据化电子古籍文献检索到原文，在正式学术论著使用时一般还是需要采用该文本相关纸本文献版本作为文献依据。这样，在电子文献解决文献文字所在位置的基础上，还是需要索引检索方式，查找到该文字在相应原始纸本文献中的位置进行阅读使用。

以上三点是就文史研究一般情况而言，作为中国叙事文化学研究专门研究视角的故事类型研究，在文献材料搜集时，索引还有其一些从一般到特殊的检索手段作用。

为方便说明问题，现将与故事类型研究相关（旁及一般文史研究）所需索引做一般性梳理介绍。

一、文史研究索引概况

在使用各种索引工具书之前，应该对索引的类型，及其编制方式和检索方式等做一些基本了解。

（一）关于索引的类型

纸质版古籍文献和相关研究型工具书的索引，按内容性质，大致包括以下几种类型：

①类书文献索引，②经史文献索引，③集部文献索引，④子书文献索引，⑤论文索引（学术期刊数字化之前的论文编著索引，是必要的）。

（二）索引的编制和查找方式

1.编制方式大约有四种：

①书名和篇名索引（集部、类书）：此类索引以书名或具体篇名为检索主题词进行编制，可以查询具体的书名和篇名。如《四库全书总目》书后所附《书名索引》可以书名为检索主题词查询该书所收所有具体书名提要内容；如《全上古三代秦汉三国六朝文篇名目录及作者索引》中的篇名目录索引能够检索到具体作家名下收入《全上古三代秦汉三国六朝文》中的具体篇名位置（如郭璞名下能检索到《巫咸山赋》等38篇散文作品篇名所在页码）。

②人名索引：此类索引主要用来检索人名，包括三种人名索引，一是史传人物人名索引，用来检索历史人物传记文献情况，如《唐五代人物传记资料综合索引》能检索唐五代时期人物在《新唐书》《旧唐书》及其他若干种野史杂传中传记资料文献，《二十四史人名索引》可以检索到中华书局标点本《二十四史》传主纪传和非传主所有出现文献材料；二是作者人名索引，用来检索历史上各类文献作者名下作品情况，如《四库全书总目》书后所附《作者索引》可以检索到《四库全书总目》每位作者名下所有作品位置线索；三是作品中出现人名索引，如《太平广记索引·人名索引》可以检索出《太平广记》作品内容中出现所有人名文献材料，《唐五代五十二种笔记小说人名索引》则能检索出52种笔记小说中出现人名事迹材料。

③主题词索引：主要是部分类书对书中单位文字内容的主题词索引，

如《初学记索引》中的《事对索引》，《山海经索引》中的山川名、神怪名、植物名等等，均属此类。这类索引数量不多，但用处较大。对于故事类型研究按故事主题搜集文献材料的需求来说，尤为重要。

④全文索引：指对被索引文献全部文字的检索索引，信息量最大，可以逐字检索。从技术角度看，目前已经被数字化处理可供检索的电子古籍文献已经具备全文检索功能。但同样从技术角度看，数字化处理的电子文献仍有失真的可能，用纸本全文索引作为补充手段，也十分必要。不过因全文索引编制工作量巨大，产量有限。目前比较通行的全文检索索引主要有叶绍钧编《十三经索引》、李庆编《文选索引》、日本高桥清编《世说新语索引》等。

2.检索方式：主要是四角号码检字法。"燕京引得处"所编诸多引得均采用洪业所创"中国字庋撷"检字法。现当代文献书籍则多用音序、笔画检索方式。

二、关于类书索引及其使用

（一）类书综合介绍

类书是文学成熟的产物，最早的《皇览》大体伴随着文学的独立而出现。六朝文学以前，实用性文学与纯文学界限不清，骈文、赋出现后要大量使用典故，类书则应运而生，便于写文章作诗时查找各种资料。

类书对于故事类型和相关文史研究方面的作用主要表现在两个方面：

首先是类书编排体例自身优势所具有的资源集中，便于使用的特点。类书的编排体例一般是按"以类相从"方式，即从宇宙之日月星辰，到人间之万物品类，再到社会之组织制度、人物事迹和文化艺术等。这种编排方式的最大优点就是能够把前人文献中同类文字内容汇编在一起，内容集中。这能给使用者带来很大的方便，节省翻检之劳。对于以故事类型为研究对象的材料搜集来说，这种文献编排方式就显得更有实际用处。在同类内容中往往能一下子解决很多相关文献资源。

其次，类书的辑佚功能有助于故事类型研究和相关文史研究发现亡佚或罕见材料。类书的材料来源为前代各种文献，其中很多文献已经亡佚，赖类书的收存而能得以保留原书一鳞半爪。所以，利用类书材料进行文献辑佚是古籍整理的重要途径之一。而其中也就自然包括故事类型可能亡佚的珍贵材料。有些古籍原书不存，但类书却有可能为故事类型文献搜集提供有价值资源。

以上两种作用如能相互交替使用，则效果应该更佳。

（二）常用类书与索引

在掌握使用类书索引进行故事类型和相关文史研究材料搜集工作之前，最好能对类书基本情况有所了解。这些相关著作主要有：

《类书简说》，刘叶秋著，上海古籍出版社，1980年。

《中国古代的类书》，胡道静著，中华书局，1981年。

《类书流别》，张涤华著，商务印书馆，1985年。

《中国类书》，赵含坤编著，河北人民出版社，2005年。

《中国类书总目初稿:书名著者索引篇》，庄芳荣编，台湾学生书局，1983年。

（三）唐代类书及其索引

唐代是中国古代类书第一个高潮繁荣期，出现很多重要类书。这些类书在中国古籍文献历史上具有重要价值。其中号称"四大类书"的《北堂书钞》《艺文类聚》《初学记》《白氏六帖》则是重中之重。

1. 《北堂书钞》，为虞世南在隋秘书郎任上所编。所谓北堂，指隋秘书省的后堂。全书分为帝王、后妃等19部，部下分852类。有人批评该书"立类略显芜杂"，指部下分类太多。但从故事类型研究角度看，小类名称恰好可与主题类型的主题词相联系，进行比对参照，所以"芜杂"正是其优势所在。该书类下摘引字句作标题，标题之下征引古籍。《北堂书钞》编纂时间早于《艺文类聚》《初学记》，相比之下，该书体例没有"事"与"文"的区分，而是混排。虽然体例上显得粗率，但对故事类型文献搜集无甚大碍。该书有1988年天津古籍出版社本，1989年北京中国书店据光绪南海孔氏刊本影印本，均精装一册。日本学者山田孝雄编有《北堂书钞引书索引》，1973年名古屋采华书林出版，1975年台北文海出版社重印。因该索引只有引书索引，缺少内容索引，而该书所分852类，恰能在一定程度上弥补这个缺陷。

2. 《艺文类聚》，由唐高祖李渊下令编修，欧阳询主编，唐武德七年（624）编成。全书共100卷，约百万余字。全书分天、岁时等46部，部下分目，共727子目。每目下，先录记事，即摘录经、史、子等书籍中的有关资料；后录有关诗赋赞表。该书分类按目编次，故事在前，均注出处。所引诗文，也均注明时代、作者和题目，并按不同的文体，用"诗""赋""赞""箴"等字标明类别。该书在编排方式上开创了"事"与"文"合编共类的体制。从故事类型文献搜集角度看，"事"的内容与散文笔法记录的故事相关，而"文"的内容则是对"事"的故事描写所作诗赋类文学描写，二者可以相得益彰。1965年中华书局上海编辑所出版汪绍楹校《艺文类聚》，附有《艺文类聚索引》。该索引含《人名索引》和《书名篇名索引》。其中《人名索引》可以故事人名和作者人名为单位进行检索，《书名篇名索引》可以书名和具体诗文篇名进行检索，也是故事类型文献搜集的有用途径。该索引1980年曾由台北大化书局单独出版。

3. 《初学记》，唐徐坚等编，中华书局，1962年排印本。该书编于唐玄宗时为便于玄宗诸皇子作诗文时检查事类而作，故名《初学记》。全书共分23部，313个子目，每个子目下分"叙事""事对""诗文"（含"赋""诗""颂""赞""箴""铭""论""书""祭文"等各体诗文）三个部分。其中"叙事"汇集各种资料说明子目标题，提供有关知识；"事对"列出对偶式典故，下注出处，供作诗为文时采择；"诗文"精选关于本题的诗文佳作，供作楷模和借鉴。《四库全书总目提要》称其："在唐人类书中，博不及《艺文类聚》，而精则胜之，若《北堂书钞》及《六帖》，则出此书之下远矣。"此书对唐代历史、文化乃至文学研究者都有相当大的利用价值。对于故事类型研究来说，如果该类书子目与故事类型中主题词相合，那么该子目下能提供较为完整的各类文献材料。该书中华书局排印本有许逸民先生编《初学记索引》，分两部分，第一部分是"事对"索引，第二部分是引书索引，可为相关检索提供很大方便。其中"事对"索引既不是子目名称，也不是人名，与其他诸类书索引检索设置均有不同，对故事类型材料搜集尤为有用。

4.《白氏六帖》，唐白居易编，原名《白氏六帖事类集》或《白氏六帖类聚》，简称"白帖"，又名《经史事类》《事类集要》。该书30卷，分1367门。除每卷之前详列本卷的门数、门目外，书前有总目一叶。总目或抽举该卷重要类目（如卷第一），或概括为类目（如卷第二十一）。各类目下或采择成语典故，或摘句，或提要，体例与《北堂书钞》略同，但更加零散琐碎。其排列顺序随意，且很少注明出处。为弥补白书疏简之憾，北宋孔传在白书30卷基础上增补到1371门，体例与《白氏六帖》相同。后来有人为方便使用，将二者合并为《白孔六帖》，有上海古籍出版社1992年《白孔六帖》影印四库全书本。对于故事类型文献搜集来说，本书遗憾在于各本皆未编索引。聊可弥补的是该书分类较细，其类目名称可用作主题词检索。

（四）宋代类书与索引

宋代朝廷尚文，类书编纂较前代更加兴盛，其主要特点是：规模更趋庞大，体例更趋细腻，同时类书内容和编纂目的也开始原有为辞赋提供资源的基础上走向多元化。同时，这些类书的索引编制也相应完备。这些变化客观上有利于故事类型研究的文献材料搜集。

1.《太平御览》原名《太平总类》，因宋太宗一年读完而赐名《太平御览》。该书《御览》全书1000卷，分55部，典出《周易·系辞》"凡天地之五十有五"，意谓内容包罗万象。在55部下又分若干类，有些类下又有子目，大小类目共计约5474类。这个数字比唐代类书最多的《白氏六帖》几乎翻了两番，可为故事类型文献搜集提供较多参考名目。作为综合类类书，不但内容丰富，而且引书繁富，据统计约有2700种。其中十之八九已经亡佚。则引文更具辑佚价值。该书类目下不再以"事""文"相分，一如《北堂书钞》《白氏六帖》之旧，不会影响故事类型文献搜集。20世纪30年代燕京引得处编有《太平御览引得、太平广记篇目及引书引得》，其中《太平御览引得》，包括《篇目引得》和《引书引得》。1990年上海古籍出版社曾重印，使用比较方便。

2.《太平广记》，北宋李昉等人奉宋太宗之命编纂。开始于太平兴国二年（977），次年（978）完成。因成书于宋太平兴国年间，故名《太平广记》。该书共500卷，目录10卷，采集宋前小说典籍，分类编纂，按主题分92大类，下面又分一百五十多小类，是古代文言小说的专门性类书，是宋代类书内容走向多样化的重要开始。不仅是宋代之前小说研究的第一重镇，而且也是故事类型文献搜集的第一渊薮。20世纪30年代燕京引得处编有《太平御览引得、太平广记篇目及引书引得》。1962年中华书局出版汪绍楹校点排印本《太平广记》后，由王秀梅、王泓冰编有《太平广记索引》，包括篇名索引和引书索引，与原编引得体例一致，内容更精确。1996年该索引再版，增加了人名索引，使用更加方便。另外，为弥补汪绍楹校本在版本方面的缺失，今人张国风教授广搜多种版本，苦攻十年，完成《太平广记会校》及该版本索引，是《太平广记》版本及其索引工作的最新成果。

3.《事类赋注》，北宋吴淑编，全书30卷，分天部、岁时部等14门，下分100部。该书最大特色亮点是，作者首次将古今事类联而为赋（故名《事类赋》），各门下子目内容均各成赋一篇，且随文作注，精审谨严。此体是对唐代《艺文类聚》等类书衰辑诗文体例的继承，但子目通篇为赋则为该书首创。今有1989年中华书局冀勤等人《事类赋注》校注本，后附校点者编《事类赋注引书索引》，内含书名和篇名两部分。该书以赋类事体例虽与故事类型文献搜集没有直接关系，但其内容偏重天地岁时，可供相关需求的故事类型采撷文献材料。

4.《海录碎事》，宋叶廷珪编纂。该书今本22卷，分16部，75门。各门下直接引述古籍原文，不分事文。该书尽管部头不大，但特色明显。编者自称："虽摘裂章句，破碎大道，要之多新奇事，未经前人文字中用，实可以为文章欲助，岂小补哉！"可知新奇罕见为其遴选标准。因此其书内容不无独到特有之处。如卷四"风俗"、卷五"衣冠"等均有罕见历史风俗材料，对故事类型文献搜集不无小补。该书有1998年上海辞书出版社影印本，书后附《海录碎事词目索引》，原书所列所有词目均可检索，对故事类型材料搜集很有用处。

此外，宋代还有若干相当规模类书，其内容偏于知识百科，尤重民俗风情。表现出类书编纂从诗赋写作阅读需求向社会市井生活需求的转变。这一转变对于唐宋以后故事类型文献多样化，然而检索不易的情况，是解决难题的渠道之一。这些类书有《锦绣万花谷》《事林广记》《记纂渊海》等，其中大多缺少索引，使用续用慢工翻检。限于篇幅，不能一一胪列。

（五）明清类书与索引

明清类书有两大走势：一是规模更加巨大，二是更加世俗化。这两方面对故事类型文献搜集均有重要积极作用。

1.《永乐大典》，编撰于明永乐年间，全书22937卷（目录60卷），11095册，汇集了古今图书七八千种。但《永乐大典》惨遭浩劫，大多亡于战火，今存不到800卷。被《不列颠百科全书》称为"世界有史以来最大的百科全书"。与唐宋类书相比，《永乐大典》的突出特点是大量收录通俗小说、戏曲资料。其中《朴通事谚解》提及唐僧取经故事，有助于了解《西游记》流传阶段、版本情况。另外，很多古人文集已失传，均从《永乐》辑录。故事类型文献所需叙事文学及其相关诗文史传文献，《永乐大典》都是重要渊薮。但该书的编排体例比较特殊，它未采用传统类书全书"以类相从"编排方式，而是采用全书先按字韵排列，子韵下再分类的编排方法。此法被认为更接近西方百科全书体例。因而无论是对于一般使用者，还是故事类型研究的文献搜集，在没有篇目人名索引的情况下，都需要对搜索对象的内容和字韵比较熟悉才能最大效能发现所需文献。但因《永乐大典》收书以书为单位，或以某书某卷全部内容为单位，从文献完整程度上说，又为其他任何类书所不及。今本《永乐大典》尚无篇名和人名索引。今人栾贵明编有《永乐大典引书索引》，1997年由作家出版社出版，此索引仍不失为对已知书名文献进行材料检索的重要手段。

2.《古今图书集成》，清陈梦雷编纂，蒋廷锡校订。有中华书局、巴蜀书社1985年影印本。该书采集广博，全书10000卷，目录40卷，共分为5020册，1.6亿字。分历象、方舆、明伦、博物、理学、经济6编，下分乾象、岁功、历法以至祥刑、考工等32典，6109部。每部先列汇考，次列总论，有图表、列传、艺文、选句、纪事、杂录、外编等项目。因《永乐大典》原本不明，故该书为现存规模最大类书。体例上也完成承袭《艺文类聚》以来"以类相从"传统，并将"事""文"分列体例扩充得更加完善。这个规模和体例对于后人各方面都更加具有使用价值。该书不仅有台湾编电子版，可以逐字检索，而且纸本索引也有不少。先是日本学者泷泽俊亮编《古今图书集成分类索引》（大连市右文阁1933年版），后有牟润孙等编《古今图书集成中明人传记索引》（香港明代传记编纂委员会1963年版），又有台北文星书店编《古今图书集成索引》（台北市文星书店1964年版），还有日本学者柜尾武编《古今图书集成引用书目稿（历象汇编干象典）》。（樱美林大学文学部中国文学研究室1972年至1977年版），以及杨家骆主编、孙先助总整理《古今图书集成各部列传综合索引》（台北市鼎文书局1988年版）。

3. 《渊鉴类函》，清张英，王士禛等编纂，有中国书店1985年据康熙四十九年扬州诗局刊影印本。该书为清代官修大型类书，共计450卷，45个部类，以《唐类函》为蓝本，收唐至明代类书、总集及子史稗编，分天、岁时、地、帝王、文学、人、政术、仪饰、器物、木、鸟、兽、鳞介、虫豸等45个部类。部以下再分子目，共计2536子目。每部下分为条目若干，每条条目分为释名总论，典故，对偶，摘句，诗文五部分。五部俱广征诸类古籍以为释。而在所选古籍诗文的排序上则遵循，释名总论部分以《说文》、《尔雅》、经、史、子、集为序。典故部分则是以朝代为次序。对偶，摘句，诗文三部则不按次序排列只选取华丽有文采的诗文。《渊鉴类函》卷数不及《太平御览》二分之一，但由于每卷篇幅大增，实际字数则远胜之。从规模上看，该书也远远不及《永乐大典》和《古今图书集成》，但从选材之精，体例之严谨，则后来居上。惜此书尚无相关索引，使用需根据主题需要与其2536种子目比对遴选。

三、史传人物传记索引

对于一般文史工作者来说，通过工具书渠道解决陌生人名事迹和书名信息是必备基本功。其中解决陌生书名问题已在目录学部分谈过，这里主要就故事类型文献搜集人物传记资料搜集介绍一些基本渠道。

与故事类型文献搜集相关的人物传记资料查找主要解决两方面的需求：一是与故事类型各种文献材料相关作家生平事迹，二是作品中人物（如果是历史上真实存在的人物）的事迹材料。解决这两方面人物传记资料渠道包括：正史史传、其他杂传、碑志、方志、年谱（含家谱）等。下面分别简要胪列介绍：

1.正史人物传记索引

目前正史人物传记索引有两种：一种是进入"二十四史"纪传传主的索引。有张忱石、吴树平编《二十四史纪传人名索引》，中华书局1980年版。该索引依据中华书局标点本"二十四史"，可查有本纪、传的人物。另一种是所有在"二十四史"中留下名字的人名索引，有张忱石、吴树平编《二十四史人名索引》，中华书局1997年缩印本，可检索所有正史中出现人名事迹。该索引系将中华书局标点本"二十四史"各断代史所附人名索引汇集而成，仍按断代顺序排列。都可查到，每种史书单排，注意一些跨越朝代的人物要多查几本索引，本朝代和其他朝代相关的也要注意。

作为正史人物传记索引补充者，还有两种有关清史的人物传记索引。一是1987年中华书局排印本《清史列传》书后所附人名索引（纪传人名）。二是1996年中华书局出版何英芳编《〈清史稿〉纪表传人名索引》。

2.其他杂传人物传记索引

对于故事类型文献搜集来说，无论是相关作家，还是作品中出现的真实历史人物，能够入正史者毕竟还是有限。正史之外的人物应该更多。所以正史之外人物传记资料一直是学界有识之士关注并努力构建的一个文献资料领域。这个工作大致分两个时段：

第一时段是20世纪30年代由燕京大学引得编纂处所编系列断代人物传记索引，其中包括：《四十七种宋代传记综合引得》《辽金元传记三十种综合引得》《八十九种明代传记综合引得》《三十三种清代传记综合引得》。以上引得由燕京大学引得编纂处1935年出版，中华书局1959年影印出版，1986年上海古籍出版社将以上引得缩印合刊出版。

第二时段是20世纪70年代开始，大陆和台湾学界先后开始在燕京大学引得处五种引得的基础上扩大非正史人物传记资料索引编制工作，取得了重大突破性成果，其中主要有：

（1）《唐五代人物传记资料综合索引》，傅璇琮、张忱石、许逸民编，中华书局1982年版。收录人物近三万人，引用书达83种，所据多为野史、杂史、笔记等，正史信息较少。全书包括姓名索引和字号索引。

（2）《唐五代五十二种笔记小说人名索引》，方积六、吴冬秀编，中华书局1992年版。本书以《太平广记》《类说》《说郛》《朝野佥载》等52种唐五代笔记小说为收录范围，正史不收，可与上书结合使用，但需注意本书中人物不全是历史人物（文言小说大部分取真实历史人物，不同于白话小说）。

（3）《宋人传记资料索引》（全6册），昌彼得等编，王德毅增订，中华书局1988年版。本书据鼎文书局1977年增订版影印。本书采录各种典籍五百余种，搜罗人物达22000人。使用不少个人年谱、行状、墓志，覆盖面广；所收录人物凡有事迹可述者，均据所集资料写成小传。本索引的第六册有《宋人别名字号封谥索引》。另外，李国玲《宋人传记资料索引补编》（全3册），四川大学出版社1994年版，可为补充。

（4）牛贵琥、杨镰编著《金代人物传记资料索引》，三晋出版社2012年版。本索引共收入金代各类人物9455人，所采用之资料，有总集、别集、史书14部，地方志553种，是研究、查阅、了解金代社会、文学、历史、民俗、文化的一部资料翔实的工具书。

（5）《元人传记资料索引》（全5册），王德毅、李荣村、潘柏澄编，台北新文丰出版公司1979年版。北京中华书局，1987年影印。

（6）《明人传记资料索引》，"中央"图书馆编（以老式注音法编排），"中央"图书馆1965年版。中华书局1987年予以影印。

3.碑传文献及其索引

"树碑立传"是中国文化传统，碑传文献中保存大量历史人物生平事迹和后人评价信息，是了解掌握历史人物传记资料的重要渠道。现将这些碑传文献及其索引情况简述如下：

（1）《汉魏南北朝墓志集释》，赵万里编，科学出版社1956年版，线装，无索引。

（2）《汉魏南北朝墓志汇编》，赵超编，天津古籍出版社2008年版，排印，书后附索引。

（3）《新出魏晋南北朝墓志疏证》，罗新、叶炜编，中华书局2005年版。本书所收魏晋南北朝墓志，自三国至隋末，收赵万里《汉魏南北朝墓志集释》及赵超《汉魏南北朝墓志汇编》两书未收者，有索引。

（4）《千唐志斋藏志》（共3册）河南文物研究所编，文物出版社1984年版。本书收录千唐志斋所藏西晋至民国的墓志拓片一千三百六十余件（现存最多）。

（5）《唐代墓志汇编》，周绍良编，上海古籍出版社1992年版，附索引。

（6）《唐代墓志汇编续集》周绍良编，上海古籍出版社2001年版。本书共汇集到新出土唐代墓志1564方。为《唐代墓志汇编》续集。目录以编年为序，可供从年号检索，后有附录姓名索引。

（7）《五代墓志汇考》，周阿根编，黄山书社2012年版，附索引。

（8）《隋唐五代墓志汇编》，吴树平、吴宁欧编，天津古籍出版社1992年版，全书30卷，共收隋唐五代墓志拓本五千余种，按收藏地域和单位分为以下9部："洛阳卷""河南卷""陕西卷""北京卷"（附"辽宁卷"）"北京大学卷""河北卷""山西卷""江苏、山东卷""新疆卷"，这些卷已把现存的绝大多数隋唐五代墓志囊括其中。以图版为主，或有转译为文字。志文清晰，附有说明文字，对墓志的出土时间、地点、撰人、书丹人、收藏等情况详为介绍。有索引。

（9）《清代碑传全集》（全2册），清钱仪吉等编，上海古籍出版社1987年版。该书将《碑传集》（钱仪吉编）、《续碑传集》（缪荃荪辑）、《碑传集补》（闵尔昌纂录）、《碑传集三编》（汪兆镛）四编合为一书。对于清代人物资料有重要补充作用。有索引。

4.方志人物传记资料索引

方志中人物事迹材料是各种正史杂史人物传记材料的重要补充渠道。但这些文献分散，规模庞大，索引制作不易。所成索引相对较少，弥足珍贵。

（1）《中国地方志宋代人物资料索引》，沈治宏、王蓉贵编，四川辞书出版社1997年版。

（2）《中国地方志宋代人物资料索引续编》，沈治宏、王蓉贵编，四川辞书出版社2002年版。

（3）《北京天津地方志人物传记索引》，高秀芳等编，北京大学出版社1987年版。

（4）《宋元方志传记索引》，朱士嘉编，中华书局1963年版。

5.年谱、家谱资料与索引

年谱和家谱也是了解人物传记资料重要渠道。目前相关文献和索引资料渠道大致如下：

（1）《中国历代年谱总录》，杨殿珣编，书目文献出版1980版。《中国历代年谱总录》（增订本），杨殿珣编，北京图书馆出版社1996版。初版所收年谱止于1979年所见者。增订本所收年谱下延至20世纪90年代初，著录年谱4450种，参考文献645条，反映谱主2396人。该书收录较全，材料较多，但内容简单，可作一般了解渠道。

（2）《中国历代人物年谱考录》，谢巍编，中华书局1992版。本书共收录历代各种年谱六千多种、谱主四千余人，分为谱主、编者、版本等，对谱主姓氏字号、生平仕履、撰人及订补者姓名作了介绍，有考证性质。该书学术信息量大，学术性强，推荐首选使用。

（3）《近三百年人物年谱知见录》（增订本），来新夏编，中华书局2010年版。本书叙录明末迄清末三百年间人物年谱，收录谱主1251人，叙录年谱1581篇。全书分为十卷，前八卷为书录，按年代编次，卷九为知而未见录，卷十谱主、谱名、编者、谱主别号索引。著录内容包括谱主小传，年谱著录情况，年谱内容特色、价值等，为清代人物年谱研究要籍。

（4）《中国家谱综合目录》，国家档案局二处、南开大学历史系、中国社会科学院历史所图书馆编，中华书局1997年版。

（5）《上海图书馆馆藏家谱提要》，王鹤鸣等主编，上海古籍出版社2000年版。

四、集部文献索引

故事类型研究文献除了叙事文学作品和相关史传文献外，还有大量诗文类文献。这些诗文类作品或者直接作为叙事性诗文成为故事类型单元的有机部分，或者作为某些重要故事的典故在诗文中使用，是叙事文学故事表现的间接形式。全面掌握了解集部文献索引情况是解决诗文中故事类型文献的重要渠道。其中主要任务包括：搞清楚集部作者有哪些作品；整理作品篇名。目前主要集部文献索引有：

1. 《全上古三代秦汉三国六朝文》（全4册），严可均编，中华书局1958年版；附有《全上古三代秦汉三国六朝文篇名目录及作者索引》，中华书局1965年编辑重印，2009年再版。该索引分篇名目录和作者索引两部分。篇名目录按照《全文》本来的朝代、作者及篇目顺序编排，以作者为纲，作者下分列篇目，并注明出处。用于查找唐前人物文学作品情况。

2. 《先秦汉魏晋南北朝诗》，逯钦立编，中华书局1983年版。《先秦汉魏晋南北朝诗作者篇目索引》，常振国，绛云编，中华书局1988年版。

3. 《文选索引》（全2册），〔日〕斯波六郎编，台北正中书局1975年版。《文选索引》（全3册），〔日〕斯波六郎编，李庆译，上海古籍出版社1997年版。

4. 《全唐诗作者索引》，张忱石编，中华书局1983年版。

5. 《全唐文篇名录及作者索引》，马绪传编，中华书局1985年版。

6. 《全唐文篇目分类索引》，冯秉文主编，中华书局2001年版。

7. 《唐代文作者索引》，陈尚君编，中华书局2010年版。

8. 《全宋诗1—72册作者索引》，北京大学古文献研究所编，北京大学出版社1999年版。

9. 《全宋词作者索引》，冉休丹编制，中华书局2009年版。兼收唐圭璋《全宋词》和孔凡礼《全宋词补辑》中的全部作者，此索引附刊于新版《全宋词》第五册之后。

10. 《宋人文集篇目分类索引》（套装全5册），邓广铭、张希清编，中华书局2013年版。

11. 《全宋文篇目分类索引》，吴洪泽，四川大学出版社2014年版。

12. 《宋代文集索引》，佐伯富编，京都大学东洋史研究会刊1970年版。

13. 《元人文集篇目分类索引》，陆峻岭编，中华书局1979年版。

14.《清代文集篇目分类索引》，陈垣、王重民、杨殿珣等编，北京图书馆出版社2003年版。

五、研究论著索引

和任何科学研究一样，故事类型研究也需要广泛吸收继承前人成果。相关索引是解决这一问题重要渠道。需要强调一点是，随着互联网电子科技发展，研究论著通过网络渠道检索的程度大大提高。其中主要有《人大复印资料索引》和CNKI网，但这两种期刊检索主要从20世纪70年代末，仍有很多早期经典性研究论著尚未进入数字化检索程度，需要通过人工手段进行纸本文献检索，这方面主要资源有：

1.《中国史学论文索引》，分有数编，其中第一编最有价值。这里的史学是广义的史学，也包括我们的文学史。是查找早期论文的重要工具书。该书第一编（上、下册），中国科学院历史研究所第一、二所与北京大学历史系合编，科学出版社，1957年出版。本编收录1900—1937年7月期间出版的刊物一千三百余种，论文三万多篇，按类编排。上册专载有关历史科学的论文（中国历史、人物传记、考古学、目录学等），下册专载各种科学学术史论文（包括哲学史、社会科学史、经济学史、文化教育事业史、宗教史、语言文字学史、文学史、艺术史、自然科学史等）。书末附有以人名、地名、朝代名、原有标题及各种专名（书名、物名、族名及重要历史事件名称）为标目组织起来的辅助索引。该书第二编1979年由中华书局出版，第三编1995年由中华书局出版。

2.《中国古代文学资料目录索引》（1949—1979，分上下两册），辽宁大学中文系古代文学研究生编，辽宁大学中文系印行，1985年版。

3.《中国古典文学研究论文索引》（1949—1980），中山大学中文系资料室编，广西人民出版社1984年版。收录全国报刊上发表的古典文学研究论文，并酌收港台报刊上的文章。所收论文兼及音韵、文字、校勘等方面。

4.《中国古典文学研究论文索引》（1949—1966.6），中国社会科学院文学研究所图书资料室编，中华书局1979年版。《中国古典文学研究论文索引》（1966.7—1979.12），中国社会科学院文学研究所图书资料室编，中华书局 1982 年版。《中国古典文学研究论文索引》（1980.1—1981.12），中国社会科学院文学研究所图书资料室编，中华书局 1985 年版。《中国古典文学研究论文索引》（1982.1—1983.12），中国社会科学院文学研究所图书资料室编，中华书局 1988 年版。《中国古典文学研究论文索引》（1984.1—1985.12），中国社会科学院文学研究所图书资料室编，中华书局 1995 年版。

5. 《中国古典文学研究论文索引》（1905—1979），北京师范学院中文系 1981 年编印。

6. 《中国古典戏曲小说研究索引》于曼玲编，广东高等教育出版社，1992 年。本索引收集 1817 年至 1992 年初国内和台港地区的书报刊中研究中国古典戏曲小说的文献题录，还收集了日本、欧美、苏联等国家和地区的部分文献题录。上册戏曲部分，收题录 11303 条；下册是小说部分，收题录 21596 条。

7. 《香港中国古典文学研究论文目录》（1950—2000），邝健行、吴淑钿编，2005 年。该书按年度分别由上海古籍出版社、江苏古籍出版社出版。

另：《中华书局百年总书目》（1912—2012），中华书局 2012 年版。收录有现今图书馆不存的书目。《上海古籍出版社五十年图书总目》（1956—2006），上海古籍 2006 年版。均可参看。

原载《天中学刊》2018 年第 6 期

故事类型研究对传统史传与叙事文学研究的超越

——以刘邦故事研究为例

刘邦故事主要记载于《史记》《汉书》《资治通鉴》等史传作品中，但对后来的叙事文学发展提供了极为丰富的素材。随着历史的发展，无论是史传作品中的刘邦，还是文学作品中的刘邦，都变成了一种文化符号铭刻在人们的脑海中。因此，探讨刘邦故事发展演变的历史轨迹，并探索其蕴含的文化意义，具有重要的学术价值。

以往的刘邦故事研究基本局限于史学研究和传统的文学研究，未能把跨越各种文本材料的刘邦故事视为一体进行宏观综合研究。本文从中国叙事文化学的故事类型研究视角出发，衡量总结以往刘邦故事研究的成就和不足，探索叙事文学研究新视角的可能性。

一、刘邦故事作为研究对象的基本特点

刘邦故事的流变大致经历了以下几个阶段：汉魏晋时期，作为一代帝王的刘邦，其主要事迹记载于正史中，正史中的刘邦多以正面形象出现，是一位贤明君主的形象；唐宋时期，在文人墨客的吟咏之下刘邦故事变得丰富多彩；元明清时期，刘邦故事主要出现在戏曲、小说中，刘邦故事情节内容发生重大转变，再次被丰富发展与再生。总之，作为研究对象刘邦故事有以下特点值得关注。

第一，刘邦故事文本的丰富性。史书首开先河，最早记录在《楚汉春秋》中，但已亡佚，正式出现在读者面前的史传作品则是《史记》《汉书》《资治通鉴》等作品。诗文方面，自晋代以来咏叹刘邦故事的诗歌、散文数

不胜数，特别是唐宋时期吟咏刘邦的诗歌、散文更是不计其数。小说戏曲方面，小说方面从《两汉开国中兴传志》《两汉志传》到《西汉演义》络绎不绝。戏曲方面从元杂剧到明传奇再到清宫连台大戏，极大地丰富了刘邦故事的内容。可见承载刘邦故事的文本很丰富主要有史传、诗歌、散文、戏曲、小说、变文、方志等各种文献中。

第二，刘邦故事内容的复杂性。从情节内容看，刘邦故事的情节内容变得复杂，有表现刘邦是非对错的故事，例如史书中对刘邦宽宏大度、仁而爱人的褒扬，对刘邦杀害功臣的批评；也有表现刘邦情感的故事，如他与戚夫人的爱情故事；还有表现宗教文化、文人理想的故事等等。作为一代帝王的刘邦，无论是他传奇的一生，还是后人铺排演绎出的故事，都注定刘邦故事的复杂性。

第三，刘邦故事流变的延展性。刘邦故事自诞生流传至今，并非一成不变，而是在不同时代、不同文化、不同政治背景下，表现了不同的主旨。因此要用发展、动态的眼光来审视刘邦故事。

第四，刘邦故事影响的深远性。刘邦作为胜利者、作为英雄其知人善任、善于纳谏、宽宏大量的美德被后世君臣崇拜敬仰，成为后世帝王效仿的典范，也成为历代文人笔下的宠儿，出现在不同题材的文学作品中，众说纷纭，流传至今。

二、20世纪以来刘邦故事的研究现状

关于刘邦的研究成果颇为丰硕，20世纪以来研究刘邦故事的论文和专著颇多，涉及面也比较广泛，既有关于人物形象的研究，也有人物生平事迹的研究，还有地域文化等方面的研究。

（一）有关刘邦身世和生平事迹研究

刘邦传奇的一生以及他的身世引起了学界的关注，研究成果也很多，主要的论文有：董家遵《汉高祖生年考》（《中山大学学报》1957年第3期），作者对汉高祖出生时代的两种说法（一种认为是公元前247年，第二种说法是公元前256年）进行考证辨析，最后得出结论认为汉高祖刘邦出生在公元前256年。持此相同观点的还有曾维华《汉高祖刘邦生年考》

（《上海师范大学学报》1993年第4期）。石荣伦《刘邦身世质疑》（《连云港教育学院学报》1996年第4期）一文作者认为刘邦并非太公的亲生儿子，可能是其母与别人所生，认为刘邦是私生子。胡连俊《汉高祖刘邦身世之谜》（《兰台内外》2007年第5期）介绍了徐州师范大学王云度教授的观点，认为刘邦是非婚生子。张文德《刘邦身世考辨——兼与王云度先生商榷》（《徐州师范大学学报》2003年第1期）对王云度提出的"刘邦是私生"及"与太公无血亲关系"等提出疑问，"指出王先生的'新说'系源于对司马迁《史记》文本的误读，其结论不能成立。"①王凤鸣《刘邦是从哪里入关的》（《山东师院学报》1978年第4期）文中对于刘邦入关的地点不正确的说法予以更正，根据史传记载认为刘邦是从武关打进去的。刘泽华、王连升《论刘邦——兼论历史的必然性与偶然性》（《南开大学学报》1979年第4期）文中就刘邦怎样从农民起义领袖转变成一个封建统治者，其在事变中历史的必然性表现在哪里做了细致分析。王尧《刘邦籍贯考辨》（《徐州师范学院学报》1987第4期）一文对于众说纷纭的刘邦籍贯提出了自己的看法。张振台《驳〈汉高祖刘邦生年考〉》（《河南师范大学学报》1994年第4期）对曾维华提出的汉高祖刘邦生于公元前256年的说法进行反驳。牛继清《刘邦"隐于芒、砀"及相关史事考实》（《固原师专学报》1999年第1期）作者对于刘邦隐匿在芒砀背后的真实原因进行解读和考证。叶永新《〈史记·高祖本纪〉志疑一则》（《菁阳学刊》2007年第4期）文中对刘邦与杨熊在白马作战一事提出疑问，认为没有史实证据。

（二）刘邦史传作品形象与文学作品研究

涉及刘邦的史传主要有司马迁的《史记》、班固的《汉书》和司马光的《资治通鉴》。研究刘邦形象的单篇论文很多，如许晓燕《〈史记〉刘邦形象浅析》（《汕头大学学报》2008年第4期）文中指出评价刘邦应站在历史的角度："对于刘邦驾驭全局、举重若轻的雄才大略、审时度势的精确判断力、不拘一格的用人术、虚怀若谷、从善如流的气度至今仍闪烁着智慧的光芒。而刘邦的狎侮、猜忌等性格缺陷是个性所然。"①李国新《〈史记〉与〈清史稿〉人物叙述异同——以〈高祖本纪〉和〈太祖本纪〉为个案》（《大庆师范学院学报》2005年第1期）作者谈到《史记》对人物的描写侧重故事塑造。杨贺琰《论〈史记〉刘邦形象塑造》（《语文学刊》2010年第3期）作者认为司马迁成功塑造了刘邦形象。王可端《从神到人——由〈史记〉到〈资治通鉴〉看刘邦形象的演变》（《重庆电子工程职业学院学报》2010年第3期）文中指出司马迁描写神秘文化，为了探寻刘邦成功的原因，而班固却是为了维护封建统治，为刘邦建国登基寻求合理性。而《资治通鉴》把汉高祖刘邦还原成了一个血肉丰满的历史人物。魏兴利的《〈史记〉论刘邦、项羽的性格及其成败》（《现代语文》2008年第6期）一文通过分析《史记》中刘邦、项羽两人的性格，总结刘邦成功、项羽失败的原因。诸如此类论述的文章还有很多如赵明正《生命悲剧的形象展示——〈史记·高祖本纪〉新解读》（《山西大学师范学院学报》2000年第4期）、《〈史记·高祖本纪〉采录汉高祖传说析论》（《渭南师范学院学报》2016年第1期）、李营《〈史记〉中项羽、刘邦形象比较谈》（《辽宁教育行政学院学报》2011年第1期）、杨俊才《自古英雄尽解诗——〈史记〉刘邦形象别议》（《浙江师大学报》1997年第11期）、裴雪莱《司马迁心目中的理想男性观——以〈史记〉中项羽、刘邦人物形象为例》（《淮海工学院学报》2011年第4期）等等。

研究刘邦形象的硕士论文有袁智勇的《〈史记〉和元明戏曲小说中的刘邦形象研究》（陕西理工学院，2013）文中论述《史记》对刘邦形象的塑造是客观的，对刘邦在戏剧中的刻画显得单一，小说文体的介入使得刘邦形象的生活化得到质的飞跃。梁欣欣《汉魏晋刘邦形象接受研究》（郑州大学，2015）作者从《史记》中刘邦的形象为切入点，探讨《史记》以及研究刘邦形象接受的重要性，系统分析汉魏晋时期对刘邦的评价。王春芸《司马辽太郎笔下的刘邦形象》（东北师范大学，2013）作者论述了司马辽太郎与中国的渊源以及他对司马迁的尊敬，认为给项羽和刘邦这一古老的题材注入了新的思想主题。王清华硕士学位论文《〈史记〉中的神话和神异性记述研究》（暨南大学，2006）、阮礼军的硕士学位论文《论〈史记〉对民间文学资料的吸收和运用》（四川师范大学，2007）、任刚的博士学位论文《〈史记〉人物取材研究——以战国为中心，兼及秦汉之际》（陕西师范大学，2007）以上三篇是从取材与人物塑造的关系方面来论述的。

（三）刘邦故事的比较研究

主要是刘邦和项羽的成败、性格、用人、分封等方面的比较，这方面的论著颇为丰硕。

成败之论。文章论述了刘邦之所以能战胜项羽是因为刘邦胸怀坦荡豁达，虚怀若谷，善于吸收和消化不同意见。如鸣柳《兼听则明——刘邦战胜项羽管见》（《探索与求是》1994年第4期）一文便是，李永田《论楚汉战争中刘项之成败》（《徐州师院学报》1985年第1期）一文中指出刘邦战胜项羽的主要原因是刘邦得人心、顺民意的，而项羽则是失人心的，持此观点的还有卞直甫、宋一夫《项羽和刘邦》（《学术月刊》1987年第12期）一文。宋振水《西汉时期刘邦和项羽的管理智慧》（《兰台世界》2013年第10期）一文认为刘邦战胜项羽主要是刘邦的管理智慧高于项羽且刘邦又知人善任。李文英《项羽刘邦之成败分析》（《吉林省教育学院学报》2012年第2期）文中从用人、性格和政治手段方面分析了刘邦战胜项羽的原因是刘邦会用人、得民心和心量宽。也有持不同观点的文章如赵温润《重评刘邦、项羽的成败原因及其是非功过》（《人文杂志》1982年第6期）。

性格之论。伍丹丹《浅析刘邦、项羽的性格对楚汉战争结局的影响》（《知识经济》2010年第13期）文中摘要指出"刘邦之胜，胜在政治正确、道义占理、战略得策、用人得当。性格引导行为，行为表现决定成败，刘邦、项羽的胜败都和他们各自的性格密切相关。"徐兴海《项羽刘邦成败的个性分析》（《渭南师范学院学报》2010年第4期）文中指出刘邦战胜项羽，不仅有时代的原因，更有个性上的因素。崔向东《论刘邦项羽的性格及对成败的影响》（《锦州师范学院学报》1996年第1期）文中通过对刘邦、项羽的性格、心态进行分析，论述了刘邦、项羽个性及心态形成的原因，进而分析不同性格、心态对其成败的影响。

用人之论。论文有王铭《楚汉战争与刘邦、项羽的用人》（《苏州大学学报》1986年第3期）文中论述了刘邦、项羽截然相反的用人政策，刘邦能虚己听人，项羽则刚愎自用，刘邦放手用人，项羽则信谗多疑，刘邦赏不移时，项羽忘功寻过，用人的得失是导致楚汉战争成败的关键原因。李允铨《刘邦用才的过人之处》（《人才研究》1987年第10期）文中论述汉高祖刘邦之所以能够建立强大的封建帝国，主要原因在于刘邦在用人方面有高超的艺术。类似的论文还有孟宪实《论刘邦用人》（《新疆师范大学学报》1988第4期）、邱永明《刘项用人得失和汉楚相争成败》（《历史教学问题》1991年第1期）等。

分封之论。学术界认为刘邦正确的分封制是他成就帝业的重要原因，而项羽错误的分封制是导致他失败的原因。研究的论文有曹家齐《刘邦分封与西汉统一政权的建立和巩固》（《徐州师范学院学报》1993年第1期）、汤其领《刘邦汉初分封王侯探析》（《江海学刊》1999年第2期），唐德荣《略论刘邦的分封思想》（《求索》2000年第5期）。胡一华、毕春英《分封是刘邦战胜项羽的一个重要原因》（《求是学刊》1985年第2期）文中明确指出："刘邦战胜项羽的一个重要原因，正是因为他恰当地运用了分封政策；项羽失败的重要因素之一，就是因为他在分封问题上的失策。"②赵文静《从权宜之计到立国之策——刘邦分封思想研究》（《锦州师院学报》1992年第4期）、王怀让《谈刘邦、项羽的分封问题》（《齐鲁学刊》1986年第6期）等这些文章大多对刘邦的分封制度予以肯定。

（四）刘邦与楚文化的研究

楚文化作为一种区域文化，早在20世纪30年代就引起了学界的关注。伴随先秦出土遗址、墓葬的发现，更激发了学界探索楚文化的热情，研究楚文化的著作越来越多，1987年出版的张正明的《楚文化史》是一部研究楚文化的拓荒之作。随之掀起了一股研究楚文化的热潮，《楚文化论集》和《楚学文库》先后出版，对楚国的城市与建筑、青铜器、经济、墓葬、哲学以及风俗等给予专门论述，可以说是楚文化的集大成。此后，王建辉、刘森淼的《荆楚文化》一书不但全面反映了当前楚文化的研究成果，而且对楚文化领域有新的拓展，对荆楚文化的流变和发展作了详细的研究。蔡靖泉的《楚文化流变史》是楚文化研究史上里程碑式的著作，作者不但把楚文化从先秦至晚晴梳理了一遍，而且发表了很多自己独到的见解。对于刘邦给予高度评价，特别是对于刘邦分封诸侯一事给与高度赞赏，"因而分封成了他战胜项羽、夺得天下的一个法宝"。李长之的《司马迁之人格与风格》从司马迁和楚文化的关系以及整个汉家集团来研究，阐释了楚文化对刘邦出生地、起兵到西汉王朝的建立等方面所起的决定性作用。孙海洋《司马迁与荆楚文化》(《求索》2003年第2期)论述司马迁受到楚文化的影响,才把刘邦写得栩栩如生,而笔下的刘邦则是楚文化精神的代表。罗庆康《刘邦对楚文化承继关系之考察》(《湖南教育学院学报》1997年第3期)论述了正是楚文化对刘邦的深刻影响才使他形成了自己独特的制度文化、物质文化、精神文明,以至于在中国近五千年的文明中闪烁出灿烂的光辉。刘隆有《刘邦高歌楚汉雄风振千载》(《文史春秋》2016年第12期)描绘了刘邦世代楚人,天生楚腔、楚语、楚俗,又特爱楚歌楚舞,论述了楚文化对刘邦一生的深刻影响。岳洋的硕士学位论文《〈史记〉与楚文化研究》(陕西师范大学,2008)文中论证了《史记》与楚文化的关系,歌颂了刘邦筚路蓝缕的奋斗精神。

三、以故事类型研究取代前人刘邦故事研究的优势所在

综上,统观学界对刘邦的研究成果可谓丰富多彩,无论是对刘邦生平事迹的研究,还是对地域文化的研究,无论是作为历史人物的刘邦功过评价研究,还是作为文学形象的人物形象研究,材料的运用可谓广泛且深入,但若从总体上考察刘邦故事,则显得各自孤立,没有对刘邦故事的人物、情节、内容的变化做系统的梳理。

文献方面,前人对刘邦故事的研究涉及的文献丰富多彩,其中对刘邦故事的分析研究很细致、深入,十分到位,运用传统文学史中的研究方法也很娴熟值得肯定,笔者对前人在文章中使用的刘邦故事原始文献按照文体和数量做了一个统计,划分如下:①史传作品30种,②笔记小说5种,③诗文32篇,④戏曲10种,⑤京剧6出,⑥小说5种,⑦民间文学2种,⑧诗歌161首(其中南北朝3首,唐代31首,宋代38首,元代36首,明代33首,清代20首)。前人对研究刘邦故事所征引的原始文献也是比较全面丰富的,值得学习借鉴。但是就刘邦故事的个案研究来说,还有大量文献可以挖掘整理,前人在文献方面还没有做到完整、系统和充分。笔者则采用中国叙事文化学的方法来研究刘邦故事,希望解决前人在文献方面的缺陷。

叙事文化学研究超越了小说戏曲这两种主要的叙事文学文体,把研究

视野扩大到跟每个故事类型相关的任何文体的任何文献材料。采用中国叙事文化学的方法研究刘邦故事：能发掘刘邦故事文本变与不变的真实原因；能揭示出文学自身发展的规律；能对故事流变进行可信、细致的梳理研究，保证了勾勒故事演变轨迹的科学性；作为进行文化分析的基础，为文化分析做了准备。基于此，笔者对涉及刘邦故事的文献按照文体和数量做了一个统计：历史典籍类37种，笔记小说类18种，诸子和别集类：7种，出土文物类3种，民间文学类2种，诗文类33篇，诗赋类25篇，笔记诗话类：10种，方志类15种，诗歌类325首（其中汉魏晋6首，金代5首，唐代43首，宋代54首，元代38首，明代81首，清代86首，民国时期12首），小说类18种，戏曲类17种，京剧类14种。笔者采用中国叙事文化学的方法对文献的搜集整理在文体方面比前人多出5种，文体更加全面，所搜集各类文献数量上比前人多出几倍，一定程度上弥补了前人研究在材料挖掘上不够宏阔的缺陷。

文化分析方面，前人对刘邦故事的研究基本上以史学研究和文学研究为主。史学研究主要以《史记》中的刘邦故事为主，论述刘邦的性格特点，用人特点以及分封特点等，不涉及文学，而文学研究主要以小说和戏曲中的刘邦故事为主，很少涉及历史。造成这一现象的原因主要是两方面，一方面是学科限制，史学研究重视史书中的史实材料，司马迁在撰写《史记》时所秉持的宗旨是"不虚美，不隐恶"，在《高祖本纪》中对刘邦的描写依然如此，既有对刘邦优点的赞美歌颂，又有对刘邦缺点的批判。这方面的作品有很多，如吴象枢《浅析〈史记〉中刘邦的"形""神"和谐之道》，论述了刘邦由平民到帝王的过程中神异特征出现的合理性，作者主要运用司马迁《史记·高祖本纪》中对刘邦的描述，诸如"龙种""相术""高祖斩白蛇起义"等，赞同了《史记》中刘邦是"天授的天子"的观点。叶庆兵《〈史记·高祖本纪〉采录汉高祖传说析论》一文列举了《高祖本纪》中大量的传说事实来说明它的真实可信性，以及这些传说的目的是为稳固汉家政治发挥着重要作用，正如作者文中所言："这些传说是司马迁采录进《高祖本纪》的，并非后人增窜。司马迁采录这些传说入传的原因有许多，既是为了文本的完整，性格命运的突显，也是为了将西汉与殷、周、秦并列，纳入殷、周、秦、汉的大历史系统，以'通古今之变'"。这方面的文章还有王可端《从神到人——由〈史记〉到〈资治通鉴〉看刘邦形象的演变》、杨贺琰《论〈史记〉刘邦形象塑造》、郑丽冰《〈史记〉与〈汉书〉批判精神之对比——以刘邦形象为例》等等。文学研究重视文学作品中的刘邦故事，以作品中的人物形象为主进行赞美或批判，很少涉及历史中的人物故事。这方面的作品有范丽华的硕士学位论文《〈西汉通俗演义〉研究》，文中对作品中的刘邦形象分五个方面进行了分析，分别从刘邦的优缺点出发，包括："出于市井，充满痞味、不拘一格，广揽英雄、忠义爱民，广施德政、善于隐忍，善于纳谏、心思续密，意志坚强。"

　　另一方面是材料的选择问题。史学研究着眼点在史书中的材料，主要集中在人物是非功过的评价。作品有李允铨《刘邦用才的过人之处》、崔向东《论刘邦项羽的性格及对成败的影响》、唐德荣《略论刘邦的分封思想》等等。文学研究在选择材料时主要以文学作品中的刘邦故事为主，着眼点在刘邦个人形象的好与坏的评价。例如范丽华的硕士学位论文《〈西汉通俗演义〉研究》就是这方面的代表作品。这两种研究方法在各自的领域都取得了很丰硕的成果，值得学习和借鉴，但也有一个缺陷值得探讨，就是各自为营，孤芳自赏，有种井水不犯河水的嫌疑，实际上，刘邦故事自诞生起一直是个动态的发展演变过程，无论是仅从史学研究还是文学研究都存在着偏颇，忽略了同一主题故事在不同时代不同文本中的流传演变过程，更忽视了故事背后隐藏的文化意义和内涵。而叙事文化学研究能在全面充分掌握材料的基础上，打通文史界限，对刘邦故事进行全方位的叙事文化学研究，在一定程度上对文体史和作家作品研究的不足之处进行了补救。叙事文化学对刘邦个案故事研究所起的作用是巨大的：首先是文献材料的极大丰富；其次贯穿了各个朝代，打通了文体史；再次关注了个案故事演变发展中情节、人物变化的梳理；最后作出了对这种变化的文化和文学的系统阐释。

　　笔者采用叙事文化学的方法把刘邦故事分为四个主题文化，分别是政治文化、神秘文化、帝妃文化、楚文化。帝妃文化主题中，历代更多的是对刘邦的宠妃戚夫人悲惨命运的同情，史书中的记载如此，唐宋诗人笔下更是寄托了这种怜惜的情愫；神秘文化主题中，刘邦的一生充满了传奇性，具有神秘色彩，司马迁为他统一天下登上帝王宝座找到的合法的理由就是君权神授，这种神秘色彩一直延续到后代，同时与宗教有着密切的关系；楚文化主题中，刘邦因为是楚人，喜欢楚歌、楚语、楚舞，因此他当了皇帝之后把楚文化发扬光大，使楚文化呈现出繁荣景象。

前人对刘邦故事的文化层面也有分析和论述，主要针对政治文化方面，而且仅限于魏晋南北朝时期政论人物对刘邦故事的评价，唐朝以降对刘邦故事政治评价几乎无人问津，因为没有采用叙事文化学研究方法，对于评价背后的文化意蕴只是有所触及，没有做深入细致的挖掘分析。笔者采用叙事文化学研究方法把这个方面的研究推向更广阔的范围，打通了每个朝代，而且把这种评价背后所隐藏的文化意蕴作了深入细致的挖掘分析。不同时代刘邦故事有不同的文化内涵，受不同时代政治、文化、历史等方面的影响。《史记·高祖本纪》中的刘邦是一个胜利者的帝王形象，他起于布衣却胸怀远大，具有强烈的使命感，斩蛇起义，亡秦灭项，拯救黎民于水火之中，建立大汉王朝，司马迁认为刘邦是一个仁而爱人，宽宏大度，知人善任，从谏如流的明主形象；汉魏晋南北朝时期对刘邦的评价以歌颂为主，赞美刘邦是贤明的君主，评价者包括帝王将相、政治家、文学家等。帝王将相方面，汉献帝刘协称赞刘邦是创始大汉基业的圣祖；三国时期的曹操也常常自比刘邦，希望能做到像刘邦那样来封赏自己的臣子；魏文帝曹丕也以汉高祖自比，赞美高祖按照功德来分封诸侯，认为这是后代君主应该学习的典范；西晋武帝司马炎认为刘邦在建汉之初奖赏有功之臣，做到知人善任，彰显明德是值得借鉴的；后赵君主石勒认为如果和刘邦生在同一个时代，自己愿意对刘邦俯首帖耳，愿效犬马之劳，可见对刘邦的崇敬之情。政治家贾谊、晁错、扬雄、诸葛亮等都对高祖刘邦有极高的评价，认为刘邦是一位有德能有胸怀的明君。文学家班彪、孔融、曹植、刘邵、陆机、挚虞等也给予刘邦极高的评价，特别是班彪对于刘邦取得成功的原因概括为五点：一是帝尧的后裔；二是体貌特征奇异，非同凡夫；三是神武勇猛，四是宽明仁厚；五是知人善任。帝王对刘邦的赞美是因为他们所处的时代虽然不同但政治目的却一致，且都是一国之君的缘故，希望自己能像刘邦一样统一天下，救助天下苍生，使国家强盛，黎民富庶。政治家对刘邦的高度赞美是从政治立场出发，以刘邦建立大汉王朝的事迹来勉励君王，借古喻今，希望君王能够采纳刘邦建汉并使之不断强大的策略和方法，以达到稳固朝政的目的，同时也是履行臣子的义务。文学家通过作品赞美刘邦的政治形象同样也是劝诫后世的君王向刘邦学习，以期达到江山稳固的目的。

唐宋时期对刘邦政治形象的评判依然是歌颂为主，这与唐代大一统的政治环境和文化环境有关，与当政者以史为鉴的政治高度有关，唐太宗李世民、唐玄宗李隆基常以刘邦自拟，视刘邦为圣明帝王的典范。唐太宗作《幸武功庆善宫》《过旧宅二首》《咏风》，唐玄宗作《巡省途次上党旧宫赋》《左丞相说右丞相璟太子少傅干曜同日上官命宴东堂赐诗》，诗中都反映了对汉高祖刘邦的钦佩崇敬之情，这与唐代当时的政治环境、社会环境是密切相关的。唐宋时期诗词兴盛，呈现出繁荣的文化景象，涌现出一批赞美刘邦的诗人如李白、李贺、李昂、王珪、李百药、白居易、韩愈、王十朋、梅尧臣、文天祥、江梦斗等，诗人们渴望建功立业，有所成就，于是历史上那些圣主明君、英雄豪杰成为他们向往歌颂的对象，在诗人的眼里刘邦就是这样一位贤达的圣主，自然成为赞美的主角。诗人笔下既有对刘邦建功立业的敬佩之情，又有对刘邦授意天命的肯定；既有对刘邦充满传奇色彩的人生的崇拜之情，又有对刘邦包举宇内，囊括四海的英雄豪气的景仰；既有对刘邦雄才大略，宽厚仁德的敬重之情，又有对刘邦荡平天下，气吞山河气势的折服之意。

元代少数文人把刘邦拉下了神坛，以戏谑的口吻讽刺刘邦是"流氓无赖"，睢景臣《高祖还乡》作为其中代表，揭露了赖债、明抢、暗偷、营私等发迹前的地痞无赖形象，这与元代的时代背景有关。蒙古人入主中原，大部分汉族知识分子失去了宋代有科举制度作为保障的学而优则仕的晋身机会，流落市井，惆怅之余，难免产生玩世不恭的心理和游戏人生的态度。他们是心怀愤懑的，借古讽今，暗讽当时最高统治者的不学无术。

明清时期刘邦不仅被歌颂而且是被神化的，明代朱元璋登上帝王宝座之后，开始推行神化刘邦的措施，使刘邦的地位骤然升高，其中的原因主要是为了明朝统治集团的政治服务，简单说抬高刘邦和汉朝的地位目的就是为了抬高朱元璋和明朝的地位。他与刘邦有着太多的相似之处，两人出身相同，都起自布衣，在群臣看来，朱元璋的成功就是对刘邦成就帝业政策的继承和发扬。清代的宫廷大戏《楚汉春秋》有两点值得特别关注：一是进一步神化了刘邦，该剧一开始就明确了刘邦是赤帝子下凡称帝；二是以大团圆的方式结尾。在剧中刘邦几乎是一个完美无缺的仁君形象，突出了刘邦的仁义思想。其目的之一是为了满足帝王及家族的娱乐需要，其二更主要的是迎合帝王的心理需求，赞美刘邦就是赞美当今的帝王，歌颂刘邦的仁政就是歌颂当朝天子的仁政，通过该剧彰显了大清王朝的盛世天威，歌颂了忠君仁政思想。同时强调了君权神授，天命不可违的思想，对民众起到了"忠君"的教化作用。大团圆的结局，丰富了故事内容，封吕后为正宫皇后，戚夫人为东宫皇太妃，协同皇后赞理内政，二人和睦相处，其乐融融。改写了历史上吕后残杀戚夫人的史实。团圆的结局塑造了吕后和戚夫人贤后、贤妃的贤内助形象，从维护皇权意识出发，强调了帝妃关系的政治影响力以及垂范教化意义。因此，要寻绎刘邦故事发展演变的轨迹，就必须从整体上把握，才能挖掘故事背后深隐的文化意蕴。

以中国叙事文化学的视角和方法研究刘邦故事的文本存在着广阔的前景。首先，承载刘邦故事的多种文学样式都是研究的对象，打破了学科和文体的樊篱，以更广阔的视野最大限度地搜集更丰富的相关材料，凡是与刘邦故事有关的皆是研究范围，涉及史书、小说、方志、诗词、戏曲、变文、出土文物等文本样式，并尽力呈现出作品中刘邦故事的文化意蕴。其次，突破以往以人物为中心的研究模式，变为以故事情节主题单元为中心，根据内容情节，可以把刘邦故事分为与刘邦评价有关的故事、充满神秘色彩的故事、爱情故事等，这些故事情节单元与政治文化、神秘文化、帝妃文化等密切相关，探索故事情节的流变与文化主题的关系是有学术意义的。最后，刘邦从历史人物走向文学殿堂，渐渐远离了历史上的刘邦，使得刘邦故事变得更加丰富多样，无论是历史人物还是文学人物，刘邦都已经成为一种文化符号，挖掘这些文化现象背后的动因，对于研究刘邦故事与中国传统文化的解读是大有裨益的。

原载《天中学刊》2022年第1期，本人为第一作者

余 论

神话，在文学的土壤开花

神话是世界各民族历史文化宝库中的珍贵遗产，它不可复制、不可替代，成为认知各民族早期历史和文化起源的凭据。然而，神话的价值不止于此。除了填补历史文化记录空缺的作用外，神话的其他价值还没有得到广泛认同——神话作为文学的种子，对后世文学创作产生的深远影响。与西方神话相比，中国神话散见于各类典籍中，体系上略显不完整，规模上也不够宏大。这给中国神话的系统研究带来不便，但无形中却给神话种子在文学园地的再生和茁壮成长减少了障碍，为神话的文学演绎预留了充足的空间。

由中华书局出版的拙作《诸神的复活——中国神话的文学移位》，正是一本重在探流，把神话作为文学母题的一颗颗种子，去深入挖掘梳理这些种子在后代生根、开花和结果的繁荣景象，展示中国神话文学完整风貌和成就的书。

一

神话是史前先民历史文化的零星记忆。文字出现后，人们把先民口耳相传的神话，记录在不同文献中。这些文献依据时间和性质不同，可分为原生性神话文献和再生性神话文献。

原生性神话文献是指先秦时期最早用文字记录神话内容的文献，其时间上距离神话产生的时间最近，基本上源于口耳相传，以《山海经》保存神话故事最多，其他如《诗经》《楚辞》等文学总集，《穆天子传》《尚书》《左传》《国语》等历史文献，《归藏》《古文琐语》《庄子》《韩非子》《吕氏

411

春秋》《淮南子》等诸子文献中，也不同程度保存了大量神话。这些记录尽管零散，但大致构建了中国神话的基本框架和原型规模。

再生性神话文献发端于秦汉，至明清一直有出现。从时间和属性上也可分为两类。第一类为秦汉时期文献。这一时期尽管已经远离神话产生的时代，但因距先秦较近，仍能约略窥见神话的原貌。对神话的记载，见诸《吴越春秋》《越绝书》《蜀王本纪》等杂史书，以及《论衡》《风俗通义》等子部文献和大量纬书中。这些文献性质不同，摘引神话各取所需，其中有些内容与原生性神话文献吻合，有些则不见于原生性文献。虽则如此，它们对神话的原貌仍具有重要的补充价值。第二类为魏晋南北朝至明清时期的文献。这个时期离远古更加遥远，相关记载的文献属性淡化，内容可分两种：一种是作为文献保存，抄录前代记录的材料，见于《初学记》《北堂书钞》《艺文类聚》《太平御览》《永乐大典》《古今图书集成》等大量类书。第二种则为中国文学独立之后，依赖于诗歌、散文、词曲、小说等各种文体的繁荣，将神话作为题材的各类文学创作。它们为中国神话搭建了一个全新的舞台，为古代神话的再生创造了繁花似锦的园地。

因此，从文学再生角度关注中国古代神话，可成为以往神话历史学研究和文化人类学研究之外的新视角、新视野。

二

神话在中国文学土壤的演变，大体随各种文体的形成和流行情况而生发、成熟。

中国叙事文体的成熟大大晚于抒情文体，因此作为抒情文体代表的诗歌，是神话文学再生时间最久、内容最丰富的领域。

"天命玄鸟，降而生商""帝子降兮北渚，目渺渺兮愁予"……作为中国诗歌源头的《诗经》《楚辞》，含有大量神话故事要素。进入汉代之后，神话母题、题材很快有了蔓延和滋长。汉代乐府诗中有大量神话题材内容，《古诗十九首》中关于牛郎织女、王子乔的神话描写，是诗歌对神话进行文学描写渲染的开始，为诗歌创作开辟了新路。魏晋南北朝时期，诗人开始铺开笔墨，大量吟咏神话题材。陶渊明《读〈山海经〉》用十三首诗歌颂精卫、刑天等神话人物的精神。诗歌进入近体时代后，神话在诗歌中出现两条轨迹，一是作为题材，二是作为典故。前者如顾炎武《精卫》，后者如李白《蜀道难》中的蚕丛鱼凫，不可胜数。

从散文角度看，汉赋不仅受到楚辞文体影响，而且也继承了楚辞擅用神话作为铺排典故的传统。从扬雄《太玄赋》《蜀都赋》，到班婕妤《捣素赋》，桓谭《仙赋》，都以铺排大禹、王子乔等神话人物的方式增强文章的气势和宏大的结构感。这个传统也一直延续到后代的赋体创作，比较有代表性的就是西晋时期左思的《三都赋》。

作为叙事文学文体的小说戏曲产生、成熟晚，但在让神话的种子在文学的领地开出灿烂的花朵方面，有后来居上之势。

在张华《博物志》等笔记小说中，保留着两汉诸子和史传文章转录早期原生性神话文献的痕迹。到了唐代传奇，就完全抛开原生性神话文献"丛残小语"式的零散记录，代之以驰骋想象。杜光庭《墉城集仙录》笔下的瑶姬神女帮助大禹治水的精彩描写堪称范例。而明清章回小说问世后，又把神话的文学再生创造推送到极致的境界。在渲染神话形象故事基础上，发挥结构优势，把神话题材应用于整部小说。李汝珍《镜花缘》大量采用《山海经》的材料，巧妙构思，另起炉灶，用文学手法创造出一个全新的文学神话世界。中国文学扛鼎之作《红楼梦》，全书结构以僧人所携顽石下凡的那块通灵宝玉所贯通，正是女娲补天这一神话的馈赠。受此构思影响，晚清海天独啸子的《女娲石》将女娲石隐喻为救国女子，贯通全书，赞美女性救国。可谓前呼后应，琳琅满目。

三

中国神话的文学再生过程跨越汉代，延绵至晚清，前后两千多年。其间，中国文化发生了巨大变化，这些变化从不同角度，以不同程度和方式影响和制约了再生过程，同时也使再生成果成为展示各时期文化价值和取向的窗口。

首先，神话文学再生的突出文化价值是承续民族精神，增强民族文化的自豪感和自信心。女娲补天、精卫填海、羿射九日、大禹治水等神话中，饱含的战天斗地的雄心、意志和勇气，在后代文学的创造中深入人心，成为弘扬中华文化的源与流。

其次，神话的文学创作，不断被历史上各种文化的母体作为展示弘扬自己精髓的方式。汉代的纬书中，已有不少内容以神话材料宣扬谶纬思想。佛教、道教等宗教思想在其传播发展过程中，往往借用神话材料，采用诗歌、小说等载体方式影响大众。西王母神话原型在后代不断被道教文学所引用，就是一例。

最后，神话的文学创造，将神话原型中先民所寄寓的理想，用文学手法加以放大和升华，使其成为后世的追求。七夕鹊桥、牛郎织女在后世各种文学体裁中反复出现，成为亘古爱情的化身，便是这种价值的体现。

另外，神话文学再生在其发展过程中因受古代社会制度和文化氛围的制约，也出现过一些价值判断模糊，甚至逆向行走的轨迹。如精卫填海、愚公移山这样本来具有正面价值意义的壮举，在后代文学作品中不时遭到讥讽，而原生性神话原型中女娲女王之治的母题，在后代男尊女卑思想作用下，在文学再生中遭到了扼制和湮灭。

神话文学再生问题复杂庞大。拙作《诸神的复活——中国神话的文学移位》，或许可为把握中国神话的研究路径、拓宽中国神话研究的视野，探寻一点答案。

原载《光明日报》2020年8月29日第9版

中国叙事文学主题学研究的新探索

——孙国江《六朝志怪小说的故事类型及其文化意蕴研究》序

主题学研究源自19世纪德国民间文学研究，经过西方学者的不断增补，形成以"AT分类法"为故事分类体系，以个案故事为具体研究单位，以故事传播路径范围和文化意蕴挖掘为基本研究范式的民间故事研究模式，成为世界民间文学研究的通行方法。二百年来，这一方法不仅在民间文学研究领域盛行发展，而且也逐渐扩大影响范围，产生巨大的"滚雪球"效应，从空间范围到内在方法都促成很多新的研究领域和研究成果。孙国江博士这部《六朝志怪小说的故事类型及其文化意蕴研究》就是这些新成果中的一例。

一种经典的学术研究方法具有开放性和延展性，它能够在保持基本内核的前提下，根据研究者自身的研究兴趣与目的，针对不同的研究对象对其进行更新和调整，成为一种能够解决新问题，新对象的新方法。主题学研究在中国大陆传播实践的过程，大抵就是在保持其固有研究对象内涵的基础上，不断出现针对不同研究对象而将主题学固有方法进行更新调整的过程。

从保持主题学研究固有方法格局的角度看，使用主题学的方法在中国民间故事研究领域出现了一系列重要成果。如丁乃通教授的《中国民间故事主题类型索引》，沿用西方主题学通用的"AT分类法"，是主题学研究方法在中国民间文学研究领域的具体应用和传承。相关大量采用主题学方法进行民间故事研究的案例也是这个套路。

除了沿用主题学方法对作为口头文学的民间故事进行研究之外，主题学研究方法在研究中国文学方面一个重要变化就是将其应用于书面文学的抒情诗领域。这一工作肇始于陈鹏翔教授所编《主题学研究论文集》。这本论文集给人一个突出印象，就是在保持主题学原有方法的民间文学研究的基础上，拓宽研究领域和视野，将主题学研究方法应用于书面文学的诗歌领域。编者在前言中陈言：主题学研究不是一个封闭和固定的研究模式，而应该具有开放性和延展性，有待发展完善的动态系统。从这个主旨出发，该论文集不但收录了采用主题学方法研究中国民间故事的文章，而且还锐意开拓，收录数量可观的用主题学方法研究中国抒情诗的论文，这一举措引导和推动中国文学的主题学研究热潮。从20世纪80年代开始，中国学界从几个不同方向，出现一股化用主题学方法研究解决中国文学的潮流和相关成果。其中民间文学的主题学研究方面有祁连休先生的《中国民间故事主题类型索引》和吴光正先生的《民间传说故事个案研究》，书面诗文方面的主题学研究有王立先生的《中国文学意象主题学研究》。我本人从20世纪90年代开始倡导的中国叙事文化学研究则是用主题学方法对于中国叙事文学的故事类型研究。

孙国江博士是我指导的学生，他的硕士和博士论文均使用我提出的叙事文化学研究方法做个案的故事类型研究。可以说，他对主题学方法的原理和实践已经是相当熟悉了。可是他仍然还不满足于从我这里学到的知识和研究方法，还想继续开拓，去寻找用主题学方法研究中国叙事文学的新渠道途径。于是便有了与这本书相关的项目申报和最终成果。

那么，孙国江博士所追寻探索的研究方法与传统的主题学研究，以及借鉴主题学进行的诗文领域的意象主题研究，还有我本人倡导的中国叙事文化学研究有什么异同和特色呢？

厘清这几个问题的关键是分清几个重要概念，他们分别是研究对象的文体情况和形态的层级情况。

区分文体，就是区分出几种借鉴主题学研究的方法在研究对象方面的文体差异。这方面的情况相对比较清晰，民间文学的主题学研究主要关注民间故事，意象主题学研究主要关注诗文，叙事文化学研究主要关注涵盖各种文体的叙事文学故事类型。

416

区分对象形态的层级情况，就是区分集中借鉴主题学研究方法研究对象的形态层级定位。民间文学的主题学研究和意象主题学研究的形态定位都是"意象"层级，即它的单位研究对象不是一个具体的个案故事，而是若干同类个案故事构成的主题意象。如民间故事类型中的"生死之交""上天入地"，意象主题研究中"复仇主题""黄昏主题"都不是以一个具体个案故事为研究单位，而是一个具体个案故事的上一层级的主题群和意象群。叙事文化学的对象层级分为四个级别，最高一级是宏观大类，分为"天地""神怪""人物""器物""动物""事件"六类；最低一级为具体的个案故事，中间则是从大类向个案具体故事过渡的层级。如"干宝父妾复生"个案故事从大到小四个层级的递进关系是：神怪—神异—复生—干宝父妾复生；"鹄奔亭女鬼"个案故事从大到小四个层级的递进关系是：神怪—鬼魅—冤魂—鹄奔亭女鬼。

了解了这一情况，再来看国江这本书，就可以发现，本书对于研究对象的文体定位是明确具体的，即六朝文言志怪小说。但在研究对象的形态层级方面却表现出与以往几种研究都有所不同的新尝试。它把"六朝志怪小说"分为"精怪故事""鬼神故事""预言故事""宗教故事""博物故事"等五种类型。这样的定位既不是叙事文化学个案故事研究关注的具体个案故事类型，也不是意象主题研究关注的"生死之交""黄昏主题"这样更宏大一些的形态单位。

该书"六朝志怪小说"这个总体范围相当于叙事文化学研究故事类型分类的第一层级"神怪"（节选），而下面一层的"精怪""鬼神""预言""宗教""博物"则相当于叙事文化学分类的第二层级。这样的层级定位介于民间文学主题学和诗文意象主题学大意象层级与叙事文化学研究具体个案故事类型（第四层级）之间，体现和反映出作者对于主题学研究在叙事文学研究领域中层级定位的新思考与实践，是主题学研究开放性和延展性实践探索的又一有益和成功尝试。

该书的具体研究既体现了这个总体定位的格局，又能在很多问题上体现出在前人相关研究基础上的新进展，体现出该书学术价值的实绩。

以往六朝志怪小说研究主要成果基本集中在文体史的研究和具体的作

家、作品的研究。该书稿在吸收和借鉴前人研究成果的基础上，着重从六朝志怪故事的主题、母题和故事类型等方面对六朝志怪小说进行研究和探讨，进而分析了六朝志怪小说中的主题类型故事背后所蕴含的独特文化意蕴，这是该书稿在研究方法、研究视角和研究思路方面的独特之处和创新之处。主题学和故事类型学是比较文学和民间文学研究中的两种常用方法，将这两种方法相结合，并应用于六朝志怪小说的研究之中，这一选题角度具有理论意义和创新价值。

该书稿从六朝志怪小说的文本情况和时代背景出发，在了解和掌握前人研究成果以及六朝志怪小说相关作品基本情况的基础上，运用主题学和故事类型学的研究方法，深入探讨了六朝志怪小说中主要故事的主题类型与社会历史文化背景之间的关系，并以主题类型故事为线索，对六朝志怪故事的社会历史文化内涵和文化意蕴进行了分析。总体来看，该书稿的六朝小说故事类型研究能够做到立意明确、观点新颖、见解独特、逻辑清晰。

故事主题类型作为叙事文学作品的一种集结方式，具有单篇作品和文体研究无法包容的属性和特点。打破作品和文体的限制，对主题类型故事的形态和特征进行分析，是进一步进行文化分析的基础。在很长的一段时间里，国内的一些学者在运用西方的文学方法进行中国本土文本的研究方面，总体上还存在着用中国的文学素材来迎合西方学术框架的问题。如何打破西方学术框架的束缚，建立"中学为体、西学为用"的学术研究思路，是值得我们长期思考的问题。从这一层面来看，可以说该书稿的研究进行了可贵的探索和尝试。

从研究材料的角度来看，故事类型的研究首先需要"竭泽而渔"的文献搜集力度，研究者需要对研究对象的文本情况有清晰全面地把握。该书稿注意到了文献问题对于主题类型故事研究的重要性，在成果的第一章中首先对研究过程中所涉及的六朝志怪小说作品进行了叙录，奠定了后文研究的文献基础，使得后文的文化分析部分能够做到有的放矢。

在具体的故事类型研究和文化意蕴分析中，该书稿将六朝志怪小说中的主要故事按照故事主题类型分为五大主题，每个主题下面又选取了具体的故事类型和故事文本进行分析，分别探讨了这五大主题故事中的具体故事类型与原始信仰、巫鬼传统、谶纬思想、佛教道教传播以及中外文化交流等文化方面的关系，抓住了六朝志怪小说的独特文化内涵。六朝时期是中国文化的一个重要发展阶段，这一时期的许多叙事文学故事所蕴含的文化意蕴拥有深厚的内涵，因此难以进行简单的共性类型分析。该书稿通过对六朝志怪小说中具体的故事类型进行研究，分析了不同故事类型与上古神话、民间巫术、鬼神信仰、谶纬思想、佛教道教传播、中外文化交流等历史背景的关系，深入挖掘了不同故事类型得以产生、发展和演变的历史根源，分析了促使同一类型的故事文本在不同作者笔下产生变化的历史文化动因。

从目前的情况来看，在对于六朝小说的研究中，以《世说新语》为代表的志人小说与六朝社会历史文化的关系研究方面已经取得了丰硕的成果。但是，对于志怪小说与当时的社会历史文化的关系，尤其是与佛教道教文化的内在关联方面，还缺乏深层意义的观照和研究。该书的第五章中，讨论了六朝志怪小说中"法术疗病"故事和"断肢复续"故事与当时的道教和佛教传播的关系，可以看作是六朝志怪小说与宗教文化关系研究方面的积极探索。尤其是其中对于《搜神记》中"赵公明参佐"故事背后道教文化内涵的考察，取得了较为新颖的见解和认识。此外，该书稿的第四章中关于预言故事与士族家族政治神话及士族崛起背景的分析，也同样参考和借鉴了志人小说研究中关于六朝社会历史文化研究的方法和成果，将志怪小说中的故事类型与士人文化、士人家族兴衰的历史背景相联系，尝试把两个方面的文化解读进行合成关照，形成了自己独特的观点。

因为该书研究范围为断代式研究，所以对于故事类型演变过程的梳理和研究局限于六朝这一历史时期及志怪小说这一文体的内部。这样虽然能够自成格局和体系，但对于故事类型本身在中国文化中发展、传承和演变的阶段性和系统性特征来说，就难以发现同一故事主题在不同时代、不同文体中的不同表现，如何解决这样的矛盾问题，这是作者下一步应该思考和解决的深层问题。

国江为人低调笃实，治学扎实深入。博士毕业不久就获得国家社科基金青年项目，经过几年努力，项目顺利完成。值得提出并注意的是，与很多青年学者毕业后以博士学位论文作为自己申报项目和学术研究的主攻基础不同，这个项目并不是国江博士学位毕业论文（他的博士学位毕业论文题目是《大禹神话的故事演变与文化意蕴》）的选题和内容范围，而是比博士学位论文的研究范围有了更广泛的内容。这等于是离开自己相对比较熟悉的博士论文知识范围，去开拓更加深广的学术研究领域。对于一位刚毕业不久的博士来说无疑具有相当大的挑战性。从书稿内容看，可以说国江成功应对了这个挑战。这除了证明该项目书稿的成功之外，同时也证明国江在学术研究方面具有比较大的提升潜力和空间。余对此寄予厚望焉！

宁稼雨

2021年4月23日凌晨6时于津门雅雨书屋

原载《博览群书》2021年第7期，题目改为《随孙国江走进六朝志怪小说》

参考文献

一、古代文献

（一）经部

［清］阮元：《十三经注疏》，中华书局1980年版。

［晋］杜预：《春秋左传集解》，上海古籍出版社1977年版。

［春秋］孔子撰，程树德集释：《论语集释》，中华书局1990年版。

［战国］孟轲撰，杨伯峻译注：《孟子译注》，中华书局1960年版。

李镜池：《周易通义》，中华书局1981年版。

高亨：《周易古经今注》，中华书局1984年版。

（二）史部

顾实：《穆天子传西征讲疏》，商务印书馆1934年版。

方诗铭、王修龄辑证：《古本竹书纪年辑证》，上海古籍出版社1981年版。

王贻梁、陈建敏集释：《穆天子传汇校集释》，华东师范大学出版社1994年版。

徐元诰：《国语集解》中华书局2002年版。

诸祖耿：《战国策集校汇考》江苏古籍出版社1985年版。

中华书局编辑部：《二十四史》，中华书局缩印标点本1997年版。

［清］赵尔巽：《清史稿》，中华书局1976年版。

［汉］赵晔撰，周生春汇考：《吴越春秋辑校汇考》，上海古籍出版社1997年版。

［宋］司马光：《资治通鉴》，中华书局缩印标点本1997年版。

［宋］祝穆：《方舆胜览》，中华书局2003年版。

［北魏］郦道元撰，陈桥驿校证：《水经注校证》，中华书局2007年版。

［宋］郑樵撰，王树民点校：《通志二十略》，中华书局1995年版。

［清］永瑢等：《四库全书总目》，中华书局1965年版。

［唐］司马贞：《史记索隐》，台湾商务印书馆1985年影印《文渊阁四库全书》本。

［清］永瑢等编：《文渊阁四库全书》，台湾商务印书馆1986年版。

《续修四库全书》，上海古籍出版社2002年版。

《四库全书存目丛书》，齐鲁书社1997年版。

《四库未收书辑刊》，北京出版社1997年版。

［清］阮元编：《宛委别藏》，江苏古籍出版社1981年版。

张元济等编：《四部丛刊》（初编、二编、三编），上海商务印书馆1919—1936年版。

《四部备要》，中华书局1929—1936年版。

王云五主编：《丛书集成初编》，中华书局2018年版。

《北京图书馆古籍珍本丛刊》，书目文献出版社1988年版。

（三）子部

［战国］吕不韦撰，陈奇猷校释：《吕氏春秋校释》，学林出版社1984年版。

［汉］刘安撰，高诱注：《淮南子》，中华书局1954年《诸子集成》本。

［汉］刘安编，刘文典集解：《淮南鸿烈集解》，中华书局1989年版。

［汉］王充：《论衡》，上海人民出版社1974年版。

［汉］应劭撰，王利器校注：《风俗通义校注》，中华书局1981年版。

王明：《太平经合校》，中华书局1960年版。

［晋］葛洪撰，王明校注：《抱朴子内篇校注》，中华书局1985年版。

杨伯峻：《列子集释》，中华书局1979年版。

［南朝梁］陶弘景撰，吉川忠夫编：《真诰校注》，中国社会科学出版社2006年版。

［南朝梁］萧绎撰，许逸民校笺：《金楼子校笺》，中华书局2011年版。

［宋］张君房编，李永晟点校：《云笈七笺》，中华书局2003年版。

［唐］释道世编：《法苑珠林》，江苏广陵古籍刻印社1990年版。

［唐］虞世南：《北堂书钞》，天津古籍出版社影印本1988年版。

［唐］欧阳询：《艺文类聚》，中华书局1965年版。

［唐］徐坚：《初学记》，中华书局1980年版。

［宋］王钦若等：《册府元龟》，中华书局1960年版。

［宋］李昉等：《太平御览》，中华书局影印本1963年版。

〔宋〕李昉等:《太平广记》,人民文学出版社1959年版。

〔宋〕祝穆:《古今事文类聚》,上海古籍出版社1992年版。

〔宋〕潘自牧:《记纂渊海》,上海古籍出版社1992年版。

〔清〕张英、王士禛:《渊鉴类函》,中国书店出版社影印1985年版。

〔清〕陈梦雷、蒋廷锡:《古今图书集成》,中华书局、巴蜀书社1986年版。

《诸子集成》,中华书局1954年版。

《大正新修大藏经》,台北新文丰出版公司影印本1975年版。

《正统道藏》,文物出版社、上海书店、天津古籍出版社影印本1988年版。

袁珂:《山海经校注》,上海古籍出版社1980年版。

郭郛:《山海经注证》,中国社会科学出版社2004年版。

〔汉〕刘向撰,向宗鲁校证:《说苑校证》,中华书局1987年版。

〔汉〕刘向:《列仙传》,上海古籍出版社1990年版。

〔汉〕刘向撰,梁端校注:《列女传》,上海文会堂石印本。

鲁迅辑纂:《古小说钩沉》,人民文学出版社1953年版。

李时人编:《全唐五代小说》,中华书局2014年版。

〔晋〕张华撰,范宁校证:《博物志校证》,中华书局1980年版。

〔晋〕干宝撰,汪绍楹校注:《搜神记校注》,中华书局1979年版。

〔晋〕干宝、陶潜撰,李剑国辑校:《新辑搜神记新辑搜神后记》,中华书局2007年版。

〔晋〕王嘉撰,齐治平校注:《拾遗记》,中华书局1981年版。

〔晋〕葛洪撰,胡守为校释:《神仙传校释》,中华书局2010年版。

〔南朝梁〕任昉:《述异记》,清光绪影印《随庵丛书》本。

〔唐〕戴孚撰,方诗铭辑校:《广异记》,中华书局1992年版。

〔唐〕刘餗撰,程毅中点校:《隋唐嘉话》,中华书局1979年版。

〔唐〕牛僧孺编,程毅中点校:《玄怪录》,中华书局1982年版。

〔唐〕段成式撰,方南生点校:《酉阳杂俎》,中华书局1981年版。

〔唐〕李冗撰,张永钦、侯志明点校:《独异志》,中华书局1983年版。

［宋］费衮：《梁溪漫志》，上海古籍出版社1985年版。

［宋］岳珂：《桯史》，中华书局1981年版。

［宋］晁补之：《鸡肋集》，商务印书馆1936年版。

［宋］洪迈：《容斋随笔》，上海古籍出版社1978年版。

［宋］洪迈撰，何卓点校：《夷坚志》，中华书局1981年版。

［元］王恽：《玉堂嘉话》，中华书局2006年版。

［元］陶宗仪：《辍耕录》，中华书局1980年版。

［明］胡应麟：《少室山房笔丛》，中华书局1958年版。

［明］沈德符：《万历野获编》，中华书局1959年版。

［明］郎瑛：《七修类稿》，上海书店出版社2001年版。

［明］陆采编：《虞初志》，中国书店出版社1986年版。

［明］郦琥：《会仙女志》，中华书局1985年版。

［明］李贽：《焚书》，中华书局1975年版。

［明］冯梦龙评辑：《情史》，凤凰出版社2011年版。

［明］蒋一葵：《尧山堂外纪》，上海古籍出版社2002年版。

［清］杭世骏：《订讹类编》，中华书局1997年版。

［清］屈大均：《广东新语》，康熙庚辰（1700）木天阁刊本。

［清］吴炽昌撰，石继昌校点：《客窗闲话》，时代文艺出版社1987年版。

［清］阮葵生：《茶馀客话》，中华书局1959年版。

［清］俞樾：《茶香室丛钞》，中华书局1995年版。

（四）集部

［汉］王逸章句，［宋］洪兴祖补注：《楚辞补注》，中华书局1983年版。

闻一多：《天问疏证》，生活·读书·新知三联书店1980年版。

［南朝梁］萧统编，李善注：《文选》，中华书局影印胡克家刻本1977年版。

［唐］李善等：《六臣注文选》，上海古籍出版社1993年版。

［宋］郭茂倩：《乐府诗集》，中华书局1979年版。

426

［南朝梁］徐陵编，吴兆宜笺注：《玉台新咏笺注》，中华书局 1985年版。

［清］严可均校辑：《全上古三代秦汉三国六朝文》，中华书局 1958年版。

［明］张溥：《汉魏六朝百三名家集》，清光绪十八年（1892）经济堂刊本，江苏古籍出版社 1999 年影印本。

逯钦立：《先秦汉魏晋南北朝诗》，中华书局 1983 年版。

［清］彭定求等：《全唐诗》，上海古籍出版社影印本 1986 年版。

［清］董诰：《全唐文》，上海古籍出版社影印本 1990 年版。

周绍良主编：《全唐文新编》，吉林文史出版社 2000 年版。

王重民、孙望、童养年辑录：《全唐诗外编》，中华书局 1982 年版。

陈尚君辑校：《全唐诗补编》，中华书局 1992 年版。

傅璇琮等主编：《全宋诗》，北京大学出版社 1998 年版。

唐圭璋编：《全宋词》，中华书局 1999 年版。

李修生主编：《全元文》，凤凰出版社 2004 年版。

［清］顾嗣立：《元诗选》，中华书局排印本 1984 年版。

［清］张景星、姚培谦编：《元诗别裁集》，中华书局影印本 1975 年版。

［清］朱彝尊编：《明诗综》，中华书局 2007 年版。

［清］黄宗羲编：《明文海》，中华书局 1987 年版。

章培恒编：《全明诗》，上海古籍出版社 1990 年版。

饶宗颐、张璋编：《全明词》，中华书局 2004 年版。

周明初、叶晔编：《全明词补编》，浙江大学出版社 2007 年版。

谢伯阳编：《全明散曲》，齐鲁书社 1993 年版。

凌景埏、谢伯阳编：《全清散曲》，齐鲁书社 1985 年版。

叶恭绰编：《全清词钞》，中华书局 1982 年版。

钱谦益编：《列朝诗集》，中华书局 2007 年版。

徐世昌编：《晚晴簃诗汇》，生活·读书·新知三联书店 1989 年影印本。

徐世昌辑：《清诗汇》，北京出版社 1995 年版。

［清］张应昌编：《清诗铎》，中华书局1960年版。

［战国］屈原撰，金开诚校注：《屈原集校注》，中华书局1996年版。

［三国］曹植撰，赵幼文校注：《曹植集校注》，人民文学出版社1984年版。

［晋］嵇康撰，戴明扬校注：《嵇康集校注》，人民文学出版社1962年版。

［晋］阮籍撰，陈伯君校注：《阮籍集校注》，中华书局1987年版。

［晋］陶渊明撰，逯钦立校注：《陶渊明集》，中华书局1979年版。

［南朝宋］鲍照撰，钱仲联增补集校：《鲍参军集注》，上海古籍出版社1980年版。

［南朝梁］江淹撰，丁福林、杨胜明校注：《江文通集校注》，上海古籍出版社2017年版。

［南朝梁］刘勰撰，范文澜注：《文心雕龙注》，人民文学出版社1978年版。

［唐］李白撰，瞿蜕园、朱金城校注：《李白集校注》，上海古籍出版社1980年版。

［唐］杜甫撰，仇兆鳌注：《杜诗详注》，中华书局1979年版。

［唐］元稹撰，冀勤点校：《元稹集》，中华书局2015年版。

［唐］韩愈撰，钱仲联集释：《韩昌黎诗系年集释》，上海古籍出版社1984年版。

［唐］李贺撰，王琦等注：《李贺诗歌集注》，上海人民出版社1977年版。

薛瑞兆、郭明志编：《全金诗》，南开大学出版社1995年版。

［宋］柳永撰，薛瑞生校注：《乐章集》，中华书局1994年版。

［宋］欧阳修撰，洪本健校笺：《欧阳修诗文校笺》，上海古籍出版社2009年版。

［宋］苏轼：《苏轼诗集》，中华书局1982年版。

［宋］苏轼撰，孔凡礼点校：《苏轼文集》，中华书局1997年版。

［宋］苏辙撰，陈宏天、高秀芳点校：《苏辙集》，中华书局1990年版。

〔宋〕秦观撰，徐君培笺注：《淮海集笺注》，上海古籍出版社1994年版。

〔宋〕陆游：《陆游集》，中华书局1976年版。

〔宋〕文天祥：《文天祥全集》，北京市中国书店1985年版。

〔元〕刘因撰，商聚德点校：《刘因集》，人民出版社2017年版。

〔元〕王恽撰，杨亮、钟彦飞点校：《王恽全集汇校》，中华书局2013年版。

〔宋〕林景熙：《霁山集》，中华书局1960年版。

〔明〕宋濂：《宋学士全集》，中华书局1985年版。

〔明〕刘基撰，林家骊点校：《刘伯温集》，浙江古籍出版社2016年版。

〔明〕朱有燉：《诚斋乐府》，商务印书馆1928年版。

〔明〕李东阳撰，周寅宾点校：《李东阳集》，岳麓书社1983年版。

〔明〕归有光撰，周本淳点校：《震川先生集》，上海古籍出版社1981年版。

〔明〕杨士奇：《东里别集》，上海古籍出版社1991年版。

〔明〕杨慎：《升庵全集》，商务印书馆1935年版。

〔明〕范钦：《天一阁集》，宁波出版社2006年版。

〔明〕王世贞：《弇州四部稿》，明世经堂刻本。

〔明〕王世贞：《弇州续稿》，明刻本。

〔明〕王世懋：《王奉常集》，万历间刻本。

〔明〕夏完淳撰，白坚笺校：《夏完淳集》，上海古籍出版社2016年版。

〔清〕顾炎武撰，华忱之点校：《顾亭林诗文集》，中华书局1983年版。

〔清〕黄宗羲撰，陈乃乾编：《黄梨州文集》，中华书局2009年版。

〔清〕袁枚：《袁枚全集》，江苏古籍出版社1993年版。

〔清〕全祖望撰，朱铸禹集注：《全祖望集汇校集注》，上海古籍出版社2000年版。

〔清〕黄遵宪：《人境庐诗草》，商务印书馆万有文库本1937年版。

〔清〕潘德舆撰，朱德慈辑校：《养一斋诗话》，中华书局2010年版。

〔清〕陈元龙编：《历代赋汇》，江苏古籍出版社、上海古籍出版社1987

年版。

[元] 钟嗣成：《录鬼簿》，中华书局1960年版。

[明] 朱权：《太和正音谱》，上海古籍出版社1978年版。

徐征等编：《全元曲》，河北教育出版社1998年版。

王学奇主编：《元曲选校注》，河北教育出版社1994年版。

[明] 臧懋循编：《元曲选》，浙江古籍出版社1998年版。

赵景深编：《元人杂剧钩沉》，上海古典文学出版社1956年版。

钱南扬辑录：《宋元戏文辑佚》，上海古典文学出版社1956年版。

[明] 沈泰编：《盛明杂剧》，黄山书社1992年版。

[明] 毛晋编：《六十种曲》，中华书局1958年版。

[明] 汤显祖：《汤显祖戏曲集》，上海古籍出版社1978年版。

[明] 汤显祖撰，徐朔方校注：《牡丹亭》，人民文学出版社1984年版。

[清] 洪升撰，徐朔方校注：《长生殿》，人民文学出版社1983年版。

[清] 孔尚任撰，王季思、苏寰中、杨德评校注：《桃花扇》，人民文学出版社1959年版。

[清] 蒋士铨撰，周妙中点校：《蒋士铨戏曲集》，中华书局1993年版。

[清] 杨潮观撰，胡士莹校注：《吟风阁杂剧》，上海古籍出版社1983年版。

[明] 李玉撰，陈古虞、陈多、马圣贵点校：《李玉戏曲集》，上海古籍出版社2004年版。

王重民编：《敦煌变文集》，人民文学出版社1957年版。

李时人、蔡镜浩校注：《大唐三藏取经诗话校注》，中华书局1997年版。

[明] 罗贯中：《三国志通俗演义》，上海古籍出版社1980年版。

[明] 施耐庵、罗贯中：《容与堂本水浒传》，上海古籍出版社1988年版。

[明] 青莲室主人辑：《后水浒传》，《明代小说辑刊》第二辑，巴蜀书社1995年版。

[明] 褚人获：《隋唐演义》，春风文艺出版社1994年版。

〔明〕吴承恩：《西游记》，人民文学出版社 1980 年版。

〔明〕冯梦龙：《古今小说》，上海古籍出版社 1987 年版。

〔明〕冯梦龙：《警世通言》，上海古籍出版社 1987 年版。

〔明〕冯梦龙撰，蔡元放修订：《东周列国志》，人民文学出版社 1975 年版。

〔明〕许仲琳：《封神演义》，上海古籍出版社 2005 年版。

〔明〕陆人龙撰，雷茂齐、王欣校点：《型世言》，巴蜀书社 1993 年版。

〔清〕凌濛初：《初刻拍案惊奇》，上海古籍出版社 1985 年版。

〔明〕天花才子评点，于植元校点：《后西游记》，春风文艺出版社 1980 年版。

〔清〕天花藏主人撰，李致中校点：《平山冷燕》，春风文艺出版社 1982 年版。

〔清〕艾衲居士：《豆棚闲话》，上海古籍出版社 1983 年版。

〔清〕丁耀亢：《续金瓶梅》，齐鲁书社 1988 年版。

〔明〕佚名撰，刘文忠校点：《梼杌闲评》，人民文学出版社 1983 年版。

〔明〕杨尔曾：《韩湘子全传》，人民文学出版社 1990 年版。

〔清〕蒲松龄撰，张友鹤辑校：《聊斋志异会校会注会评》，上海古籍出版社 1962 年版。

〔清〕曹雪芹撰，中国艺术研究院红楼梦研究所校注：《红楼梦》，人民文学出版社 1982 年版。

〔明〕清溪道人撰，兑玉校点：《禅真逸史》，齐鲁书社 1986 年版。

〔明〕罗懋登：《三宝太监西洋记通俗演义》，上海古籍出版社 1978 年版。

〔清〕李汝珍：《镜花缘》，人民文学出版社 1981 年版。

〔清〕吕熊：《女仙外史》，上海古籍出版社 1996 年版。

〔清〕俞万春：《荡寇志》，人民文学出版社 1981 年版。

〔清〕吴沃尧《二十年目睹之怪现状》，时代文艺出版社 2003 年版。

《古本戏曲丛刊》，中华书局 1954—1964 年版。

《古本小说丛刊》，中华书局 1990 年版。

〔元〕陶宗仪等编：《说郛三种》，上海古籍出版社1988年版。

〔清〕马国翰：《玉函山房辑佚书》，上海古籍出版社1990年版。

〔日〕安居香山、中村璋八编：《纬书集成》，河北人民出版社1994年版。

虫天子编：《香艳丛书》，上海书店1991年版。

二、现代文献

朱光潜：《诗论》，生活·读书·新知三联书店1998年版。

宗白华：《美学散步》，上海人民出版社1981年版。

李泽厚：《中国古代思想史论》，人民出版社1985年版。

李泽厚：《美的历程》，中国社会科学出版社1984年版。

李泽厚、刘纲纪主编：《中国美学史》（第一卷、第二卷），中国社会科学出版社1984、1987年版。

敏泽：《中国美学思想史》，齐鲁书社1989年版。

徐复观：《中国艺术精神》，春风文艺出版社1987年版。

丁山：《中国古代宗教与神话考》，上海文艺出版社影印本1988年版。

朱天顺：《中国古代宗教初探》，上海人民出版社1982年版。

袁珂：《中国古代神话》，中华书局1960年版。

袁珂：《中国神话》，中国民间文艺出版社1987年版。

袁珂：《中国神话史》，重庆出版社2007年版。

袁珂《神话论文集》，上海古籍出版社1982年版。

朱芳圃：《中国古代神话与史实》，中州书画社1982年版。

高亨、董治安：《上古神话》，中华书局1963年版。

叶舒宪：《高唐神女与维纳斯》，陕西人民出版社2005年版。

叶舒宪：《英雄与太阳》，陕西人民出版社2005年版。

叶舒宪：《神话——原型批评》，陕西师范大学出版社1987年版。

谢选骏：《中国神话》，浙江教育出版社1995年版。

陆思贤：《神话考古》，文物出版社1995年版。

徐旭生：《中国古史的传说时代》，广西师范大学出版社2003年版。

李学勤：《走出疑古时代》，辽宁大学出版社1994年版。

王钟陵：《中国前期文化心理研究》，重庆出版社1991年版。

涂元济、涂石：《神话：民俗与文化》，海峡文艺出版社1993年版。

祁连休：《中国古代民间故事类型研究》，河北教育出版社2007年版。

任继愈：《中国道教史》，上海人民出版社1990年版。

卿希泰主编：《中国道教史》，四川人民出版社1996年版。

冯天瑜：《中国文化史》，上海人民出版社1990年版。

古添洪、陈慧桦：《从比较神话到文学》，东大图书有限公司1993年版。

苑利编：《二十世纪民俗学经典·神话卷》，社会科学文献出版社2002年版。

杜而未编：《山海经神话系统》，台湾学生书局1981年版。

赵国华：《生殖崇拜文化论》，中国社会科学出版社1990年版。

茅盾：《神话研究》，百花文艺出版社1981年版。

林惠祥：《文化人类学》，商务印书馆1991年版。

王孝廉《中国的神话世界》，作家出版社1991年版。

张振犁：《中原古典神话流变论考》，上海文艺出版社1991年版。

何新：《诸神的起源》，时事出版社2002年版。

陈鹏翔：《主题学研究论文集》，东大图书有限公司1983年版。

罗永麟：《中国仙话研究》，上海文艺出版社1993年版。

崔述撰，顾颉刚编订：《崔东壁遗书》，上海古籍出版社1983年版。

康有为：《孔子改制考》，上海书店1992年版。

夏僧祐：《中国古代史》，商务印书馆1933年版。

梁启超：《中国历史研究法》，上海古籍出版社1987年版。

梁启超：《饮冰室合集》，中华书局影印本2015年版。

王国维：《王国维遗书》，上海书店出版社1983年版。

陈寅恪：《金明馆丛稿初编》，上海古籍出版社1980年版。

陈寅恪：《金明馆丛稿二编》，上海古籍出版社1980年版。

顾颉刚等：《古史辨》，上海古籍出版社1982年版。

顾颉刚：《顾颉刚古史论文集》，中华书局1996年版。

顾颉刚编：《孟姜女故事研究集》，上海古籍出版社1984年版。

鲁迅：《鲁迅全集》，人民文学出版社2005年版。

吕思勉：《吕思勉遗文集》，华东师范大学出版社1998年版。

张亮采：《中国风俗史》，上海三联书店1988年版。

余嘉锡：《余嘉锡论学杂著》，中华书局1963年版。

钱穆：《国史大纲》，商务印书馆1999年版。

钱穆：《中国文化史导论》，上海三联书店1988年版。

钱穆：《现代中国学术论衡》，生活·读书·新知三联书店2001年版。

张光直：《中国青铜时代》，生活·读书·新知三联书店1999年版。

胡适：《中国章回小说考证》，安徽教育出版社1999年版。

闻一多：《闻一多全集》，生活·读书·新知三联书店1982年版。

钱锺书：《管锥编》，中华书局1979年版。

郭沫若：《郭沫若全集》，科学出版社1982年版。

葛兆光：《中国思想史》，复旦大学出版社1998年版。

钱锺书：《管锥编》，中华书局1979年版。

钱锺书：《谈艺录》，中华书局1984年版。

孙昌武：《道教与唐代文学》，人民文学出版社2001年版。

葛兆光：《道教与中国文化》，上海人民出版社1987年版。

刘叶秋：《魏晋南北朝小说》，中华书局上海编辑所1962年版。

李剑国：《唐前志怪小说史》，南开大学出版社1984年版。

李剑国：《唐五代志怪传奇叙录》，南开大学出版社1993年版。

田旭东：《二十世纪中国古史研究主要思潮概论》，中华书局2003年版。

庄一拂：《古典戏曲存目汇考》，上海古籍出版社1982年版。

谭正璧：《弹词叙录》，上海古籍出版社1981年版。

谭正璧：《三言两拍资料》，上海古籍出版社1980年版。

胡士莹：《话本小说概论》，商务印书馆2011年版。

车锡伦：《中国宝卷总目》，北京燕山出版社2000年版。

戴不凡：《小说见闻录》，浙江人民出版社1980年版。

孙楷第：《戏曲小说书录解题》，人民文学出版社1990年版。

许政扬：《许政扬文存》，中华书局1984年版。

程千帆：《唐代进士行卷与文学》，上海古籍出版社1980年版。

赵景深：《元人杂剧钩沉》，上海古典文学出版社1956年版。

王利器编：《元明清三代禁毁小说戏曲史料》，上海古籍出版社1981年版。

邵曾祺：《元明北杂剧总目考略》，中州古籍出版社1985年版。

王瑶：《中古文学史论集》，上海古籍出版社1982年版。

丁乃通：《中国民间故事类型索引》，中国民间文艺出版社1986年版。

金荣华《六朝志怪小说情节单元分类索引》，中国口传文学学会2008年版。

刘魁立：《刘魁立民俗学论集》，上海文艺出版社1998年版。

刘守华：《中国民间故事史》，湖北教育出版社1999年版。

傅修延：《先秦叙事研究——关于中国叙事传统的形成》，东方出版社1999年版。

徐岱：《小说叙事学》，中国社会科学出版社1992年版。

唐伟胜主编：《叙事》（中国版第二辑），暨南大学出版社2010年版。

宁稼雨：《先唐叙事文学故事主题类型索引》，南开大学出版社2011年版。

三、域外文献

［德］黑格尔撰：《美学》，朱光潜译，商务印书馆1981年版。

［德］黑格尔：《小逻辑》，贺麟译，商务印书馆1981年版。

［德］恩格斯：《家庭、私有制和国家的起源》，人民出版社1961年版。

［德］恩格斯：《路德维希·费尔巴哈和德国古典哲学的终结》，人民出版社1972年版。

［德］尼采撰：《希腊悲剧时代的哲学》，周国平译，商务印书馆1996年版。

〔法〕列维·布留尔撰:《原始思维》,丁由译,商务印书馆1995年版。

〔加〕诺斯罗普·弗莱撰:《批评的剖析》,陈慧等译,百花文艺出版社1998年版。

〔英〕汤因比撰:《历史研究》,曹未风等译,上海人民出版社1997年版。

〔英〕柯林伍德撰:《历史的观念》,何兆武、张文杰译,商务印书馆1997年版。

〔英〕詹·乔·弗雷泽撰《金枝》,徐育新译,中国民间文艺出版社1987年版。

〔德〕海德格尔撰:《海德格尔选集》,孙周兴译,生活·读书·新知三联书店1996年版。

〔日〕柳田国男:《传说论》,连湘译,中国民间文艺出版社1985年版。

〔日〕小南一郎撰:《中国的神话传说与古小说》,孙昌武译,中华书局1993年版。

〔英〕马林诺夫斯基撰:《巫术、科学、宗教与神话》,李安宅译,中国民间文艺出版社1986年版。

〔英〕柯克士撰:《民俗学浅说》,郑振铎译,商务印书馆1933年版。

〔瑞士〕卡尔·荣格撰:《人及其象征》,张举文、荣文库译,辽宁教育出版社1988年版。

〔德〕恩斯特·卡西尔撰:《人论》,甘阳译,上海艺文出版社2004年版。

〔英〕克莱夫·贝尔撰:《艺术》,周金环、马钟元译,中国文联出版公司1986年版。

〔英〕爱德华·泰勒撰:《原始文化》,连树声译,上海文艺出版社1992年版。

〔美〕斯蒂·汤普森:《世界民间故事分类学》,郑海等译,上海文艺出版社1991年版。

〔德〕艾伯华:《中国民间故事类型》,王燕生、周祖生译,商务印书馆1999年版。

　　［美］华莱士·马丁撰：《当代叙事学》，伍晓明译，北京大学出版社2005年版。

　　［苏联］卡冈：《艺术形态学》，凌继尧、金亚娜译，生活·读书·新知三联书店1986年版。

后记

　　"蓦然回首，那人却在灯火阑珊处"——这是我整理这部文集时的突出感受。

　　三十年来，我一直在为中国叙事文化学的安身立命而苦心经营，它能够尽可能完善是我心底最大的愿望。为了这个缘故，三十年间我一直不断地对叙事文化学的各个方面进行打磨和补充。为有的放矢地完善这个打磨过程，我还设计了一个完整的滚动程序。

　　这个滚动程序的核心是叙事文化学理论体系和实践操作的结合。具体的操作环节包括：以叙事文化学的理论学说探索作为龙头，以博士、硕士研究生课堂教学、学业指导和学位论文写作作为实验基地和人才培养途径，以媒体和社会评价作为检验进展的尺度。这三个方面形成一个相互咬合、相互促进的良性循环，叙事文化学理论探索的选题灵感往往来自课堂教学和学位论文写作实践；而理论探索的文章和思路往往又成为课堂教学、学业指导和学位论文写作指导的源头活水。同样道理，理论文章和教学内容并学位论文的不断推陈出新，显示出叙事文化学不断进步发展的事实，为新闻媒体和社会评价提供了充足材料，进一步为扩大叙事文化学的社会影响作出有力支持。

　　但在这些环节运行的过程当中，似乎来不及、或顾不上从宏观高度来把握每个环节细节内容与叙事文化学全局系统之间的逻辑关联，而只是埋头把那些具体环境工作做好，尽量深入细致。叙事文化学课程从1994年开始上课，至今已经整整三十年了。其间不但我的课堂讲稿更新了八次，而且每一轮课程都会有讲稿内容的充实加强，也会有现场临时的火花。为了避免这些更新内容流失，每次课堂我都会要求学生记好课堂笔记，并且把课堂笔记作为期末作业之一上交。每隔几年，就会将这段时间的学术成果和学生课堂笔记汇总，并将其中精华增补到新一轮讲稿教案中。同时，为了研究者能够得到足够的实战锻炼机会，三十年来我们联系过多家刊物，多次开办"中国叙事文化学研究"栏目。除《南开学报》《文学与文化》这些重要核心期刊外，其中时间持久、影响最大的是《天中学刊》所设相关栏目。该刊从2012年开始设立"中国叙事文化学研究"栏目，至今已十年有余了。十余年间该栏目发表了大量叙事文化学个案研究，前沿问题展望和叙事文化学理论探讨和社会评价的文章。这些默默耕耘中的积累已经把中国叙事文化学的理念和实践推向了社会。在学界逐渐了解中国叙事文化学的同时，我们自己也开始意识到回顾自己走过的漫长之路的必要性和迫切性。

2019年8月，我们与《天中学刊》联合召开了"中国古代文献与文化"高层论坛，其中重要的主题就是中国叙事文化学研讨。这次会议提交的论文，除了已经形成相对稳定的研究模式的个案故事类型研究之外，一个重要的主题就是对于中国叙事文化学研究本身的评价和历史回顾总结。会议结束之后，《中国社会科学报》及国内很多重要媒体纷纷报道和宣传了会议消息，并积极宣传叙事文化学的学术价值和历史定位。可以说，这次会议触动和拉开了从学术史角度审视、评价和总结中国叙事文化学学术价值和学术评价的历史帷幕。这对中国叙事文化学的深入发展和不断提升是一个非常积极的推动。

2019年，南开大学社会科学部启动了"人文社科系列年度报告"科研立项招标工作。这个项目的主题是就社会重大应用问题和重要学术前沿状况作出年度跟踪总结和报告，反映社会和学术前沿重要问题的发展状况。我向学校提交了《中国叙事文化学年度研究报告》的立项申请，获得立项批准。按照这个项目的规划，将分四个时段，每段一册，每年完成一册，分四年完成出版。力求全面反映总结中国叙事文化学研究从无到有，逐渐产生发展的历程。并且于2019年当年完成了该研究报告的第一册。

由于疫情等其他原因影响，南开大学的这个年度研究报告项目经费最终没有能够到位。尽管如此，这个项目的启动，却推动了我们对中国叙事文化学研究工作进行全面总结。不仅如此，南开大学社会科学部还将我们这个项目推荐给南开大学中外文明比较研究中心。承蒙南开大学中外文明比较研究中心厚爱，将本项目列入该中心成果，并予以经费支持。在项目主体内容不动的情况下，将该项目的完成时间由每年完成一册分四年完成，改为两年内一次性完成。

在研究报告完成，最后由我本人对四册内容进行最后统稿修订的过程中，我猛然发现，尽管中国叙事文化学已经走过三十年的历程，完成并出版发表的成果也为数众多，但在这众多成果中起到领军和灵魂作用的，还是我本人这个中国叙事文化学首倡和推行者的相关精华成果。按照这个思路完成这本集子的编纂后，不仅更加坚定了这个认识，而且还产生了本文首句那样的感慨。

这本集子固然是我本人三十年来中国叙事文化学研究的精华汇集，但能够产生结集的想法并付诸实施，还是需要特别感谢南开大学社会科学部、南开大学中外文明比较研究中心，以及天津人民出版社的大力扶持和关心。

希望本书的出版能为中国叙事文化学继续向纵深发展，发挥应有的推动和参考作用。

宁稼雨
2023 年 1 月 16 日于津门雅雨书屋